# 朱晓进学术文集

第一卷

## 中国现代文学史研究论文选

A Research on the
History of
Modern Chinese Literature

朱晓进　著

译林出版社

**图书在版编目（CIP）数据**

朱晓进学术文集. 第一卷，中国现代文学史研究论文选 / 朱晓进著. -- 南京 : 译林出版社，2025. 8.
ISBN 978-7-5753-0353-8

Ⅰ. I206.7-53

中国国家版本馆 CIP 数据核字第 2024WE7105 号

**朱晓进学术文集（第一卷） 中国现代文学史研究论文选 朱晓进／著**

责任编辑 管小榕
装帧设计 韦 枫
校 对 梅 娟
责任印制 闻媛媛

出版发行 译林出版社
地 址 南京市湖南路 1 号 A 楼
邮 箱 yilin@yilin.com
网 址 www.yilin.com
市场热线 025-86633278
排 版 南京新华丰制版有限公司
印 刷 江苏凤凰新华印务集团有限公司
开 本 652 毫米 ×960 毫米 1/16
印 张 41
插 页 4
版 次 2025 年 8 月第 1 版
印 次 2025 年 8 月第 1 次印刷
书 号 ISBN 978-7-5753-0353-8
定 价 98.00 元

朱晓进

男，汉族，1956 年 12 月生，江苏泰州人。文学博士，二级教授，博士生导师。曾任南京师范大学文学院院长、南京师范大学副校长。曾兼任教育部中文教学指导委员会委员、全国鲁迅研究会副会长、全国叶圣陶研究会副会长等。

全国首届高校国家级教学名师（2003 年）、全国模范教师（2004 年）、全国高校优秀青年教师（2002 年）、全国教育战线师德先进个人（2001 年）、享受国务院政府特殊津贴专家（1998 年）、江苏省首届优秀社会科学工作者（1998 年）、有突出贡献中青年专家（2001 年）、江苏省高校教学名师（2003 年）、江苏省“六大人才高峰”专家（2007 年）、江苏省 333 工程科技领军人才（2007 年）、江苏省 333 工程第一层次人才（2013 年）等。

曾先后主持“中国现当代文学”国家级重点学科（2007 年）、首批国家级精品课程“中国现当代文学”（2004 年）、国家级教学创新团队（2007 年）、国家级人才培养模式创新实验区（2009 年）、江苏省非物质文化遗产研究基地（2014 年）、江苏省当代作家研究中心（2014 年）。

曾先后主持国家社科基金重点项目和国家社科基金项目多项，主编全国性教材多部。主要学术著作有《历史转换期文化启示录——文化视角与鲁迅研究》（辽宁教育出版社 1992 年出版）、《中国现代文学现象研究》（百花文艺出版社 1994 年出版）、《“山药蛋派”与三晋文化》（湖南教育出版社 1995 年出版）、《鲁迅文学观综论》（陕西人民教育出版社 1996 年出版）、《找寻中国现代文学史研究的独特角度》（中国文联出版社 2003 年出版）、《非文学的世纪：20 世纪中国文学与政治文化关系史论》（主编，南京师范大学出版社 2004 年出版）、《政治文化与中国二十世纪三十年代文学》（人民出版社 2006 年出版）、《中国现代文学史研究的视阈》（人民文学出版社 2008 年出版）、《鲁迅研究》（主编，中华书局 2011 年出版）、《作为语言艺术的中国现代文学史》（主编，人民出版社 2015 年出版）等；在《中国社会科学》《文学评论》《中国现代文学研究丛刊》等重要学术刊物发表学术论文 200 余篇。

学术研究成果获得国家教育部人文社会科学优秀成果一等奖、二等奖、三等奖（2013 年、2009 年、1998 年），江苏省哲学社会科学优秀成果一等奖 3 次（1997 年、2007 年、2011 年），江苏省哲学社会科学优秀成果二等奖（2005 年）；教学成果获得教育部全国高校优秀教学成果二等奖（2009 年），教育部全国高校优秀教材二等奖 2 次（2002 年、2023 年），江苏省高等教育优秀教学成果特等奖 2 次（2004 年、2009 年），江苏省高等教育优秀教学成果一等奖（2001 年），国务院学位委员会和教育部全国优秀博士学位论文指导教师奖（2014 年），等等。

# 《朱晓进学术文集》出版说明

《朱晓进学术文集》分5卷收录朱晓进个人的学术专著和学术论文。第一卷为《中国现代文学史研究论文选》，分“文学史观与文学史研究的思路”“文化视角与中国现代文学研究”“文学语言与中国现代文学文体研究”三个栏目，共收录学术论文29篇。第二卷收录专著《历史转换期文化启示录——文化视角与鲁迅研究》（辽宁教育出版社1992年出版）和《鲁迅文学观综论》（陕西人民教育出版社1996年出版）。第三卷收录专著《“山药蛋派”与三晋文化》（湖南教育出版社1995年出版），并附录3篇与该著内容有关的学术论文。第四卷收录专著《政治文化与中国二十世纪三十年代文学》（人民出版社2006年出版），并附录4篇与该著内容有关的学术论文。第五卷为《文学评论文选》，分“文学理论批评”“作家作品评论”“书评与述评”三个栏目，共收录评论文章40篇，并附录有关文字5篇。

文化自觉与文学研究

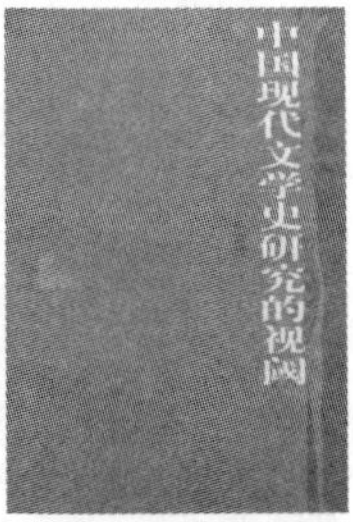
中国现代文学史研究的视阈

中国现代文学发展史

历史转换期
文化启示录

鲁迅
文学观综论

鲁迅研究教程

「山药蛋派」
与三晋文化

政治文化与
中国二十世纪三十年代文学

非文学的世纪

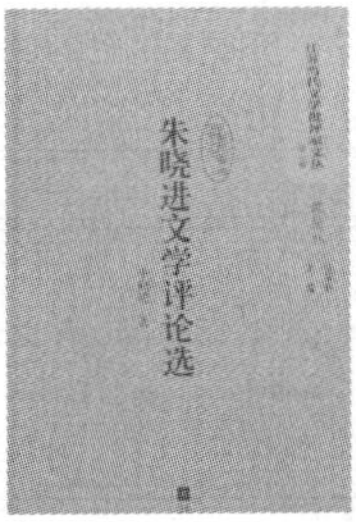
朱晓进文学评论选

找寻中国现代文学史研究的
独特角度

青年学者丛书
中国现代文学现象研究

# 目录

## 文学史观与文学史研究的思路

## 文化视角与中国现代文学研究

## 文学语言与中国现代文学文体研究

# 文学史观与<br>文学史研究的思路

# 20 世纪中国文学史观的反思

中国文学史研究作为独立的学科，以及中国文学史研究的学术品格的建立，是 20 世纪初才开始的。在此之前，中国有文学理论研究，如《文心雕龙》《艺概》《诗品》之类；有文学批评，如诗话、词话、小说评点之类。但唯独没有现代意义上的文学史研究。从 1904 年印行的林传甲的《中国文学史》算起，中国文学史研究至今已有一百多年的历史。这百年文学史研究的历史，从学科研究的角度看，到底给我们提供了哪些启示呢？近年来，人们谈论较多的是文学史观的问题。对于文学史观的关注，这的确体现了当前文学史研究和文学史写作上的理论自觉。在 20 世纪的中国文学史研究中，曾有过对文学史观的数度强调，而几乎在强调过后也曾产生过对史观问题的疑虑。文学史观作为方法论对文学史研究具有“指南”作用，但这种作用是渗透在具体的文学史研究中的，是由具体的文学史研究的结果所隐含着或显现着的，如果仅仅将某种史观当作“构造体系”的公式和贴到各种文学现象去的标签，就容易在文学史研究和文学史写作时落入“以论带史”或“以论代史”的套路，而有违“论从史出”的文学史研究和文学史写作的通行原则。文学史观对文学史研究的意义是重要的，没有文学史观的统摄，分散的文学现象往往难以凝聚成史。关键是要正确认识文学史观对文学史研究的意义，处理好文学史观与文学史研究的关系。

## 一

中国人最早为文学作“史”，主要接受了进化论的史观，进化论史观在文学史最初的研究，尤其是在五四时期占重要地位。胡适《白话文学史》的方法论用他自己的话说是归纳的理论、历史的眼光和进化的观念。[1] 谭正璧的《中国文学史大纲》是我国第一部用白话文编写的由上古叙述到现代的中国文学史著作（1924年泰东图书局初版），其中心史观也是进化论的，他在1929年更是出版了一部《中国文学进化史》（开明书局），在书名上就标明

1　参见胡适：《胡适留学日记》，商务印书馆，1947年版，第167页。

“进化”二字。稍后，郑振铎出版了《中国文学史》（插图本）、《文学大纲》、《中国俗文学史》、《中国文学史中古卷》等文学史著作。他在介绍研究中国文学的新途径时，基本上是重复胡适的观点，认为只要掌握了“归纳的考察”与“进化的观念”，便如同“执持了一把镰刀，一柄犁耙，有了它们，便可以下手去垦种了”。[1]

“进化的文学史观念”在20世纪20年代比较盛行。[2]由于进化的文学史观强调文学发展的运动和变迁、发展和进步、联系和规律，应该说就最初的文学史研究而言，进化的文学史观对文学史研究建立自己的学科品格起了重要作用。但由于对进化的文学史观念的过分强调，使文学史研究的目的论色彩过重，文学史研究似乎仅仅为了用来印证事物进化的普遍规律，而文学史研究自身的目的和意义却多少被忽略了。而且，进化的文学史观念本身在方法论上导致的线性思维和决定论思想方法，也给文学史研究带来了许多负面影响。这引起了研究界的不同看法，尤其值得注意的是30年代学界对之的反拨。

明确对这种文学史观提出不同意见的是周作人。他在1932年出版的《中国新文学的源流》中认为：“中国的文学，在过去所走的并不是一条直路，而是像一道弯曲的河流，从甲处流到乙处，

1　郑振铎：《研究中国文学的新途径》，《中国文学研究》，商务印书馆，1927年版，第12页。
2　关于20年代文学史研究中的“进化的文学史观”，可参见陈平原《小说史：理论与实践》（北京大学出版社，1993年）中“进化的观念”一节。

又从乙处流到甲处。遇到一次抵抗，其方向即起一次转变。”而这“两种不同的潮流”，周作人是概括为“诗言志——言志派”与“文以载道——载道派”，“这两种潮流的起伏，便造成了中国的文学史”。[1]这种归纳是否准确可以讨论，把“二元”简化成“言志”与“载道”也有简单化之嫌，这难以解释包括“白话文学”在内的文学史现象。其实，完全可以设立多条“二元”线索，例如再设立一些诸如“雅与俗”、“文言与白话”、“文人”与“民间”等的二元线索，也许能够从文学观念到文学形式等多方面的演变中展示文学发展的历史。但周作人这种观点的提出在当时是意在对进化的文学史观的反思和反拨。周作人认为，五四以后的学者以“进化论”治文学史，其长处是终于结束了此前对文学的“孤立的、隔离的研究”，以联系的发展的眼光看问题，使之成为名副其实的“文学史的研究”。但同时周作人又指出，以“进化论”研究文学史，其缺点也太明显，这就是易于“空想”出“文学上的一直的方向”，即认为文学是沿一条直线向着某一目标不断进化发展的。周作人还直接点了胡适的名，他说：“胡适之先生在他所著的《白话文学史》中，他以为白话文学是中国文学唯一的目的地，以前的文学也是朝着这个方向走，只因障碍物太多，直到现在才得走入正轨，而从今以后一定要这样走下去。”周作人明确表示自己“不大赞同”这种“意见”，

---

1　周作人：《中国新文学的源流》，岳麓书社（据1934年人文书店重版《中国新文学的源流》校订），1989年版，第17—18页。

而坚持认为“中国文学始终是两种互相反对的力量起伏着，过去如此，将来也总如此”。[1]这种重视文学发展过程中的内部矛盾运动的观点，起码可以对“进化的文学史观”起一种纠偏作用。胡适的《白话文学史》既然以白话文学为“中国文学的唯一的目的地”，就不能不否定或忽略非白话文学的存在意义和价值，这完全是带着五四时期反对文言文、提倡白话文的倾向的，如此描述出来的中国文学发展史，其真实性是很值得怀疑的。而周作人强调文学发展史中“互相反对的力量起伏”，情况就很不一样，它没有预设的文学发展目标，各种对立、对峙的文学现象便都能进入文学史家的研究视野，这就在接近文学历史的真实性方面前进了一步。

30年代像周作人这样对进化论文学史观明确进行质疑的虽不多，但文学史研究和写作中直接使用进化论史观的已不多见。与20年代较多的文学通史相比，30年代文学史写作，更加趋向于精细化，更注意文学发展的具体性和复杂状态，出版的文学史著作也更多了一些断代史、文体史。[2]这多少可以表明，人们似乎

1　周作人：《中国新文学的源流》，第18页。

2　例如断代文学史著作有：游国恩的《先秦文学》（商务印书馆，1934）、杨荫深的《先秦文学大纲》（中华书局，1932）、罗根泽的《乐府文学史》（北京文化学社，1931）、王礼锡的《南北社会的形态与文学的演变》（神州国光，1931）、苏雪林的《辽金元文学》（商务印书馆，1933）、《唐诗概论》（商务印书馆，1934）、吕思勉的《宋代文学》（商务印书馆，1929）、柯敦伯的《宋文学史》（商务印书馆，1934）、宋云彬的《明文学史》（商务印书馆，1934）、钱基博的《明代文学》（商务印书馆，1934）等；文体史著作有：刘麟生的《中国骈文史》（商务印书馆，1936）、王易的《词曲史》（神州国光，1932）、朱谦之的《中国音乐文学史》（商务印书馆，1935）、朱东润的《中国文学批评史大纲》（开明书店，1929）、陈中凡的《中国韵文通论》（中华书局，1929）、郭绍虞的《中国文学批评史》（商务印书馆，1934）、陆侃如的《中国诗史》（大江书铺，1931）、方孝岳的《中国散文概论》（世界书局，1934）、《中国文学批评》（世界书局，1934）等。

不再对一条线贯穿到底的文学史写法过于自信，开始关注每一时段文学发展和不同文体体裁文学发展的独特性、丰富性和复杂性。

## 二

对文学史观的再次强调是在20世纪50年代。50年代到70年代，基本上是集体编写文学史的时代。从文学史的编写模式看，基本上采用的是苏联模式。苏联模式的特点是，对文学史观特别强调，即要求以历史唯物主义史观为支撑，在文学史的写作中，强调以人民性或现实主义为线索贯穿全书。早在30年代，唯物史观就曾一度对文学史的编写产生过影响，罗根泽当年在总结“编文学史的三个时期”时，认为五四前为退化史观，五四后是进化史观占主导地位，而30年代则是辩证的唯物史观在起影响作用。[1]但30年代以辩证唯物史观来写文学史，留下的有影响的文学史著作并不多见，这是因为当时对辨证唯物史观的理解还很肤浅，往往只是从几个最基本的概念出发，缺少对唯物主义史观系统而深入的把握，所以成功之作不多。50年代在文学史研究中强调历史唯物主义史观，曾取得了很大的成效。例如，由于唯物史观强调

1　参见罗根泽:《郑宾于著〈中国文学流变史〉》,《罗根泽古典文学论文集》，上海古籍出版社，1985年版，第53—54页。

对历史发展规律的揭示，激发了人们对文学发展规律探究的兴趣，这也使当时的文学史的研究和写作，都特别注重研究文学发展历史的进程，文学史的“历史”特征得到了很大程度的强化；由于强调社会存在与社会意识的关系问题，文学现象的政治经济等社会的背景受到了充分的关注，这帮助人们从一个相当重要的方面去认识文学现象的原始起因和最终决定因素，使许多文学现象的存在之由、变迁之故得到了更加合理的解释；注重以阶级分析的方法研究作家，可以让人们从阶级论和社会学这个特殊的角度去理解社会生活如何通过作家这个特殊中介折射在文学作品中的；强调文学的人民性和现实主义，使文学与社会主体以及与社会现实的关系得到了特别的重视，文学的社会功用更加凸显出来，这也使得文学史研究对文学作品思想内容的揭示和阐释给予了特别关注。这些都给文学史研究带来了新的面貌。

但在具体文学史的研究中，由于许多研究者没有从方法论的整体上把握历史唯物主义史观，只从片面理解的某些历史唯物主义的现成观点去机械地对应所有的文学现象，因而也导致了文学史研究和写作中的失误。例如，历史唯物主义史观强调“人民创造历史”，而从表面看，历朝历代的文学作品往往并非直接由“劳动人民”创作的，这就要求研究者对文学创作与“人民创造历史”之间的关系做出合理的解释。在当时文学史的写作中努力找寻文学创作与“人民”的相关性，可以看成是试图做出这种解释的一种努力。在文学发展史中发掘“人民性”成了文学史写作的重要任务。这样，在内容上，那些多少表现了民生疾苦、为下层人民鸣不平、揭露或讽刺了统治者丑行以及批判了社会现实的文学作品，理所当然地受到了特别的重视；在艺术上，那些由民间创作的，或者多少吸收借鉴了民间艺术养分、多少采用了民间艺术形式或多少与民间文学艺术有点渊源关系的文学作品理所当然地得到了较高的评价。但在此同时，许多虽与上述情况不符但仍具有一定的思想意义和艺术价值的文学创作却被有意无意地忽略了。如何使所有的有价值的文学都能进入文学史研究的视野，在当时却是一个没有解决的课题。此外，当时在阐释历史上大多数思想意识属于统治阶级而在艺术上又取得了很高成就的作家作品时，会解释为那是因为作家所遵循的现实主义创作方法，部分地抵消了他们的世界观的反动性等。于是，“现实主义”创作方法的作用和意义被提升到了不太恰当的位置，本来是属于文学诸种创作方法之一的“现实主义”成了文学价值的评判标准，忽视了文学创作方法的多样性。用“现实主义”与“反现实主义”来划分中国文学发展史上的创作类别曾成为文学史写作的通行做法。例如，有人将中国文学发展史仅仅归结为“现实主义”与“反现实主义”的斗争历史。[1]这种归结不仅不够全面，而且仅仅将现实主义作

1　参见茅盾:《夜读偶记》第二部分“中国文学史上的现实主义与反现实主义的斗争”。《夜读偶记》，百花出版社，1958 年版。

为价值评判的标准，对许多作家作品就难以做出更公正、准确的评价。这样就有许多非现实主义作家作品在这一评判标准之下被摈弃在文学史研究和写作的视野之外或受到了否定。而有时要肯定某个作家时，就奉送一顶“现实主义”的帽子，甚至不管这个作家实际所采用的创作方法。例如，为了推重李白，在肯定其具有的“积极浪漫主义”（在当时，积极浪漫主义已经被赋予了新的内容，茅盾就指出：“积极的浪漫主义，可以说是和现实主义异曲而同工。”[1]）的同时，仍要努力去发掘和昭示其“现实主义”的精神和特质。[2]上述情况在很大程度上影响了文学史研究中运用唯物史观本来应该达到的更高的学术成就。恩格斯曾经指出：“我们的历史观首先是进行研究工作的指南，并不是按照黑格尔学派的方式构造体系的方法。必须重新研究全部历史，必须详细研究各种社会形态存在的条件，然后设法从这些条件中找出相应的政治、私法、美学、哲学、宗教等等的观点。”[3]恩格斯这里所说的是“指南”，它不能代替对具体文学历史现象的分析，更不是“构造体系”的公式。恩格斯曾经严肃批评过，在一些人那里“‘唯物主义的’这个词只是一个套语，他们把这个套语当作标签贴到各种事物上

1　茅盾：《茅盾评论文集》（下），人民文学出版社，1978年版，第5页。

2　参见孙殊青：《论李白的现实主义精神》，《李白诗论及其他》，长江文艺出版社，1957年版，第52—69页。

3　［德］恩格斯：《致康·施米特》，《马克思恩格斯选集》（第四卷），人民出版社，1972年版，第475页。

去，再不做进一步的研究”。[1]这种情况在五六十年代的文学史研究中是比较普遍的。

由于“中国现代文学史”这一阶段历史的特殊性，其研究呈现出更为复杂的状况。新中国刚成立便提出了把“新文学（现代文学）”从古代文学史中分离出来成为独立学科的要求，这一方面是顺应当时“厚今薄古”的时代需要，另一方面是出于更明确的革命功利主义的目的：通过对历史的重新描述，论证新的革命政权及其革命意识形态的历史合法性，并为新政权制定的新文艺政策提供历史的根据。王瑶先生的《中国新文学史稿》最先建立起“中国新文学史”的完整体系，他是力图顺应当时的政治要求的，他试图用毛泽东的“新民主主义理论”作为写这部文学史的指导思想，明确提出，“新文学史是新民主主义革命的一部分”，是无产阶级思想领导的，人民大众的，反帝反封建的民主主义的文学。在这个前提下，该书首先对革命的进步的文学给予了充分肯定，另一方面又根据毛泽东关于新民主主义时期还不是社会主义的，民族资产阶级还有一定时期中和一定程度上的革命性的论述，对资产阶级作家也给予了一定的评价。这里，用阶级分析的方法研究作家，基本上还是在比较合理的范围内进行的。但这部书出版后却曾被一些人认定是站在资产阶级立场上做学问。[2]这

1 ［德］恩格斯：《致康·施米特》，第475页。
2 参见《〈中国新文学史稿（上册）〉座谈会记录》，《文艺报》，1952年第20号。

是因为，新中国建立后中国政治形势变化很快，对“新文学”之“新”的含义不断有更高的阐释要求，1953年第二次文代会上提出了建设社会主义文学的任务，为了给社会主义文学提供历史根据，对五四文学要做出新的估价，即要强调“五四以来中国革命的文学运动，就是在工人阶级思想指导下，沿着社会主义现实主义方向发展过来的”。[1]因此，其后所出现的新文学史就成了一部“社会主义现实主义在新文学中萌芽、成长和发展的历史”。于是那些身份左倾，思想艺术并不太高的作家的作品被描述成文学史的主流，真正有成就的许多作家被忽略了（明显的就有沈从文、徐志摩、路翎、张爱玲等等，还有与现实主义相异的现代派诗人、小说家等等）。这里，用阶级分析的方法研究作家，已经超出了较合理的范围。这些做法，应该说是背离了唯物史观的基本原则。

新时期到来以后，文学史研究与所有的学术领域一样，面临的是学科重建的问题，而这种重建首先是从一些具体的方面入手的。在文学史评价标准的调适中，许多作家作品、文学现象重新纳入文学史研究的视野。例如，在中国古代文学史研究中曾一度被忽略的诸如宋诗、明清诗文（过去囿于直线式思维，将文学的发展简单地视为是后起的文学文体对此前的文学文体的取代，文

1 钱理群:《一代学者的历史困境》,《读书》，1994年第7期。

学史叙述的链条往往是唐诗—宋词—元曲—明清小说戏曲等；而宋诗“味同嚼蜡”、明清诗文“陷入僵化”等便成了顺理成章的结论[1]）等开始受到研究者的重视，曾一度被贬低的许多作家作品得到了重新评价（如陶渊明、王维、李商隐等这类过去难以用现实主义框定而受到否定的作家）。中国现代文学史研究当时提出了两个口号：一是“历史主义”的，即针对过去反历史主义的做法，要求恢复历史的本来面貌；还有一个是“现代化”的，即对中国现代文学的“现代”这两个字重新定义，认为“现代”二字“并不仅仅是一个时期划分上的简单概念，而具有确定的丰富得多的含义”，“文学的现代性或现代化，实际上包括了从文学语言、艺术形式、表现手法到作品思想内容、审美情趣诸方面不同于传统文学的全面深刻的变革和创新”。“‘五四’以来的中国文学，是向现代化迈进的与世界文学相沟通的民族文学。”[2]研究的热点最初基本上也是两个方面：一是研究那些曾遭冷落的作家作品如徐志摩、沈从文、路翎、周作人、张爱玲，以及新感觉派文学、象征主义文学、现代主义文学等；二是重新评价过去许多有过不实定论的作家，如对丁玲《在医院中》和胡风文艺思想等进行

1　学界长期以来就有诗歌到唐代已经做尽的观点。关于明清诗文，新中国建立后的许多文学史著作都认为其已走向衰落，如游国恩等认为：明代“散文、诗词……处在一种衰退的状态。”清代诗文“由于大多数作家基本上没有跳出拟古主义和形式主义的圈子，所以很少取得更新的成就”。(《中国文学史 · 第四卷》，人民文学出版社，1979 年版，第 152、306 页 )。这些观点有一定道理，但却不能成为文学史研究对此予以忽略的理由。

2　严家炎:《新时期十五年的中国现代文学研究》,《中国现代文学研究丛刊》，1995 年第 1 期。

重新评价。

总的说来，在新时期开始之后的一段时期内，从中国文学史研究观念、模式、方法上看，人们似乎在有意无意地搁置文学史观的问题，出现了一种摆脱苏联模式而开始转向英美模式的倾向。所谓“英美模式”的特点是，“着重学术考证和作品欣赏，近年来也对思想和社会背景给以更大注意”。“‘浪漫主义’也作为一种文学运动给予总体叙述，‘现代主义’也是常见之词，但‘现实主义’很少用于小说以外的体裁，就在小说中也主要指十九世纪中叶狄更斯诸人所作。重点作家叙述较详，也着重思想内容，但结合艺术和语言特点来谈，写法虽人各不同，受推重的则是一种有深度、有文采的一类。……这个模式有学术性，可读性，但系统性不强。”[1]之所以英美模式在新时期受到重视，只因为在新中国建立后的中国文学史研究领域中有一种轻视考证（尤其是在对胡适《红楼梦》研究的批判之后，彻底否定了实证主义的治学方法）的做法，而新时期提出要恢复历史的本来面貌，学术考证恰恰又是必不可少的；再有，就是新中国建立后的中国文学研究一直有重视内容而忽略艺术的倾向，作为反拨，有特别强调艺术欣赏重要性的必要。这些，就使得人们对重视学术考证、文学欣赏和艺术分析的“英美模式”有着某种趋同心理（一度出现的“鉴

1　王佐良：《一种尝试的开始——谈外国文学史编写的中国化》，《读书》，1992年第3期。

赏辞典”大量涌现的现象多少能说明问题，虽然这一现象出现的原因是多方面的，例如有学术研究的通俗化倾向——与文学的通俗化倾向相一致，但英美文学史模式的影响也是很显然的原因）。

重视文本细读和文本分析是重要的，这是文学史研究的重要基础。但“英美模式”的不注重体系，实际上也容易忽略文学历史的演进规律，如果止于考证、止于作品欣赏，止于单个作品的分析，缺少以文学史观对文学现象的统摄，文学史研究的“史”的品格便会丧失。针对中国文学史研究中大家过分注重单个作家作品而缺少体系性的问题，在 1985 年前后，文学史研究界提出了“注重宏观研究”的口号，中国古代文学、近代文学直到现当代文学研究界都同时在关注这一问题。这种关注，应该说是对当时那种“只见树木，不见森林”研究倾向的纠偏。但不久，问题又来了。本来，宏观研究就必须是在对微观已熟练掌握的基础上进行的，在众多的微观研究的基础上，“宏观”一下可以把研究向前推进一步。但这个口号一旦被懒惰者接过来就成了问题，尤其一些学术功底不深而又不愿在学术上下细致功夫的年轻学人，在文学史研究和写作中，常以“宏观研究”为旗帜，热衷于拉大架子，以空疏的内容代替扎实的研究，这导致了当时的学术上的浮躁气。为了纠偏，于是学界又有人提出“名著重读”“名著精读”的口号。这无非是强调：一是要注重对具体的作家作品的研究，这是基础；二是要体现新时代新的学术水准，也必须对名著精读、细读、重读，以期从一个个细部找寻突破前人的契机。但作为文学史研究，显然又不可能永远停留在对文学文本的精读、细读、重读上，于是，这就有了近年来人们谈论较多的文学史观的问题。

## 三

近年来对于文学史观的关注，多少体现了当前文学史研究和文学史写作上某种理论的自觉。在文学史观问题的讨论中，人们对文学史观之于文学史研究的意义和作用问题给予了特别关注，但对文学史观的关注不能停留在这个层面。上述中国文学史研究和写作的两个重要的历史时代，其所展示的中国文学史百年研究历史中对文学史观处置的钟摆现象，已经多少能说明问题。事实上每次对文学史观的强调，都曾给文学史研究带来过新的推进，因此这不是文学史研究中需不需要文学史观的问题，而是如何处理好文学史观之与文学史研究和写作的关系问题。在 20 世纪文学史研究对文学史观的处置中，有很多经验和教训值得认真思考。

从中国文学史百年研究历史中对文学史观处置的钟摆现象看，在文学史研究之于文学史观的强调的问题上，人们有时会陷入两难境地。不提文学史观，文学研究难以成“史”；但过分强调某种文学史观而又处理不好史观与文学史具体研究的关系时，又容易导致文学史研究和文学史的描述对某种史观的现成结论的依赖，容易造成对文学历史具体的真实状况的背离，或者造成文学史写作的模式化。从前述的两个重要的文学史研究和写作时期可看出在文学史观处置上所走入的误区。强调史观，主要是为了寻求文学现象背后的统一性，但在寻求这种统一性的同时也应该对文学史研究的学科独特性给以足够的重视。五四时期对进化史观的过分强调，其目的其实已不在文学史本身，文学史研究往往被用来证明事物进化这一铁律。一切作家作品都被纳入了“进化”的轨道中，都无不在证明“进化”的客观规律。文学现象（包括作家作品等等）的独特价值，它们区别于其他一般事物发展的独特贡献往往被忽略了。这种对进化论史观的过分强调，使其跨出了方法论的范围而具有了目的论的色彩。似乎文学史上作家作品相互联系的方式和发展趋向，就是奔着一个明确目标而来的，而这个目标也就是要证明的进化的观念。更有甚者，“进化”的观念甚至成为了文学史评价的标准。例如，胡适在《文学进化观念与戏剧改良》一文中，就是以是否符合“进化”铁律来评价中西戏剧的优劣的。他认为“西洋的戏剧便是自由发展的进化；中国的戏剧只是局部自由的结果”。他把中国戏曲在长期发展历史中形成的诸如“脸谱、嗓子、台步、武把子、唱工、锣鼓、马鞭子、跑龙套等等”看成是不符合“进化观念”的“遗形物”，提出要将之“扫除干净”。他将一些“剧评家”所持的不同意见归结为是“不懂得文学进化的道理”，将人们对这些“遗形物”的看重，指责为“这真是缺乏文学进化观念的大害”。[1]用进化论观念这样来研究中国戏剧史，不仅得出的结论有失偏颇、谬误，而且也无助于对戏剧的理解，无助于对中国戏剧发展的经验教训进行总结，当然也无助于中国戏剧的革新。五六十年代文学史研究中强调要表现历史唯物主义观点无疑是正确的，但在处理唯物史观之于文学史研究和写作的关系时，也出现了让“史观”跨越了方法论（即恩格斯所谓的“指南”）的范围而当成套语、当作标签贴到各种具体的文学现象上去的研究情况。在一些研究中机械和庸俗的唯物史观几乎成了文学史写作“构造体系”的公式，文学史研究几乎也成了证明这一史观某些概念的一种工作，而忽略了对具体文学历史现象的具体分析，以及文学史自身研究观点结论的得出。这样，文学史研究独立的学科价值也就被忽略了。如果所有的文学史研究都只是为了证明某一种“史观”的现成结论，而这种“史观”的现成结论又是在政治史、哲学史或思想史中亦已被反复证明过的，那么在政治史、哲学史或思想史之外还要文学史研究干什么？文学史研究与一般的政治史、哲学史或思想史的区别，不仅仅体现在表面的研究对象的不同，即文学史不仅仅是以文学为对象，更重要、关键的在于文学史研究与政治史、哲学史或思想

1　胡适：《文学进化观念与戏剧改良》，《胡适思想小品》，上海社会科学出版社，1997 年版，第 35 页。

史等所关注的问题是不同的。文学史关注的，它所要发现、提出和回答的应是“文学”的问题。在文学史研究中，在涉及文学这一研究对象时，其实并不排除与文学相关的非文学因素，即不能抛开包括政治、经济等在内的社会环境。但非文学的因素并不是文学史研究的旨归，而只是为了更好地有助于理解文学。文学史的研究，不管采用什么方法，都要有正确的“史观”，都要落实到对文学的理解、对文学现象的解释、对文学问题的真正解答上。

文学史研究要重视对具体文学现象的研究，但绝不能止于对个别现象的孤立研究。文学史既要与一般的政治史、哲学史或思想史区分开来，使之具有“文学”史的意味，同时又要与孤立的“作家传记以及个别作品的鉴赏加以比较和区分”，使其成为文学“史”的研究。[1]如果说前述的将“史观”仅仅当作套语、当作标签贴到各种具体的文学现象的研究上去的做法，会导致对文学自身“问题”的忽视和对文学史价值的忽略，使文学史研究不成其为“文学”史；那么，前面论及的就作品论作品、就作家论作家式的对文学现象的孤立的研究，则会使文学史研究不成其为文学“史”。毫无疑问，文学史的研究和写作，既要注意到文学现象的独特性，又不能让历史过程仅仅变成连续发生的但却又互不关联的现象的堆积。文学史研究中不同时段、不同的具体文学现象之

1 ［美］雷·韦勒克、奥·沃伦:《文学理论》，刘象愚等译，生活·读书·新知三联书店，1984 年版，第 292 页。

间逻辑联系的缺失，确实会使文学史之为“史”的品格得不到体现，因此，“史观”的统摄是必不可少的，研究者可以在“史观”的引领下去发现文学现象之间的联系。

从中国文学史百年研究的历史源头看，中国文学史研究学术品格之建立与当时对文学史观的强调有关，“史观”在文学史研究的整体性和体系性形成中起过重要作用，但这个作用首先是在方法论层面上的。自从进化论的文学史观引入文学研究，文学研究结束了以往就文学现象研究文学现象的孤立状态，注重了文学现象之间的历史联系。进化的文学史观的意义关键在于引发了研究者的历史联系的思路和眼光，文学史之为“史”的品格的建立，就在于这种历史联系的思路和眼光的确立，但这种方法论层面上的意义不能笼统地与文学史之为“史”的品格划等号。这涉及的更关键的问题是进行文学史研究的目的！如果说进行文学史研究的目的，不仅仅是为了满足按照某种史观将历朝历代的文学和纷繁复杂的众多文学现象编织成一张人为逻辑化的网络，即恩格斯所谓的“构造体系的方法”，而是为了再现文学历史的真实状况、发现文学历史的内在理路、总结文学历史的经验教训、探究文学历史发展的自身规律、找寻可供后人借鉴的启示，那么，在充分强调史观“指南”作用的同时，还应该给予“史识”和“思路”问题以更多的关注和重视。文学史研究成果的一个重要价值在于，是否能以独特的思路和史识（包括历史的眼光）对文学历史、文学现象有独特的发现，即通过文学史研究得出对文学历史现象独特而有意义的见解。

重视史观的“指南”作用，强调研究中对文学史自身“史识”和“思路”的关注，也许能使我们从对“史观”问题的艰难处置中解脱出来。文学史观，说到底是研究者所持的历史观、道德观和价值观。以历史观言之，是指人们关于历史是什么的理论图式，用什么样的历史观去阐释文学现象至关重要。对于既有史观的轻易否定和对任何一种史观的轻易拿来，都是不足取的，科学的历史观才是正确选择。同时，我们在使用科学的历史观去阐释文学现象时，又不能忽略文学历史自身的独特性，要避免让文学史现象仅仅成为阐释某种史观个别概念和结论的材料，要坚持“论从史出”的文学史研究的基本原则。因此，在重视史观的前提下，有必要强调文学史研究自身的“史识”和“思路”。而所谓“史识”，指的是史出之“论”，是通过对文学现象之研究得出的。强化“史识”，就是要提倡在具体的文学史研究中，设法从文学自身的历史条件中找出相应的关于文学的“问题”，得出对于文学自身发展规律的见解和结论。强调文学史研究的独特“思路”，是为了避免以某种史观来作为文学史研究“构造体系”的公式，以使文学史研究方式的独特性受到应有的重视。文学史研究必须是以现象为主，所有的观点应该是在对特定历史范围内的具体的文学现象的研究中产生出来的，文学现象之间联系的发现，文学史之为

“史”的内在理路的找寻也应该是在对文学现象自身的具体研究中获得的，强调文学史研究的“思路”，就是要提倡以与文学史研究学科特点相适应的独特方式，去找寻和发现文学史自身发展的内在的理路。

## 四

应该承认，在中国文学史百年研究中，唯物史观起了关键和决定性作用，因为它既是一种世界观又是方法论，它的政治性、历史性、实践性、规律性以及实事求是与比较研究，都被实践证明是行之有效的理论和方法。以鲁迅为例，在五四时期尤其在此之前的早期，他主要信仰的还是进化论，但后来在认真研读了马克思主义的著作之后，他的世界观、人生观和文学观变得更为辩证和深入。当然，唯物史观也需要发展，但其基本理论与方法仍不过时，仍然有其勃勃的生机。除此之外，我认为，起码还有三种比较典型的文学史研究思路值得关注：一是以胡适的文学史研究为标志的科学实证、历史还原的思路；二是以鲁迅的文学史研究为标志的典型现象分析的思路；三是以周作人的文学史研究为标志的长时段研究的思路。

文学史研究要尊重历史，要真实地再现历史，首先要掌握基本的历史事实。这就要在史料上下工夫，这是文学史研究的基础和起点。在这方面，胡适的科学实证的思路值得注意。

胡适研究文学史，注重“考辨源流”，他认为，这样才能逐层昭示出历史的本来面目。胡适用这种方法来考辨文学变迁史，尤其是研究中国小说史取得了突出的成就。中国的小说，诸如《三国演义》、《水浒传》和《西游记》等，每部小说的生成过程都非常独特。胡适的研究所注重的不是某一部小说的某个孤立文本，而是借同一故事的不同流变来考察该部小说的产生过程。这里体现的就是考辨源流的历史眼光，而支撑起这种研究的基础是版本考据。“假设”可以大胆，但必须“小心求证”。在《〈红楼梦〉考证》一文中胡适这样表述：“我在这篇文章里，处处想撇开一切先入的成见；处处存一个搜求证据的目的；处处尊重证据，让证据做向导，引我到相当的结论上去。”[1]这种“科学实证”的思路，虽然绝不是文学史研究唯一可行的思路，也不能解决文学史研究的全部问题，但却是一个重要的不可忽略的思路，是文学史研究的重要基础。

这里强调“实证”问题很有现实意义。现时许多从事文学史研究的人往往远离目录学、版本学、校勘学等，实在是一种损失。现有的一些文学史研究，常被研究者极强烈的主观意图及理论选

---

1 胡适:《〈红楼梦〉考证》,《胡适红楼梦研究论述全编》，上海古籍出版社，1988年版，第118页。

择笼罩，而这种主观意图及理论选择常侵入文学历史的叙述表达，于是这种叙述不再是历史而是超历史的，叙述语言裹挟了现在时与过去时的互相混淆，使人分不清文学现象的历史本相。不重事实考据，就必然消解文学的“历史”意味。提倡实证，有利于克服文学史研究界出现的一些不讲学术规范、不辨真伪、不辨源流、强作解人的学术浮躁之气。

文学史研究首先要弄清基本的历史事实，要从文学发展过程中的基本的文学现象入手，这是毋庸置疑的。但并非每一个历史事实和文学现象都具有文学史意义，文学史研究事实上也不可能穷尽所有的文学现象，这就要对历史事实和文学现象进行选择。要选择就必然要依据一定的价值标准，但“这些价值本身只能产生于对这一发展过程的观照之中”。“历史的过程得由价值来判断，而价值本身却又是从历史中取得的”。[1] 显然，文学史研究对历史事实和文学现象的涉及，其实是一个二度介入的过程。第一次是不带先入为主的观念原则、尽可能大量、广泛的去涉及基本历史事实和文学现象的原始材料，这里，科学实证的思路起重要作用。从史料的研究中，得出对文学历史的理解与见解后，以其最终要表达的某种史出之论，建构相应的框架，然后是对有关基本历史事实和文学现象的原始材料的二度介入，是有选择的介入。这里

1 ［美］雷·韦勒克、奥·沃伦：《文学理论》，第 296 页。

可以借鉴的是典型现象分析的思路。

鲁迅的文学史研究体现的是一种典型现象分析的思路。鲁迅治文学史特别注重从现象分析，而不是从先入为主的目的性入手，这就能在相当程度上对文学历史做出客观描述。但文学现象从表面看是杂乱无章的，而且在写作一部文学史时，事实上不可能将一切文学现象都包罗进去。研究者必须对文学现象进行选择，并在杂乱无章的文学现象之间找到某种联系。鲁迅曾说过，他研究“中国小说的历史的变迁”，是“从倒行的杂乱的作品里寻出一条进行的线索来”。[1]要对文学现象进行选择，要从杂乱的文学现象中清理出历史发展线索，要建立起一系列有因果关系的文学现象之间的联系，依据的当然是文学家的史识，而这种史识又是在对文学现象的研究中得出的，而不是外加上去的。这样，经过选择的文学现象虽然仍是现象形态的东西，但已不是原来那种无意义地杂乱堆积在一起的现象，而是蕴涵了文学史家的史识、体现了文学史家对文学现象的整体性理解和认识、能说明许多重要的文学问题、具有一定代表性和典型性的现象。它保留了一切文学现象所具有的原生形态，又具有对一系列现象的概括性。这种典型现象的选择和对之进行的研究，由于包含了研究者对文学现象的文学史价值和这些现象之间的联系及联系方式的认识，这就使单

1 鲁迅:《中国小说的历史的变迁》,《鲁迅全集》(第九卷)，人民文学出版社，1981 年版，第 301 页。

个的分散的文学现象之组合具有了文学史意义，文学现象组合所呈现出的就不再是"无意义的变化的流"，而是相互关联和有意义发展变化着的文学史的图景。

鲁迅写文学史强调的就是史识，鲁迅在评郑振铎的《中国文学史》时指出："郑君所作《中国文学史》，顷已在上海预约出版，我曾于《小说月报》上见其关于小说者数章，诚哉滔滔不已，然此乃文学史资料长编，非'史'也。但倘有具史识者，资以为史，亦可用耳。"[1] 鲁迅评价是否得当且不论，重要的是他关注"资料长编"与"文学史"的差异就在于"史识"。在《中国小说史略》中，鲁迅在涉及的大量小说现象中归纳提炼出"神魔小说""人情小说"等若干小说类型，再通过每一类型有代表性的典型性作品在元明清三代的产生及演变，从而第一次为这五六百年的中国小说发展勾勒出了一个清晰的面影。这就是一种经过典型化处理的，融入了规律性思考的"典型现象"研究。鲁迅在治文学史时，所抓取的"这些典型现象自然是从大量文学现象的分析、比较中提炼出来的，是研究的结果；同时又是描述的起点，即在整个文学史描述过程中，都必须紧紧抓住这些典型现象、基本元素，对其进行多层次的开掘，揭示出其内含着的以及与之相关的时代文化背景、作家心态、文学特征等等。这就能做到'抓住一点而总揽全局'，

1　鲁迅：《320815 致台静农》，《鲁迅全集》（第十二卷），第 102 页。

集博大与精微于一身”。[1]其实，辩证地理解，鲁迅治文学史的思路与唯物史观的理论和方法并不矛盾，相反还有某些内在关联。

文学史研究对于“史”的注重当是题中应有之意。在对文学现象或典型文学现象的分析和阐释中，绝不能止于就现象论现象，就作品论作品，还要关注现象间的历史关联，探讨文学现象的“存在之由和变迁之故”。这就要有将文学现象摆到文学历史的进程中加以考察的自觉意识，文学史研究之“史”的品格也正体现于此。这里，长时段研究的思路值得借鉴。

周作人在《中国新文学的源流》中体现的就是一种长时段研究的思路。周作人试图通过中国文学长时段的发展过程找寻新文学的源和流，以说明新文学运动并非“破天荒”的孤立现象，而是中国长期的文学史内部矛盾运动的必然结果。他认为中国文学由“言志派”和“载道派”这两种潮流的起伏构成了一个周期性发展的曲线。周作人把对新文学源流的考察，置于这一周期性发展曲线的大背景下，由此将新文学运动的“来源”定在明末。这是因为明末的文学运动“和民国以来的这次文学革命运动，很有些相像的地方。两次的主张和趋势都很相同。更奇怪的是，有许多作品也都很相似。胡适之、冰心和徐志摩的作品，很像公安派的，清新透明而味道不甚深厚”。“和竟陵派相似的是俞平伯和废名两

---

1 钱理群:《返观与重构》，上海教育出版社，2000 年版，第 27—28 页。

人”，“然而更奇怪的是俞平伯和废名并不读竟陵派的书籍，他们的相似完全是无意中的巧合”。[1]也就是说二者的相似并不在于它们之间有什么直接的影响关系。那么把这二者连在一起的依据是什么呢？周作人认为，它们处在中国文学史周期性变化的同一位置上。从明末到民国是一个相对完整的规律性周期，通过这种周期能显示新文学运动内在的历史根源。周作人在找寻新文学源流时，并未更多关注晚清的文学改良运动，这是因为他认为晚清文学改良运动与新文学运动加起来也还只构成一个周期性变化的后半截，如果仅关注晚清文学运动与新文学运动的关系，就不能将一个相对完整的周期性变化显现出来，中国传统文学内部变革的动力也就无法揭示。

周作人所找寻的中国文学发展的内部动力（言志与载道）是否准确，可以讨论，但他在这里提供了一种长时段研究的思路。长时段研究，不只是一个单纯的时间跨度长短问题，而是如何使具体的文学现象，在历史性的发展周期中获得更具史学意义的解释问题。合理地找寻历史的动因是长时段研究的根本目的。

科学实证与历史还原的思路、典型现象分析的思路以及长时段研究的思路恰好从三个不同方面对文学史研究进行了某种规范，其中它们也自觉不自觉地包含了唯物史观的思想因素及其理

1　周作人：《中国新文学的源流》，第27页。

路，多少也可以回答文学史研究如何尊重历史、如何再现历史、如何对文学历史现象进行提炼整合、文学史研究如何注重历史的联系使其不失为“史”等基本问题。

总之，在对20世纪中国文学史观的反思中，史观尤其是唯物史观对文学史学术视野、方向、品格与思路的建立起了重要作用，因此，不能轻易否认文学史观之于文学史研究的价值。但要重视文学史观之于文学史研究之关系处理上出现的一些问题，如何处理好这些问题，应是当前重新强调文学史观时首先要加以解决的。在强调史观对文学史研究的指南作用时，还应重视文学史研究自身的学科特性，重视对于文学自身发展规律的见解和结论的探索，重视找寻和借鉴与文学史研究学科特点相适应的一些独特的方式和思路。

（原载《中国社会科学》2006年第1期;《新华文摘》2006年第9期转载）

# 略论中国现代文学的政治化传统

站在新世纪的起点上，搞文学的人们很容易提出这样的问题：20 世纪给我们带来的是什么样的文学传统？我们如何才能更好地承续那些优良的文学传统，而丢弃那些不良的文学传统？当然，要做到这一点，文学界首要的任务是对 20 世纪文学即我们通常所谓的中国现代文学的传统做一认真的清理和反思。

## 一

中国现代文学的传统是多方面的，本文在此选择其中之一的政治化传统来加以分析，是基于政治化传统之于总结中国现代文学历史经验教训的重要性的考虑。谈论中国现代文学的传统，不能忽略中国现代文学赖以产生和生存发展的具体历史环境。20世纪中国文学的发展，是在一个特殊的背景下展开的。就某种意义上讲，由于20世纪特殊的时代特点和特殊的历史任务，这个时代的文学在整体上呈现出不利于纯文学发展的态势。20世纪中国文学与政治之间的特殊关系，老作家柯灵曾有过如下的概括："中国新文学运动从来就和政治浪潮配合在一起，因果难分。五四时代的文学革命——反帝反封建；30年代的革命文学——阶级斗争；抗战时期——同仇敌忾，抗日救亡，理所当然是主流。除此之外，就都看作是离谱，旁门左道，既为正统所不容，也引不起读者的注意。这是一种不无缺陷的好传统，好处是与祖国命运息息相关，随着时代亦步亦趋，如影随形；短处是无形中大大削减了文学领地，譬如建筑，只有堂皇的厅堂楼阁，没有回廊别院，池台竞胜，曲径通幽。"[1]这种概括也许尚欠严谨，但多少还是道出了中国新文学发展过程中的一个显著的特点。

20世纪中国文学，从来就没有被作为一个独立的领域得到自足性的发展。文学革命伴随着思想、政治启蒙的新文化运动而发生，它与反帝反封建的政治思潮难以完全剥离。五四时期曾提出的反载道的文学口号尚未能落到实处，而在"为人生"旗号下的政治化趋向已初露端倪，并很快被早期的革命文学口号所代替。

1　柯灵：《遥寄张爱玲》，《张爱玲文集》（第四卷），安徽文艺出版社，1992年版，第427页。

大革命后，文学的政治化终成主潮。此后的文学发展，虽随政治形势变化而呈现不同态势，但却始终未能避开政治化“浪潮”的裹挟。20 世纪文学的发展，确实时时受制于特殊的政治文化语境与氛围，这不仅体现在许多文学作品所表露出的在题材上的政治化特征，在题旨上的意识形态化倾向，而且全面体现在整体的文学目的和文学观念上。政治化思潮影响和制约着 20 世纪大多数年代文学的基本走向。因此，文学的政治化，可以说是中国现代文学的最重要的传统之一。

## 二

文学的政治化传统在五四时期便显端倪，随着五四新文化运动逐步演化为政治的运动，随着思想启蒙的长久历史任务被政治革命的现实要求所中断，文学的政治化亦逐渐被提出，1923 年开始，一些从事于实际政治运动的革命者纷纷从政治革命的角度向文学提出服务于革命政治的要求，此后又有包括郭沫若、沈雁冰在内的著名作家们的呼应，但文学的政治化在五四时期并未形成以后相当长的历史时期沿袭相传的特点。文学政治化传统的真正形成是在 30 年代，这是由 30 年代特殊的文化语境所决定的。30 年代国民党建立政权后，为巩固其“权力主体”的地位，实行了种种文化控制方略和文艺政策，这造成了国民党政权这个权力主体与广大人民群众这个权力客体之间的严重疏离，因而必然地造成了包括文化界、文艺界人士在内的广大人民群众在最大程度上的不满情绪。这种政治文化语境，就构成了30年代文化、文艺领域的特殊景观：一方面，是国民党政权以控制宣传、教育等手段来推行自己的政治文化，压制不同的权力客体的不谐和的声音；另一方面，是来自权力客体的种种文化反弹，即同样以宣传、教育等途径来发泄对国民党政权的不满情绪和发布自己的政治见解和主张，从而构成了反国民党政权的“反权力政治文化”。由于书刊、文艺等宣传媒体在政治文化传播中的作用，所以该领域便成了双方进行激烈争夺的战场。30年代，作为权力客体的持各种不同政治见解的文化群体和个人，不约而同地关注的重要问题之一，是出版和言论的自由。这当然都是针对国民党政权的限制思想自由和言论自由的文化控制手段而来的。左翼文化、文艺阵营作为最直接的“反权力政治文化群体”，最多地也是最长久地发着争取出版和言论自由的呼声。这在他们30年代的一系列纲领、宣言和其他文献中已构成了一个很重要的内容。在30年代，不仅是左翼文化、文艺界，而且在其他作为权力客体的文化、文艺群体或个人那儿，“争取言论自由、出版自由”事实上也始终是一个重要的斗争内容。就拿“新月”社来说，他们在这方面的有关言论，其言辞激烈程度，绝不亚于左翼作家。即使像沈从文这样被人视为“远离政治”的作家，也曾为争取言论、出版自由抗争过。在言论、出版自由问题上，权力客体与权力主体之间之所以构成如此尖锐的冲突，这完全是由30年代的政治背景所决定的。由于受控制的传播媒介能成为培养政治信念的有力工具，因而，代表不同利益的集团和政党自然会利用这种工具来推行自己的政治文化。而且愈是当政治斗争趋于激烈时，对传播媒介的争夺愈加剧烈。30年代国民党政权依靠文化控制（包括控制文化传播媒介）来巩固自己的政权，将自己的政治文化灌输给权力客体，而权力客体自发拥有的各种“反权力政治文化”也必须通过传媒来扩大其影响，尤其是当权力客体处于没有政治自由的状况下，包括文学在内的传媒便成了他们的重要的甚至也许是唯一的与“权力主体”进行抗争的手段。30年代特殊的政治文化语境构成了特殊的文学氛围，它在很大程度上决定了文学的生存和生产状况，产生了特殊的文学现象，并由此形成了文学发展在总体上的政治化趋向。这种政治化趋向具体体现为：文学群体中成员常常扮演着政治参与的角色，在其政治倾向上各文学群体都多少代表了各种不同的“政治利益”；文学群体或多或少具有某种封闭性、宗派性，或党派性；每一文学群体内部在重要的文学观念上大体相一致，而这种一致性往往不是出自审美性追求，而常常是从自身的政治立场、政治态度出发，针对自身对当时政治文化形势的理解而采取的某种文学策略。在30年代的文学论争中，各派所依据的常常是其政治文化立场，而文学自身的要求则往往被隐去。30 年代作家的文学选择明显受其政治意识的趋导，作家的政治价值观在很大程度上决定了作家们选取文学题材的眼光、处理题材的方式以及观照问题的角度。普遍的政治风气、政治需求和普遍的政治心态，导致了主导的审美倾向的形成，造成了某些特殊的文体形式的盛行等等。[1]

虽然由于 20 世纪不同年代的政治文化形势不尽相同，其文学与政治结缘的方式也不同，但 30 年代形成的文学政治化的一些基本特点，在其后的年代里，以其不同的方式得以沿袭相承，终而成为一种传统。中国四五十年代直至“文革”时期的状况，从政治文化的社会形态来看，与 30 年代有了很大的变化，但在这些年代里，文学依然作为政治意识形态而受到关注。文学群体的官方化特征非常明显，任何文学组织都无一例外地被纳入政府的管理体系之中，政府直接可以用行政手段控制、支配、左右这些文学组织。文学只能以官方意识形态工具的身份出现，文学不仅绝对不能传播任何非官方意识形态，而且也绝对不允许不体现官方意识形态，即通常所谓的不允许“脱离政治”。作家没有任何文学选择的空间，要么放弃创作，要么就是自觉充当这种工具。文学观念的空前一致，即一切文学主张、文学理论，基本上都是本源于官

---

1　参见朱晓进:《30 年代政治文化语境与文学氛围》,《文学评论丛刊》，第 2 卷第 1 期。

方文艺政策而做的种种阐释，或者就是官方文艺政策的直接的传声筒。与之相关的文学评价标准也主要是基于官方的政治意识形态，对任何文学作品都无一例外地或从政治上找寻其可肯定之处，或从政治上找寻其该否定之处，而毫不顾及作家的创作意图和愿望。由于官方意识形态对普通民众有相当强的灌输力量，由此形成了官方色彩相当浓厚的普遍的政治心态和政治风尚，这又直接导致了主导的审美倾向的形成，并导致了诸多特殊文体的流行。[1]

## 三

可以说，在20世纪的不同年代中，虽然中国文学与政治的结缘方式不同，但在文学自身未能获得自足发展的足够空间这方面却是共同的。而文学的政治化传统也始终贯穿在整个20世纪文学发展中。我们可以明显感到，自30年代以来，政治化的思路就一直左右着文学的发展，社会政治环境时时变迁，而这种政治化的思路之于文学的支配作用却未有太大的改变，这在历年来的文学论争中表现得最为明显、最为充分。

由于30年代各文学派别的文学观念，在某种意义上可以说

1 参见朱晓进:《文学与政治：从整合到非整合》,《社会科学辑刊》，1999年第5期。

是并非出于文学的或学术的思考，而常常是从自身的政治立场、政治态度出发，针对自身对当时政治文化形势的理解而采取的某种文学策略，因此，在 30 年代的一系列重要的文学论争中都无不显示出浓烈的政治化色彩。与 20 年代的文学论争相比，30 年代文学论争的最显著的特点也许正在于这种政治文化色彩，即在 30 年代的文学论争中，各派所依据的常常是其政治化立场，而文学自身的要求则往往被隐去了。其间，倍受重视的是说话人的政治态度——站在何种立场上讲话，是论争各方最为关注的。在 30 年代发生的几乎所有的文学论争，其背后都有着政治的潜因，文学论争往往成为论争双方政治文化观念的交锋，即使是争论艺术问题或仅仅是艺术形式问题，其基本的思路也常常是首先从政治出发或最终将之归结为政治问题。也就是说，在 30 年代特殊的政治化语境中，人们看文艺、谈文学，其基本的角度在事实上都难以超出政治化视角的范围。因为在论争者看来，文学问题事实上已非关文学本身，而关系到自己政治意愿的表达和政治见解的阐释。参与论争，是获得政治发言权的极其重要的也许是唯一的机会。30 年代文学论争中人们所表现出的巨大的热情和兴趣也可以由此获得解释。这种文学论争中表现出的热情和兴趣，其中有很大的成分是政治的热情和政治的兴趣。但是，当文学的目的完全政治化，文学的言说一旦被系统化为政治话语，就成为一个具有意识形态排他性与专一性的系统。这个系统被用来阐发或攻击某种政治权力的合法性、用来阐发或反对某种政治理想的合法性。因此，在30年代的许多文学论争，事实上都明显表现为各派政治势力之间争夺借文学表达政治意愿的话语权的斗争。正是这种“权力话语”的获得，才使左翼文坛牢牢雄踞于霸主地位。也正因为如此，也才使得30年代的中国，无产阶级的革命的文艺运动成为了唯一的文艺运动。

30年代的许多作家，尤其是革命文学的作家，可说是在人格上完全政治化了，在他们身上，唯政治化的色彩非常浓厚，在30年代文学论争中的一个非常突出的现象，就是文学家人格的政治化。许多作家，他们从事的是文学的事业，但却对政治非常投入，或者说在自觉不自觉中总是以“政治”考虑来决定自己的行为，这自然与当时特定的政治文化氛围有关，身处这样的环境，政治心理的积存越来越丰厚，在政治心理的潜在支配下进行行动，久而久之便成了一种自觉的行为。许多作家在一系列的文学论争中，其政治意识不断加强，甚至对自己的文学见解等也表现出一种“今是而昨非”的态度，以不断适应政治形势发展的需要。“政治文化人”特点，首先体现为思维的政治化。普遍的政治化思维弥漫在30年代的一系列文学论争中，这是30年代文学论争的政治化色彩的显著标识。

为了政治的需要，论争中的实用主义盛行，往往将相对真理当作绝对真理。30年代论争中，双方所依据的常常是自己的政治价值观，而不是追求通过论争将问题背后的道理弄清楚。可以说，没有一次论争最后是哪一方通过讲清道理，以其自身理论的真理性使对手真正心服口服的。事实上，双方论争时所追求的，也并不是这样一种学理的结果，原本论争并不抱说服对手的目的，仅在表达自己的政治意愿和阐释自己的政治价值观，因而不去找寻，也不可能寻找到大家普遍接受的那样一种真理。这样，每有论争，其兴也暴，而结果却总是不了了之。更值得注意的是，论争的兴起、结束，大家所依据、所服从的也不是某种真理，而是政治的需要。论争的当事人不管在论争中表现如何，使用什么样的言词，有什么理论的阐发，但决定论争进程和结果的，并不是论争的内容和理论探讨的深度，也不在于谁真正完全掌握了绝对的真理，而在于背后的政治目的甚至政治的操作。人们论争中亦已形成的政治化思维使他们心甘情愿地循着政治理路，而不是学理的理路。论争的走向，并不是依据是非观点的是否明确，不在于理论探讨的进展，而在于其背后的政治。与理论的正确与否相比，当时的人们也许更相信、更愿意服从的是政治权威，是人们的政治实用主义支配着人们在论争中的行为。

30 年代的文学论争往往是或主要是发生在不同的文学群体之间。而 30 年代文学群是以政治倾向的同一性来划分的，各群体内部统一性高，且具有较强的组织性意识，因而各文学群体大多具有宗派性质甚至党派性质，即不管群体成员内部思想有何差异，对具体问题的种种见解有何不同，但在重大问题上，尤其是涉及政治的问题上，往往一致对外，处处以本群体为是，以非本群体为非。这种党派性意识有时并不依据形式上是否参加某个社团，而是依据政治上的倾向自觉地给自己划线，决定政治立场上的归属。对党派性的强调，在左翼作家群体中显得最为突出。这种对党派性过于看重，由其党派性来判定言论的是非，而不是依据真理性来判别言论的正确与否，说到底就是一种宗派主义，而宗派主义在整个 30 年代文学论争中始终起着相当大的决定作用。

30 年代文学论争有时还表现为政治上的过度敏感，即有很强的政治防范意识。这种过度的政治敏感，在 30 年代特殊的政治文化氛围下，应该是可以理解的，但这种政治上的过度敏感，有时很容易导致政治上的猜疑。这种猜疑在 30 年代的论争中时有出现，例如"领津贴"，在 30 年代是一个重要的政治猜疑的内容，这种政治猜疑内容在论争中屡屡被使用。在"革命文学"的论争中，杨邨人就曾说鲁迅"领到当今国民政府教育部大学院的奖金"。[1] 在两个口号论争中，一些左翼作家因胡风在中山文化教育馆发行的杂志《时事类编》发表翻译文章，而称他在"中山文化教育馆领津贴"，并猜疑他为国民党的特务。鲁迅曾揭过《现代评论》派接受过段祺瑞的"一千元津贴"的老底，而在与"新月派"的论争中，鲁迅又曾断言，《新月》将代《现代评论》而起，

1　文坛小卒（杨邨人）：《鲁迅大开汤饼会》，《白话小报》，1930 年第 1 期。

为政府做诤友。其后，“新月派”的梁实秋在与革命文学作家论辩时，便称左翼作家“到 × 党去领卢布”。[1]“三民主义文学”作家在与左翼作家论战时，也一再诽谤左翼作家是“藉了卢布的作用”，“领了卢布的津贴”。[2] 上述所谓的拿了谁的“津贴”，有些确实是属于政治上的猜疑，当然也不乏其造谣和诽谤，以此作为一种陷害对手的手段。这里“津贴”一词实际上成了一种政治的标签，贴上这种标签就是暗指其投靠了某一政治势力。指称论争对手拿了谁的“津贴”，成了一种陷论敌于不利境地的政治手段，或者是通过造谣，借统治者的政治势力来剪除异己，即“借刀杀人”“借头示众”；或者是通过这种猜疑或暗示，借民众对统治者的厌恶来将论争对手在“政治上搞臭”。另一方面，通过将论争对手挂靠到某一政治势力的实体上，将对手推上政治的极端，目的也在于引起与之敌对力量的“敌忾”，引起己方同道们“全伙”的政治义愤。

## 四

在中国 20 世纪文学的发展中，30 年代是一个重要的转折时

1　梁实秋：《资本家的走狗》，《新月》，1929 年 11 月 10 日第 2 卷第 9 号。
2　林振镛：《什么是三民主义文学》，《民族文艺论文集》，杭州正中书局，1934 年版，第 208、215 页。

期，20 世纪文学发展过程中的许多问题、许多症结可以从 30 年代找到源头。在其后的相当长的一段历史时期内，我们从文学论争、文学讨论乃至文学批评中，都能发现 30 年代文学论争中所形成的一系列特点的遗存。因此，有必要对 30 年代文学论争中形成的一系列习惯、做法、思维等等进行研究，这对加深理解整个 20 世纪文学的发展也有着重要的意义。在 20 世纪许多政治敏感时期，政治形势、政治文化往往是构成文学生成、生存和发展的一个重要生态环境，在这种时期，各种文学现象，基本上是在对这样的生态环境或顺应或违逆，或适应或不适应，或协调或不协调的反应中得以形成并呈现出种种态势的。在 30 年代以后的年代，政治形势虽不断变化，但文学论争中的政治化思路却在很长一段时间里没有得到太多的改变。作家人格的政治化、政治实用主义、宗派主义、政治性猜疑等，在有些年代甚至有过之而无不及。在相当长的一段时期内，文学主张、文学观念基本上是一种作家的政治表态，或是对某种文艺政策的阐释，所有的文学理论在很大程度上是官方文艺政策的翻版，而从文学自身规律和从学理角度提出的文学见解却很难见到。即使有所谓文学论争，有所谓论争的双方，那也是基于对官方文艺政策理解的差异，而论争的最后裁判也理所当然地是有关官方部门或官方政治权威，文学的法则完全由政治规则所取代。论争中不管观点如何差异，其提出问题的方式，思考问题的角度都颇为一致，即关注对方的政治态度、政治立场甚于关心其观点本身的正确与否，从而使许多文学论争一再呈现出是非标准的相对模糊和朦胧的状况，政治化思维掩盖了理论的探讨。

当我们回顾中国现代文学的传统时，我们看到，文学的政治化，从30年代开始作为一种重要传统在20世纪的大多数年代里传承沿袭。鉴于这样一个基本的历史事实，我们在研究上述年代的文学现象时，就不能忽略政治化传统之于文学所起的作用。也许，当我们真正弄清了这种政治化传统以何种方式、在多大程度上左右了不同年代的文学，并在多大程度上，到底以什么形式，最终导致了一些文学现象的产生，以及最终支配了文学发展的趋向等等的问题时，我们会加深对中国现代文学的理解，同时，我们也才会真正明白，在这一文学传统中，哪些是值得我们努力继承的，哪些是需要我们下决心丢弃的。

（原载《文艺争鸣》2002年第2期）

# 重读五四

五四距今已近一百年了，但当我们回顾20世纪中国文化的发展历程时，我们仍然觉得五四是本世纪最伟大的历史时期之一。20世纪初的中国，曾面临着伟大的历史性转变。这种转变不同于历史上任何一个时期，它不仅不是一个简单的政权更替的历史过程，而且也不仅仅是一种经济变革的契机，而是一次意义深远的伟大的文化革新。在这伟大的历史性转变中，文化先驱们所留下的历史的反思，是值得后辈几代人慢慢咀嚼和回味的，这是因为：以五四新文化运动为发端的这场本世纪以来的中国文化的历史性转换的过程，至今尚在继续；先驱者们当时所提出的种种文化命题对于现今的社会来说还仍然有着极其重要的意义。当我们面对本世纪以来艰难曲折的中国历史发展的进程时，我们不能不对先驱者们睿智的思想，敏锐的眼光，大无畏的勇气，以及深刻的文化反思感到特别的亲切。我们现在同样处在一个重要的文化转换时期，我们应该继承五四传统，并在此基础上开始新的文化进军。但自进入 20 世纪 90 年代以后，我们也较多地听到了有关对于五四的质疑，例如，指称五四文化先驱造成了民族文化的认同危机，造成了中国传统文化的断裂，等等。这种质疑虽有可能在一定程度上促使人们对五四的各种思想形态做更深入全面的审视，但我认为有些指责在很大程度上是忽略了五四的特殊语境，忽略了中国历史发展的基本事实的。这里，通过对五四的重读，就几个有关五四的敏感话题，略陈管见。

## 一

所谓五四造成了“中国文化传统的断裂”，这是对五四质疑中常见的一条指责。其实，就五四那一代文化先驱而言，无论从哪个方面也看不出他们是真正割断了与民族传统文化的联系。即如鲁迅，他很早就提出，“外之既不后于世界之思潮，内之仍弗失固有之血脉，取今复古，别立新宗。”[1] 这可以看作是本世纪初文化先驱们对民族文化进行现代化改造的有代表性的基本构想：

1　鲁迅:《坟·文化偏至论》,《鲁迅全集》(第一卷)，第 56 页。

对民族文化固有的血脉，在不失其信心的前提下，应加以辨析、扬弃和选择；对世界文化思潮，则在打破闭关锁国的基础上，应以积极的态度去占有、挑选和拿来。在这两条途径相辅相成的结合中去创建中华民族的新文化。正是这一代文化人，通过这两条相辅相成的途径，架通了民族文化生命与世界进步文化的桥梁。诚然，五四这一代人在深刻的文化反省中，有时所提的口号不免偏激，即如质疑者举证最多的所谓“全面反传统”的口号等，但这种激进主义的态度摆在五四那样具体的语境中是有它的合理性的。五四那一代文化人，亲眼目睹过中华民族两度失去跻身于世界先进行列的机会：一次是戊戌变法失败，失去了走日本明治维新道路的机会；一次是辛亥革命后的政局逆转，失去了走法、美民主共和道路的机会。痛定思痛之后的反思，使他们认识到，是历时数千年的文化沉积，形成了一种可怕的历史惰力，使得任何改革都将归于失败，使任何先进的东西都必然会遭遇或被拒绝、或被改变成能适应于维系旧物的命运。这严重阻碍着中国在世界文化交流中取优补劣。因此，他们觉得，只有在整体格局以及整个体系上全面反传统，先进的东西才会被接受过来并充分发挥其效能，中国的改革也才会显出成效。他们并非看不到中国文化传统的长处，但在他们看来，多讲本国的优点，容易使人陶醉，不思改进，更何况中国向来就以“老大帝国”自居，而鄙视任何域外文化。而对弱点的批评和攻击则能促人觉醒，激起人们改变现状的热情。事实上，“全面反传统”在他们那儿只是一个战略性的口号。他们并不反对在打破传统文化的整体格局之后，对传统文化中诸多局部的、具体的积极性文化因素的传承和汲取。为了完成中国民族文化的现代化改造，他们理智地、自觉地公开提出反传统，而至于对传统文化中有益因素的事实上的继承则是不加声明地悄然完成的。这二者在“文化发展”的意义上达到了统一：反传统是为了尽快实现文化的历史性转换，悄然继承传统文化中的有益因素同样是为了新文化的建设。如果注意到五四这样一种特殊的语境，注意到五四以来文化的实际发展状况，所谓“造成中国文化传统的断裂”的指责显然是不能成立的。

与此相联系的是，五四在文化上的“欧化”倾向，被认为是严重丧失了“民族主义”的立场。这种指责与20世纪90年代初介绍到中国来的后殖民主义理论有关。五四新文化运动甚至被有些人描述成一次文化“殖民化”的过程。他们指称，五四时期文化先驱者们的思想启蒙话语均来自于西方，在启蒙过程中，先驱者们完全失却民族主义的立场，结果只是造成了中国文化上的“欧化”。的确，五四那一代人在批判中国固有精神文明时所使用的语言异常激烈，甚至十分偏激。例如鲁迅，他把中国的文明比作“人肉的筵宴”，中国则是“安排这人肉的筵宴的厨房”；认为中国整个历史只能划分为“想做奴隶而不得的时代”和“暂时做稳了奴隶的时代”；认为“中国文化是侍奉主子的文化”，是杀掉自己的

"软刀子"；并且主张中国的年轻人多读外国书而少读或不读中国书等等。五四这代人在批判中国旧文明时，处处把西方先进文明与中国的愚昧落后相对照。从持"后殖民主义"理论的批评者看来，上述观点正是袭取了赛义德所抨击的那套"东方主义"的观点和语汇。但只要是对五四以来的中国历史稍有了解的人，大概都不会认为鲁迅是在为西方殖民主义张目。事实上，就当时中国的现状而言，只有学习先进的东西，才能促进本土文化的健康发展。鲁迅等五四那一代试图改变中国现状的知识分子们是自觉采用西方的概念和术语，自觉接受了自由、民主、科学、进步等西方启蒙时代以来的价值观念。他们这样做的目的，并不是为了证明西方文化高明，而是想把中国由弱变强，不再受西方列强的欺侮。由于本土文化的落后，五四文化先驱们不得不向西方借来诸如人道主义、个性主义、进化论等西方现代性理论，这些理论在当时也确实是完全积极地参与了中国民族文化的现代化的建构，它提供了新文化运动中反抗旧有封建宗法制度的思想资源，成了中国人民反抗殖民化、半殖民化的思想武器。反观五四以来中国文化发展的历史，这一目标和过程是完全正确的。如果相反，为了所谓狭隘的"民族主义"立场而拒绝向西方学习，其结果倒有可能使中国永远处于落后境地而陷入永劫不覆的被殖民的牢狱之中。并非所有的文化都是等值的，这里确有先进与落后之分。五四时期鲁迅就曾以文化等级的高低来论及文化的影响力的问题。他认为。在历史上，汉民族常受侵略，但在文化上反而同化了侵略过来的异民族，这是“因为他们的文化比我们的低得多”，但“现实是，外国人的文化并不在我们之下”。[1]基于这一事实，五四那一代人的基本看法是，在中国文化的现代化改造过程中，在一定程度上被“欧化”，既属必然，也是必须的。如果放弃文化在“文明程度”和“进步发展”上的追寻，仅仅据守民族本位文化，则本民族科学文化落后的局面便永远不会改变。谈论文化的“民族主义”，不能脱离最为根本的民族的“生存”和“发展”问题；评价文化的价值，只有置于关涉民族发展和解放的天平上才能掂量出真正的份量。五四一代文化人的那种“拿来主义”的文化选择，既然是对民族的生存和发展有利的，那么，所谓“丧失民族立场”的帽子怎么能扣到五四的头上呢？

## 二

有一些批评者把90年代中国社会和文化转型期的文化失范、价值无序、道德失落等问题也归罪于五四，认为是由于五四对传统道德的批判走过了头。不错，五四新文化运动的主要内容之一

1　鲁迅：《集外集拾遗·老调子已经唱完》，《鲁迅全集》（第七卷），第311页。

就是“反对旧道德”，但如果我们真正弄清了五四新文化运动何以要把“反对旧道德”作为头等重要的任务之一，以及五四先驱者们在“反对旧道德”的旗号下主要反对了一些什么东西，那么，上述指责也就不攻自破了。

中国长期处于封建宗法制度之下，血缘家族构成了中国封建社会的基础，国家不过是家庭的扩大形式而已，“父子有亲，君臣有忠，夫妇有别，长幼有序，朋友有义”等伦理纲常，在中国传统文化思想中占有特别重要的位置。中国传统的所谓道德规范，正是在伦理关系的基础上形成的一种协调、整饬人与人、人与社会关系的规范人们思想行为的准则。所谓“天有十日，人有十等”，“有贵贱，有大小，有上下”，“一级一级地制驭着”，[1]从而养成了中国人文化心态中的名分思想和等级观念。既然社会关系是一个由人伦关系构织的网络，社会道德也只有在人伦关系中才发生意义，所以从严格意义上讲，中国传统的道德观念都具体地体现在一种人身依附关系中，如“忠”“孝”“悌”“节”“义”等等。这是一种依据一定的人伦关系，必须单向遵循的道德，而不是全社会共同的平等的道德，因而道德评价的价值标准也无绝对的是非性，它往往依凭被评价对象在人伦关系中的地位加以相当程度的伸缩，所谓“下不责上”“为亲者讳”等等都是其具体表现。由

1　鲁迅：《坟·灯下漫笔》，《鲁迅全集》（第一卷），第136页。

此看来，说中国是伦理中心主义的文化，一点也不过分。

在五四时期，伦理革命的呼声最高。五四新文化运动的倡导者们在致力于一场思想革命时，最初几乎都是不约而同地将抨击目标定在中国的伦理文化这一核心上。陈独秀在《吾人最后觉悟之觉悟》一文中视“伦理之觉悟，为最后觉悟之觉悟”；李大钊在《由经济上解释中国近代思想变动的原因》《自然的伦理观与孔子》等文中，也把反对封建正统文化观念归结为对封建伦理文化的批判；而鲁迅更是不断撰文，猛烈抨击封建伦理文化。这是与五四新文化运动对“科学”“民主”的大力提倡相关联的。新文化的倡导者们当时的基本认识是，在以差等的人伦关系为基础的社会结构形态中，必然产生封建专制主义和封建性奴隶主义。因为人伦关系的无法超越，尊卑、上下、贵贱成为不可逾越的等级秩序。这种秩序给上对下、尊对卑、贵对贱以绝对的专制权利，而反之则只有绝对服从的义务。这是一条等级的长链，顺向看，是一级驱使一级，每人都有施行专制的对象，因而每人身上均有一种“专制性”；而逆向看，是一级顺从一级，每人都必须无条件地做顺民，因而每人身上又均具“奴性”。因此，专制性和奴性作为两种对立的性格特点常常紧密地统一于一人身上，成为深藏于中国人身上的某种劣根性。正是由于这种伦理中心主义文化的长期浸染，使得中国人的文化观念中因而特别缺乏两样东西：一是与专制主义相对立的民主意识；一是与奴隶主义相对立的自主意识。因此，不从根本上改变这种状况，在中国提倡民主科学也就是一句空话。由此来看，五四的反对旧道德，其历史的进步性当是不容抹杀的。

有人有感于90年代以来经济转型期道德的失落，尤其是有感于日渐淡薄的亲情关系，转而怀念起“家族旧亲”“五世同堂”“父慈子孝”之类的古旧童话，这是可以理解的。问题是在传统的伦理道德规范下的家庭亲情关系果真是那么美妙吗？最起码，直到五四那一代人亲身感受到的旧家庭关系并不美妙。李大钊曾在《由经济上解释中国近代思想变动的原因》一文中指出，旧家庭关系是“本着大家族制下子弟对于亲长的精神”，“不是使人完成他的个性，乃是使人牺牲他的个性”，“牺牲的第一步，就是尽‘孝’”。这种家族制度之下的伦理道德的实质是“损卑下以奉尊长”。陈独秀也在《吾人最后觉悟之觉悟》一文中认为，旧家庭伦理道德施行的结果是使中国人养成了奴性，因此，中国现今的出路就在于“以个人本位主义易家族本位主义”。而鲁迅也曾感慨：“中国的家族制度真是麻烦，就是一个人的关系太多，许多时间都不是自己的”；[1] 中国人并非没有一点想改变现状的愿望，问题是“对于老家，却总是死也不肯放”，以至于限制了人们对变革现状的愿望，限制和牺牲了人的个性、自由和创造力。[2] 郁达夫在谈到

---

1　鲁迅：《书信·350319致萧军》，《鲁迅全集》（第十三卷），第86页。
2　鲁迅：《家庭为中国之基本》，《鲁迅全集》（第一卷），第620页。

五四人的觉醒的重要成果时曾说："从前的人是为君而存在，为道而存在，为父母而存在，现在的人才晓得为自我而存在了。"[1]正"因为中国亲权重，父权更重"，所以五四对旧伦理道德的批判首先是从"父子"关系入手的，即所谓"革命要革到老子的身上"，意思是要革"孝道"的命，目的"其实是想研究怎样改革家庭"。[2]由此可见，五四时期的所谓"家庭革命"，并不是在破坏家庭的亲情关系，相反，是要反掉那些影响真正的亲情得以建立的不合理的道德规范。五四在反对建立在人伦关系之上的差等的所谓道德的同时，提出了建立人与人之间相互平等的新的人伦关系和人际关系，并在此基础上建立起大家都能执行的平等的社会道德规范的主张。五四文化先驱们理想中的家庭亲情关系应该是：父母"对于子女，义务思想须加多"，要将"天性的爱，更加扩张，更加醇化；用无我的爱，自己牺牲于后起的新人"；而子女"受了"父辈的"权利"，"并非永久占有，将来还要对于他们的幼者仍尽义务"。[3]这种理想中所包涵的是一种全新的道德观念，这里注重的是人与人之间的平等地位，追求的是人与人之间的利他精神，强调的是义务与权利并重，提倡的是以爱心待人。这种新的伦理道德观念，即使在今天看来，仍是有积极意义的，尤其是对诊治

1　郁达夫：《新文学大系·散文二集导言》，《新文学大系·散文二集》，上海良友图书公司，1935年版，第5页。
2　鲁迅：《坟·我们现在怎样做父亲》，《鲁迅全集》（第一卷），第129页。
3　鲁迅：《坟·我们现在怎样做父亲》，第132页。

当下经济转型期出现的道德失落和亲情关系淡薄等社会问题，反倒是一剂有效的良药。

## 三

如何评价五四，这往往会成为不同历史时期文化发展的某种标识。在不同时期，由于本阶段历史任务的侧重面不同，因而对五四的强调面也会有所不同，其评价也会显出差异，这是可以理解的。但随意抹杀五四的历史功绩却是一种轻率的、不严肃的态度。我们曾听到不少批评五四新文化运动在社会革命和政治经济关怀方面缺失的言论。这种批评多少道出了五四初期的某种特征，五四新文化运动的倡导者们当时关注精神文化问题的兴趣确实是远远超过他们对政治、经济和社会革命问题的热情（当然，这种状况事实上在五四运动之后就已大有改观），但当时，对精神文化问题关注的重要性却往往被上述批评者们所忽略。其实这也正是五四的重要历史贡献之所在。就五四那一代知识分子而言，他们基本的历史使命是尽可能借鉴西方现代文化的精华来促成中国古老民族的文化从封闭的僵硬的传统向现代化方向转换。但在广阔的文化领域中，这种转换首先应该从哪儿开始呢？五四之前的新派人物给予最多关注的是两个方面，即“物质文化”和“制度文化”。一些人认为，西方强盛，中国贫弱的原因是中国的物质文明不如人家，因此中国文化的转换，其关键也在“物质文化”方面。于是纷纷“竞言武事”，热衷于“制造商估”等等。“洋务运动”的失败，使人们认识到，仅凭“物质”上的“文明”，并不能完成民族的振兴。于是又有人认为，西方强盛在于“社会民主政治”，即所谓“制度文明”，因此中国文化的转换，其关键应在“制度文化”方面。于是又纷纷“以众治为文明”，倡“立宪国会”之说，主张“维新”，热心“共和”。辛亥革命的失败终于使人们逐步认识到，国势的强大，其关键在人，即如鲁迅所明确指出的那样，“欧美之强，……根柢在人”，而物质文明、民主政治等等，“此特现象之末”。[1]说到底，社会的发展、民族的进步还在于人自身的精神文明的高度发达。事实上，真正的物质文明和民主制度也只有在人自身精神文明发达的基础上才得以产生。而且物质文明也好，民主制度也好，都是要人去掌握的。如果片面强调物质文化和民主政治，而忽略人的精神文化的发展这个首要因素，则无异于舍本求末。五四新文化运动的倡导者们把促使中国文化实现历史性转换的主攻方向放在人的主体精神文化的建设方面，是由历史发展中获得的启示。正因为如此，五四新文化运动才重在启发民智，其关注的重心问题是所谓“国魂”重铸。

1　鲁迅:《坟·文化偏至论》，第56页。

五四新文化运动的倡导者们并非故意怠慢对社会革命的提倡，也并非在政治、经济关注方面显得特别冷漠，而是因为他们深深感觉到，国人的觉悟在当时实在是比其他任何事情都更为紧要的当务之急。用鲁迅的话说，“其首在立人。人立而凡事举；若道其术，乃必尊个性而张精神”，“国人之自觉至，个性张，沙聚之邦，由是转为人国”。[1]这里所谓“立人”，其内容主要是指人的个性意识的自觉和人的精神的张扬。新文化运动的倡导者们之所以把这种主体精神文化的建设看成是当时的最头等的大事，主要是从两方面着眼的；第一，从西方文化发展的历程着眼。西方文化的突转性发展，是始于人的觉醒；西方近代文明与中世纪专制主义文化的根本对立，就在于对人的价值的肯定。正如马克思所说的，封建“专制制度的唯一原则就是轻视人类，使人不成其为人”；而从中世纪真正解放出来的唯一途径便是“从宣布人本身是人的最高本质这个理论出发的解放”。[2]如果没有这样的人的解放运动，没有对主体精神文化建设的高度重视，则很难想象有后来那样高度发达的“物质文化”和“制度文化”。第二，从中国文化的历史现状着眼。在有着几千年封建专制文化传统的中国，对于人的价值的贬抑、个性的压制、思想的束缚，远比欧洲

1 鲁迅:《坟·文化偏至论》，第 57 页。

2 ［德］马克思:《〈黑格尔法哲学批判〉导言》，《马克思恩格斯选集》（第一卷），人民出版社，1972 年版，第 9 页。

历史上的封建国家为甚。因此，对人的价值的强调，重视人本身精神文化的建设，这对于冲破中国封建专制主义对人们的精神束缚，对于唤起民族自觉，对于创建一种迥异于封建旧文化的民族新文化，具有特殊的重要性和迫切性。

五四新文化运动特别注重人的主体精神文化的建设，无疑是与当时所面临的历史任务分不开的，其后不同时期的历史任务和社会发展的重心虽多有变异，但重视人的主体精神文化建设这一命题并非完全过时。历史的经验一再告诉我们，高度的物质现代化，如果没有具备高度现代化精神文明的人去掌握，就可能产生两种不良的后果：一是现代化的物质文明不能充分发挥其效能；二是高度的物质文明若为愚昧所用，则可能会助长野蛮、落后与丑恶。民主政治也必须是具有精神文明（包括民主意识）的人去掌握，否则民主政治也可能只是徒具形式。80 年代末，邓小平同志曾指出，新时期十年来最大的失误是在物质文明和精神文明这两个方面一手比较硬，一手比较软，国家政治、社会生活、经济建设中所出现的许多问题，都可以从这里找到根源。由此看来，发自本世纪初的“其首在立人，人立而凡事举”的呼声，对当前的中国社会来说，依然具有警策作用。

20 世纪的文化发展，离不开五四的开创之功，而且五四当时所提出的许多文化命题至今仍未过时，这是我们重读五四时所能够深切感受到的。如果人们不是急于简单地、实用主义地靠抹杀、贬低五四来显示本时代的历史“超越”性，而是以较为客观的态度，将之摆到本世纪文化发展的特殊语境中考察，也许对五四的评价能更为中肯一些，同时，我们也一定能从五四这一不平凡的文化时代中汲取到更多的有益于本时代文化发展的东西。

（原载《江苏社会科学》1999 年第 3 期）

# 五四文学传统与30年代文学转型

中国现代文学是以五四为开端的，因此，五四文学传统是中国现代文学研究中一个绕不开、说不尽的话题。在五四其后的不同历史阶段，都有着诸多对于五四文学传统的阐释和评价，而且种种阐释和评价的观点和结论往往并不一致甚至常常会截然相反。简单的对五四文学传统的肯定和否定固然不免失之偏颇，但这些简单肯定和否定的声音却在不同的历史时段的节点上不断地被重复着。这里，值得注意的是，在很大程度上五四文学传统在阐释者和评价者那里是作为一种绝对的标准和尺度或者作为一种历史责任的承担者而被言说的。一些言说者往往仅仅站在五四的立场上，以五四的思路来否定基于不同的文学理念和文学思路形成的其他文学传统，这里所隐含的误区是，五四文学传统被看成是一种完美形态的文学传统，可以用是否完全继承或完全符合这一文学传统来对其他文学传统做出褒贬评价，这就是我们时常听到的所谓“重返五四”“回到五四”等呼声背后的对五四的基本价值判断。另有一些言说者则与此相反，他们往往将中国现代文学初始阶段的五四文学传统视为后来时代文学发展过程中种种失误的承担者，这里所隐含着的误区是过分夸大五四文学传统对于其后阶段文学的影响力和决定作用，忽略了五四文学传统赖以产生的独特的文化语境，也忽略了其后阶段文学发展中的不断的转型和变异。本文选择从 30 年代文学界对五四文学传统的反思入手，其目的在于通过关注五四其后时代种种对于五四文学传统的阐释和评价，探究其背后所隐含的不同言说目的和看问题的角度，由此来透视言说者和评价者基于不同历史阶段所持的不同的文学思路，从而对这些阐释和评价的准确性和合理性做出判断。同时，通过 30 年代与五四所持文学思路的差异来反观五四文学传统，来把握 30 年代文学的转型，从而在参照和对比中更准确地把握五四文学传统和 30 年代文学传统的主要和重要的特征和内容，更公允地对二者做出阐释和评价，更好地总结五四文学传统和 30 年代文学传统的经验和教训。

# 一

30 年代文学界曾有过对五四文学传统的反思，从这种反思中的种种分歧，种种观点，可以看出各自在看问题时所采取的不同的角度，同时也能够透过这种“反思”清晰地看到 30 年代与五四在整体上的不同的思路。30 年代对五四文学传统的反思，说到底是 30 年代文学思路与五四文学思路的两种不同思路的对峙。

30 年代，特别是“左联”成立之后，对五四文学传统做了较多的否定。茅盾发表的《“五四”运动的检讨》一文，代表了“左联”对五四的基本看法。茅盾在 1929 年写的《读〈倪焕之〉》一文中，还肯定了五四的历史功绩，还很坚决地认为：“我们亦不能不承认，活跃于‘五四’前后的人物在精神上虽然迈过了‘五四’而前进，却也未尝不是‘五四’产儿中的最勇敢的几个。没有了‘五四’，未必会有‘五卅’罢。同样地会未必有现在之所谓‘第四期的前夜’罢。历史是这样命定了的！”并提醒人们不要忘记了历史，割断了历史。[1]但“左联”成立后不久，茅盾便在“左联”的理论机关刊物《文学导报》上发表了《“五四”运动的检讨》一文。该文的副标题为“马克思主义文艺理论研究报告”，文中茅盾对五四做了全新的思考，也得出了全新的结论：“‘五四’是中国资产阶

1 茅盾：《读〈倪焕之〉》，《文学周报》，1929 年 5 月第 8 卷第 20 期。

级争取政权时对于封建势力的一种意识形态的斗争。换一句话，'五四'是封建思想成为中国资产阶级发展上的障碍时所必然要爆发的斗争。……然而这以后，无产阶级运动崛起，时代走上了新的机运，'五四'埋葬在历史的坟墓里了。"茅盾给五四的定位是："资产阶级的'五四'"。并指出："甚至尚有'五四'的正统派以新的形式依然在那里活动，例如'新月派'。这一些，在现今只有反革命的作用。扫除这些残存的'五四'，也是目今革命工作内的一项课程。"[1]显然，这已是站在与《读〈倪焕之〉》一文及其之前所不同的政治的和阶级的立场上来反思五四文学传统了。从这种思维出发，对五四就自然持有较多的否定。

茅盾的上述观点，代表了"左联"对五四的基本看法。据茅盾自己讲，自己这篇文章是"遵照瞿秋白的建议"写的，并且在"文章写作之前我都与秋白交换过意见，其中有的观点也就是他的观点"。"30年代初期，人们（包括瞿秋白和我）却普遍认为'五四'运动是中国新兴资产阶级的革命，这个革命是先天不足的，短命的，到'五卅'运动时，它就退出了历史舞台，让位于新崛起的无产阶级革命运动。我的这篇报告就是按照这样的理论来展开的，因此，对于'五四'运动的历史作用，评论必然偏低。"尽管如此，"这认识在当时还被认为是温和的，保守的"。[2]瞿秋白作为"左联"

1　丙申（茅盾）：《"五四"运动的检讨》，《文学导报》，1931年3月5日第1卷第2期。
2　茅盾：《我走过的道路》（中），人民文学出版社，1984年版，第73—76页。

的理论家，其对于五四的表述则更为明确：“五四时期的反对理教的斗争只限于智识分子，这是一个资产阶级的自由主义启蒙主义的文学运动。我们要有一个无产阶级的‘五四’。”[1]而当“自由人”胡秋原提出“要继续完成五四之遗业，以新的科学的方法，彻底清算，再批判封建意识形态之残骸与变种”[2]时，瞿秋白则认为，“再批判意识形态”是分散反对日本帝国主义的战斗“火力”，并要求他们“脱弃‘五四’的衣衫”。[3]而冯雪峰更是认为，胡秋原对“五四遗业”的坚守是“反革命派别的政治主张之在文艺理论上的反映”。[4]可以看出，在30年代左翼文坛是把对五四文学传统的舍弃还是坚守，看成是一种政治的、阶级的立场问题，这是从30年代特殊的社会变革和政治革命的要求看问题的必然结果。

那么，何以“再批判意识形态”会成为问题？这背后显示出的其实是五四时期与30年代两种不同“思路”的差异。茅盾在《“五四”运动的检讨》一文中宣称，“‘五四’这时期并不能以北京学生火烧赵家楼那一天的‘五四’算起，也不能把它延长到‘五卅’运动发生时为止。这应该从火烧赵家楼的前二年或三年起算到后二年或三年为止”。[5]这种时间上的界定，其背后的目的是很明确的，这实际上就是要将五四时代与其后的从“五卅”开始的

1　史铁儿（瞿秋白）：《普洛大众文艺的现实问题》，《文学》，1932年4月25日第1卷第1期。
2　胡秋原：《真理之檄》，《文化评论》创刊号，1931年12月25日。
3　瞿秋白：《请脱弃“五四”的衣衫》，《文艺新闻》，1932年1月18日第45号。
4　洛阳（冯雪峰）：《并非浪费的论争》，《现代》，1933年1月1日第2卷第3期。
5　丙申（茅盾）：《“五四”运动的检讨》。

社会革命时代区分开来，就是要将五四的传统定格定位在思想革命范围内。从新的社会革命的思路出发，停留在思想革命的思路的“再批判意识形态”，自然就会成为问题。

那么，五四思路与30年代思路的根本差异在哪里呢？鲁迅曾经有过这样的表述：五四时期“文学革命者的要求是人性的解放，他们以为只要扫荡了旧的成法，剩下来的便是原来的人，好的社会了”；而30年代是“阶级意识觉醒了起来，前进的作家，就都成了革命文学者”。[1] 也就是说，五四时期是从人性解放、个性主义、新与旧、文明与落后等来看待和解释一切问题；而30年代是以阶级意识、前进与反动、革命与不革命等来看待和解释一切问题。这点到了30年代文学思路与五四文学思路的根本的区别。

说到底，这种区别是在于，五四的文学思路是倾向于我们通常所谓的人文学科的思路，即关注的是人的精神世界和文化世界，关注的是理想人格的塑造，探讨的是人类的精神文化现象，是要引导人们去思考人生的日的、意义和价值等等，注重的是在思想范围里解决问题。由此来看五四作家和五四文学创作，就可以理解，何以五四作家多以思想启蒙为己任，何以人道主义、个性解放、张扬人性会成为文学思潮，何以人生的目的和意义、美和爱的追

1　鲁迅：《且介亭杂文·〈草鞋脚〉小引》，《鲁迅全集》（第六卷），第20页。

寻、人的精神的自由、人的尊严和人格的平等等等会成为五四文学创作的主要表达内容，何以作家学者们五四学习、研究、思考、探索的领域常常集中于伦理、宗教、人类学、民俗学、语言学、心理学等等的精神文化领域。即如鲁迅，在五四时期特别注重于文明批判，注重于伦理道德的探索，包括他的文学创作，从根本上就是带着一种鲜明的思想启蒙、改变人们的精神世界的目的去进行的。用鲁迅自己的话说："我们的第一要著，是在改变他们（指国民）的精神，而善于改变精神的是，我那时以为当然要推文艺，于是想提倡文艺运动了。"[1]很明显，鲁迅从事文艺活动的最初目的就是以文艺作为人的主体精神文化建设的一种途径。

而30年代文学思路是倾向于社会科学的思路，即关注的是社会的现实发展状况，关注的是社会政治制度、社会生产关系，着眼于人的现实的政治、经济和物质利益以及寻求满足人的物质需求和精神需求、改善人的生活质量、实现人的发展的重要手段等等，注重的是社会分析的方法。由此来看30年代作家和30年代文学创作，就可以理解，何以30年代作家们对社会科学的兴趣普遍加强；何以30年代有不少作家并不甘心于只做一个作家，他们往往同时兼为社会活动家、社会科学家；何以作家学者们30年代学习、研究、思考、探索的领域常常集中于政治、经济、社

1　鲁迅：《呐喊・自序》，《鲁迅全集》（第一卷），第417页。

会、历史、民族、国际关系等等的社会科学领域；何以30年代文学的“社会科学化”倾向会成为一个非常普遍的文学现象；[1]何以文学创作对社会科学理论的借鉴和对社会科学方法的运用等等会成为一种趋势。文学的“社会科学化”的思路，在很大程度上影响了30年代作家的文学选择，决定了作家们文学创作的风貌，带来了文学形式和文学文体等方面的诸多变化，并导致了30年代文学的一些重要特征的形成。

从30年代的文学思路出发，前面所述的胡秋原提出“再批判意识形态”，在30年代主流作家那里自然就会成为问题。正是30年代与五四时期两种文学思路的差异，造成了30年代文学与五四文学的主要区别，也正是这种思路的差异，成为30年代对五四文学传统给予较多否定的潜在的重要根源。

## 二

社会科学的思路是30年代标志性的文学思路，也是整体性的文学思路。说它是标志性的，是因为这一思路标识了30年代文学区别与五四文学的根本差异和主要的分野。说它是整体性的，

1　参见朱晓进：《略论30年代文学的社会科学化倾向》，《文学评论》，2007年第1期。

是因为这一思路在30年代具有主导性和普遍性。

30年代知识分子社会科学意识普遍加强，对社会政治问题普遍给予了特别的关注，这导致了广泛的对于包括马克思主义学说在内的社会科学的兴趣。顺应这样的情势，“1929年的出版界，可以说是关于社会科学的出版物风行一时的年头”，社会科学读物的兴盛，甚至已经超过了文艺方面的出版物。[1] 1930年1月《新思潮》杂志上刊载的《一九二九年中国关于社会科学的翻译界》一文指出：“关于文艺方面的出版物虽不能说是已经衰歇，但总没有像关于社会科学的那样来得蓬蓬勃勃的。”该文列举了有关社会科学的出版物计有151种，并就1929年关于社会科学的出版物做了统计分析，指出：“第一，是新兴的社会科学抬头。……第二，是关于经济学的书籍占多数。第三，是关于方法论——尤其是唯物辩证法这一类书籍的流行。这就意味着中国的读书界已经有更进一步去研究社会科学的需要之表示。第四，是关于苏联的研究的书籍和关于帝国主义的书籍，占了不少的数目。第五，是关于历史方面——如经济史、革命史及经济学史、社会思想史等等，也占了相当的数目。”[2] 该文中提供的虽仅是1929年一年中的较为详细的资料，但已足以看出30年代社会科学之普遍受重视的情况。这种社会科学的热潮，对30年代文学的发展所起的影

1 《一九二九年中国关于社会科学的翻译界》，《新思潮》，1930年1月第2、3期合刊。
2 《一九二九年中国关于社会科学的翻译界》。

响作用较为突出地体现在30年代文学思路的“社会科学化”趋向上。

30年代文坛经历过文学思路的整体性转换。茅盾、鲁迅都不能例外。例如茅盾，他在与创造社、太阳社进行论争中坚持的许多具有一定真知灼见的观点，在其后的一些论争中不仅不再坚持，反而给予了相当程度的否定。在对待五四的评价上，观点明显发生的变化，其中就可以看出其社会科学的思路在迅速加强，《“五四”运动的检讨》，是向“左联”的“马克思主义文艺理论研究会”提交的一份报告。这是一份政治性很强的报告，无论是从社会科学理论的运用，鲜明的政治见解的阐释还是从社会分析角度发言的口吻，都可以看出作者新的思路的确立。30年代开篇的第一场文学论战首先拿鲁迅开刀，其中无疑包含着要以新的思路取代鲁迅代表的五四文学思路的地位。而鲁迅也正是在这场论战中逐步改变了自己的文学思路。鲁迅多年之后这样来谈论这场论争:“革命者为达目的，可用任何手段的话，我是以为不错的，所以即使因为我罪孽深重，革命文学的第一步，必须拿我来开刀，我也敢于咬着牙关忍受。”[1]而且他多次表示是这场论战促使他认真学习了许多社会科学的理论，使他掌握了许多社会科学的方法。

就在左翼文学阵营要求胡秋原“请脱弃‘五四’的衣衫”[2]时，

1 鲁迅:《南腔北调集·答杨邨人先生公开信的公开信》,《鲁迅全集》(第四卷)，第628页。
2 瞿秋白:《请脱弃“五四”的衣衫》。

事实上，胡秋原的思路已不完全是五四的了。胡秋原看到“五四运动之使命，反封建文化的使命，并没有完成”，所以表示“要继续完成五四之遗业”。[1]但他并非是要重新回到五四时期通行的以思想解决问题的思路上去，而是充分注意到了30年代新的政治形势所带来的新的任务。他很快也指出，“五四运动没有与一般民主革命连接起来”，“五四运动没有发展到一个普遍而深刻的民主革命，其不能完成其使命而终，是当然的”，“这自然是当时国际及中国经济政治之环境所决定的”。[2]他给“再批判封建意识形态”确立的前提条件是“以新的科学方法，彻底清算”。而且明确其批判的目的是因为“统治阶级要利用封建势力巩固其统治”，“帝国主义也要利用封建势力维持其势力”。他在提出批判封建意识形态的同时，也强调“要以新的方法，分析批判各种帝国主义时代的意识形态”，“不仅在理论上做严正的批判，同时还要努力做社会上的一般实际腐败现象的批判与暴露”。[3]胡秋原是把反封建与反帝联系起来，与现实的社会斗争联系起来的，而且强调了“新的科学方法”的使用。可以看出，胡秋原也是在反思五四文学传统，在与左翼阵营的论争中，其思路其实有同一性：都是以社会科学的思路来反思五四文学传统的，分歧的只是政治

1　胡秋原:《真理之檄》。
2　胡秋原:《文化运动问题》,《文化评论》，1932年4月20日第4期。
3　胡秋原:《真理之檄》。

的立场和政治态度的不同，共同的是对五四思路的摒弃与否定。

不同文学社群“立场”上尖锐对立，而其内在文学思路上却有某种相通或相近，这正是30年代文学的一个重要特点。被茅盾称之为“五四的正统派”的“以新的形式依然在那里活动”的“新月派”，30年代其实也在文学思路上明显地发生了转型。梁实秋自己就曾在文学思路的某些方面对左翼文学表示过认同。他曾明确表示：“有一点我以为是‘普罗文学家’之可称赞的地方，——他们的态度是严重的”，“有史以来，凡是健全的文学家没有不把人生与艺术联系在一起的，只有堕落的颓废的文人才创造出那‘为艺术而艺术’的谬说！所以近来‘普罗文学家’之攻击以艺术为娱乐的主张，我以为凡是主张文学的‘尊严与健康’的人都应该在这一点上表示赞成，虽然是站在不同的立场上”。[1] 在梁实秋看来，五四时期“的各种文学主义，乃是文艺范围以内的事”，而30年代“乃是站在文艺范围之外而谋如何利用管理文艺的一种企图”。既然30年代与“过去”所面临的文艺处境不同，故所能采取的文学思路自然就不一样，“文艺范围以内的事”，可以作为纯艺术问题来讨论，而“文艺范围之外”的问题则不能不以非艺术的态度来对待。左翼作家也罢，“自由人”也罢，“新月派”作家也罢，他们面临的文艺处境是相类似的，因而在其文学思路上有

1　梁实秋：《文学的严重性》，《新月》，1930年6月第3卷第4期。

相通或相近处是不足奇怪的。

文学思路的差异，导致了五四时代和30年代文学群体的不同的构成方式。我们在谈五四时期文学群体时，常常难以直接用某种政治阶层或阶级的名号或以政治倾向性来给以冠名，例如最早的《新青年》群体，就是由诸如资产阶级知识分子、激进的小资产阶级知识分子和初具马克思主义思想的知识分子等多个社会阶层组成的。文学研究会也是如此，“它的分子之社会关系太复杂，中间至少可以分出十几个社会阶层”。[1]创造社相对来说，成份单纯一些，但“内部便自然之间生出了对立”，“明白地说便是无产派和有产派的对立”，其结果是后期创造社多数的集体“剧变”。[2]30年代的文学群体在其性质上发生了很大的变化，这种变化是以文学研究会的解体和创造社的转向为其标志的，诚如茅盾早在1931年就指出的那样：“无产阶级的革命运动卷去了大多数深受封建制度压迫的青年，他们固然不满于文学研究会的意识不明确的‘为人生而艺术’，同时也唾弃了创造社派的象牙塔中生活的‘为艺术的艺术’了。新的时代要求那表现着新的意识的文学。在阶级斗争日形尖锐化的新局面下，文学团体必然地要起变化，结果是文学研究会的无形解体，和创造社派的改变方向。”[3]

1　丙申（茅盾）：《“五四”运动的检讨》。
2　麦克昂（郭沫若）：《文学革命之回顾》，《文艺讲座》，1930年4月10日第1册。
3　丙申（茅盾）：《“五四”运动的检讨》。

文学思路的转换，应该是导致文学研究会的无形解体和创造社派的改变方向的内在原因。在五四文学思路之下的创造社主要是做纯艺术的追求，用他们自己的话说，是陷在一个“错误的深渊”里面，“把艺术当作了一个泥塑的菩萨，在所谓艺术至上主义的声浪中曾经做过无意义的膜拜”。[1]这是典型的人文学科的思路。而30年代当他们集体转向，立即宣称，他们办刊物“不再以纯文艺的杂志自称，却以战斗的阵营自负”。而在文学观念上，“我们的文学理论再不是玄妙不可理解的东西，而是战斗的‘指导理论’的文学理论”。[2]这背后明显是社会科学的思路在起着支配作用。

文学群体人员构成和关注热点的变化能看出背后的文学思路的变化。即如“新月派”，1927年以前的“新月”社俱乐部时期，“新月”文人多不主张干预政治，他们曾有过不成文的规定：剃头、洗澡、聊天什么都可以来得，但就是不能打牌和谈政治。“新月”同人的政治热情，严格意义上讲是在1927年以后才明显显示出来的，这与30年代政治文化氛围导致的整体的文学思路有关。“新月派”成员1927年重新集合于上海，表面看来似乎是一种偶然的聚合，而实际上是当时政治斗争形势发生剧变这一背景造成的。据他们中许多人回忆，在那时的形势下，他们聚谈中国的问题，谈得最多的是政治问题，即中国的现状、中国社会的发

1　王独清：《新的开场》，《创造月刊》，1928年8月第2卷第1期。
2　《流沙·前言》，《流沙》，1928年3月第1期。

展趋向与最终出路等问题。他们办新月书店和出版《新月》杂志，就是想有一个提出和宣传他们种种政治和文学主张的阵地，“想要一个发表文章的机关”。[1]《新月》第1卷，由徐志摩、闻一多、饶孟侃等编辑，尚不失其文学色彩，但同时也刊载有胡适、罗隆基、潘光旦、彭基相等人的政治、哲学、社会学等方面的文章。从第2卷第2期始，梁实秋、叶公超、潘光旦参加编辑，压低了文学的份量，把政治论文放在首要位置。在第2卷第6、7期上，甚至特意在《敬告读者》中申明，该刊“以后还要继续的谈‘政治’，每期都希望于原有的各种文章之外，再有一二篇关于时局或一般政治的文章”。从第3卷第2期起，由罗隆基主编，政治色彩更加浓厚，有几期中，政治论文占据了绝对多数。“《新月》成了讨论政治的著名论坛，这点在1929年和1930年表现得尤为突出”。[2]此外，从新月书店出书情况看，也是一开始时出版文艺书籍较多，而后来文艺书籍所占比例逐年下降。在当时新月书店拟出版的《现代文学丛书》目录中显示，文学艺术书籍在总数中仅占七分之一左右，而政治经济与社会研究类书籍则占二分之一强。

五四时期是政治家谈文学，30年代是文学家谈政治，这种文学领域中的错位现象盖是不同的文学思路使然。一般说来，人文学科思路占主导地位的社会，会出现政治家热衷于谈文学的现象，

1 《敬告读者》，《新月》，1929年9月10日第2卷第6、7期。
2 格里德：《胡适与中国的文艺复兴》，江苏人民出版社，1995年版，第243页。

五四时期许多政治家如陈独秀、李大钊等都与文学紧紧裹挟在一起；其实五四新文化运动以反对旧道德提倡新道德、反对旧文学提倡新文学为主要内容，就标示了整个五四时代就是一个热衷于大谈文学的人文学科思路主导的时代。而社会科学思路占主导地位的社会，则会出现文学家热衷于谈政治的现象，30 年代这种状况就是最明显的。左翼作家自不待言，即使像梁实秋这样以强调人性、个性和超阶级性为标榜的作家，在涉及文学的社会功用方面，也曾肯定文学反映社会政治的现状和大众生活的作用。他认为"民间的痛苦，社会的窳败，政治的黑暗，道德的虚伪，没有人比文学家更首先地感觉到，更深刻地感觉到"，因此"文学家永远是民众的非正式的代表"。[1] 而向来被视为远离政治的作家的沈从文，事实上在 30 年代从来就没有明确主张过文学要回避政治，相反他在 30 年代曾写过许多文章批评当时的一些时事评论和一些小品文"分量上单薄，政治也不够大胆"[2] 等等弊病，提倡"以文学附丽于'生存斗争'和'民族意识'上"。[3] 30 年代的文学家热衷于谈政治，其实正是社会科学化的文学思路使然。

---

1　梁实秋：《文学与革命》，《新月》，1928 年 6 月 10 日第 1 卷第 4 期。
2　金介甫：《沈从文传》，湖南文艺出版社，1992 年版，第 186 页。
3　沈从文：《〈雪〉序》，《沈从文文集》（第十一卷），花城出版社、生活 · 读书 · 新知三联书店，1984 年出版，第 14 页。

## 三

30年代文学思路的变化，必然导致了30年代对不同思路之下的五四文学传统的不同评价。鲁迅作为五四文学的代表者的地位是公认的，因此，30年代对五四文学传统的最初的否定，是从对鲁迅的批评开始的。鲁迅因其文学、思想上的业绩使他在五四以来的文坛上的地位得到了普遍的确认，诚如冯雪峰在《革命与智识阶级》一文中所说，“在艺术上鲁迅抓着了攻击国民性与人间的普遍的‘黑暗方面’，在文明批评方面，鲁迅不遗余力地攻击传统的思想——在‘五四’期间，智识阶级中，以个人论，做工做得最好的是鲁迅”。鲁迅的这种公认的作为五四文学传统的杰出代表者的文坛地位，就使他成为改变了文学思路的创造社、太阳社成员首选的要踏倒并跨越的对象。“创造社改方向”后“一本大杂志有半本是攻击鲁迅的文章，在别的许多地方是大书着‘创造社’的字样，而这只是为要抬出创造社来”。[1]很明显，创造社倡导“无产阶级革命文学”时，首先拿鲁迅开刀，其中无疑包含着以一种新的文学传统取代鲁迅为代表的五四文学传统的策略性考虑。

不仅是创造社、太阳社，就是被认为从未写文章批评过鲁迅

1　画室（冯雪峰）：《革命与智识阶级》，《无轨列车》，1928年9月25日第2期。

的冯雪峰，事实上在《革命与智识阶级》一文中，一方面批评了创造社、太阳社，另一方面则也从“政治”“无产阶级”等角度说鲁迅“在艺术上是一个冷酷的感伤主义者”，在政治上“常以‘不胜辽远’似的眼光对无产阶级”，“在批评上，对无产阶级只是一个在旁边的说话者”。[1]而钱杏邨则是更明显的以“阿Q时代”已经死去这样的论题，来否定以鲁迅为代表的五四文学传统。他认为：“阿Q是不能放在‘五四’时代的，也不能放在‘五卅’时代的，更不能放到现在的大革命时代的”，阿Q形象在30年代政治形势下已经落伍，因为“现在的中国农民第一是不像阿Q时代的幼稚，他们大都有了严密的组织，而且对政治也有了相当的认识；第二是中国农民的革命性已经充分的表现出来”。[2]五四时期是从“人性觉醒”这样的思想革命的角度看农民，30年代则是从政治角度看农民，二者的差异就体现在对农民身上的弱点或革命性哪一方面予以更多关注的问题上。从“人性觉醒”的角度看到的自然是农民身上的属于人性不健全的精神病弱，而从政治革命、政治斗争的需要看，农民作为深受阶级压迫的受害者，其革命性正是需要去加以发现和肯定的。这里实际上标示的是从什么角度看农民。这里显示出了五四时期与30年代人们考察问题的不同思路。

不同的文学思路，在文学观念上形成了五四与30年代不同

1 画室（冯雪峰）：《革命与智识阶级》。
2 钱杏邨：《死去了的阿Q时代》，《太阳月刊》，1928年3月1日第3期。

的分野。五四新文学在观念上是以反“载道”为其开端的，尽管有文学上的“为人生”与“为艺术”派的分野，但其反封建旧文学的目标却是一致的。在谈论“文学”的同时，尽管有观念上的“新”“旧”之分，但基本上还是属于站在文学圈子内看文学。文学本身的尝试、追求是许多从事文学者努力的目标，从“文学”自身的完善出发，是文学界较为普遍的看待文学的态度。毫无疑问，这是五四文学思路所致。而到了 30 年代，人们对于文学，忽然变换了看问题的角度。跳出文学圈外看文学，成为一种普遍的视角。文学不再具有独立意义和价值，而只是一种为了成全其他事业、其他工作、其他追求的一种工具和手段，正因为如此，文学的“功用”问题，几乎成了 30 年代文学论争的焦点。围绕文学的“功用”问题，左翼文学阵营与其他文学阵营的论争，其分野就有:“文艺表现阶级性”——“文艺表现人性”，“文学革命论”——“文学自由论”,“文学社会性”——“文学的闲适、消遣性”，等等。争论来，争论去，其关注的是文学的属性。这种争论正是两种文学思路的交锋。前者是典型的社会科学的思路，而后者则是可以视为是“继续五四之遗业”者对五四文学思路的坚守。

不同的思路，直接体现为思想方法的差异。作为五四时代精神的表现者的郭沫若，在 30 年代文学创作的同时，进行古史研究，他在 1929 年 9 月的《〈中国古代社会研究〉自序》中特别表明自己的古史研究与胡适等人的区别是在于:“我们对于他所‘整理’过的一些过程，全部都有重新‘批判’的必要”；“我们的‘批判’有异于他们的‘整理’”；“‘整理’的究极目标是在‘实事求是’，我们的‘批判’精神是要在‘实事之中求其所以是’”；“‘整理’的方法所能做到的是‘知其然’，我们的‘批判’精神是要‘知其所以然’”。从中我们可以看出，郭沫若强调“求其所以是”，“知其所以然”，正是为了强化历史研究中的“分析”机制，而这种思想方法，也正是当时的文学的社会科学思路之下多数作家所追求的。

茅盾在30年代很强调作家具备社会分析能力的重要性。1932年他曾在回顾自己的文学创作时说过：“一个做小说的人不但需有广博的生活经验，还必须有一个训练过的头脑能够分析那复杂的社会现象；尤其是我们这转变中的社会，非认真研究过社会科学的人每每不能把它分析得正确。而社会对于我们的作家的迫切要求，也就是那社会现象的正确而有为的反映！”[1]茅盾在创作中是最自觉地运用社会科学的分析方法的。他曾说过：“生活经验的限制，使我不能不这样在构思过程中老是先从一个社会科学的命题开始。”[2]丁玲也曾明确说过，她“那时为什么要写小说”，是因为“对社会不满”，于是“提起了笔，要代替自己来给这社

1　参见茅盾：《我的回顾》，《茅盾自选集》，天马书店，1933年版。
2　茅盾：《我怎样写〈春蚕〉》，《青年知识》，1945年10月第1卷第3期。

会一个分析”。[1]注重社会分析，在30年代文学创作中是一个带有普遍性的特征。强调“分析”，这本身就是典型的社会科学的思路。30年代作家文学创作的“社会科学化”倾向，首先就表现为创作中反映生活时分析性因素的加强。有学者据此认为，30年代文坛上甚至已经形成了以“社会分析”或“社会剖析”为主要特征的文学流派。[2]

30年代有许多作家在谈到自己的文学经验时，都不约而同地谈到了社会科学知识和方法对自己文学创作所起到的重要作用。就有作家这样明确提出，“现代所需要的是用那一种思想和方式所表现的文学，……尤其是对于社会科学及心理学更要有精密的研究，才使作品有伟大的成功”。[3]就是在谈及“小说译作的经验与理解”时，30年代也有作家明确指出:“到了我们这时代，相当的社会科学知识是每个作家必须具有的。以现代社会的情形之复杂和变化之多而且快，一个作家如果始终还只具有一副传统的书呆子的头脑，丝毫没有社会科学的眼光，那一定不能看透社会上的种种事象和人生的各方面，他的作品里一定要表现出一种与世隔绝的意味，而不会表现出丝毫的时代性和社会意义。这样的作品，这样的作家，不是我们这时代所需要的……切莫忘记社会

1 《丁玲研究资料》，天津人民出版社，1982年版，第109—110页。

2 参见严家炎:《社会剖析派小说》,《中国现代小说流派史》，人民文学出版社，1989年版，第175—198页。

3 段可情:《要做文学家是不容易的》,《我与文学》，郑振铎、傅东华编，生活书店，1934年版，第172—174页。

科学的重要吧。”[1]

社会科学的方法不仅普遍见用于创作者，而且也普遍见用于文学批评。茅盾就曾说过，看 30 年代的许多批评文字，“观其词汇，动辄言‘把握’”，可以猜想作者“是社会科学的研究者”。[2]也许不能断定说作者都是“社会科学的研究者”，但起码可以看出当时批评家多数是在使用社会科学的批评尺度，和好用社会科学的术语。在当时许多著名作家评价茅盾创作的文字中，我们是能够明显看出这种社会科学的思想方法的，例如，叶圣陶在《略谈雁冰兄的文学工作》一文中说：“我有这么个印象，他写《子夜》，是兼具文艺家创作与科学家写论文的精神的。”[3]瞿秋白在《子夜与国货年》一文中指出：“应用真正的社会科学，在文艺表现中国的社会阶级关系，这在《子夜》不能够说不是很大的成绩。”[4]吴组缃在《评茅盾〈子夜〉》一文中认为：“有人拿《子夜》来比好莱坞新出的有声名片《大饭店》，说这两部作品同样是暴露现代都市畸形的人生的，其实这比拟有点不伦不类。”因为《大饭店》“没有用一个新兴社会科学者的严密正确的态度告诉我们资本主义的社会是如何没落的；更没有用那种积极振起的精神宣示下层阶级的暴兴”。而《子夜》则相反，以社会科学者的态度，一方面暴

1　张友松：《我的小说译作的经验与理解》，《我与文学》，第 206—207 页。
2　茅盾：《我走过的道路》（中），第 120 页。
3　叶圣陶：《略谈雁冰兄的文学工作》，《新华日报》，1945 年 5 月 24 日。
4　乐雯（瞿秋白）：《〈子夜〉与国货年》，《申报·自由谈》，1933 年 3 月 12 日。

露了上层社会的没落，另一方面宣示着下层阶级的兴起。[1]

可以看出，30 年代对五四文学传统的反思，是站在与五四不同的文学立场、不同的文学观念和不同的思想方法上来进行的，背后隐含的是文学思路的根本性差异。这种差异的确也导致了 30 年代作家们难以更多地抱同情之理解的态度去观照五四文学传统，难以更加客观公允地去评价五四文学传统的得失优劣，致使 30 年代对五四文学传统更多的是持否定性的评价，这多少妨害了 30 年代对五四文学传统中的优良成分的借鉴和继承。但 30 年代文学思路的变化以及由此导致的对五四文学传统的否定性评价，恰恰标示了 30 年代文学的转型。

## 四

从社会科学的思路出发，30 年代的作家特别关注社会的现实发展状况，关注社会政治制度、社会生产关系，注重着眼于人的现实的政治、经济和物质利益，注重采用社会分析的方法。文学思路的变化，直接带来了 30 年代文学在创作风貌、文学题材的选择、处理题材的角度和方法等诸多方面的重要变化。正是这一

1 吴组缃：《评茅盾〈子夜〉》，《文艺月报》，1933 年 6 月 1 日创刊号。

系列新的变化成就了 30 年代文学的转型。

与五四文学相比，30 年代变化最为明显地体现在作家创作动机、创作目的上，这便是历史使命感的加强。钱杏邨 1928 年初就指出，“在最近的中国文坛上有一种可喜的现象，就是很多的作家认清了文学的社会使命，在创作中把整个的时代色彩表现了出来”。[1] 创造社在 1928 年 1 月创刊的《文化批判》的《祝词》中就明确表示，《文化批判》要“负起它的历史的任务。它将从事资本主义社会的合理的批判，它将描出近代资本主义的行乐图，它将解答我们‘干什么’的问题，指导我们从那里干起”。1933 年 7 月创刊的《文学》杂志，虽不以左翼色彩为标榜，但在其创刊号的发刊词中也明确表示其办刊宗旨是要以批评、创作、考证作手段，诅咒阻碍“光明之路”的“仇敌”。强烈的社会使命感带来的是创作追求中政治目标的明晰性，对此，许多作家都曾在不同的场合有过鲜明的表述。田汉曾在 30 年代这样说起过自己的“创作经验”：作为“五四以来的文学青年”曾“不断地迷惘，徬徨，不断地追求摸索”，而 30 年代“终于”“认清了时代的症结和自己的任务，因此渐渐能更意识地根据客观的需要去竭尽自己在所关系的文化部门的最美的力量”。[2] 王统照也曾谈起过，五四时期“那时的青年构成一个空洞而美丽的希望寄存在未来的

1　钱杏邨：《幻灭》，《太阳月刊》，1928 年 3 月 1 日第 3 期。
2　田汉：《创作经验谈》，《创作的经验》，天马书店，1933 年版，第 59—68 页。

乐园中”，然而“虽然并没有几年的间隔，而对人生痛苦的尖刺愈来愈觉得锋利，对解决社会困难的希求也愈来愈迫切”。[1] 终于导致王统在30年创作出了《山雨》那样政治意识、阶级意识非常鲜明，社会分析方法非常明显的作品。这种创作上的变化，在30年代作家中是非常普遍的，丁玲也谈到她一开始所写的《梦珂》《莎菲女士的日记》仍是沿袭五四文学的思路，但很快便在环境的驱使下对自己做了调整，再“不是什么‘为文艺而文艺’，也不是为当作家而出名，只是要一吐为快，为造反和革命”。[2]

文学思路的变化，作家创作历史使命感的强化，势必带来文学创作题材的转换。30年代与五四时期相比，文学创作题材的转换是一个非常明显的文学趋向。刘呐鸥、施蛰存等人早在主编的《新文艺杂志》1930年的第2卷第1期的《编辑的话》中，就正面肯定了描写劳动人民生活的创作，批评了国内文坛“三角恋爱一类的玩意儿”。“左联”执委会1931年11月的决议《中国无产阶级革命文学的新任务》中更明确就作家创作题材问题做出规定，要求作家必须抛弃“身边琐事”“恋爱和革命的冲突”等题材，抓取反帝国主义题材，反对军阀地主资本家政权以及军阀混战的题材，工人对资本家的斗争、描写农村经济的动摇和变化等现实生活题材。钱杏邨在发表于1932年1月的《一九三一年文坛回顾》

1　王统照:《霜痕 · 序言》,《霜痕》，新中国书店，1932年版，第1—3页。
2　丁玲:《我的生平与创作》，四川人民出版社，1982年版，第13—14页。

一文中指出，作家社会责任感、历史使命感的普遍强化，共同关注当时中国的社会政治现状，造成了创作题材的相对集中："第一，是全国经济的更加破产，失业的恐慌，农村的破灭，金融界危机的深伏"；"第二，是洪水的灾难，这一年的水灾，灾区达十六省的地域，死亡的人数达二十余万，流离失所的农民更不知多少，在政治上，经济上，都将给中国以及世界以巨大的影响"；"第三，是东三省问题，日本帝国主义对东三省侵略的军事行动"；"第四，是统治阶级统治力量的破产，在三次围剿共产军的失败"。[1] 这种创作题材相对集中在几个领域的状况，是体现在整个30年代，体现在多数作家的创作中的，其中最盛的是农村题材的创作。中国农村题材的文学源起于五四时期，但在整个五四时期"鲁迅而外的作家大都用现代青年生活作为描写的主题"。[2] 而到了30年代，农村题材的创作却成为特别兴盛的创作题材。1934年鲁迅、茅盾所选中国作家短篇小说集《草鞋脚》和1936年赵家璧、茅盾等二十名著名作家推荐选辑的《短篇佳作集》中，农村题材小说均占三分之一左右。1934年林徽因选编的《大公报文艺丛刊小说选》，更在《题记》中指出："在这些作品中，在题材的选择上似乎有个很偏的倾向，那就是趋向农村或少受教育分子或劳动者的生活描写"；"描写劳工社会，乡村色彩已成为一种风气，且

1　钱杏邨：《一九三一年中国文坛的回顾》，《北斗》，1932年1月第2卷第1期。
2　茅盾：《读〈倪焕之〉》。

在文艺界也已有了一点成绩”。[1]不止是小说，诗歌、戏剧也是如此。创作题材本来是不同的作家因人而异的选择，但当众多作家的选择过于集中在少数几种题材上，这就构成了可供探究的文学现象。这里明显标示了30年代文学思路变化所带来的文学的转型。

文学的转型，不仅体现在30年代文学创作题材的转换，更重要的是体现在作家处理题材方式的转换上。例如婚恋、爱情题材的创作，是五四时期的重要题材，这是与五四作家普遍的出于人性解放、个性解放的考虑分不开的。五四文学中两性关系，彼此的结合或分离，其合理性依据是个性主义。或借两性关系抨击封建制度对人性的戕害，或借两性关系张扬人性。而30年代文学创作中，涉及两性关系，彼此的结合或分离，其合法性依据中个性主义已经退场，代之以革命的志向、社会的行动和阶级利益的考虑。再如工、农生活题材的作品，五四时期多止于表现他们生活的苦况，其出发点多是人道主义的同情，而30年代，无论是其作家创作的出发点还是借以探究的问题，都明显地更带有分析其社会出路的意味。循社会科学的思路，30年代多数作家，无论选择什么题材进行创作，他们都不甘心止于题材本身的描述，而是力图通过或一题材，从生活的一隅来表现出时代的变化，借以分析这变化的时代、动荡的社会中人民大众的历史命运。用茅

---

1　林徽因:《大公报文艺丛刊小说选·题记》,《大公报文艺丛刊小说选》，1936年版，第1—2页。

盾的话说就是：一篇作品“并不能仅仅以是否描写到时代空气为满足”，而应该写出“时代给人们以怎样的影响”和“人们的集团的活力又怎样将时代推进了新方向”，即“怎样由于人们集团的活动而及早地实现了历史的必然”。[1]

30 年代作家处理题材的眼光和采取的处理题材的角度和方式，都与五四时期有着明显的不同。例如农村题材作品的创作，如果说，五四时期“文学革命者的要求是人性的解放，他们以为只要扫除了旧的成法，剩下来的便是原来的人，好的社会了”，[2] 因此，作品往往侧重于表现农村的思想关系，表现农民在封建主义压迫、奴役下的精神病态，以控诉和批判封建制度和封建思想文化对农民“人性”的残害。到了 30 年代，普遍的“阶级意识觉醒了起来”，[3] 作家们开始转而从社会革命的角度去分析中国农村社会，甚至以阶级分析的方法，侧重于表现农村的经济关系，即农民所遭受的封建地主阶级的压迫和剥削，以及由此而产生的农民的反抗和革命。30 年代许多作家在农村题材的创作中，不约而同地对“土地”问题给予了特别的关注，而这一点是五四时期所未曾出现过的。30 年代中国农村社会有一个最为显著的特点，这就是农民破产、农村衰落、土地迅速集中，农村两极分化。抓

1　茅盾：《读〈倪焕之〉》。
2　鲁迅：《且介亭杂文·〈草鞋脚〉小引》，第 20 页。
3　鲁迅：《且介亭杂文·〈草鞋脚〉小引》，第 20 页。

住了土地问题，就抓住了农村问题的主要症结。对这个问题的剖析，显示了30年代作家在社会科学理论指导下对中国农村社会本质的认识所达到的历史深度。从社会科学思路切入，对中国农村社会状况、经济关系的剖析，令人信服地揭示了农村变动的根源和农民进行反抗和革命的可能性与必然性。五四时期从“人性解放”的角度对农民命运表示人道主义的同情，从精神状况和思想状况去理解和分析农民，这都有其时代的合理性，但只有将对农民精神和思想状态的探索与对其经济地位、政治态度的考察结合起来，才能全面把握农民，才能理解和合理解释农村社会的一切变动。

总之，30年代社会科学的思路对当时的作家和文学创作活动起了重要的制约作用，在较大程度上决定了作家从事创作的使命感和源于社会问题思考的创作预设，而且多少也决定了作家们观照问题的角度、选取文学题材的眼光和处理题材的方式，并由此形成了30年代文学创作的许多重要现象和重要特征。

## 五

充分注意和认识到五四文学和30年代文学背后所隐含的不同的思路，有助于我们加深理解30年代对五四文学传统的反思，有助于我们通过30年代与五四所持文学思路的差异来反观五四文学传统和30年代文学传统，并对各自的利弊得失做出更准确的分析，对各自经验教训进行更好的总结。

五四文学思路之下，作家们所关心的多数是属于带有永恒性的话题，诸如关于美和爱，关于生死命运，关于人生的意义价值，关于宗教，等等，很少关注一时一地的政治问题和现实生活中的具体社会政治背景，小说故事、事件发生的背景也大多比较“虚”。由于五四时期“文学革命者的要求是人性的解放，他们以为只要扫除了旧的成法，剩下的便是原来的人，好的社会了。”[1]所以，包括鲁迅小说在内的五四小说，主要是顺应思想启蒙的任务，作品往往侧重于表现农村的思想关系，表现农民在封建主义压迫、奴役下的精神病态，以控诉和批判封建制度和封建思想文化对农民“人性”的戕害，契入的角度也多在思想、伦理、道德乃至风土人情等方面。因为作品批判的指向多是封建制度、礼教和文化传统，所以小说背景的时代实指性并不强。即使像鲁迅的《阿Q正传》《风波》等作品的背景涉及辛亥革命或以张勋复辟等时代事件，作品也并不以这些背景为叙事中心，叙事中心仍在整个中国文化传统造就的农民的精神病态。

社会科学的思路能促使人增强“全局”观，注重“大背景”，

1　鲁迅:《且介亭杂文·〈草鞋脚〉小引》，第20页。

重视对社会的整体性把握，30 年代小说因而在叙事结构上开始大量出现以社会政治背景为中心的叙事结构。30 年代由于普遍的阶级意识觉醒了起来，有大批作家自觉地从政治的、经济的角度去分析中国社会，以阶级分析的方法，侧重于表现农村社会的经济关系，即农民所遭受的封建地主阶级的压迫和剥削，以及由此而产生的农民的反抗和革命的可能性。许多小说的背景均是当时现实中发生的重大事件，其时代实指性非常强。30 年代有一大批作家的创作都注重社会政治的“大背景”，注重表现时代实际发生着的大事件。尤其是乡土题材的小说，其背景，几乎不出 30 年代所特有的诸如“丰收成灾”“水灾旱灾”“军阀混战”“农民暴动”“东北事变”“上海事变”等等方面。社会科学思路影响之下的“全局”观念和注重对“大背景”的把握，带来了文学叙事的宏大性。从尽可能广阔的范围去把握时代，成为 30 年代普遍的文学追求。

由此可见，五四思路对探讨思想问题，有独特的深刻之处，而在处理社会政治问题时也不免有时捉襟见肘。30 年代思路对解释制度背后的思想文化问题固然显得力度不够、缺少深度，但它对社会现实的变革具有直接有效性。

五四文学思路之下，五四时期作家笔下流露出的往往是一种人道主义的悲悯情感。在反映人生的命运，反映下层人民的疾苦时，最多是发几声鸣不平的哀叹，作品人物命运令人深深地同情，但作品却很少给人以希望。从人道主义立场思考人生命运，有它独到的思想深度，但又往往难以给人们指出改变命运的途径，玄虚的“美”和“爱”的药方，留给读者的也许只是甜蜜的感伤。30年代文学从社会科学思路去分析社会人生，其创作中往往渗透着一种源于对社会发展趋向的认识而产生的明确的目标感。这种目标感，就使30年代文学创作中更多了一些理想主义的情愫。例如同样是表现“乡愁”这样一个普通的主题，但由于受制于不同的文学思路，30年代与五四时期却给人不一样感觉。五四时期写“乡愁”的作家们往往是通过“回忆故乡的已不存在的事物”，用以“自慰”。[1]因此，他们作品中的“乡愁”在较大程度上是从个体的人生感受出发的，无论是写及故乡的人事与景物，都较多带有游子思乡和怀旧的伤感。而30年代文学作品中写“乡愁”，则与其说是针对个体的故乡，还不如说是对于广义的故乡和家园——沉沦的“土地”而发的。他们也写回忆中的人事与景物，但他们“依恋风景，并不感伤”。[2]他们的“乡愁”中往往更包蕴了追求土地、山河完整的民族情绪。与五四作家创作在整体上呈现出的忧郁色调不同，30年代作家作品中即使仍会有忧郁情调，却并不给人以感伤的感觉。诚如有作家所明确表示，作品中虽可能有“忧郁的气氛”，但“还不至于使人落到……感伤的深渊里

1　鲁迅：《〈中国新文学大系〉小说二集序》，《鲁迅全集》（第六卷），第247页。
2　刘西渭：《叶紫的小说》，《咀华二集》，文化生活出版社，1942年版，第52页。

面去”，因为“现在应该是从忧郁里面兴奋起来的时候了”。[1]“光明的尾巴”在30年代文学作品中是一个普遍特色。30年代作家笔下也大量涉及社会苦难、人生坎坷、人间不平，但作品却往往流露出一种乐观主义的精神。

不同的文学思路导致了五四文学和30年代文学呈现出不同的文学风貌。30年代文学在审美风格上有一种对粗疏之美、力度之美的追求。用鲁迅的话说，30年代是一个“风沙相面，狼虎成群”的特殊时代，因而时代要求于文学的，是“耸立于风沙中的大建筑，要坚固而伟大，不必怎样精”，是“匕首和投枪，要锋利而切实，用不着什么雅”。[2]这种追求力度甚至崇尚粗疏而忽略精雅的审美追求，在30年代的确成了一种文学的风尚。当时有人甚至将“力的文学”理解为粗暴、狂躁乃至粗糙的美学作风，还将这种作风具体化到艺术技巧方面，提出“力的技巧”“狂暴的技巧”。[3]就有人这样评价蒋光慈的作品，看似“粗俗、浅薄、鲁莽、句子不通；诗歌是标语口号，太重理论”，实际上“是极热烈极奔进”，因而对之给予充分肯定。[4]30年代不管作家们各自在思想和文学倾向上有何差异，但在评价作品，进行创作时，事实上所持的审美标准，往往也都偏向于对“力之美”的肯定。曾是五四时期学衡派代表

1　参见荒煤：《长江上·后记》，《长江上》，文生书店，1937年版。
2　鲁迅：《南腔北调集·小品文的危机》，《鲁迅全集》（第四卷），第575页。
3　钱杏邨：《郭沫若及其创作》，《现代中国文学作家》（第一卷），上海泰东书局，1928年版，第69页。
4　钱杏邨：《蒋光慈与革命文学》，《现代中国文学作家》（第一卷），第166—169页。

人物的吴宓，在30年代曾以激赏的眼光高度评价过茅盾的《子夜》等作品，是“表现时代动摇之力，尤为深刻”。[1]“京派”主要批评家之一的刘西渭在评论叶紫的小说时，也曾以赞叹的笔调称其为“这是力，赤裸裸的力，一种坚韧的生命之力”。他甚至将“力的文学”看作是“中国新文学的高贵所在”和“艺术价值”的“标志”。[2]五四时期的文学创作就审美倾向而言，在整体上给人以一种感伤、压抑的感觉。而30年代的文学创作，一扫这种感伤气息，呈现出壮美的风貌。30年代文学对“力度”的追求在整体所形成的“壮美”的审美特征，是30年代文学历史阶段区别于五四时期文学的一个显著标志。这里需要指出的是，审美倾向的不同、审美风貌的变化等等，只是审美形态的不同，并不是界定文学作品艺术水准高下的标准。追求力度甚至崇尚粗疏，而故意忽略精雅的审美取向，不免会导致艺术上的偏颇。

五四文学思路之下，五四作家要表达的感情相对单纯，要反映的生活场景相对单一，短篇小说的承载量基本能够胜任，因此，在整个五四小说形式中，短篇占了主导地位，偶有长篇小说，也常常是显得内容比较单薄，结构相对单调。30年代则有所不同，由于短篇的容量难以承载对社会广阔生活的表述和对宏大叙事内容的表达，因而长篇巨制开始受到重视，长篇小说形式得到了长

1　茅盾：《我走过的道路》（中），第121—122页。
2　刘西渭：《叶紫的小说》，第55—60页。

足的发展。不仅仅是单篇的长篇小说形式，30 年代以“三部曲”形式出现的长篇小说大为盛行，其原因也正在此。早在五四之前，晚清“新小说”已大盛长篇，五四时期的主要小说体裁从晚清“新小说”的重长篇转为重视短篇，主要原因是在于五四作家们对小说功能的新的理解上。五四思路之下，作家关心的不是叙述历史事件和现实政治背景，不是为了像晚清政治小说那样提供一种社会通行的政治理论，而在于探究人生、命运、伦理、爱情等命题，其思考往往由个人命运出发，纠合具体人物的心理状况，重在抒发一种个性的情感，因而，小说的功能从讲故事转为描摹世态伦理、个体命运和抒发个体情感。也正因为如此，在小说形式上就比较地注重采用撷取生活横断面的短篇叙事形式。而 30 年代重视长篇叙事形式，则是由作家们在社会科学思路之下对小说表达内容的追求所决定的。“五四小说大都语调直率夸张，难以冷静深沉之作，而身边小说流于宣泄情感，散文化的篇幅短小，都难于表现较为广阔的社会人生，也难于深入发掘并体现新的叙事模式的美学功能。尽管有个别作家意识到这一危机，但这种偏向还是 30 年代以后才明显得到纠正的。就这一点而言，30 年代以后的小说艺术上是比五四小说成熟。”[1] 但反观 30 年代的许多短篇小说，在严格意义上讲，却只是压缩了的中长篇小说。诚如茅盾所说：

1 陈平原：《中国现代小说叙事模式的转变》，上海人民出版社，1988 年版，第 253—254 页。

"许多短篇小说还不是'生活的横断面'的表现。"这是因为在作家们看来"对于全面茫无所知,就不可能深入一角"。[1]在30年代,这种"缩紧了的中篇"的短篇小说写法颇为普遍,这应该视为是社会科学化思路之下对"大叙事""全景式"过度追求的结果。

社会科学的思路之下,还导致了30年代文学创作中观念先行的创作路数的流行。由于进行社会分析时,作家所依据的基本上都是作家们当时所了解和掌握的社会科学知识和方法,因而理论的推导,或带着某种先验的观念来创作,就成了当时的重要创作路数。茅盾的《子夜》是最为明显的,这方面已有普遍的认定。其实,不止是茅盾,当时许多作家都是这种创作路数,洪深在谈起自己30年代的创作经验时,就曾谈到自己的创作往往是通过分析,"对于某一种人事某一个情形,有了一个主张或结论",然后"更去多多地阅历观察人生,从人生中寻取适当的材料,凑成一个足以发挥我的结论的故事"。[2]社会科学的思路之下,30年代知识分子思想追求的总体趋向是由"人性的解放"到"阶级意识觉醒",[3]整个文坛的风尚,实行着个性主义向集体主义的转换,文学群体的趋向于"组织化",文学创作的排斥"个人性",这往往导致了作家个性、作品个性的被忽略。30年代作家创作中"形

1 茅盾:《〈茅盾短篇小说选集〉后记》,《茅盾短篇小说选集》,人民文学出版社,1955年版,第312页。
2 洪深:《我的经验》,《创作的经验》,第141页。
3 鲁迅:《且介亭杂文·〈革鞋脚〉小引》,第20页。

式感”普遍淡薄，不仅没有再出现像鲁迅那样的“几乎一篇有一篇新形式”的“创造‘新形式’的先锋”，[1]而且在整体上也很少有五四时期作家创作中那种突破传统的写法，探求独特形式的自觉和冲动。这与30年代强调集团性、阶级性意识，抑制个性、自我的整体文学氛围是密切相关的。即如五四时期已经著名的老作家叶圣陶、王统照、王鲁彦等作家也是这样的情况。叶圣陶所写的《多收了三五斗》，与当时一批写“丰收成灾”的作品，“形式”上是彼此大同小异的；王统照的《山雨》、王鲁彦的《乡下》《野火》等作品与当时多数写农民反抗内容的左翼文学作品在叙事模式和观念表达上也都彼此相类似。即使是在诸如沈从文的《大小阮》、老舍的《黑白李》这样的作家作品中，我们也能明显看到当时流行的革命文学作品的基本套路。由此看来，公式化产生的根本原因并不仅在于作家缺少艺术的技巧和方法，而是在于陷入某种集团性艺术规范中而失却了具有个性的艺术创新的能力。应该说，30年代文学创作中概念化、公式化盛行，与30年代普遍的文学思路是有一定的联系的。

综上所述，30年代文学思路之下的30年代文学与五四文学思路之下的五四文学一样，都存在着诸多不足，这些不足也都折

1　沈雁冰：《读〈呐喊〉》，《时事新报》，1923年10月8日。

射出各自文学思路的局限。因此，我们有必要跳出两种不同的文学思路来看问题，而不是陷入某一种思路来评判基于不同的文学理念和文学思路形成的其他文学传统，这样得出的肯定和否定都必然会失之偏颇。30年代和五四的两种不同的文学思路，其实并没有高下之分，而只是范式上的差异。它们是各自时代语境的产物，都在最大程度上顺应了各自时代的历史任务，当然，也必然地都承担着各自时代的局限。我们在这里指出30年代与五四两种不同的文学思路，并不是为了对这两种思路做简单褒贬评价，而是试图通过30年代对五四文学传统的反思，弄清楚两种不同文学思路的差异到底何在，找到基于不同思路提出的“反思”的理由和误区。通过理解两种不同文学思路的差异，可以更好地把握两个不同时代的文学特点，通过对这两种不同思路的考察，使不同年代的基于不同文学思路的许多文学现象可以获得更有效的解释，而且可以找寻到不同时段文学特征形成和变化的某种根源，可以探究基于不同思路导致的不同文学时段文学变异的一些规律。

（原载《中国社会科学》2009年第6期，《新华文摘》2010年第四期转载）

［该文2011年获得江苏省第十一届哲学社会科学优秀成果奖一等奖；同年获得教育部高等学校科学研究（人文社会科学）优秀成果奖一等奖］

# 论 30 年代文学杂志

文学的发展与文学杂志有着密切的关系，尤其是现代以来的文学作品，绝大多数首先是通过文学杂志而得以发表和传播的，而文学杂志的状况也在相当大的程度上标示了文学的繁荣程度和发展状貌。因此，我们可以通过考察文学杂志的状况从一个重要的侧面来了解特定时期文学发展的整体情况。本文试图对 30 年代文学杂志的有关情况做些考察，以期从一个向来被人们所忽略的方面，为研究 30 年代文学的发展状况提供一些重要的参照依据。

## 一

我们通常文学史意义上的“30 年代”，是以国共合作破裂、国民党一党独裁政权的建立为其开端的。1927 年国民党在南京建立了政权以后，为了维护和巩固其统治，相应地在文化领域施行了一整套的文化方略，其中包括实行“党化教育”，控制宣传媒体，扶持官方文艺团体和推行官方文艺政策，等等。通过这一系列政治文化的措施，国民党企图实现其与一党专政相适应的文化专制主义。国民党的文化控制和文艺政策作为国民党“权力主体”推行的政治文化的一个重要组成部分，构成了 30 年代文学杂志生成、生存和发展的一个重要生态环境。30 年代各种文学杂志现象可以说，基本上是在对这样一种生态环境的或顺应或违逆，或适应或不适应，或谐调或不谐调的反应中而得以形成并呈现出种种态势的。这些将是我们研究 30 年代文学杂志的一个重要的出发点。

由于“受控制的传播媒介能成为培养政治信念的有力工具”，因而，代表不同利益的集团和政党自然会利用这种工具来推行自己的政治文化。[1] 而且当政治斗争愈趋于激烈时，对传播媒介的争夺愈加剧烈。30 年代国民党政权依靠文化控制（包括控制文化传播媒介）来巩固自己的政权，将自己的政治文化灌输给权力客体，而权力客体自发拥有的各种“反权力政治文化”也必须通过传媒来扩大其影响，尤其是当权力客体处于没有政治自由的状况

1 ［美］加布里尔・A・艾尔蒙:《当代比较政治》，风云论坛出版社，1992 年版，第 66 页。

下，包括文学杂志在内的传媒便成了他们的重要的甚至也许是唯一的与“权力主体”进行抗争的手段。正是基于普遍的对传媒重要性的深刻认识，文学杂志的问题，由 30 年代的政治背景所决定，已经不仅仅是文学杂志自身的问题——由此来看 30 年代的许多围绕着文学杂志的特别现象，也许我们能加深对其现象背后根源的认识。

30 年代，各种杂志层出不穷，1933 年到 1934 年曾被称作“杂志年”。仅 1933 年的上海而言，就出版了至少 200 种杂志，而 1934 年，仅“文艺定期刊几乎平均每月有两种新的出世”。[1] 1934 年“自正月起，定期刊物愈出愈多。专售定期刊物的书店中国杂志公司也应运而生”。据估计，当时“全中国约有各种性质的定期刊 300 余种，其中有 80% 出版在上海”。[2] 这种 30 年代特有现象的产生，其背后有着深刻的政治文化的原因，而绝不是如某些研究者所认为的那样，仅仅是由于“价格低廉的杂志格外受读者青睐”，以及“经济的因素导致了杂志的病态性的繁荣”。[3]

当时，就曾有人针对“有的帮闲文人将原因推为书籍定价高而刊物定价低”的论点指出，一方面刊物大盛而另一方面则是“文艺书的单行本却少到几乎看不见”，[4] 这是中国的“特别国情”造

---

1 丙（茅盾）:《一年的回顾》,《文学》，1934 年 12 月 1 日第 3 卷第 6 期。
2 兰（茅盾）:《所谓杂志年》,《文学》，1934 年 8 月 1 日第 3 卷第 2 期。
3 旷新年:《一九二八年的文学生产》,《读书》，1997 年第 9 期。
4 丙（茅盾）:《一年的回顾》。

成的。这种“特别国情”当然首先是指“国民党反动派的禁书令和图书杂志审查法的推行”。[1] 虽然，人们将30年代的1933—1934年称为“杂志年”，其实“出版界的现状，期刊多而专书少”，“这情景是由来已久的”，而到1934年“不过略有变迁，更加显著而已”。[2] 由于国民党对书刊的严厉查禁和对图书杂志的苛刻审查，造成出版家营业上的无路可走，“好销的书不好出，好出的书不好销，于是只剩下‘杂志’一条路还可捞几个现钱”。[3] 在1930年底国民党中宣部向中央递交的审查出版物的“内部报告”中，就曾直言不讳、扬扬得意地讲述进步书籍的出版“渐次减少”的一个重要原因：“本部以前，对于此类书籍的发行，采取放任主义，少加查禁”，而“在国内一班青年，又多喜新务奇，争相购阅，以为时髦。而各小书店以其有利可图，乃皆相索从事于此种书籍之发行，故有风靡一时、汗牛充栋之况”。“但是最近数月以来，本部审查严密，极力取缔，各小书店已咸具戒心，不敢冒险，以亏血本了。”[4] 出版家、书店怕“亏血本”故转而以出版杂志为谋生之道。与书籍相比，杂志要相对灵活一些，在审查中书籍遭禁，出版者、书店便满盘全亏，而杂志则可以用临时撤换一些文章篇目的办法，保住整个杂志。正是出于这种考虑，30年代杂志便大

1　茅盾：《我走过的道路》（中），第250页。
2　鲁迅：《花边文学·零食》，《鲁迅全集》（第五卷），人民文学出版社，1981年版，第498页。
3　兰（茅盾）：《所谓杂志年》。
4　《出版史料》，1990年第3期。

盛起来，而也正因为1933—1934年，国民党当局的禁书和审查书刊的手段更加严厉，于是“杂志年”遂以形成。

其实，30年代的“办杂志”之受到重视，还不仅出于出版家为“保血本”的考虑，那时似乎普遍有着办杂志的热情，确实是“想办杂志的人多”。[1]这原因也正是在于杂志作为公众传播媒介对于各政治派别推行自己的政治文化具有的重要作用。当时就曾有人认为，在“想办杂志”的人中间，很有些是“想借办杂志扩大个人（或他那一派一系）的影响的”。[2]这种借办杂志扩大影响的人中，自然也有的是“想借办杂志之名而行‘卖身’之实”的，也有的是“借杂志的名目企图和一些游离分子吊膀子的”，[3]但也有更多的人是以杂志为武器，来传播“反权力政治文化”的。例如左翼文化、文艺界就是如此，他们正是通过办杂志来使自己的政治意识形态在当时的高压政治下得以最大程度地社会化的。“左联”在“政治文化”上的成功，实在与当时的办杂志是分不开的。一方面，左翼作家们充分利用民族资产阶级和国民党的报纸来发表自己的对政治、社会的种种见解，例如，他们抓住当时“中国报纸的一个重要特点，即副刊的政治倾向性，往往可以有一定的独立性”，因此在包括《民报》《晨报》《中华日报》《时事新报》《大

1 茅盾：《我走过的道路》（中），第250页。
2 茅盾：《我走过的道路》（中），第250页。
3 兰（茅盾）：《所谓杂志年》。

晚报》《申报》等在内的报纸的文学副刊上用化名写文章。[1]而另一方面，左翼作家们在30年代确实在自办杂志上也倾注了巨大的热情。胡风曾这样回忆起他们当年办《木屑文丛》的缘起："记不起是哪一个左倾的青年弄到一点钱，要我出刊物。这是30年代常有的情形。都是出一二期或三四期，钱用完了，刊物也遭禁。"[2]

左翼作家们为办杂志，不仅要付出物质代价，而且还要时时面对国民党当局的查禁，例如，仅"左联"被国民党查禁的刊物就有《文化世界》《北斗》《十字街头》《文学》《文学月报》《萌芽》《新地》《拓荒者》《艺术月刊》《巴尔底山》《沙仑》月刊等等。为此，左翼作家们自然不能坐以待毙，他们想出了种种对策，来对付国民党对刊物的查禁，其中最常用的办法就是，当一种刊物被查禁后，立刻换一刊名继续出版。例如《太阳月刊》被查禁后，于1928年10月改名为《时代文艺》继续出版，但仅出了一期，以后又改名为《新流月报》，1930年1月，该刊再改名为《拓荒者》继续出版。再如，"左联"机关刊物《萌芽月刊》1930年1月创刊，出刊5期便被查禁，第6期改名为《新地》，第7期起改名《文学月报》。不仅左翼刊物如此，其他各书店、报刊社也是如此地与国民党当局的查禁令巧作周旋。例如"生活书店的刊物被禁后，便立即创办新刊，并用追踪推广宣传的办法，保持销路不衰。

1　舒湮：《电影的"轮回"——纪念左翼电影运动60周年》，《新文学史料》，1994年第1期。
2　胡风：《关于30年代前期胡风和鲁迅有关的二十二条提问》，《新文学史料》，1992年第4期。

一种刊物被迫停刊，请读者结算订费余额的同时寄发新刊预定广告”。[1]据当事人回忆，当年“刊物之所以一而再再而三地改换名称，完全是出于不得已。因为在当时反动当局文化专制主义的高压下，只有这样才能转移、分散特务、暗探的注意，让刊物至少能够在一段时期内继续出版、发行下去。这也不妨称之为当年文化战线上的‘游击’或‘迂回’战术”。[2]如此这般，遭查禁的杂志越多，更名再出版的杂志也就越多。

因此，所谓“杂志年”，并非是杂志命运的真正亨通，正如茅盾早在1934年的《所谓杂志年》一文中就指出的那样：“杂志的‘发展’恐怕要一年胜似一年。不过有一点也可以预言：即此所谓‘发展’绝不是读者人数的增加，而是杂志种数的增加。”[3]

## 二

大革命后，在民众中，尤其是在许多的青年中普遍产生了一种不满的情绪，或者说是一种“政治焦虑”，一种政治的郁积。这种焦虑或郁积总要找寻某种释放和排解的渠道，而进步杂志尤

1 赵晓恩：《30年代生活书店的推广宣传工作》，《出版史料》，1988年第1期。
2 任钧：《关于太阳社》，《新文学史料》，1979年第2期。
3 丙（茅盾）：《一年的回顾》。

其是进步文学杂志就在很大程度上承担起了这种渠道的作用。“语言、声音、文字，在它们作为一般抽象物的时候，并无政治文化意义，但当它们与某种特定的政治心理联系在一起的时候，就会成为政治文化的外延”，人们“以内心评判、内心体验等隐含形态存在的政治情感内涵”，来“操作着不同的语言、声音、文字”，“迫使它们沿着特定的‘思维峡谷’行走，以致形成特定的思维外在表现形式”。[1]而30年代，左翼的、进步的文学杂志在很大程度上就是这种与某种政治心理联系在一起的语言文字，它以其内含的政治情感，赢得了30年代的公众，尤其是青年的共鸣，而备受亲睐。人们心中普遍蕴蓄的“政治焦虑”在对左翼和进步文学杂志的共鸣性阅读中得到了“审美性置换”。正因为如此，30年代民众，尤其是青年，对进步文艺杂志的关注，便几乎是空前的。30年代普遍的阅读期待是与当时特定政治文化语境下人们的政治心理紧紧联系在一起的。普遍的政治文化心理正是以普遍的阅读期待和阅读需求的形式对文学杂志的生成和发展起着制约和导向的作用。

30年代左翼革命文学杂志之受到最广泛的欢迎，是一个不争的事实。据一位30年代的读者回忆：“正当我耽读俄罗斯和其他外国作家的作品时，也受到了左翼文艺运动的猛烈冲击。”“鲁迅

1 孙正甲：《政治文化》，北方文艺出版社1992年版，第84—85页。

主编的《萌芽》和蒋光慈、钱杏邨主编的《拓荒者》”以及“一大批发表革命文学作品的刊物，如《北斗》《大众文艺》《文学月刊》等等”都是很受欢迎的。[1]

不能小看读者的阅读需求对文学杂志发展的制约作用。尤其是 30 年代，在特殊的政治文化语境之下，文学杂志在传播政治文化中有着特殊的作用，统治者当局势必以种种文艺政策来对之加以管制，而正是由于这种文艺政策与普遍的阅读需求相去甚远，因而在事实上它的效力大大受到了削弱。30 年代，国民党当局曾以大量人力和物力的投入，扶持官方文艺团体和文学运动，其直接的结果是“民族主义文艺运动”的推出。1930 年 6 月 1 日，由国民党上海市党部、社会局、警备司令部的一些政客、军官、特务、御用文人，如潘公展、朱应鹏、范争波、傅彦长、叶秋原、黄震遐等组织成立了“六一社”，鼓吹所谓“民族主义文艺运动”，先后在上海发行了《前锋周报》《前锋月刊》《现代文学评论》等刊物，在南京发行了《文艺月刊》《开展月刊》《流露月刊》等。1930 年，国民党中宣部在一份写给国民党中央的内部报告上，就曾很得意地呈报了他们在扶持官方文艺团体、官方文艺杂志方面的功劳：“近来本党同志，以及一般有识之士，都感觉到共产党邪说盛行，将来对于人心向背，社会治安，国家前途，影响

1　王西彦：《船儿摇出大江》，《新文学史料》，1984 年第 2 辑。

不浅，于是大家努力提倡三民主义的文艺及社会科学的运动，以谋真理基础的建设，抵制异端邪说之流行。”“现在本党同志和一般爱好文艺的青年，纷纷组织阐扬三民主义文学的团体，在上海方面有《前锋月报》，南京方面有《文艺月刊》、《开展》月刊及《流露》月刊、《橄榄》半月刊等等的发行，更使这乌烟瘴气，几被赤色笼罩了的中国文坛，弥漫着青白的曙光，使一般迷蒙歧途的青年，得走一条正确的出路，在三民主义旗帜之下向前努力。”[1]民族主义文艺运动曾以雄厚的官方资金投入为后盾，在短短的时间内出了一大批印刷、装帧都不可谓不精良的刊物。然而民族主义文艺的命运却并不佳，其重要原因之一是由于广大读者的态度，用鲁迅的话说，其种种文学杂志“盖官样文章，究不能令人自动购读也”。[2]尽管民族主义文艺在开张时大轰大烈、颇具声势，但因其不是以读者“所珍视的政治思想为基础”的，因而广大读者对其的态度是“漠不关心，或差不多是漠不关心的”。其结果是，才一年多的时间，各种民族主义文艺的杂志便纷纷停刊了。

与此相反，左翼革命文学虽然遭到了国民党当局的严厉查禁，但由于广大读者对左翼革命文学作品的偏爱，国民党的查禁令的效力往往因此而得到消解，所以左翼文学刊物是屡禁而不止，诚如茅盾所说：“国民党反动派对左翼文艺的大举‘围剿’，其结果

1 《出版史料》，1990年第3期。
2 鲁迅：《书信·310123致李小峰》，第34页。

与他们的愿望正相反，革命文艺更加深入人心了？”[1]以往我们在论及30年代反文化“围剿”取得成功的原因时，往往忽略了读者需求这一重要因素。何以国民党统治当局对左翼文艺的“围剿”反而成了“革命文艺更加深入人心”的契机？这当然与当时读者的普遍的阅读心理有关。这种心理主要体现为逆反心理。所谓逆反心理，主要是指人们普遍存在着对国民党统治当局的不满情绪，这就使他们在面对国民党统治当局施行的一切方针、政策和政府行为时采取一种抵触、对立和违逆的态度，当局以为是的，他们往往以为非，而当局以为非的，他们倒往往反而以为是。这体现在文学杂志的阅读上，便是国民党当局支持的“民族主义文学”杂志，人们偏偏不读，而国民党严令查禁的左翼革命文学的杂志，人们反倒偏要找来看一看。施蛰存就曾指出过，一切文学刊物，“越是被禁止的，青年人就越要千方百计找来看”。[2]30年代国民党当局对进步书刊的查禁，在某种意义上可以说是促成了许多读者好奇心的产生，同时也在无形中为这类书刊做了广告。正是由于普遍的逆反心理，造成了公众对被禁左翼革命文学杂志的旺盛的阅读需求，国民党当局的任何严厉的查禁在这种阅读需求面前都只能是显得软弱无力，这是连国民党当局也不得不承认的客观事实。国民党中央宣传委员会1934年召开了全国文艺宣传会议，在其

1　茅盾：《我走过的道路》（中），第235页。
2　施蛰存：《戴望舒译诗集·序》，《戴望舒译诗集》，湖南人民出版社，1983年版，第2页。

《文艺宣传会议录》中，他们不得不承认，查禁书刊的结果是“愈禁愈多”，“而本会之禁令，反成为反动文艺书刊最有力量的广告，言之殊为痛心”。[1]

## 三

文学杂志虽然是一种特殊的商品，但正如一切商品的命运都最终取决于消费一样，文学杂志的能否发展，能否畅销也取决于读者的阅读需求。30 年代，在普遍的政治文化心理影响之下所形成的读者的阅读需求，确实对文学杂志的发展起了重要的导向作用。

不可低估 30 年代普遍政治文化心理之下形成的阅读需求对文学杂志的制约，30 年代左翼革命文学杂志正是在公众和青年们普遍的偏爱中形成“巨潮”的，而许多其他文学杂志便在这种巨潮中开始了办刊上的转变方向。施蛰存在 30 年代曾这样谈起自己的感受：当他自办《新文艺月刊》之时，“普罗文学运动的巨潮震撼了中国文坛，大多数作家，大概都是为了不甘落伍的缘故，都‘转变’了。《新文艺月刊》也转变了。于是我也——我

1 《文艺宣传会议录》(见藏于南京图书馆旧期刊部)，第 99 页。

不好说是不是，转变了”。[1]据丁玲回忆，她当时所办《北斗》杂志，经常收到读者来信，来信内容多是给《北斗》提出改进意见，诸如指出编者“对于革命的认识，是一个小资产阶级的认识”，希望编者“用很大的力量研究社会学”；批评杂志所登载的“在内容和形式方面都是很坏的作品”；肯定编者“否定了过去而采取一条新途径这是对的”；建议编者在取材正确的基础上还要多“考虑”“观点正确不正确”，“能不能给读者一种宣传熏染的力量”等等。[2]这些来自读者的声音在很大程度上对文学杂志的办刊方向起了一种潜移默化的导向作用。

30年代初，在革命文学普遍受到读者欢迎时，许多新出刊物纷纷打出革命文学的旗帜，例如王统照和友人于1929年9月在青岛创刊文学刊物《青湖月刊》时，就因受当时无产阶级革命文学影响和推动，为追随时代，除在该刊登载从日文译介的无产阶级作品外，还自己创作了许多描写劳动人民痛苦生活的作品；再如荒煤编《时代日报》副刊时，也是高举“普罗文学”的旗帜的，“尽管自己水平不高，选稿还是很严的，而且很左”。[3]不仅是新出刊物，就是一些老刊物也纷纷开始转向，以谈革命文学、载革命文学作品为时尚。例如《泰东》月刊就曾在其1928年4月的第1卷第

1 施蛰存：《我的创作生活之历程》，《创作的经验》，第81页。
2 耶林：《写给丁玲的四封信》，《新文学史料》，1980年第1期。
3 荒煤：《我与副刊》，《战地》，1980年第6期。

8 期上刊出《九期刷新征文启事》，声称“本期从下期起，决计一变过去芜杂柔弱的现象，重新获得我们的新生命”，同时明确表示要“尽量登载并且征求代表无产阶级苦痛的作品”、“代表时代反抗精神的作品”和“代表新旧势力的冲突及其支配下现象的作品”；而且要使“个人主义的、温情的、享乐的、厌世的”作品“绝迹于本刊”。果然在第 9 期上便出现了钱杏邨、冯乃超等当时革命文学的“当红”作家的作品。鲁迅曾在 30 年代初一封给友人的信中说到，“近颇流行无产文学，出版物不立此为旗帜，世间便以为落伍”，当时杂志中“销行颇多者，为《拓荒者》《现代小说》《大众文艺》《萌芽》等”。[1]

杂志的销路与读者的阅读需求直接相关联，因此杂志刊载内容能否得到读者的认可，便直接关系到杂志的能否生存。在 30 年代，不带任何政治倾向的杂志其实是很难存活的。例如《文学时代》创刊之始就声称其办刊方针为“在文艺上的立场和理解，除了对文艺本身忠实这一点之外，我们没更大的苛求”，但这种无倾向性杂志终于因无固定读者群而难以支撑下去，仅出 6 期便不得不向读者“告辞”；编者储安平在《告别辞》中慨叹道：“这年头，一个纯粹的文学刊物真是没法维持的。”[2]

作家办文学杂志，在其创刊之初，都可能有一整套自己的想

1　鲁迅：《书信 · 300503 致李秉中》，第 15 页。
2　姜德明：《储安平编〈文学时代〉》，《新文学史料》，1989 年第 3 期。

法和计划，但刊物办出后，就必须面对广大读者，必须伴随着对读者需求的理解，刊物总得不断做调整才能真正生存下来、兴旺发达。茅盾曾经说过，“开始‘人办杂志’的时候，各种计划、建议都很美妙，等到真正办起来了，就变成了‘杂志办人’”。[1]当然，由“人办杂志”变为“杂志办人”，其原因是多方面的，但来自读者方面的制约是其中重要原因之一。茅盾曾谈到他们办《文学》杂志时，就特别重视读者的阅读期待，因此“极受读者界欢迎，销行至为畅广”。而为了对付国民党当局在审查该刊时的大砍大削，《文学》以连出专号的对策权为应付，于是读者便特别关心《文学》的“内容是否与前完全不同”，为此《文学》立即登载“启事”，表明“本刊自始即以促进文学建设为职志”，“自当不辞艰险，奋斗图存，非至万不得已时决不停刊”，“读者有目共睹，无待声辩”等等，算是及时向读者进行的一种表态。[2]

30 年代是一个杂志蜂起的时代，因此杂志本身就面临一个竞争生存的问题，而能否生存也就是看谁能顺应读者的普遍的阅读需求。正因为如此，使得许多文学杂志主办者争取读者的考虑往往超越了他们对同人性质的追求。例如施蛰存、杜衡、戴望舒等人筹备创刊《现代》杂志，三人无论在思想倾向还是在艺术旨趣上都有其一致性，该刊原本是有可能办成一个同人性质的刊物的，

1 茅盾：《我走过的道路》（中），第 199—200 页。
2 茅盾：《我走过的道路》（中），第 222—224 页。

但在具体编稿中，他们并未向“同人杂志”的方向发展，而是较多地争取一些进步作家的稿件支持，以至于连国民党检查机关也看出《现代》的背景是“半普罗”的。[1]也正因为如此，《现代》杂志才成为30年代的销量较大、颇有影响的杂志。再如，《大公报》的《文艺》副刊，该刊本来政治色彩很淡，其报馆老板为了让《大公报》扩大销路，于是放手让《文艺》副刊去争取青年读者，包括用一些观点与官方对立的文章“来把报纸打扮得‘民间’色彩一些”，虽如此也曾有当局的“‘警告’‘传票’给他带来过不便，可是带来更多的却是好处”，即报纸销售量的增加。当时的共产党员左翼作家杨刚也正是因老板的这种心理而得以被请进报社做编辑的。[2]又如《申报·自由谈》，是一个有较长历史、较有影响的副刊，在20年代至30年代初，该刊注重趣味主义，多发鸳鸯蝴蝶派作家的作品。但进入30年代后，其固有的办刊方针与最普遍的阅读需求渐生距离。为了“调和读者兴趣”，于是决定进行改革，拟“时常举行有兴趣的民意测验或悬赏征文，务以不违时代潮流与大众化为原则”。[3]革新后的《自由谈》，以“描写实际生活之文字，或含有深意之随笔杂感等”为主，这很快得到了许多读者的拥护。编辑部“每天接到了许多来信”，对该刊

1 《上海市党部宣传工作报告》，《左翼文艺运动史料》，南京大学学报编辑部，1980年版，第319页。

2 萧乾：《鱼饵·论谈·阵地——记〈大众报·文艺〉，1935—1939》，《新文学史料》，1979年第2期。

3 《本报六十周年纪念宣言》，《申报》，1931年9月1日。

的努力“赞许备至”，这使编者“又惭愧，又感激”，从而更坚定了新的办刊立场:“我们以后当益加奋勉，务使本刊的内容更为充实成为一种站在时代面前的副刊，决不敢以‘茶余酒后消遣之资’的‘报屁股’自限。”[1]《自由谈》曾连载张资平的长篇小说《时代与爱的歧路》，已连刊101次，但因“接读者来信，表示倦意”，《自由谈》编辑“为尊重读者意见起见”，毅然“停止刊载”，[2]竟成轰动一时的“腰斩张资平”的文案。为了顺应读者的阅读心理，《自由谈》约请了包括鲁迅、茅盾在内的一批左翼作家为其撰稿，以至于国民党官办杂志《社会新闻》连连发表文章，称“鲁迅和沈雁冰，现在成了《自由谈》的两大台柱子了”，刊物“也完全在左翼作家手中”，“书局老板现在竟靠他们吃饭了”；[3]并说改革后的“《自由谈》之论调，为之一变，而执笔为文者，亦由《星社》《礼拜六》之旧式文人，易为左翼普罗作家”，[4]“自从鲁迅与沈雁冰等以申报《自由谈》为地盘，……居然又能吸引群众，取得满意的收获”等等。[5]《自由谈》很快受到来自当局的压力，不得不在《编辑室启事》中“吁请海内文豪，从兹多谈风月，少发牢骚”，[6]但又怕失去读者，仍继续采用鲁迅等左翼作家的稿件。

1 《编辑室启事》(一)，《申报·自由谈》，1932年12月12日。
2 《编辑室启事》，《申报·自由谈》，1933年4月22日。
3 水手:《左翼文化运动的抬头》，《社会新闻》，1933年3月3日第2卷第21期。
4 逸:《黎烈文未入文总》，《社会新闻》，1933年3月24日第2卷第28期。
5 农:《鲁迅与沈雁冰的雄图》，《社会新闻》，1933年5月6日第3卷第13期。
6 《编辑室启事》，《申报·自由谈》，1933年5月25日。

上述诸例可以充分说明，报纸也好，杂志也好，决定它们的信誉和销路的，归根到底还是广大的读者。这一点，就连当时的一些官办民族主义文学刊物也看得非常明白，它们为了挽救无人购读其杂志的状况，有时也不得不尽可能采用具中间色彩的作家的作品,甚至发表一些左翼知名作家的作品来招徕读者。例如“中国文艺社”的《文艺月刊》，其负责人是王平陵，该刊接受国民党中央宣传部资助，鼓吹三民主义文艺。但为了广泛吸引读者，所以尽可能显示出一种中间色彩，并也不时地发表一些“左联”作家如何家槐、洪深、黎锦明、石灵等人以及进步作家如巴金、鲁彦等人的作品。这样做的结果，确实使该刊吸引了不少读者，但其结果是这一杂志的民族主义文学性质也被消解了。

30 年代读者的普遍阅读需求在很大程度上决定和左右了办刊者的办刊方针和用稿选择。读者的阅读需求正是通过对文学报刊的制约，直接或间接地对 30 年代文学的产生和发展起了一种导向作用。

（原载《南京师大学报》1999 年第 3 期）

# 略论 30 年代文学的社会科学化倾向

关于 30 年代文学创作与社会科学的关系，曾有学者在研究中予以过关注，[1]这的确是 30 年代的一个非常重要的文学现象。文学创作与社会科学的密切关系在 30 年代其实不仅体现在个别创作流派和一小部分作家身上，而且带有一定的普遍性。甚至可以说，30 年代文学在整体上存在着一种社会科学化的倾向。因此，对这一问题做进一步的深入研究是有必要的。我们应该弄清楚，是什么原因导致了这种倾向的产生；30 年代文学是在什么状况下与社会科学结缘的；这种社会科学化倾向到底在多大程度上影响了当时的作家和创作，并导致了 30 年代文学的一些重要特征的形成。这些研究将有助于我们加深对 30 年代文学的理解和把握。

1　参见严家炎：《社会剖析派小说》，《中国现代小说流派史》，人民文学出版社，1989 年版，第 175—198 页。

# 一

30年代知识分子政治意识普遍加强，对社会政治问题给予了特别的关注，这导致了广泛的对于包括马克思主义学说在内的社会科学的兴趣。这一现象在当时比较突出，并引起了文化界和出版界注意。顺应这样的情势，“1929年的出版界，可以说是关于社会科学的出版物风行一时的年头”，社会科学读物的兴盛，甚至已经超过了文艺方面的出版物。[1] 1930年1月《新思潮》杂志上刊载的《一九二九年中国关于社会科学的翻译界》一文指出：“关于文艺方面的出版物虽不能说是已经衰歇，但总没有像关于社会科学的那样来得蓬蓬勃勃的。单只社会科学丛书的刊行或计划，据我所知道的已经有了现代的‘社会科学丛书’，南强的‘新社会科学丛书’，北新的‘近代社会科学名著译丛’，黎明的‘社会科学大纲’，南华的‘苏俄研究小丛书’等等”。该文还列举了“其他以单行本形式出版的，除开关于文艺理论的”有关社会科学的出版物计有151种。该文还就1929年关于社会科学的出版物做了统计分析，指出：“第一，是新兴的社会科学抬头。这是新兴阶级的抬头的必然的反映。新兴社会科学在这一年里可以说已经确确实实地树立了它的存在权了。第二，是关于经济学的书籍

1 《一九二九年中国关于社会科学的翻译界》。

占多数。第三，是关于方法论——尤其是唯物辩证法这一类书籍的流行。这就意味着中国的读书界已经有更进一步去研究社会科学的需要之表示。第四，是关于苏联的研究的书籍和关于帝国主义的书籍，占了不少的数目。第五，是关于历史方面——如经济史、革命史及经济学史、社会思想史等等，也占了相当的数目。从这一点，可以看到中国的幼稚的思想界已经有渐渐走上系统研究的道路之倾向了。”[1] 该文中提供的虽仅是 1929 年一年中的较为详细的资料，但已足以看出 30 年代社会科学之普遍受重视的情况，没有普遍的对于社会科学的兴趣，自然不可能有社会科学书籍的出版热。这种社会科学的热潮，对 30 年代文学的发展起了重要的影响作用，其影响较为突出地体现在 30 年代文学的“社会科学化”倾向上。

在 30 年代文坛上有一个比较突出的现象，即社会科学工作者与文学家之间的角色的兼容、兴趣的融合和从事专业的相互交叉。许多从事社会科学的研究者、转向文学或对文学给予了特别的关注；而许多文学家则表现出对社会科学的极大兴趣和探讨社会科学问题的极大热情。而这一切都与 30 年代特殊的政治文化氛围有着密切的关系。

30 年代有大批从事社会科学研究的学者介入文学，有些干

1 《一九二九年中国关于社会科学的翻译界》。

脆从社科学者转为作家。茅盾就谈到30年代许多文学评论文章，是出自社会科学工作者之手。他自己的《林家铺子》《春蚕》《子夜》等作品发表后，就涌现了大批社会科学工作者写的评论文章。如“评论《春蚕》的丁宁，……这位评论者大概也是研究社会科学的”。[1]发表在《读书与出版》上的“卢艺植的《读子夜》……观其词汇，动辄‘把握’，可以猜想他是社会科学（这在当时，是马克思主义的代用词）的研究者”。[2]发表于《出版消息》上的朱明的《读子夜》，“从文中数语，我猜想朱明其人大概是研究社会科学的，但对文学却不很在行”。[3]“风吾在《关于‘丰收’的作品》中也评论到《春蚕》《秋收》《残冬》3篇……看来这位评论家也是个社会科学研究者。”[4]社会科学工作者关注文学，纷纷介入文学批评，这是因为文学在30年代的政治文化传播中的特殊作用引发的。由于文学批评和文学创作，有着最广大的读者面，因此30年代社会科学工作者将此视为传播自己政治价值观、政治信念的重要工具。这些社会科学工作者转向文学后，由于自身的理论思维的优势和文学创作技法的弱势，使他们首选对文学批评的介入。[5]正因为如此，他们对文学作品的评论多数只是借别人的作品以发自己的言，其评论与作品本身是否贴切并不重要，他们

1 茅盾：《我走过的道路》（中），第138—139页。
2 茅盾：《我走过的道路》（中），第120页。
3 茅盾：《我走过的道路》（中），第119页。
4 茅盾：《我走过的道路》（中），第140—141。
5 参见朱晓进：《政治文化语境与30年代左翼文学批评》，《江苏社会科学》，2006年第1期。

的兴趣也并不是在艺术本身而仍然是从他们的社会科学研究者的目的出发：借文学评论文字传播政治观念和其他社会科学理论。所以茅盾认为，在对自己作品的评论中，“阶级意识”“斗争的情绪”“时代的把握”等等，“倒是当时社会科学研究者评论文艺作品时常有的看法”，他们并不注重作品中所描写的是否是现实中存在的状况。[1]在多数社会科学研究者那里，从事文学批评和文学创作只是兼职，即偶尔为之，但最终完全专事于文学批评和文学创作的也不乏其人。华汉就曾说过：“我本来是一个研究社会科学的人，但对于文学，却有着很大的嗜好，……也许正因为自己不是‘专家’的缘故，所以，写出来的东西，连自己也都感到那只是成功的反面。”[2]蹇先艾也曾在1934年说过这样的话：“这几年来，和自己的本行‘经济学’背道而驰，一天比一天远了，与‘文学’的关系却加倍亲密起来，像忘形的朋友似的。严格而论，我并没有超人一等的天赋，偏要不避艰险地走上这条路去，而且觉得醰然有味，这真是不可思议的事。”[3]还有一位叫甘乃光的作家谈起过自己游刃于文学与社会科学之间的经历：“我是一个学经济的人，……我的时光大部分消磨在旁的科学研究上头，缺乏文学的修养，对于创作技巧无暇去细细学习，即便把题材构思好，却

1 茅盾：《我走过的道路》（中），第137页。

2 华汉：《谈谈我的创作经验》，《创作的经验》，第145—146页。

3 蹇先艾：《我的作品产量稀少的原因》，《我与文学》，郑振铎、傅乐华编，生活书店，1934年版，第158页。

不能用适当的形式去表现出来，……用文学作为政治宣传的工具，绝不是文学本身的方向，诚然，在目前这个过渡时期，要利用文学做宣传，我并不反对。”[1] 30年代大批社会科学研究者之介入文学，从一个侧面反映了30年代政治文化与文学的关系。30年代普罗文学的兴盛是与所谓红色30年代的国际政治背景分不开的，从一开始起，普罗文学运动就不是一个纯粹文学领域里的运动，而是与当时的新兴社会科学思潮裹挟在一起的。普罗文学的全部理论依据就是当时盛行的新兴社会科学理论，这种理论以马克思主义的阶级斗争和无产阶级革命理论为核心。最初普罗文学的提倡中，就理论而言，正因为有大批新兴社会科学理论研究者的参与，才使普罗文学的提倡在理论上具有了系统性。而当时新兴的社会科学的思想也正是借助普罗文学运动的载体得以在中国广泛传播的。也就是说，适应政治文化发展的特殊需要，30年代从一开始就形成了社会科学与文学互动的格局。

## 二

与此同时，文学的“社会科学化”，即作家们对社会科学兴

1 甘乃光：《我希望在文学园里重执黎锄》，《我与文学》，第43—44页。

趣的加强，文学创作对社会科学理论的借鉴和对社会科学方法的运用等等，也成了一种必然的趋势。30 年代作家们与当时新兴的社会科学的结缘成为一个重要的文学现象。随着 30 年代作家普遍政治意识的加强和对社会政治问题的空前关注，他们对掌握和了解新兴社会科学理论的自觉性也越来越明显。“左联”在 1930 年 5 月的一次大会上，曾做出过这样的决议：“和社会科学家联盟发生密切的关系，经常派人参加‘社联’的一切活动。”[1] 其实，“社联”与“左联”之间，成员互有交叉，许多人本身就兼具社会科学研究者和作家的双重身份。这两个组织，无论在组织关系上，还是在当时文化战线所开展的思想斗争上，以及在介绍阐扬马克思主义理论知识上，二者是既有分工又有合作。1930 年 4 月神州国光社出版了“左联”主编的《文艺讲座》和“社联”主编的《社会科学讲座》两本书，两本书的出版版式相似，虽一是谈文艺，一是谈政治、经济、哲学，但都是介绍马克思主义或运用马克思主义观点来分析问题，且两本书中的作者互有交叉，如冯乃超、郭沫若、朱镜我等都是在两本书中均收有论文。[2] 而在此之前的 1930 年 3 月，上海南强书局已经出过两本小册子，一本是“社联”成员柯柏年（李春蕃）的《怎样研究新兴社会科学》，一本是“左联”成员钱谦吾（阿英）的《怎样研究新兴文学》。这两本书虽

1　唐弢：《晦庵书话》，生活 · 读书 · 新知三联书店，1980 年版，第 55 页。
2　参见唐弢：《晦庵书话》，第 56 页。

未用“丛书”名称，实为同一系列，都是较为通俗地向青年读者介绍马克思主义社会科学理论和马克思主义文艺思想的。[1]可见，30年代一开始，新兴文学运动兴起与新兴社会科学理论的传播二者关系密切，难以剥离。30年代有不少作家并不甘心于只做一个作家，他们往往同时兼为社会活动家、社会科学家。最突出的如郭沫若，30年代的他在文学创作的同时，进行古史研究，而且是自觉地用马克思的方法来研究中国古史。他在1929年9月的《〈中国古代社会研究〉自序》中特别表明自己的古史研究与胡适等人的区别是在于：“我们对于他所‘整理’过的一些过程，全部都有重新‘批判’的必要”；“我们的‘批判’有异于他们的‘整理’”；“‘整理’的究极目标是在‘实事求是’，我们的‘批判’精神是要在‘实事之中求其所以是’”；“‘整理’的方法所能做到的是‘知其然’，我们的‘批判’精神是要‘知其所以然’”。从中我们可以看出，郭沫若强调“求其所以是”“知其所以然”，正是为了强化历史研究中的“分析”机制，而这种思想方法，也正是当时的文学的“社会科学化”中多数作家所追求的。再如茅盾，在30年代虽未从事具体的社会科学的专门研究，但他对自己社会科学方面的素养一直有着很高的要求。他多次谈到作家具备社会分析能力的重要性。1932年他曾在回顾自己的文学创时说过：“一个做小说的人

1　参见唐弢：《晦庵书话》，第58—59页。

不但需有广博的生活经验，还必须有一个训练过的头脑，能够分析那复杂的社会现象；尤其是我们这转变中的社会，非认真研究过社会科学的人每每不能把它分析得正确。而社会对于我们的作家的迫切要求，也就是那社会现象的正确而有为的反映！每每想到这一些，我异常兴奋，我又万分惶悚；我庆幸我能在这大时代当一名文艺的小卒，我又自感到我漫无社会科学的修养就居然执笔写小说，我真是太大胆了！”[1]茅盾对自己的要求太高，事实上，他在创作中是最自觉地运用社会科学的分析方法的。这种对于社会科学的看重和强烈的兴趣，在30年代作家中具有普遍性。有的作家甚至因这种兴趣，而最终放弃了“文学”。例如，30年代作家小默（刘燧元）曾这样说起过自己的文学经历：“新俄文学输入中国的时候，中国文坛像受了一颗炸弹那样，从唯美、颓废的梦中醒过来，我当然也不例外。我曾有以工业文明，农村生活为诗的题材的企图。但同时，我的兴趣转向社会科学方向，残余的文学兴趣，只留在文学批评——文学的社会的解释——方面。诗的创作暂时放弃。”[2]30年代确有一些作家因这种社会科学的兴趣，甚至最终放弃了文学创作而致力于文学批评。这也是30年代文学批评非常兴盛的重要原因之一。[3]当然，更多的作家并没有像

1 参见茅盾：《我的回顾》。
2 小默：《我对于文学的理解与经验》，《我与文学》，第1页。
3 参见朱晓进：《政治文化语境与30年代左翼文学批评》。

小默这样因为对社会科学的兴趣而放弃文学，但这种兴趣却普遍地带到了文学的创作上，由此带来了30年代文学创作上的一系列重要的特色。

30年代有许多作家在谈到自己的文学经验时，都不约而同地谈到了社会科学知识和方法对自己文学创作所起到的重要作用。就有作家这样明确提出，“现代所需要的是用那一种思想和方式所表现的文学，……尤其是对于社会科学及心理学更要有精密的研究，才使作品有伟大的成功”。[1]即使像萧乾这样的“京派”作家，在谈到文学创作时，也明确承认“理智判别”——社会分析和批判能力的重要。他说：“一篇戏剧或小说在酝酿中多需要理智的摆布……而且，涉及社会问题的作品中，是需要公正的批判的。人生事实客观记载已有新闻纸担当了——虽然不够详尽。文艺者调理这些事实似在记叙，有意无意间总免不掉借较具体的语言加以因果的、价值的诠释，甚而是功过的批判。社会总有两个对敌的势力在搏战，描述这搏战的文学者，如不先以理智判断双方之是非，则描述终无端绪。”[2]这里虽未直接使用“社会科学”一词，但这里强调的还是社会科学研究方法对于文学创作的意义和作用。不仅是作家创作时重视科学理论和方法，就连当时的文学翻译者，对此也有同样的认识，当时主要从事小说翻译

1　段可情：《要做文学家是不容易的》，《我与文学》，第172—174页。
2　萧乾：《我并非有意选择文学》，《我与文学》，第238页。

的张友松，在谈到自己的“小说译作的经验与理解”时，明确指出：“有价值的作品必须是我们对于人生和社会的认识加上我们的信念，用相当的技巧写作出来的。为了要得到对人生和社会充分的透彻的认识，为了要坚定我们的信念，我们不可不尽量地做研究、观察、分析和深思的功夫，不可不对自己的思想和生活常加以检讨。……到了我们这时代，相当的社会科学知识是每个作家必须具有的。以现代社会的情形之复杂和变化之多而且快，一个作家如果始终还只具有一副传统的书呆子的头脑，丝毫没有社会科学的眼光，那一定不能看透社会上的种种事象和人生的各方面，他的作品里一定要表现出一种与世隔绝的意味，而不会表现丝毫的时代性和社会意义。这样的作品，这样的作家，不是我们这时代所需要的……切莫忘记社会科学的重要吧。”[1]这方面，茅盾的认识和自觉追求在30年代作家中是最为突出的。他曾说过：“生活经验的限制，使我不能不这样在构思过程中老是先从一个社会科学的命题开始。”[2]关于茅盾的这一创作特点，在当时及其后有许多评论者都看得十分清楚。例如，叶圣陶在《略谈雁冰兄的文学工作》一文中说：“我有这么个印象，他写《子夜》，是兼具文艺家创作与科学家写论文的精神的。”[3]瞿秋白在《子夜与国货年》

1 张友松：《我的小说译作的经验与理解》，《我与文学》，第296—297页。
2 茅盾：《我怎样写〈春蚕〉》。
3 叶圣陶：《略谈雁冰兄的文学工作》。

一文中指出:“应用真正的社会科学，在文艺表现中国的社会阶级关系,这在《子夜》不能够说不是很大的成绩。”[1]瞿秋白还在《读〈子夜〉》一文中指出:“从‘文学是时代的反映’上看来,《子夜》的确是中国文坛上新的收获，这可说是值得夸耀的一件事。”[2]吴组缃在《评茅盾〈子夜〉》一文中认为:“有人拿《子夜》来比好莱坞新出的有声名片《大饭店》，说这两部作品同样是暴露现代都市畸形的人生的,其实这比拟有点不伦不类。”因为《大饭店》“没有用一个新兴社会科学者的严密正确的态度告诉我们资本主义的社会是如何没落的；更没有用那种积极振起的精神宣示下层阶级的暴兴”。而《子夜》则相反，以社会科学者的态度，一方面暴露了上层社会的没落，另一方面宣示着下层阶级的兴起。[3]

## 三

尼姆·威尔斯在埃德加·斯诺著丁30年代的《活的中国》一书的附录《现代中国文学运动》一文中指出:“1931年和1932年，左翼运动在知识界和学生界的影响达到了高峰。国民党忽然

1 乐雯雯(瞿秋白):《〈子夜〉与国货年》。
2 施蒂而(瞿秋白):《读〈子夜〉》,《中华日报》副刊《小贡献》，1933年8月13日。
3 吴组缃:《评茅盾〈子夜〉》。

意识到它的巨大的力量及影响，就认真镇压起来。”“在这种恐怖统治下，为了慎重起见，左翼又转入新写实运动，其特征是客观地、带分析地描述生活和社会情况，明确地表示需要革命。所有评论家都认为，这是迄今在现代中国文学上出现的最有前途的发展。茅盾和丁玲女士是这一新写实运动突然崛起的领导人。”[1]这里，尼姆·威尔斯用“带分析地描述生活”来概括当时的文学创作特征，是很能说明问题的。强调“分析”，这本身就是典型的社会科学的思路。30 年代作家文学创作的社会科学化倾向，首先就表现为创作中反映生活时分析性因素的加强。有学者据此认为，30 年代文坛上甚至已经形成了一个以“社会分析”或“社会剖析”为主要特征的文学流派。[2]尼姆·威尔斯认为，这种注重“分析”的创作，以茅盾和丁玲为领军人物，这也是很有道理的。茅盾自是不必说了，丁玲自己也曾明确说过，她“那时为什么要写小说”，是因为“对社会不满，自己的生活的无出路，有许多话要说出来”，于是“提起了笔，要代替自己来给这社会一个分析”。[3]注重社会分析，在 30 年代文学创作中是一个带有普遍性的特征。洪深在谈起自己 30 年代的创作经验，尤其是创作《五奎桥》的经验时，曾谈到自己的创作主要是通过分析，来连缀作品中所反映的事件，

1　［美］尼姆·威尔斯:《活的中国·附录三：现代中国文学运动》,《新文学史料》，1978 年第 1 辑。
2　参见严家炎:《社会剖析派小说》。
3　《丁玲研究资料》，第 109—110 页。

他认为自己所做的工作主要是“补充与理解；将一件混乱的散漫的支节的人事，补充成连贯的、有序的、有因果的、动人有力的故事；并将这整件事情，解释清楚它的发生、经过、成败的意义”。[1]由于进行社会分析时，所依据的基本上都是作家们当时所了解和掌握的社会科学知识和方法，因而理论的推导，或带着某种先验的观念来创作，就成了当时的重要创作思路。茅盾的《子夜》是最为明显的，这方面已有普遍的认定。其实，不止是茅盾，当时许多作家都是这种创作路数，这正是由于当时普遍的文学的社会科学化倾向所决定的。洪深在谈到自己创作《香稻米》等作品所采用的方式时说，他往往是在“阅历人生、观察人生之中，对于某一种人事、某一个情形，有了一个主张或结论”。例如他写《香稻米》，是因为他“深切地明白了农村经济破产的原因：政治的不安定、生活的无组织、方法的不科学、帝国主义经济侵略的深入等等”；而当时他尚“没有一个一贯而下、有起有迄有焦点的故事”。为了能“将一种情形或结论具体事实化”，以便“使观众看到一出有趣的戏剧”，于是“只能笨做；更去多多地阅历、观察人生，从人生中寻取适当的材料，凑成一个足以发挥我的结论的故事”。[2]

文学的社会科学化倾向，还直接带来了30年代文学尤其是

1 洪深：《我的经验》，《创作的经验》，第141页。
2 洪深：《我的经验》，第141页。

小说叙事模式的重要变化。社会科学化的眼光能促使人增强“全局”观，注重“大背景”，重视对社会的整体性把握。在社会科学化倾向之下，作家也变得更愿意去表现广阔的社会人生，30年代小说因而在叙事结构上开始大量出现以社会政治背景为中心的叙事结构。五四小说中，这类叙事结构尚少。五四初期，作家们所关心的多数是属于带有永恒性的话题，诸如关于美和爱、关于生死命运、关于人生的意义价值、关于宗教等等，很少关注一时一地的政治问题和现实生活中的具体社会政治背景，小说故事、事件发生的背景也大多比较“虚”。仅以乡土题材小说为例，由于五四时期“文学革命者的要求是人性的解放，他们以为只要扫除了旧的成法，剩下的便是原来的人，好的社会了”。[1]所以，包括鲁迅小说在内的20年代乡土小说，主要是顺应思想启蒙的任务，作品往往侧重于表现农村的思想关系，表现农民在封建主义压迫、奴役下的精神病态，以控诉和批判封建制度和封建思想文化对农民“人性”的戕害。契入的角度也多在思想、伦理、道德乃至风土人情等方面。因为作品批判的指向是几个多以封建制度、礼教和文化传统，所以小说背景的时代实指性并不强。即使像鲁迅的《阿Q正传》《风波》等作品的背景涉及辛亥革命或以张勋复辟等时代事件，但作品并不以这些背景为叙事中心，叙事中心

1　鲁迅:《且介亭杂文·〈草鞋脚〉小引》，第20页。

仍在整个中国文化传统造就的农民的精神病态。而30年代乡土小说则有所变化。30年代由于普遍的“阶级意识觉醒了起来”，[1]有大批作家自觉地从革命的角度去分析中国农村社会，以阶级分析的方法，侧重于表现农村的经济关系，即农民所遭受的封建地主阶级的压迫和剥削，以及由此而产生的农民的反抗和革命的可能性。许多小说的背景均是当时现实中发生的重大事件，其时代实指性非常强。茅盾的作品就是一个非常突出的例证，诚如吴组缃在当时就指出的那样：“茅盾之所以被人重视，最大的缘故是在他能抓住巨大的题目来反映当时的时代与社会：他能懂得我们这个时代，能懂得我们这个社会。他的最大的特点便是在此。”[2]茅盾的创作在30年代绝非一个独立的存在，30年代有一大批作家的创作都有这样一个共同的特点，即注重社会政治的“大背景”，注重表现时代实际发生着的大事件。尤其是左翼作家，他们的乡土题材小说的背景，几乎不出30年代所特有的诸如“丰收成灾”“水灾旱灾”“军阀混战”“农民暴动”“东北事变”“上海事变”等等方面。

社会科学化倾向影响之下的“全局”观念和注重对“大背景”的把握，带来了文学叙事的宏大性。从尽可能广阔的范围去把握时代，成为一种普遍的文学追求。这种追求也就必然地带来了30

1　鲁迅：《且介亭杂文·〈草鞋脚〉小引》，第20页。
2　吴组缃：《评茅盾的〈子夜〉》。

年代文学形式尤其是小说等叙事文学形式的发展变化。相比较而言，五四作家要表达的感情还是相对单纯的，要反映的生活场景也相对单一，短篇小说的承载量基本能够胜任，因此，在整个20年代小说形式中，短篇占了主导地位，偶有长篇小说，也常常是显得内容比较单薄，结构相对单调。30年代则有所不同，由于短篇的容量难以承载对社会广阔生活的表述和对宏大叙事内容的表达，因而长篇巨制开始受到重视，长篇小说形式得到了长足的发展。不仅仅是单篇的长篇小说形式，30年代以“三部曲”形式出现的长篇小说大为盛行，其原因也正在此。曾有学者指出：“五四小说大都语调直率夸张，难以冷静深沉之作，而身边小说流于宣泄情感，散文化的篇幅短小，都难于表现较为广阔的社会人生，也难于深入发掘并体现新的叙事模式的美学功能。尽管有个别作家意识到这一危机，但这种偏向还是30年代以后才明显得到纠正的。就这一点而言，30年代以后的小说艺术上是比五四小说成熟。”[1]这一结论无疑是比较准确的。但这种形式上的变化和发展，其实不仅取决于形式自身，它在很大程度上取决于作家对文学叙事的追求，必先有“表现较广阔的社会人生”的追求，才会有相应的叙事形式的转换。这种转换，或许还并不完全意味着“小说艺术”的成熟。早在五四之前，晚清“新小说”已大盛

1　陈平原：《中国现代小说叙事模式的转变》，第253—254页。

长篇，五四时期的主要小说体裁从晚清“新小说”的重视长篇转为重视短篇，主要原因是在于五四作家们对小说功能的新的理解上。五四作家关心的不是叙述历史事件和现实政治背景，不是为了像晚清政治小说那样提供一种社会通行的政治理论，而在于探究人生、命运、伦理、爱情等命题，其思考往往从个人命运出发，纠合具体人物的心理状况，重在抒发一种个性的情感，因而，小说的功能从讲故事转为描摹世态伦理、个体命运和抒发个体情感。也正因为如此，在小说形式上就比较地注重采用撷取生活横断面的短篇叙事形式。而30年代的重视长篇叙事形式，也是由作家们对小说表达内容的追求所决定的。这种叙事宏大性的追求，固然玉成了长篇的发达，但也许就不利于短篇小说的发展。30年代的许多短篇小说，在严格意义上讲，只是压缩了的中长篇小说。茅盾在谈到自己30年代的短篇小说时就曾说过：“我很知道我的短篇小说实在有点像缩紧了的中篇。”[1]他还说：“我的许多短篇小说还不是‘生活的横断面’的表现。我认为：如果看到了一事一物具有所谓‘故事性’或典型性而马上提笔写一个短篇，也许可以写得很动人，但不能保证一定耐人咀嚼，即具有深刻的思想性。在横的方面，如果对于社会生活的各环节茫无所知，在纵的方面，如果对于社会发展的方面看不清楚，那么，你就很少有可能在繁

---

1　茅盾：《〈春蚕〉跋》，第257页。

复的社会现象中恰好地选取了最有代表性、典型性的，即是具有深刻的思想性的一事一物，作为短篇小说的题材。对于全面茫无所知，就不可能深入一角：这是我在短篇小说的写作方面所得到的一点经验教训。”[1]在30年代，这种“缩紧了的中篇”的短篇小说写法颇为普遍，这不能仅仅归结为是茅盾个人的影响作用，而更应该视为是社会科学化倾向之下一大批作家共同追求的结果。

总之，30年代文学的社会科学化倾向是一个非常值得重视的文学现象，它是30年代特殊的政治文化语境下的带有某种必然性的产物。这种倾向，在很大程度上影响了作家的文学选择，多少决定了作家们文学创作的风貌，带来了文学形式和文学文体等方面的诸多变化。限于篇幅，我们对此问题只做了初步的探讨。但从上述陈述已经能够看出，文学的社会科学化倾向问题对于从多侧面全面准确把握30年代文学是不能忽略的方面，对此做更详尽深入的探讨，仍有更多的研究工作值得去做。

（原载《文学评论》2007年第1期）

1　茅盾：《〈茅盾短篇小说选集〉后记》，第312页。

# 政治化思维与20世纪30年代文学论争

中国20世纪30年代特殊的政治文化语境，使当时各文学派别的文学观念都明显地带有政治倾向性。这直接影响到30年代的一系列重要文学论争。在某种意义上可以说，30年代文学论争中的各方，所持的观点往往并非出自文学的或学术的思考，而常常是从自身的政治立场、政治态度出发，针对自身对当时政治文化形势的理解而采取的某种文学策略。政治化思维在30年代文学论争中起了重要的，甚至是主导的作用。在中国20世纪文学的发展中，30年代是一个重要的转折时期，20世纪文学发展过程中的许多问题、许多症结可以从30年代找到源头。在其后的相当长的一段历史时期内，我们从文学论争、文学讨论乃至文学批评中，都能发现30年代文学论争中所形成的一系列特点的遗存。揭示和研究30年代文学论争中的政治化思维，分析其形成的根源，对加深理解 30 年代文学的整体状况乃至整个 20 世纪文学的发展都有着重要的意义。

## 一

30 年代权力主体与权力客体之间关系的紧张，造成了各政治派别相互之间的严重疏离。广大社会成员对国民党的官方政治概念、政治价值取向以及操作方式普遍缺乏认同感；这种状况下，民众的政治取向是多头的。30 年代国民党政府试图通过施行一系列文化控制方略来扼制这种多头政治取向的势头，却反而引发了来自各自权力客体自发形成的政治文化反弹。当权力客体处于没有政治自由的状况下，包括文学在内的传媒便成了他们重要的甚至是唯一的与“权力主体”进行抗争的手段。又由于各权力客体之间因其代表不同的政治利益集团或利益群体、阶层，他们所持的政治见解也相去较远，因而，各派纷纷利用文学来表达自己的政治意愿，阐释自己的政治价值观。因此，30 年代的文学论争，事实上往往是各政治派别表达自己的政治意愿，阐释自己政治价值观的一个窗口。也正因为如此，30 年代的几乎所有的文学论争，都有着鲜明的政治文化背景、政治文化潜因，人们在文学论争中看问题的角度也首先是政治的角度，而非纯文学的角度。

因为在论争者看来，文学问题事实上已非关文学本身，而关系到自己政治意愿的表达和政治见解的阐释。因此，参与论争，是获得政治发言权的极其重要的甚至也许是唯一的机会。30 年代文学论争中人们所表现出的巨大的热情和兴趣，其中有很大的成分是对政治的热情和对政治的兴趣。但是，当文学的目的完全政治化，文学的言说一旦被系统化为政治话语，就成为一个具有意识形态排他性与专一性的系统。这个系统被用来阐发或攻击某种政治权力的合法性或用来阐发或反对某种政治理想的合法性。因此，30 年代的许多文学论争，事实上都明显表现为各派政治势力之间争夺借文学表达政治意愿的话语权的斗争。

争夺话语权，其目的是为了更好地获得表达自己的政治意愿、阐释自己的政治价值观的权利。在新时代来临之际，谁拥有了更多的话语权，谁就能引领，甚至拥有这个时代。这一点，在 30 年代的各派政治力量那里，对此都是非常明白的。国民党政府在获得政权以后，并没有忘记对这种政治话语权的控制。他们先是提倡“三民主义文学”，但由于“四一二”之使“三民主义”蒙羞，“三民主义文学”几乎没有产生什么社会影响。面对日盛的“普罗文学”的声浪，他们又抬出了“民族主义文学”的口号，试图用“民族意识”“民族精神”来抵抗来自左翼文坛的“阶级论”话语。“民族主义文学”者们为现实政治权力做辩护，理所当然地要向传统的政治经典中找寻合适的政治语言，这是因为中国传统的政治经典中所充斥的内容基本上是立足于阐述现政治权力之合法性的政治语言。直到1934年的所谓“新生活运动”，作为统治者话语的中心内容仍是传统的“四维”“八德”。与此针锋相对，左翼文坛再次掀起大众语的讨论。大众语的讨论，规模之大，时间之长，是30年代文学论争中不多见的。国民党以正统自居，故思想、语言要复古；左翼以劳动阶级、广大群众为旗帜，故语言要大众化，这其中所隐含的就是争夺话语权的斗争。“大众”一词，在一段时期内成了最时髦的，出现频率最高的语言。“大众化”的讨论，不仅成了左翼文坛针对统治者的话语武器，而且也使得左翼文坛因此而得以靠着“大众”“群体”的力量，引领了整个的时代。

在这种争夺话语权的过程中，排他性是其重要的思维特征之一。例如，在“无产阶级革命文学”倡导之初，即1927年下半年郭沫若、成仿吾、郑伯奇等人恢复创造社及其刊物时，曾想联合鲁迅来写文章，郑伯奇还去找过鲁迅，并在广告上也登出鲁迅的名字。但正在这时，创造社新进的人们，即李初犁等从日本回国了，他们不赞成联合鲁迅，并且决定把鲁迅作为批判的主要目标。那么，为什么这几个年青人要反对鲁迅？为什么几个年青人能左右整个创造社（包括创造社的许多元老）？这里的原因当然是很复杂的，但为争夺文坛话语权而必然导致的排他性是其重要原因之一。许多刚从日本回国的激进青年，面对的是国内经过十年整合已成格局的文坛，他们最担心的是自己稚嫩的声音会淹没在诸多文坛宿将们耀眼的声名之下，他们要获取独立的话语权，要使自己的声音成为众声喧哗中的最强音，就不能不以攻击文坛话语的权威为其开端。鲁迅的公认的文坛地位，就使他成了创造社成员，尤其是年轻成员们首选的要跨越的对象。“创造社改方向”后“没有改变向来的狭小的团体主义精神”，“一本大杂志有半本是攻击鲁迅的文章，在别的许多地方是大书着‘创造社’的字样，而这只是为要抬出创造社来”。[1]很明显，创造社倡导“无产阶级革命文学”时，首先拿鲁迅开刀，其中无疑包含着取代鲁迅文坛霸主的地位，使自己的言论成为文坛强势话语的策略性考虑。

争夺话语权，就难免要将自己的言说营构成某种强势话语，以便给论争对手造成一种压力。梁实秋几十年后对30年代他与左翼文坛的论争仍耿耿于怀：“我发现所谓普罗文学运动，不是一种文学运动，是利用文学做武器的一种政治运动。”后来“撤消”了“‘普罗文学’这一名义，实质地想在文学领域争取领导位置的运动仍旧进行，换一个方式进行到另一个阶段罢了”。[2]梁实秋的话的确是指出了无产阶级革命文学者们争夺文坛领导权的政治意图，但他的这种对于革命文学即将形成的强势话语的压力感，又从反面昭示了他本人对权威话语的看重。因为这场争论的开始，

---

1　画室（冯雪峰）：《革命与智识阶级》。

2　尹雪曼：《中华民国文艺史》，正中书局，1975年版，第51—52页。

是缘于他们难以忍受“思想上有了绝对的自由，结果是无政府的凌乱”，他们要以文坛正统派的姿态来“纠正时尚”，捍卫文坛的“尊严和健康”。[1] 他们在无产阶级革命文学者的强势话语面前，难以以自己的意愿来重整文坛，他们的压力感中多少包含了自己难以获得文坛霸主地位，难以获得话语霸权的焦虑感和失落感。

“自由人”胡秋原在与左翼作家的论争中，也曾感觉到了一种强势话语的压力。他在《勿侵略文艺》一文中认为，“普罗文艺”中有“主观地过剩”的“政治主张”。[2] 胡秋原曾一再声称，并不反对普罗文学，“承认普罗文学存在的权利”。而二者之间之所以发生论争，其中很重要的原因之一是争夺话语权。胡秋原打出的也是“拥护马克思主义文艺理论”的旗号，甚至主张“一切真正的马克思主义者联合起来，强化统一马克思主义文化战线”，“克服马克思主义阵营一切左右偏曲倾向”。[3] 这之所以没有得到同样信仰马克思主义的左翼作家的认可，是因为左翼作家与胡秋原对马克思主义有着不同的理解和阐释。连苏汶也看得出胡秋原与左翼作家之间“两种马克思主义是愈趋愈远，几乎背道而驰了”。[4] 左翼文坛要获得政治文化上的强势话语权，就不能丢弃理论的阐释权，就不能不排斥对马克思主义的不同阐释。

---

1 参见梁实秋：《〈新月〉前后》《谈徐志摩》，《梁实秋文学回忆录》，岳麓书社，1989 年版。
2 胡秋原：《勿侵略文艺》，《文化评论》，1932 年 4 月 20 日第 4 期。
3 胡秋原：《帝国主义时代的文艺》，《文化评论》，1931 年 12 月 25 日创刊号。
4 苏汶：《关于〈文新〉与胡秋原的文艺论辩》，《现代》，1932 年 7 月 1 日第 1 卷第 3 期。

在30年代的诸多文学论争中，许多人都曾作为论争的一方，感到了来自左翼文坛的强势话语的压力。例如苏汶就曾认为，左翼文坛常常“借革命来压服人”，拒绝“中立的作品”，把文学内容限制到“无可伸缩的地步”等等。[1]再如，沈从文在“反差不多”论争中认为，文艺只有从“政府的裁判和另一种‘一尊独占’的趋势里解放出来，它才能够向各方面滋长，繁荣”。而“另一种‘一尊独占’”，显然是指左翼文坛。[2]又如，林语堂在小品文论争中，面对来自左翼文坛的强势批评，表示了这样的不满情绪：“《人间世》提倡小品文，也不过提倡小品文，于众笔调之中，看重一种笔调而已，何关救国？”[3]“现在明明提倡小品文，又无端被人加以夺取‘文学正宗’的罪名。”[4]毋庸置疑，上述左翼文坛的论争对手们的种种报怨其实都带有某种政治情绪，其言论未必公允，未必正确。但这些言论却道出了一个事实，即左翼文坛事实上在当时的几乎所有论争中，都牢牢控制了话语权，对论争对手构成了强势话语的压力。这里用语义政治学的述语来表述，就是左翼文坛获得了“权力话语”。[5]正是这种“权力话语”的获得，才使左翼文坛牢牢雄踞于霸主地位。也正因为如此，才使得30年代“在

1　苏汶：《“第三种人”的出路——论作家的不自由并答复易嘉先生》，《现代》，1932年10月1日第1卷第6期。
2　沈从文：《一封信》，《大公报·文艺》，1937年2月21日。
3　林语堂：《今文八弊》，《人间世》，1935年5月5日、5月20日、6月5日第27、28、29期。
4　林语堂：《方巾气研究》，《申报·自由谈》，1934年4月28、30日，5月31日。
5　根据语义政治学理论对“权力话语”的解释，所谓权力话语是指在特定历史条件和社会环境下，具有一种“控制、占有并以自己为中心统一其他”的潜在欲望与能力的话语。

中国，无产阶级的革命的文艺运动，其实就是惟一的文艺运动”。[1]

在时过境迁的今天，我们也许可以更公允地来评价 30 年代的一场场文学论争中的是非功过，但我们却不应该忘记，在 30 年代特殊的历史条件下，特殊的政治文化语境中，如果没有获得话语权的自觉意识，没有一种对于营构强势话语的潜在政治欲望与能力，其结果，很可能是在国民党的白色恐怖和文化专制之下的万马齐喑。左翼文坛，依靠营构成自己的权力话语，获得了文坛霸主地位。这固然对其他论争对手构成了某种压力，但左翼群体站在权力客体位置上对权力主体构成的威慑力量，为同处于权力客体的其他亚政治文化群体争得了更多的生存空间。应该说，营构成自己的权力话语，获得文化上的主导地位，这正是左翼文学获得成功的重要条件之一。

## 二

在 30 年代文学论争中的一个非常突出的现象，就是文学家人格的政治化。许多作家，他们从事的是文学的事业，但却对政治非常投入，或者说在自觉不自觉中总是以“政治”考虑来决定

1　鲁迅：《二心集 · 黑暗中国的文艺界的现状》，《鲁迅全集》（第四卷），第 285 页。

自己的行为，这与当时特定的政治文化氛围有关。“政治文化的一大功能是把‘文化人’塑造成‘政治文化人’”，[1]身处特定的政治文化环境中，政治心理的积存越来越丰厚，在政治心理的潜在支配下进行行动，久而久之便成了一种自觉的行为。从30年代文学论争中的表现来看，多数作家未能避免成为“政治文化人”。许多作家在一系列的文学论争中，其政治意识不断加强，甚至对自己的文学见解等也表现出一种“今是而昨非”的态度，以不断适应政治形势发展的需要。这方面就连茅盾、鲁迅也不例外。例如茅盾，他在与创造社、太阳社进行论争中坚持的许多观点，在其后的一些论争中不仅不再坚持，反而给予了相当程度的否定。在对待五四的评价上，观点明显发生的变化，其中就可以看出其政治意识的迅速加强,《“五四”运动的检讨》,是向“左联”的“马克思主义文艺理论研究会”提交的一份政治性很强的报告，无论是从政治理论的运用，鲜明的政治见解的阐释和从政治角度发言的口吻，都可以看出作者对于政治的投入。

再如鲁迅，他在与创造社、太阳社的论争中受到“围攻”，曾产生非常愤激的不满情绪，认为创造社、太阳社作家们“摆着一种极左倾的凶恶面貌，好似革命一到，一切非革命者就得死，令人对革命只抱着恐怖”。[2]尽管如此，鲁迅多年之后却是从政治、

1 孙正甲:《政治文化》，北方文艺出版社，1992年版，第24页。
2 鲁迅:《二心集·上海文艺界之一瞥》,《鲁迅全集》(第四卷)，第297页。

革命的高度来认识这场论争的，他说："革命者为达目的，可用任何手段的话，我是以为不错的，所以即使因为我罪孽深重，革命文学的第一步，必须拿我来开刀，我也敢于咬着牙关忍受。"[1]这种态度和认识表明的是一种政治文化人的胸襟。在30年代的一系列论争中，我们明显感觉到鲁迅的许多见解是出于政治的考虑，这种出于政治考虑且越来越明显。例如关于大众化问题的几次讨论中，鲁迅就有一个由担心大众化"容易流为迎合大众，媚悦大众"，到终于完全站在大众文艺立场上的过程，最终甚至不惜拔高一些通俗文艺形式的意义（如连环画等等）。尤其是在"两个口号"的论争中，鲁迅坚持在"国防文学"口号之外再提出"民族革命战争的大众文学"，更表明了他敏锐的政治眼光。与"国防文学"口号相比，"民族革命战争的大众文学"的口号，在关注民族矛盾的同时也注意到了阶级矛盾，这里包含了对抗日统一战线中无产阶级领导权的重视。这显出鲁迅作为政治文化人的政治远见。

"政治文化人"的特点，集中体现为思维的政治化。普遍的政治化思维弥漫在30年代的一系列文学论争中，成为30年代文学论争的显著标识。

政治化思维的表现形式之一是，论争中的实用主义。借用霍

1 鲁迅：《南腔北调集·答杨邨人先生公开信的公开信》，第628页。

布豪斯《自由主义》中的话来说，那些实现一场革命的人，“他们需要一种社会理论，……理论来自他们感觉到的实际需要，故而容易赋予仅仅有暂时性价值的思想以永恒真理的性质”。[1]30年代论争中，双方的目的常常是仅在表达自己的政治意愿和阐释自己的政治价值观，因而并不注意去找寻大家普遍接受的某种真理。所以，没有一次论争最后是哪一方通过讲清道理，以其自身理论的真理性使对手真正心服口服的。更值得注意的是，有些论争的兴起、结束，大家所依据、所服从的也不是学理性的规则，而是政治的需要。例如革命文学论争，双方的开战，从创造社、太阳社联合提倡无产阶级革命文学，到联合对鲁迅的批评，是一种有组织的政治行动。[2]而创造社、太阳社与鲁迅双方的最终握手，也是服从了共同的政治目标，服从了政治的需要。据冯乃超讲，“为什么停止围攻鲁迅，好像听潘汉年讲，李立三（当时中央宣传部长）转达过党的意见，不同意攻击鲁迅”。[3]也就是说论争的当事人不管在论争中表现如何，使用什么样的言词，有什么理论的阐发，但决定论争进程和结果的，并不是论争的内容和理论探讨的深度，也不在于谁真正完全掌握了绝对的真理，而在于政治的需要。左翼作家与“第三种人”的论争有类似的情况，当论争刚进入白热

1 ［英］霍布豪斯：《自由主义》，商务印书馆，1996年版，第25页。
2 参见朱晓进：《论30年代文学群体的“亚政治文化”特征》，《求是学刊》，2002年第2期。
3 冯乃超：《左联成立前后的一些情况》，《冯乃超文集》（上卷），中山大学出版社，1986年版，第379页。

化的时候，是因为张闻天化名哥特发表了《文艺战线上的关门主义》，文中对左翼文坛排斥“同路人”的“关门主义”错误进行了批评。此文一出，左翼文坛的调子便马上翻转过来，多数言论立即从团结“同路人”的角度来重新看待“第三种人”，直到“第三种人”正式“揭起小资产阶级革命文学之旗”之前，左翼文坛与“第三种人”的论争其实已接近收场。这一论争的发展过程，同样可以看出，论争的走向，并不是依据是非观点的是否明确，不在于理论探讨的进展。与理论的正确与否相比，当时的人们也许更相信、更愿意服从的是政治权威，是人们政治化思维中的政治实用主义支配着人们在论争中的行为。

30 年代文学群体是以政治倾向的同一性来划分的，各群体内部统一性高，且具有较强的组织性意识，在重大问题上，尤其是涉及政治的问题上，往往一致对外，处处以本群体为是，以非本群体为非。夏衍就曾谈起过自己在无产阶级文学论争中的这种群体性意识：“我没有参加过任何文艺社团”，但这“并不等于中立，无可讳言，由于思想作风上和组织上的大原因，我是站在创造社、太阳社这一边的”。[1] 也就是说，这种群体性意识并不依据形式上是否参加某个社团，而是依据政治上的倾向，自觉地给自己划线，决定政治立场上的归属。对群体性的强调，在左翼作家群体中显

1　夏衍：《懒寻旧梦录》，生活・读书・新知三联书店，1985 年版，第 141 页。

得最为突出。"左联"1930年8月通过的《无产阶级文学运动新的情势及我们的任务》中，否认"左联"是"作家的同业组合组织"，批评了一些成员仅仅把"左联"当作作家组织的"狭窄观念"、"自限于作品行动的偏狭见解"等等。这里很明显地是提醒群体成员要从政治组织的角度来理解"左联"群体和任务。

在30年代的许多论争中，左翼群体的确一直非常强调从群体性乃至党派性上来看问题。左翼群体之所以会以胡秋原为攻击的对象，除了我们前面提到的原因外，还由于胡秋原不在组织上认同左翼群体。胡秋原多次表明自己的所谓"自由人"的政治立场："我们所谓'自由人'者是指一种态度而言，且是在文艺或哲学的领域，根据马克思主义理论来研究，但不一定在政党的领导之下，根据党的当前政纲和迫切的需要来判断一切。"[1] 他公然声称"不在政党领导之下"，这构成了对左翼文坛党派性质的消解。正因为如此，当胡秋原发表文章批评钱杏邨的文艺理论的错误时，[2] 立即被左翼文坛敏感地认为他是"为了反普罗革命文学而攻击钱杏邨"，"公开地向普罗文学运动进攻"。[3] 胡秋原曾辩解道："我除了批评钱杏邨君以外，就没有碰过左翼文坛，然而钱杏邨先生是否可以代表左翼文坛？"[4] 陈望道当时也曾客观地指出："我们不应

1　胡秋原：《浪费的论争》，《现代》，第2卷第2期。
2　胡秋原：《钱杏邨理论之清算与民族主义文学理论之批判——马克思主义文艺理论之拥护》，《读书杂志》，1932年5月第2卷第1期。
3　洛扬（冯雪峰）：《"阿狗文艺"论者的丑脸谱》，《文艺新闻》，1932年6月6日第58号。
4　胡秋原：《浪费的论争》。

把这对于理论或理论家的不满，扩大作为对中国左翼文坛的不满，甚至扩大作为对于无产阶级文学的不满，把理论家向来不切实不尽职的地方暗暗地躲藏了不批判，而将来还是那一套，以至理论永无进展。”[1]在习惯的政治化思维中，作为政治性很强的群体内部，是一荣俱荣，一损俱损的。任何来自外部的批评，哪怕是针对某个人的（尽管这个人也许确实存在可指责的错处），也将被视为对这个个人所在群体的挑战。因此，上述出自胡秋原的辩解和出自陈望道的辩护都不能扭转左翼文坛多数人的基本看法。再如，在与“第三种人”的论争中，苏汶曾批评左翼作家说:“他们现在没有工夫来讨论什么真理不真理，他们只看目前的需要，是一种目前主义。”[2]对此，周扬的辩驳是:“我们承认客观真理的存在，但我们反对超党派的客观主义。”[3]这里，意见的分歧仍是党派性问题。

由其群体性或党派性来判定言论的是非，而不是依据真理性来判别言论的正确与否，这有时便会导致宗派主义。茅盾就曾指出过“左联”内部的这种宗派主义，“‘唯我最正确’，‘非我族类，群起而诛之’的现象，以及把‘左联’办成政党的做法”。[4]在“两个口号”的论争中，连鲁迅也明显感到，他因主张“民族革命战

1 陈云帆（陈望道）:《关于理论家的任务速写》,《现代》，1932年11月1日第2卷第1期。
2 苏汶:《关于“文新”与瞿秋白的文艺论辩》。
3 周起应:《到底是谁不要真理，不要文艺？》,《现代》，1932年10月1日第1卷第6期。
4 茅盾:《我走过的道路》（中），第309页。

争大众文学”的口号而遭到的非议，其根源可能还是宗派主义在作祟：“正因为不入协会，群仙就大布围剿阵”，“其实，写这信的虽是他一个，却代表着某一群”。[1] 入不入群体，事关重要，入了群体，自家人好说话，有错误也是“内部矛盾”；不入群体，那言论的正确与否当然也很重要，但更紧要的是作为异己力量就首先要遭到排斥、遭到攻击。可见，30 年代在群体之间发生论争时，事实上却不被看作具体参与论争的个人的事，而是整个群体的事。

30 年代文学论争中，宗派主义情绪常常在起着潜在的支配作用。宗派主义情绪是伴随着政治情绪而来的。政治观念表达的情绪化，在 30 年代的难以避免，其原因很多，但其中很重要的原因之一是政治理论的不成熟。30 年代的各派理论家们，就根本上而言，都缺少政治理论的系统性，缺少应有的本土政治实践的基础。理论基础不坚实，浮躁的情绪化的冲动，就成为必然。夸大的方式、极端的心态常常成了企望中的对待相异观点并战而胜之的法宝。例如，创造社提倡革命文学时，就特别注重渲染“最强烈普遍的一种团体感情”。[2] 如果在论争中过分强调情感和情绪而忽略理性，偏激和叫骂的行为就不可避免。在革命文学倡导时期，就有人公开为叫骂正名，宣称要提倡“新流氓主义”。认为“假如要反抗一切，非信仰流氓 ism 不行”。“骂是争斗的开始，人类

1 鲁迅：《书信 · 360828 致杨霁云》，《鲁迅全集》（第十三卷），第 416 页。
2 郭沫若：《革命文学》，《创造月刊》，1926 年 5 月 16 日第 1 卷第 3 期。

生存最后的意识，也不过是争斗，所以我们不认为斗争的开始——骂，是有伤道德。”[1]后期创造社青年作家们的论争风格，与采取这种“新流氓主义”不无关系。而激进化、情绪化等，在30年代文学论争中一直存在着。鲁迅曾指出，“分裂，高谈，故作激烈等，四五年前也曾有过这现象，‘左联’起来，将这压下去了，但病根未除，又添了新分子，于是现在老毛病就复发”。[2]论争的群体性情绪化，是30年代文学论争的一个显性特征。

## 三

30年代文学论争中的政治化思维有时还表现为政治上的过度敏感，即有很强的政治防范意识。胡秋原对民族主义文学进行批判时提出：“文学与艺术，至死也是自由的。”这段话是明显针对民族主义文学“摧残思想的自由，阻碍文艺这自由的创造”，“用一种中心意识，独裁文坛”而来的。[3]但在左翼文坛看来，这种“文艺自由论”固然是对民族主义文学以及国民党的文化专制的一种批判，但它对左翼文坛所力倡的文艺的阶级论、文艺的党派性等

1　亚灵：《新流氓主义 · 骂人章》，《幻洲》，1926年11月1日第1卷第3期。
2　鲁迅：《鲁迅书信集》，人民文学出版社，1976年版，第685页。
3　胡秋原：《阿狗文艺论》，《文化评论》，1931年12月25日创刊号。

等也将起一种消解的作用。这种政治上的过度敏感，就使许多左翼作家将胡秋原的“文艺自由论”置于一种敌对观点的位置上加以抨击。

30年代发生的关于“善于调和”的论争，也可以说是由过度政治敏感引起的。一位署名“绍伯”的人仅因为看到《社会月报》八月号同时发表鲁迅和杨邨人的文章，便在《大晚报·火炬》上发文，指摘鲁迅“善于调和”，“使人疑心思想上的争斗也渐渐没有原则了”。这引起了鲁迅的愤怒，他不得不声明：“我并无此种权力，可以禁止别人将我的信件在刊物上发表，而且另外还有谁的文章，更无从预先知道。”[1]这位“绍伯”，鲁迅认为是“田汉”，尽管田汉并不承认，但可以肯定这是一位左翼群体中的、明显带有过度政治敏感的作家。

这种政治上的过度敏感，有时很容易导致政治上的猜疑。例如，左翼文坛在与“自由人”论争时，就有左翼作家一再称“自由人”是社会民主党或托派，[2]而据胡秋原称：“我和我的朋友当时根本没有社会民主党的组织，当时在中国，也根本没有这种组织。”[3]这种政治上的猜疑在30年代的论争中时有出现，例如在两个口号论争中，一些左翼作家因胡风在中山文化教育馆发行的杂志《时

1 鲁迅：《且介亭杂文·答〈戏〉周刊编者信》，《鲁迅全集》（第六卷），第148页。
2 参见洛扬（冯雪峰）：《“阿狗文艺”论者的丑脸谱》。
3 胡秋原：《关于一九三二年文艺自由论辩》，《鲁迅研究动态》，1988年第12期。

事类编》上发表翻译文章，而称他在“中山文化教育馆领津贴”，并猜疑他为国民党的特务。

“领津贴”，在30年代文学论争中是一个重要的政治猜疑的内容。在革命文学的论争中，杨邨人就曾说鲁迅“领到当今国民政府教育部大学院的奖金”。[1]“新月派”的梁实秋在与革命文学作家论辩时，便称左翼作家“到×党去领卢布”。[2]“三民主义文学”“民族主义文学”作家在与左翼作家论战时，也一再诽谤左翼作家是“借了卢布的作用”，“领了卢布的津贴”。[3]上述所谓的拿了谁的“津贴”，有些确实是属于政治上的猜疑，当然也不乏其造谣和诽谤。指称论争对手拿了谁的“津贴”，成了一种陷论敌于不利的境地的政治手段：或者是通过造谣，借统治者的政治势力来剪除异己；或者是通过这种猜疑或暗示，借民众对统治者的厌恶来将论争对手“政治上搞臭”。这里“津贴”一词实际上成了一种政治的标签，通过贴上这种标签将论争对手挂靠到某一政治势力的实体上，将对手推上政治的极端，目的也在于引起与之敌对力量的“敌忾”，引起己方同道们“全伙”的政治义愤。

政治化思维还特别强烈地表现为论争中的独断性和绝对化。在30年代的文学论争中，论争双方往往是以自己认定的文学观

1 文坛小卒（杨邨人）:《鲁迅大开汤饼会》。
2 梁实秋:《“资本家的走狗”》。
3 林振镛:《什么是三民主义文学》，第208、215页。

念和评价标准来衡量一切，来判定文学的是非，而否定其他文学观念和评价标准存在的合理性与可行性，显示出一种独断性。例如，在革命文学论争中，无产阶级文学倡导者们在一开始提出文学主张时就表示："我们不唯应该把我们对于文学的见解，与有产者的对立起来，而且非把有产者文学论克服，实无从建设我们的革命文学。"[1]这种唯我独尊的独断性思路，也是导致无产阶级文学倡导者们与鲁迅、茅盾等人之间发生论战的重要因素：他们"认为老的作家都不行了，只有把老的统统打倒，才能建立新的普罗文艺"。[2]与这种独断性紧密相连的是绝对化，即看问题时，往往采用的是一种简单的二元对峙，非此即彼的思路。"革命"与"反革命"成了一种绝对化的存在，偏于一极，第三条道路在尖锐的政治对峙面前是不被认可的。"反革命"固然难以被容忍，"不革命"也同样被视为一种对革命的挑衅而不被认可，诚如成仿吾直接宣称的那样："谁也不许站在中间。你到这边来。或者到那边去！"[3]在革命文学论争时期，创造社、太阳社成员中的多数都是持这种偏执的、绝对化的思路。郭沫若在《桌子的跳舞》一文中认为"不革命的作家们"只有具备"艺术的，天才的作品才行"，"要有托尔斯泰或者陀斯妥耶夫斯基那样的'天才的小说'才行"。这就

1　李初梨：《怎样地建设革命文学》，《文化批判》，1928年2月15日第2号。

2　《郑伯奇谈"创造社"、"左联"的一些情况（节录）》，《蒋光慈研究资料》，宁夏人民出版社，1983年版，第90页。

3　成仿吾：《从文学革命到革命文学》，《创造月刊》，1928年2月1日第1卷第9期。

是说，一般的“不革命”的文学作家是不被允许存在的。在该文中，他在文学观念的表述上也体现出绝对化的思维的特点：“文艺是阶级的勇猛的斗士之一员，而且是先锋。他只有愤怒，没有感伤。他只有叫喊，没有呻吟。他只有冲锋前进，没有低回。他只有手榴弹，没有绣花针。他只有流血，没有眼泪。”[1]这里的“只有”“没有”是一种典型的否认事物的矛盾性、多样性、复杂性的绝对化的思路。

“左联”作家在与“第三种人”的论争中，也是从“革命”“反革命”二元对峙，非此即彼的思路来看待“第三种人”的。他们从一开始就否认“第三种人”存在的可能性：“每一个文学家，不论他们是有意的，无意的，不论他是在动笔，或者是沉默着，他始终是某一个阶级的意识形态的代表。在这天罗地网的阶级社会里，你逃不到什么地方去，也就做不成什么‘第三种人’。”[2]鲁迅在《论“第三种人”》《又论“第三种人”》中也否定了“第三种人”存在的可能性。事实上，在“革命”与“反革命”之间，客观上是存在着大批的中间派作家的。对此，冯雪峰就曾在《关于“第三种文学”的倾向与理论》一文中指出，在这个问题上“我们不能否认我们——左翼批评家往往犯了机械论的（理论上）和左倾

1 麦克昂（郭沫若）：《桌子的跳舞》，《创造月刊》，1928 年 5 月 1 日第 1 卷第 11 期。
2 易嘉（瞿秋白）：《文艺的自由和文学家的不自由》，《现代》，1932 年 10 月第 1 卷第 6 期。

宗派的（策略上）错误”。[1]

在30年代特殊的政治文化语境中，事实上多数作家作为文化人都或多或少地带有“政治文化人”的特点。30年代不同政治观念、不同思想倾向的作家，他们的政治态度虽相去较远，但就其思想方法、思维方式都往往有某种一致性。以独断性、绝对化思路言之，许多左翼之外的作家是对左翼作家的一种反“模仿”。例如，左翼作家强调文学的阶级性，甚至在一定程度上将文学的阶级性推向极端；而一些自由主义作家则强调文学的人性，同样将文学的人性推向极端，否认一切阶级性。左翼作家强调文学的政治功能，主张文学为革命服务，并将此功能视为唯一；而一些自由主义作家则否认文学的任何政治功能，主张文学的绝对自由，以“自由”为唯一。这实际上是另一种意义上的独断，也显示出了思维的绝对化的特征。例如，梁实秋认为，“纯正之‘人性’乃文学批评唯一之标准”。[2]以自己的文学标准为唯一，是典型的独断性和绝对化的思路。在这样的“文学标准”下，他自然不能容忍革命文学。再如，在沈从文看来，当文学“被政治看中，企图用它作工具（在野的则当武器，在朝的则当点缀物）”，[3]当文学“与国内政治不分，成为在朝在野政治工具之一部”时，“它的堕

1　丹仁（冯雪峰）：《关于“第三种文学”的倾向与理论》，《现代》，1933年1月1日第2卷第3期。
2　梁实秋：《文学批评辩》，《晨报·副刊》，1926年10月27、28日。
3　沈从文：《短篇小说》，《国文月刊》，1942年第18期。

落是必然的，不可避免的”。[1]这里，他否定了文学与一切政治的结缘，否定了一切政治，多少也是走向了绝对化和片面性。总之，在30年代的文学论争中，独断性、绝对化是论争双方普遍存在的思维方式之一，这正是特定的政治文化氛围下的必然的产物。

## 四

在30年代特殊政治文化语境下，任何文学问题的讨论都不可能是立场中立的纯文学的讨论，它必然无法摆脱某种至少是效果性的政治化的色彩，这种效果既是由理论和知识的特定运用环境所决定的，也是持有政治意识的文学讨论者在事实上或多或少地有意为之的。30年代文学论争中，论争各方所依据的常常就是自己的政治文化立场，所使用的理论和知识也是为其政治立场服务的。论争中双方所特别关注的也许不是对方使用的理论和知识的正确性，而主要是说话人所持的政治态度，即站在什么立场上讲话。

30年代论争因其主要是在政治的框架内展开的，因而相对立的论争双方，对对方话语中的丰富内涵几乎是忽略的，关注的只

1　沈从文:《新的文学运动和新的文学观》,《烛虚》，文化生活出版社，1941年版，第59—60页。

是其话语的政治指向，即真理性、正确性服从于对说话人属于“敌”或“友”的关系的判断，大家算的是政治账。例如，左翼文坛对“自由人”胡秋原的批判、讨伐，就是建立在这样一个基础上的。“左联”许多成员一开始就“确认”胡秋原是托派，是所谓的“社会民主党”成员。这就将其在政治上定位在敌对的阵营中了。因而，尽管胡秋原对国民党统治者扶持的民族主义文学进行了猛烈的抨击，尽管他也试图以马克思主义的观点来批评各种文化和文学现象，尽管他在许多理论观点上与左翼文坛不仅不相违背，而且比较一致，但是，他的所有的言论均因其被“确认”的政治定位而被视为是站在敌对立场上对左翼作家的攻击。

在 30 年代，对作家政治立场的定性，常常左右着论争的进程和决定着论争的结果。例如左翼作家与“第三种人”的论争，“论争的中心问题，依旧是文艺与政治的关系；革命文艺家对小资产阶级作家的态度问题”。“这场论争的实质可以说是 1928—1929 年那场论争的延续，所以论争开始时，鲁迅、茅盾都没有参加。”[1] 直到 1932 年 11 月，鲁迅才发表《论“第三种人”》，而在文章的一开始就将胡秋原和苏汶区别开来，指胡秋原为别有用心的“论客”，而将苏汶视为是可以“同走几步的‘同路人’”。文中虽也批评“第三种人”“生在有阶级社会里，而要做超阶级的作家，

1　夏衍:《懒寻旧梦录》，第 209—210 页。

生在战斗的时代要离开战斗而存在，生在现在，而要做给与将来的作品”，这只不过是“一个心造的幻影”。但也肯定了苏汶所谓的“与其欺骗，与其做冒牌货，倒还不如努力去创作”，“定要有自信的勇气，才会有工作的勇气”等言论是正确的。[1] 全文态度是严肃而诚恳的，其语调也与《“硬译”与“文学的阶级性”》《“民族主义文学”的任务和运命》等针对“新月派”“民族主义文学”的论文完全不同。这是因为，在许多左翼作家那里，对苏汶等“第三种人”的政治定位还是认为他们当时“在阶级斗争中动摇着，但未能抱住任何一种政治”，虽然他“要使文学也同样地脱离无产阶级而自由”，但他“至少已经消极地反对着地主资产阶级及其文学了”。[2] 也就是说就当时“第三种人”的政治立场而言，还无法将其在政治上定性为“敌人”。因而，在张闻天以哥特笔名发表了《文艺战线上的关门主义》之后，左翼阵营对其的批判还曾一度缓解。最终促使这场论争发生质的变化的，是“第三种人”的“转向”。1933 年以后，先是发生了杨邨人的脱党并宣称“愿意做个‘第三种人’”；[3] 继而要“揭起小资产阶级革命文学之旗”，摆出了与左翼文学对阵的架势。[4] 接着又发生了 1933 年底的“献策”事件：据鲁迅 33 年致姚克的一封信中说，“官和出版家及书

---

1 鲁迅：《南腔北调集 · 论“第三种人”》，《鲁迅全集》（第四卷），第 440—441 页。
2 丹仁（冯雪峰）：《关于“第三种文学”的倾向与理论》。
3 杨邨人：《离开政党生活的战壕》，《读书杂志》，1933 年第 3 卷第 1 期。
4 杨邨人：《揭起小资产阶级革命文学之旗》，《现代》，1933 年 2 月 1 日第 2 卷第 4 期。

店编辑”开会商量禁书问题，“由施蛰存说出仿检查新闻例，先检杂志稿，次又由赵景深补足仿日本例，加以删改，或用××代之。他们也知道禁绝左倾刊物，书店只好关门，所以左翼作家的东西，还是要出的，而拔去其骨骼，但以渔利”。鲁迅还估计“大约施、赵诸君，此外还要联合第三种人，发表一种反对检查出版物的宣言，这是欺骗读者，以掩其献策的秘密的”。[1]加之韩侍桁、苏汶等人连续不断的与左翼阵营相对抗的文章，“第三种人”发展至此，引发了左翼文学阵营对其重新进行政治定性。左翼作家们认为，“对于‘第三种人’的讨论，还极有重新提起和展开的必要”。因为这是为了“将营垒分清，拔去了从背后射来的毒箭”！[2]因此，包括鲁迅在内的许多左翼作家都写文章对“第三种人”进行了新一轮的批判，态度之严厉、文章语调之激烈，都明显要甚于前阶段。尤其是鲁迅，写了《又论“第三种人”》《脸谱臆测》《中国文坛上的鬼魅》等文章，揭露“反对文学和政治相关的‘第三种人’们，也都坐上了检查官的椅子”，[3]指称“第三种人”“终于显了白鼻子来了”。[4]从左翼作家与“第三种人”论争的前后态度的变化可以看出，对论争进程和论争结果起着关键作用的是论争对手的政治态度和所持的政治立场。

---

1 鲁迅：《书信·331105致姚克》，《鲁迅全集》（第十二卷），第255页。
2 鲁迅：《南腔北调集·又论“第三种人”》，《鲁迅全集》（第四卷），第535页。
3 鲁迅：《且介亭杂文·中国文坛上的鬼魅》，《鲁迅全集》（第六卷），第157页。
4 鲁迅：《且介亭杂文·脸谱臆测》，《鲁迅全集》（第六卷），第134页。

30 年代文学论争各方往往是站在自身的政治文化立场上，非议站在其他立场言说的对手，并以对方的政治文化立场作为评判其言说正确与否的标准。政治立场之重要，在 30 年代文学论争中是显而易见的，而对“立场”的定性，有时却又显得简单化。当时左翼作家在给论争对手做政治立场的定性时，一条重要的依据就是其与“官方”的关系。王平陵曾说：“鲁迅先生惯用一句刻毒的评语，就是骂人是代表官方讲话。”[1]这是针对鲁迅在《官话而已》一文中指称王平陵“但看他投稿的地方，立论的腔调，就明白是属于‘官方’的”。[2]王平陵对此很敏感，且认为“刻毒”，是因为他深知其背后的政治定性。事实上，是否代表“官方”，这在当时，确已成为鲁迅等左翼作家划分论争对手政治性质的一条界限标准。这种标准，其实质，就是看论争对手的政治立场，然后由其政治立场来评判其言论的对与错。30 年代的一些笔墨官司，似乎可以从这方面找到某种解释。例如，当时左翼阵营对施蛰存《文学之贫困》一文的责难，据施蛰存讲，他在 30 年代并未提倡“纯文学”，而只是认为，“‘文学’的范畴应当宽一点，当时的责难，其实是因为我这篇文章发表在国民党办的《文艺先锋》，倒并不重在该文的内容”。[3]也就是说，在“官方”的刊物

1　王平陵：《骂人与自供》，转引自鲁迅：《准风月谈·后记》，《鲁迅全集》（第五卷），第 409—410 页。

2　鲁迅：《伪自由书·不通两种》，《鲁迅全集》（第五卷），第 23 页。

3　见杨义：《〈中国现代小说史〉书简录》，《新文学史料》，1991 年第 4 期。

上发表文章，被看成了一种政治表态，其“立场”被视为站到了“官方”。又如，当时鲁迅对赵景深翻译理论的批评，据赵景深讲，他当时“并不是反对鲁迅所译的科学文艺理论”，他认为，“恐怕鲁迅不仅仅是由于翻译问题而批评我，而是由于我有一次在国民党政府的一个宴会上说错了话而批评我”。[1]也就是说，鲁迅批评赵景深的“翻译”理论，其背后是在于其站在“官方”立场上讲话。施蛰存、赵景深这两位当事人对当年一些论争的分析并不全面，但其中也提供了一些可供参考的信息。

类似的情况，在非左翼作家那里也存在着。例如，梁实秋批评鲁迅的“硬译”，其背后包含着对鲁迅翻译普罗文学理论的不满，他在《文学是有阶级性的吗？》一文中就明白表示了“批评所谓无产文学理论”的立场。鲁迅一针见血地指出，梁实秋的不满是在于“梁先生以为无产者文学理论的错误，是‘在把阶级的束缚加在文学上面’”，这与他“文学就是表现这最基本的人性的艺术”的观点相对立的。[2]鲁迅的翻译历史非常久远，梁实秋此前并未对鲁迅的翻译文字进行过任何批评，而当鲁迅30年代初将翻译重点放在普罗文学理论上时，梁实秋的指责便随之而来，梁实秋在《论鲁迅先生的“硬译”》一文中说：“鲁迅先生前些年翻译的文学，例如厨川白村的《苦闷的象征》，还不是令人看不懂的东西，

1　赵景深：《鲁迅给我的指导、教育和支持》，《新文学史料》，1978年第1辑。
2　鲁迅：《二心集·“硬译”与“文学的阶级性”》，《鲁迅全集》（第四卷），第203页。

但是最近翻译的书似乎改变风格了。”所谓“改变风格”，是指鲁迅译了卢那卡尔斯基的《艺术论》、《文艺与批评》等俄苏理论著作。这才是问题的实质。鲁迅就曾针对这一点表示，“我的译《苦闷的象征》，也和现在一样，是按板规逐句，甚而至于逐字译的”，即前后并未“改变风格”。[1]梁实秋指认鲁迅翻译风格改变，并对这种“硬译”风格的指责，其实是针对鲁迅翻译的内容以及这种内容选择所体现的政治立场的变化而来的。

如此来看30年代文学论争中的评价标准，其相对性、不确定性的特征是显而易见的。评价标准的不确定性常常表现为因时而异和因人而异。所谓因时而异，主要是指人们评价事情对与错的标准常常是按形势发展的需要来确定的。同样的事情，在不同时间里，有可能得到不同的评价。例如，1933年9月，施蛰存应《大晚报》的编辑之约，向文学青年推荐《庄子》与《文选》，“为青年文学修养之助”。这一举动被鲁迅、茅盾、曹聚仁等作家指责为是守旧行为。对此批评，施蛰存曾认识到：“因为当局者正在运动这反动潮流，故对于我在这时候介绍这两本书表示不满，这意见我是诚心接受的。”[2]但当1935年郑振铎将《庄子》与《颜氏家训》列为《世界文库·中国之部》的书目时，施蛰存又发表了《“不得不读”的〈庄子〉与〈颜氏家训〉》一文，发牢骚道：“去年在

---

1　鲁迅：《二心集·“硬译”与“文学的阶级性”》，第200页。
2　施蛰存：《〈庄子〉与〈文选〉》，《申报·自由谈》，1934年10月8日。

我这里倒了霉的《庄子》与《颜氏家训》，今年倒在别人家里走起红运来，成为‘不得不读之重要名著’了。”施蛰存的牢骚包含了他自认为的委曲，但他忽略了这样一个事实：同样的问题因其提出的时机的不同，可能会带来效果上的本质性差异。因时而异的评价标准，其根源在于那样一个政治形势多变的时代环境。

所谓论争中评价标准的因人而异，则主要是指，相同或类似的观点，因不同人的提出，所得的评价也会不同。例如，有关文学写什么的问题，梁实秋发表于1928年的《文学与革命》一文中说道：“在革命的时代不见得人人都有革命经验（精神方面的生活也是经验），我们决不能强制没有革命经验的人写‘革命文学’。”[1] 几年以后，苏汶在《“第三种人”的出路——论作家的不自由并答复易嘉先生》一文中说道，“武器的文学虽然是现在最需要的东西，但如担当不起的话，那便可以担任次要的工作”，“只要作者是表现了社会的真实，没有粉饰的真实，那便即使毫无煽动的意义也都决不会是对于新兴阶级的发展有害的，它必然地呈现了旧社会的矛盾的状态，而且必然地暗示了解决这矛盾的出路在于旧社会的毁灭，因为这才是唯一的真实”。[2] 这两段话就其基本观点而言，有合理的方面。同样的意思，鲁迅也曾在多处谈到

1　梁实秋：《文学与革命》。

2　苏汶：《“第三种人”的出路——论作家的不自由并答复易嘉先生》，《现代》，1932年10月1日第1卷第6期。

过。鲁迅曾说过，作家创作，“能写什么就写什么，不必趋时”。与其去写自己不熟悉的、缺少情感体验的“大时代冲击圈内”的生活，“把一些虚构的人物使其翻一个身就革起命来”，还不如就写自己所“熟悉的小资产阶级的青年”的生活，揭示小资产阶级青年“在现时代所显现和潜伏的一般弱点”，对于大时代同样是重要的。[1]应该看各个作家的具体条件，作家“倘不在什么旋涡中，那么，只表现些所见的平常的社会状态也好”。[2]鲁迅的这些观点与上述梁实秋、苏汶的观点有相似处，当然，鲁迅说得比他们更深刻、更透彻。鲁迅的这些见解，并未遭到任何非议，相反，得到了许多左翼作家的首肯与认同。相比之下，梁实秋、苏汶在表述上述观点时，非但未得到左翼作家的肯定，反而被一些左翼作家指认其动机是反对革命文学、反对文学作为无产阶级的工具等等。这种因人而异的评价标准之所以会出现，关键还在于论争中的人们，在评判一些具体文学观点时，其关注的重心常常不是观点本身的正确与否，更受重视的是说话人整体的政治态度和政治文化立场。

与其他许多年代的文学论争相比，30年代文学论争的最显著的特点也许正在于其浓厚的政治文化色彩。在30年代的文学论

1　鲁迅:《二心集·关于小说题材的通信》,《鲁迅全集》(第四卷)，第368—369页。
2　鲁迅:《书信·350204致李桦》,《鲁迅全集》(第十三卷)，第45页。

争中，各派所依据的常常是其政治文化立场，而文学自身的要求则往往被隐去了。其间，倍受重视的是说话人的政治态度，站在何种立场上讲话，是论争各方最为关注的。这里，我们通过分析30年代重要文学论争中各方的政治态度、政治情绪尤其是成为某种惯性的政治化思维，以及这些因素到底在多大程度上，到底以什么方式，最终支配着文学论争各方的行为和导致了论争的过程与结果，由此不仅突显了30年代文学论争的一些基本的和重要的特征，而且多少找到了这些特征得以形成的重要根源。

（原载《中国社会科学》2002年第6期，2003年获江苏省第八届哲学社会科学优秀成果奖三等奖）

# “集团化”倾向与30年代文学的“公式主义”

30年代政治文化语境的一个重要的特征是“群体性”氛围与“群体性”效应。30年代文学群体普遍呈现出“集团化”倾向，即所谓政治组织化倾向。30年代文学群体的“亚政治文化”特征是非常明显的。[1] 20年代的文学社团，其组织松散，多数是各种艺术倾向、艺术追求的作家的聚合，“统一性”并不明显。30年代的文学群体基本上是依据其政治倾向性组合起来的。各群体的内部统一性较强，且有“组织性”意识。每个群体都往往将某种思想和艺术追求推向极端，这往往导致了作家个性、作品个性的被忽略。30年代文坛创作上的“公式主义”现象，与此有着直接的联系。

1　参见朱晓进:《论30年代文学群体的“亚政治文化”特征》。

# 一

30 年代知识分子思想发展的总体趋向，用鲁迅的话说就是由“人性的解放”到“阶级意识觉醒”。[1] 整个文坛的风尚，实行着个性主义向集体主义的转换。当时就有人注意到了这种“文艺方向的转变”:“已否定了个人主义文学，而趋向大众或集团的表现。”[2] 政治的铁律是排斥“个人性”的，当文学群体趋向于“政治组织化”时，显然也首先要摒弃可能对群体性、集团性构成消解的个性主义。早期无产阶级文学理论的一个重要特点就否定和批判新文学中的个性主义倾向。李初梨正是从阶级立场出发，指责“内心的要求”“自我的表现，这的确是小布尔乔亚的结晶”。[3] 蒋光慈更是明确指出，“革命文学是反对个人主义的文学”。[4] 郭沫若也摒弃了他在五四时期对个性主义的追求，转而号召“文学青年应该做一个留声机器——就是说，应该克服自己旧有的个人主义，而来参加集体的社会运动”。[5]

30 年代，尤其是在无产阶级文学和左翼文学的主张和创作中，明显以集体主义的表现代替了个性主义的追求。这体现在具体的文学创作中，就是强调“自我”融于“集体”，“小我”投向“大我”。

---

1　鲁迅:《且介亭杂文·〈革鞋脚〉小引》，第 20 页。
2　施孝铭:《农民文学商榷》，《中央大学半月刊》，第 1 卷第 15 期。
3　李初梨:《怎样地建设革命文学》，《文化批判》，1928 年 2 月 15 日第 2 号。
4　蒋光慈:《关于革命文学》，《太阳月刊》，1928 年 2 月 1 日第 2 号。
5　郭沫若:《留声机的回音》，《文化批判》，1928 年 3 月 15 日第 3 号。

作品中注重描写工农斗争的群体行为，集体斗争场面，追求的往往是人物众多，场面阔大，而人物心理深度及个性性格描写则被有意识地忽略了。

例如，郭沫若30年代的诗歌与他五四时期的诗歌相成，其抒情主人公往往已经以“无产阶级”“我们工农大众”之类的复合词，取代了他早期创作中“凤凰”“天狗”“我”等个性很强的形象。其后殷夫、中国诗歌会的诗人们的创作中，抒情主人公也都是集体、阶级的化身，即所谓“阶级战士”。即使有些诗歌中也会出现“我”，但这个“我”已不是一己的“小我”，而是注入了集体的、阶级的内涵的“大我”。殷夫明确在诗歌中宣称：“我已不是我，我的心合着大群燃烧。”[1]无产阶级文学作家和早期左翼文学作家的小说创作，也往往追求的是斗争的场面，而在处理人物行为和事件时，往往采用说明式而非描写式的方法，人物常常成为“时代精神的单纯的传声筒”。

这类作品中比较典型的是华汉的《地泉》。作者试图在第一部《深入》中，通过江南人民不堪地主压榨，奋起暴动的故事来表现农村革命的深入。但由于作品缺乏农村生活的真实展示，作品中的人物仅是为作家构想的事件而设置的，正面人物口中的连篇大道理和农民满口的豪言壮语都是脱离现实生活和人物性格的

---

1　殷夫：《1929年5月1日》，《殷夫选集》，开明书店，1951年版，第24页。

逻辑发展外加进去的。人物没有个性性格，成了某个群体、集团、阶级的符号。又如丁玲的小说《水》，在当时也是颇有影响的作品，这部作品甚至没有一个有名有姓的具体人物，而是写了一群农民，即所谓塑造的是“群像”。这篇作品当时曾被视为是“新小说的诞生”。[1]丁玲自己也说：“我把我的作风从个人自传似的写法和集中于个人，改变为描写社会背景，《水》是新作风的第一篇小说。”[2]但这篇小说的最大的缺点在当时也有人指出来了：“以概念的向往代替了对人民大众的苦难与斗争生活的真实的肉搏及带血的肉的塑像，……这作品是有些公式化的，同时也显见作者的生活和斗争经验都还远远地不深不广。”[3]

30年代，这种状况在许多作家的作品中都普遍存在着。茅盾在《〈地泉〉读后感》一文中就指出过，读这部作品“正和我看了蒋光慈君的作品后所有的感想相仿”。“蒋君的作品，我曾称它为‘脸谱主义’。这，无非说蒋君所写的革命者和反革命者总是一套；他的作品中的许多革命者只有一张面孔，——这是革命者的‘脸谱’，许多反革命者也只有一张面孔，——这是反革命者的‘脸谱’”，“本书《地泉》也犯了蒋君所有的那些错误，……这些错误在当时成为一种集团的倾向”。“关于‘缺乏感情的地去

1　冯雪峰：《关于新小说的诞生》，《北斗》，1932年1月20日第2卷第1期。
2　见韦文斯：《续西行漫记》，复兴书店，1939年版，第387页。
3　冯雪峰：《从〈梦柯〉到〈夜〉》，《冯雪峰论文集》（中卷），人民文学出版社，1981年版，第156页。

影响读者的艺术手腕’这一点，本书就是一个现成的例子。这也不是本书作者个人的单独的缺点，而是那时候很普通的，成为集团性的现象”。[1]

上述情况虽然主要是在无产阶级文学和早期左翼作家的创作中显得特别明显，而且包括左翼作家在内的30年代文坛，事实上一直在努力试图克服上述的文学创作中的公式化、概念化和标语口号化的不足，但就30年代整体而言，公式化、概念化的创作倾向一直未能根除。以1932年瞿秋白、茅盾等人为华汉《地泉》重版作序为标志，开始“清算”左翼文学中缺乏生活体验，忽视生活感受，以想象中的工农生活代替对时代现实的把握以及公式化（尤其是革命加恋爱的叙事公式）、概念化等等错误的创作倾向。同年1月，《北斗》杂志（第2卷第1期）上曾进行了一次关于“创作不振之原因及其出路”的笔谈，[2]许多作家也指出，必须在获得新的意识的同时也获得新的生活经验，才能很好地表现伟大的时代，还有不少作家从创作技巧的角度提出对公式化、概念化问题的纠正。1934年文坛上又有过“为什么没有伟大的作品产生”的讨论，讨论也是针对不尽如人意的文学现状，其中包括创作中缺少个性的问题。这些，都可以看出文坛试图纠正积癖振兴

1 参见茅盾：《〈地泉〉读后感》，《地泉》，上海湖风书局，1932年版。

2 当时许多著名左翼作家都参加了这次笔谈，如张天翼、鲁迅、茅盾、穆木天、丁玲、沈起予、楼建南、郁达夫、胡愈之、郑伯奇等等。

创作的努力。但上述的问题并未能从根本上获得解决。对这类讨论，鲁迅的评价是:“中国现今没有好作品，早已使批评家或胡评家不满，前些时还曾经探究过它之所以没有的原因，结果是没有结果。”[1]为什么会没有结果？原因无非两个方面，一是没有找到问题的根源，二是可能找到了根源却又无力克服。

事实上，30 年代文学中的公式化、概念化问题是一个顽症，它一直存在于 30 年代的许多文学创作中。沈从文 1936 年 10 月到 1937 年 2 月曾相继发表了《作家间需要一种运动》和《再谈差不多》等文章，对文学创作中出现的“差不多”现象提出批评。他指出:“近几年来，如果什么人还有勇气和耐心，肯把大多数新出版的文学书籍和流行杂志翻翻看，就必然会得到一个特别印象，觉得大多数青年作家的文章，都‘差不多’。文章内容差不多，所表现的观念差不多……凡事缺少系统的中国，到这种非有独创性不能存在的文学作品上，恰恰见出个一元现象，实在不可理解。”[2]沈从文这里所谓的“差不多”，与前述的茅盾所谓的“脸谱主义”和其他作家指出的公式化、概念化等意思基本相同。沈从文在分析这种“差不多”现象时，认为主要原因是作家不长进，只知道“学别人空口喊叫，做应声虫”，“把强权当作真理，做磕

1　鲁迅:《花边文学 · 商贾的批评》,《鲁迅全集》,（第五卷）, 第 562 页。
2　沈从文:《作家间需要一种新运动》,《大公报 · 文艺》, 1936 年 10 月 25 日。

头虫”。[1]“缺少独立识见，只知追求时髦，结果把自己完全丢失了”。[2]这种分析，也许隐含了沈从文对左翼文坛的批评，其分析也许不够公允、准确，但其指出的“差不多”的文坛创作现象却是30年代的客观存在。

## 二

30年代文学创作中公式化、概念化、标语口号化问题相对严重，而且成为“集团性”的现象。其原因何在呢？这个问题曾一再被研究者提出来，人们也曾从多个方面对其原因进行过分析。但如果忽略了当时政治文化语境的制约，是很难对其做出合理解释的。

早期无产阶级作家曾为这种文学创作中的公式化、概念化和标语口号化进行过辩护，认为这只是方法和技巧问题，在其后的关于“创作不振之原因及其出路”“为什么没有伟大的作品产生”等问题的讨论中，也有不少作家将上述种种创作中的毛病归结为技巧的不熟练。技巧和方法，固然是很重要的，这用于解释早期无产阶级文学中的一些青年作家身上能说明一定的问题。但问题

1　沈从文：《再谈差不多》，《文学杂志》，1937年2月第1卷第4期。
2　沈从文：《作家间需要一种新运动》。

并不仅仅出现在革命文学创作初期，而是整个30年代都存在这样的情况；而且对许多作家而言，他们并不缺乏技巧和手法，有些还是早在此前已有文学建树的“老作家”，但他们还是自觉或不自觉地把公式化、概念化、标语口号的创作倾向当作一种新的美学目标的追求，在其创作中一再地体现出这种倾向来。

表面看是技巧方法问题，但透过这种对技巧方法有意识的忽略，可以看到，根本的原因还在于当时政治文化语境下的文学的集团化趋向所带来的“理论的迷误：以‘组织生活’论代替了文学审美的‘反映生活’的规律”。“在‘革命文学’倡导者看来，文学既然不是生活的审美反映，而是‘阶级意欲’的‘组织’，那么只要作家在世界观方面努力向革命‘突变’，获得无产阶级的‘意识’，又掌握革命宣传的目的与内容，就可以进入创作了。创作过程不需要提炼生活，不需要提供作家对生活新鲜的见解与独特的感受，作家应当做到‘无我’，完全用‘阶级意欲’去将零乱破碎的生活材料加以系统化、秩序化。因此，‘拉普’所张扬的‘集团主义’也得到了他们格外的重视，他们强调作品只能写‘集体’的意欲，写‘我们’，而排斥个性，排斥‘我’。”[1]这不仅是早期无产阶级文学创作的状况，在整个30年代文学发展中，虽程度有所变化，但这一情况始终是存在的。

1　温儒敏：《新文学现实主义的流变》，北京大学出版社，1988年版，第103—105页。

30年代作家创作中“形式感”普遍淡薄，不仅没有再出现像鲁迅那样的“几乎一篇有一篇新形式”的“创造‘新形式’的先锋”。[1]而且在整体上也很少有20年代作家创作中那种突破传统写法，探求独特形式的自觉和冲动。这与30年代强调集团性、阶级性意识，抑制个性、自我的整体文学氛围是密切相关的。不管是青年作家还是老作家，只要他融入某类政治文化群体，在“政治熔炉”中形成了政治自我，那么他就必然地会在自觉不自觉中遵守政治文化集群的规范，自觉地充当某种政治文化的载体。甚至可以说，作家身处“政治熔炉”中，最终总要就范于某种政治意识的“先天设计”。例如丁玲，曾以小说《莎菲女士的日记》《梦珂》等闻名文坛，就作家的创作技巧和方法而言，都曾受到文坛的肯定。但她其后的创作，却是走了另一条路。她在30年代先后创作了《韦护》《一九三〇年春上海》《田家冲》《水》等在内容和形式上与许多无产阶级文学作品相类同的小说。这种变化的原因，当时就有文章指出是因为“那时中国文坛上要求着比《莎菲女士的日记》更深刻、更有社会意义的创作”[2]。首先是当时的文化语境和文学氛围使她身不由己地发生了变化。她当时所办《北斗》杂志，经常收到读者来信，来信内容多是给《北斗》提出改进意见，诸如指出编者“对于革命的认识，是一个小资产阶级的

1 沈雁冰：《读〈呐喊〉》。
2 《女作家丁玲》，《文艺月报》，1933年7月15日第2号。

认识”，希望编者“用很大的力量研究社会学”；批评一些“在内容和形式方面都是很坏的作品”；肯定编者“否定了过去而采取一条新途径这是对的”；建议编者在取材正确的基础上还要多“考虑观点正确不正确”,“能不能给读者一种宣传熏染的力量”等等。[1]这些来自批评界、来自读者的声音在很大程度上对丁玲的文学选择起了一种潜移默化的导向作用。丁玲在 1933 年就曾说起自己小说创作变化的过程：开始创作的出发点只是“因为寂寞”，因为“对社会的不满”，所以想用笔来“说出”自己的“牢骚”。对于来自批评家和读者的对自己早期小说中“染上一层感伤”的批评意见，她是由“有点不服”到“反省之后也就承认”，“之后，在写作态度上，读者也看得出我是逐渐在变化”。她并没有明确意识到自己在写革命小说，甚至对自己的作品被当作普罗文学而“觉得冤枉”。但同时她又不得不承认，自己已在不知不觉中“陷入恋爱与革命的冲突的光赤式的阱里去了”。[2]

不仅丁玲是如此，即如 20 年代已经著名的老作家叶圣陶、王统照、王鲁彦等作家也是这种情况。叶圣陶所写的《多收了三五斗》，与当时一批写“丰收成灾”的作品，“形式”上是彼此大同小异；王统照的《山雨》、王鲁彦的《乡下》《野火》等作品与当时多数写农民反抗内容的左翼文学作品在叙事模式和观念表

1　《写给丁玲的四封信》,《新文学史料》，1980 年第 1 期。
2　丁玲:《我的创作生活》,《创作的经验》，第 23—25 页。

达上也都彼此相类似。即使是在诸如沈从文的《大小阮》、老舍的《黑白李》这样的作家作品中，我们也能明显看到当时流行的革命文学作品的基本套路。由此看来，公式化产生的根本原因并不仅在于作家缺少艺术的技巧和方法，而是在于陷入某种集团性艺术规范中而失却了具有个性的艺术创新的能力。

在分析 30 年代公式化、概念化和标语口号化盛行的原因时，当时和其后许多人都指出是因为作家“缺少生活实感”，即思想、观念变化了，相应的生活体验没有跟上，导致了文学创作中的政治概念代替对现实生活的真实再现。作品中“缺少生活实感”，确实是 30 年代诸多公式化、概念化文学创作的一个共同的表现，但这里的情况比较复杂。

创作中“缺少生活实感”有几种情况，一种情况确实是因为一部分作家思想观念与实际生活体验脱节，这主要表现在早期无产阶级文学作家身上，由于他们普遍认为，只要作家在世界观方面努力向革命“突变”，获得无产阶级意识，就可以进行所谓革命文学的创作了。他们忽略了对生活的提炼，忽略了作家对生活的独特的体验、感受和见解。因此，人们在蒋光慈等作家的作品中所读到的，“总觉得其来源不是‘革命生活实感’，而是想象”。[1]还有一种情况是，30 年代社会科学家与文学家之间角色的兼容，

1　茅盾：《关于“创作”》，《北斗》，1931 年 9 月 20 日创刊号。

使当时许多从事社会科学的研究者转向文学创作。这些作家“因为本来不从事于文学，所以文学技术不够，结果便是把他们的‘革命生活实感’来单纯地‘论文’化了。他们的作品的最拙劣者，简直等于一篇宣传大纲”。[1] 30 年代文学创作的社会科学化是一种相对普遍的现象。

再有一种情况是，一些本来有生活体验，也并不缺乏文学技巧的作家，他们就范于集团化的文学规范中，不得不丢弃自己的“生活实感”，而摹仿现有的文坛公式进行创作。茅盾在 30 年代曾就文坛的公式化、概念化倾向进行过分析：“我们这文坛上，前几年盛行着一种‘公式’。结构一定是先有些被压迫的民众在穷苦愤怨中找不到出路，然后飞将似的来了一位‘革命者’——一位全知全能的‘理想的’先锋，热剌剌地宣传起来，组织起来，而于是‘羊群中间有了牧人’，于是‘行动’开始，那些民众无例外地全体革命化。人物一定是属于两个界限分明的对抗的阶级，没有中间层，也没有‘阶级的叛徒’；人物的性格也是一正一反两个‘模子’，划一整齐到就像上帝用黄土造成的‘人’。故事的发展一定就是标语口号的一呼一应，人物的对话也就像群众大会里演说那样紧张而热烈，条理分明”。“这样的公式”“被认为神圣不可侵犯的‘革命文学’的法规！一些没有生活实感的革命文

1　茅盾：《关于“创作”》。

豪果然可以靠这‘公式’大卖其野人头，然而一些真正有生活经验的青年作家在这‘公式’的权威下却不得不抛弃了他们‘所有的’，而虚构着或者摹效着他们那‘所无的’。”[1]这种状况不仅是在茅盾讲上述话时的1932年前存在，他后来就强调指出过，“到了1932年底”，“这种公式化的‘革命文学’其理论上的错误已受到‘清算’，虽然有人心中未必服气；但是在文学作品中这种‘革命’公式的余毒都尚未肃清”。[2]

由此来看，在分析30年代公式化概念化标语口号产生的原因时，也不能仅以“缺少生活实感”来加以概括，关键的问题是要看到是什么原因导致了作品中“缺乏生活实感”，要看到许多情况下，作家自身并不缺乏“生活实感”，但为何写到作品中，就“缺少生活实感”了呢？这背后起着重要制约作用的还在于文学的集团化倾向，集团性的艺术规范乃至“法规”，在起着重要的支配作用。

当然，这种集团性的文学创作“法规”对作家创作所施加的影响和压力，往往是通过文学批评和所谓“读者意见”来完成的。在“左联”的许多重要文件中，都对文学批评提出了这样的任务，即要求“无产阶级革命文学的批评，必须经常地非常勤勉地注意自己同志的创作工作，必须经常地纠正同志作家的各种不好倾向；

1　茅盾：《〈法律外的航线〉读后感》，《文学月报》，1932年12月第1卷第5、6期合刊。
2　茅盾：《我走过的道路》（中），第169页。

经常地给予作家的工作以忠告和建议”。[1]

## 三

在分析30年代文学创作上的公式化倾向时，人们都能够自然地将之与文坛上的模仿风气联系在一起。公式化与文学创作上的模仿风气的确是联系在一起的。其实，文学创作上的模仿不独出现在30年代，在任何文学发展时段中，都会出现模仿现象。某一部作品或某一类作品如果在读者中间获得了成功，取得了很大的影响，那么这类作品就会被一再地复制出来，这一方面是由于许多作者受读者需求的刺激，自觉不自觉地起而效仿，另一方面则是由出版商根据在读者中获得成功的经过考验的模式去组织作家写作，再一方面就是新学写作者试图在成功作品中找寻自己获得成功的捷径而去模仿。但模仿成风，而且使模仿的作品的创作模式成为一种“公式”，这却是30年代一种比较独特的文学创作现象。这里仅仅指出这种“公式”化与创作模仿之间有关系是远远不够的，关键还是要弄清，30年代何以作为个体的模仿行为，会成为流行的“公式主义”。

---

1 《中国无产阶级革命文学的新任务——一九三一年十一月中国左翼作家联盟执行委员会的决议》，《文学导报》，1931年11月15日第1卷第8期。

20年代文学创作中，也曾出现过不少模仿的现象，比较明显的就有王以仁对郁达夫小说的模仿，对鲁迅的《呐喊》，“也有若干模仿者，例如许钦文，固已不逮《呐喊》远甚”。[1]但这些模仿，并未构成文学创作上的“公式化”。20年代王鲁彦创作的小说《阿长贼骨头》，在当时曾被许多人认为是模仿鲁迅《阿Q正传》的，但仔细加以辨析和比较，可以发现，《阿长贼骨头》在写法上虽有与《阿Q正传》相仿的地方，所塑造的人物形象的性格特点也有类似的地方，但又有较大区别，这种区别就在于作品通过人物所表达的立意和主旨以及思想的内蕴有很大的不同。这种不同就使得人们无论如何也不可能将这两部作品视为雷同之作。20年代许多乡土小说作家都模仿过鲁迅的写法，许钦文的《鼻涕阿二》、台静农的《天二哥》、王任叔的《疲惫者》等作品都在写法上模仿鲁迅的《阿Q正传》，作品中人物性格特点也都在某些方面类似阿Q，但其作品在整体上都不给人以雷同之感。这原因固然是由于鲁迅作品的郁愤深广和其深刻的思想内蕴和精到的文学表达是其他作家难以模仿的，同时，当时模仿鲁迅的作家，事实上也多表现为艺术上的借鉴、艺术形式和写法上的学习，而在作品的思考内蕴以表达和所要抒发的作家情感却又保持了各自独特的追求。

---

1　茅盾：《关于“创作”》。

30年代的模仿之作则有所不同，多数是就犯于革命文学的法规，他们“抛弃了”自己“所有的”东西，专门“摹效着他们那‘所无的’”，[1]除了作品形式、人物设置等方面的类同外，更是在思想观念表达上的过于一致，遂导致了作品的千篇一律。尤其是政治化导致的意识形态的偏狭性，文学被视为是以“阶级意欲”来“组织生活”，而不是客观真实地反映生活，这样，以某种现成的观念意识来从事创作，所得的作品自然是概念化、公式化和千篇一律的。要强调阶级的对立，于是作品中的人物就只能是分属于两个界限分明的对抗的阶级，没有中间层；要强调一切以“革命”为中心，一切与“革命”相关联，于是就有了“革命加恋爱”的模式；要强调理想主义、英雄主义，于是就产生了作品中“光明的尾巴”。因此，30年代文学创作中的“公式化”倾向，表面看是由模仿造成的，但实质性的根源还在于“集团化”要求之下，思想观念表达的强求统一以及对文学个性的扼制。

在整个20世纪文学发展中，在一些特殊的历史年代，文学上的公式化、概念化和标语口号化曾盛行一时，这都与当时的政治文化语境密切相关，与当时文坛的“集团化”倾向密切相关。因此，单纯地、简单地从艺术的层面，从技巧的层面，是很难对之做出合理的解释与准确的评价的，上述对30年代公式化、概

1　茅盾：《〈法律外的航线〉读后感》。

念化和标语口号化倾向形成根源的分析，对整个 20 世纪文学中同类文学现象来说，是有典型意义的。

（原载《江苏社会科学》2006 年第 6 期）

# 政治激情与 30 年代文学的审美风貌

从政治激情支配下的文学表达这一独特的角度，可以使我们从一个特殊的侧面来加深对中国 20 世纪 30 年代文学的理解。“政治心理应是政治意识感情阶段的综合存在形式，它可包含情感、动机、信念、愿望、倾向、意志等概念。”[1] 因此，政治对于政治文化人[2] 来说不仅仅是一种理念，而在很多情况下表现为一种政治的激情。30 年代许多作家在文学的创作中，受制于自身的政治文化心理，常常以作品来宣泄自己的政治情绪，这成了 30 年代文学的一个非常显著的特色。

---

1　孙正甲：《政治文化》，北方文艺出版社，1992 年版，第 50 页。

2　所谓“政治文化人”，是指文学家人格的政治化。有关这方面的论述可参见朱晓进《政治化思维与 30 年代中国文学论争》，《中国社会科学》，2002 年第 2 期。

## 一

30 年代特殊的政治文化语境，造成了 30 年代作家，尤其是左翼作家们过量的政治焦虑：轰轰烈烈的大革命运动的突然失败，造成了当时许多进步青年和为数不少的知识分子们思想上的混乱和情绪上的巨大波澜。这种根由于巨大的政治变故的政治焦虑，构成了一种普遍的政治文化压力。这种压力总是要寻求外在的发泄与释放。当这种发泄与释放无法通过政治途径自身来实现时，包括文学在内的传媒，也许就成了重要的发泄、释放和转移政治压力形成的政治焦虑的渠道。对于没有政治自由的人们，文学往往成为他们唯一的论坛，人们希望在文学中能听到自己愤怒的呐喊和呼声。在 30 年代，许多文艺的、文学的行为，往往成了传达政治信息、释放政治焦虑的途径。“审美往往以变形、变通的形式转移了过量的政治焦虑”。[1] 而文学行为中承载了过量的政治焦虑，就导致了文学自身的审美特质的被搁置。就曾有人这样回忆起 30 年代的演剧活动：“1931 年 3 月为了庆祝苏区红军的伟大胜利，‘剧联’除了发动募捐援助红军运动外，还准备举行一次公演。”后根据苏联小说《第四十一个》改编成三幕剧《马特迦》由大道剧社排演，公演的“戏里有几处喊‘苏维埃万岁’

1　王一川:《中国现代卡里斯马典型》，云南人民出版社，1994 年版，第 37—38 页；关于“过量政治焦虑”概念的有关阐释，可参见该著。

和‘红军万岁’的口号，大家叫得十分起劲，观众热烈鼓掌，情绪极为高昂”。[1]这种戏剧活动，其实就是一次演员与观众共同宣泄过量政治焦虑的过程。这类的戏剧活动在30年代比较多见。其实不仅是戏剧演出活动，在其他文学行为中，以“宣泄”为接口，来扭结作者与读者的关系，也是十分普遍的现象。我们在30年代大量的文学杂志尤其是左翼文学刊物的种种宣言中，常能看到那种宣泄政治激情的文字，例如1928年3月出版的《流沙》半月刊，在第一期的《前言》中就宣称他们在文学上“有一致的倾向”，这就是“唤起阶级意识的工具”，因此他们“对艺术的手法的主张，是Simple and Strong”。而且明确号召：“全国的爱好文艺的青年们，想你们现在正抱着满腔的热忱无处宣泄罢。来，我们大家一起举起鹤嘴斧打倒那些小资产阶级学术和老爷们的文学，转过方向来，开阔这文艺的荒土。”[2]这里有政治信念和文学主张的传达，但政治信念包括其支配下的文学主张却完全是在一种情绪化的状态下被表述的，因此，文学信息的发布者和接受者之间所构成的也将是一种政治情绪的交流，而绝不是一种审美的交流。效果指向是，作者与读者共同试图解决“抱着满腔的热忱无处宣泄”的问题，而不是文学审美的问题。

“政治心理除在与政治意识、政治价值的关系中存在，发展外，

1 赵铭彝：《回忆左翼戏剧家联盟》，《新文学史料》，1979年第2辑。
2 《前言》《流沙》，1928年3月15日第1期。

又始终保持着自身独立的存在形式和运行方式。……它一方面不轻易随其他事物的变化而变化，另一方面在突发性场合或动荡岁月又易于不受理性约束而畸形显露。”[1] 30年代就是如此。普遍的政治文化心理在当时特定历史条件下体现出了强烈的情绪特征，而且这种情绪的确是不受理性约束甚至导向极端。在30年代的许多文学论争中，我们可以见到，论争双方常常以政治情绪替代理性的思考。尤其是在30年代初期革命文学倡导者那里，极端的政治情绪化的表述比较常见。最典型的就是“非友即敌”的表述。反对革命固然是敌人，但“不革命”也是不被容忍的。《我们月刊》创刊号《祝词》中就斩钉截铁地表明：“在这第一步的工程中，不能和我们联合战线的就是我们的敌人！当然，我们须先把这些敌人打倒！”[2]也许30年代初期革命文学倡导者的这些偏激的情绪宣泄比较特殊。大革命失败后酝酿形成的“左”倾盲动主义政治思潮，恰恰与30年代初期的革命文学作家自身的狂躁激进性格发生了某种共鸣。但就30年代的整体状况而言，借文学批评和文学创作表达一种政治欲，排解政治郁结，宣泄政治情绪，却是非常普遍的状况。许多作家在谈起自己这段时期的文学创作经历时，都不约而同地谈到了这种宣泄的体验。

叶紫在谈起他“与文学发生关系”的起因时说：“我只是老老

1 孙正甲：《政治文化》，第51页。
2 王独清：《祝词》，《我们月刊》，1928年5月20日创刊号。

实实地想把我的浑身的创痛，和所见到的人类的不平，逐一地描画出来。想把我内心中的郁积统统发泄得干干净净。”“我所发表的几篇短小说，便都是这样。没有技巧，没有修词，没有合拍的艺术手法。只不过是一些客观的，现实社会中不平的事实的堆积而已。然而，我毕竟是忍不住的了。因为我对于客观现实的愤怒的火焰，已经快要把我的整个的灵魂燃烧殆毙了！”[1]

适夷也有过类似的“痛苦的记忆”:“大暴风中倾跌的创伤，凝固了的瘢痕，我抚摸着这瘢痕咬了咬牙齿，倔强的抬起身来；……我就接连写了三四篇，那些在现在看来是观念得可笑的东西，但当时的确是一边沸着血，一边写下来的。”“拿起笔来就写，想到哪儿就写到哪儿，情感这东西本来就是波动无定，没有意识地去把握，就变成了放野马，结果就是凌乱无章，不知所云。”[2]

奚如在谈自己与文学的关系时也曾说起过是“苦难使我接近了文学”。“从 1928 年，我开始度着‘黑暗’的生活，一只狰狞的、发着黑色的死光的猫头鹰似的翅膀，时常笼罩在我的头上。我嗅到友人的血腥，巡回了鞭挞和侮辱之林”。“过度的兴奋，过度的刺激，过度的愤慨，过度的悲伤……而沉默，是会过分使你苦恼的，甚至使你发狂！”“于是，为了把苦恼找一个虽是还能看见，但总

1　叶紫：《我怎样与文学发生关系》，《我与文学》，第 40—41 页。
2　适夷：《痛苦的回忆》，《创作的经验》，第 119、121 页。

须将它遮掩在薄纱之下起见,我那时就开始了文学书籍的爱恋”。[1]

华汉这样谈起过他创作《地泉》三部曲等作品时的经验:“在手法上的,解说多于描写,概念化而不形象化,更是显然地存在于书中的,像是这样的作品,我都竟然写出来了,现在想起来,大概是因为我在那时候也有一些‘发狂’的关系吧。”“在中国这样大的政治和经济的危机里,从都市到农村,到处都在爆发着一切大小斗争,如果在我们笔下写出来的,还是那样的‘风平浪静’……这种作品……恐怕程度也很有限吧”。[2]

蒋光慈也说过他创作小说时的景况:“当写的时候,我为一股热情所鼓动着,几乎忘了自己在做小说。”[3]殷夫更是将自己的政治情感“划成生命的曲线”燃烧在自己的诗论中:“我的生命,和许多这时代中的知识者一样,是一个矛盾和交战的过程,啼、笑、悲、乐,兴奋,幻灭……一串正负的情感,划成我生命的曲线;这曲线在我的诗歌中,显得十分明耀。”[4]

左翼作家的状况如此,30 年代许多非左翼作家,在如此的政治文化语境中,其以文学创作为政治郁积的宣泄渠道的状况也大量存在。卞之琳就曾说过他与诗歌结缘的起因:“我从乡下转学到上海,正逢‘四一二’事件以后的当年秋天,悲愤之余,也抱了

1　奚如:《苦难使我接近了文学》,《我与文学》,第 46 页。
2　华汉:《谈谈我的创作经验》,第 146、152 页。
3　蒋光慈:《短裤党·写在本书的前面》,《短裤党》,人民文学出版社,1958 年版,第 1 页。
4　殷夫:《“孩儿塔”上剥蚀的题记》,郑择魁等:《左联五烈士评传》,重庆出版社,1995 年版,第 302 页。

幻灭感。……我彷徨，我苦闷。有一阵我就悄悄发而为诗。”[1]许多非左翼作家，虽然其有关政治焦虑宣泄的表述，不像左翼作家那样狂烈，但其选择文学行为来作为表达政治欲、排解政治郁积、宣泄政治情绪的途径则有共同之处。例如“京派”理论批评家李长之，就曾自称自己有“政治欲”，“在他的批评文字中，有不少属于时事评论”。这种“政治热情”，“都是一些学者要竭力掩藏的，他则供认不讳”。[2]再如巴金，他曾说过：“爱与憎的冲突，思想与行为的冲突，理智情感的冲突，理想和现实的冲突，……这些织成了一个网，掩盖了我的全部生活，全部作品。”[3]巴金虽没有明说他的作品与当时语境下的政治欲的表达和政治郁积的宣泄之间的关系，但事实上他在30年代的多数作品，都是在宣泄着热烈的人生追求与政治信仰，而许许多多的读者也曾在读他的作品中获得了某种宣泄政治郁积的满足，甚至有不少青年读者受其激发鼓起政治的激情而走向革命道路。

1　卞之琳：《雕虫纪历（1930—1958）自序》，《新文学史料》，1979年第2辑。
2　郜元宝：《追忆李长之》，《读书》，1996年第10期。
3　巴金：《灵魂的呼号》，《大陆杂志》，1932年11月1日第1卷第5期。

## 二

借文学宣泄政治激情在30年代形成了一种文学风尚，这直接导致了文学创作上的某种审美倾向的形成。与以往时代相比，应该说30年代文学创作中各种类型的现实主义创作占据了文坛主导的地位，但不应忽略的是，30年代包括所有现实主义在内的文学创作，在当时的政治文化氛围和文学风尚之下，都在不同程度上显示出了一种浪漫化的倾向。这种倾向首先存在于无产阶级革命文学的创作中。虽然无产阶级文学倡导者从一开始就一再在理论上贬斥个人的浪漫的艺术，但事实上浪漫情绪却充斥着早期无产阶级文学创作。关于这一点，瞿秋白早在30年代明确指出过，[1]虽然他将当时的新兴文学创作中内容上的“浪漫谛克”与情感表达方式和创作方法上的浪漫主义等同起来并给予了否定，但指出无产阶级文学创作中的浪漫主义特质却是抓住了要害的。诚如有学者所指出的，“当时新兴的无产阶级作家通过作品发抒革命情绪的渴求，远远大于反映生活的兴趣。作者写这一类革命作品，更多的是为了发抒对反动派屠杀政策的愤慨，以及对尽快掀起新的革命高潮的向往（尽管这在当时是受‘左’倾路线影响，因而带有空想性质的）。作者为了突出作品的激情，达到宣传与

1　参见瞿秋白：《革命的浪漫谛克》，《瞿秋白文集（文学卷）》第1卷，人民文学出版社，1985年版，第459页。

煽动革命的作用，往往采用书信体，或第一人称写法，以直抒情怀；作品中不惜大段议论与抒情，插入许多标语、口号或诗句；生活图景的描写都为了说明作者对革命的认识或某一观念，因此很少在细节真实性上下功夫，情节多是梗概式的，没有多少生活实感”。[1]

在蒋光慈、华汉、殷夫、洪灵菲等等无产阶级革命文学作家的创作中，我们能明显感觉到那种缘于政治激情的浪漫情怀。在他们作品中能感觉到一股“激愤”“郁怒”的革命情绪在渴求着宣泄，这必然地导致了作品的浪漫化、抒情化。梁实秋当年批评革命文学创作缺少理性的节制，流于感情主义，以及过度的浪漫。其批评虽然多少带有梁实秋的政治的与审美的偏见，但却是道出了革命文学创作的某些特点。

其实，不只是30年代早期的无产阶级革命文学作家创作，在其后的许多作家的创作中，都显示了一种浪漫主义的倾向。就诗歌而言，我们向来称之为革命现实主义的殷夫等诗人和“中国诗歌会”诗人的诗歌创作，就明显地是政治抒情的意味多于具有生活实感的写实。就小说而言，30年代许多被称之为现实主义作家的小说创作中都潜流着一股理想主义的情愫。而这种理想主义情愫与20年代现实主义作品中的理想色彩有着显著的差异。20

---

1　温儒敏：《新文学现实主义的流变》，北京大学出版社，1988年版，第93页。

年代文学作品中的理想色彩根源于作家对理想人生的理解，虽然这种理想人生的理解不免幼稚和虚幻，但那种对于“美”和“爱”的追求显示出了一种发自主观内心的浪漫情怀。30 年代作品中的理想主义情愫，根源于一种政治的使命感和目标感。有学者指出，30 年代“也还在追求浪漫主义，不过所追求的已经不再像‘五四’时期现实主义者所欢迎的‘主观性’，而只是可以给读者指出方向的，服务于教育功能的‘理想性’了”。[1] 30 年代文学创作，尤其是左翼作家的创作，在总体上呈现出一个非常鲜明的特色，即作品中渗透着一种源于政治使命意识而产生的明确的目标感。用他们的话说：“我们有的是热和力，我们相信惟有无产阶级才最能知道自己的生活，唯有受了科学洗礼的无产阶级才最能有明了的意识！——这是我们的自信。”[2]这种目标感，就使 30 年代文学创作中的理想主义的表达与 20 年代文学创作中的理想主义表达明显区分开来。例如，同样是反映人生的命运，反映下层人民的疾苦，五四时期作家笔下流露出的要么是一种人道主义的悲悯情感，要么是发几声鸣不平的哀叹。作品人物命运令人深深地同情，但作品却很少给人以希望。从人道主义立场思考人生命运，有它独到的思想深度，但又往往难以给人们指出改变命运的途径，玄虚的“美”和“爱”的药方，留给读者的也许只是甜蜜的感伤。与

1 温儒敏:《新文学现实主义流复》，北京大学出版社，1988 年版，第 269 页。
2 《流沙 · 前言》，《流沙》，1928 年 3 月 15 日创刊号。

20 年代作家创作在整体上呈现出的忧郁色调不同，30 年代作家作品中即使仍会有忧郁情调，但并不给人以感伤的感觉。30 年代作家荒煤在短篇小说集《长江上》的“后记”中明确表示，作品中虽仍有“忧郁的气氛”，但“还不至于使人落到……感伤的深渊里面去”，因为“现在应该是从忧郁里面兴奋起来的时候了”。[1] 他此时创作的一系列小说，时常流露出的是对光明的渴求，对幸福的憧憬，对未来的召唤，就是在最具忧郁情调的作品中也还有依稀的光明向往，隐约的理想抒发。在短篇小说《忧郁的歌》中，作品最后明确对忧郁的生活之歌做了否定，而在小说《夜》中，则让印刷工人最后唱起了豪迈的《义勇军进行曲》，作者明确地喊出了“天下快要亮了”！以热烈的确信向人们宣告美好明天的到来。这种“光明的尾巴”在 30 年代文学作品中是一个普遍特色。30 年代作家笔下依然涉及社会苦难、人生坎坷、人间不平，但作品却往往流露出一种乐观主义的精神。鲁迅早在 1927 年底评价黎锦明的小说《尘影》时，就对其作品的给人以“希望”的结尾给予了肯定：“现在的文艺，是往往给人们不舒服的，没有法子。要不然，只好使自己逃出文艺，或从文艺推出人生。”“然而在结末的《尘影》中，却也给我喝了一口好酒。他将小宝留下……作者不愿意使我们太受重压罢。但这是好的，因为我觉得中国现在

1　参见荒煤：《长江上 · 后记》，《长江上》，文生书店，1937 年版。

是走向大时代的时代。”[1] 左翼作家作品，在涉及现实社会苦难和社会动荡等等题材内容时，常常都是以光明为结局。叶紫的《电网外》中的王伯伯在倍受现实的打击后，终于没有自杀，而是“朝着有太阳的那边走去了”；蒋牧良《高定祥》中的主人公在生活的不断打击面前从软弱走向坚强；茅盾《秋收》中的阿多、叶紫《丰收》中的立秋、王统照《山雨》中的奚大有等青年一代的农民没有重复20年代作品中闰土们的命运结局而是走向了反抗、革命的路；这些作品中的老通宝（《秋收》）、云普叔（《丰收》）、奚二叔（《山面》）等老一代农民们也未重蹈20年代作品中阿Q们的悲剧，在逐渐地走向觉醒。对这种作品的结局方式，曾有不同评价，即使对吴组缃的代表作《一千八百担》，最终写到农民暴动的结局，也有过“成功之笔”与“败笔”两种不同的看法。应该说，这种结局有一定的现实基础，即有作者从当时现实生活中发现的可能性。但更重要的是应该看到，这类作品中的“光明的尾巴”，正是作者对现实不平的一种宣泄式的表达，作者借作品向读者传达的是一种政治的信念，让读者鼓起的是一种政治的激情。不仅左翼作品如此，诸如叶圣陶、巴金等非左翼作家的创作在理想性的表达上也是很明显的，叶圣陶的《倪焕之》《夜》等作品就是给人们留下了希望；巴金的作品如前所述更是如此，巴金的作品实

1 鲁迅：《〈尘影〉的序言》，黎锦明：《尘影》，上海开明书店，1927年12月版，第1—2页。

际上也正是以这种理想主义的情愫激发了读者的政治激情，这才会出现因读文学作品而走上革命道路的读者。

## 三

30 年代普遍的政治文化氛围，对整体文学风尚的形成起着重要的制约作用。这导致了前述的诸如文学行为承载过量的政治焦虑，文学的创作和接受成为释放政治焦虑的渠道。这直接带来的文学创作的变化是，文学创作中政治激情的宣泄、理想主义情愫的抒发成为其重要的特征。不仅如此，这还带来了 30 年代文学审美风格的特异性。30 年代文学作品中普遍带有对粗疏之美、力度之美的追求。而这种追求与 30 年代普遍的政治文化心理及其制约下的文学行为是相适应的。

30 年代“文坛上曾经出现过一个名词：‘力的文学’”。[1] 这一名词是能够代表 30 年代文学创作所显示出的整体的审美追求的。鲁迅当年就指出，30 年代是一个“风沙相面，狼虎成群”的特殊时代，因而时代要求于文学的，是“耸立于风沙中的大建筑，要坚固而伟大，不必怎样精”，是“匕首和投枪，要锋利而切实，

---

1　茅盾：《力的表现》，《申报》副刊《自由谈》，1933 年 12 月 1 日。

用不着什么雅”。[1]鲁迅在评价殷夫的诗歌时，就是从这一审美角度出发的。他把殷夫的诗比作“东方的微光”“林中的响箭”“冬末的萌芽”等富有生命和躁动之力的东西，虽然殷夫的诗在艺术上粗疏，但却由于它是“对于前驱者的爱的大纛”，“对于摧残者憎的丰碑”，因此，鲁迅认为，在这样的诗作面前，“一切所谓圆熟简练、静穆幽远之作，都无须来做比方，因为这诗属于别一世界”。[2]这种追求力度甚至崇尚粗疏而忽略精、雅的审美追求，在30年代的确成了一种文学的风尚。钱杏邨在将自己的论文结集印行时，题名就是《力的文艺》，书中多次声明：“我是一个力的崇拜者，力的讴歌者。”[3]《流沙》杂志在创刊号的“前言”中明确向读者宣告：“读者诸君，你们在我们这里或者不能发现你们爱看的风花雪月的小说，不能听见你们所爱听的情人的恋歌——而所有的只是粗暴的叫喊！但你们听，霹雳一声何曾有什么节奏？卷地而来的狂风何曾有什么音阶？我们所处的时代是暴风骤雨的时代，我们的文学就应该是暴风骤雨的文学。”[4]直至在与“第三种人”论争大众文艺形式的价值问题时，冯雪峰仍坚持认为：“简单的艺术，只要是强有力的简单的艺术，能够感动多数的简单的大众读者，也就构成了它应当有的艺术价值。”[5]在30年代许多作家

1 鲁迅：《南腔北调集·小品文的危机》，第575页。
2 鲁迅：《且介亭杂文末编·白莽作〈孩儿塔〉序》，《鲁迅全集》（第六卷），第494页。
3 参见钱杏邨：《力的文艺》，泰东书店，1929年版。
4 《流沙·前言》，《流沙》。
5 丹仁（冯雪峰）：《关于“第三种文学”的倾向与理论》。

那儿，对于“力之美”的追求有相当的自觉，这在创作上有明显体现。萧军曾这样表述过自己的艺术见解：“艺术是炼锻情感像一支箭一样，要击中鉴赏者的心结，使之不能躲避，也不能拔出。”[1]这种追求使他的作品呈现出“雄浑、沉毅、庄严的史诗”般的力度。[2]叶紫在作品中“堆砌”起“火样的热情”，鲁迅说他是以一种“力”的显示，宣告“文学是战斗的”。[3]端木蕻良曾拟《力的文学宣言》，自觉地颂扬“力”，赞美雄强的性格，追求壮美的品格。他的小说《大地的海》在《文学月刊》上连载时，编者在“后记”中就明确指出：“作者以他特有的雄健而又‘冷艳’之笔，给我们画出了伟大沉郁的原野和朴厚坚强的人民。”[4]即使作为女作家的萧红，其作品中虽不乏其特有的“明丽和新鲜”，但在总体上也具有一种雄浑健壮的内在力量，鲁迅称其作品中“北方人民于对生的坚强，对于死的挣扎，都往往已经力透纸背”。[5]胡风也曾称萧红的《生死场》有“用钢戟向晴空一挥似的”力度。[6]“力的文学”在30年代是一种普遍的艺术追求，不管作家们各自在思想和文学倾向上有何差异。许多非左翼作家、评论家在评价作品，进行创作时，事实上所持的审美标准，往往也都偏向于对“力之美”的肯定。

1　萧军：《八月的乡村·附录——“一篇日记”》，《八月的乡村》，人民文学出版社，1980年版。
2　常风：《近出小说四种》，《文学杂志》，第1卷第2期。
3　鲁迅：《且介亭杂文二集·叶紫作〈丰收〉序》，《鲁迅全集》（第六卷），第220页。
4　《文学月刊》，第8卷第2期。
5　鲁迅：《且介亭杂文二集·萧红作〈生死场〉序》，《鲁迅全集》（第六卷），第408页。
6　胡风：《〈生死场〉后记》，《胡风评论集》（上），人民文学出版社，1984年版，第398页。

曾是20年代学衡派代表人物的吴宓，在30年代曾以激赏的眼光高度评价过茅盾的《子夜》等作品，他称："吾人所最为激赏此书者"是"表现时代动摇之力，尤为深刻"。其次认为"此书是人物之典型性与个性皆极轩豁，而环境之配置亦殊入妙"，"其环境之配置，屡以狂风大雨惊雷骇电随文情以俱来"。最后指其作品的文字是，"笔势具如火如荼之美，酣恣喷薄，不可控搏"。[1]吴宓评作品虽是从技巧着眼，但却是从"时代""环境""力度"等方面来肯定作品的"绝妙""可贵"之处的。其对"力之美"的审美风格的偏好可见一斑。同样，30年代"京派"作家，在思想意识、文学观念上与前述左翼作家虽有距离，但在"力"的追求上却有趋同之势。"京派"主要批评家之一的刘西渭在评论叶紫的小说时，就曾以赞叹的笔调写下了这样的文字："（叶紫的小说）始终仿佛一棵烧焦了的幼树，不见丰盈的姿态，然而挺立在大野、露出棱棱的骨干，给人茁壮的感觉，那不幸而遭电击的春暮的幼树。它有所象征。这是什么也不见，只见苦难，和苦难之余的向上的意志，我们不妨借用悲壮两个字来形容。……这是力，赤裸裸的力，一种坚韧的生命之力。"刘西渭还曾明确指出，"没有比我们这个时代更需要力"的；他甚至将"力的文学"看作是"中国新文学的高贵所在"和"艺术价值"的"标志"。[2]这多少代表了"京

1　茅盾：《我走过的道路》（中），第121—122页。
2　刘西渭：《叶紫的小说》，第55、60页。

派”作家的某种审美追求,“京派”作家在作品中对生命力的张扬、对雄强蛮性的呼唤和歌颂等等，就都体现了一种对“力之美”的追求。

对于“力之美”的追求与表现，虽然在不同的作家那里是以不同形态出现的，但从其审美特征上看，都是表现为一种“壮美”的品格。“悲壮”也好，“雄浑”“力透纸背”“雄健”“雄强”等等也好，其实都可以用“壮美”这一审美风格来加以概括。正是30年代文学风尚的影响和制约，使30年代文学在审美倾向上趋于对“壮美”或“力度”的追求。这种整体的审美特征，是30年代文学历史阶段区别于20年代的一个显著标志。这从一些跨阶段的作家身上尤能看得更为清楚。例如王统照就非常典型。从审美倾向看，王统照20年代初的作品较多地“强调着‘美’和‘爱’”，[1]作品呈现“优美”特征。但到了20年代末和30年代，他的审美追求有了很大的改变，他认为，“世代推移，人生不复常留滞在晓风残月的趣味，与夜莺的凄唱和云雀的回翔之中，这更新的时代一定有更新的诗人”；[2]他检讨自己早期对于“沉郁意感的偶然宣泄”，转而追求能唱出“我们这个古老民族的勇壮歌声”的“风景”与“壮美”。[3]这种审美观的变化，使他终于从《春雨

1　茅盾:《中国新文学大系 · 小说一集 · 导言》，良友图书印刷公司，1935年版，第24页。
2　参见王统照:《为臧克家〈运河〉所作的序》,《王统照文集》，山东人民出版社，1984年版。
3　王统照:《读诗小札 · 去来今》,《王统照文集》，第24页。

之夜》（王统照20年代的短篇集）“这理想的诗的境界走到《山雨》那样现实人生的认识”，[1]在作品中形成了深厚有力的壮美特征。这种变化在王鲁彦身上表现得也同样非常明显。他写于20年代的作品中多是卑琐、孱弱、受拨弄的人物，作品往往含有一种压抑低沉而又忧伤苦闷的情调，缺乏理想的光彩。但在写于30年代中期的《乡下》《野火》等作品，便风格大变，作品中的人物所具有的强烈的反抗性，作品的激越、昂扬、冲动的基调等等，都使作品的力度有了明显的加强。这种审美倾向的变化是具有普遍意义的。例如，同样是表现“乡愁”，从表面看，20年代、30年代有共同之处，但由于受制于不同时代的文学风尚，其作品体现出的审美风格并不一样。20年代写“乡愁”的作家们多数亲历了故乡的凋敝和自己家庭的变故，“他们只好……回忆故乡的已不存在的事物”，用以“自慰”。[2]因此，他们作品中的“乡愁”在较大程度上是从个体的人生感受出发的，无论是写及故乡的人事与景物，都较多带有游子思乡和怀旧的伤感。而30年代文学作品中写“乡愁”，则与其说是针对个体的故乡，还不如说是对于广义的故乡和家园——沉沦的“土地”而发的。他们也写回忆中的人事与景物，但他们“依恋风景，并不感伤”。[3]尤其是东北

1 茅盾：《中国新文学大系·小说一集·导言》，第24页。
2 鲁迅：《〈中国新文学大系〉小说二集序》，第247页。
3 刘西渭：《叶紫的小说》，第52页。

作家们，他们的“乡愁”中更包蕴了追求土地、山河完整的民族情绪。由于超越了个体单一的人生感遇，因而显示了较为博大的气度，这种气度的不同，自然会造成审美风貌的差异。

在新文学中，早在五四时期或更早些时，先觉的知识分子就已经发出了“力”的呼唤。在鲁迅《摩罗诗力说》、郭沫若《女神》中都表现出一种对于“力”的非常强烈的渴望。他们看到了古老的中华民族积习太深，传统思想的枷锁非常沉重，以至于每前进一步都要付出巨大的代价，因此，他们希望有一种强力来冲决阻碍历史前进的惰力；他们有感于中国国民性的柔弱和半殖民地的现状，呼唤着民族自强自立的“力”，呼唤着人民反抗斗争的“力”。这种呼唤表现在艺术观上，鲁迅希望中国文学能产生出像拜伦、雪莱等诗人那样具有“摩罗”之力的作品；[1]郭沫若则更为直接地呼吁“力的绘画、力的舞蹈、力的音乐、力的诗歌”。[2]但这种呼唤在五四时期的文学创作中并未得到整体上的回应，20 年代的文学创作就审美倾向而言，在整体上给人以一种感伤、压抑的感觉。而在 30 年代文学创作中，一扫这种感伤气息，呈现出壮美的风貌。这种变化的根源，当然来自 30 年代的政治文化氛围，来自于整体的政治风气、政治文化需求和普遍的政治文化心理，以及

1　参见鲁迅:《坟 · 摩罗诗力说》,《鲁迅全集》( 第一卷 )，第 99 页。
2　郭沫若:《女神 · 立在地球边上放号》,《郭沫若全集 · 文学编》( 第一卷 )，人民文学出版社，1982 年版，第 72 页。

由此造成的文学的风尚。正如鲁迅所说:“有精力弥满的作家和观者，才会生出‘力’的艺术来。”[1]是受制于政治文化语境的整体的审美需求和作家对这种需求的自觉顺应，导致了文坛审美风貌的变化。

## 四

这里需要指出的是，审美倾向的不同、审美风貌的变化等等，并不是界定文学作品艺术水准高下的标准。30年代就有作家指出，“值得注意之处，是应当极力避去文字表面的热情”。“神圣伟大的悲哀不一定有一摊血一把眼泪，一个聪明的作家写人类痛苦或许是用微笑表现的。”[2]被政治环境激发起的情绪的骚动，以宣泄过量的政治焦虑为文学的目的，这其实并不是人生的常态，也不是文学的常态。追求力度甚至崇尚粗疏，而故意忽略精、雅的审美取向，不免会导致艺术上的偏颇。但这种偏颇又恰恰是那个时代氛围下许多人所激赏和提倡的。有人就曾将“力的文学”理解为粗暴、狂躁乃至粗糙的美学作风，甚至将这种作风具体化到艺

1 鲁迅:《集外集拾遗:〈近代木刻选集〉(2)小引》,《鲁迅全集》(第七卷)，第333页。
2 沈从文:《废邮存底·给一个写诗的》,《沈从文选集》(第五卷)，四川人民出版社，1983年版，第9页。

术技巧方面，提出“狂暴的技巧”“力的技巧”。[1]认定“现在的文艺，已经走到力的文艺的一条路了，我们的技巧也应该是力的技巧，处处要表现出来”。[2]这样，“力之美”的追求，事实上在当时成为了一种评价作品的审美标准。就有人这样评价蒋光慈的作品，看似“粗俗、浅薄、鲁莽、句子不通；诗歌是标语口号，太重理论”，实际上“是极热烈极奔进”，因而对之给予充分肯定[3]。包括我们前述的鲁迅评价殷夫的诗，刘西渭评价叶紫的小说，吴宓评价茅盾《子夜》等等，都多少显示了这种审美标准的取向。30 年代特殊的政治文化语境，事实上是导致了人们对文学审美的特殊的偏颇性的理解，导致了广大读者对文学的特殊接受和偏颇性的审美预期，也导致了作家对文学审美的特殊的偏颇性的选择。在一个“非常态”的政治语境下，要在文学中追求“常态”的表达，不仅难以做到，即使做到了，这样的作品也许很难获得最广大的读者。普列汉诺夫曾经在评价法国大革命时期的文学艺术时指出，“当时的理想是要求公民为了公共的利益不断地努力工作，以致真正的审美的需要不可能在他们的精神需要总和中占有很大的地位。这个伟大的时代公民最赞美的是行动的诗，是公民的勋业美。这种情况有时候使法国‘爱国者’的审美判断具有相当独特的性

1 钱杏邨：《郭沫若及其创作》，第 69 页。
2 钱杏邨：《“达夫代表作”后序》，《现代中国文学作家》（第一卷），第 136 页。
3 钱杏邨：《蒋光慈与革命文学》，第 166—167 页。

质”。“正如当时法国‘爱国者’的美德(vertu)主要是政治的美德，他们的艺术主要是政治的艺术。”而“当时的公民……对于那些不是以他们所珍视的某种政治思想为基础的艺术品是漠不关心，或者差不多是漠不关心的”。[1]这可以移用于对中国30年代文学审美偏颇的解释。当政治宣泄成为一种文学的情绪、文学的冲动乃至文学的态度时，其文学在审美上的偏颇就不可避免，所谓“力之美”，其侧重在“力”而不是“美”。时过境迁，后人可以冷静地指出这个时代文学作品在艺术上的诸多不足，但在对其进行历史评价时，似乎也不应该忘记它们所赖以产生的环境。30年代绝不是一个适宜于“纯文学”发展的环境，仅以“纯文学”的标准来加以评价就显得太隔。如果说，文学作品的潜在价值是通过读者的“接受”变为显在价值的，那么在30年代，也正是那些虽在艺术上不免粗疏而在审美风貌上顺应了特殊时代的特殊的，甚至是偏颇的审美需求的作品，在当时获得了最广大的读者，做到了文学价值实现的最大化。从政治文化心理支配下的文学表达这一角度，可以使我们对30年代文学审美风貌的形成根源，有更加深入的理解和认识。

（原载《南京师范大学学报》2007年第1期）

1 ［俄］普列汉诺夫：《从社会学观点论法国戏剧文学和法国绘画》，《普列汉诺夫美学论文选》，陕西人民出版社，1983年版，第494—495页。

# 重新进入“十七年文学”的几点再思考

在很长时间内，学界对于新中国成立后“十七年时期文学”缺少关怀的热情，更缺少认真的研究。近年来这种状况有所改变。“十七年文学”在长时间受到冷落后，终于重新进入研究界的视野，这应该说是中国现当代文学史研究走向成熟的一种表征。我认为，这一次对“十七年文学”的关注，应该是研究性的，而且应该是建立在学理性的基础上的。我们应该努力避免以往曾出现过的过于情绪化的判断方式。为此，我围绕重新进入“十七年文学”的问题谈几点想法。

# 一

“十七年文学”有其自身的独特性，这就决定了“进入”的渠道、方法和途径也必须是独特的。这里，用来观照这段时期文学的视角问题也许应该受到特别的重视。当我们谈到要“进入”某一事物时，事实上并不可能一下子同时从所有的角度来进行，这就要有所选择。使用何种角度，关键要看这种角度与研究对象的契合度。正是从这种与研究对象相契合的角度，我们可以从更为本质的方面来揭示该研究对象的基本特征，可以看出一些从其他角度所难以看出的问题，可以避免将不同的研究对象纳入同一的框架中，可以给予不同研究对象自身的独特性以更多的关注，当然，也才可能得出一些从其他角度难以得出的结论，并从而有可能将该对象的研究引向深入。角度的选择对能否成功进入往往是至关重要的。对“十七年文学”来说，能紧紧抓住这个特定时段影响文学的最最紧要的因素，这对于揭示这一特定时段文学的生成原因、生存状况和主要特征无疑是有益的。因此，能为“十七年时期”的文学选择一个最佳的角度，也许就是为这个时段文学史的研究找到了突破的真正机遇。

谈到“十七年”这个特定时段影响文学的最最紧要的因素，即对这一特定时段文学的生成原因、生存状况和主要特征的形成起着决定作用的因素，人们不难想到“政治”这两个字。的确，“十七年文学”中，许多重要的文学作品都明显表露出在题材上的政治化特征，在题旨上的意识形态化倾向，文学的生产流通中也时时隐含着一种政治权力运作的机制。这些是毋庸讳言的。在以往的许多研究中，人们似乎也都已经关注到了“十七年文学”与政治的特殊关系。但这种关注往往停留在文学与政治的直接对应关系上，而忽略了文学与政治的关系方式。人们虽然是明确意识到了政治维度，并试图加以描述，但在未真正搞清政治与文学的关系方式之前，这种描述只能是简单地将文学现象与政治事件，将文学作品与作家的政治思想，将文学的内容与政治的历史进程生硬地直接对应或比附，甚至过分强调和夸大了文学对于政治的隶属关系，以至于常常出现以政治情绪化评判取代客观的文学研究的情况。事实上，文学与政治之关系，是通过一定的中介发生的。在这里，我觉得可以把“政治文化”这一概念引入“十七年文学”的研究之中，以便在政治与文学之间找到一条关系方式的桥梁，[1]从而能够真正客观地去加以探究，政治到底以何种方式，到底在哪些主要方面，到底在何种程度上左右、影响乃至决定了该时段文学的基本走向，或是构成了文学的基本的甚至是主要的特征的。

我们抓住并研究中国“十七年文学”与政治文化的关系，实际上也就找到了一条“十七年文学”重要的生成根由的路径。当然，

1　参见朱晓进:《从政治文化角度研究中国二十世纪文学》,《文学评论》, 2001 年第 5 期。

政治文化只是作为一个视角，一切问题应是将之摆到与文学的关系中来加以探讨，其最终研究的落脚点还应该是在文学上。涉及政治文化，主要是看它对文学的影响程度，它在文学特征形成中所起的作用。说到底，这种研究是要尽可能地真实地再现“十七年文学”所处的政治文化氛围，尽可能地以翔实准确的史料去研究“十七年时期”政治文化制度的运作，以及由此形成的普遍的政治心理、政治意识、政治价值，并由此来认识各派文学、不同作家对此的实际反应以及所采取的不同的文学策略，即通过对特殊的政治文化语境的揭示，以期找到“十七年时期”许多文学现象（包括作家行为，作品特征，重要的文学论争、文学流派、文学范型、文体现象的形成，等等）的重要依据，以达到对“十七年文学”的准确把握和全面而中肯的评价。

## 二

一般说来，文学与政治的关系，对中国整个20世纪的许多年代而言都是非常重要的问题。但“十七年文学”与政治之间的关系自有其不同于其他年代的独特性。人们在谈论“十七年文学”与政治的关系时，往往会追溯到30年代左翼文学，会延伸到“文革”文学，这自有道理。任何时段的文学都不是孤立的存在，它有前因，也有后续的影响。但“十七年文学”既不同于此前的30年代文学，也不同于此后的“文革文学”。我们从政治文化的角度对它们进行考察时，需要特别强调的是，一定要从不同年代不尽相同的政治文化形势，依据其文学与政治的不同结缘方式，从不同的政治文化形态去把握“十七年文学”与其他历史时期文学受制于政治的不同特点。例如，中国30年代的状况，从政治文化的社会形态来看，是属于典型的非整合模式。所谓非整合模式，是指社会成员对官方政治价值取向以及政治操作方式普遍缺乏认同感。权力主体与权力客体之间的紧张，引发了包括文化界、文艺界人士在内的广大人民群众在最大程度上的不满情绪。30年代的文学群体和个人的各不相同的文学主张，往往是依据他们作为权力客体所持的反权力主体的政治意识而形成的。“十七年时期”与30年代最根本的区别是，从政治文化的社会形态来看，应是属于半整合模式。所谓半整合模式是指在同一政治体系下，权力主体与权力客体并不处于政治对抗之中，相反，社会成员在意识形态领域里，存在一定的协调机制，保持着一定的融洽和谐气氛；这种模式明文规定了各种民主程序，但有时这种程序会被人治所取代。代表官方的主流意识形态在一些场合下允许非主流意识形态的存在，但总是伴随着前者对后者的严格的限制。在这些年代里，文学作为意识形态受到了政治的控制，文学与政治的关系在官方意识形态中被抬升到相当重要的位置。同样是受到政治控制，但“十七年”与30年代相比，文学（包括作家）作为权力客体，所持的态度、情绪、方式都是不一样的：后者是坚决反抗的，前者是基本认同的。

30年代，由于权力主体的政治权威对政治运行过程并没有绝对的控制能力，因而在这样的年代中，文学群体的非官方的“亚政治文化”特征非常明显，文学组织未被纳入政府的控制、支配、管理体系之中。这样文学流派、文学社群的独立存在成了可能。这也是30年代文学流派、文学社群和文学杂志蜂起的原因之一。“十七年时期”文学群体的官方化特征非常明显，任何文学组织都无一例外地被纳入体系之中。这一方面使作家的生存等权利有了基本的保障，但另一方面，文学流派、文学社群的自由存在成了问题：从40年代解放区到新中国成立后，仅有“山药蛋派”等个别流派因其最大程度上与主流政治意识形态的契合而得以存在并发展，而各类文学社群组织则几乎都被全国唯一的各级作家协会所取代。

30年代由于社会成员对官方政治价值取向以及政治操作方式普遍缺乏认同感，文学更多地是游离于官方意识形态之外，任何非官方意识形态对文学的约束力都是可以不必置理的，因而在这个年代就有可能大量产生被称之为“纯文学”的创作。而“十七年时期”由于社会成员和作家中的绝大多数对官方政治价值取向以及政治操作方式是普遍认同的。许多作家做了顺应当时政治文化要求的选择，只不过他们之中有一部分人是顺应得好的，于是成了主流意识形态话语的代言人，而另一部分人则总是因为难以完全顺应而苦恼于找不好自己的位置。

30 年代由于所有重要文学群体在重大政治文化问题上均对权力主体取对立的或游离的态度，在其政治倾向上各文学群体都多少代表了各种不同的“政治利益”，他们往往从自身的政治立场、政治态度出发，针对自身对当时政治文化形势的理解而采取不同的文学策略，因而不同文学群体在重要的文学观念上便有所差异，这种差异就有可能带来文学创作的多样性。而“十七年时期”，文学群体和文学个人，多数是在主观上自觉视自己与权力主体的政治文化为一体的，因而在文学观念上空前地一致，即绝大多数文学主张、文学理论，基本上都是本源于官方文艺政策而做的种种阐释。与之相关的文学评价标准也主要是基于官方的政治意识形态，对任何文学作品都基本上是或从政治上找寻其可肯定之处，或从政治上找寻其该否定之处，而很少顾及作家的创作意图和愿望。其间，也会出现短暂时期的策略性的“松动”，但伴随而来的又常常会是更严格的约束，包括作家们的自我约束。

30 年代由于官方意识形态对普通民众的灌输力量有限，非官方的普遍的政治风气、政治需求和普遍的政治心态，导致了主导的审美倾向的形成和特殊的文体形式的盛行。而“十七年时期”由于官方意识形态有相当强的力量，由此形成了官方色彩相当浓厚的普遍的政治心态和政治风尚，这也直接导致了主导的审美倾向的形成，并导致了诸多特殊文体的流行。文学接受者的阅读期待往往能决定文学创作的走向，如果说，30 年代因文学接受的主体（包括知识分子在内的广大民众）与权力主体之间构成的对立，致使“抗争”成为文学的主旋律，那么，“十七年时期”因文学接受的主体与权力主体之间构成的同一性（最起码当时双方都这样真诚地认为），致使“歌颂”成为文学的主旋律也就不难理解了。

通过上述比较，为的是突显“十七年文学”的独特之处。其实，就是与“文革”文学相比，二者与政治结缘的方式也有着很大的差异，这需要认真地加以研究和比对，而不能将“十七年文学”与“文革”文学相提并论。这里，我是想强调，从政治文化角度进入“十七年文学”时，应该紧紧围绕“十七年文学”与政治结缘的独特方式来进行，应该去历史地、具体地对之加以探究，而要避免泛泛而论和一概而论。

## 三

在谈论从政治文化角度研究“十七年文学”时，还要特别强调的是，我们所谓的“政治”或“政治文化”只是一种研究的视角，是我们思考“十七年文学”的存在之由、变迁之故的一个切入点，而不是一种评价尺度。我们不是以文学是否与政治结缘来给与臧否，而是通过这一角度去接近对象的实际，从而对“十七年时期”的许多文学现象做出更为合理的解释。我们特别要防止的是价值评估的简单化。

以往对“十七年文学”的研究中，曾出现过看似对立而思想方法却颇为一致的情况：在突出政治的年代，人们曾对“十七年时期”服务于政治或与政治结合较紧的作家和作品给予了过多的褒扬；而在其后拨乱反正的年代，对同样的上述作家和作品，人们则给予了过多的贬抑。两种对立的观点和价值评判，都同样是源于政治的情绪化和思维的简单化。这里，文学与政治的关系只是被看作一种评价文学得失的标识，而不是作为进入研究对象的途径。当前，研究环境的相对宽松，增加了我们学术研究的自由度，这应该是我们公正地、客观地、持论平正通达地研究和评价“十七年文学”的契机。如果这种宽松和自由度带来的还是不负责任的、政治情绪化和意气用事式的简单肯定或否定，那只能说明我们学术界的不长进。对研究对象做简单化的肯定或否定是一件很省力的事，但这不会得出正确的结论，而只会带来学理性研究的缺失。

文学现象是复杂的，在看似优长的地方可能隐含着潜在的缺陷，而在看似缺陷的地方也可能有长处蕴含在内，具有正面意义的东西是有价值的，而具有反面意义的东西同样有价值。反价值绝对不等于无价值。因此，我们在面对“十七年文学”时，一定要抱科学的审慎的态度，切忌以简单化地斥之为无价值来代替认真、客观、具体的研究和探讨。

且不说“十七年文学”中确实有一大批作品，即使摆到今天来看，无论在思想上还是在艺术上都大有可肯定之处；就是对那些在思想和艺术上都大有可指责之处的文学作品而言，文学史的研究也绝不能止于指责。在指责的同时，我们尤须冷静地思考许多难以回避的问题。例如，那些作品中的很大一部分在它们产生的年代为什么曾经颇受赞誉、颇为流行，而在今天的人们的眼中又为什么常常会显得非常可笑？许多在当时很可能出自作家真心的作品，为什么在今天的人们看来却显得很虚假？（在近年来的研究中，“十七年文学”中的许多作品都受到“可笑”和“虚假”的指称。）这是否与特定历史阶段的政治文化情势有关？作家们对时代政治的真诚信赖和自觉追随，他们在创作中发自内心地写出了自己真实的情感；而时代政治并不总是正确的或者有时根本就是错误的。当然，也不排除有一些作家在面对错误的政治局面时，清醒着而又歌唱着。这里面就大有东西可以研究。人们的欣赏眼光常常是受时代情绪、社会心理制约的，后来之人常常会以时过境迁的心态面对“前朝”的过时之境，这也是很普遍的事。尤其是经过了“文革”那场灾难之后，人们对曾经弥漫在包括“十七年”在内的许多年代的激越情感有一种出自本能的厌恶，这也是一个客观的事实。源于不同年代的文学眼光所产生的落差，是否应该考虑进去？这里面也大有东西可以研究。

这里，随意举些例子，无非是想说，“十七年文学”其实是一个丰富的矿藏，其中有着许多丰富复杂的文学现象可供我们去发掘和研究，只要我们不是以轻率的态度对之妄加菲薄，而是以科学的态度对之加以深入的研究，我们就不仅可以对“十七年文学”的诸多现象和诸多作家作品做出中肯的评价，而且可以使这段文学的文学史意义得以充分彰显，并以此推动整个中国现当代文学史的研究。

（原载《当代作家评论》2002 年第 5 期，收入本书中文字有所改动）

# 标示了一个时代的美学观念

## ——邵荃麟美学思想评析

重新审视一下邵荃麟新中国成立初期有关美学、文学的论述，我们看到了一系列似曾相识的，在新中国成立初开始占统治地位，以及在此后相当一段时间内非常流行、通用的美学观念和文学理论观点。的确，邵荃麟的美学思想在某种意义上可以说是代表了一个特定的历史时代的。

### 一、以“科学的伦理的观点”为核心的基本美学思想

新中国成立之初，当邵荃麟以党的文艺理论工作者和文艺界领导者的身份出现时，他早已是一个留下大量文学创作、文学翻译和文学理论及批评文字的，从事了多年文学活动的作家、翻译

家和文学理论批评家了。在长期的文艺生涯中，他逐步形成了自己的大致有一定体系的美学观念。

早在写于1941年的《建立新的美学观念》一文中，邵荃麟就曾较系统地阐述了自己的美学思想。他认为，在中国，美学向来没有形成为一种专门的学问，自西洋介绍进的大多是偏于形式美学方面的旧理论，不仅范围狭窄，其美学基本观点也非常模糊脆弱。为此，他提出，应“通过现代中国民族生活的特质，去建立适合这一民族新的美学观念”。邵荃麟在大致回顾了中外美学观念的发展历史之后，指出，中国传统的美学观念，“实际上是所谓道德的美的追求”，而这种道德的实质性内容则是封建礼教制度与伦常关系的社会生活准则。但到了近代，当人们试图“把美学观念从封建的功利主义中脱离出来”，力图使“艺术和政教逐渐分手”时，又有意无意地将之“和现实生活绝缘了”。“这恰巧和西洋的唯美主义”结上了姻缘。邵荃麟认为，当社会发展到一个新的历史时期，尤其是在这样一个民族空前觉醒的时期，“旧时代的封建道德已经崩溃”，伟大的民族战争亦已使“超然物外的遁世思想和为艺术而艺术的观念”难以存在，时代必然地呼唤着新的美学观念的诞生。因此，我们所需要的新的美学观念，既不是中国传统美学观念的翻版，也不是西洋美学观念的简单拿来，而必须是从本民族现实的生活特质出发，去建立有具体内容的美学观念，唯其如此，我们的艺术才能“发生更大的实践的作用”。

那么，新的美学观念应该是怎样的呢？邵荃麟认为，在目前这个环境中，“一切凡是促进我们民族力量的成长，和使国民生活向上的，就是不可分割的唯一的善和美”。在艺术上，凡是“通过艺术的手段来唤起人民对于民族奋斗的创造的热情，和指出未来的灿烂的前途”的，就是美的艺术。当然，这种“唤起”和“指出”，不是“空洞的原则的说教”，“现实的内容必须是一切美的创造的主要条件”，“一切美的东西必然是具有血肉、活生生的”。“所谓美，它必然是含有创造的革命的实践意义的”。概括地说来，邵荃麟所阐述的“新的美学观念”，实质上就是一种以“科学的伦理的观点”为核心的，“真善美一致”的美学观念。[1]

这种美学观念的提出，在当时无疑有着重要的积极意义。依据这一观点，必然可以得出这样的推论：“一切为祖国与人民而牺牲的英勇战斗，为民众谋福利的斗争行为，战时刻苦耐劳的集体斗争生活，以及民族战争新的英雄人物，在我们看来都是美的；反之，一切不利于抗战的，都是丑恶。”这起到了鼓舞人们积极投身到正在进行的民族战争中去的作用。不仅如此，从中国美学发展史来看，以“科学的伦理的观点”代替封建宗法伦理观念，以对内容的强调来扭转形式主义、唯美主义趋向，这对建立民族的新的美学观念无疑是一种有意义的尝试。

1　参见邵荃麟：《建立新的美学观念》。

在邵荃麟以后的一系列文章中，这一美学观念得到了进一步的阐释、应用和充实。从“科学的伦理观点”出发，邵荃麟提出，艺术创造应“抛弃以浮浅的惊人题材去眩惑读者的庸俗倾向”，而必须从“复杂地变幻着的生活现象中挖掘”，“这同时也就要求作家、艺术家，必然是个真理的探求者，他必须具有广阔的思想，具有对宇宙与人生问题的伟大理想”。[1] 一句话：“对现实的深刻的认识，对于生活的战斗的实践，对于真与爱的热烈追求”，是作家、艺术家把握“现象的本质”的重要条件。[2] 这里，邵荃麟把“真实性”问题上升到了哲学的本质真实的高度来认识，这显示出他对于“科学的伦理的观点”的追求。

也是从“科学的伦理的观点”出发，邵荃麟特别强调文艺的政治倾向。他甚至指出，“一个作者，不仅要强调政治倾向，而更重要的是要直接参加到政治斗争中去，只有在政治斗争的实践中，他的政治倾向性才是真实的、明确的”。[3] 基于这一认识，他认为在理解作家“主观精神与客观事物紧紧地溶解在一起”这一命题时，应以“强调政治倾向”为“前提”，“离开了这一前提，即离开了主观精神的社会基础，去强调主观精神与客观事物的紧密结合，可能使我们走到超阶级、超社会的唯心论泥沼中去”。[4]

---

1 参见邵荃麟：《向深处挖掘》。
2 参见邵荃麟：《向深处挖掘》。
3 参见邵荃麟：《略论文艺的政治倾向》。
4 参见邵荃麟：《略论文艺的政治倾向》。

可以说，这种对于文艺的政治倾向性的追求，是构成邵荃麟“科学的伦理的观点”的重要内容之一。

还是从“科学的伦理的观点”出发，邵荃麟很注重文艺的人民性以及与此相联的民族性问题。他较早提出了“艺术的民族化与现代化的关系”问题。[1]他认为，首先，应“从阶级的观点来认识民族文化的意义”，“任何民族的艺术都是有它阶级本质上的一致性”，但同时又不能忽视民族的差异性。人们的生活，“是各自依照其民族的习惯、风俗、言语等等而采取不同的方式，艺术既然来自生活，就不能不是依照这些不同的方式而产生不同的表现形式与方法”。[2]艺术固然要求“现代化”，但“要现代化，就是说要在进步的科学的原理与法则下”，“去发展”本民族的东西，而绝不能完全“脱离”民族的基础，“用现代的东西来代替”。这是因为，一种民族形式“既然能长期地适应于生活而保有或发展起来，能够为千千万万劳动人民所欢迎运用，我们就不能贸然断之为非科学”。只有“去熟悉它，然后才有资格去批评它，整理和发展它，才能谈得上了解现代化”。[3]邵荃麟对民族化问题的认识是建立在对文艺的人民性问题的认识的基础上的，他指出“代替论者之往往失败，就是因为忽略了形式的产生与人民生活的关

1 参见邵荃麟:《文艺的民族化与现代化的关系》。
2 参见邵荃麟:《文艺的民族化与现代化的关系》。
3 参见邵荃麟:《文艺的民族化与现代化的关系》。

系，也忽略了它和人民生活相互适应而发展的关系”；唯有“高度地发扬各民族人民艺术的特性，从人民的生活中丰富和创造各民族自己的艺术形式”，才是艺术的真正出路。[1]任何艺术“一离开人民的土壤，便只是一些没有生命的枯花败草而已”。[2]

总的说来，在新中国成立之前，邵荃麟已基本形成了自成体系的美学观，这种美学观的主要内容大致可以用现实性、政治倾向性和人民性来加以概括。而现实性、政治倾向性和人民性实质上又都是对他“科学的伦理的观点”的具体阐释。正是在这样的基础上，邵荃麟建立起了自己的审美价值的评判标准。这一标准在评价赵树理的《李家庄的变迁》时，显示得比较突出。他指出，该作品“虽然有些地方还不免粗糙一点，但整个来说，却使我感到一种朴素的真实”；作者通过具体的人物，帮助人们“去理解中国革命的历史实践意义”；在形式上，该作品“克服了现时小说形式上一般非大众化的弱点”，符合于现代劳动人民的美学观点”等等。[3]这样的评价，也较多地出现在邵荃麟对其他作品及文学现象的评价之中。在他新中国成立以后的许多文学批评实践和文艺理论观点的阐述中，基本上是可以看到这种一以贯之的美学观点和审美标准的。

---

1　参见邵荃麟：《文艺的民族化与现代化的关系》。
2　参见邵荃麟：《我们需要“深”与“广”》。
3　参见邵荃麟：《评〈李家庄的变迁〉》。

邵荃麟在最初提出“新的美学观念”时，很强调以“科学的伦理的观点”为核心的“真善美一致”的观点，但在实际的阐述中，却基本上只是突出了“真”和“善”，在他看来，美是消融在真和善之中的，达到了真和善实际也就达到了美。虽然，在有些情况下，邵荃麟仍然把“真善美一致”看作是“美的最高评价”，但在具体解释时又常常忽略了美的独立的意义和自身的特质。例如，他曾指出，所谓“真”，就是指作品的现实性；所谓“善”就是指作品思想与主题的正确性与真实性；所谓“美”，就是指艺术创造的形象性。但在对这种“形象性”加以具体解释时，最终仍仅是归结为描写生活的真实性、现实性程度。[1]作者对真善美加以阐释的热点始终是在真和善这两个方面。这种对于美的独特意义和美的自身特质探讨的疏忽，对他之后，尤其是新中国成立以后的文学评论有着直接的影响。

## 二、关于文艺的人民性、政治倾向性和现实性的论述

新中国成立以后，邵荃麟长期担任领导工作，所写的文艺论文和有关阐述美学思想的著作并不很多，但他在一些重要报告和

1　参见邵荃麟:《〈创作小说选〉序》。

文章中提出的文艺主张还是很有影响的。其中所包涵着的美学思想和审美追求在当时有相当的代表性，从中，我们一方面可以看到，时代普遍的审美要求、美学风气如何在他的一系列观点中得到了充分的反映和显现；同时我们又可以看到，在他身上早已形成的以“科学的伦理的观念”为核心的美学体系如何在起着支配的作用。所幸者，这二者在某种程度上达到了惊人的一致性，正因为如此，邵荃麟成了时代的宠儿，他得以尽快地把自己的美学思想汇入时代主导的美学思潮中去，从而得以跻身于那个特定的时代——中国当代美学初创时期的、占主导地位的美学思想的代表者们的行列。在邵荃麟新中国成立以后的文艺论文中，有大量篇幅是阐述文艺的人民性问题的。这种阐述主要从两个方面入手：第一，从当时文艺所面临的主要任务出发，他指出，“今天，甚至明天，文艺运动中间的第一位工作，乃是‘雪中送炭’而不是‘锦上添花’。是解决千千万万人的精神饥渴与实际工作上的需要，还不仅是满足于我们知识分子自己的精神解放”。而要解决大多数人民的精神饥渴，文艺的中心工作就只能是“文艺的普及，还不是提高”。[1]第二，就作家自身而言，他指出，面对新的形势，作家“第一件重要工作，是解决创作上一个基本问题——即是个人与群众的关系问题”。而解决这一问题的关键则是“作家如何

1　参见邵荃麟：《新形势下文艺运动上的几个问题》。

到群众生活中去实践，而不是把自己关在书斋里来过孤独的创作生活”。[1]有关这方面的论述，从其基本内容来看，大体上是在对毛泽东《在延安文艺座谈会上的讲话》进行阐释，但这种阐释在新中国成立初期的新的形势下却完全是非常必要、也非常及时的。全国第一次文代大会召开以后，广大文艺工作者们在新形势的鼓舞下，大都有着为繁荣和发展新文艺做出积极贡献的愿望。但同时，又由于文艺队伍成分的复杂，也带来了一些新的问题。例如，有大量的资产阶级和小资产阶级的文艺家，他们不满国民党的反动统治，同情人民革命，在新中国成立后，毅然参加到革命的队伍中来。这些人中的大多数人，热爱新中国，拥护共产党，但在思想上却存在着不少非无产阶级的文艺观点，因而对《讲话》中提出的文艺的工农兵方向并不很理解。也还有少数人，仍然坚持资产阶级文艺思想，对党的文艺方针实际上并不赞成。另外，还有一部分新中国成立前就在国统区从事革命文艺工作的同志或来自解放区的文艺工作者，在进入城市后，在面对新的环境时，对是否要继续贯彻文艺的工农兵方向发生了动摇。这些，都造成了文艺思想上的混乱。邵荃麟提出文艺的人民性问题，无疑起了澄清这种文艺思想混乱的积极作用，仅此一点就功不可没。

在邵荃麟那里，人民性问题，既是作为一般的文艺政策提出

1　参见邵荃麟：《新形势下文艺运动上的几个问题》。

来的，同时又是作为一种美学思想提出来的。他说“一件作品，它的共鸣的范围愈广，时间愈久，即是说明这作品的艺术性愈强”；“但共鸣是依据于什么呢”？“一件作品能代表更多数人的利益，它也必然引起更多数人的共鸣，它的共鸣性的时间也更悠久”。[1]简言之，愈是具有人民性的作品愈具有艺术性。这里实际上是揭示出了一个深刻的命题，即人民性是艺术美感产生的根源。他在评价一些优秀的古典作品时，就曾以这一命题为依据：“古典作品为什么能引起我们的共鸣，正因为它们具有一定程度的人民性。”[2]他在确立审美价值的评判标准，或曰“批评的尺度”时，也正是从这一命题出发的：“批评应该有尺度，这尺度我想就应该是客观地存在着的人民群众利益”；“总之，从群众利益出发，才是我们的原则”。[3]

当然，他所阐述的文艺的“人民性”，还不仅仅是指“确定文艺为人民大众服务的基本方向和确定与人民结合的基本创作道路”这样一些“‘怎样写’的根本问题”。而且同时它也包含着“一个‘写什么’的问题”。邵荃麟指出“时代已经是属于人民”，“那末文艺就应首先去反映这新的时代新的人民的状貌与其内容本质”。[4]当他试图深入探讨所谓人民生活的“内容本质”时，他的“科

1 参见邵荃麟：《文艺的真实性与阶级性》。
2 参见邵荃麟：《文艺的真实性与阶级性》。
3 参见邵荃麟：《关于批判态度的争论》。
4 参见邵荃麟：《新形势下文艺运动上的几个问题》。

学的伦理的”美学思想中的另外一个论题就自然而然地被重新提出来了。

邵荃麟指出：文艺要“表现新中国的光明面，表现劳动大众的积极性与优美品质”，就必然要关注于人民正在进行的“政治经济的斗争与建设”，这是他们生活内容的本质方面。也就是说，从人民性出发，“写什么的问题”，“和政治经济的具体任务不能分离”。[1]具体地说来，“例如在农村的土改运动中，人民需要大量写土改的作品，在经济建设中，人民就需要大量写生产的作品，作家就应该用这些作品去回答他们的要求”。[2]为此，作家不必担心会“使文艺成为政治的婢仆”。“就算作‘政治的婢仆’，只要是人民的政治，又有什么不好呢？”[3]很显然，曾经作为邵荃麟美学思想重要内容之一的文艺的政治倾向性问题经由“人民性”这一角度被重新提出，并得到了进一步的强调。

当然，邵荃麟对文艺政治倾向性的特别强调，也还有着深刻的时代背景。新中国成立初期，文艺界一部分人提出了“艺术即政治”的观点[4]，这种观点的模糊性在于，一方面可以造成取消政治倾向，以艺术取代政治的理解；另一方面又可能造成忽略艺术，以政治替代艺术的理解。不管从哪种角度去理解，这种观点对正

1　参见邵荃麟：《新形势下文艺运动上的几个问题》。
2　参见邵荃麟：《新形势下文艺运动上的几个问题》。
3　参见邵荃麟：《新形势下文艺运动上的几个问题》。
4　阿垅：《论倾向性》，《文艺学习》，1950 年第 1 期。

在起步的社会主义新文艺的发展都是有害的。邵荃麟在这场讨论中，花费了较大的精力去阐述文艺与政治的区别以及二者的关系，这对于澄清某些模糊认识，有着重要的积极意义。但与此同时，他在对文艺与政治具体关系的某些理解上，却也显示出了偏颇之处。关于这一方面，我们将在后面专门介绍。

强调文艺的人民性也好，强调文艺的政治倾向性也好，其实都还是侧重于对文艺的总体方向的界定，至于文艺自身，它总还有其相对说来是比较内在的支撑点。邵荃麟所找寻到的这种支撑点，就是所谓文学的现实性（而现实性问题确也早就是他的“科学的伦理的”美学观的重要内容之一）。在他看来，“好的文艺作品之所以具有感人的艺术力量和教育力量，是由于它表现了现实”。“现实性愈强的作品，感动的力量也就愈大”。[1]文艺的人民性和政治倾向性是通过文艺的现实性来体现的。纵观邵荃麟有关现实性问题的阐释，可以从美学角度概括为两个层次，一是就他所认为的作家与现实的审美关系而言的，一是就他所认为的文艺作品必须具有的审美特性而言的。前者可以归结为作家观照现实的态度和角度以及作家在创作中所采用的现实主义创作方法的问题；后者则可以归结为作品表现内容的现实性和作品形式所具有的现实性问题。

1　参见邵荃麟:《关于文艺作品的阅读》。

关于作家观照现实的态度和角度问题，邵荃麟明确指出，“作家在反映今天的现实中间”，“一定要能看到已经存在于今天现实中间底新的因素，以及它的可能发展。这一切都是根据于现实的要求而提出的”。[1]邵荃麟认为，面对新的社会和新的形势，作家观照现实的角度应有所变化，“过去我们是在帝国主义者与封建统治直接压迫之下，所以文艺的描写主要是侧重在对统治阶级黑暗的暴露；自然从暴露黑暗的另一面，也就写出被压迫人民的斗争和希望”。而“在今天，表现新中国的光明面，表现劳动大众的积极性与优美品质”，“必然要提高到更重要的地位”。“在今后的文艺中，我们要更积极地去创造像铁锁、李勇这一类人民英雄的典型。这是由于现实所要求的。”[2]说到底，在今天，作家观照现实的角度应是看到其“光明”，看到不断增长的“新的因素”，而所取的态度则应该是歌颂的。

如果说邵荃麟以上对作家观照现实的态度和角度的认识，基本上还只是毛泽东同志的《讲话》中的关于“歌颂与暴露”问题的进一步阐释，那么，他在对作家应采取的创作方法的问题的论述方面，则多少是对《讲话》内容的补充。从作家应有的观照现实的态度和角度出发，他认为，作家在创作中也就理所当然地应对现实生活做真实的描写，即应该采用现实主义的创作方法。当

1　参见邵荃麟：《新形势下文艺运动上的几个问题》。
2　参见邵荃麟：《新形势下文艺运动上的几个问题》。

然，这种现实主义不同于一切旧的现实主义，它“是艺术描写的真实性与具体性和以社会主义精神教育改造人民的任务相结合”的全新的“社会主义现实主义”。[1]邵荃麟着重阐述了“社会主义现实主义”的任务和原则。他指出：“我们文学的任务，既然是以社会主义精神去教育人民，去培养人民中间新的道德品质，去教育他们为创造新生活而斗争，那末就不能不要求我们作家创造出各种明朗而生动的，足以为人民做榜样的，先进的艺术形象，使人民群众能够从他们身上感到必须向他们学习的高尚品质，从他们身上，看到新时代的伟大理想，从他们身上得到鼓舞和振奋，得到亲切的感受。”因此，“无论从政治意义来说，或是从现实主义要求来说”，亦或是从纠正文学“创作上概念化公式化的倾向”来说，“创造正面的英雄人物不能不是我们目前创作上的首要的任务”。但这种创造必须依据真正的“现实主义根本原则”，即创造形象的“唯一的根据就是现实生活”。绝不能“根据党员八条标准来描写共产党员”，“根据三大纪律八项注意来描写解放军战士”，否则，“概念化公式化的倾向”便无法杜绝。在这里，他引述了杜布罗留波夫的名言来表述自己的意思：“不是生活遵循文学的标准，而是文学适应生活的方向。”[2]在此同时，他还指出，作家根据实际生活来塑造人物形象，并“不是等于客观主义地按照

1　参见邵荃麟：《沿着社会主义现实主义的方向前进》。
2　参见邵荃麟：《沿着社会主义现实主义的方向前进》。

实际怎样就怎样写”，而是应当“从现实生活中观察、体验、分析、研究”“各种各样”的人物，然后“经过概括和集中”，“舍弃”“属于非本质的，和主题无关的不必要的东西”，“突出”“最充分最尖锐地足以表现人物的社会本质的东西”，并在其中“注入他自己对于某人物的热爱和理想”。这样“不仅不会减弱人物的真实性，恰恰是增强了人物的真实性”。[1]邵荃麟对现实主义创作方法的论述还有许多，涉及面也较广，但仅从以上这些论述中，我们似乎也可以得出这样的结论：这些观点的确达到了当时所能达到的理论高度和理论深度。而且，就其立论的科学性和论点本身的合理性等方面，在今天看来，也仍有不少可取之处。

关于文艺作品表现内容的现实性问题，邵荃麟认为，这实际上就是指作品所表现的内容是否真实反映了现实的社会生活，以及这种反映的正确和深刻程度。他指出，判定一部作品的好坏，“不应是单凭个人主观的感觉，而应该去认识作品中所表现的内容的现实关系，即研究作品中所反映的社会生活和阶级关系，是否符合历史现实，以及它所达到的某种正确程度”。[2]文艺作品表现现实的社会生活，并不是“像照相似的”，而“应该是通过艺术的概括与形象而表现出来的现实本质底真实”；所谓反映现实社会生活要达到的正确性和深刻程度，也就是指“通过艺术创造而显

1　参见邵荃麟：《沿着社会主义现实主义的方向前进》。
2　参见邵荃麟：《关于文艺作品的阅读》。

露出”“事物的本质或本性”。[1]在这里，邵荃麟是把文艺作品表现内容的现实性与“文艺的真实性”作为同一问题来论述的。他认为，表现出“现实本质底真实”，应该是作品应有的审美特性，是真正的“所谓艺术的美”。以此为立足点，文艺的人民性和政治倾向性才具有赖以附着的艺术实体。

当然，在谈论文艺作品的现实性时，有时也并不仅仅局限在作品的表现内容上，在邵荃麟那儿，偶尔也论及艺术作品形式的现实性问题，而这种形式的现实性，也就是指文学作品形式来源于现实，符合现实生活中的大多数人的审美趣味。而这些最终都归结到了“要创造和发展我们民族的形式”这一结论上。[2]他指出“文学形式”和其内容一样，其源泉总不外是人民的生活，“因此，首先应该根据我们各族人民的生活、语言、风俗、习惯，根据他们所喜闻乐见的现有文学形式，随着他们生活内容的改变与文化的提高而予以发展和提高”。[3]具体地说来，“文学形式中最主要的是语言”，这当然需要“从外国语言中吸收我们所需要的成分”，“要学习古人语言中有生命的东西”，但作为首要的方面却是“要向人民群众学习语言”。[4]且不说这些论述是否完备、准确，仅就对形式问题的关注这一点来说，在邵荃麟美学思想中还是颇为难

1　参见邵荃麟：《文艺的真实性与阶级性》。
2　参见邵荃麟：《沿着社会主义现实主义的方向前进》。
3　参见邵荃麟：《沿着社会主义现实主义的方向前进》。
4　参见邵荃麟：《沿着社会主义现实主义的方向前进》。

得的。

应该说，有关文艺的现实性问题的阐释，是新中国成立初期邵荃麟美学观中最有价值，也最具有美学意义的部分。正由于有了这一部分，才使邵荃麟的美学思想变得比较丰富。他对现实主义文艺理论的发展所做出的突出贡献，也主要是通过这部分体现出来的。

总的看来，邵荃麟新中国成立初期的美学思想仍然未超出他早已形成的“科学伦理的美学观念”的体系框架，他对“真善美”这“三者统一”的整体阐述，其观点依然是在善（文艺的人民性、政治倾向性）和真（文艺的现实性）这两个方面，在他看来，文艺具有人民性、具有鲜明的政治倾向性就是“美”，文艺具有现实的内容、能反映“现实本质的真实”就具有了“艺术的美”。而“美”作为一个美学的范畴和领域，它所应有的独立的意义和价值，依然是被忽略了。但与他新中国成立前的美学思想比，在较多方面还是有所发展、有所深化的。他站在新的历史高度对人民性问题所做的较为全面而深入的阐述，他对文艺各个不同层次的现实性问题的论述，等等，对于新中国成立后尚处在初创阶段的我国社会主义新美学来说，无疑是相当杰出的贡献。

## 三、理论的局限与时代的印记

我们今天重新审视邵荃麟的美学思想时，应该将其摆到当时的历史背景之下加以考察，充分肯定他在当时所能够达到的理论深度，肯定他为当时的文艺与美学理论所做出的贡献。但同时，又不能不站在今天的历史高度和思想认识水平，指出他理论中存在的一些不合理的成分，虽然这种不合理的方面与其说是他个人的思想局限还不如说是历史时代的局限来得更为确切。

在新中国成立初期，文艺界开展了一场文艺与政治关系的讨论，邵荃麟对此做了较多阐释，对于澄清当时的一些模糊认识有积极意义，但在对于文艺与政治关系的某些理解上，也显示出了偏颇之处。例如一味强调文艺对于政治的从属地位，而忽略文艺自身的独特性能。虽然他有时也"承认文艺有它的独特的性能"，但在实际论述中，却只强调作为"建立在政治基础之上和作为下层基础的经济关系之上的"文艺，"必须是从属于整个政治的运动"这一单向发展的联系，[1]至于文艺的独特意义和反作用力等几乎没有论及。尤其是在解释文艺如何从属于政治的问题时，他常常把"政治"与"政策"等同起来，以至于把文艺从属于政治、服务于政治解释为"即文艺创作如何与政策相结合"。他认为，"政

1　参见邵荃麟：《新形势下文艺运动上的几个问题》。

治的具体表现就是政策，作家不能在创作上善于掌握政策观点，也就不能很好地去为政治服务”，“政策观点，就是作者去观察现实、分析现实的立足点”。[1]这种观点，是新中国成立初期较为流行的一种文艺和美学理论观点，当时的人们相信，这一观点有着坚实的立论基础，即政策是无可怀疑的正确的，“正确的政策是现实的概括”，文艺为政策服务就等于为现实服务。美学的时尚对邵荃麟有着重要的影响，他对文艺与政策关系的阐述，正是代表了这种普遍流行的观点。但政策是不断变化着的，追随政策过紧常常使作家难以适从，相当一部分作家在“追随政策而创作”中产生了困惑。应该说，这不是一种肤浅的困惑，对这些问题的解答和研究，将有助于深化文艺、美学理论，有助于引导文艺的发展。但这在邵荃麟那儿没有得到重视，而只是以“这样的问题是并不能成立的”，做了简单化的否定。[2]有时，邵荃麟也能清楚地意识到，由于“对于政策的机械的追随”，“替一条条的政策去做注解”，而产生了一些“没有血肉的公式主义的作品”，于是他呼吁：“一切创作必须是通过作家自己的感觉与思维，绝不是拿现成的政策去代替这种感觉与思维作用”。[3]但“政策的指针”作用，“创作与政策的结合”，在他那儿又始终是一个不能有丝毫变异的

1　参见邵荃麟：《论文艺创作与政策和任务相结合》。
2　参见邵荃麟：《论文艺创作与政策和任务相结合》。
3　参见邵荃麟：《论文艺创作与政策和任务相结合》。

原则，这样，他在试图解释作者“在其创作活动中间的主观作用和作为指示客观运动规律的政策”之间的关系时，[1]陷入了一个难以摆脱的“怪圈”，因而也始终未能真正解释清楚。虽然，邵荃麟的出发点是想阐述政治与文艺的区别和关系，以澄清“艺术即政治”的模糊认识，但当他过分强调文艺对政治的服从，以至于特别注重“政治与艺术的一致性”[2]时，恰恰在某种程度上靠近了他所反对的“艺术即政治”的错误命题。

以上的认识，也带来了邵荃麟对文艺真实性问题论述的局限性。他认为“文艺离开了人民群众，离开了阶级斗争，文艺的真实性是不存在的”，沿着这一思路，他得出的结论是：“艺术的真实性事实上也就是政治的（阶级与群众的）真理。”[3]把艺术真实抽象为政治的真理，多少是忽略了艺术真实的独特审美意义。当他据此来解释一些文艺现象时，便常常陷入了困顿之中。例如，有人提出，对一些政治性很强的作品，“在理智上，无疑地承认它们是正确的，可是在感情上总不易被感动”，他们对此做出的解释是：虽然“作品在政治上是正确的，是现实的”，但如果“缺少一种东西，即艺术的真实性，或者说艺术美”，那就很难感动人。[4]这一问题的提出，是很有意义的。当然，这是一个很复杂的问

1 参见邵荃麟：《论文艺创作与政策和任务相结合》。
2 参见邵荃麟：《文艺的真实性与阶级性》。
3 参见邵荃麟：《文艺的真实性与阶级性》。
4 参见邵荃麟：《文艺的真实性与阶级性》。

题，对这种复杂问题做如是简单的解释，不免失之笼统。但问题由作品引出，从作品本身来找寻问题的根源，毕竟不失为一种有效的角度。邵荃麟从艺术真实性“就是政治的真理”这一观念出发，对这种解释做了否定，他认为，“问题不在这里，问题是在我那位朋友（提问题者）自身的理智与情感上底矛盾”，这是“小资产阶级知识分子的思想和感情”处于一种“摇摆状态中”的表现，即“旧社会的政治引起他们明白的憎恶……但是旧时代的文艺却常常使他们感到安慰”。邵荃麟还认为“近年来常常被讨论的政治与艺术的矛盾底问题，实质上是许多人自身意识上的矛盾问题”。[1]从读者角度去找寻作品难以引起共鸣、感动的原因，当然也未尝不可，但如果仅仅从读者找原因，把能否受作品感动归结为读者的思想态度，而忽略了作品自身的问题，绕开对作品自身感动人的基本因素，即艺术真实性、艺术美等问题的探讨，这毕竟是缺少说服力的。如果按此说法推论，似乎只要读者在理智与感情上都向往政治的真理，那么任何表现了革命政治倾向的作品（不管艺术上如何）都定能使他感动。

既然文艺作品要通过人物形象表现政治的真理，那么这种人物形象就必须是正面的、高大的，体现出无产阶级的本质特征。因此，从作品表现“政治的真理”出发，必然地导致了邵荃麟新

1　参见邵荃麟：《文艺的真实性与阶级性》。

中国成立初期文艺中的“英雄人物论”。邵荃麟曾明确指出:“无论从政治意义来说，或是从现实主义的要求来说，创造正面的英雄人物不能不是我们目前创作上的首要任务。”他认为，文艺作品创造英雄人物的目的，是为了“使人民群众能够从他们身上，看到新时代的伟大理想，从他们身上得到鼓舞和振奋”，所以他主张，在塑造英雄人物时一定要以“反映我们新社会力量的本质”为主，也就是说必须是集中概括了一般人的“高尚的精神品质和典型的、正面的特质”。当然，邵荃麟并不否认，“并不是所有英雄人物都没有缺点，但他又强调，这种缺点“是能够克服的”，作品中描写这些缺点，必须是“描写这种克服的过程”，而且最终目的应是“为了显示英雄人物所具有的高尚品质和道德力量”。舍此，写英雄人物的缺点就易写成“像资产阶级文学中所描写的两重人格分裂”。[1]毫无疑问，这种“英雄人物论”是新中国成立初期的“典型”理论的体现。这种写英雄人物的高度“典型化”的方法，是那个特定时代普遍认可的方法，对此的得失评价固然不是一件简单的事情，但站在今天反思历史的角度来看，这种理论正是造成新中国成立后创作中公式化、概念化的重要根源之一。这里无意把时代的局限完全归结到邵荃麟个人的文艺思想中去，但邵荃麟受时代风气左右而产生的美学观、文艺观的局限却也是

1 参见邵荃麟:《沿着社会主义现实主义的方向前进》。

非常明显的。

## 四、理论的反省与突破

自 1956 年之后，由于种种原因，邵荃麟所写的有关文艺方面的文章比前阶段要少得多，但从所发表的几篇文章来看，却显示出了他美学思想和文艺思想的逐步变化和发展。尤其是前阶段美学观中的一些偏颇、片面、局限之处，在这个阶段得到了较大程度的纠正。

自 1956 年“双百”方针提出后，文艺理论界曾一度出现了活跃的气氛，许多文艺理论工作者敢于解放思想、破除迷信，在冲破文艺教条主义的束缚方面表现了应有的理论勇气。当时众多有影响的文章基本上都是集中于分析文艺创作中存在公式化概念化的根源，寻求进一步提高文艺作品的思想深度和艺术性的途径。虽然由于反右派斗争的扩大化，这种反文艺教条主义的斗争受到了挫折，但文艺界一度形成的重视艺术自身特点和规律的风气却产生了深远的影响。在这个阶段及稍后的一段时间内，邵荃麟的美学、文学理论探讨的重心似乎也较多地倾注到艺术自身的特点及规律上。在写于 1959 年的《为什么要学点文学》一文中，他特别强调了“文学和科学的不同之处”，虽然“作为观念形态的文艺作品，都是一定社会生活在人类头脑中的反映的产物”，但它“是通过艺术形象来反映的”。他在论述文学作品所具有的认识作用的同时，也特别注意强调文学由于其“艺术的美”，“对于我们生活所发生的作用”。即文艺“能够丰富我们的精神生活”，“使我们感到心境开阔，精神爽朗，激起我们对于生活的热爱”，等等。为此，他希望人们能够通过多欣赏文学作品培养自己成为“具有高度审美能力”的人。同时期的《谈短篇小说》一文，则较多地探讨了小说的形式问题、题材处理问题、人物形象刻划问题及文学语言等问题。从邵荃麟这个时期的一系列文章看来，他以往那种过分重视文艺的社会性关联作用而忽略文艺自身特点及艺术形式的倾向，已得到明显的纠正。在《文学十年历程》这篇全面总结新中国成立初期十年中的文学成就及其不足的文章中，他赖以做出价值评判的标准已经比较注意内容与形式的并重，思想与技巧的并重，文学的社会效果与审美效果的并重。而且在许多评价中，显示出一个真正的文艺家所具有的审美的眼光。例如，他在总结新中国成立初期十年中文学创作的经验教训时，这样指出：“公式化概念化的现象”首先是由于作家“对生活和人不熟悉，因而只好以概念加以形象，把政治作为一种抽象的东西从人物的外部贴上去。新中国成立初期，这种倾向比较普遍，就是因为作家还来不及熟悉新的生活，新的人”。其次，是由于作家缺少“艺术的概括力”和“表现的技巧能力”，因而“提高技巧是十分重要的”。同时，他还提出了应该使文学“风格、形式、体裁、手法”等多样化的问题。[1] 可以说，这是对新中国成立初期文学发展的深刻反省，此中包含着邵荃麟自己对文艺特性和规律的重新认识。

真正标示出邵荃麟美学思想变化和发展的，是他在 1962 年 8 月的“大连农村题材短篇小说创作座谈会”上发表的讲话。在这次讲话中，他更为深刻地反省了新中国成立以来文学创作中的种种不足及其根源，并由此出发提出了一系列具有较高美学价值的观点。首先，邵荃麟提出了现实主义需要深化的问题。他指出，不能回避生活中的矛盾，“回避矛盾，不可能是现实主义”。“粉饰现实，回避矛盾，走向无冲突论”，只能导致文学创作的公式化、概念化、单一化和简单化。他强调，作品表现理想主义情愫，这是应该的，提倡以表现理想为主的浪漫主义创作方法也无可非议，但如果这种理想主义变成浮夸，缺少现实的基础，则是不可取的。“现实主义是基础，没有这个基础的浪漫主义是虚假的”，“没有现实主义基础不可能有浪漫主义”。他反对在作品中硬塞上没有现实根据的人为的问题解决方式。他认为，作家写出生活中的矛盾，但并非这些矛盾都是一下子能解决的。因此，不必都要在作品中写出问题的解决，“如果水到渠成，可以解决；否则，也可以指出方向，让读者自己去得出结论”。他甚至认为，在作品

1　参见邵荃麟：《文学十年历程》。

中有时只要能抓住矛盾，加以展现，“让人看出前因后果就行了”。从这些观点中，我们可以看出，邵荃麟美学观中一以贯之的现实性思想在这里得到进一步的张扬，而且，他的现实性思想至此才真正发展得比较充分和完备起来。

从这种对现实主义的再认识出发，邵荃麟提出了著名的“中间人物论”的观点。这是对他自己以及同时代人在新中国成立初期过分强调的“英雄人物论”的一种彻底反拨。邵荃麟在分析当时文坛现状时指出，“强调写先进人物、英雄人物是应该的。英雄人物是反映我们时代的精神的。但整个说来，反映中间状的人物比较少。两头小，中间大；好的、坏的人物都比较少，广大的各阶层是中间的，描写他们是很重要的，矛盾点往往集中在这些人身上”。[1] 邵荃麟还指出，过去强调写先进人物、英雄人物而为了突出其“先进性”和“英雄性”，往往使“人物性格单纯化”了。例如一篇题为《老坚决外传》的小说，“名副其实，处处坚决”，但由于作品“只强调人物的一点”，所以“这个作品使人感到单纯化，人物在作品中提出问题到解决问题很快，没有反映出人物性格的复杂性”。邵荃麟认为，要克服这一弊病，就必须写活生生的人，而不是只写那些纯而又纯的先进人物。写中间人物，多少能够对这种人物性格单纯化的弊病加以抑制，因为中间人物自

1 参见邵荃麟：《在大连“农村题材短篇小说创作座谈会”上的讲话》。

身的丰富性和矛盾性，使之更能表现出“革命的复杂性、艰苦性”，更能“深刻地反映当前农村的复杂、尖锐的矛盾”。基于这一认识，邵荃麟在评价《创业史》这部作品时，不苟同当时很多人众口一致的结论，直抒己见地指出，梁生宝并不是作品中“写得最成功的”人物，“梁三老汉比梁生宝写得好”。梁三老汉形象不比梁生宝更具有进步意义，但因为梁三老汉这一形象所具有的社会蕴含，比梁生宝形象要丰富得多、复杂得多，从形象塑造上看，梁三老汉比梁生宝更成功。由此他得出这样的结论：“只有把人物放在矛盾斗争中来写，不然性格不突出。”[1]

当然，写中间人物，还不是问题的一切，写中间人物也有一个避免简单化的问题。为此，邵荃麟指出，写中间人物，可以写他们身上“旧的东西”，也可以写他们的“进步”，但这必须从现实出发，看到“思想意识改造的长期性、艰苦性、复杂性”，事物本身处于发展过程中，不能强求一致，因此，“有些批评者批评赖大嫂思想没有转变成集体主义”，这无异于要作者强加给作品以一种生活中尚未提供的未来的解决方式。[2]而这恰恰是与现实主义的要求不相符合的。

邵荃麟的“中间人物论”，是对新中国成立初期形成的“典型”理论的修正和补充。他指出，过去“有些简单化的理解认

---

1　参见邵荃麟：《在大连“农村题材短篇小说创作座谈会”上的讲话》。
2　参见邵荃麟：《在大连“农村题材短篇小说创作座谈会”上的讲话》。

为，似乎不是先进人物就不典型”，以至于导致了“一个阶级只有一个典型，这是完全错误的看法”。他认为把典型看成是“社会本质的力量”，“有它的道理，但也容易被误解。只写阶级本质，结果面孔一样”，文学上的公式主义，与“这种理论给创作的压力”是有关的，“提高、拔高的问题”，也是由此而来，所以“一个阶级一个典型，是有害的理论”。[1]邵荃麟提出写“中间人物”，其目的就是为了提倡研究丰富复杂的人生，“研究人物与矛盾的关系”，这样，文学作品中塑造出的典型人物，才真正“是在生活土壤中产生出来的”，而不是观念化的东西。[2]由“中间人物论”扩展开去，邵荃麟还提倡从不同的题材、不同的表现对象和不同的看问题的角度去反映生活，以便“让各人发展自己的风格”。他认为，“从平常中见伟大也好，含着微笑看生活也好，皱着眉头看生活也好”，都可以表现出作者对生活某一侧面的独特感受，强求一致，就无所谓作家风格可言。他反对有些人提出的“茹志鹃写的人物不够高大，缺乏浪漫主义”的批评；而对茹志鹃在这种批评中“自己也有些动摇”，则也表示了遗憾。因此，他指出，作家应有坚持自己风格的勇气，“对简单化、教条主义、机械论的批评应当顶住”。

应该说，邵荃麟的这一系列观点的提出，其本身也充分体现

1　参见邵荃麟:《在大连“农村题材短篇小说创作座谈会”上的讲话》。
2　参见邵荃麟:《在大连“农村题材短篇小说创作座谈会”上的讲话》。

了他的艺术眼光和艺术胆略。“中间人物论”的提出，对新中国成立初期形成的定型了的文艺创作和文艺理论、文艺批评的模式，是一股强大的冲击波。“中间人物论”在当时绝不仅仅是一个单纯的文学、美学的论题，它还是一个文坛扭转风气的美学信号，反映出当时许多作家、批评家已不再满足于文坛的现状，即不再满足于仅仅是千篇一律地去写那些从概念出发的先进人物和英雄人物的典型；同时这也反映出了不少作家、批评家们的新的审美追求，即把眼光开始转向比较普遍的“中间状态”的人物身上，去努力反映这些数量更为众多的人们的悲喜和生活状况，以及他们的思想动态。“中间人物论”与当时文艺界提出的许多重大问题，诸如题材问题、塑造英雄人物的问题、文艺的美感问题、创作方法的问题等等是相互联系的，这些问题的提出和探讨，标志着对文艺上“左”倾教条主义的批评和对马列主义文艺思想、美学理论研究的深化。无论就整个文艺界而言，还是就邵荃麟个人而言，这与新中国成立初期相比，都显示出了很大的进步。遗憾的是，这种有益的探讨由于政治原因，未能持久深入下去，于是《在大连“农村题材短篇小说创作座谈会”上的讲话》也就成了邵荃麟新中国成立以后美学思想发展中少有的一次真正的闪光。

邵荃麟一生从事美学和文艺理论研究工作达 30 年，他不仅以自己提出的美学观点和文艺理论研究的成果，为中国现当代美学的建设做出了贡献，而且他的美学观的发展和变化的过程本身，也是一种带有规律性的现象，它折射出了中国现当代美学发展的复杂性和曲折性。文艺与现实的关系、文艺与人民的关系、文艺与政治的关系等问题，始终是中国现当代美学及文艺学发展中最为敏感的问题，对这些关系的处理和认识，常常成为美学及文艺学发展、停滞甚至是倒退的重要机制。从邵荃麟美学观的发展过程来看，他的一系列深刻的，有见地的美学见解，常常是产生于他能够正确处理好这些关系的时候。这一现象所包涵的深刻的美学史意义，是值得人们回味的。

（原载《中国当代美学概观》，江苏教育出版社 1993 年 7 月出版）

# 一种可资借鉴的文学史研究的思路

## ——评周作人《中国新文学的源流》

周作人的《中国新文学的源流》于1932年9月，由北京人文书店初版印行，共分五讲，并小引一篇，附录二种。五讲的标题分别是“关于文学之诸问题”、“中国文学的变迁”、“清代文学的反动”（上)、“清代文学的反动”（下)、“文学革命运动”。从这五讲的标题可以大致看出周作人此书的思路：将五四“文学革命运动”摆在整个中国文学的发展历史中来考察，通过对中国文学的变迁历史，尤其是对明清文学的发展变化情况的厘清，以便从中国文学自身找寻新文学运动兴起的某种根源。

周作人认为，在中国文学中一直存在着“两种不同的潮流：（甲）诗言志——言志派；（乙）文以载道——载道派”，而“这两种潮流的起伏，便造成了中国的文学史”。“中国的文学，在过去所走的并不是一条直路，而是像一道弯曲的河流，从甲处流到乙处，又从乙处流到甲处。遇到一次抵抗，其方向即起一次转变。”

从二元对立的矛盾运动的史观出发，周作人认为，“以这样的观点去看中国的新文学运动，自然比较容易看得清楚”。周作人简述了中国文学史上“言志”与“裁道”两种潮流演变更替的情况，重点摆在对明清两代的文学状况的回溯上，周作人的主要目的是“想从明末的新文学运动说起，看看那时候是什么情形，中间怎样经过了清代的反动，又怎样对这反动起了反动而产生最近这次的文学革命运动。”周作人的结论是：“明末的文学，是现在这次文学运动的原因。”

周作人在此书中的许多具体分析和结论在今天看来，自然不免有诸多不实、不确之处。我们对该书不拟做全面评价，我们所感兴趣的只是其研究中国新文学的思路对于今人可能带来的某种启示。周作人将中国文学发展历史动力归结为是两种对立的文学思潮相互对立运动的结果。此种归纳，是否准确，是可以讨论的，但这种观点的提出，在当时是有意义的。五四以后的学者，多以“进化论”史观治文学史，甚至有人直接以《中国文学进化史》（谭正壁）为书名，这与五四时期普遍接受的社会进化观有关。以“进化论”研究文学史，其显而易见的长处是，结束了在此之前的对文学的“孤立的、隔离的研究”，注重“以时代的先后为序而研究文学的演变或研究其作家及其作品”，使之成为名副其实的“文学史的研究”。但以“进化论”研究文学史，其缺点也是很明显的，用周作人的话说，是易于“空想”出“文学上的一直的方向”，即认为文学是沿一条直线向着某一目标不断进化发展的。例如“胡适之先生在他所著的《白话文学史》中，他以为白话文学是中国文学唯一的目的地，以前的文学也朝着这个方向走，只因为障碍物太多，直到现在才得以走入正轨，而从今以后一定要这样走下去。”这种人为地将文学发展的历史看作是一种“合目的性”的直线运动的观点，不仅不符合文学发展的实际，而且在其研究的实际操作过程中，也极容易将文学发展的历史过程中的丰富的内容和复杂的内在矛盾也加以简化。周作人明确表示自己“不大赞同”这种“意见”，而坚持认为“中国文学始终是两种互相反对的力量起伏着，过去如此，将来也如此”。这种重视文学发展过程中的内部矛盾运动的观点，起码可以对“进化论”文学史观起一种纠偏的作用。胡适的《白话文学史》，既然以白话文学为“中国文学的唯一的目的地”，就不能不否定或忽略非白话文学的存在意义和价值，如此描述出的中国文学发展的历史，其真实性是很值得怀疑的。而注重文学发展史中“互相反对的力量起伏”，情况便很不一样，它没有预设的文学发展的目标，各种对立、对峙的文学现象便都能进入文学史家的研究视野，这就在接近文学历史的真实性方面前进了一步。

周作人有感于“文学史的研究的现今那样的办法，即是孤立的、隔离的研究”，因而提出改变这种状况的办法，“便是以治历史的态度去研究”。周作人所谓“治历史的态度”实际上是指跳出具体的文学历史阶段，即如“要说明这次的新文学运动，必须先看看以前的文学是什么样”。这里，实际上是告诉人们，对一些具体文学阶段的现象不能局限于在短时段里对之做出解释，而必须将之摆到更长远的历史过程中去考虑。‘民国以后的新文学运动，有人以为是一种破天荒的事情”，周作人将书名定为《中国新文学的源流》，显然是有针对性的，他试图通过从中国文学长时段的历史中，找寻新文学的源和流，来证明新文学运动并非“破天荒”的孤立的现象。周作人全部的努力，就是为了证明，新文学运动是中国长期的文学历史内部矛盾运动的必然结果。

周作人将新文学运动的“来源”定在明末，其实并非是指新文学运动从明末文学中直接接受了什么影响，而只是因为明末的“文学运动，和民国以来的这次文学革命运动，很有些相像的地方”。周作人指出:“两次的主张和趋势都很相同。更奇怪的是，有许多作品也都很相似。胡适之、冰心和徐志摩的作品，很像公安派的，清新透明而味道不甚深厚。……和竟陵派相似的是俞平伯和废名两人，他们的作品有时很难懂，而这难懂却正是他们的好处。……然而更奇怪的是俞平伯和废名并不读竟陵派的书籍，他们的相似完全是无意中的巧合。”既然“两次运动”只是“主张和趋势”相似，而这种“相似”又仅仅是巧合，二者之间并无直接影响关系，那么，仍然将明末文学运动视为新文学运动的“来源”究竟是出于什么样的考虑呢？很明显，周作人是想从更长时段的历史来看问题，是想通过一个相对完整的规律性周期，来显示新文学更为内在的历史根源。这也许正是周作人在找寻新文学源流时没有给予晚清文学改良运动以更多关注的原因之一。虽然，从晚清文学改良运动来看新文学运动的承继关系也许更容易说得清楚、明白，但在周作人看来，晚清文学改良运动与新文学运动加起来也还只构成一个周期性变化的后半截，如果仅仅关注晚清文学运动与新文学运动的关系，就不能将一个相对完整的周期性的变化显现出来，中国传统文学内部变革的动力也就无法揭示。

事实上，周作人并未忽略晚清文学改良运动的存在，只是没有对之给予特别的地位而已。周作人曾这样指出，清代文学主流的“八股文”和“桐城派”古文是对明末文学运动的反动，但“在清代晚年已经有对于八股文和桐城派的反动倾向了”。“清代自洪杨乱后，反对八股文的势力即在发动。……力量最大关系最多的，是康有为、梁任公诸人。”而“桐城派的思想”，也因为曾国藩“较为开通，对文学较多了解”，遂“改了模样”，“其后，到吴汝纶、严复、林纾诸人起来，一方面介绍西洋文学，一方面介绍科学思想，于是经曾国藩放大范围后的桐城派，慢慢便与新兴起的文学接近起来了。后来参加新文学运动的，如胡适之、陈独秀、梁任公诸人，都受过他们的影响很大，所以我们可以说，今次文学运动的开端，实际还是被桐城派中的人物引起来的”。周作人还专花不少篇幅介绍了“在这变动局面中演了一个主要角色的”梁启超，谈了晚清文学改良运动对新文学运动产生所起的铺垫作用：甲午战后，“在文学方面，也正在时时动摇，处处变化”，文学新时代的产生是“万事齐备，只欠东风”。而所谓“东风”在这里应改作“西风”，即是西洋的科学、哲学，和文学各方面的思想。到民国初年，那些东西已渐渐输入得很多，于是文学革命的主张便正式地提出来了”。

从这一描述中，我们所看到的是，晚清开始，文学的变化既已开始，而这种变化是顺应中国文学的周期性变化趋势的必然结果。晚清文学改良运动与民国初的新文学革命运动同处于这一趋势之中，而后者成功前者失败，则主要是由于所处的“外因”（即有无“东风”）条件不同。这一描述，起码告诉人们，中国新文学运动产生的根据是在其中国文学内部的变革动力，当然外来影响作为重要条件也是不可忽视的，新文学运动的兴起实是各种历史因素“合力运动”的结果。应该说这样来解释中国新文学的发生原因，比起时下一些研究中简单地把新文学归结为受外国文学影响或受传统文学影响的结果来，似乎要高明得多，要更带有“治历史的态度”。

这里就有一个如何去找寻中国文学史发展的中心线索的问题。对文学现象进行长时段历史研究的关键不是一个单纯的时间跨度长短的问题，而是能否真正以此为契机去找寻到推动文学历史发展的根本原因或中心线索的问题。胡适的《白话文学史》也曾努力将文学革命中的白话文学摆到长时段历史中去考察，也曾试图去找寻文学革命中的白话文学发生的历史原因。但由于他的着眼点是在“白话文学”这一形式上，而没有将注意力放到文学历史更内在的中心线索的找寻上，因而他尽管可以发现一千年来白话文学作品一线相传未曾断绝，但白话文学这一形式本身并不足以构成一种推动文学发展的动因。缺少动因，只是讲白话文学形式的传承，因而在对现象的解释上常常显得牵强。例如周作人就在本书中指出“胡适之先生，他从唐代的诗中提出一部分认为是白话文学，而其取舍却没有很分明的一条线”。的确，以白话这一形式作为文学发展的线索，不仅难解历史上已有的文学现象，而且对新文学的产生也缺少有力的说明，例如同是白话文学，何以一个失败一个成功？同为采用白话文学形式，文学革命与此前的晚清文学改良运动有何根本不同？强做解释的结果，胡适得出的结论也只能是：在文学革命运动之前对于白话的运用，“只是无意的、随便的”（《五十年来中国之文学》）。这无论如何不能算是合理的解释，因为它并没有真正回答文学革命中白话文学发生的历史原因。与胡适不同，周作人是找到了一条更内部的文学历史的中心线索，这种线索不是以某种外在形式的相承性来构成的，而是由文学历史内部的矛盾运动构成的。他认为新文学运动的兴起，是历史内部这种矛盾运动的结果。晚清文学改良运动由于仍处于文学历史内部矛盾运动的周期性过程之中，其成功的时机尚未到来，它的失败与后来的文学革命的成功的原因都还可以在这种文学历史的中心线索中找到。而且周作人在区分晚清文学改良运动与新文学运动的区别时，没有拘泥于“白话文学”这一形式上，仍是从文学历史内部两种思潮二元对峙的矛盾运动来看问题，从而指出，晚清文学改良运动“只是戊戌政变的余波之一”，作为戊戌政变的主要人物的梁启超“从事于政治的改革运动，也注意到思想和文学方面”，虽然“影响所及，也给予文学革命运动以很大的助力”，但他们的文学主张和追求本身却仍未完全从“载道”的文学思潮中跳出。也许正是从“载道”与“言志”的对立角度来看两次文学运动的差异，所以周作人才说出这样的话：晚清的白话，“是出自政治方面的需求”，“和后来的白话文可说是没有大关系的”。由此亦可看出，周作人在为新文学找寻源流时，为什么会怠慢晚清文学改良运动的作用。虽然从正面看，溯源到明末还不如从清末白话文运动中找寻原因更直接、更方便，但从找寻文学历史的中心线索的企图出发，这种“怠慢”也就变得可以理解了。

不可否认，周作人《中国新文学源流》的整个研究工作还相当粗疏，对许多问题的解释还难以自圆其说，许多观点和结论也不完全准确。但他在此书中表现的文学史研究的思路却是值得注意的。这种思路是：对新文学进行长时段历史研究，通过找寻中国文学历史自身的中心线索，尽可能从中国文学历史内部的矛盾运动中对新文学的根源做出更具有“历史意义”的解释。这种思路对于今人，应该是不无启示的。

1993年1月

（原载《文学史》第二辑，北京大学出版社1995年10月版）

# 中国现代文学史研究的多样性问题

中国现代文学研究面临一些很实际的问题，一方面，这个学科不断有大批的研究力量充实进来，该学科的研究成果也在不断地大量涌现；而另一方面，研究选题的撞车，论题的低层次重复等情况越来越不鲜见。以至于使人不能不产生这样的感觉：相对于那么多的研究者（包括每年各高校招收培养的硕士、博士生），中国现代文学的研究空间似乎显得过于狭窄。一些刚刚踏入中国现代文学研究门坎的青年学人们，面对浩如烟海的前人的研究成果，也常常会有这样的发问：就这几十年间发生的文字，我们还能做些什么？还有什么可研究的？因此，在目前的学术情势下，我们来探讨有关中国现代文学研究的突破和拓展的问题，是十分有意义的。在我看来，这些问题，其实要解决的还是一个文学史研究的理念问题。面对"中国现代文学"这么一个固定的研究对象，我们固然不可能人为地将之扩大，但我们可以从研究者自身的研究实践中，从研究理念的更新中去找寻中国现代文学研究的新的突破和拓展。研究对象是相对固定的，但研究者观照的角度却可以是多样的；研究对象是共同的，但不同学者却可以有多样性的意义阐释；对同样的研究对象，可以由不同的研究者采用不同的研究方式来昭示其不同的价值侧面。应该说，中国现代文学研究的多样性中，正蕴含了中国现代文学学术研究的无限生机。

## 一、关于文学史研究视角的多样性问题

“中国现代文学”这一研究对象，是相对固定的一种历史存在，我们自然不可能指望这先在的固定的研究对象自身会产生什么变异。当然，过去我们囿于研究视野的狭窄和研究地域的限制，现在我们可以对以往中国现代文学中相对薄弱的台港、海外华文文学以更多关注，我们可以将中国现代文学扩充至20世纪汉语文学史。但这并不是找寻中国现代文学研究的新的突破和拓展的唯一出路。面对同样的研究对象，对研究者来说，由于其研究视角的不同，其研究所得的结论和研究所产生的意义可以是不断变异的，这其中正蕴藏了层出不断的学术生长点。

看任何事物，事实上都可以有多种的角度，从任何角度都可

能看到从其他角度所看不到的东西，每一种角度都有其自身的意义和价值，即所谓横看成岭侧成峰，远近高低各不同。文学史研究其实也是如此，研究者对文学历史的研究实际上也有个视角的选择问题。即研究者出于什么研究目的，想昭示文学历史的哪一方面，想由此揭示什么样的意义，想告诉人们一些什么东西，他总会选取与之相对应的视角，因为从这一独特的视角才会看出他所想要看到的东西，才能揭示出他所想要揭示的问题和意义。这样，不同的研究者虽然面对同一研究对象，但所得的研究成果却可以是丰富多样的。学术研究的进展和突破，在相当大的程度上包蕴在这种研究视角的变化中。

当然，这里面还有一个最佳或更佳的视角的问题。即，在观照任何事物时，都可能会有一个最佳的视角，从这一个角度看对象，相对其他角度而言，可能会更接近事物的最主要的特征，更能看清事物的真相。文学史研究中，应该有对这种最佳视角的追寻，文学史研究的深化，常常也有赖于这种更佳的视角的不断被发现。正是在这个意义上，我同意这样的一种说法：对历史的理解过程本质上是将历史视角化的过程。一个好的视角的发现，可以将该对象的研究引向深入。但并不意味着看事物就只能用一个视角（尽管这个视角可能是最佳）。且不说，一个最最佳的视角的发现，它有一个过程，也不说，视角是否属于最佳，这本身就有一个价值评判问题，就算找到了一个最佳的视角，事实上这个视角也不可能穷尽事物的方方面面的特征。文学历史的丰富性，文学现象的丰富性先在地决定了对其研究的视角不可能是单一的。各种视角之间可以互补，从各个不同角度揭示的意义都可以共同地合理地被人们所接纳。正是对一个研究对象的多角度的观照，才能够勾划出研究对象全景的或立体的面貌。多一个角度去看研究对象，就多了一份拓展学术研究空间的可能性。一代一代学人的学术研究，固然是一种积累，但要在前人的大量研究成果的基础上有所超越，仅靠沿着前人的思路走下去是远远不够的。一时代有一时代的文化关注的重心，一代学人有一代学人的研究范式。不同的关注重心和不同的研究范式，导致了不同时代学人的研究成果具有不同的特点。后代人与前代人的学术研究成就之间，并不总是不断超越的关系。换一种思路，改变一下研究角度，另采取一种研究范式，会使研究呈现出不同的境界。其所获得的研究成果不一定是相互取代的关系，也不一定有高下之分，它们之间很可能是一种互补。

## 二、关于文学史研究意义阐释的多样性问题

在许多治文学史的人们的心目中，一直有着一种奋斗的目标，即所谓还原历史，这无疑是一种纯正的学术的追求。搞文学史研

究的一个重要前提就是要尊重历史、尊重基本的历史事实。但我总是有这样的一种疑惑：历史难道真的是可以还原的吗？任何对历史的描述，事实上都在有意无意的删减中对历史做了改写。至于融入主观评价的历史描述，则更难说是对历史原生态的显示和还原了。而事实上，研究文学史是难以回避对文学史现象做出评价的。我认为所谓还原历史如果作为一种尊重基本历史事实的治学态度是可取的，尽可能真实地再现历史原貌，是对之进行深入研究的前提条件，但不是最终的或唯一的学科研究的目的。我讲这个话的意思是，文学史研究的目的可以是多样性的，它不必以还原历史（常常被理解成呈示历史的原生态）为唯一的学术指归，如果文学史研究的目的、出发点不局限于一隅，那么也就势必会带来文学史研究的多样性，中国现代文学研究的不断突破和拓展也就自然会成为可能。

任何一种以过去的时代的现象为研究对象的学科，它的研究目的都起码是为了两种价值的揭示，即学科价值的揭示和现实的社会价值的揭示。这两个方面不可偏废。忽略了学科价值的揭示，其意义阐释将失去依据，容易导向“影射史学”；而忽略了对现实社会价值的关注，则容易使意义阐释因缺少融注其内的当代意识而失去现实感，使学科研究变成一种简单的“剪刀”加“浆糊”式的研究。我认为，文学史研究的价值应该是多重的，意义阐释也可以是多样性的。当然，这些丰富多样的意义阐释是以不损伤基本的历史事实为前提条件的。但应该重视对历史对象的意义阐释的多样性问题，研究对象的价值和意义正是在多样性的阐释中得以不断被发现乃至得以增值的。我曾在一篇文章中谈到，“鲁迅文化遗产的价值和意义，随着研究的深入和发展也在不断地得到增值。而鲁迅意义的永恒，恰恰在于他可以不断被阐释，并在不断的阐释中被增值”。“中国传统文人在治学中虽然恪守‘只可我注六经，不可六经注我’的思路，但‘六经’还是在世世代代文人的阐释中不断地获得增值。孔子的学说，在后人的不断阐释中蔚为壮观的儒家思想传统。在中国盛行了两千年的儒家思想传统之所以绝非一部《论语》所能涵盖，就因为它积累了两千年来无数思想家在阐释中对孔子思想的意义和价值的增值。这对我们确立鲁迅研究的长远目的，应该说是有启发意义的”[1]。

克罗齐所谓的“一切历史都是当代史”，伽达默尔所谓的“效果历史”，从某种意义上说，是很有道理的，带着当代意识贯穿于研究之中，努力找寻到学科价值与当代的现实社会价值之间的契合点，从而对文学历史现象做出更为丰富多彩的意义阐释，这无疑会给中国现代文学的研究带来更多的机遇和更大的空间。这里，应该重新提起中国现代文学史研究的当代性问题，虽然，“当代性”问题并不是一个新的理论话题。回顾这十多年来的研究状

---

1　朱晓进:《鲁迅文化遗产的独特价值及其鲁迅研究的深化发展问题》,《鲁迅研究月刊》, 2002 年第 3 期。

况，我们发现，许多重要的或突出的研究成果，正是研究者在研究中对当代的理论性问题比较关注，并带有较强的当代意识和现实感的情况下产生的。不回避对最敏感的当代理论问题发表自己的看法、见解，并努力将这种当代意识贯穿到学科研究中去，势必会给已成为历史的中国现代文学现象的研究带来新的生机。

其实，在现代文学研究这个领域讲研究的当代性，还有着不同于其他历史学科的独特的意义。这是因为广义的现代文学本身就包含“当代”，而即使是狭义的现代文学与当代文学也有着不可分割的天然联系。当代文学中的许多现象，都可以在现代文学中找到源头；许多在五四新文化运动中乃至在稍后提出的命题，在当代直至目前仍在继续完成中；现代文学的一些文学现象的演化过程，在当代直至新时期文学中正重新一一演变着。因此，研究当代文学固然离不开现代文学这个源头；而从当代文学现象来引发对源头的现代文学的反思，也同样可以加深我们对现代文学的重新理解和意义的重新阐释。更为重要的是，人们对现代文学重要文学现象、重要作品做出的评价，事实上是受制于当代文学发展现状的。这只要回顾一下新时期中国现代文学研究中评价标准的不断重新确定、研究范围的不断重新界定的状况，就会看得非常清楚。由于新时期初期一度兴起的知青题材的文学作品，引起了研究者们对现代文学中乡土文学的重视；由于新时期一度对现代主义的青睐，现代文学史上的象征主义，现代主义诗歌、新感觉派小说得到了重新评价；由于新时期通俗文学的一度兴盛，使现代文学中的通俗文学流派，诸如鸳鸯蝴蝶派等被重新挖掘出来被加以研究；由于新时期文艺理论的发展，胡风的文艺思想等才得到重新的评价；如此等等，不一而足。如果说，现代文学研究在整体上与当代文学思潮本身就有一种必然的联系的话，那么，作为研究者，若是能够自觉去追寻这种联系，自觉地不断以当代的眼去审视现代文学现象、作家作品，那么，他的研究视野和研究空间自然会更加广阔得多。

## 三、关于文学史研究策略的多样性问题

文学史研究的对象是相对稳定的，但研究者对之进行研究时，所采用的研究策略却可以是多样的。所谓研究策略，包含研究者所选取的研究侧重面、研究者所采取的研究方法和研究范式等等。这其中也分明蕴藏着学术生长的机遇。

例如研究侧重面选取的问题，中国现代文学研究在新时期之初的一段学科重建时期，研究者们提得最多的是使现代文学研究“返回自身”。当时认为，现代文学研究应重视文学自身的内部规律，摒弃过去的陈旧的纯社会学的研究格局和研究体系，使这种研究真正成为“文学”性的研究。但几年后，研究界的热门话题

却是“超越自身”，即呼吁学科的专业研究者应从“专业限制”中“突出去”，一是不要局限在本学科这一小小的范围内看问题，眼光应广阔一些，二是不要局限于“文学”范围内看问题，不要就“文学”本身范围内来考察文学，而要从更大的范围，甚至从非文学的方面来观照文学。由此形成的所谓注重文学内部研究和注重外部研究的争执一直沿续到现在。这两种看似对立的观念，其实都有其自身的合理性。文学研究无疑应该以“文学”的历史为核心，以对文学创作的理解和阐释为指归。舍弃了对文学性的探讨，很难说还是文学史的研究。但如果就文学谈文学，无视文学赖以产生的环境和背景，无视文学活动和文学实践参与该历史时期的社会、文化、政治、经济等等的复杂情况，那么，对文学创作的理解和阐释也必然会受到很大的局限。中国现代文学有其自身的特殊性，用樊骏先生的话说，“鲜明的政治倾向和强烈的功利目的，以致成为社会斗争的自觉工具，使新文学就整体而言，难以成为真正意义上的‘纯文学’”[1]。由于中国现代这一特定历史阶段的社会特征，决定了这个时期的文学具有一种“百科全书”式的特点。中国现代文学孕育和产生于新文化运动中，中国现代文学的产生与它肩负的思想文化启蒙的历史任务难以分离，中国现代的大多数作家是带着一种文化目的去从事文学活动的，他们学习、研究、

1 参见《中国现代文学研究丛刊》，2001 年第 2 期。

思考、探索的领域常常超越了文学自身的范围，而涉及了诸如哲学、历史学、伦理学、宗教学、经济学、社会学、政治学、人类学、民俗学、语言学、心理学等等多个方面，而且各个方面的渗透性较强，常常难以剥离开来。因此，要真正把握现代文学，事实上难以在“文学”自身范围内解决问题，这就要求在必要时，超越文学，进行多学科的综合研究。唯其如此，也才能“返回”到中国现代文学“自身”的特点上去。当然，注重文学发展的所谓外部规律、外部关系的研究，研究的出发点和落脚点均必须是文学创作。研究结果所呈现的必须是文学作品的历史。也就是说，以对文学创作的理解和阐释为指归，不脱离文学作品，是研究的前提，这是一个重要的学科底线。无论是侧重对文学本体的研究，对文学内部规律的探究，对文学性的揭示，还是侧重于对文学的生成环境的探究，对文学外部关系的揭示，对文学的非文学意蕴的发掘，只要是以对文学创作的理解和阐释为目的、为归宿的研究，都应该是加以鼓励的。各种研究侧重面构成互补的关系，对于展现现代文学历史的面貌，对于发掘文学史的意义均是有益的。各自不相互鄙薄，各自不相互偏废，文学史研究的空间便不会显得狭窄了。

再如研究的效果的选取问题。中国现代文学史作为一门学科，它的研究效果的追求当然是在于纯学科价值的获得。纯学术性研究的深度在很大程度上标示了研究的能力和研究的水平。但是研究如果单一地追求纯学科价值的实现，而忽略现实的社会价值的实现以及忽略现实的社会效果，也会构成对该学科研究的限制。纯粹的书斋式的研究，自有其自身的价值，但如果所有的研究均是如此，就会导致研究成果仅仅成为研究者小圈子里交流的东西，其研究成果的效能难以最大程度地发挥出来。学者们书斋研究的成果可以也应该转化为推动现实的民族文化"重造"的重要资源。这就是说，除了纯学科研究外，可以，也应该有一些学者去从事把理论研究、书斋式的研究的成果加以普及化或通俗化的工作，从而使学科研究的成果取得最广阔的影响面，使其研究的价值得以最充分的实现。多年前，中国现代文学研究界，曾有过诸如"普及鲁迅""传承五四精神"等口号。可是如何普及，靠谁来传承却是一个未能解决的问题。由于研究界重纯学科的研究而轻视普及工作，故研究者们很少有愿意来做这种普及工作的。作为精英文化范畴的东西，如果将自身过分封闭起来，孤立起来，便有可能引起自我窒息。如果我们在重视纯学科研究的同时也关注一下普及性的研究工作，这样不仅可以使学术研究的学科价值与现实的社会价值有机结合起来，事实上也给学术研究提供了新的天地，带来学术上的生长因素。

此外，不同的研究方法和研究范式也同样会带来对文学创作意义阐释的多样性。这些都是亦已被近年来学术研究的实践所证明了的。只要扎扎实实做学问，以尊重基本的历史事实为前提，研究方法和研究范式的出新，有时的确会带来研究的深化，或者可以产生出以其他方式方法所难以产生的成果。因此，所采取的研究方法和研究范式的多样化，也必然会给中国现代文学的研究带来新的学术机遇。

总之，面对相对固定的研究对象和相对狭小的研究空间，我们必须在研究的多样性上下功夫。研究的多样性（包括研究角度、意义阐释、研究侧重、研究归宿、研究方法等方面），在无形中会拓展我们的研究空间，也可能会给中国现代文学研究不断带来新的生机。

（原载《浙江师范大学学报》2002 年第 2 期）

# 中国现当代文学史课程教学中的历史意识

中国现当代文学史课程是高校中文学科的一门重要课程，这门课程的开设水平直接关系到中国现当代文学学科人才的培养质量。围绕中国现当代文学专业学科在高校开设有众多的专业课程，中国现当代文学史课程是其中的主干课程之一。要提高这门课程开设的水平就要注重各门课程之间的联系和区别，从而能在课程教学体系的建立中全面提升各门课程建设的水平，全面提高各门课程教学的质量。但同时应该明确各门课程的独特性，即要明确不同层次的各门课程的性质以及教学目的和教学要求，从而使每门课程能完成自身的任务并达到其应有的教学效果。这里关键的问题是要为中国现当代文学专业不同层次课程的教学做出准确的定位。对于“中国现当代文学史”这门课程来说，我们首先要明确这门课程的独特性，要牢牢把握该课程的精髓，以便真正完成该门课程的独特的教学任务并达到其应有的教学效果。

## 一

从中国现当代文学史课程独特的教学目的和教学要求出发，在这门课程的教学中强化历史意识是十分必要的。这是由文学史课程的性质所决定的。

在目前一些高校的课程教学中，由于对中国现当代文学专业开设的各门课程之间互相渗透以及整体性的逻辑递进与深化关系并未引起注意，各门课程之间的分工不明确，造成许多内容的重复，影响了教学的效果。例如“中国现当代文学作品选读”课程所涉及的教学内容，即对所选作品的讲授表面看来与“中国现当代文学史”有所重合，所以曾一度从一些高校中文教学的课程中被取消。许多学校虽同时开设“中国现当代文学作品选读”和“中国现当代文学史”这两门课程，但在一段时期内，两门课程之间的分工不明，造成许多内容的重复，造成了教师教学资源和学生学习资源的浪费，严重影响了教学的效果。这两门课程无论在知识传授还是在能力培养抑或方法训练上均有不同的层次性要求。“作品选”课程主要是通过对具体作家作品的分析性讲授培养学生研究和分析文学作品的能力以及鉴赏文学作品的审美眼光，其讲授的重点在具体的作品文本。而“文学史”课程则在系统性、整体性方面有着特别的要求。前者是后者的必要铺垫，而后者是对前者的系统化和理论化的整体提升。二者有联系但又有不可相互替代的作用，如果缺少了“作品选”课程这个阶段容易造成能力培养和方法训练上的缺陷，致使学生在涉及具体作品时往往缺少有效的解析能力和方法。而如果将“文学史”与“作品选”两门课程合并，必然会给“文学史”课程的定位和讲授带来种种麻烦，限于文学史的整体性要求，如果不时地旁伸枝节花太多课时去具体讲解大量作品（事实上课时也不够）容易导致“史”的线索和脉络的中断，使文学史课程变得支离破碎。忽略两门课程的界限，体现出的是对不同层次课程的教学目的和教学要求的不明确，对分层次教学的规律的轻视，这对学生学术规范的养成是非常不利的。

一般说来“中国现当代文学作品选读”课程主要是帮助学生初步了解中国现当代文学中一部分代表性的作家作品以及大致的文学史知识，要他们掌握文学鉴赏的基本方法，培养他们现当代文学作品的鉴赏力和敏锐的艺术感受力，并且帮助本科新生完成从中学学习模式向大学学习模式的成功转换。由于文学研究最为基本的功夫在于文本解读能力，所以“中国现当代文学作品选”教学主要还在培养学生的文本解读能力和现当代文学原著阅读习惯上下功夫，这也为学生进入本学科后续更深层次的其他各门课程的学习奠定坚实的文本解读基础。而“中国现当代文学史”课程则是对“中国现当代文学作品选读”大量的阅读实践与解读能力的综合与提升。该课程不仅要向学生全面、系统而又深入地讲授中国现当代文学历史的基本知识以及中国现当代文学发展的基本面貌和基本规律，并且要在方法层次上训练学生掌握文学史研究的基本方法，学会以历史的眼光来思考和理解文学史上重要的作家作品、文学现象、文学思潮流派和一些文学问题；在能力层次上培养他们的科研意识和科研能力。因此，历史意识应该是中国现当代文学史课程的精髓，也是它区别于包括“中国现当代文学作品选”在内的其他课程的重要因素，还是对教师教学该课程和对学生进行相关学术训练的内在要求。

## 二

强调历史意识首先是一个为学的态度问题。对该课程来说无论是教师教学还是学生进行学习和学术训练，最起码要做到尊重历史，尊重基本的历史事实。在谈论学术规范问题时，人们很容易指出当今文学史研究中的不规范现象。例如在一些文学史研究论著中，常常被极其强烈的主观意图及理论选择所笼罩，而且这种主观意图及理论选择常常侵入了文学历史的叙述表达，于是这种所谓的历史叙述事实上已不再是历史的而是超越历史的。叙述语言裹挟了现在时与过去时的互相混淆，使人不能认清文学现象的历史本相。这种情况其实在文学史课程的教学中也是普遍存在的。

学术规范应该是从学生时代培养起。现在的许多文学史课程忽略了让学生掌握第一手文学史料的重要性，课堂教学往往满足于将现成的研究结论传达给学生，在对文学现象的讲授中，有为讲授文学史而讲授文学史的现象。灌输给学生的也常常是评价态的文学“历史”，而不注重让学生沉潜到文学历史的语境中去真正感受历史的文学。现在许多搞文学史研究的人不学目录学、版本学、校勘学，不注重对文学史研究对象的考订，这与大学学习期间的训练是有关系的。在文学史课程教学中，往往忽略了对这方面的强调，也不注意在这方面培养训练学生，这实在是一种损失。训练学生对文学历史事实进行考订把握的兴趣和能力，潜移默化中会养成他们对基本历史事实的尊重态度。不重事实考据，常常消解了文学的“历史”意味。随机抓住某个未加考订的文学现象，随意对一些未做版本考订的文学作品就大发评论、大加分析，也许这种分析和所得结论只是建立在一个虚幻的基础上。文学史研究界的一些不尊重历史事实、不读原著、不辨真伪、不辨源流、强作解人的浮躁气等等，应该说是与尊重基本历史事实的为学态度的缺失分不开的。

强调历史意识也是一个方法论的问题。文学史课程是以文学的发展历史为讲授对象的，因此，它就不能止于孤立地对单个作家和作品进行介绍，不能止于就作家论作家、就作品论作品，而是要将作家和作品摆到特定的历史背景中来加以考察，要让其在文学发展中的意义和文学史的价值真正呈现出来。这体现在文学史的课程教学中，就是要注重在上下左右的历史联系中来讲授文学现象，要讲文学的历史发展过程，要讲文学发展的规律性。因此历史科学的方法应该受到重视。而历史科学“最可靠、最必需、最重要的就是不要忘记基本的历史联系，考察每个问题都要看某种现象在历史上怎样产生，在发展中经过了哪些主要阶段，并根据它的这种发展去考察这一事物现在是怎样的”。[1]文学史研究特别强调在历史的联系中来看待具体的文学现象，不能止于就作家论作家，就作品论作品。在对任何作家作品进行价值评判时，其结论都是在上下左右的历史比较中得出的。对于文学史的任何问题都应当是“把问题摆到一定的历史范围之内”[2]加以分析和研究、回答和解释。文学史课程的教学过程，应该也是这种历史研究方法的演示过程，学生正应该从课程学习中得到这种研究方法的传授。但就目前情况看，许多文学史课程的课堂教学中，忽略了这个方面的问题。教师在讲授中往往止于对单个文学现象和作家作

1 ［俄］列宁：《论国家》，《列宁选集》（第四卷），人民出版社，1960年版，第43页。
2 ［俄］列宁：《论民族自决权》，《列宁选集》（第二卷），第512页。

品的陈述，而没有将文学现象和作家作品摆到历史过程中加以考察，加以分析和评价。这样，学生从课堂上获得的只是若干文学现象和作家作品的相关知识，所把握的不是文学之“史”，难以对文学现象在历史过程中的存在之由、变迁之故有足够的了解。这里，文学史课程之为“史”的性质特点未能体现出来。由于这样的课程讲授未能在方法层次上使其对“作品选”课程的教学有所提升，因此所完成的还仅仅是“作品选”课程的教学任务，未能完成对学生掌握文学史研究的基本方法的训练。

提出文学史研究要“把问题摆到一定的历史范围之内”，在方法上就是要强调对文学现象和作家作品要摆到具体的历史语境中具体情况具体分析，而绝对不能是以先入为主的某种观点或某种先验的理论原则来代替对不同历史范围内的不同的具体文学现象的历史分析。文学史研究应避免的是“以论带史”和“以论代史”，论点和理论原则不是它研究的出发点，而是研究终了的结果。正确的方法应该是“论从史出”。恩格斯曾经指出：“我们的历史观首先是进行研究工作的指南，而不是按照黑格尔学派的方式构造体系的方法。必须重新研究全部历史，必须详细研究各种社会形态存在的条件，然后设法从这些条件中找出相应的政治、法律、美学、哲学、宗教等等的观点。”[1]恩格斯这里强调的是，已有的

1 ［德］恩格斯：《致康·施米特》，第475页。

现成的即使是正确观念，也只是历史研究的“指南”，它不能代替对具体文学历史现象的分析，更不是“构造体系”的公式。恩格斯曾经严肃批评过，在一些人那里“‘唯物主义’这个词只是一个套语，他们把这个套语当作标签贴到各种事物上去，再不做进一步的研究”。[1]这种以某种现成的理论观点作标签来代替具体文学现象分析的情况在我们目前的一些文学史研究和文学史教学中是常能见到的。常常在一些中国现当代文学史的研究和教学中看到这样一种套路，即以某种西方的理论观点来罗织一些中国现当代文学的现象，这些现象至多也只是充当了证明某种理论观点的材料。如果所做的研究都只是为了证明一种理论观点的正确性，而这种理论观点的正确性又是已被别人在其他研究中证明过的，那么仅以变换成现当代文学的材料所进行的所谓文学史研究的价值意义又是什么呢？文学史不仅仅是以文学为对象，更重要、更关键的是在于文学史研究所关注的、所要发现的、所要提出的必须是文学发展自身的问题。文学史的研究不管采用什么方法途径，不管可能受到什么理论观点的影响，其关键还是要落实在对文学历史的理解、对文学现象的解释、对文学发展问题的解答上。违背了“论从史出”的文学史研究的基本原则，实际上也就消解了文学史之为“文学”和为“史”的意义。

1 ［德］恩格斯：《致康·施米特》，第475页。

由于文学史课程对学生文学史研究基本方法训练的缺失，以及缺少“论从史出”方式的引导，甚至是一些“以论代（带）史”的课堂讲授的误导，势必会导致学生日后文学史学术研究中的不规范行为。例如我们通常在一些文学史研究成果中见到的诸如忽略具体的历史语境对文学现象妄加评论、就孤立的作家作品进行臆测性的分析、盲目借用某种现成理论观点来套解作家作品等等，其根源可以追溯到大学文学史课程教学中的文学史研究基本方法训练的缺失，甚至是课程教学中对学生的一些误导。

## 三

强调历史意识，就是要确立“全史在胸”的理念。文学史不是文学现象的简单堆积，文学史的教材不是文学现象和作家作品的资料长编，文学史课程的讲授当然也不是对作家作品的罗列式的陈述。如果把文学史比作一张大网，那么任何一个具体的文学现象和作家作品都只是这张网上的一个网结。你在掌握整张网时，当然不能忽略各个网结之间的联系，同时，你要了解每一个网结的具体状况时，又不能不首先撑起整张的网，并且兼顾到相邻的网结。这里，在西方日益受重视的长时段历史研究理论值得我们借鉴。长时段史学理论认为，短时段的“传统事件史”的研究，所得出的结论常常易受现象假象的迷惑，而长时段的研究则可以避免“机械的或简单化的归纳”。[1]短时段史学注重研究事件史，而事件史是最易变的因素，仅抓事件这个变量，其实难以找寻历史的内部规律。而长时段研究，更关注历史中具有稳态和抗拒变化的特征、更能体现历史最内在的规律性的东西。长时段史学理论对文学史研究的启示是：文学本身是一种意识形态范围内的东西，它本身必然蕴含着属于比较永恒的内在历史根源，研究文学史，可以也必须将之置于长时段中来考察，以便揭示出这种内在的历史根源，或通过找寻这种内在历史根源来对文学史的具体现象做出更具历史意味的解释。有些文学现象和作家作品，如果孤立地加以分析，不把它摆到长时段的历史变化周期中，就难以对之做出更合理的解释。

大学的文学史课程教学，就应该培养学生在文学史的学习和研究中树立“全史在胸”的理念。目前，大学课堂的文学史课程的讲授中，往往只注重文学史知识的传授，而且是对一个个文学现象和作家作品的排列式的介绍，这种零散的、割裂式的教学容易导致学生只见树木不见森林，这对学生历史眼光的养成是不利的。文学现象的取舍，作家作品如何讲述，其背后都有一个以什么样的历史眼光来看待文学历史上的纷纭复杂的文学现象的问

1 ［法］米歇尔・伏维尔：《历史学和长时段》，［法］J・勒高夫、P・诺拉、R・夏蒂埃、J・勒韦尔主编：《新史学》，姚蒙编译，上海译文出版社，1989年版，第131—135页。

题。“历史的过程得由价值来判断，而价值本身却又是从历史中取得的。这种循环看来是不可避免的，不然的话，我们就或者不得不承认那种认为历史是无意义的变化的流的看法，或者不得不运用某些超文学的标准，即一些绝对的、外部的标准来研究文学过程了。”[1]文学现象之间联系的发现，是文学史研究所不可或缺的。强化“全史在胸”的理念，就是要提倡在具体的文学现象和作家作品的研究中设法从其自身的历史条件中找出相应的关于文学的“问题”，找寻文学史之为“史”的内在理路，得出对于文学自身发展规律的见解和结论。

在一些文学史研究成果中，我们明显感觉到一些研究者对全局驾驭能力的匮乏，缺少整体性的眼光，止于对文学现象和作家作品做一般性的分析，缺少问题意识，缺少对现象背后所隐含着的文学史规律的探究，所得研究结论就事论事的多，而往往缺少了进一步准确评价具体文学现象和作家作品的文学史地位的兴趣和能力。这些，都与基本的学术训练有关。如果文学史的教学中注意让学生确立起“全史在胸”的理念，注意培养学生学会以历史的眼光来思考和理解文学史上重要的文学现象和作家作品，那么学生日后的文学史研究成果也就不会止于如此。

强调历史意识，并不意味着文学史研究要远离当代意识，相

1 ［美］雷·韦勒克、奥·沃伦:《文学理论》，第296页。

反，关注历史上的文学现象与当下文学现象的历史联系，也正是强调历史意识的题中应有之义。任何一种以过去的时代的现象为研究对象的学科，它的研究目的都起码是为了两种价值的揭示，即学科价值的揭示和现实的社会价值的揭示。这两个方面不可偏废。忽略了学科价值的揭示，其意义阐释将失去依据，容易导向“影射史学”；而忽略了对现实社会价值的关注，则容易使意义阐释因缺少融注其内的当代意识而失去现实感，使学科研究变成一种简单的“剪刀”加“浆糊”式的研究。应该关注文学史研究的当代性问题。温故而知新，探究文学发展的规律，为当下的文学发展找寻历史经验教训的借鉴，这本身就是文学史研究的目的和任务之一。文学史研究事实上也难以脱离当下的学术语境，只有不断汲取当下的新的思想、思维和方法的养分，才能努力站在当今的学术前沿。因此文学史研究应找寻到学科价值与当代的现实社会价值之间的契合点，从而对文学历史现象不断做出更加深入的意义阐释和价值评判。

其实在中国现当代文学史研究这个领域提当代性，还有着更其独特的意义。这是因为现当代文学本身就包含“当代”，现代文学与当代文学有着不可分割的天然联系。当代文学中的许多现象都可以在现代文学中找到源头；许多在五四新文化运动中乃至在稍后提出的命题，在当代直至目前仍在继续完成中；现代文学的一些文学现象的演化过程，在当代直至新时期文学中依然在以不同的形式和方式重演着。因此，研究当代文学固然离不开现代文学这个源头；而从当代文学现象来引发对源头的现代文学的反思，也同样可以加深我们对现代文学的重新理解和意义的重新阐释。更为重要的是，人们对现代文学重要文学现象、重要作品做出的评价，事实上是受制于当代文学发展现状的。我们只要回顾一下新时期中国现代文学研究中评价标准的不断重新确定、研究范围的不断重新界定的状况，就会看得非常清楚。由于新时期初期一度兴起的知青题材的文学作品，引起了研究者们对现代文学中乡土文学的重视；由于新时期一度对现代主义的青睐，现代文学史上的象征主义、现代主义诗歌、新感觉派小说等得到了重新评价；由于新时期通俗文学的一度兴盛，使现代文学中的通俗文学流派，诸如鸳鸯蝴蝶派等被重新挖掘出来加以研究；由于新时期文艺理论的发展，胡风的文艺思想等才得到重新的评价。如此等等，不一而足。因此现当代文学史研究中更应关注历史与现实的联系。

在文学史研究和教学中强化“全史在胸”的理念，应该包括正确处理好历史与现实的关系这一内容。在现今一些中国现当代文学史研究成果中，我们明显感觉到一些研究者与当前学术前沿的隔膜，对当代发展着的学术问题缺少必要的关注，甚至搞现代文学史的不关心当代文学的发展动态和学术研究的进展，而搞当代文学史的往往忽略了现代文学这个源头，一切仅局限在短时段里考察、分析问题，致使许多研究结论和学术见解难有历史的深度。

总之历史意识应该是中国现当代文学史课程的精髓，也是它区别于其他相关课程的重要因素，而且是对教师讲授该课程和对学生进行相关学术训练的内在要求。学生日后文学史学术研究中的诸多不规范行为，其根源可以追溯到大学文学史课程教学中的文学史研究基本方法训练的缺失甚至是课程教学中对学生的一些误导。因此，在中国现当代文学史这门课程的教学中强化历史意识是十分必要的，这是规范中国现当代文学史课程的教学，以便真正完成该门课程的独特的教学任务并达到其应有的教学效果的非常重要的方面。

（原载《江海学刊》2006 年第 3 期）

# 找寻中国现代文学史研究的独特角度

## ——《中国现代文学史研究的视阈》自序

在中国现代文学史研究中，我比较看重文学研究的角度问题。我认为中国现当代文学研究的真正突破，在很大程度上取决于我们是否对每一个研究对象的独特性给予了足够的重视，我们是否真正为每一个研究对象找寻到了最合适的研究角度。在过去的文学研究中，人们似乎总有着这样一种强烈的主观冲动：总希望用一个统一的角度去研究几乎所有发生在中国现当代的文学现象。人们为此耗费了太多的精力。不同时段的文学、不同的文学现象，各有其自身独特的特征，要想用统一的角度来统概不同时段的文学和不同的文学现象，即使不是徒劳无功，起码也会是常常以牺牲一些时段的文学的独特性为其代价。在这方面，鲁迅的文学史编撰对我们应是有启发的。鲁迅曾拟撰写一部中国文学史，所拟提纲为：第一章，从文字到文章；第二章，"思无邪"（《诗经》）；

第三章，诸子；第四章，从《离骚》到“反离骚”；第五章，酒、药、女、佛（六朝）；第六章，廊庙与山林（唐）。从其拟定的提纲中可以看出，鲁迅在考察不同时段的文学史时所采用的角度是不一样的，他分别从文体变迁、作品内容、作家心态、作家地位身份等等的角度来关照不同时段的文学，从而把握了不同时期文学的最重要的问题，凸显了不同时期文学的最主要的特点。

看任何事物当然都可以有多种角度，从任何角度都可能看到从其他角度所看不到的东西，每一种角度都有其自身的意义和价值，即所谓“横看成岭侧成峰，远近高低各不同”。但事实上，在观照任何事物时，都有一个最佳角度的问题，即只有从这一角度才能看清事物的真相，才能了解最接近事物本质的特征。同样，文学研究的角度也可以而且应该是多元的，但是针对不同时段的文学和不同的文学现象，使用何种角度却不能是随意的，这里也有一个最佳角度的问题。多角度地去看事物固然是全面了解该事物的较好方案，但在对任何一个文学现象进行研究的过程中，事实上都不可能同时从所有的角度来进行，这就要有选择，角度的选择对文学研究对象独特价值的揭示是至关重要的。鲁迅从文化时尚及文人心态的角度来观照六朝文学，从当时的取士制度及文人在朝或在野的地位身份的角度来观照唐代文学，其实都是紧紧抓住了特定时段影响文学的最最紧要的因素，这对于揭示特定时段文学的生成原因、生存状况和主要特征无疑是有益的。文学研究的过程实际上就是对文学现象的一个“取景”过程，取什么景，即想昭示文学现象的哪一方面，想告诉人们什么东西，这自然是研究者的自由，但如果研究者希望自己所陈述的东西尽可能地符合文学对象的真相，希望自己所昭示的基本上是陈述对象的最重要和最主要的特征，那么，他就不可能不考虑“取景”的角度问题。使用何种角度，关键要看这种角度与研究对象的契合度。正是从这种与研究对象相契合的角度，我们可以从更为本质的方面来揭示该研究对象的基本特征，可以看出一些从其他角度所难以看出的问题，可以避免将不同的研究对象纳入同一的框架中，可以给予不同研究对象自身的独特性以更多的关注，当然，也才可能得出一些从其他角度难以得出的结论，并从而有可能将该对象的研究引向深入。因此，我进行文学研究时所追寻的，是尽可能为每一个时段的文学，为每一种文学现象、每一个作家、每一部作品选择一个最佳的切入角度。这有利于揭示研究对象的最独特的价值，也能彰显研究者自身的研究特色。

我从 80 年代从事鲁迅研究时开始关注研究角度的问题。撰写的专著《历史转换期文化启示录——文化视角与鲁迅研究》，[1]就是较早地从“文化视角”来系统研究鲁迅的尝试。我认为，鲁迅在中国文化史上所具有的特殊的意义，就在于他与中国现代历史、文化、

1　朱晓进:《历史转换期文化启示录——文化视角与鲁迅研究》，辽宁教育出版社，1992 年版。

文学等方方面面的错综复杂的联系。他学习、研究、思考、探索的领域常常超越于某一个具体的部门或领域的范围，显示出了博大精深的特点。就鲁迅的业绩而言，仅仅局限于哪一个具体的领域或门类，都难以揭示出整体的意义和价值。就鲁迅的文学创作而言，也绝不是一个孤立的存在。如果把鲁迅的文学艺术活动当作一个封闭的系统来研究，事实上是不可能把握其文学艺术活动的全部意义和价值的。因此，我从鲁迅这一研究对象的独特性出发，采用文化视角对之加以研究。文化视角的运用，拓宽了鲁迅研究的范围，使我能够关注并研究鲁迅研究界过去较少涉及的课题，如鲁迅的文化哲学观问题，鲁迅式思维的问题，鲁迅的心理结构，鲁迅的宗教文化观、语言文化观、民俗文化观、伦理文化观等问题；能够解决鲁迅研究中的一些难题，例如解决了对鲁迅进行价值评判的“二难”问题，能够找到合理地解释鲁迅诸多思想矛盾和加深理解鲁迅创作中种种“非文学”现象的途径。该著出版后，立刻引起了学界的关注，被一些同行专家认为，“从深度和广度上为鲁迅研究开辟了向更高层次前进的途径”[1]，“给文学研究和文化研究带来了新的启示”。[2]

我在专著《鲁迅文学观综论》[3]中，沿着这一视角，摒弃了以往鲁迅文学观研究中的用现成的某种文学理论框架来套鲁迅的办法，

1　董炳月:《鲁迅：文化与非文化》,《鲁迅研究月刊》，1994年第2期。
2　黄乔生:《文化学研究的新启示》,《中国现代文学研究丛刊》，1993年第2期。
3　朱晓进:《鲁迅文学观综论》，陕西人民教育出版社，1996年出版。

试图从鲁迅自身找寻鲁迅文学观的体系。在鲁迅文学观的研究方面，此前常见的现象是，忽略鲁迅文学观的独特性，往往是基于同一个先验的、静止的理论框架，在同一个封闭的理论圈中做文章；其结果是，鲁迅的文学观点，包括他对文学问题的论述等，至多只是用来充作证明一般文艺原理的材料，所得的结论，也多是一般文学原理的结论。这种研究，并没有贴近鲁迅自身，并未充分兼顾鲁迅文学观本身的独特性。这样，就难以揭示出鲁迅文学观的真正价值和独特理论贡献。我所做的工作，就是试图从鲁迅文学观的独特性去加以研究，让研究真正"贴近"鲁迅自身，并从而揭示其独特的价值。鲁迅从对国民进行文化思想启蒙的目的出发而走上文学道路，因此，文学在鲁迅那儿常常是找寻思想启蒙的工具的一种归宿，这直接规定了他对文学功能的看法。将社会功用看作文学的主要功能的认识，决定了鲁迅在文学上的价值取向，并由此形成了鲁迅独特的审美偏好、文体偏好和文学借鉴的偏好，同时也影响了鲁迅对一系列文学现象和文学命题所做的解释和阐发。但作为文化革新者的高度的时代责任感与作为艺术家的审美追求也常常构成鲁迅文学观的矛盾；作为公认的"文体家"，其文体意识有时也会与功能意识构成冲突。而鲁迅的文学观正是在这些矛盾与冲突的协调和磨合中形成其特点的，从这种矛盾和冲突出发，我在著作中试图合理地解释鲁迅文学观中一些重要理论观点的复杂构成及其形成轨迹。从鲁迅文学观的独特性出发，我在著作中不仅可以对鲁迅文学观的相对完整而独立的体系做较深入的揭示,同时,还可以对影响于鲁迅文学观的个性和气质等因素给以充分注意,而这后一方面恰恰是以往的研究中所忽略的。该著出版后，曾在一些书评文章中被认为是“近年来鲁迅文学观研究的新突破”,“是从鲁迅自身特点出发的较为贴近鲁迅文学观客观实际的研究”。[1]

20 世纪 90 年代初,我曾一度研究过“山药蛋派”文学。最初,我是应“20 世纪中国文学与区域文化”丛书编委会的约请，作为丛书之一种进行该选题的研究的。但当我确定研究角度时，我发现“区域文化”的概念相对含混，我关注的是“地域文化”问题，我认为，具有历史沿革和历史积淀的“地域”概念，要比行政区划的“区域”概念更具文化的内蕴。因此，我的研究始终是围绕地域文化角度展开的。我认为地域文化角度对研究中国现当代文学流派有着不可忽视的重要意义，对那些在特定的地域文化条件下形成的文学流派而言尤其如此。在中国现当代文学发展史上，很少有哪一个文学流派比“山药蛋派”更具有地域文化的特征和意义。“山药蛋派”的作品在题材上具有鲜明的地域性，即表现了三晋地区的地域物事、人情、风俗、民性等等；而且，在这种特殊的地域文化养育下所形成的这批作家相对一致的审美意识、主题思维以及处理题材的方式方法等等，往往是其他区域的

1　稂诗曳:《从文化视角看鲁迅的文学观》,《中国现代文学研究丛刊》，1998 年第 3 期。

作家所不具备或并不突出，并不明显的。在以往有关“山药蛋派”文学的研究中，对其主要特征的概括最常见的有三种：一是称之为民族化、群众化（大众化、通俗化）的文学流派；二是称之为解放区文学流派；三是称之为农民文学流派。这三种概括都有其合理性，但就揭示“山药蛋派”的流派特点而言，又都有其局限性。从民族化、群众化这一角度，很难将这个流派与当时陆续出现的同样具有群众化、民族化特征的作家和作品区分开来；从解放区文学这一角度也难以概括“山药蛋派”，且不说“山药蛋派”的主要创作时限远超出解放区范围，而且以“解放区文学”来命名，同样难以将之与解放区其他作家作品区分开来；用“农民文学”来概括“山药蛋派”也会面临同样的问题，中国幅员辽阔，不同的地理环境、物质生活条件、历史传统等等，常常使不同地区的农民在生存状态、生活方式、思维特点、审美情趣等方面产生一定的差别，因此，“农民文学”只有在区别于“市民文学”“都市文学”等等概念时才具有意义，而要以此来概括“山药蛋派”的流派特征却效用不大，它无法将之从所有的“农民文学”中辨析出来。从地域文化的角度来研究“山药蛋派”，则不仅可以从更广阔的范围来探讨“山药蛋派”的成因，而且还能够以更多的渠道来揭示“山药蛋派”的特征；同时，还有可能在对“山药蛋派”作品的意义和价值的评估上有新的进展。该课题研究的实践最终证明，地域文化的角度和方法是成功的。

在研究“山药蛋派”与三晋文化的关系时，我的基本思路是：通过地域文化这一角度来研究和揭示文学现象中的有关问题，而这些问题往往是从其他角度难以揭示出和解释清楚的。地域文化的比照只是作为一种研究途径，而文学现象的解释才是最终的研究目的。我注重的是关系研究，而在所谓“关系”的找寻、发现和界定中，我务求以材料说话，力避泛泛而论、印象式的把握，力避结论的牵强，力求在“山药蛋派”与三晋文化之间搭起坚实的桥梁。我对“山药蛋派”与三晋文化的关系主要是从三个方面入手进行深入研究的：一是研究“山药蛋派”作品中所包蕴的三晋文化的内容；二是研究三晋文化在哪些方面、在何种程度上，决定了或制约了以至形成了“山药蛋派”作家的共同的思维方式、观照问题的角度、审美的偏好以及处理题材的方式方法；三是从地域文化对文学的影响效能以及这种效能的时代性、变异性等方面，研究“山药蛋派”作为一个文学流派，它在产生、发展和消亡中，三晋文化所起的影响作用，通过具体研究，揭示出“山药蛋派”作为文学流派的历史命运。《“山药蛋派”与三晋文化》[1]出版之后，引起了学界的关注，先后发表的许多书评文章，给予该著以高度评价。在对该项目的结项评审中，专家组成员也对成果给予了充分的肯定，认为该著“学术质量相当高”，“是文学流派研究的可

1　指朱晓进：《“山药蛋派”与三晋文化》，湖南教育出版社，1995年版。

喜收获”,“是迄今研究‘山药蛋派’文学的最好也最有深度的著作”,“在研究区域文化与文学流派的方法上有创造和贡献，有某种示范的意义”,“能给读者以多方面的启迪”,“本书的出版，标志着学术界对‘山药蛋派’与三晋文化的研究达到了一个新的水平”。[1]

从 20 世纪 90 年代中后期开始，我对从政治文化角度研究中国现当代文学倾注了特别的热情。我认为，从政治文化的角度研究 20 世纪文学有着重要学术价值和重要理论意义。在中国 20 世纪文学发展史上，文学与政治文化之间有着特殊关系：许多重要文学作品都明显表露出在题材上的政治化特征，在题旨上的意识形态化倾向；同时隐含着一种政治权力运作机制，它广泛涉及不同的党派、社群乃至个人的政治意愿，并以此为中介，影响和制约着文学的基本走向。从 20 世纪的特殊性出发，由这个阶段文学在总体上的明显的政治性特征所决定，我选择从政治文化这一角度来观照文学，其目的是想看出一些从其他角度所难以看出的问题，多少揭示出其他角度所难以揭示的更为接近该时段文学本质的特征，得出一些从其他角度难以得出的结论。我觉得，就 20 世纪文学而言，如果不顾历史的氛围，忽略文学产生的特殊政治背景，仅从纯文学的角度切入，可能难以对各种文学现象做出合理的评价。研究文学与政治文化之关系，可以从更为广阔的范围内来探

1 《我校一项八五社科基金项目成果通过评审——〈“山药蛋派”与三晋文化〉受国内著名专家高度评价》,《南京师大学报》，1996 年第 1 期。

讨 20 世纪诸多文学现象的成因，可以从更为本质的方面来揭示 20 世纪文学的基本特征，能够将 20 世纪文学史的研究引向深入。

该课题的研究，是具有开创性意义的，因为在此之前还没有人专门从“政治文化”（political culture）的角度来研究文学。以往学术界虽然关注到了文学与政治的关系，并试图加以描述，但在未真正搞清政治与文学的关系方式之前，这种描述只能是简单地将文学现象与政治事件，将文学作品与作家的政治思想，将文学的内容与政治的历史进程生硬地直接对应或比附，而忽略了真正客观地去探究，在不同的历史时期，政治到底在哪些主要方面，到底以何种方式，到底在何种程度上左右、影响乃至决定了文学的基本走向，或是构成了文学的基本的甚至是主要的特征。我关注“政治文化”问题，首先是因为“政治文化”所涉猎的重心不同于我们通常所谓的“政治”这一概念。“政治文化”不同于明确的政治理念和现实的政治决策，它更关注的是政治上的心理方面的表现形式以及政治体系中成员对政治的个人态度和价值取向。“政治”是以政治文化的方式对文学施加影响的，政治规范和权力机制，是通过营造成某种流行的政治心理、政治态度、政治信仰和政治感情来影响文学创作的，而文学创作反作用于政治也主要是通过这些政治文化方面来间接实施的。在以往的政治与文学关系研究中所最常见的诸如生搬硬套、乱贴标签等弊病，其根源在于人们的政治行为背后的心理动机等等主观取向没有得到强调。研究政治文化与文学的关系，进入其研究视野的就不再止于纯客观的“活动”，而且包括甚至主要关注行为背后的心理因素，如信念、情感及评价意向等等。正是在这个意义上，我认为，“政治文化”是我们所试图找寻的政治与文学之间关系方式的桥梁。

我研究的基本思路是：尽可能地真实地再现20世纪文学所处的政治文化氛围，尽可能地以翔实准确的史料去研究20世纪政治文化制度的运作，以及由此形成的普遍的政治心理、政治意识、政治价值，并由此来认识各派文学对此的实际反应以及所采取的不同的文学策略，即通过对特殊的政治文化语境的揭示，以期找到20世纪许多文学现象（包括作家行为、作品特征、重要的文学论争、文学派别、文学范型、文体现象的形成等等）的重要依据，以达到对20世纪文学的准确把握和全面而中肯的评价。围绕这一研究，我先后出版了《政治文化与中国20世纪30年代文学》[1]《非文学的世纪:20世纪中国文学与政治文化关系史论》[2]，陆续发表的系列论文和这两部专著引起学术界极大关注。

从20世纪80年代末，我开始关注从文学语言的角度去研究中国现代文学文体形式的发展和变迁。我认为，中国现代文学的基本特征来源于文学语言变革，从文学语言变革的角度研究中国现代文学，能够切近中国现代文学发生的关键点，揭示现代文学

---

1 朱晓进:《政治文化与中国20世纪30年代文学》，人民出版社，2006年版。

2 朱晓进等:《非文学的世纪：20世纪中国文学与政治文化关系史论》，南京师范大学出版社，2004年版。

发生的特殊性。对文学语言的变革与中国现代文学各文体发生之间关系的考察，能够彰显出中国现代文学文体转变的根本特征。研究文学语言的变迁与中国现代文学形式发展的关系，可以从更为接近文学本体的方面来探讨中国现代诸多文学现象的成因，可以从一个特别重要的方面来揭示中国现代文学发生发展的复杂过程和基本艺术特征，能够将中国现代文学史的研究引向深入。如果忽略了文学产生的特殊语言背景，忽略了白话语言为文学的艺术形式的发展提供的便利条件和不利因素，忽略了文学语言在不同历史时期的变迁给文学的艺术形式带来的影响，可能难以对各种现代文学的文体现象和艺术征候做出合理的评价。

研究文学语言的变迁与中国现代文学发展的关系，具有重要的文学史意义。中国现代文学是以五四反对文言文、提倡白话文的语言革命为起点的，这场语言革命与中国现代文学的整体发展、各类文学体裁的形式变迁等等有着密不可分的关系，但在此之前并没有人专门从这个角度进行全面系统而又具体细致的研究。以往学术界虽然或多或少关注到了一些中国现代文学的文体形式与五四这场语言革命之间的关系，并试图加以描述，但往往缺少系统性，而且常常是在未真正搞清语言变迁与具体的文学体裁、文体形式的关系方式的情况下，简单地对五四白话文运动以及一些在白话语言催生下出现的新的文学文体形式做功过得失的评判。而忽略了真正客观具体地去探究，白话文运动到底以何种方式，到底在何种程度上或直接或间接地导致了中国的现代文学形式的变化，文学语言在不同历史时期的变迁，如何左右、影响乃至决定了文学形式的基本走向以及文学形式的基本的甚至是主要的状况和特征。

中国现代文学是这场语言革命的产物，同时它也必然地在很大程度上承担了语言革命的后果。文学语言的差异，正是现代文学与传统文学相区别的一个艺术形式上的最显著的标识。从中国现代文学发生的特殊性出发，由这个阶段文学在总体上的明显的发展状况所决定，我选择从白话文学语言与现代文学的关系这一角度来观照中国现代文学形式的发展，可以看出更多的从其他角度所难以看出的艺术问题，可以揭示出其他角度所难以揭示的更为接近该时段文学的艺术形式自身的特征，可以得出一些从其他角度难以得出的探究现代文学自身艺术规律的结论。

我对该课题的研究起步于 20 世纪 80 年代末，先后发表了《鲁迅与语言文化》[1]《从语言角度谈中国新诗的评价问题》[2]《新诗的"倒楣运"》[3]《鲁迅的文体意识及其文体选择》[4]《诗歌作为语言的艺术——我看中国新诗》[5]《语言变革对中国现代文学形式发展的深度影响》[6]等论文，这些论文多被转载，并产生过不小的学术影响。

---

1 参见《中国现代文学研究丛刊》，1987 年第 2 期。
2 参见《文学评论》，1992 年第 3 期。
3 参见《文学研究》，1992 年第 2 辑。
4 参见《文艺研究》，1996 年第 6 期。
5 参见《学习与探索》，2001 年第 2 期。
6 参见《中国社会科学》，2015 年第 1 期。

2006年，我主持国家社科基金项目“文学语言的变迁与中国现代文学形式的发展”，得以对该课题进行较为系统的研究，课题组成员先后在重要学术刊物发表该课题研究成果30余篇，我还在《中国当代作家评论》和《南京师范大学学报》等学术刊物各开辟了多期以“文学语言变迁与中国现代文学形式的发展”“文学语言与中国现代文学”等为题的专门栏目，陆续发表对该课题的最新研究成果和组织了对该课题的学术讨论。我带领课题组成员于2012年完成了该课题的研究，项目结项评审获得优秀，结项成果出版专著《作为语言艺术的中国现代文学史——文学语言的变迁与中国现代文学形式的演进》。这应该是中国第一部从文学语言的角度撰写的文学史著作。

以上陈述，算不上是对自己多年的中国现代文学研究工作的总结，但确实是我研究的心得之一。我特别看重文学史研究的角度，我认为，研究角度的独特性往往蕴含着研究成果的独特性。我的研究工作往往是从角度的找寻开始的，我自己搞研究、写论文较注重研究视角的选择，因此，我的许多研究成果就多少记载了我对文学史研究独特角度的找寻与思考。

[原载《评论·2002年卷（下）》，作家出版社2003年1月版]

（收录于朱晓进著《中国现代文学史研究的视阈》，人民文学出版社2008年8月出版）

# 文化视角与
# 中国现代文学研究

# 从文学的“方法热”到“文化热”

80年代中期一度兴起的“方法热”，[1]曾几何时，已被“文化热”所取代。如果我们能面对纷纭迭起又各各消逝的思潮，做些冷静的思考，也许我们能使新的“热”留给历史更多的光。

“方法热”由盛极一时而又很快归趋为冷落，其原因是很值得深思的。无可否认，“新方法”之成为“热”，的确体现了文化界普遍的知识更新的要求，和对于文艺理论批评冲破单一思维定势，向多样化方向发展的要求。但“方法热”在一开始就存在着一系列的潜在危机，使这场颇有声势的热潮未能起到本来可以起到的作用。这里面有可以汲取的教训，尤其是对当前正在兴起的“文化热”来说。

---

1　参见朱晓进:《从“方法年”到“观念年”——对1985—1986年文艺理论和批评的考察》,《中国现代文学现象研究》，百花文艺出版社，1994年版，第264—269页。

一种刚刚出现的理论或方法，往往是不完备的，对此人们应宽容待之。但如果任其永远不完备下去，其结果则很可能是这种理论或方法的迅速自生自灭。在“新方法”的“热”中，一开始就存在着提倡者多，具体研究者少，甚至很少有人对各种新方法做过认真解释的现象，这种整体的朦胧状态，在其发展过程中一直未能消除。缺少理论的完备性和透明度，是“方法热”迅速冷落下去的主要原因之一。在眼下正兴盛的“文化热”中，我们看到了类似的情况：提倡“文化研究”“文化视角”的人多，而实际进行“文化研究”和采用“文化视角”进行研究的人少。甚至，对于“文化”本身，到目前为止尚缺少一个较为准确、系统的界定。对“文化学”理论的阐释和介绍，比之那些冠之以“文化”的大小专著和文章来，充其量只是一毛之于九牛。在看似轰轰烈烈的“文化热”背后，充满着真正的“文化”困惑和理论的混沌。有许多文章难避故弄玄虚之嫌，常常将一个简单的问题故意复杂化，以此来显示所谓文化的“深层性”。更有不少文章在使用文化人类学有关概念时，不求甚解，不做界定，“以意为之”。这些，都人为地增加了相互沟通和交流的困难。此种状况不改变，难免不重蹈“方法热”的覆辙。

一种理论或方法，它的生命力在很大程度上取决于它的实践效用。“方法热”的兴起，无疑是起过积极作用的。例如，它对多年来形成的一法独尊的理论模式的有力冲击，为理论的多元、方法的丰富多样化发展提供了有利的条件。再如随着“方法热”而来的新概念、新名词也为扭转以往理论模式中解释单位的贫乏、单调的状况提供了一种可能。但由于在“新方法”提倡与使用过程中存在着严重的死板、生硬、为方法而方法的倾向，致使“新方法”的实践效用未能充分发挥出来。从一些采用“新方法”的研究文章来看，方法固然很新，但大多停留在对原来已有的观点进行重新论证上，常常是老材料的重新排列组合，而结论又鲜有新的突破。这样，“新方法”与旧方法充其量也只是“殊途同归”的关系，“新方法”的优势也就无从说起。在有些文章中，所谓“新方法”甚至成了一种外加上去的东西，不仅未起到揭示研究对象特质的作用，反而把一些本来可以让人接受的观点变得令人难以接受。这种实践效用的低下，新方法“热”难以长久下去的又一重要原因。这个教训对“文化热”也不无启迪。眼下有分量的以“文化学”“文化视角”切实地对各种“现象”做认真研究，并得出令人信服又令人耳目一新的结论的成果还不多见。如果仅仅满足于大造“文化”声势，而不注意切实的文化研究工作，不能以研究实绩来显示“文化研究”“文化视角”的实践效用，则“文化热”的结局也是不难想象的。

一种理论或方法，以其“新”的、独特的面目而自立，这固然是很重要的，但如果它对以往的旧理论或旧方法中的合理因素缺乏包容性，则也有可能因其偏狭性给自身的发展带来潜在的危机。在“方法热”中，许多提倡者为了突出新方法的地位，不是以新方法自身的功用来显示其地位，而是以片面排斥或否定以往一切方法和理论的做法，来为“新方法”占据地盘。这种做法必然超出了“社会心理相容度”，因而引起了并非少数人的反感情绪，这就大大增加了“新方法”被普遍接受和应用的困难。其实，面对丰富多彩的研究对象，其研究角度和研究方法也应该是多种多样的，任何一种理论或方法，都有其不可避免的片面性和不可取代的优势。在这个意义上可以说，新、旧理论和方法永远处于同一起跑线上。旧的经过改造和革新可以获得新的生命；新的若独行其是、缺乏对以往理论和方法中长处的包容性，则也可能因其片面性成为一种新的僵化模式。“方法热”的这些教训对“文化热”是有意义的。我们在热衷于“文化研究”“文化视角”时，千万别忘了，它也只是“视角”之一，研究方法之一。对一些现象来说，它可能是最佳视角，但它不可能是适用于一切研究对象的最佳视角，“文化学”的方法，也决不是唯一可行的研究方法。如果我们片面夸大“文化视角”的效用，甚至试图以“文化学”的方法去取代以往一切理论方法，这就不可避免地导向理论与方法的新的单一化、片面化。“文化学”“文化视角”的优越性只能是在运用它们进行实际研究时显示出来。

当然，无论从哪个方面来看，正兴旺的“文化热”在其意义和效果方面都是“方法热”所不能比拟的，因此“文化热”的命运绝不会像“方法热”那么短暂。唯其如此，我们更应有所珍视，更应尽可能地让它留给历史更多精彩而有价值的东西。我们需要的是更为切实的工作。“文化热”尚正红火，据说有人已在准备为下一个“热”推波助澜了。是喜是忧？在结束了多年的封闭状态后，中国文化的发展从“二十年等于一天”的“龟行”时期进入了“一天等于二十年”(马克思语,转引自列宁《卡尔·马克思》)的飞速发展时期。在这样的时期各种文化、思潮、理论的纷至沓来，闪烁般敷演过去，确实具有一种难以避免的历史必然性。但此中也并非没有人为的因素：追赶先进潮流的紧迫感，使人们试图在极短的时间内匆匆完成实际必须在较长时间内才能完成的过程。在这里，过程本身被看成了目的。这是要付出代价的！从历史发展的辩证法来看，这种仓促性也许会在不远的将来，以“二十年等于一天”来作为补偿。

（原载《社科信息》1988 年第 6 期）

# 研究目的·适用对象·学术规范

## ——中国现代文学与文化研究笔谈

近几年，对中国现代文学进行“文化研究”或采用“文化视角”进行研究，已成为现代文学研究中的一个热点。而且，我们也确实看到了这种研究所取得的诸多可喜的成果。毫无疑问，“文化研究”之于中国现代文学研究有着不可忽视的积极意义和实践效用。但是，对目前这类研究中已经出现的一些问题和不足也应引起足够的注意。

“文化研究”本是一个独立的研究领域，它有其自身的研究目的，即进行文化学理论的探讨、对各文化形态进行分类研究、对文化发展史的研究等等。但“文化研究”作为一种研究方法或研究视角被运用于更具体的中国现代文学研究领域时，其研究目的应是落实在“文学”上，而不应是止于“文化”上。即在面对中国现代文学的具体研究对象时，注重从“文化”的角度去加以审视，或是从某种现代文学现象（包括作家、作品、思潮、文学理论主张等）中挖掘出具有文化意义的内容，或是依据该文学现象与“文化”的关系（与各文化形态的关系、在文化发展过程中的地位和作用等等）做出价值评判。在中国现代文学研究中采用“文化研究”的方法，其目的和意义在于，一方面便于把中国现代文学现象置于更为广阔的背景中加以考察，在纷繁的文化关系中对其加以解释；另一方面又可以把对中国现代文学现象的研究引入更深的层面，用以揭示出隐于现象背后的深刻的文化根源和精神实质，从而在更为本质、更为真实的基础上对该现象做出评价。显然，在这种研究中，所谓“文化研究”“文化视角”只是一种手段，而目的必须是落实在揭示、阐释和评价现代文学现象上。但目前这种研究，却多少有些将手段当目的，为“文化”而“文化”，有意无意地忽略真正的学科研究目的的倾向。一些文章，仅满足于大谈“文化”，而把现代文学的现象仅作为大谈、泛谈文化时随时随地任意取用的资料。不能否认，这种“谈”法，自另有意义和价值在，但就“中国现代文学研究”这一领域而言，其学科意义显然不能做过高估价，因为这种“谈”法之于现代文学，基本上是肢解性地取用，很难说对推动现代文学学科研究的深入和发展有多大作用。这与过去那种借“现代文学”谈政治斗争、路线斗争等做法，实属于同一种思路。在“现代文学研究”这一领域运用“文化研究”“文化视角”，侧重点不是在于泛谈“文化”，所关注的应是与作为研究对象相关的那一部分文化内容，是在于找出“文化”与“现代文学”的关系方式，即“文化”在哪些方面，在何种程度上，影响和制约了“现代文学”某一现象的产生、发展，在哪些方面、在何种程度上造成了“现代文学”的重要的和主要的特征。也就是说，唯有与阐释、研究现代文学现象相关的那部分“文化”内容才会进入我们的研究视野，而绝不是将“现代文学”肢解开来，任意纳入某一“文化研究”的理论体系，或用来图解某一“文化”问题。

每一种具体的研究对象都有其最适用的研究方法和研究途径，任何一种研究方法和途径都不可能完全适用于所有研究对象。从目前的一些研究文章来看，多少存在着滥用“文化研究”“文化视角”的现象。要清楚地认识到，“文化研究”和“文化视角”也只是现代文学研究中诸多方法和视角之一种，对一些现象来说，它可能是最佳方法和视角，但它不可能是适用于一切研究对象的最佳方法和视角。如果我们片面夸大这一方法和视角的效用，甚至试图以此去取代以往的一切方法和视角，这就不可避免地会导向研究路子的单一化、狭窄化、片面化。“文化研究”“文化视角”的优越性只能是在对适用对象进行实际有效的研究时显示出来。

在现代文学研究中采用“文化研究”的方法。还有一个学术规范的问题。从目前许多这类研究文章中可以看出，虽然人人在使用“文化”这一概念，但各自的理解却多有不同。许多文章在使用源于不同文化理论体系的概念、术语时，不求甚解，不做界定，以意为之。作为学术研究，就应该有起码的规范，即应对所采用的尚未被学术界普遍熟悉、认同的概念、术语，首先做出明确的界定和解释。否则，只能是人为地增加学术上相互沟通与交流的困难。还有，在许多现代文学“文化关系”的研究文章中，对“关系”的确认，过于随便，常常是凭借感觉去指出某某现代文学现象与某某“文化”有某种关系。在文学与文化的“关系”研究中，最忌讳也最容易犯的弊病是泛泛而论、印象式的把握，因为这样人为建构起来的“关系”缺乏令人深信不疑的基础。对“关系”的找寻、发现和确认，必须是实证的，结论才能落到实处。这里，材料的搜集和发现有着特别重要的意义，唯其如此，在文学和文化之间所搭起的才会是坚实的桥梁。如果仅仅将文学与文化这二者做些简单比附，其结果不仅不能使“关系”昭然，而且也根本无助于我们对研究对象理解的深化。现代文学文化研究发展到今日，是到了讲求学术规范的时候了。

（原载《天津社会科学》1995 年第 3 期）

# 从政治文化的角度研究中国20世纪文学

## ——《20世纪中国文学与政治文化关系史论》导言

### 一

我们选择从政治文化的角度来研究中国20世纪文学，是基于我们对中国现代文学研究的一些基本的认识。我们认为，文学史研究的角度可以而且应该是多元的，但是针对不同时段的文学使用何种角度却不能是随意的，这里也有一个最佳角度的问题。多角度地去看事物固然是全面了解该事物的较好方案，但在任何具体的文学史的研究过程中，事实上都不可能同时从所有的角度来进行，这就要有选择，角度的选择对文学史研究是至关重要的。紧紧抓住了特定时段影响文学的最最紧要的因素，这对于揭示特定时段文学的生成原因、生存状况和主要特征无疑是有益的。文学史的研究实际上也有对文学历史的“取景”问题，取什么景，即想昭示文学历史的哪一方面、想告诉人们什么东西，这自然是研究者的自由，但如果研究者希望自己所陈述的东西尽可能地符合文学历史的真相，希望自己所昭示的基本上是陈述对象的最重要和最主要的特征，那么，他就不可能不考虑“取景”的角度问题。使用何种角度，关键要看这种角度与研究对象的契合度。正是从这种与研究对象相契合的角度，我们可以从更为本质的方面来揭示该研究对象的基本特征，可以看出一些从其他角度所难以看出的问题，可以给予不同研究对象自身的独特性以更多的关注，当然，也才可能得出一些从其他角度难以得出的结论，并从而有可能将该对象的研究引向深入。因此，能为每一个时段的文学选择一个最佳的角度，也许就是为文学史的研究找到了创新和突破的真正机遇。

20 世纪中国文学的发展，是在一个特殊的背景下展开的。就某种意义上讲，由于 20 世纪特殊的时代特点和特殊的历史任务，使这个时代的文学在整体上呈现出不利于纯文学发展的态势：20 世纪各种政治的、经济的、文化的需求，尤其是包括战争、党争和党内斗争在内的政治原因，使 20 世纪成为一个非文学的世纪。20 世纪中国文学，从来就没有被作为一个独立的领域得到自足性的发展。文学革命伴随着思想、政治启蒙的新文化运动而发生，它与反帝反封建的政治思潮难以完全剥离。五四时期曾提出的反载道的文学口号尚未能落到实处，而在“为人生”旗号下政治化趋向已初露端倪，并很快便被早期的革命文学口号所代替。大革命后，文学的政治化终成主潮。此后的文学发展，虽随政治形势变化而呈现不同态势，但却始终未能避开政治化“浪潮”的裹挟。20 世纪文学的发展，确实时时受制于特殊的政治文化语境与氛围，这不仅体现在许多文学作品所表露出的在题材上的政治化特征，在题旨上的意识形态化倾向，而且全面体现在整体的文学目的和文学观念上。政治化思潮影响和制约着 20 世纪大多数年代文学的基本走向。从 20 世纪的特殊性出发，由这个阶段文学在总体上的明显的政治性特征所决定，我们认为，选择从政治文化这一角度来观照文学，可以看出一些从其他角度所难以看出的问题，揭示出其他角度所难以揭示的更为接近该时段文学本质的特征，得出一些从其他角度难以得出的结论。

就 20 世纪文学而言，如果不顾历史的氛围，忽略文学产生的特殊政治背景，仅从纯文学的角度切入，可能难以对各种文学现象做出合理的评价。

## 二

研究中国 20 世纪文学与政治文化之关系，具有特殊的意义，虽然从政治角度来看文学并不是一个新的话题，但在此之前还没有人专门从“政治文化”（political culture）的角度来研究中国20 世纪文学。研究界在文艺与政治关系问题上的争论历时已经是很久了。在文艺与政治的关系问题上，研究界曾出现过两种倾向，或是过分强调艺术对于政治的隶属关系，以至于常常出现以政治情绪化评判取代客观的文学研究的情况；或是有意无意忽略文学史上客观存在的政治因素对文学的影响，从而也难以对一些重要的文学现象做出客观的历史评判。要避免上述走极端的研究倾向，就必须真实客观地来看待政治与文学的关系问题。在以往学术界阐述文艺与政治的关系时，最大的失误是并未真正弄清二者之间的关系方式。人们虽然是明确意识到了政治维度，并试图加以描述，但在未真正搞清政治与文艺的关系方式之前，这种描述只能是简单地将文学现象与政治事件，将文学作品与作家的政治思想，将文学的内容与政治的历史进程生硬地直接对应或比附。而很少有人真正客观地去探究，在不同的历史时期，政治到底在哪些主要方面，到底以何种方式，到底在何种程度上左右、影响乃至决定了文学的基本走向，或是构成了文学的基本的甚至是主要的特征。政治与文艺之间关系的历史深度仿佛在一块两维屏幕上被压扁了，一切都满足于在朦胧状态中被描述、被概括。这样所导致的后果是，要不就是在主观的想象中强化政治的作用，要不就是在盲目的臆测中否认政治对于文学事实上所起的作用，两极对立观点的构成其实都源于一种朦胧。事实上，文学与政治之关系，只能是历史地、具体地、阶段性地呈现出不同的结构形态，文学史的研究正应该去历史地、具体地加以探究，以便揭开这种关系之上的朦胧面纱。在这里，我们将“政治文化”这一概念引入文学史的研究之中，其目的无非是尝试着在政治与文学之间找到一条关系方式的桥梁。

“政治文化”（political culture）一词是美国政治家阿尔蒙德（Gabriel A. Almomd）于 1956 年在《政治季刊》上发表《比较政治体系》一文时首先创用的。按照阿尔蒙德的理解，政治文化不同于明确的政治理念，也不同于现实的政治决策，它是作为一种心理的积淀，深藏在人们心中并潜移默化地支配着人们的政治行为。“政治文化”在阿尔蒙德的观念中，是属于“文化体系”的一部分，指涉着对政治行为和政治评价的主观取向。自从阿尔蒙德提出政治文化的概念以来，六十年代西方的政治学者纷纷采用这一概念来解释政治体系中的政治行为及其变迁的趋向。当然，在具体使用政治文化这一概念时，不同的学者在理解上多少是有差异的。1958 年, 比尔（Samuel H. Beer）和鄂曼（Adam Ulam）在出版的《政府的模式：欧洲主要政治体系》一书中所讲的政治文化，主要包括政治价值、信仰体系、感情态度与符号。1963 年美国著名政治学家尤劳（Heinz Eulan）在其《政治学行为派》一书中肯定了政治文化概念的价值，认为它可以促进政治行为的研究，以比较不同文化体系或同一文化体系内“各次级文化”间的异同。1965年白鲁恂（Lucian W.Pye）与弗巴（S. Verba）合编了《政治文化与政治发展》一书，白鲁恂将政治文化定义为:“一套态度、信仰与感情，此种态度、信仰与情感使政治过程有秩序及意义，同时为政治体系设下了基本前提与规则，以求控制体系中的行为”；而弗巴则认为，“政治文化是由包括经验性的信仰、表达的符号以及价值判断三者所交织的体系。它划定政治行为发生的背景，是政治活动的主观取向，包括一个政治体系的最高远的理想以及一般的行为规范”。[1] 1966年，阿尔蒙德与鲍威尔（G. Bingham Powell.Jr）合作发表《比较政治学：体系、过程和政策》一书，该书对“政治文化”的涵义和定义做了进一步阐发和界定，认为“政治文化是一个民族在特定时期流行的一套政治态度、信仰和感情。这个政治文化形成于本民族的历史以及现在社会、经济、政治活动进程之中。人们在过去的经历中形成的态度类型对未来的政治行为有着重要的强制作用。政治文化影响各个担任政治角色者的行为、他们的政治要求和对法律的反应”。[2] 上述对“政治文化”这一概念的种种阐释，包含着不同的研究者自身对此的理解以及标明了他们各自是在何种意义上使用这一概念的。在此，我们并无意于对“政治文化”这一概

1 《政治文化与政治发展》(英文版)，[美]白鲁恂、弗巴编，普林斯顿大学出版社，1965年版，第513页。

2 [美]加布里埃尔·A.阿尔蒙德等:《比较政治学：体系、过程、政策》，曹沛霖等译，上海译文出版社，1987年版，第29页。

念做更为具体的研究甚至解释，因为“政治文化”目前事实上已成为一个相对宽泛的学术领域。按照我们的理解，“政治文化”这一概念可以有广义和狭义之分，广义的政治文化是指，在一定文化环境下形成的民族、国家、阶级和集团所建构的政治规范、政治制度和体系，以及人们关于政治现象的态度、感情、心理、习惯、价值信念和学说理论的复合体。而狭义的政治文化则主要是指由政治心理、政治意识、政治态度、政治价值观等层面所组成的观念形态体系，也就是阿尔蒙德所谓的“在特定时期流行的一套政治态度、信仰和感情”。我们在使用“政治文化”这一概念时，是基于我们对此的上述理解来使用的，而且，在我们研究政治文化与文学的关系时，更主要地是在狭义上使用“政治文化”这一概念的（而作为研究背景，广义的政治文化内容也有所涉略）。

我们关注政治文化问题，首先是因为政治文化这一问题所涉略的重心不同于我们通常所谓的“政治”这一概念。按照以往我们通常对“政治”的解释，政治就是指“阶级斗争”。“其表现形式为阶级、政党、社会势力和社会集团关于国家生活和国际关系的活动。这些活动的实质是一定阶级夺取政权和巩固政权的斗争。政治属于上层建筑，它产生于一定的经济基础之上，并为经济基础服务，是经济的集中表现”；“政治”的另一解释，有时就是直接指“国事”。[1]我们从上述对“政治”的解释中所能领略的基本上是一种客观的外部的“活动”，人们的政治行为及其背后的心理动机等等主观取向却无法得到强调。这样，当我们谈论政治与文艺的关系时，势必会遇到的问题就是客观“活动”的“政治”是如何与个人性、主观性很强的文学创作相关联的？马克思曾这样批评过机械唯物论的片面性，说它们的“主要缺点是：对事物、现实、感性，只是从客观方面去理解，而不是把它们当作人的感性活动，当作实践去理解，不是从主观方面去理解”。[2]我们认为，在以往的政治与文学关系研究中所最常见的诸如生搬硬套、乱贴标签等弊病也与此有关。而政治文化不同于明确的政治理念和现实的政治决策，它更关注的是政治上的心理方面的集体表现形式以及政治体系中成员对政治的个人态度与价值取向模式。进入其研究视野的就不再是纯客观的“活动”，而是包括甚至主要关注政治行为的心理因素，如信念、情感及评价意向等等。这对我们研究政治与文学的关系确实是提供了绝佳的中介。政治固然有时可以直接干预文学活动，但最终“政治”进入“文学创作”活动乃至最终影响文学作品等等，却只能是通过“政治文化”这个通道来完成。“政治”是以政治文化的方式对文学施加影响的，即民族、国家、阶级或集团等政治实体所建构的政治规范和权力机

1 《辞海》，上海辞书出版社，1989 年版，第 3841 页。
2 ［德］马克思：《关于费尔巴哈提纲》，《马克思恩格斯选集》（一），第 16 页。

制，是通过营造成某种流行的政治心理、政治态度、政治信仰和政治情感来影响于文学创作的，而文学创作反作用于政治也主要是通过这些政治文化方面来间接实施的。正是在这个意义上我们认为，政治文化是我们所试图找寻的政治与文学之间关系方式的桥梁。

在谈论从政治文化角度研究 20 世纪文学时，要特别强调的是，我们所谓的“政治”或“政治文化”只是一种研究的视角，而不是一种评价尺度，我们不是以文学是否与政治结缘来给与臧否，而是通过这一角度去接近对象的实际，从而对 20 世纪的许多文学现象做出更为合理的解释。当然，我们关注政治文化问题，还因为政治文化这一问题本身所包孕的丰富的意蕴，这不仅是指与之相关联的一整套概念体系，必将会丰富我们对诸多政治与文学现象的解释语汇，而且是指与之相关的诸多的分析方法和方式，也将会给我们的研究带来诸多的启示。

## 三

由于 20 世纪不同年代的政治文化形势不尽相同，其文学与政治结缘的方式也不同。受政治文化学理论的启发，我们可以从不同的政治文化形态去把握不同历史时期文学受制于政治的不同特点。政治文化学将政治文化的社会形态分为非整合模式、半整合模式和整合模式这三种模式。所谓非整合模式，是指在“同一政治体系下的社会成员对官方政治概念、政治价值取向以及政治操作方式普遍缺乏认同感”。由于“少数社会成员攫取过多的物质利益”，“普遍民众付出的代价过高，因此下层对上层充满了报复心理，并且一遇机会就会付诸行动”。“国家虽极力用暴力手段压服民众的反抗，或以‘恩威并重’的手段分化民众、涣散他们的斗志，但效果并不显著，社会成员的精神共识、国家观念、整体思想仍是异常淡漠。”民众的“政治取向多倾注于对次级国家组织及团体的认同上”。中国二三十年代的状况就是如此。尤其是 30 年代国民党独裁政权建立后，为了建立起支撑自身政权的政治文化，施行了一整套文化控制方略和文艺政策。权力主体所推行的“政治文化作用于权力客体时，如果轻重缓急较为得当，会在一定时期内成为沟通权力主体与权力客体的良好的中介力量，成为二者共处一体的‘粘合剂’”，而“政治文化如果严重失真、扭曲、偏离，将迅速被权力客体摈弃”。[1] 由于国民党所实行的种种文化控制方略和文艺政策是一种严重扭曲与偏离的政治文化，它并未能缓解权力主体与权力客体之间的紧张，反而造成了二者之间的严重疏离，因而造成了包括文化界、文艺界人士在内

1　参见孙正甲：《政治文化》。

的广大人民群众在最大程度上的不满情绪，引发了来自权力客体自发形成的政治文化反弹。由于文艺、文学在政治文化传播中作为传媒的重要地位，所以文艺、文学领域便成了权力主体与权力客体双方激烈争夺的战场。30 年代作为权力客体持不同政治见解的文学群体和个人，都不约而同地关注出版与言论的自由，无疑是针对国民党的限制思想和言论自由的文化手段而来的。他们的文学主张虽各不相同，但都在很大程度上取决于他们作为权力客体所持的反权力主体的政治意识。30 年代特殊的政治文化语境构成了特殊的文学氛围，它在很大程度上决定了文学的生存和生产状况，产生了特殊的文学现象，并由此形成了文学发展在总体上的政治化趋向。这种政治化趋向具体体现为：第一，30 年代文学群体多少在承担着“次级国家组织的团体”的功能，因而都明显呈现出“亚政治文化”形态。即所有重要文学群体在重大政治文化问题上均对统治者权力主体政治文化取对立的或游离的态度；文学群体中成员常常扮演着政治参与的角色，在其政治倾向上各文学群体都多少代表了各种不同的“政治利益”；文学群体或多或少具有某种封闭性、宗派性，或党派性；每一文学群体内部在重要的文学观念上大体相一致，而这种一致性往往不是出自审美性追求，或可以说首先并非是出于文学的或学术的思考，而常常是从自身的政治立场、政治态度出发，针对自身对当时政治文化形势的理解而采取的某种文学策略。第二，在 30 年代的文学论争中，各派所依据的常常是其政治文化立场，而文学自身的要求则往往被隐去。其间，信受重视的是说话人的政治态度，即站在何种立场上讲话，是论争各方最关注的。第三，30 年代作家的文学选择明显受其政治意识的趋导，作家的政治价值观在很大程度上决定了作家们选取文学题材的眼光、处理题材的方式以及观照问题的角度。第四，非官方的普遍的政治风气、政治需求和普遍的政治心态，导致了主导的审美倾向的形成，造成了某些特殊的文体形式的盛行等等。

半整合模式政治文化的社会形态，是"指在同一政治体系下，社会成员在意识形态领域里"，"存在一定的协调机制"，又"保持着一定的融洽和谐气氛"；但这种模式虽"一般具有民主政体的外壳，并明文规定各种民主程序，但政治机器运行过程往往被少数政治权威所把持，结果多是挂民主政治之名，行专制政治之实"。"不仅法律本身不健全，而且执法不严更是司空见惯之事，法制易于被人治所取代是理所当然之事。""在这里，官方意识形态及文化在有些场合下允许非官方意识形态及文化存在，但又总是伴随着前者对后者的严格限制，这种限制时常将后者逼迫到异常尴尬的境地。"[1] 中国的"文革"时期以及更早一些时期的许多年代就是属于这种状况。在这些年代里，文学作为意识形态受到

1　参见孙正甲：《政治文化》。

了极其严格的控制。文学与政治的关系理所当然地在官方意识形态中被抬升到相当重要的位置，文学的政治化趋向也因官方的刻意引导而发展到了极端的地步。在这种半整合模式的政治文化氛围中，文学与政治结缘的方式具体体现为：第一，与非整合模式中缺少绝对权威的主流政治文化有所不同，由于在半整合模式的政治文化氛围中，少数政治权威对政治运行过程有一定的控制能力，因而在这样的年代中，文学群体的官方化特征非常明显，任何文学组织都无一例外地被纳入政府的管理体系之中，政府直接可以用行政手段控制、支配、左右这些文学组织。第二，文学只能以官方意识形态工具的身份出现，文学不仅绝对不能传播任何非官方意识形态。而且也绝对不允许不体现官方意识形态，即通常所谓的不允许“脱离政治”。这样，作家没有任何文学选择的空间，要么放弃创作，要么就是自觉充当这种工具。第三，文学观念的空前一致，即一切文学主张、文学理论，基本上都是本源于官方文艺政策而做的种种阐释，或者就是官方文艺政策的直接的传声筒。与之相关的文学评价标准也主要是基于官方的政治意识形态，对任何文学作品都无一例外地或从政治上找寻其可肯定之处，或从政治上找寻其该否定之处，而毫不顾及作家的创作意图和愿望。第四，由于官方意识形态对普通民众有相当强的灌输力量，由此形成了官方色彩相当浓厚的普遍的政治心态和政治风尚，这又直接导致了主导的审美倾向的形成，并导致了诸多特殊文体的流行。

可以说，中国在20世纪的绝大半的年代，是处于上述非整合模式和半整合模式的政治文化氛围中，虽然这两种社会模式下文学与政治的结缘方式不同，但在文学自身未能获得自足发展的足够空间这方面却是共同的。文学如何才能不仅仅是作为政治的、意识形态的附庸，如何才能获得自身自足的发展呢？这当然需要有合适的外部环境，这种合适的外部环境从政治文化学的角度来看，就是整合模式的社会形态。整合模式的政治文化是指同一政治体系下社会成员"共同享有主流文化的同时有权保留各自的非主流文化"，"国家基本上靠示范机制和馈赠物质与精神利益的手段解决政治认同问题"，"官方意识形态无需被奉为圭臬，而是靠巨大的正向能量释放赢得社会尊崇，进而演变为全社会的自觉意识；国家意识形态不剪除地方和局部意识形态，也不否认双方的矛盾与冲突，它们以文明竞争的方式争取社会成员"，"各种政治问题均以平等协商的文明程序加以解决，而不诉诸武力；法制成为人人共守的社会规范，是法律支配权力，而非权力支配法律"。[1] 在这样的政治文化氛围之下，由于人们普遍具有更广阔的生活空间，人们有追随或不追随某种意识形态的自由选择的权力，这样，文学必不会成为表达一种声音的工具。由于各种政治问题是以文

1　参见孙正甲：《政治文化》。

明竞争、平等协商方式而加以解决，这在很大程度上消除了政治的紧张，消除了人们普遍的政治对峙心理，文学的政治化趋向亦会获得很大程度的缓解。由于社会成员普遍的行为方式不再是受制于政治权力，而是受制于法律，人们便有了在不违法的前提下更多地选择生活方式（文学选择也包括在其中）的权利和机会，文学自足发展的空间便不会再狭窄了。应该说，80 年代后期以及 90 年代以来的社会状况以及政治文化氛围，正处于由半整合模式向整合模式过渡的阶段。我们从 90 年代以来的文学发展趋向来看，文学的自足性发展已初露端倪，文学终于在 20 世纪末留给人们以更多的希望。

在 20 世纪许多政治敏感时期，政治形势、政治文化往往是构成文学生成、生存和发展的一个重要生态环境，在这种时期，各种文学现象，基本上是在对这样的生态环境或顺应或违逆，或适应或不适应，或协调或不协调的反应中得以形成并呈现出种种态势的。在非整合模式政治文化氛围下，文学主张、文学观念、常常是各派政治势力在文学上的代表人物，从自身的政治立场、政治态度出发，针对自身对当时政治文化形势的理解而采取的文学策略。在文学论争中各派所依据的常常是其政治文化立场，而且论争中不管观点如何差异，其提出问题的方式，思考问题的角度都颇为一致，即关注对方的政治态度、政治立场甚于关心其观点本身的正确与否，从而使许多文学论争一再呈现出是非标准的相对模糊和朦胧的状况，政治化思维掩盖了理论的探讨。在半整合模式的政治文化氛围中，文学主张、文学观念则基本上是对官方文艺政策的阐释，或是一种作家的政治表态，所有的文学理论在很大程度上是官方文艺政策的翻版，从文学自身规律和从学理角度提出的文学见解是很难见到的。而在文学论争中，即使有所谓论争的双方，那也是基于对官方文艺政策理解的差异，而论争的最后裁判也理所当然地是有关政府部门或官方政治权威，文学的法则完全由政治规则所取代。

## 四

当我们回顾 20 世纪文学的发展时，我们看到的是这样一个基本的历史事实：在 20 世纪的大多数年代里，文学的政治化趋向几乎是文学发展的主要潮流。文学与政治的特殊关系，无疑是其最为显性的文学发展的特征之一。因此，在研究上述年代的文学现象时，首先应关注的也许倒不是纯美学、纯艺术层面的东西。我们应该从政治文化的角度去看待这些年代的文学，对文学现象得以产生的政治文化氛围，以及文学以何种方式、在多大程度上与政治文化结缘，政治的因素到底在多大程度上、到底以什么形式导致了一些文学现象的产生，以及最终支配了文学发展的趋向等等的问题给以更多的关注。以政治文化的角度来观照和解释20世纪文学发展中的许多现象，我们也许可以从更为本质的方面来揭示其基本特征，可以从更为广阔的范围来探讨其成因，能够将20世纪文学史的研究引向深入。尤其是对那些政治成为社会文化中心的时代，即所谓政治敏感时期，要理解那个时代的文学，政治文化的角度也许显得尤为重要。

从政治文化的角度研究中国20世纪文学，我们可以着重从这样几个方面入手：（1）研究在20世纪不同历史时期特殊的政治文化语境中，各派作家的实际反应和相应采取的文学策略；（2）较为具体地研究不同历史时期一些重要的文学论争所具有的政治文化色彩，包括论争各方的政治态度、政治情绪和成为某种惯性的政治化思维；（3）探讨不同历史时期普遍的政治文化心理（广大的读者，包括批评家的政治心理，以及由此形成的对文学的审美偏好所构成的带有某种普遍性的文学期待）对文学的导向；（4）努力揭示不同历史时期作家的政治意识与其文学选择之间的关系，即探讨政治意识、政治价值观如何决定了作家们选取文学题材的眼光、处理题材的方式以及观照问题的角度；（5）分析研究不同历史时期政治风气、政治需求和普遍的政治心态，如何导致了主导的审美倾向的形成以及一些特殊的文体形式的盛行。

当然，我们研究中国20世纪文学与政治文化之关系，最终的落脚点还是在文学上。在涉及政治文化时，是将之摆到与文学的关系中来加以探讨，即看它对文学的影响程度，它在文学特征形成中所起的作用。说到底，是尽可能地真实地再现 20 世纪文学所处的政治文化氛围，尽可能地以翔实准确的史料去研究 20 世纪政治文化制度的运作，以及由此形成的普遍的政治心理、政治意识、政治价值，并由此来认识各派文学对此的实际反应以及所采取的不同的文学策略，即通过对特殊的政治文化语境的揭示，以期找到 20 世纪许多文学现象（包括作家行为，作品特征，重要的文学论争、文学派别、文学范型、文体现象的形成，等等）的重要依据，以达到对 20 世纪文学的准确把握和全面而中肯的评价。

（原载《文学评论》2001 年第 5 期）

（收录于朱晓进等著《20 世纪中国文学与政治文化关系史论》，南京师范大学出版社 2003 年出版；该著 2005 年获得江苏省第九届哲学社会科学优秀成果奖二等奖）

# 鲁迅艺术活动的文化目的及其与传统文学的关系

## 一

在历史的发展和对历史不断的重新评价中，鲁迅作为文化思想家的地位，正在取代作为文学家的地位。鲁迅一生的道路和事业，都与中国文化的革新分不开。鲁迅对各种问题的思考常常总是与他自觉反省中国文化，以促使中国文化由旧向新转换这一总主题联系在一起，即如他的文学艺术活动也不例外。离开了他的整体的文化意识，就很难深刻地理解他的文艺活动。

鲁迅是从找寻思想启蒙的工具而走上文艺道路的。鲁迅认为，在中国文化的转换中，“我们的第一要著，是在改变他们（指国民——引者）的精神，而善于改变精神的是，我那时以为当然要推文艺，于是想提倡文艺运动了”。[1]很明显，鲁迅从事文艺活动的最初目的就是以文艺作为社会改革和主体精神文化建设的一种途径。

从鲁迅一生的文学艺术观念来看，都无不可以看作是他的整体文化观的一个组成部分。他在《南腔北调集·我怎么做起小说来》中就曾说，他开始“做小说”“并没有要将小说抬进‘文苑’里的意思，不过想利用他的力量，来改良社会”。又说:“说到‘为什么’做小说罢，我仍抱着十多年前的‘启蒙主义’，以为必须是‘为人生’，而且要改良这人生。我深恶先前的称小说为‘闲书’，而且将‘为艺术的艺术’，看作不过是‘消闲’的新式的别号。所以我的取材，多采自病态社会的不幸的人们中，意思是在揭出病苦，引起疗救的注意。”[2]鲁迅在这里明确地是把文学作为改良社会的工具。因此，我们也许只有从这一基本点出发，才能在理解鲁迅作品时更为贴近鲁迅自身，更能理解鲁迅创作中的种种“非文学”的现象。

鲁迅的这种文学观念是一以贯之的。在 20 年代后期，鲁迅仍说:“中国现今文坛的状况，实在不佳，但究竟做诗及小说者尚有人。最缺少的是‘文明批评’和‘社会批评’，我之以《莽原》起哄，大半也就为了想由此引些新的这一种批评者来，虽在割去

1　鲁迅:《呐喊·自序》，第 417 页。
2　鲁迅:《南腔北调集·我怎么做起小说来》，《鲁迅全集》(第四卷)，第 511 页。

敝舌之后，也还有人说话，继续撕去旧社会的假面。”[1]到了30年代，鲁迅利用文学进行社会批判和文明批评的目的则更为强化。鲁迅很称赞那些不管什么“‘文学概论’的规定”，也不希图文学史上的位置的作家，“因为他只知道这样的写起来，于大家有益”。[2]

不仅创作方面如此，对外国文学的翻译介绍方面也是如此。鲁迅曾谈起过，他最初从事文学译介的目的，“不过要传播被虐待者的苦痛的呼声和激发国人对于强权者的憎恶和愤怒而已”。[3]为此，他非常注重介绍被压迫民族的文学作品，“因为所求的作品是叫喊和反抗？势必至于倾向了东欧，因此所看的俄国、波兰以及巴尔干诸小国家的东西就特别多”。[4]

非常清楚，鲁迅是带着整体文化革新的目的从事文艺活动的。因此，在鲁迅那里，文学艺术绝不是一个孤立的存在，而是以“助革命更加深化、展开”为目的的。他对那些“借革命来推销他自己的‘文学’”的人，非常反感。[5]他自觉地将文艺摆在整个文化革新和社会革命的从属地位，使文学艺术活动成为他所从事的诸多文化工作中的一个组成部分。他的文学艺术观念与他的文化观是相一致的，又是相补充的。因此，如果仅把鲁迅的文学艺术活动当作一个封闭的系统来研究，就很难把握鲁迅文学艺术活动的

---

1 鲁迅:《两地书·一七》,《鲁迅全集》(第十一卷)，第63页。
2 鲁迅:《且介亭杂文二集·徐懋庸作〈打杂集〉序》,《鲁迅全集》(第六卷)，第291页。
3 鲁迅:《坟·杂忆》,《鲁迅全集》(第二卷)，第224页。
4 鲁迅:《南腔北调集·我怎么做起小说来》，第511页。
5 鲁迅:《伪自由书·后记》,《鲁迅全集》(第五卷)，第187页。

全部意义和价值。

## 二

这种明确的文化目的，直接左右了鲁迅的艺术选择。当鲁迅跨入文学艺术这个具体的领域时，他面对众说纷纭、五花八门的文艺观念，必须做出自己的选择。这种选择，在鲁迅那里也有一个过程。在五四之前，他对各种文艺观念尚处于单向吸收的阶段。由于其吸收面较宽，所以在他早期文艺观中，似乎显示出一种全面性：一方面，他赞同文艺的社会功利性，认为文艺可以“涵养人之神思”，人们从优秀的文艺作品中可以受到极大的教育，从而增强“自觉勇猛发扬精进”的精神；[1]一方面，他又赞同把文艺的愉悦性看得高于一切的观点，认为“由纯文学上言之，则以一切美术之本质，皆在使观听之人，为之兴感怡悦。……与个人暨邦国之存，无所系属，实利离尽，究理弗存”。[2]同时，他又特别同意文艺区别于其他精神领域的自身独立性，认为文艺有着与科学所不同的特质，它的“直语其事实之法则”的直观性与科学的

1　鲁迅:《坟·摩罗诗力说》，第 71 页。
2　鲁迅:《坟·摩罗诗力说》，第 72 页。

“缕判条分”式地揭示道理有所不同。[1]从这些方面看，鲁迅最初的文艺观念，显示出一种“全面性”。但这种“全面性”尚属一种粗浅的“全面性”，因为它并没有能够就各种观念之间的关系做出合理的解释和论证，从这些观念中，它至多能使人们看到些文学领域中普遍的一般观念，而体现不出鲁迅自身的独特性。文艺观念的独特性在于对各种观念的选择、融合、创新，在于选择、融合、创新中所依据的理论支柱。而这一过程，鲁迅是在五四运动之后才逐步完成的。在五四之后，鲁迅依据文化革新的需要，从文化变革的总的历史要求出发，突出发展了他五四之前对文艺的社会功用的一些看法，并且在理论上对之加以深刻的阐发、论述，形成了作为鲁迅文艺观念核心的“革命功利性的文艺观”。他是从自己的独特目的出发，做了一种具有他的个性特征的选择。这种选择所依据的，就是他对文化革新的思考。

五四时期，鲁迅从新文化运动反帝反封建斗争的要求出发，主张文艺创作应当“遵奉前驱者的将令”。因此，在鲁迅那里，新文化运动的需要是第一位的，而文学自身独特的规律、要求是第二位的。正因为如此，鲁迅才在《药》的结尾平添了花环，在《故乡》的结尾加上了一段关于“路”的议论。从文化启蒙的目的出发，鲁迅重视文艺首先是由于看重它“是国民精神所发的火

1 鲁迅:《坟 · 摩罗诗力说》，第 72 页。

光，同时也是引导国民精神的前途的灯火”。[1]鲁迅从来也没有从纯粹的艺术美的角度去看待文艺。尤其是在30年代，他更是呼唤文艺对现实做出及时的反响和抗争。因此，在鲁迅的文艺观念中，功利性始终占主导地位。他认为：“在一切人类所以为美的东西，就是于他有用——于为了生存和自然以及别的社会人生的斗争上有着意义的东西。”[2]这样的文艺观念，在今天看来，不免有些偏颇，尤其是从文艺本体性的角度来看，这种文艺观念似乎是“非艺术”的。但这在特定的文化转换的历史过程中，恰恰是一种顺应时代要求和历史潮流的正确选择。这是一个文艺发展的特殊历史阶段，在这个阶段，文化的、思想的、政治的要求压倒了艺术的内涵，文化的整体的历史转换，必须以牺牲局部的文艺的本体特性为其代价。用鲁迅的话来说，“现在是多么切迫的时候，作者的任务，是在对于有害的事物，立刻给以反响或抗争，是感应的神经，是攻守的手足。潜心于他的鸿篇巨制，为未来的文化设想，固然是很好的，但为现在抗争，却也正是为现在和未来的战斗的作者，因为失掉了现在，也就没有了未来”。[3]死抱住“文艺”不放，咬定纯艺术的追求，这从文艺单个领域的局部来看，是合理的，但放到特定历史条件下，却又具有某种局限性，不合理性

1 鲁迅：《坟·论睁了眼看》，《鲁迅全集》（第一卷），第240页。
2 鲁迅：《二心集·〈艺术论〉译本序》，《鲁迅全集》（第四卷），第263页。
3 鲁迅：《且介亭杂文·序言》，《鲁迅全集》（第六卷），第3页。

乃至荒谬性。

鲁迅依据文化转换时期的历史要求所做的选择，不仅体现在整个文艺观念上，而且还体现在对具体的艺术美形态的偏好上。例如在对待“壮美”和“优美”这两种艺术品貌时，鲁迅显然更偏向于壮美。鲁迅认为，艺术品貌应顺应时代的要求，应与社会的文化时尚相和谐。在五四之后的中国社会中始终交织着新与旧、革命与反动、人性解放的要求与扼杀人性的斗争。对于这样一种斗争的时代来说，鲁迅认为最需要的是能够“呼唤血与火”的文艺，是鼓舞人心的“力之美”的艺术。鲁迅有一段著名的论断:“在风沙扑面，狼虎成群的时候，谁还有这许多闲工夫，来赏玩琥珀扇坠，翡翠戒指呢。他们即使要悦目，所要的也是耸立于风沙中的大建筑，要坚固而伟大，不必怎样精；即使要满意，所要的也是匕首和投枪，要锋利而切实，用不着什么雅。”[1]因此，鲁迅在评价二三十年代的文学作品时，常常就是从这种审美偏好出发的:他高度肯定萧红的《生死场》，是因为它显示出“力之美”，能将“北方人民的对于生的坚强，对于死的挣扎”，“力透纸背”“明丽和新鲜”地展现在读者眼前。[2]鲁迅对白莽的诗歌的称道，其依据也是如此。鲁迅把白莽的诗比作“东方的微光”“林中的响箭”“冬末的萌芽”等等富有生命和躁动之力的东西，虽然白莽的诗在艺

1 鲁迅:《南腔北调集 · 小品文的危机》，第 575 页。
2 鲁迅:《且介亭杂文二集 · 萧红作〈生死场〉序》，第 408 页。

术上不免粗疏，但却由于它是“对于前驱者的爱的大纛”“对于摧残者的憎的丰碑”，因此，鲁迅认为，在这样的诗作面前，“一切所谓圆熟简练、静穆幽远之作，都无须来做比方，因为这诗属于别一世界”。[1]正是出于顺应文化变革时代审美要求的“力之美”的呼唤，鲁迅曾大力向国人推荐那些带有“力度”的木刻和版画艺术，给予德国女艺术家凯绥·珂勒惠支以很高评价，肯定她具有“丈夫气概”，在版画中“集中了强韧的力量”，[2]使人愈看“愈觉得有动人的力”。[3]相反，鲁迅对于优美（即阴柔之美）这种艺术美的形态，虽不否认其存在的意义和价值，但出于转变社会风尚、顺应文化转换的时代要求，对它却多少采取贬抑的态度。他说：“在方寸的象牙版上刻一篇《兰亭序》，至今还有‘艺术品’之称，但倘将这挂在万里长城的墙头，或供在云冈的丈八佛像的足下，它就渺小得看不见了。”[4]鲁迅还曾对“多是削肩的美人，枯瘦的佛子”的流行装饰画表示不满，[5]对法国木刻的“多为纤美”也似有微词。[6]他还说，“我最讨厌江南才子，扭扭捏捏，没有人气”，[7]而唯有“精力弥满的作家和观者，才会生出‘力’的艺术来”。[8]

---

1　鲁迅:《且介亭杂文末编·自莽作〈孩儿塔〉序》,《鲁迅全集》(第六卷)，第494页。

2　鲁迅:《且介亭杂文末编·〈凯绥·珂勒惠支版画选集〉序目》,《鲁迅全集》(第六卷)，第483页。

3　鲁迅:《且介亭杂文末编·写于深夜里》,《鲁迅全集》(第六卷)，第471页。

4　鲁迅:《南腔北调集·小品文的危机》，第575页。

5　鲁迅:《集外集拾遗·〈近代木刻选集〉(2)小引》,《鲁迅全集》(第七卷)，第333页。

6　鲁迅:《且介亭杂文末编·记苏联版画展览会》,《鲁迅全集》(第六卷)，第483页。

7　鲁迅:《书信·致萧军、萧红》,《鲁迅全集》(第十二卷)，第620页。

8　鲁迅:《集外集拾遗·〈近代木刻选集〉(2)小引》，第333页。

自然，在此问题上鲁迅也有时过于偏激。例如，对著名京剧表演艺术家梅兰芳的评价就是如此。梅兰芳对京剧青衣的唱腔、念白、舞蹈、表演等都有创造性的发展，达到了高度优美，形成了一种有影响的艺术流派。而鲁迅则认为，梅兰芳“艺员”的歌声，“像粗糙而钝的针尖一般，刺得我耳膜很不舒服”。[1]他甚至尖刻地讽刺梅兰芳艺术的吸引力是在于“男人看扮女人，女人看男人扮”。对于这样的偏激，我们也只有将之摆到特定的文化转换的历史背景之下才能够理解。鲁迅在壮美与优美这两种艺术美的形态的选择中，强调了前者而贬抑了后者，这是从促进文化变革，促使中国人精神的强固，引导国民从怯弱、病态的心境中走出等方面来考虑的。鲁迅认为，对优美这种艺术形态的欣赏，是必须有余裕的，“花呀月呀”不出啼饥号寒者之口，那种心地晶莹的雅致，是必须有相应的好境遇的，身处黑暗社会的压榨之下，哪里还会有欣赏纤美艺术的兴趣？况且，这种柔美纤巧的艺术，对于本来就多有柔弱、退让等弊病的国民性格来说，会起到一种产生共鸣之后的消沉的文化心态。因此，鲁迅从特定时代要求出发，认为当务之急首先是要使国民奋发昂扬起来，进行坚韧的斗争，去争取新的健康、豪迈的文化新时代。由此可见，鲁迅的这种选择，是出于对整体文化转换的构想。

1　鲁迅:《华盖集续编·厦门通信》,《鲁迅全集》(第三卷)，第370页。

鲁迅从主体精神文化建设的总目标出发，对所谓的“艺术界定”，也做了自己的选择。他认为，所谓文艺者，是“由于现在生活的感受，亲身所感到的，便影印到文艺中去”。[1]也就是说，如果没有这种主体精神的投入，即缺乏真实的感受，也就难以从情感上打动别人，从而达到精神感化的作用。鲁迅特别强调，“只有真的声音，才能感动中国的人和世界的人”。[2]因而，对一个作品是否堪称为“艺术”的界定，首先就看它有没有作家的主体精神的投入。鲁迅认为“新闻上的记事，拙劣的小说，那事件，是也有可以写成一部文艺作品的，不过那记事，那小说，却并非文艺”。[3]同样的事件，可以写成艺术品，也可能成不了艺术品，其区分并不在于是否采用了艺术的形式，而在于其中有没有倾注作家艺术家的真情实感。也有一些作品，由于其中表达了一种透过一般事物形象所表现出的作者的主观情感，因此即使它没有采用艺术的形式，但仍可作艺术品看待。鲁迅就曾把《史记》称之为“不失史家之绝唱，无韵之《离骚》”，[4]其原因就在于《史记》乃作者之《郁愤》之作，其中包蕴着作者明显的主体精神的投入。又譬如，在艺术品类的选择中，鲁迅偏爱杂文，尤其是后期，几乎主要从事杂文写作，其原因也是如此。鲁迅反复强调，杂文“从高

1　鲁迅：《集外集·文艺与政治的歧途》，《鲁迅全集》（第七卷），第115页。
2　鲁迅：《三闲集·无声的中国》，《鲁迅全集》（第四卷），第15页。
3　鲁迅：《且介亭杂文二集·不应该那么写》，《鲁迅全集》（第六卷），第312页。
4　鲁迅：《汉文学史纲要》，《鲁迅全集》（第九卷），第420页。

超的学者看来，是渺小，污秽，甚而至于可恶的，但在劳作者自己，却也是一种‘严肃的工作’，和人生有关，并且也不十分容易做”。[1]鲁迅认为，在对整个文化发展和社会进步所能起的作用这一方面，与杂文相比，“所谓‘为艺术而艺术’的作品，在相形之下，立刻显出不死不活相”。[2]如果不从鲁迅的整体文化思考出发，也就很难理解，为什么鲁迅在诸多艺术品类中，独独喜爱杂文，而甚至有可能对这一现象做出鲁迅后期“写不出”小说诗歌之类的作品的片面理解。

总之，鲁迅的艺术观，在某种意义上亦可称之为艺术文化观。这是因为，一方面他从事文艺的出发点是在于文化目的，是为了让文艺为文化的变革服务的；另一方面，鲁迅在艺术观念、审美情趣等多方面，都是依据其对于总体文化的目标来进行选择的。离开了鲁迅的文化目的和文化思考，很难理解鲁迅在艺术问题上的某些偏颇或“非艺术”化的倾向。而如果仅满足于指责这种偏颇和非艺术化倾向，则更为失之浅陋。

在过渡时期所产生的一切思想和观念，都势必打上这个时期所特有的烙印，存在着种种复杂的矛盾性。在鲁迅身上，作为文化革新者的高度的时代责任感，与作为艺术家的审美追求，即常常处于一种复杂的矛盾中。例如，鲁迅一方面称赞自己的《野草》

1　鲁迅：《集外集拾遗补编·做“杂文”也不易》，《鲁迅全集》（第八卷），第376页。
2　鲁迅：《且介亭杂文二集·徐懋庸作〈打杂集〉序》，第293页。

的“艺术性”，另一方面又表示以后不再写这样的东西；一方面乐意地称《呐喊》是遵将令之作，另一方面又每每觉着其中的作品“不免空泛”。这与其说是鲁迅文艺观的矛盾，还不如说是特定的文化发展时期所面临的历史任务与具体文化领域的文化价值之间的矛盾。历史的总体发展，常常是以个别领域的牺牲为代价的。难能可贵的是，鲁迅能正视这种矛盾，并能顺应历史的要求做出选择。同时，又尽可能地让那些即使是注定被时代作为牺牲的具体文化领域也在最大程度上发挥自己的功能，以贡献力量于整体文化进步。因此，鲁迅一方面强调“凡有文学，都是宣传”，[1]文艺可以“用于革命，作为工具的一种”；[2]另一方面，他也注意提醒人们：“万不要忘记它是艺术。”[3]他说：“一切文艺固然是宣传，而一切宣传却并非全是文艺”，“革命之所以于口号，标语……之外，要用文艺者，就因为它是文艺”。[4]鲁迅在这里要人们认清文艺这个“工具”与其他“工具”在功能上的区别即特殊性，也仍然是为了使文艺更好地为整个文化革新、历史进步服务。鲁迅只是为了使这种“工具”更能发挥独特的有效的功能，才特别强调一下“艺术”。尽管如此，鲁迅有时仍不得不在必要时，以牺牲艺术的完整性来达到文化批判的目的。这就是鲁迅的许多作品常

1　鲁迅：《书信·致蔡斐君》，《鲁迅全集》（第十三卷），第220页。
2　鲁迅：《三闲集·文艺与革命》，《鲁迅全集》（第四卷），第841页。
3　鲁迅：《书信·致李桦》，《鲁迅全集》（第十三卷），第151页。
4　鲁迅：《三闲集·文艺与革命》，第841页。

免不了要发些非形象性的“议论”的原因。鲁迅这样做并非没有痛苦，他又何尝不想使自己的创造更艺术性一些，更具有永久的生命力。冯雪峰就曾指出，当鲁迅说着“现在，不会再写那样的东西（《野草》）了”的时候，他是在“为自己不能再写那样的作品而感到可惜”。[1]鲁迅是在“他的艺术的天才在要求发展而又未能尽量发展”的自我克制之中，来顺应整体文化的发展的历史要求的。这是一种牺牲，这对鲁迅来说，也许是一种损失，然而对整个民族，对中国新文化的发展来说，却是一件幸事。

## 三

当鲁迅带着一种深刻的文化目的去从事文学活动时，他必然而且首先遇到的是如何对待中国传统文学的问题。五四时期是一个新旧文化更替的历史转折时期，思想文化上的反传统和促进整体文化的现代化成为历史的主潮。而当文学被选择为文化革新的突破点时，[2]文学上的反传统和现代化也就是势所必然的了。鲁迅文学上的反传统意识是非常明确的，这与他艺术活动的文化目的

1　冯雪峰:《回忆鲁迅》，人民文学出版社，1957 年版，第 15 页。

2　五四新文化运动最终几乎归结为文学革命运动，这正是五四文化革新选取文学为突破口的必然结果。

是相一致的。鲁迅非常清醒地意识到，中国现有的传统文学不是一个现成的可以用来为整体文化革新服务的工具，因为它在其机制上体现为载封建思想之道的功能特征，而且作为封建旧文化的重要组成部分，它自身就是文化革命的对象。因此，在鲁迅那里，一个必然的逻辑程序产生了：以文学为手段完成其文化目的——包括改造国民精神，同时为了使文学真正担当起这一任务，又必须改造旧有文学，创造新的文学，使文学真正成为“国民精神所发的火光，同时也是引导国民精神的前途的灯火”。[1]抓住了这一逻辑关系，也许有助于我们合理地解释鲁迅对待传统文学的一些偏激之论和一些看似矛盾的观点。

人们不难发现，鲁迅对待中国传统文学的态度所具有的矛盾性：一方面，鲁迅几乎带着决绝的态度来看待传统文学，将之统称为“瞒和骗的文艺”，[2]甚至宣称：“我以为要少——或者竟不——看中国书，多看外国书”[3]；另一方面，鲁迅对于中国传统文学的研究又几乎是与他创作新文学作品同步进行的，甚至对于中国传统文学的致力，还可追溯到1912年的辑录《古小说钩沉》；而鲁迅的创作与一些文学传统的历史联系又是那么明显，以至于人们难以理解鲁迅这样的论断：“新文学是在外国文学潮流的推动下

1 鲁迅：《坟・论睁了眼看》，第240页。
2 鲁迅：《坟・论睁了眼看》，第238页。
3 鲁迅：《华盖集・青年必读书》，《鲁迅全集》（第三卷），第12页。

发生的，从中国古代文学方面，几乎一点遗产也没摄取。”[1]

其实，问题远非这么简单。如果我们进一步穿透这些表面的现象，就会发现，在看似矛盾的现象背后，却有着深刻的内在同一性。这里有一个鲁迅所说的“时候和环境”的问题。[2]在特定的历史转折时期，没有“调和派”的位置，在新与旧之间的选择，必须是单向的，要么是依附传统，要么是彻底的反叛。当鲁迅思考重建中国新文学时，他首先面临的是彻底否定阻碍新文学产生的传统文学这一历史交给的艰巨任务。因此，在鲁迅那里，对于整体意义上的“传统文学”的态度非常明确，这就是彻底否定。“菲薄古书”成了鲁迅在特定的文化转换历史时期的一以贯之的自觉意识，这不仅是鲁迅那些偏激之论得以产生的思想根源，而且也是鲁迅在行为上一度热衷于传统文学研究的重要思想根源。用鲁迅自己的话来说，就是“菲薄古书者，唯读过古书者最有力，这是的确的。因为他洞知弊病，能‘以子之矛攻子之盾’”。[3]事实上，鲁迅在反传统的斗争中，正是常常得力于他对传统的深入了解和研究，即如他所认为的，“因为从旧垒中来，情形看得较为分明，反戈一击，易致强敌的死命”。[4]对传统文学的深入了解和研究，使鲁迅在与国粹主义者的斗争中能够一针见血地指出对手

1　鲁迅：《集外集拾遗补编·“中国杰作小说”小引》，《鲁迅全集》（第八卷），第399页。
2　鲁迅：《准风月谈·答“兼示”》，《鲁迅全集》（第五卷），第359页。
3　鲁迅：《华盖集续编·古书与白话》，《鲁迅全集》（第三卷），第214页。
4　鲁迅：《坟·写在〈坟〉后面》，《鲁迅全集》（第一卷），第286页。

们的“于旧学并无门径，并主张也还不配”[1]的尴尬地位，并从而获得一种自信：那些故弄玄虚的复古主义者“也大概不及我读过一些古文者的深切地看透作者的居心”。[2]因此，可以这样说，鲁迅菲薄传统文学的态度与他致力于传统文学的研究这二者之间并无矛盾。研究传统文学的重要目的之一，似乎也正是在于更加有力、有效地批判传统文学。正是在这一点上，二者无疑有着内在的统一性。

五四新文学之“新”，最根本的一点在于它必须建立起有别于旧文学的全新的文学观念。对此，鲁迅有清醒的认识，他清楚地意识到，这种全新的文学观念，显然不可能由旧文学观念蜕变而成，相反，旧文学在实际上还会以种种方式影响着人们的观念，从而起着阻碍新文学产生的作用。正因为如此，中国新文学只能是在以反对传统文学为主要内容的“文学革命”中才会产生。如果从这个方面着眼，我们不仅会承认，鲁迅所谓中国新文学的产生几乎未从传统文学中摄取一点遗产的结论，是完全正确的；我们还会发现，鲁迅对整体的传统文学的否定，也几乎主要是集中于对其文学观念——儒家“诗教”的否定上。早在《摩罗诗力说》中，鲁迅就对统治中国文坛两千多年的儒家“诗教”进行了尖锐的批判。鲁迅认为，“诗教”说乃是对文学的“设范以囚之”；“强

1　鲁迅:《热风·估〈学衡〉》,《鲁迅全集》(第一卷)，第379页。
2　鲁迅:《坟·寡妇主义》,《鲁迅全集》(第一卷)，第266页。

人以无邪”则更是“非人志”的束缚自由的“羁縻”。这种以载封建之“道”为目的的文学观念实际上是窒息了文学。不冲破这种“诗教”的藩篱，“立意在反抗，指归在动作”的助文化革新成功的新文学就难以产生。在批判传统文学观念方面，鲁迅对于传统文学的决绝态度与他对于传统文学的热衷研究的态度再一次显示出了同一性。鲁迅对传统文学的“诗教”观的详细解剖和分析以及深入的批判，恰恰是在他的大量的研究传统文学的成果中体现出来的，当我们翻开鲁迅的诸如《中国小说史略》《中国小说的历史的变迁》《汉文学史纲要》《门外文谈》《魏晋风度及文章与药及酒之关系》等一系列研究传统文学的著述时，我们会立即感觉到这种研究中饱蕴着的革命的批判精神。且不说对传统文学的表现内容，诸如孔孟之道、封建礼教、宋明理学、佛家因果报应、道教方士迷信等方面的尖锐批判，仅从文学角度看，那种冲决儒家“诗教”束缚的气势，那种对传统文艺观的挑战，都无不显示出一种决绝的反传统精神。

鲁迅对于传统文学的研究，最初是从小说史开始的，为小说写史，这本身就是对传统文艺将小说作为“小道”“末流”“闲书”“邪书”等观念的挑战。鲁迅在对一系列文学现象进行具体的研究和评价时，则更是以直捷、鲜明的态度批判了传统文学的“诗教”观念。鲁迅认为，“思无邪”是束缚文学发展、禁锢诗人思想情感的教条，因此，鲁迅对于历史上史家据“诗教”评判一切文学的做法给予有力的抨击。无论是“局踏于诗教”，贬抑《离骚》《史记》的东汉“二班”，还是“提挈经训，诛锄美辞”的宋元理学家，均无一例外地遭到了鲁迅的嘲讽。[1]为了彻底否定儒家的“诗教”观念，鲁迅努力从传统文学自身去找寻那些与封建旧文学观念并不和谐甚至相违背的文学现象，即从传统中发掘反传统的因素，用以说明“诗教”观也并不具有“从来如此”的“正确性”。例如，鲁迅就曾通过对《诗经》的分析，告诉人们：从《诗经》起，其主要倾向就不是温柔敦厚的，其中不乏“怨愤责数”“甚激切者”。[2]而鲁迅给予《儒林外史》《红楼梦》等古典文学作品以高度评价，其主要原因也是在于它们所具有的反传统特性。鲁迅认为，《儒林外史》的精髓是在它能“指摘时弊”“抨击习俗”“且洞见所谓儒者之心肝”，而作者“虽然束身名教之内”，但能突破传统思想的限制，有独立的是非见解；[3]至于《红楼梦》，则更是“在中国底小说中”具有“不可多得的”“价值”，这是因为它“敢于如实描写，并无讳饰，和从前小说叙好人全好、坏人全坏的，大不相同”，“自有《红楼梦》出来以后，传统的思想和写法都打破了”。[4]鲁迅在传统文学中挖掘反传统文学观念的因素，一方面是从中汲取反传统的精神养料，另一方面也是为了以此为武器，彻底否定

1 鲁迅：《汉文学史纲要》，第356页。
2 鲁迅：《汉文学史纲要》，第354页。
3 鲁迅：《中国小说史略》，《鲁迅全集》（第九卷），第220页。
4 鲁迅：《中国小说的历史的变迁》，第338页。

传统文学观念的合理性。

从传统文学中挖掘反传统文学观念的因素，这里包含着一个比较深刻的理论问题，这就是，鲁迅对整体的传统文学的彻底否定，并不妨碍鲁迅对传统文学中一些具体的合理因素的汲取。鲁迅对待传统文学的态度与他对待整个传统文化的态度是相一致的，他特别注意将旧传统的整体构架以及由这种结构生成的整体功能与传统内部的具体因素区别开来，这就如同在剧毒分子结构中可以分解出有益的个体元素一样，脱离开整体构架的具体因素，将在功能上不再等同于整体结构。因此，一些具体的有益的“文学传统”与整体的“传统文学”在其哲学内涵上不再是同一回事。正因为如此，鲁迅从彻底否定传统旧文学的目的出发，汲取了传统文学中的反传统因素，同时，他从建设新文学的目的出发，又汲取了一切有益于新文学建设的进步的文学传统。我们从鲁迅的新文学创作中所见到的所谓“历史的联系”，并非是对整体的传统文学的继承，而是对一些具体有益的文学传统的继承，这种继承与鲁迅冲决“诗教”藩篱、“菲薄古书”的整体反传统精神不但不相矛盾，而且是相统一的，它们正是建设新文学所不可或缺的相辅相成的两方面。只有从鲁迅的彻底的反传统精神与鲁迅对具体有益的文学传统的继承这两个方面着眼，我们才能够比较客观而全面地理解鲁迅与中国传统文学的关系。

## 四

并非如有些研究者所认为的那样，鲁迅在文化上的反传统是高度自觉的，而继承传统是非自觉的。事实上，鲁迅对传统的继承是有着明确的认识和自觉的意识的，虽然这种继承的前提条件是对传统文化整体结构的否定，是对整体性传统内部的具体优化因素的继承。诚如鲁迅所说：“因为新的阶级及其文化，并非突然从天而降，大抵是发达于对于旧支配者及其文化的反抗中，亦即发达于和旧者的对立中，所以新文化仍然有所传承，于旧文化也仍然有所择取。”[1]

具体到文学领域，也是如此。文学艺术上的反传统，并不意味着在传统面前闭上眼睛，对一切都视而不见。鲁迅曾指出：“我们有艺术史，而且生在中国，即必须翻开中国的艺术史来。”[2]这就是说，应该正视历史，而正视的目的当然是为了从中有所获益。鲁迅有一段著名的话：“没有拿来的，文艺不能自成为新文艺。”[3]这里的“拿来”，既包括对外国文艺养料的汲取，也包括对中国有益文学传统的继承。从外国文艺中汲取新因素，助中国新文学的产生，这一点比较好理解；而从“旧”文学中继承有益传统，

1 鲁迅：《集外集拾遗·〈浮士德与城〉后记》，《鲁迅全集》（第七卷），第355页。
2 鲁迅：《且介亭杂文·论“旧形式的采用”》，《鲁迅全集》（第六卷），第23页。
3 鲁迅：《且介亭杂文·拿来主义》，《鲁迅全集》（第六卷），第40页。

促“新”文学的发展，这之间的关系却是比较复杂的。为此，鲁迅以历史的辩证的观点对之做了明晰的阐述。鲁迅认为，“‘新文学’和‘旧文学’这中间不能有截然的分界”，[1]这是因为，“新的艺术，没有一种是无根无蒂，突然发生的，总承受着先前的遗产”。[2]当然，“新文学”与“旧文学”之间的历史联系，绝不是一条直线，而是“有蜕变，有比较的偏向”。[3]“有蜕变”，就是指“新文学”并非“旧文学”的简单演化，而是抛弃了旧有的总体格局，汲取有益因素，重建新的结构以形成区别于“旧文学”的全新功能；“有比较”，则是指“新文学”在对“旧文学”的“承受”中，必须有所区别，有所选择，抛开传统文学的整体结构功能不谈，即使是构成传统文学的各种具体因素，也是呈良莠杂陈的状况，这就要求“承受”者能以敏锐的识见，抑止、抛弃消极性因素，择取、发扬其积极性因素，从而使这种“承受”真正有助于“新文学”的产生和发展。由此看来，鲁迅对待传统文学的态度是非常明确的：对“旧文学”的继承、拿来是必然的，也是必须的，关键的问题是如何继承，如何拿来，这对于能否从“旧”之中产生“新”，或以“旧”助其“新”的产生、发展，是至关重要的。

鲁迅的这种态度最鲜明地体现在他对传统文学发展历史的研

1　鲁迅：《准风月谈·〈感旧〉以后（上）》，《鲁迅全集》（第五卷），第329页。
2　鲁迅：《书信·致魏猛克》，《鲁迅全集》（第十二卷），第381页。
3　鲁迅：《准风月谈·〈感旧〉以后（上）》，第329页。

究之中。他所采用的“寓褒贬于选择之中”的“史家笔法”，在最大程度上张扬了那些于“新文学”建设有益的积极因素。例如，鲁迅评论《诗经》时，强调的是“激楚之言，奔放之词”，“怨愤责数”的“呐喊”之声。评价屈原时，强调的是屈原的“呵而问之”的“愤懑”，是他“睠怀宗国，终于宁死而不忍去”的爱国热忱和“九死未悔”的高贵气节。评价李斯，鲁迅着重的是“斯虽出荀卿之门，而不师儒者之道”，有吾爱吾师但更爱真理的反潮流勇气。评论两司马时，鲁迅特别提出司马相如不甘居弄臣地位的志向，“不慕官爵，亦往往托辞讽谏”；强调司马迁“恨为弄臣，寄心楮墨”，“发愤著书，意旨自激”的进取精神。[1]可以看出，鲁迅的研究，不再是释古或述古，而是以一种五四时期所特有的现代意识融注其中，借古代以阐明现在。鲁迅是在通过研究传统文学，从中挖掘可供建设新文学作借鉴的“文学精神”。鲁迅是在分析了中国传统文学的发展历史后，得出了这样的结论：文学史上凡有“个人主张，偏颇的文字”者，其文章乃可流传，而鼓吹“温柔敦厚”，“禀承意旨，草檄作颂”的文章，“流传至今者偏偏少得很”。这种结论是有意义的。新文学应该有怎样的“文学精神”，从中正可以获得有益的启示。即如鲁迅，我们正可以在他犀利、泼辣和富有战斗性的文学风格中，找到这种传统文学中有益“文学精神”的

1　鲁迅：《汉文学史纲要》，第372、381页。

痕迹。

鲁迅曾极其神往于汉唐艺术，他说过：“遥想汉人多少闳放，新来的动植物，即毫不拘忌，来充装饰的花纹。唐人也还不算弱，例如汉人的墓前石兽，多是羊、虎、天禄、辟邪，而长安的昭陵上，却刻着带箭的骏马，还有一匹驼鸟，则办法简直前无古人。”[1] 当我们高度评价作为新文学建设者的鲁迅所具有的恢宏的气度、开放的意识、多方面汲取艺术养分的勇气等等时，我们理应看到，鲁迅这种建构新文学时所特有的“艺术精神”，与中国文学史上的优良传统的确有着某种必然的联系。总之，在鲁迅那里，对于传统文学的“拿来”，首先表现为对有益的精神传统的发掘和继承，这是很明显的。

鲁迅与中国传统文学的历史联系，还不仅仅体现为有益的“文学精神”的继承，在文学内容方面的借鉴也是很明显的。用鲁迅的话说，“取古代的事实，注进新的生命去”，从而“与现代人生出干系来”。[2] 他的《故事新编》的创作和他的杂文中大量引入的古例等，都是最好的说明。当然，在更多场合中，鲁迅对于中国传统文学，是在艺术上的“拿来”。如果说，在文学观念上，文学内容上的“拿来”，还必须持特别审慎的态度的话，那么，在艺术上的汲取范围则是非常广泛的。鲁迅曾指出：“古典的，反动

1　鲁迅：《坟·看镜有感》，《鲁迅全集》（第一卷），第197页。
2　鲁迅：《译文序跋集·〈罗生门〉译者附记》，《鲁迅全集》（第十卷），第227页。

的，观念形态已经很不同的作品，大抵即不能打动新的青年的心（但自然也要有正确的指示），倒反可以从中学学描写的本领，作者的努力。”[1]在鲁迅看来，不仅具有进步性因素的传统文学的作品，其艺术上的可供借鉴，是毋庸置疑的，而且那些在思想上落后和反动的作品，也仍可在艺术上汲取有益的东西。例如，鲁迅曾坚决反对一般青年无批判地读《庄子》与《文选》之类的东西，他还曾对《庄子》中的消极因素给予过尖锐的批判；但鲁迅却仍然在艺术上高度评价了《庄子》。他称赞《庄子》“其文则汪洋辟阖，仪态万方，晚周诸子之作，莫能及也”。[2]而且，鲁迅本人的文章也深受《庄子》影响。对中国传统文学的艺术、技巧等方面的借鉴，在鲁迅那里几乎是涉及各个方面的，其中既有体裁、文体、风格的传承，又有表现方法、描写手法的吸收。就体裁、文体而言，不仅表现为鲁迅有大量的诗歌是直接采用旧体诗形式创作的，就连鲁迅创作中占最大比重的杂文，其文体形式，也是有着对传统文学的传承。诚如鲁迅自己所说：“其实‘杂文’也不是现在的新货色，是‘古已有之的’。”[3]再就风格而言，巴人曾做过这样的评价：“在白话里，鲁迅先生所要求的是‘读得顺口’，但接受了古文的简劲等等的风格。我们试读鲁迅先生所选的唐宋传

1 鲁迅：《准风月谈·关于翻译（上）》，《鲁迅全集》（第五卷），第296页。
2 鲁迅：《汉文学史纲要》，第364页。
3 鲁迅：《且介亭杂文·序言》，第3页。

奇，和鲁迅先生的创作小说，终觉其间的风格有一脉相通之处。”[1]其实与传统文学风格上的“相通”还不只限于唐宋传奇。至于在表现方法和描写手段等艺术技巧方面，鲁迅对传统文学的吸收，其实例更是不胜枚举。例如，对于鲁迅小说的表现方法，早就有人指出过，“鲁迅好用中国旧小说的笔法……他不唯在事项进行紧张时，完全利用旧小说笔法，寻常叙事时，旧小说笔法也占十分之七八，但他在安排组织方面，运用一点神通，便能给读者以‘新’的感觉了。”[2]这段评论是很符合鲁迅小说的创作实际的。鲁迅自己也说过，他写小说常常是“采说书而去其油滑，听闲谈而去其散漫……”，这里“采说书”，正是吸收传统小说的表现方法和语言等等。再如，说起鲁迅作品在描写手法上的特点，人们会不约而同地指出“白描”手法，即鲁迅自己所谓的“力避行文的唠叨，只要觉得够将意思传给别人了，就宁可什么陪衬拖带也没有”。[3]这种所谓的“白描”手法，恰恰也是鲁迅从中国传统艺术中吸收而来的。如此等等，不一而足。

总之，对于传统文学中有益因素的传承，不仅是鲁迅所竭力提倡的，而且也是鲁迅在新文学活动中努力实践的。剔除了这一方面的因素，将不可能全面理解鲁迅对新文学建设所做的全部努

1　巴人：《鲁迅的创作方法》，《六十年来鲁迅研究论文选》（上卷），李宗英、张梦阳编，中国社会科学出版社，1982年版，第301页。

2　苏雪林：《〈阿Q正传〉及鲁迅创作的艺术》，《六十年来鲁迅研究论文选》（上卷），第128页。

3　鲁迅：《南腔北调集·我怎么做起小说来》，第512页。

力和贡献。

## 五

在汲取传统文学的有益养分时，鲁迅特别注意自己所处的时代的特征。因此，历史上与当今时代具有某种“同构性”特征的文学，便特别受到鲁迅的重视。鲁迅对魏晋文学的师承，就是一个突出的例子。刘半农曾赠送过鲁迅先生一副对联：“托尼学说，魏晋文章。”当时的友朋都认为这副联语很恰当，鲁迅先生自己也不加反对”。[1]所谓“魏晋文章”，当然绝不仅是指通常意义上的“文章笔调”，而是指鲁迅文章与魏晋文学在精神上和风格上的相通。

鲁迅认为，魏晋时期是一个“易代之世”，“这个时代是很重要的时代”，文化的各个方面都处于转折时期，“在文学方面”也“起一个重大的变化”，是“文学的自觉时代”，[2]这在精神特征上与五四时期有着某种相似之处。因此，鲁迅从中能够较多地汲取五四时代所需要的精神传统和文学方法。在魏晋文学作家中，鲁迅特别喜欢孔融和嵇康，这不仅是因为他们作品的文采，更是

1　参见孙伏园：《鲁迅先生二三事》，作家书屋出版社，1949 年版。
2　鲁迅：《而已集·魏晋风度及文章与药及酒之关系》，《鲁迅全集》（第三卷），第 501 页。

因为他们的思想行为和精神人格。诚如许寿裳所说："鲁迅的性格，……很有一部分和孔、嵇二人相类似。"[1]鲁迅曾指出，孔融在建安七子中最值得称道的是，他"专喜和曹操捣乱"，"喜用讥嘲的笔调"。鲁迅甚至"曾以孔融的态度和遭遇自比"[2]。至于嵇康，鲁迅则十分推重他的敢于反传统的精神：嵇康"往往与古时旧说反对"，"孔子说：'学而时习之，不亦说乎？'嵇康做的《难自然好学论》，却道，人是并不好学的，……还有管叔蔡叔，……一向公认为坏人的。而嵇康做的《管蔡论》，就也反对历代传下来的意思"。"但最引起许多人的注意，而且于生命有危险的，是《与山巨源绝交书》中的'非汤武而薄周孔'。"孔子一再反对《诗经》之"郑声"，而"嵇康曰：'若夫郑声，是音声之至妙……'"[3]。鲁迅不仅称赞嵇康那种敢于反对旧说的精神，对于他那种敢于蔑视权威，不阿附流俗的人格更是给以高度评价，并引为同调。我们从鲁迅那种"横眉冷对千夫指，俯首甘为孺子牛"的人格特征中，可以看到他与嵇康的某种内在联系。鲁迅推崇孔融的"违天反道"，嵇康的"反对旧说"，称道他们的精神人格，是具有深刻的历史时代的意义的。鲁迅所处的痛苦的历史转折时代，赋予他特别艰巨的任务，面对依然强大的旧制度、旧势力，要想有所作

1　许寿裳：《亡友鲁迅印象记》，人民文学出版社，1953 年版，第 39 页。
2　冯雪峰：《过来的时代・鲁迅论》，《雪峰文集》（第四卷），人民文学出版社，1985 年版，第 9 页。
3　鲁迅：《而已集・魏晋风度及文章与药及酒之关系》，第 511—512 页。

为，唯有“敢说，敢笑，敢哭，敢怒，敢骂，敢打”，才有可能“在这可诅咒的地方击退了可诅咒的时代”？[1]因此，在有着某种相类似的魏晋时代所产生的诸如孔融、嵇康等人的率性任真、争天抗俗的精神人格便理所当然地被鲁迅作为一种宝贵的精神传统，拿来服务于同样需要这种精神人格的五四时代。

当然，鲁迅从魏晋文学中所做的汲取是多方面的，在创作方法、表现手法和艺术风格等方面，我们可以非常明显地找到鲁迅的创作与魏晋文学的种种历史联系。魏晋文学在中国文学发展史上曾产生了深远的影响，一个重要方面是在于魏晋文学把现实主义发展到一个新的高度。魏晋作家由于生活在激烈的现实矛盾中，强烈的社会责任感使他们始终关注着现实，并自觉不自觉地把反映现实作为文学活动的重要任务。鲁迅所面临的也是一个充满着各种现实矛盾的混乱的年代，同样是出于强烈的社会责任感，使他自觉地以文学为武器反映社会现实，投身现实社会斗争。这种时代特征和作家主观意图的“同构性”，使鲁迅特别欣赏魏晋文学的现实主义特质，由此，鲁迅对魏晋文学在创作方法上的借鉴和吸取就显得非常突出。再如，鲁迅的讽刺手法的运用也在较大程度上得益于魏晋文学。鲁迅曾称赞孔融“喜用讥嘲的笔调”，说他的讽刺有“针对性，不留情面”等等；[2]而鲁迅自己

1　鲁迅：《华盖集·忽然想到（五）》，《鲁迅全集》（第三卷），第43页。
2　鲁迅：《而已集·魏晋风度及文章与药及酒之关系》，第505页。

的杂文的重要特点之一，也正是“好用反语，每遇辩论，辄不管三七二十一，就迎头一击”[1]，“论时事不留面子，砭锢弊常取类型”[2]。这种文章表现手法的类似性，恰可看出鲁迅对魏晋文章的相承之处。这种相承性，在文章的总体风格上，也可以明显见出。鲁迅曾把“汉末魏初的文章”风格概括为“清峻、通脱”，并继而解释说：“清峻的风格——就是文章要简约严明的意思”，“通脱即随便之意”[3]。这种风格，在鲁迅的杂文中最大程度地得到了继承和发展。鲁迅曾说过，在论战性杂文中：“历举对手之语，从头至尾，逐一驳去”，“虽然犀利，而不沉重”，他所采用的方式是“正对‘论敌’之要害，仅以一击给与致命的重伤”[4]。这种以简洁明快的三言两语，直捷明确地击中事物要害的方式，正是所谓“简约严明”的文章风格的体现。鲁迅在写杂文时，时而旁征博引，时而在阐述甲事物时给乙事物以顺手顺便的一刺，时而论古，时而证今，而这正是“想说什么便说什么”的“尚通脱”[5]的风格体现。总之，魏晋文学对鲁迅有着极为深刻的影响，尤其是鲁迅的杂文，无论在艺术方法、表现手法还是文体风格方面，都对魏晋文章有较多的汲取。

同样值得注意的是，鲁迅非常重视对中国传统文学中“抒情

---

1　鲁迅：《两地书 · 一二》，《鲁迅全集》（第十一卷），第47页。
2　鲁迅：《伪自由书 · 前记》，《鲁迅全集》（第五卷），第4页。
3　鲁迅：《而已集 · 魏晋风度及文章与药及酒之关系》，第502—503页。
4　鲁迅：《两地书 · 十》，《鲁迅全集》（第十一卷），第40页。
5　鲁迅：《而已集 · 魏晋风度及文章与药及酒之关系》，第503页。

诗”传统的继承。如果说，对“魏晋文章”的借鉴使鲁迅杂文在深刻性和思辨性等方面大受其益，那么，对“抒情诗”传统的汲取则强化了鲁迅作品的审美效果。

中国传统文学的主要趋向，是以抒情诗为代表的，这构成了中国传统文学最主要的表现特点——抒情性。鲁迅很重视中国传统文学的抒情诗传统，这既表现为他对以“诗骚”为代表的中国抒情诗的推重，也表现为他在创作中对这种传统的自觉继承。

鲁迅曾称颂《诗经》“是伟大的文学作品”,[1]赞《离骚》为“逸响伟辞，卓绝一代”。[2]尤其是对《离骚》，鲁迅显示了特别的偏爱，早在留学日本时，他就随身携带线装本《离骚》；他在《彷徨》题辞中引《离骚》“路漫漫其修远兮，吾将上下而求索”的诗句来自况当时的心境；他将《离骚》诗句“望崦嵫而勿迫，恐鹈鴂之先鸣”写成对联，挂于壁上以自励。鲁迅还深深喜爱着同属于抒情诗人系列的陶潜和杜甫等。鲁迅不仅曾多次赞扬这些诗人及其诗作，而且深受他们作品的影响。《离骚》中“九死未悔”的追求真理的精神，杜诗中痛时忧国的深沉的情怀，陶潜不与世俗同流合污的高尚旨趣等等，都深受鲁迅景仰。在鲁迅的内在人格中，我们可以看到这些精神传统的发扬光大。诚如冯雪峰早就指出的那样：“鲁迅是和中国文学史上的壮烈不朽的屈原、陶潜、杜

1　鲁迅：《且介亭杂文二集·从帮忙到扯淡》，《鲁迅全集》（第六卷），第344页。
2　鲁迅：《汉文学史纲要》，第370页。

甫等连成一个精神上的系统。这些大诗人，都是有着伟大的人格和深刻的社会热情的人，鲁迅在思想上当然是新的，不同的，但作为一个中国文学者，在对于社会的热情，及其不屈不挠的精神，显示了中国民族与文化的可尊敬一面，鲁迅是继承了他们的一脉的。”[1]不仅如此，鲁迅推重这些抒情诗人及其诗作，除了他与这些诗人在人格上的相通之外，还在于鲁迅在这些诗人系列及其作品中发现了一种“伟美”的抒情精神。这种抒情精神的可贵性是在于，使抒情者自己内心的追求和奋斗精神得到充分的张扬，以至于在任何险恶的客观环境下都能保持饱满的战斗热情。这正是鲁迅在当时特定的时代环境下所需要的。以这种抒情精神所进行的文学创作，必然也充满了诗的内蕴，产生由浓郁情感的抒发而带来的特有艺术魅力，这也恰恰是鲁迅创作的主要特色之一。

我们从鲁迅的许多脍炙人口的诗篇中，不仅可以从一些外在意象上明显地看到它们与中国传统诗歌的继承之处，而且可以发现它们在一种抒情精神上的深刻内在联系。例如鲁迅那首可以看作是以身许国的标志的《自题小像》，不仅如一些研究者所指出的那样：“寄意寒星荃不察”一句采用了《离骚》中“荃不察余之中情兮”的典故，“风雨如磐暗故园”一句与《离骚》中“路幽昧以险隘”的意境偶合；更其重要的是，鲁迅在诗中所表达的对

1　冯雪峰：《关于鲁迅在文学上的地位》，《雪峰文集》（第四卷），第 24 页。

于时世的忧虑感和对于民族前途的忧患意识，以及浓郁的感情色彩和极为复杂的心理状态，甚至是感情表达方式，等等，都与《离骚》有着明显的相通之处。

鲁迅对中国传统文学中抒情诗传统的继承，并不只是体现在他的诗歌创作上，而是贯穿于创作的各个方面。他的《野草》及大量杂文也包蕴了这种浓郁的抒情精神，即使是以叙事为主的小说，也不例外。正是这种抒情精神的贯注，使鲁迅的作品，即使是叙事性作品，也具有一种潜在的诗意，从而形成一种极其感人的，动人以情的艺术效果。例如鲁迅的小说，就曾有人将之分为两类，一类如《阿Q正传》《风波》《离婚》《肥皂》等，是基本采用客观冷静的描写所写成的；另一类如《伤逝》《故乡》《祝福》《在酒楼上》《孤独者》等则是具有浓郁的抒情气氛的作品。[1] 的确如此，以鲁迅的《伤逝》言之，不仅在外在形式上，是通过涓生的抒情式的独白写出来的；而且，整个作品充满了内在的诗意，作品以青年知识分子追求、探索、痛苦、迷茫、奋起的心曲为主旋律，构成了一种起伏的情绪流，作品的抒情特色是非常明显的。诚如法捷耶夫在《论鲁迅》中所指出：“如果说《阿Q正传》中，鲁迅是一个表面上好像是无情地叙述事件的作家，那么在《伤逝》

1　参见王瑶：《论鲁迅作品与中国古典文学的历史联系》，《鲁迅作品论集》，人民文学出版社，1984年版，第31页。

中，他就是一个触动心弦的深刻的抒情的作家。”[1]不止是《伤逝》，但凡是用第一人称“我”的经历和感受写出来的作品，都带有浓郁的抒情色彩。在这些小说中，鲁迅借鉴了中国传统的抒情诗的写法：大量夹杂了诗一样的语句，通过自然景物创造一种气氛或意境，甚至在作品中对作者主观心理的感受作直接的抒发。这些都在较大程度上增强了作品的艺术感染力。毫无疑问，鲁迅对中国“抒情诗”传统的汲取和继承是有着积极意义的，这不仅因为它是构成了鲁迅作品艺术魅力的重要根源之一，而且从其结果来看，更有着十分重要的文学史的价值。正是由于鲁迅将抒情诗传统引入小说，才使中国现代文学中产生了一种可以称之为“抒情诗体”的小说品种，在鲁迅之后，出现了一大批抒情诗体小说的作者，如郁达夫、废名、艾芜、沈从文、萧红、孙犁等人，在中国现代文学史上，形成了一个抒情诗体小说的发展系列。

当然，鲁迅对中国传统文学中进步文学传统的汲取远非魏晋文学和抒情诗这两个方面，这里陈述的只是对鲁迅的影响最直捷最大量，也是最明显的两个方面。

---

1　参见《人民日报》，1949年10月19日。

## 六

鲁迅与中国传统文学的关系是极其复杂的，任何简单化的倾向都可能导致理解上的片面性。诚如我们曾经论及过的，鲁迅作为新文化和新文学的代表人物，他与旧文化旧文学的联系是一种对抗性的联系，而非简单的因果承袭性的联系。鲁迅是在总体格局上否定、批判的基础上，对旧文学进行“传承”和“择取”的，因此他吸收的对象是有益因素。这里首先有一个鉴别能力的问题，正如鲁迅自己所说，“关于取用文学遗产的问题，潦倒而至于昏聩的人，凡是好的，他总归得不到”。[1] 汲取文学遗产的眼光是特别重要的，但这还只是问题的一方面，同样重要的是，在对有益因素进行择取之后，必须有所创造，择取必须是为创造新文化、新文学服务，“汲取”只是手段，“别立新宗”乃是目的。对此，鲁迅曾反复加以阐述，其用心是要引起人们的重视。

在对待文学遗产问题上，鲁迅引出了“采用”与“模仿”这一对概念。鲁迅认为，绝不能“将‘采用’与‘模仿’并为一谈”。[2] 所谓“模仿”，就是简单承袭、照搬；而“采用”，则是一种创造性的利用。鲁迅曾明确指出，“这些采取，并非断片的古董的杂陈，必须溶化于新作品中，那是不必赘说的事，恰如吃用牛羊，弃去

---

1　鲁迅：《且介亭杂文二集·“题未定”划（六）》，《鲁迅全集》（第六卷），第 422—423 页。

2　鲁迅：《书信·致魏猛克》，第 381 页。

蹄毛，留其精粹，以滋养及发达新的生体，绝不因此就会‘类乎’牛羊的”。[1]吸收的目的在于滋养“新的生体”，在于“再造”一种完全不同于吸收对象的新的东西。不仅在文学的内容上当是如此，即使在纯艺术形式方面也是如此：“旧形式的采取，必有所删除，既有删除，必有所增益，这结果是新形式的出现，也就是变革。”[2]

以“采用”为契机，进而达到新的创造，这正是鲁迅汲取中国传统文学中有益的文学传统的特点。他的汲取是广泛的，但他的艺术创造却脱尽了众家的窠臼，他摒弃模仿，勇于超越，终于成为一位伟大的新文学的开创者。

在五四这样的一个伟大的文化转换时期，如何处理历史与现实乃至未来的关系，将成为能否促其转换顺利完成的重要条件，谁正确把握了这种关系，谁就能为推动历史前进做出贡献。具体到文学这一领域，也是如此。鲁迅能为中国新文学做出诸多杰出的贡献，在较大程度上正得力于他对中国传统文学的正确的处置。这种处置的态度和方式必将与他的文学成就一道，作为一种精神遗产，给后人以诸多启示。在全面考察了鲁迅与中国传统文学的历史联系之后，我们不能不惊服于鲁迅这段预言的准确性：

“将来的光明，必将证明我们不但是文艺上的遗产的保存者，

---

1　鲁迅：《且介亭杂文·论“旧形式的采用”》，第23页。
2　鲁迅：《且介亭杂文·论“旧形式的采用”》，第23页。

而且也是开拓者和建设者。”[1]

（原载《中国社会科学》1990 年第 2 期；获 1994 年江苏省普通高等学校人文、社会科学优秀成果二等奖）

1　鲁迅:《集外集拾遗·〈引玉集〉后记》,《鲁迅全集》(第七卷), 第 418—419 页。

# 30 年代乡土小说的文化意蕴

## 一、审视角度和文化命题

特定的时代原因，作家文化观念的分野，恰好促成了中国现代文学从各个角度对乡村的观照和审视，例如政治的、经济的、伦理的、文化的、人性的、民俗的等等。但文化观念的分野是一个很难明确界定的东西，仅仅依据作家群体的划分来考察这一问题显然是有局限的。同一作家群体，思想倾向和艺术追求会大致相近，但由于各作家具体生活经历、生活情趣的不同，这使他们在作品中审视中国文化和中国现实的角度以及所关注的文化命题有所不同。即使是同一作家的不同作品，事实上也不可能永远从同一角度去揭示同一文化命题。而不同群体的作家，倒也有可能在审视角度和揭示的文化命题上不期而遇。而且，不同群体的作家之间，在审视角度和表现内容以至艺术趣味方面的相互影响也是极为普遍的事情。例如身为左翼作家的沙汀就曾说："我和艾芜都喜欢过沈从文某些作品，主要是他乡土气氛沉重。……沈从文而外，我也喜欢过废名的作品，比如他的《桃园》。"[1]艾芜也曾说："我喜欢鲁迅的《故乡》《社戏》《在酒楼上》《离婚》这些描写水乡人家的小说，也喜欢沈从文的《湘行散记》。"[2]这种"喜欢"其实正标示了某种艺术追求和趣旨上的趋同性。因此，要揭示出30年代乡土小说所提供的丰富的文化意蕴，我们只能撇开对作家群体和对单个作家的分而论之，而从一些主要的文化命题入手，以便从总体上把握30年代乡土小说的文化精神。

早在30年代，著名的文学批评家刘西渭，就曾常常跳出作家群体的局限来找寻一些不同作品中的共同现象。他曾将茅盾的《春蚕》、萧红的《生死场》、吴组缃的《一千八百担》、叶紫的《丰收》摆在一起，谈论他们的共同之点。他之所以将这些作品摆在一起，是因为他看到了在这些作品中"决定他观察的角度的，不是一个艺术家的心情，而是态度和理论"。这一独特的观照角度，使作品在内容上尤为注重"自从农业崩溃"后的乡村的"如火如荼"的生活现实，而且在其结构模式上常常是被压迫者与统治者的"相为对峙"，在被压迫者这一边，假如"失败了"，也能"留下象征

1　杨义：《中国现代小说史》（二），人民文学出版社，1991年版，第419页。
2　杨义：《中国现代小说史》（二），第419页。

的希望”。[1]在同一篇文章中，刘西渭又从叶紫与沈从文之间找寻到了相通之处。这种相通之处还不仅仅因为二人都是湖南人，更为重要的是，叶紫虽为左翼革命作家，阶级的意识虽是他的作品的重要主题依据（这显然有别于作为与政治保持一定距离、以表现人性为旨归的沈从文），但在他的《星》《偷莲》《菱》等作品（甚至包括他那些较为激进的其他作品）中所表现的那种乡土情趣都多少有点与沈从文相近。沈从文爱写乡村风景，尤爱写水（他曾称水是他作品的生命），而对叶紫来说，“山光水色”也是“映在”他的“心灵”中的，“那向来为人爱比作风景的眼睛的水，或者是湖，或者是河，闪烁在每篇每章的额头”。同时，叶紫“犹如沈从文先生，他知道运用风景配合心理的变化，虽说没有灌输生命的语言织绘，但他用心追求这种效果”。而且沈从文和叶紫，“他们全爱故乡的男女”。（虽然“沈从文先生爱的是本位一人，叶紫却是某类的人”。）[2]刘西渭还曾将艾芜的《南行记》、沈从文的《湘行散记》和芦焚的《里门拾记》三者摆在一起，从中发现了“相同的光荣的起点”。这种“光荣的起点”，就是他们都写出了“在城市文化”之外的诸如穷人、野人、苦人、过客、酒徒、寡妇、女巫、老兵、妓女、流浪汉等下层人们的“共同的命运”，表现了“永生的人类的同情”。正是从这一点上，才得以将这“三记”“挽在

1　刘西渭：《叶紫的小说》，第60页。
2　刘西渭：《叶紫的小说》，第52页。

一起”，而“无论远在云南，鄙在湘西，或活在破了产的内地”[1]。

这种归类分析，显然是有眼光的。这不是简单地从某一作家群体的创作中去发现共同点，所依据的也不是整个作家的特点和整个作品的特点，而是分别从他（它）们之中抽出了一些共同的审视角度和文化命题，来做分析。这样，常常就能得出一些限于一个群体或单个作家的研究所难以得出的更有意义的结论。我们谈 30 年代乡土小说的价值、意义等等，正是要努力揭示其从不同角度，通过不同的文化命题所显示的文化的意蕴。我们所注重的，不在单个乡土作家或某个作家群体的文化观念，我们所要挖掘的是整个 30 年代乡土小说所提供的一些主要的文化精神。因此，在这一节中，只有在 30 年代乡土小说中相对具有共同性的文化命题才会进入我们论述的视野。

## 二、“土地”的文化内涵

与 20 年代乡土小说作家一个最大的不同之处是：30 年代乡土小说作家对于“土地”问题表现出特别的关注。30 年代中国乡村社会有一个显著的特点，这就是农民破产、农村衰落、土地迅

1　刘西渭：《读〈里门拾记〉》，《咀华二集》，第 22 页。

速集中，农村两极分化加剧。抓住了土地问题，就抓住了乡村问题的主要症结。许多乡土作家在这方面有着自觉，他们深刻地理解到封建制度是更深地表现于现有“土地关系上”[1]，于是他们几乎是带着某种历史使命感，在作品中努力展示这种关系，去写“关于土壤的故事”，“写出土壤的历史”来[2]。于是，在30年代乡土小说中，我们便清楚地看到，农村土地关系的变化，如何带来的乡村的真正的悲哀，如何使几千年安于土地的农民们失去了对于土地的信念，以及其中所蕴含着的农民们的普遍的躁动不安的情绪。土地，连接着农民们的生命，左右着农民的精神和性格。对土地问题的剖析，显示了30年代乡土小说对中国乡村社会本质的认识所达到的历史深度。

30年代特殊的自然灾害，以及资本主义文明对自然经济的冲击，的确是从根本上打破了乡村的宁静，于是，“土地”上的悲剧也骤然而起。乡土小说作品及时地录下了这类乡村的悲哀。《水灾》（匡卢）、《赈米》《旱》（蒋牧良）、《灾难的人群》（荒煤）、《岔路》（鲁彦）等作品几乎不约而同地以30年代初全国性的水、旱自然灾害为背景，以沉重的调子写出灾害造成的土地的荒芜，写出了乡民们因土地的无收而面临的困顿。近乎原始性的中国的乡村，用那些原始的方式耕作着土地，这不堪一击的土地既养育着

1 马子华：《他的子民们·跋》，春光书店，1935年版。
2 端木蕻良：《我的创作经验》，《万象》，1944年第4卷第5期。

农民，也在捉弄着他们的命运。土地上的歉收，固然给农民带来灾难，而土地上的丰收却也能造成农民的苦难。对于这种畸形的社会现象，30 年代乡土小说也显示出了特有的敏感。当时以此为题材的著名作品就有《春蚕》《秋收》（茅盾）、《丰收》（叶紫）、《多收了三五斗》（叶圣陶）、《高定祥》（蒋牧良）、《秋》（荒煤）等等。不只是左翼作家，连当时的《现代》杂志的编者也在《告读者》中明确地讲到这一点："近来以农村经济破产为题材的创作，自从茅盾先生的《春蚕》发表以来，屡见不鲜，以去年丰收成灾为描写重心的更特别的多，在许多文艺刊物上常见发表。本刊近来所收到的这一方面的稿件，虽未经过精密的统计，但至少也有二三十篇。"不约而同，台湾乡土小说在同一时期也出现了以"丰收成灾"为主题的作品，例如，赖和的《丰收》（《台湾新民报》1932 年元月），写蔗农添福在甘蔗大丰收之后，却因殖民经济的压榨，而导致了破产。30 年代的"丰收成灾"，这是一种普遍现象，但似乎也是某种社会转型的征兆。可这对于死守土地的农民们却意味着什么呢？应该说，"丰收成灾"这一现象对于中国乡村的意义是深远的。几千年来，中国的农民们是依靠着土地的恩赐而生存、而繁衍的。辛勤地耕耘，期待着收获，耕耘是付出，收获是报偿。自然灾害固无可言说，农民们是认命的，但忽然有一天，收获带来的不是欣喜，却是灾难，这必然动摇农民对土地的信念和生存的信心。

30年代巨大的自然灾害和外来经济的冲击，聚集在一起，这导致了中国农村破产、衰落的加剧；农村贫富分化日益严重，土地迅速集中，大批农民失去土地亦即失去了生存依靠，这直接导致了乡村社会关系的变化和人际关系的紧张。于是，我们在30年代乡土小说中又看到了另一番情景：那些失去了土地的农民，那些失去了起码的生活资料的农民，为了生存，为了活命，开始绝望的抗争。反抗、暴动，乃至革命，成了30年代乡村生活的一股难以遏制的潮流。这正是30年代乡土小说中，由“土地”所提供的文化意蕴的一个组成部分。从这一角度来看30年代乡土小说，我们似乎可以理解，为什么有那么多作品在反反复复地描写着农村的贫富对峙，统治者与被统治者的对峙，以及农民们的反抗、暴动和革命。

茅盾的《秋收》《残冬》、叶紫的《丰收》《火》、王统照的《山雨》、鲁彦的《愤怒的乡村》、荒煤的《秋》、马子华的《他的子民们》、吴组缃的《一千八百担》《天下太平》、张天翼的《万仞约》等等作品，以对农村社会状况、经济关系的剖析，令人信服地揭示出了农民进行反抗和革命的某种必然性，当农民对于“土地”彻底丧失信心之后，农村现存的生活秩序的大乱便同时开始了。那种被“土地”牢牢拴住而构成的有序的乡村，顿时会变成躁动不安的场所。30年代乡土小说中一些有别于以往时代的农民形象出现了，这就是那些不再以安分守己的劳作为其秉性，而是以其与社会对抗为其特征的青年一代农民形象。这类青年，处于动荡的乡村社会中，已经少有老一辈农民那种与“土地”牢牢系结在一起的安然、老实、本分的习性。本来，如果世事没有多大变化，他们也许将“处处随着乡村中的集团生活走，一步也不差”，[1]走父辈所走的那种终年劳作、老死土地的生活道路。但既然农民与“土地”的那种牢不可破的联系方式已经发生动摇，既然“土地”给人们带来了如许的悲哀，既然社会生活的发展已出现了对老一辈农民生活道路的怀疑；那么，促使许多青年农民重新思考和选择新的生活道路的机运也就到来了。与老一代农民相比，他们相对清醒、敏感，因而能最先敏感地觉察到社会现实的动荡；他们也不像父辈那样因袭了太多、太沉重的精神负担；他们不再对“土地”抱有幻想，较少怀有坐等“转运”的心态。《丰收》中的立秋，当他父亲云普叔还企望用拼命劳动来获取“家运”的好转时，他却直觉地感到，“现在已经不全是下死力做功的时候了”；[2]《秋收》中的阿多也清醒意识到土地并未给他们带来幸福，最艰辛的劳动、最精细的节俭都不可能改变饥饿贫困的命运，即使在土地上累得“背脊折断也不能翻身”。[3]这种认识，使他们不寄希望于现存生活秩序，而渴望着、期待着一种社会变革来改变自己的生活处境。

1　参见王统照:《山雨》。
2　参见叶紫:《丰收》。
3　参见茅盾:《秋收》。

因而，在社会动荡中，他们往往成为最先走上反抗、革命道路的农民。立秋、阿多都成了相约去“吃大户”、抢粮食、反抗斗争的带头人。《山雨》中的奚大有、《愤怒的乡村》中的华生、《酵》（沙汀）中的大圆、《他的子民们》中的刁佑权、《夜风》（萧红）中的长青等一大批人物都属于这类形象。

伴随着农民与土地之间关系的变化，随着部分农民对土地的信念的失却，他们中有不少人终于告别了千百年来祖辈所抛洒汗水的乡土，走入大城市谋生。说到底，这批人是被“破产”驱逐到城市来的，他们凄苦无助，徘徊于街头，忍受脱离土地的愁苦。他们毕竟是在土地上生长起来的，土地曾经是他们生命的全部，他们的思维、心态、生存能力全是附着在土地上的，离开了土地，他们一无所有。因此，这就注定了他们的命运：离开了“土地”，却仍然不能摆脱“土地”带来的悲哀。30 年代乡土小说的作家，以其敏锐的眼光，盯上了这被土地抛出的一群人，他们发现了这一群人身上所烙下的中国乡村社会形态发生变化的印记：这是“土地的历史”中的一个显著的标识，又是农民与土地关系的一种延伸。30 年代乡土小说作家笔下几乎都涉及了这类离开了土地的农民的形象，有的作家甚至在这方面的努力远甚其他方面。例如，张天翼，他在把笔伸向农民时，首先关注的倒不是真正生活于土地上的农民，而“大半是在农村破产以后又来到城市里碰壁的人”。[1]30年代乡土小说中出现了一批描写这种人的生活和命运的作品，如叶紫的《杨七公公过年》、吴组缃的《栀子花》、鲁彦的《李妈》、丁玲的《奔》、王统照的《山雨》、杨逵的《送报夫》、杨华《一个劳动者的死》等等。这批作品中的人物的共同遭遇和命运是，农村的破产，土地的丧失，使他们不能不离乡背井。这包括艾芜、沈从文笔下的那群流浪汉的形象。离开乡土，流落到都市或其他什么的地方，等待着他们的自然不是一片乐土，而是他们所不熟悉的更为艰难的谋生道路。他们经历着双重的悲哀：对都市生活的难以适应和对于旧土的刻骨铭心的思念。他们原以为离开了土地，便会永久地告别那生存的悲哀；但真正离开了那片曾经受其养育也受其煎熬的土地，他们又像是将自己连根拔起，走向某种不可预测的恐怖之中。借用茅盾《残冬》里的话说：“土地”和“家”“久已成为他们的信仰”，任他们走到哪里，“怎能忘了这久长生根了的信仰啊”！这就是“土地”所包蕴的更深一层的文化意蕴！

农民与土地的关系的变化所带给农民的，不仅仅是生存的危机，而且是一种精神的危机，这里呈现出的是社会转型期的深刻的痛苦。即使是年轻一代的农民，他们也许在表面上不像父辈们那样执着于土地，甚至常常会表现出对都市文化的向往，但一旦

1　蒋牧良：《记张天翼》，《文艺生活》（海外版），1948年10月5日第7期。

离开了土地——自己真正熟悉的文化时，同样会产生一种失落之感。丁玲的《阿毛姑娘》对此就有较深刻的表现。乡村文化养育的思维方式、心理结构、生活习惯，使他们难以真正摆脱与土地的联系。也许，土地之于农民，二者的关系更趋向于物质性和功利性，所谓离乡背井的全部内容仍仅系于生存这一层面，夸大农民脱离土地时的精神痛苦，可能只是出自作家的悲悯和作家所代表的知识分子自身的某种精神失落（有关这一点，我们将在后面详做分析），但土地之于农民的文化性格却又有着不容置疑的联系。这一点，也许是我们在分析土地与农民的关系时需要特别加以注意的。

丹纳曾经这样说过:“一个民族永远留着他乡土的痕迹，而他定居的时候越愚昧、越幼稚，身上的乡土痕迹越深刻。”[1]这就是说，古旧的乡土痕迹，与人的原始蒙昧情景是相联系的，这可以移用于农民文化性格与土地的关系的解释上。其实，用唯物主义的观点来说，无非就是生存方式对人们的精神状态的制约作用。土地的拘限，长期落后的生产方式的束缚，终年的辛勤劳作，几乎扼杀了农民们的一切精神追求。与土地的联系越是紧密，在土地上消耗生命的时日越是久远，在其精神性格上越是趋向于麻木。于是，我们在 30 年代乡土小说中可以看到，与那些土地信念不甚

1 ［法］丹纳:《艺术哲学》，人民文学出版社，1963 年版，第 243 页。

牢固，相对具有清醒、敏感、敢于反抗等特点的青年一代农民相对照的，是那些大半辈子委身于土地，有着牢固的土地依恋的老一代农民的形象。这类农民较多地因袭了传统的精神重负，“合理”地继承了与小生产方式联系在一起的封建传统思想意识，呈现出迷信、保守、忍耐等精神病态。茅盾笔下的老通宝和叶紫笔下的云普叔，他们都有那种植根于土地的纯朴、勤劳和善良，他们全部的期望和追求也只是试图靠自己的劳作来挣得丰收，以稍稍改变自己的生活处境；但同时，他们又显然趋于保守，在发展着的时代中仍固守着旧的思想和思维方式。王统照笔下的奚二叔、陈庄长（《山雨》）相信命运观念，奉行忍耐哲学，甚至在不知不觉中阻遏着其他农民的觉醒和抗争。这类农民形象的塑造较多地继承了20年代乡土小说特别是鲁迅小说的思想成果，人们不难在他们身上看到阿Q、闰土的影子。只要那种农民与土地的旧有关系不变，阿Q就不会“死”去。张天翼就曾宣称：“我们常见阿Q这种人。现代中国的作品里有许多都是在重写《阿Q正传》。”[1]

但与20年代乡土小说不同，30年代乡土小说作家在揭示这些老中国儿女们的精神病态时，已不再是止于精神性的挖掘（仅仅从传统思想的毒化这一角度找寻根源），而且也注重从农民与土地的特殊关系（亦即农村的经济关系）、从农民求生存的现状

1　张天翼：《我是怎样写〈清明时节〉的》，《张天翼论创作》，上海文艺出版社，1982年版，第30页。

来找寻农民精神麻木、思想落后的根源。我们可以看到，这些农民，多数是在土地上奋斗了大半辈子，几乎整个的生命都已融入了土地，这使得任何求新、求异的行动，特别是那些与传统的土地信念相左的行动，对他们来说都不会是那么轻而易举可以做出的事。而青年一代农民，正因为是丢弃或正在丢弃那种传统的对于土地的信念，于是形成了与老一代农民在生活理想和生活道路上的差异。这种差异使两代人有着不同的认识问题的角度，以及对于现实有着不同的感应程度，对新事物、新观念有着不同的态度。这是一个很值得注意的现象。有人曾用“文化代”的概念对之加以概括，即由植根于不同的时代所形成的不同的文化信念所导致的两代人的思想冲突。任何一次大的社会变化或社会动荡开始的时候，几乎都可能会出现这种两代人在思想认识上的差异以至于冲突。30 年代是中国农村发生巨大变化和动荡的时代，在两代农民之间出现思想认识上的差异是不可避免的。30 年代乡土小说没有忽视这一重要文化现象，这在茅盾的《春蚕》、叶紫的《丰收》《山村一夜》、鲁彦的《愤怒的乡村》、王统照的《山雨》和杨逵的《模范村》等作品中都有具体详实的描绘和表现。

从上述分析可以看出，30 年代乡土小说的作家，紧紧抓住“土地”这一重要环节，并且通过“土地”所蕴含的丰富的文化内容（农民与土地的关系所揭示的乡村经济关系、乡村思想关系以及乡村社会转型中的人们的心态等等），揭示了 30 年代中国乡村的时代风貌。这应是30年代乡土小说最杰出的贡献。

## 三、精神流浪者的“家园”

上面，我们谈土地的文化意蕴，主要是限于“土地与农民”这一角度。其实，这一命题亦可延伸到对作家的考察。30年代乡土小说作家，在剖析农民与土地的关系时，未必不包着对自身“乡土性”的思考；在表达着对农民离乡流浪的精神痛苦和悲悯时，未必不是在抒发自己的精神失落的惆怅。中国的现代知识分子，除少数人外，事实上都未能真正割断与土地的联系。30年代乡土小说作家，几乎都是乡村出身，这使他们身上都保有那种与土地的特有的血肉联系。其实，这还不仅仅是一个身份和经历的问题。刘西渭在评价叶紫小说的乡土情结时曾说过一段意味深长的话：“我们不知道叶紫是否田舍出身，实际上这没有关系，对于中国人，土地是他的保姆、看护和送终的道姑。”[1]中国的知识分子既然生长在这样一个农业性的国度，他们的精神的根柢就不可能从“土地”中拔出。任他们走到哪里，他们仍会充满着一种农民式的对土地和乡土的恋情。即使动荡的时代、多蹇多变的命运使他们漂

1　刘西渭：《叶紫的小说》，第52页。

离故乡旧土，即使现代文明的光亮将他们诱入城市都会，但无论他们走到哪里，都很难丢弃业已形成的农民式的思维习惯和心态。尽管，他们也可能会努力以理性的精神克服、改变自己，但那种农民式的观察问题的角度和农民式的情感态度却会相当顽强而持久地影响着他们。唯一与纯粹的农民所不同的是，作为知识分子，本就多了些感伤的情绪和喜欢在精神世界纠缠的习惯。因此可以说，真正体味了所谓离乡背井的精神痛苦的，也许还不是那些更看重土地的功利性、物质性的农民，而恰恰是有意无意中将土地视为自己的精神家园的乡土小说作家自己。他们在作品中反复地流露出的失却精神皈依的飘泊的情愫，正显示出他们自己是一群真正的精神的流浪者。

失去家园，背离乡土，对30年代乡土小说作家来说，最具有确指性的是东北作家群的作家和台湾乡土小说作家。由于日本帝国主义强占了他们的家园，他们真正成了“有家难回”的流亡者。因此，在他们的作品中，最为强烈地表达了对土地、对家园、对故乡哀切痛楚的执着信念。鲁迅在给《八月的乡村》作序时，就曾非常明确地指出这一特点，他说：“作家的心血和失去的天空、土地，受难的人民，以至失去的茂草、高粱、蝈蝈、蚊子，搅成一团，鲜红的在读者眼前所展开……”[1]作者所写的虽是具体的事

1　鲁迅：《且介亭杂文二集·田军作〈八月的乡村〉序》，《鲁迅全集》（第六卷），第287页。

和物，但其中却渗透了带血带泪的乡恋。萧军在《绿叶的故事·序》中说：“我是满洲长大的，我爱那白得没有限际的雪原，我爱那高得没有限度的蓝天；我爱那墨似的松柏林，那插天银子铸成似的桦树和白杨标直的躯干；我爱涛沫似的牛羊群，更爱那些剽悍爽直的人民。”“虽然那雪和风会像刀似的刮着我们的脸，裂着我们皮肤……但是我爱他们，我离开他们我的灵魂感到了寂寞？”这是乡恋，是流亡者的乡恋，是深隐着一种“乡愁”的流亡者的乡恋。

这从表面上看与 20 年代“乡土小说”作家也有趋同之处，即都是为生存所迫远离故乡，又因割不断与故乡的精神联系，于是用作品来表现回忆中的故乡生活，来表达一种“乡愁”。但 30 年代东北的这群作家，是被逼到了“死路绝方”，他们无法像 20 年代“乡土小说”作家那样以“淡淡的哀愁”来回味、咀嚼那种甜蜜而苦涩的故乡生活的滋味，他们更多的是在一种悲郁的心境中苦恋着那失去的旷野、河流、森林、草原。他们笔下的“故乡”“乡土”“家园”，乃至“土地”是具体的、实指性的。他们的作品常以具体的地名为题，例如《万宝山》《松花江上》《呼兰河传》《伊瓦鲁河畔》《鹭鸶湖的忧郁》《科尔沁旗草原》等等，明显寄托了作者们刻骨铭心的乡土之恋。同时，这些实指的地区，又是紧紧与“民族”这一整体概念连在一起的，这里有一种“山河完整”的追求。对故乡的回忆已不仅仅是一种心灵获得暂时安慰的手段，而是一种获取力量的途径。在因离开了故土而产生的“寂寞”之感中，反而会升腾起一种悲壮意识，因为他们更能体味"故乡""家园""土地"的真谛。端木蕻良做过这样的表述："土地传给我一种生命的固执。土地的沉郁的忧郁性，猛烈地传染了我，使我爱好沉厚和真实，使我像大地一样负载了许多东西。当野草在西风里萧萧作响的时候，我踽踽地在路上走，感到土地泛滥出一种熟识的热度，在我们的脚底。土地使我有一种力量，也使我有一种悲伤。"[1]于是，我们从端木蕻良的《大地的海》《科尔沁旗草原》《大江》等一系列作品中可以看到，从乡土的眷恋之情中如何升华出近乎象征的"大地"的形象。这里面既有对失去家园的悲怆重浊的叹息，更有壮怀激烈的图存意识。对台湾乡土作家来说，也许这种恋乡情绪的表达不像东北作家群那么激烈，但却仍然是深沉和执着的。在他们笔下，失去家园的流浪者的形象以及着意描绘的乡间风俗等等，都饱含着一种文化寻根意识，如杨守愚的《过年》等。这些作家通过对中国乡土文化的展示，标明自己的民族认同感。这里的乡村是另一种意义上的家园，是作家们为自己找寻的一种精神的归宿地。

东北作家群和台湾乡土小说作家们所表达的失去家园，背离乡土的精神痛苦，由于有其确指性，对其精神实质也就不难理解。但 30 年代还有更多的乡土小说作家，他们事实上也是精神的流

---

1　端木蕻良：《我的创作经验》。

浪者。虽然对他们来说，最起码从情理上看，并不构成真正的“有家难回”，但他们却总是在喋喋不休地诉说着某种“离乡”的悲愁。这种悲愁从何而来呢？这里虽不排除某种传统的“游子思乡”的情绪，但主要却不在于此。更具文化意义的是，这批作家那种从根本上所割不断的乡村的思维、心态、习惯和价值观念，使他们永远难以与都市的生活相融洽。他们的所谓乡土之恋、家园之思，其实正是一种抵御都市文明冲击的心造的幻想，是作为精神流浪者的作家们在为自己找寻一种心灵的栖息地。因此，“乡土”也好，“家园”也好，已多不是一种实指的故乡农村了。这种精神流浪者找寻精神家园的现象，对于了解 30 年代乡土小说是更具文化意味的。通过这些作品，我们多少可以了解 30 年代乡土作家乃至社会转型期的多数知识分子的心态和精神历程。

在 30 年代的作家中，无论是被人们称之为“农民作家”的（如叶紫、沙汀、魏金枝等等）或自称为“乡下人”的（如“京派”作家），其心态和观照事物的角度都是最“乡土”的。他们对于本色的乡村文化的感情，几乎能左右他们的眼光，即使是在他们的都市题材的作品中，也几乎能透视出“乡下人”或“农民”的情感态度和情趣。这似乎不是政治倾向所能左右的，左翼作家与“京派”作家之间并不能看出什么根本性的差别。关于这一点早在当时就有人指出来了。杨晦在《沙汀创作起点和方向》一文中这样说：“我们的作者沙汀，可以说，是一个农民诗人。”“他写我们的农民，我们的所谓叫西北的农村生活。”“自然也写知识分子，然而他写的知识分子也差不多都是农村出身的，都市化的色彩并不浓厚。”30 年代在“京派海派”之外还“有着一个农民派的问题，却不为人所注意”。“而所谓农民派，在当时正是一种乡下佬进城后的情形，既然讨厌海派那种洋场气，不愿意去沾染，同时当然也不甘心跟京派去一同没落下去，却是偏于保守，往往仰慕京派的高风，容易站到京派的这一方面来。……于是形成了所谓农民派作家的悲哀：有的，积习过深，不能适应新的环境；有的，头脑顽固不肯适应新的环境，于是讨厌而且憎恶这种环境以及在这种环境里应运而生的人们。”[1] 尽管这种批评多少有些苛刻，但倒确实是指出了一种存在于 30 年代乡土小说作家身上的具有共同性的重要现象：站在原有的乡村人的立场上来观察新的生存环境，对那种迥异于乡村的都市文明社会，总是情不自禁地以乡下人的眼光来进行批判。既不能适应新的环境，而亦已离开了旧的乡村环境，于是就造成了一种精神上的失落之感、飘零之感。茫茫人海，何处是心路的归程？乡村？于是自己曾经生活过的，也许并不是美满的乡村生活，作为与现实都市文明的对立物出现了，而且是在作家们的想象中美化了——既然作为都市文明的对立物出现，那么凡是与都市文明的丑恶面相对应的美好面都被诗意化

1　杨晦：《沙汀创作起点和方向》，《青年文艺》，1945 年 2 月 15 日新 1 卷第 6 期。

地加进了乡村的描写中。乡村，就这样成了一种理想，一种精神流浪者心中的灯塔。当然这种情况在“京派”作家的笔下更为明显。

我们曾经说到过，“京派”作家往往以“乡下人”自居，这正显示了一种与都市文明格格不入的“乡下人”心态。例如沈从文就曾说过：“在都市住上十年，我还是个乡下人。第一件事，我就永远不习惯城里人所习惯的道德的愉快、伦理的愉快。”[1]他甚至说，乡村生活的“经验在我心中有了一个分量，使我活下来永远不能同读‘子曰’的城市中人爱憎感觉一致了”。[2]可以说，沈从文的创作就是在城市与乡村两个世界的对立中建构而成的。他的全部创作几乎都可以按照这个两相对照的系统排列。这里的“乡村”，确实已非一般意义上的乡村，而是作为作者支撑起自己的理想世界、避免沉沦于都市罪恶的精神支柱。

这种找寻精神家园的执着，在芦焚身上表现得更为明显。他这样说过：“我是从乡下来的人，说来可怜，除去一点泥土气息，带到身边的真亦可谓空空如也。假如世界不妨比作旷野，人生也好算作路，那么，我还是带着这样一颗空空的心，在芸芸众生的路上慢慢走着的人。”[3]这里所呈现的在人们面前的作者，是一个地地道道的不知何处是归程的精神流浪汉的形象。“作者是从乡

1　参见沈从文：《〈萧乾小说集〉题记》，《沈从文文集》（第十二卷）。
2　沈从文：《从文自传》，人民文学出版社，1981年版，第56页。
3　参见芦焚：《〈黄花苔〉序》，《黄花苔》，上海良友图书印刷公司，1937年版。

下来的，一个荒旱兵匪，土棍恶神，孤寡老弱的凄惨世界，一切只是一种不谐和的拼凑”，[1]因此，作者其实并不喜欢自己的家乡，他曾在《巨人》中说，“我不喜欢我的家乡”。但当作者真正离开了故乡，来到都市之后，他忽然发现，自己其实也不喜欢都市：从“穷乡僻壤而流落到大城市里过写作生活的，在现代中国，这一转变就无异于陡然从中世纪跌落到现世纪，从原始社会搬到繁复纷扰的‘文明’社会。他在二三十年中在这两种天悬地隔的世界里做过居民。虽然现在算是在大城市里落了籍，他究竟是‘外来人’”。[2]终于，他无所归依，失去了目标，也失去了自我，只剩下一颗“空空的心”。于是，他开始为自己找寻精神的家园。靠着他所“离不开”的“那股乡下人的老实本分”，他似乎才领悟出，“在他所丢开的穷乡僻壤里，他才真正是‘土著户’。他陡然插足在这光彩眩目、喧聒震耳的新世界里，不免觉得局促不安；回头看他所丢开的充满着忧喜记忆的旧世界，不能无留恋，因为它具有牧歌风味的幽闲”。[3]正是这种回归的心态使作者在他的作品中不厌其烦地向人们展现那“沉浸在落寞的古老情调里”的田庄（《落日光》），反反复复地向人们倾诉那乡间的情趣：“渐渐的树影长了，牛犊鸣了，砍草的孩子负着满满的荆篮在回家的路上

1　刘西渭：《读〈里门拾记〉》，第20页。
2　孟实：《〈谷〉和〈落日光〉》，《文学杂志》，1937年8月1日第1卷第3期。
3　孟实：《〈谷〉和〈落日光〉》。

走着了，直到黄昏……”（《叙》）。芦焚的作品“论题材，它们的来源大部分是近代文明在侵入而尚未彻底侵入的乡村和乡镇”[1]，但是这似乎又很难实指，从作者所追求的那种幽闲的牧歌风味的古老的情调看，与其说这是作者在写他的实实在在的故乡农村，倒不如说是作者在为那颗“空空的心”寻觅“失去的乐园”。[2]

同是“京派”作家的萧乾，似乎从一个更为极端的角度在证明着这种找寻精神家园的“乡下人”心态。萧乾就其出身而言，本就是一个地道的北京人，而不是来自乡村，但他却也反复自称是“乡下人”，这反映出的是一种返璞归真的精神取向。诚如作者自己所说，他写《篱下》，是“企图以乡下人衬托出都市生活”。虽然他自己“是地道的都市的产物”，但他的“梦”，他的“愿望却都寄托在乡野”。[3]何以如此？因为他极端讨厌都市：“住在北京嫌沙土，跑到南方又挨受了那阴霾兼都市的烦扰”，“挤在都市的人实在太多了些，学医的把医院都开在这儿，学律师的也在这儿。人人都簇在闹市红眼”。既然如此，他认为自己“这对都市毫无用处的人趁早走开也好”，他是自觉地在精神上将自己从都市文明中放逐出去的。他寄希望于都市之外的天地：“或许沙漠天的广廓将放大你的气魄，或许那种更典型的中国人的生活将冲散你的

1　孟实：《〈谷〉和〈落日光〉》。

2　芦焚：《芦焚散文选集·失乐园》，人民文学出版社，1981 年版。

3　萧乾：《给自己的信》，《水星》，第 1 卷第 4 期。

幻境。”他有时也反问自己：难道“就不讨厌乡村的单调吗？”他不得不一再提醒自己，“快放下你那流浪者的好梦罢”。[1]不管在现实中作者有没有真去流浪，但他事实上已成了一个精神的流浪汉：一种无法对都市文明认同的无所归依的寂寥在纠缠着他。于是，我们又看到，萧乾这样一位地道的北京人的笔下，却也出现了乡村生活，而且是那样地具有乡土情趣。《篱下》中的环哥，一从乡村来到都市，便感到了离乡出游的悲哀：“城市多寂寥啊，听不见一声牛鸣，听不见一句田歌，总是哇呀哇呀的人声。”作者自称“乡下人”，不正是要为那颗流浪的心灵找寻到一片异于都市喧嚣的净土，以作为最终的栖息地？正是在这个意义上，沈从文也是将萧乾作为“乡下人”来看待的，而且还从萧乾有别于都市病态的“为人”和“创作态度”方面来肯定萧乾那“生气勃勃的勇敢结实”的“乡下人”特征。[2]

总之，30 年代乡土小说作家，在表达着对于“乡土”“家园”的追寻时，更多地是融进了作家们对自身“乡土性”的思考。他们所表现的“乡土”内容，不管是实指的还是虚指的，在其根本上都在证明着他们自身那割不断的与乡土的联系。透过“乡土”的表层结构，我们看到的，恰恰是作家们的一种精神的追求。固然，在不同的作家那里，这种精神追求的内容可能是各异的：有

1　萧乾：《给自己的信》。
2　参见沈从文：《〈萧乾小说集〉题记》。

的在其中融入了祖国、民族的意蕴，有的在其中寄托了文化寻根的意识，有的在其中追求生命的升华，有的在其中找寻心理的平衡，等等。但不管怎么说，写“乡土”而不止于对“乡土”生活的一般展示，不拘泥于对“乡土”之上芸芸众生相的刻画，这却是 30 年代成熟的乡土小说更具“乡土”味的重要原因。

## 四、乡土、自然与生命意识

当我们关注于作为精神流浪者的作家时，我们同时还会发现一个非常有意义的现象，即作家所展示的作为精神家园的“乡土”，几乎都具有原始自然的情调。在乡土小说中，几乎都有一种二元对峙的内在结构，用刘西渭评论芦焚的话说就是：“自然美好，人事丑陋”，“自然的冷静，人事的鼎沸”，他们“把情感给了景色，却把憎恨给了人物”。[1] 我们前述的沈从文小说的“城市”与“乡村”的两相对照的系统，其实也包含着这层意思。他们憎恨都市文明，憎恨纷扰的人事，转而在精神上放逐自己，去追寻更近于自然的“乡村”。这里包含了他们对于自然的发现。他们认为在自然中，人性纯真的一面相对保留得完整一些，与都市中人的本性遭受污

1　刘西渭：《读〈里门拾记〉》，第 20—22 页。

染相反，在自然中人的本性较少被异化。人的生命的本能原是深孕于自然之中的。于是，在他们的作品中多有对自然的生命的礼赞：“生命在向上长，在追寻一个美与善的目的。从这中间我们得到启示……‘生命多么可爱啊’？”[1]

这种在二元对峙中，借自然来表现对生命本意的追寻，在30年代多数乡土小说中都或多或少存在着。例如叶紫，他在抒写着太平盛世的“奇闻”的同时，却也在向人们展示着美丽的洞庭湖的“山光水色”。作者“依恋风情”，“虽说没有灌输生命的语言织绘，他用心追求这种效果”。[2]同为左翼作家的艾芜，在其作品中对此有更明显的表露。30年代一位评论者曾明确指出，在艾芜作品中存在“一个有趣的对照：灰色阴郁的人生和怡悦的自然诗意。在他的整个《南行记》的篇章里，这对照不绝的展露，而且是老不和谐的一种矛盾。这矛盾表现了在苦难时代苦难地带中，漂泊流浪的作者的心情：他热情地怀着希望，希望着光明，却不能不经历着，目击到‘灰色和暗淡’的人生的凄苦。他爱自然，他更爱人生，也许是因为更爱人生，他才更爱自然，想借自然的花朵来装饰灰色和阴暗的人生吧”？[3]说到底，这也是一种“人事”与“自然”的二元对峙的内在结构。艾芜30年代的小说，多是

---

1 参见芦焚：《芦焚散文集·夏侯记》。
2 刘西渭：《叶紫的小说》，第52页。
3 参见周立波：《读〈南行记〉》。

借苍茫朴野的自然，去表达一种与都市生活迥然异趣的原始美。正是在这一方面的共同之处，当时就有评论者将艾芜的《南行记》与沈从文的《湘行散记》和芦焚的《里门拾记》一道看作是“从乡野里出来”，“把乡野送给我们”，同时也表现了“人类最深也最原始的情绪”的作品。[1] 艾芜同样是在自然中发现了一种充沛的生命力。当他将人物置于这种自然的环境中时，原始自然的氛围常能激发起这些远离都市的人们的强烈的生命意识。《芭蕉谷》中，写一姜姓老板娘原本怀着伤心凄凉的心情带着儿女去给丈夫上坟，但坟茔周围的原始自然的美景却能拂去她往日的“酸心”，她不再感到死的悲哀，而从自然中感受到了生的欣喜。艾芜作品中的人物，多数都带有自然所赋予他们的勃勃生机，人们有着原始的强悍，有着一种顽强的生命力。《山峡中》那群生活在苍茫雄阔的山野自然中的强悍猛鸷的奇特人物，作者没有对其进行道德评价，而是首肯了他们那种生存的力量，将生命的赞歌献给了他们，作者借他们表现了一种带有原始野性的生存哲学和生命意识。

在这方面，30 年代乡土小说作家似乎在循着一个共同的思路，即寄情乡野，从贴近自然的人们的生存形态中去发掘他们理想的生命形式。当然，他们所追寻的生命形式的内涵是并不相同的，

1　刘西渭：《读〈里门拾记〉》，第 14 页。

也就是说，落实到具体作家，要表现的生命意识的内容是各种各样的。但值得注意的是，30 年代作家在思考生命本意时，几乎都曾关注过这样一个问题，即都特别注重在远离都市文明的带有某种原始蛮性的人们中间，去发现新鲜的健旺的雄强的生命力。艾芜西南边陲风情画中的“盗贼”、马贩子是如此，沈从文笔下的湘西边民也是如此。

沈从文的作品中，多有对带有鲜明泛神色彩的边地自然山水景物的精心描绘，对弥漫着浓郁牧歌谐趣的边地自然生活氛围的着意渲染，以及对充满着原始强力的边地自然中人物的精心刻画。这里表现了作者对于生命本意的理解。沈从文追求的生命的本意是自由、雄强、真情。所谓自由，就是让人性在自然的无拘无束的环境中自由地生长。再强盛的生命力也难以在一种压抑的环境中得到张扬和发挥。《虎雏》写了一位在秀气的外表掩盖下的一个桀骜不驯的灵魂：在都市生活的陌生环境中终感精神压抑的虎雏，终于在弄出一起人命案之后一逃了之，走进了文明世界以外的广阔天地中。作者所要表达的立意是：“一切水得归到大海，小豹子也宜于深山大泽方能发展他的生命。”[1]这里正包含了作家对生命自由意志的思考。从《虎雏》中也可以看出，“现代文明”之所以规范不了虎雏的年轻的心，正是因为他有一种坚韧的自由

1 沈从文:《湘行散记 · 虎雏再遇记》,《沈从文散文选》，湖南人民出版社，1981 年版，第 205—212 页。

意志，同时也还因为他的血管里早已渗满了祖先遗传的强悍的秉性。自由意志与强悍秉性，这二者是相联系的，没有后者，自由意志的实现又怎能不会是“心向往之”而“身不能行”？因此，在沈从文看来，生命的本意原该包括健康、活泼、契合自然的雄强的生命力。与沈从文所愤恨的“现代文明”造成的缺乏生命力的“阉寺性”人格相对照的，是他所表现的相对闭塞、原始的地理环境中的野蛮粗糙、雄强有力的生命。这一类作品在沈从文那儿是大量的。例如《渔》就多少揭示了人类生命力量的兴盛不衰，显示了人类生命的内在力量，尽管其中浸透了野蛮、狂热和鲜血，但比起“虚假有余而勇敢不足”的现代文明病来，这毕竟是一种更真实的生命力的宣泄。这里包含了作者对生命强力、生命元气的赞美。作为生命本意的重要内容，真情也是沈从文所思考的一个重要方面。眼见文明社会的虚伪氛围之下生命力的萎顿，作者更赞美那种做人的洒脱，即那种更近乎于原始纯真的秉性。一切顺乎自然。沈从文的许多作品便是以男女情爱来显示一种真情的。我们从《雨后》中看到的是一种热烈坦诚的爱欲中生发的活力；《柏子》中放荡不羁行为里所伴和着的真诚热烈的情感。在《龙朱》《月下小景》《阿黑小史》等作品中，沈从文更是热情地歌唱那真挚、大胆的情欲和原始的跃动着的生命力。金钱、利欲对他们并无多大诱惑，生命的平凡朴素与情感的自然真切是他们的本色。作者写出了在现代“文明”还未来得及浸染的角落里，那种与原始性联系在一起的生命的本真。不仅限于男女情爱，在近于原始的乡野边地，几乎一切人际关系中都充溢着一种真情，一种人情之美，这在他的代表作《边城》中更是揭示得淋漓尽致。

如果说沈从文多是从远离尘嚣的化外之地掘取原始人性以表达他对生命本意的思考，那么芦焚却较少静态地去表现他所理想的生命形态。例如在《牧歌》中所写，已不是那种纯静的化外之地，在那里，原始文明正遭受着“现代文明”的侵蚀。但作者所赞颂的却依然是一种原始生命的强力，只是这种生命的雄强力量是在动态的对抗中凸现出来的。作品中的主人公们，是一群生活在青山白云之间的以猎为生的边民，他们啸聚山林，与勾结外国人的部落头目作对。其中的牧羊姑娘印迦是在恋人被捕后毅然投身到这支绿林队伍中来的，她即使作为一个女性也同样体现出了一种原始的刚悍，“她单纯、善良而且矫健”，敢“报复”，能“宽恕”，但从来“不落伤心泪”。作品写出了原始生命强力对“现代文明”的抗争。芦焚小说中的人物，“无论是中途踬覆的过客，巨人，酒徒，寡妇，女巫，都是强壮的”。[1] 这里虽然已不再有宁静的乡村田园生活的恬淡隐逸的情调，但就其作者对生命本意的思考来说，追求对原始雄强的生命力的表现，则与沈从文是趋近的。

30 年代乡土小说中另有一些作品的二元对峙的结构并不体现

1　刘西渭:《读〈里门拾记〉》，第 22 页。

为“自然—人事”或“原始—文明”的模式，而是体现为“被压迫者—压迫者”或“被统治者—统治者”的模式，当他们着眼点放在被压迫者、被统治者的反抗力量上时，赋予这种反抗力量以具象化的，也常常是那种与大地联系在一起，与农民的那种强健的体魄联系在一起的雄强生命力。30 年代诸多出发点并不相同的乡土小说家，在表现生命强力这一点上却走到了一起。在茅盾的《春蚕》中所描写的荷花这个人物身上，就很能发现作者要挖掘一种生命强力的企图。而在《水藻行》的财喜这个人物身上，我们则更能明显地看出作者表现和发掘中国农民身上的雄强生命力的自觉意识。而对东北作家来说，表现原始的强力，更是一种自觉的追求。端木小说中最生动的人物，常常是那些带有绿林气息的人物，如《遥远的风砂》中的土匪二头目“煤黑子”、《大江》中号召同伴跟他上山当土匪的伍炮等等；即便是女性，精彩的人物也多是柔媚中带有倔强、真率中含有放浪的洋溢着原始粗犷的野性美的性格，如《科尔沁旗草原》中的水水、《大地的海》中的杏子、《浑河的急流》中的水芹子等等。萧军的作品中也多有以浓墨重彩写就的东北山野中带有原始性反抗性格的人群，且不说起笔于 1936 年的《第三代》，即使是在《八月的乡村》和短篇集《羊》《江上》等作品中，也多有朴实强悍的山民的形象。其他如白朗的《伊瓦鲁河畔》、萧红的《生死场》、骆宾基的《边陲线上》等等作品中，也都显示出一种对劳动者那种不屈的性格、执着的求生欲望和原始的雄强力量的挖掘。而同时期的台湾乡土小说作品中也有相同表现,例如赖和的《浪漫外记》,作品中的一群“快男儿”,颇有《水浒传》中“不怕天,不怕地、不怕官司”的阮氏三雄之风,他们“凭这一身、凭这双腕”敢于与殖民统治者作冤家对头。上述作者在作品里着力塑造一种野性未驯的性格,表现了对原始强力的赞颂,这体现了作家们对生命本意的思考。

早在五四时期,许多先进的知识分子都曾热烈地呼唤自然的生命力,原始的兽性(蛮性)。鲁迅一再指出中国“人”的驯化问题,认为这是人的本性的“萎缩”与“奴化”。[1] 陈独秀也早在1915年就撰文呼吁,要将培育、恢复“兽性主义”作为中国教育的根本方针。而所谓“兽性之特长”就是“意志顽狠,善斗不屈”“体魄强健”“力抗自然”“信赖本性,不依他为活”“顺性率真,不饰伪自文”等等。提倡“兽性主义”是针对中国现状而言的:“余每见吾国曾受教育之青年,手无缚鸡之力,心无一夫之雄,白玉纤腰,妩媚若处子,畏寒怯弱,柔弱如病夫,以如此心身薄弱之国民,将何以任重而致远乎?”[2] 用原始的“兽性”来改造中国国民性中的柔弱素质,这曾是五四时期知识分子先驱们的共同愿望。这种呼唤直到30年代以及40年代文学中才得到回声。可以说,30年代“乡土小说”作者们所做的努力,应视为对五四精神的一

1 鲁迅:《略论中国人的脸》,《鲁迅全集》(第三卷),第412—415页。
2 陈独秀:《今日之教育方针》,《青年杂志》,1915年10月。

个方面的继承。同时，30 年代“乡土小说”作家对自然的强悍的生命力的呼唤，又理所当然地融入了他们对当时社会情状的思考：在“城”与“乡”对立中的价值取向，在“人事”与“自然”对峙中的情感态度，以及在表现受压迫者的“顺受”与“反抗”两种行为时的褒贬评判等等，给 30 年代乡土小说更多地赋予了 30 年代的时代内容。应该说，30 年代乡土小说，在这方面既是五四时代的某种精神命题的文学实践，又是 30 年代某种思想成果的具体文学显现。

## 五、伦理文化批判与探索

不可否认，30 年代乡土小说中的许多文化内容，是承续了 20 年代的思想命题的，这在伦理探索的主题方面表现得更为明显。

与中国的乡土性特征不可分离的是中国文化在本质上的伦理化。一个民族越是生产方式落后，越是带有“乡土性”特征，文化的伦理化特点就越明显，这是因为越趋于原始的社会群体，越重视以血缘家族和辈分、年龄等来区分亲疏贵贱，来维系社会秩序。在中国长期的封建社会中，统治者们就是利用这种产生于自然状态中的“人伦”关系，制定了一整套的协调、整饬人与人和人与社会的关系，规范人们思想行为的传统的伦理道德。伦理道德在中国文化中占有特别的比重。伴随着五四时期的“人的发现”的思想解放运动,人们认识到,封建伦常是以牺牲人的个性、自由、创造力乃至做人的基本权利为出发点的,所以必须铲除。五四时期著名的“礼教吃人”命题就是这样提出来的。在20年代的文学作品中,多有表现伦理文化批判的主题的,即通过文学作品,揭露封建礼教的罪恶。30年代虽然就社会思想的变迁趋势而言,是由人的解放转向阶级意识的觉醒,因而整个文学中的伦理文化批判的主题有所淡化;但就其乡土小说而言,因为它涉及中国“乡土”时,事实上并不能绕开宗法制社会中种种由封建伦理文化驱使的罪恶,因而具体到乡土小说领域,它多少还在继续着伦理文化批判的主题,当然这种继续之中是有所变化和发展的。有关“伦理文化”的内容在30年代乡土小说中表现为两个方面的内容,一是批判封建的伦理文化(包括封建伦常和封建礼教),二是通过对新伦理意识支配下的行为的赞颂,进行了建立新的伦理观的探索。

就30年代多数乡土作家大都有所涉猎的有关伦理文化批判的内容和主题而言,基本上沿袭了20年代的文学创作,无论是在其广度还是深度上,均不能说是有所超越和突破,但就其批判途径和方式而言,却是有所不同的。如果说,20年代文学作品中主要是从思想革命的角度,通过伦理文化批判来达到反封建的思想启蒙的目的,那么,30年代乡土小说则能够从更为综合的角度来看问题，即并非止于伦理道德的批判，而是以此为窗口，揭示更广阔的社会内容，进行更广泛的社会批判。例如沙汀的《兽道》《在祠堂里》等作品都不同程度地对封建的伦理意识进行了批判。《兽道》的悲剧令人联想到《祝福》，魏老婆子的疯，似与“姑母”的不理解有关，也与魏老婆子植根于传统的伦理道德观念中的羞耻感有关。但作品的整个立意和宗旨却并不像《祝福》那样是写封建伦理道德的杀人，而是在于借此谴责军阀统治的兽道强权的罪恶：人间的是非邪正全然被颠倒，犯罪者逍遥法外，受害者反而替之负罪。《在祠堂里》也是如此，虽然作品也写了一个追求爱情的女人不为社会所容的故事，但主题却并不仅仅是在于批判封建伦理道德所造就的普通社会心理（当然，也包含这方面的内容），而且还在于揭示军阀兽道的残忍，正是封建伦理道德观念与军阀兽道的嫁接，才演成了这出扑灭人间美好感情的惨剧。这里，有伦理文化的批判，更有对黑暗社会现实的抨击。

30 年代由于整个社会关注重心的转移，因而作家在审视角度上也有所变化。即如萧红，比较注重写妇女命运，也注重从伦理文化这一角度去思考问题，但她在进行伦理文化批判的同时更多是从地主阶级残酷的经济剥削和阶级压迫的角度来看问题的，如她写于 30 年代的作品《王阿嫂的死》《桥》等等。30 年代文学所面临的任务是双重的，一方面，它必须继续完成由于 20 年代思想革命的仓促而并未完成的伦理文化批判的任务，另一方面，它们又必须面对30年代所面临的社会革命的历史任务，因此，进行伦理文化批判已事实上不能止于其单个领域而单独进行了。

这在30年代台湾乡土小说中表现得更为突出。虽然台湾新文学运动比大陆整整晚了10年，但它们一开始就不仅面临思想革命的任务，而且也面临社会革命和民族革命的任务。这样，伦理文化的批判就更难只止于思想启蒙领域单独进行了。台湾当时的一个重要的新文学刊物《福尔摩沙》在创刊宣言中就明确指出："台湾被编入为日本的殖民地以来，在这特殊的国情和经济上被榨取的政策之下，我们确实喘不过气来，而且一向又留意于大家族制度，迷信邪教，被歪曲的儒教思想，宿命的天命思想和佛教结合的结果，都发生不少的精神的毒害。"赖和的《可怜她死了》，描写童养媳阿金的悲惨故事，虽然重点控诉封建的童养媳制度和一夫多妻制度，但也揭示了阿金悲剧中的殖民主义统治的根源。杨逵的《水牛》，描写了农家女孩阿玉的悲惨命运，其中虽有对封建伦理文化对女性摧残的控诉，但作品意旨却在揭示殖民主义和封建经济剥削的因由，以呼唤人们民族革命和民主革命的觉醒意识。

30年代乡土小说的伦理文化批判与20年代文学作品相比，不仅是批判途径的不同，而且在批判眼光上也有所变化。张天翼的《脊背与奶子》《砥柱》就是以喜剧的方式，以轻蔑而尖刻的讽刺、嘲笑，去揭示乡间的伦理道德的荒谬性和卫道者们的虚伪性。在作者看来，随着社会的发展，封建伦理道德似乎已经或正在失去其传统的庄严性，而愈来愈显示出了它的喜剧性。因此，在题材处理上，作者并未展示受害者的悲剧，气氛渲染也不像20年代文学作品（如《祝福》）那样凝重。作者是在用笑声来宣告封建伦理道德及其卫道者的困境和绝境。随着30年代社会的动荡、变化，中国农村事实上也已不像20年代或更早些时那样死水一潭。如果说，20年代的伦理观念的变迁主要还局限在知识分子和一般市民之中，那么，30年代伦理观的变迁则已开始光顾乡村。于是，乡村的伦理觉醒和个性解放问题才终于在作家的笔下较频繁地出现。张天翼的《脊背与奶子》，就写到任三嫂远走豁庄跟上姓刘的情人，并且还将扮演卫道者角色的长太爷攮到桥头痛揍了一顿。这里透出的，正是农村中伦理觉醒的信息。萧红的《小城三月》，虽写作为旧婚姻制度牺牲品的翠姨的悲剧，但作品的意旨并不仅仅在于写出旧婚姻制度的罪恶。农家少女翠姨，幼年丧父，寄人篱下，她在亲戚家受到了民主思想的熏陶，呼吸到了“堂兄”从哈尔滨携来的令人神往的男女平等的新气息，她的悲剧的种子从此也就埋下了。她热恋“堂兄”，但封建的门阀制度使他们难成眷属，翠姨是在不甘心自己命运的忧郁中死去的。作品在批判封建婚姻制度罪恶的同时，似乎也昭示了乡村中伦理的觉醒和个性解放的呼声。从这些作品中可以看出，封建的伦理道德观念，再也不能像20年代乡土小说所揭示的那样顺畅地在乡村施行了，因为伦理观念的变化毕竟已在乡村中有所显现。周文的《爱》就写到了新旧伦理观念的冲突。李焕章爱上了乡村寡妇玉环，李母百般阻挠，由此形成了种种冲突。作品剖析了宗法制伦理观念，却也写出了这种观念的反叛力量。

30 年代乡土小说作家还关注到了乡村伦理观念变化中的负面意义，如王鲁彦和吴组缃就常常在作品中揭示乡村社会动荡所引发的人性失落和道德沦丧。王鲁彦曾集中笔墨描写过“工业文明打碎了乡村经济”之后的乡村人际关系和道德观念的变化。这方面的作品主要是写于 20 年代末到 30 年代中期，是写于我们所通常称之为“30 年代”（1927 年 7 月—1937 年 7 月）的这段时期，如著名的《黄金》《桥上》《屋顶下》《阿卓呆子》等等作品。作者对乡村社会在工业文明冲击下的道德观念的变化，显然是持批判态度的。与此类似，吴组缃的作品在反映社会动乱中乡村伦理观念、道德规范的变迁方面可说是更为出色的。在《金小姐与雪姑娘》中，作者通过乡村姑娘王雪姿沦落的故事，告诉人们，外来的资本主义文明如何不仅使乡村经济破产，而且在打碎旧有的道德规范的同时造成了贫穷的乡村少女的道德荒芜。《樊家铺》也是如此，线子嫂的被迫杀母，也正是乡村社会的动乱，人伦关系和道德观念的大变，由此而造成的道德沦丧的结果。对于乡村社会伦理观念的变化，无论是称赞其值得张扬的方面还是批判其负面的效果，只要揭示出这种变化就是有意义的，因为它从一个更深刻的层面昭示了乡村社会的深刻变化。应该说，这是30年代乡土小说作品显示出的一种不同于20年代小说的新的眼光。

30年代乡土小说不仅是进行伦理文化的批判，而且还就新伦理的理想形态进行了探索。这里，有的作品是侧重于对新伦理意识支配下的行为的讴歌，也有的作品是侧重于表现一种以想象构设而成的作家自以为然的新的伦理形态。例如沈从文，就是试图通过向人们展现一种凭借想象构筑的伦理形态，来确定一种心以为然的伦理道德的准则。沈从文在《媚金·豹子与那羊》里，作者在叙述了主人公以身殉情的爱情故事后，发出了这样的感叹："地方的好习惯是消灭了，民族的热情是下降了，（苗族）女人也慢慢的像汉族女人，把爱情移到金银虚名虚事上来了，爱情的地位显然已经堕落，……"这里作者是以"爱情"作为一种标尺，来衡量伦理形态的优劣的。在作者看来，"汉人"在过多的伦理规范的束缚下，爱情是没有位子的，为此作者也曾在许多作品中揭示了绅士淑女们在"爱情"上显示出的虚伪堕落的灵魂。在沈从文的诸如《边城》《三三》《雨后》《阿黑小史》等许多作品中，都表现了这样一种伦理取向：凡顺乎生命的自然的，就是道德的，凡违反生命本真的要求的就是不道德的。这种从生命的自然出发的伦理观对中国传统的正统伦理道德观显然构成了一种批判。作者在构织这种理想的伦理形态时，主要以未受封建正统伦理观浸染的偏僻的相对原始的乡村为蓝本，作者希望这种"乡下人"的道德美“还保留些本质在青年人的血里或梦里”。[1]这显示了作者对健康的不悖于人性的人生形式的探索，其意义已经超乎伦理探索的范畴。

在中国现代文学史上，鲁迅最早从伦理道德的角度把农村妇女的酸辛和痛苦异常突出地表现了出来，尖锐地提出了妇女解放的问题。30年代的左翼乡土作家们在这方面对鲁迅有较多继承。所不同的是，左翼乡土作家们已经不仅仅是从封建伦理文化受害者的角度来写农村妇女的苦况，而且也注意发现她们身上的伦理觉醒。比较典型的是叶紫的《星》。作品写了乡村妇女梅春姐伦理觉醒的过程。她原先是一个富于传统意味的“贤慧妇人”，虽然丈夫是个又嫖又赌的二流子，且时常虐待她，但她总是遵循父母有关“在家从父，出嫁从夫”的嘱咐，忍受了这一切，以换取全村人的称赞。但时事变迁，萌发了她对生活的新的认识。终于，她顺乎自身的内在的要求，与农会黄副会长相爱，并享受了真正的人生的快乐与幸福。虽然随着大革命失败后白色恐怖的到来，黄副会长遭杀害，但在梅春姐心灵深处的伦理觉醒意识使她再也不会重新认同旧的家庭关系。作品写出了处于政治动荡中乡村的伦理观念变化，它对家庭伦理层面的触及更具深刻的社会意义。

在进行伦理探索的30年代乡土小说中，同样很应引起注意

1 参见沈从文:《长沙·题记》,《沈从文文集》(第五卷)。

的，是茅盾的《水藻行》。作者在写这篇作品时，是试图塑造一个真正的中国农民的形象。什么才是“真正的”中国农民的特征呢？茅盾在30年代农民普遍觉醒的状况下，曾努力表现农民政治思想意识的觉醒，但农民除了作为一个阶级分子而原本就存有其反抗性、革命性等等政治思想觉醒的可能性之外，是否同时也存有伦理觉醒的可能性？这是《水藻行》的思考深度所在。作品不仅要写出由于政治压迫与经济剥削下贫病交加的农民的苦况，更是要去塑造一个“真正的”农民，一个人性健全、个性完善的人物。在财喜与秀生妻之间的性爱关系中，我们所看到的，是主人公对传统道德观念的背弃，是一种以人性的正常发展为基础的伦理觉醒。

早在五四新文化运动一开始，陈独秀在《吾人最后之觉醒》一文中就将伦理的觉醒作为人的觉醒的最重要的内容提出来了。20年代文学中的个性解放的思潮，无疑与这种伦理的觉醒有密不可分的关系。但20年代个性解放主要体现在知识者身上，而在乡村由于封建势力强大，伦理觉醒的步履相当艰难。乡村中的伦理觉醒，似乎只有到了30年代的文学作品中才有所显示。叶紫对梅春姐这一形象的塑造，代表了30年代左翼作家在揭示乡村中伦理觉醒这一主题上所达到的思想深度。这个形象的深刻意义在于告诉人们，只有当乡村的社会革命真正兴起的时候，乡村的伦理觉醒，尤其是乡村妇女的伦理觉醒才真正成为可能。当然，像叶紫这样的作品并不多见。

随着30年代文学对乡村题材的关注，作品中本应更多地体现出乡村的伦理觉醒，但由于特定的社会时代原因，多数左翼乡土作家们对表现乡村中的伦理觉醒却有所疏忽，他们更热衷于让农民们直接进入到政治思想觉醒的层面。然而，在实际斗争中，农民们所显示出的种种先天的不足，又似乎总在说明：长期以来，封建伦理道德的禁锢，极大地限制了中国农民的个性发展，而没有伦理的觉悟以及由之带来的个性解放和个性发展，很难想象农民的政治思想觉醒中不带有保守、狭隘的成分。毛泽东就曾明确地阐述过这一问题，他认为，如果没有包括“几万万人民的个性解放和个性发展”在内的资产阶级的民主主义革命，要真正在半封建半殖民地的中国建立起社会主义社会，只能是空想。[1]同样是作为左翼作家的茅盾，在《水藻行》这篇小说中，似乎已经在反思这一问题。正因为如此，他没有直接从政治思想层面去写农民的觉醒，甚至也没有像叶紫那样从政治革命、社会革命的角度去写农民的伦理觉醒，而是直接挖掘农民自身存在的发自于生命本然的伦理觉醒的可能性，从而塑造出了一个既不同于老通宝，也不同于阿多的另一类农民形象，即茅盾所说的“真正的”农民形象。无论是老通宝还是阿多，作品所凸现的性格特征都是基于

1 参见毛泽东:《论联合政府》。

政治的、思想的角度，而唯有财喜的性格特征，才是从伦理道德的角度来塑造的。这种独特的伦理探索，将30年代乡土小说中的伦理觉悟主题引向了深入。

## 六、乡风民俗的揭示

在中国现代文学中揭示乡土风俗，早在20年代中期的乡土小说就已经开始，但到了30年代乡土小说中，则更为普遍。民俗文化在中国受到重视是在20年代后期。[1]这种重视固然与接受西方人类学研究的影响有关，但同时也与其时人们对中国文化思考范围的扩大有关。在五四新文化运动中，人们的文化思考几乎都集中于正统的儒家文化这一单一的文化范式上，忽略了处于下层文化的民俗文化的意义。鲁迅就曾在30年代明确强调了改革“风俗”和“习惯”的重要性，认为“倘不深入到民众的深层中，于他们的风俗习惯，加以研究、解剖，分别好坏，定存废的标准，而于存与废，都慎选施行的方法，则无论怎样的改革，都将为习惯的岩石所压碎，或者只在表面浮游一些时”。[2]因此，对民俗文

1　例如，1927年广州中山大学成立“民俗学会”，1929年杭州成立“中国民俗学会”，涌现出了一大批民俗文化研究者。

2　鲁迅:《二心集·习惯与改革》,《鲁迅全集》(第四卷)，第224页。

化的研究、揭示和批判，既是对五四文化批判的延伸，又是对其必要的补充。关于30年代乡土小说对乡土风俗的揭示，正应从这个角度来看待。

30年代乡土小说在揭示乡土风情时，多数作品是将其作为文化的落后面来加以批判的。罗淑的《生人妻》、潘谟华的《冷泉岩》、柔石的《为奴隶的母亲》都对野蛮的婚俗做了揭示。《生人妻》描写的是沱江上游山坳里闭塞社会中的一段故事：卖草为生的汉子生活艰难便将妻子卖于别人。其妻在与新夫的婚宴礼仪中倍受屈辱，又险遭新夫之弟奸污，因不堪忍受当夜逃回原夫家，致使原夫因买妻者诬陷为借卖妻行骗而被保甲带走。这里，作者借野蛮的典妻陋俗和粗鲁的婚宴礼俗揭示了底层人民惨痛的生存状况。《冷泉岩》以凝重的笔触写出了宗法制农村中的童养媳、典妻等野蛮的习俗，以及在这种习俗下人们的非人生活，尤其是劳动妇女失去了人的价值和尊严的悲惨命运。作品通过两个妇女的命运，直接有力地批判了传统的野蛮习俗。《为奴隶的母亲》也是以“典妻”的习俗为内容的。作品写皮贩子春宝爹家境贫困，后又染上黄疸症，加上债主逼债，无计可施，将妻子春宝娘典给李秀才养子承续香火。春宝娘先是经历了离夫别子的悲哀，待到与秀才生下秋宝三年期满后，又不得不痛苦地离开自己的骨肉秋宝。潘谟华和柔石均为浙江人，所写也是浙江农村的事。对于浙江的这种民俗，在《清稗类钞》中就有记载：“浙江宁、绍、台各属，常有典妻之风。以妻典与人，期以十年五年，满期则纳资取赎。为之妻者，或生育男女于外，几不明其孰为本夫也。”不止于浙江一带，“雍乾以前，甘肃有租妻之俗。盖力不能取而望子者，则僦他人妻，立券，立期限，或二年，或三年，或以得子为限。过期，则原夫促回，不能一日留也。”[1]“典妻”之风行于我国不止一个省份的乡村，因此，在文学作品中对此进行揭示，有普遍意义。与《生人妻》和《冷泉岩》相比，《为奴隶的母亲》写出了“典妻”习俗给女性带来的更为内在的痛苦。在这里，女性的人格尊严、人的神圣感情以至人的生存权利等等都受到残酷无情的蹂躏。同时，作品在揭示这种陋习的文化根源时也更显深度：在这种习俗的背后，是宗法制社会的重血缘承续这一核心的观念。从这种揭示中，我们可以清楚地看到，在民俗文化中，常常会有这样的现象，有些方面，似乎与正统文化观念完全合拍、统一，而有些方面却又多少有些偏移和错位，而有时看似与正统文化观念相矛盾的现象中，却又总是包含着深层意识的同一性。就“典妻”陋习而言，如果从正统的儒家伦理道德观念来看，这违背封建贞操、节烈观念；但典妻的目的是为了子嗣，而子嗣观念恰恰又与封建的正统观念——“不孝有三无后为大”等相一致。占统治地位的文化思想对人们一般生存方式和生活方式的潜在影响，正统的文化观念

1　参见《清稗类钞》，“风俗类”，“宁绍典妻”条和“甘人租妻”条。

对民俗文化所起的制约和调整的作用，由此可以看出。这样，对民俗文化进行揭示，就不仅可以直接达到揭露和昭示民俗文化中野蛮落后面的目的，而且还可以将对封建正统文化观念的批判引向深入。柔石《为奴隶的母亲》的思想深度正显示在这个方面。

在民俗文化中，较多包含了原始信仰和原始禁忌的遗存。如果当这些遗存不仅仅体现在一般的节庆赛会的种种礼仪方面，而是与迷信、顺命的思维方式，落后、愚昧、保守的心态勾联在一起，那么，这种民俗习惯势必会成为民众觉醒和社会改革的阻碍力量。30年代乡土小说中，对此也多有揭示和批判。蒋牧良的《旱》，中心意旨是在写出一个老实、勤朴的农民在天灾人祸中的悲惨命运，作者虽对农民的这种命运抱有无限的同情，但作品也揭示了农民们自身的不觉悟：他们对来自地主的压迫虽心怀诅咒，但却又安分忍命。在遭遇大旱之灾时，他所能做的也便是在炎热的太阳底下祈雨迎龙王。作品花了大量的篇幅写农民们求雨的过程，那种浩荡的仪仗、虔诚的礼仪、畏怯的心态，都可谓是在借民俗过程来揭示农民们顺天从命的心理。艾芜的《一个女人的悲剧》，是写以巫代医的陋习，一个家破人亡的妇女居然在一种迷信的仪式之中获得灵魂的暂时麻醉。于是，巨大的悲哀没有化为巨大的反抗力量，反而在无声息中消解了。台湾作家郭秋生的《鬼》中，也通过展现神秘恐怖色彩的风俗来解剖迷信盲从的民俗心理。芦焚的《百顺街》，虽不是专写一种风俗，作品也没有主角和主要情节，但整篇作品却以风俗素描的叙事方式，展现了宗法制乡镇的社会状态。作品以极一般的作为生活常态的民情风俗，勾勒了乡镇上层人物与市民百姓的思想行为方式，揭示了“百顺街”人逆来顺受、避实就虚、欺软怕硬、爱占便宜等等国民性弱点。上述作品大都明显地带有民俗文化批判的特点。

30 年代也有许多乡土小说作品在展现民俗时，并不以直接的民俗批判为目的。例如沈从文有许多作品是以叙写湘西边地淳朴民风民俗来表现人性美的，在《龙朱》中就这样写道：在当地的风俗习惯之下，“一个男子不能唱歌，是种羞辱；一个女子不能唱歌，不能得到好丈夫。抓住自己的心放在自己爱人面前，方法不是钱，不是貌，不是门阀，也不是假装的一切，只有真实热情的歌？”这种爱情婚姻形态，在沈从文的许多作品中都出现过。作者歌颂这种带原始气息的婚俗，其目的则是以此来否定现代文明异化中的以“金银虚名虚事”为目的的婚姻形态。当然，沈从文小说中时有过分美化、诗化原始性婚俗的倾向，例如他的“阿黑”系列小说，在涉及“典妻”等习俗时，忽略了它在伦理道德上的负价值，过于将其诗化。尽管如此，沈从文的这类作品也时常令人感到一种“普遍性的与我们共同的对于命运的挣扎”。例如《边城》中，展示的是一幅淳朴风土人情的风俗画，但作者却以一个凄婉的悲剧结局来揭示“各人应有的一分哀乐”——在爱的追求中同样必须品尝的人生的哀苦。在《山鬼》《神巫之爱》一类作品中，沈从文则更是将楚沅巫风、民间娱乐、山乡风俗等等与男女对真挚爱情的追求交织在一起，从而使民俗承载着一种盎然的生命情趣。同样，艾芜的《端午节》（副标题为《某乡风俗记》）也没有直接进行民俗批判。小说着重描写农村端阳节“赶韩林”的驱鬼风俗。作品对这一俗事过程写得有声有色、热烈欢快。但作品也告诉人们，这次“赶韩林”的起因却是财主因自己告发的革命者被杀，害怕其变鬼向自己报复。这样，欢快的民俗场面并未掩盖其苍凉的气氛。在其风俗描写的背后，事实已暗含了受苦者的血泪和害人者的恐惧。

与大陆作家不同，民俗描写在台湾作家笔下，有时又有另一重含义。他们通过对各种各样源于中国的风俗习惯，诸如农历年的喜庆活动：青年男女斗唱山歌、祭妈祖庙、清明扫墓等等的描写，以民族认同意识，对抗日本统治者的“皇民化”政策。在这类作品中，作家对民俗多是视为民族文化的象征，因而不但不是进行民俗批判，而且是着意渲染其盎然意趣和文化魅力。例如，赖和在《善讼人的故事》中，以其本色的乡土风俗的描绘，表达了一种对华夏文化的亲切感。尤其是对观音亭民情俗事的描写，使人联想起祖国大陆许多乡镇的那份扰攘中蕴含着的宁静。再如杨守愚的《过年》等作品，在描绘台湾的年庆风俗中也透露出一种乡土文化寻根意识。他的《元宵》也写到“观音亭”，但与赖和不同，他是在描绘观音亭风气变迁之中，表达了一种对于民族文化失落的隐忧。

在30年代乡土小说中，更有大量的作品，它们主要不是展现民俗，风情民俗在作品中仅是有所涉及而已，但这些民情风俗却在作品中都起到了衬托、铺垫和制造氛围的作用。例如茅盾《春蚕》中诸如“蚕花太子”“收蚕仪式”“避白虎星”“大蒜占卜凶吉”等等。关于养蚕的民俗礼仪和原始禁忌，虽不是作品表现的中心，但都是在作品中不可缺少的。这些民俗描写，既为“蚕事”过程的描述增添了生活气息和庄严的气氛，又写出了蚕农们那份虔诚的顺乎天命的心态。同时，作为一种文化背景，这里既暗示出了中国农村落后的生产方式，隐含了农民们迷信、麻木不觉悟等落后思想意识的文化根源。茅盾的《残冬》中有关黄道士供草人儿以及关于“真命天子”的传闻，作为一种民俗现象在烘托农村落后、闭塞的文化氛围方面也起到了重要的作用。再如萧红的《小城三月》，其中有关东北满人娶媳妇的民俗和元宵节的村俗的描写，对增添作品的乡土特色和诗情画意绝不是可有可无的。又如，夏征农的《禾场上》中对“坐场”“请酒”等农事风俗场面的描写、沙汀一系列小说中有关乡镇“茶馆”和“吃讲茶”等民俗的描写、吴组缃《箓竹山房》中有关“福公公、虎爷爷”的称呼、周文《爱》中的坐马桶咒人毒语等等，对揭示地方文化背景、增加乡土气息、渲染气氛、刻画人物等都起到了重要作用。可以说，要真正表现中国的乡村社会生活，事实上不可能不涉及乡村的民情风俗。30

年代乡土小说中大量出现民俗描写，这正应视为作品对中国乡村生活真正契入的一个标志。

民俗描写的意义与其说是文学性的，还不如说更是文化性的。人们往往比较注重那些文化的显性方面的东西，而忽视隐性方面的东西；过多地重视那些可以用现成的理论观念来分类、界定的思想意识，而忽略了更为众多的以民俗文化的方式影响着人们的思想意识。然而在实际上，要真正了解农民的意识、大众的心理，也许民俗文化是一个更为重要的方面。从这个意义上来说，30 年代的乡土小说对表现乡风民俗的重视，就不仅具有文学史的意义，而且具有文化史的意义。

（原载《中国社会科学》1993 年第 5 期；后经改动收录于《中国乡土小说史》，安徽教育出版社 1999 年 11 月出版；此处收录的是改动后的文本）

# 政治文化心理与 30 年代文学

政治文化虽然不同于明确的政治理念，也不同于现实的政治决策，但政治理念和现实政治决策在人们心里的投影，以及由之而形成的某种社会文化心理，却是政治文化的重要内容之一，它深藏在人们心中，并潜移默化地支配着人们的行为方式。就文学言之，这种社会文化心理如何左右、支配着人们对待文学的态度，并从而制约了文学特点的形成，是我们研究文学与政治文化之关系时所必须给以关注的重要方面。

30 年代是多头政治尖锐对立、冲突的时代，国民党虽然在“四一二”后掌握了政权，取得了统治地位，但由于他们在事实上并未能调和权力主体与权力客体的关系，各种“反权力政治文化”在公众对于权力政治文化的普遍不满中迅速增长。因此，从政治文化的角度看，30 年代“政治文化的社会形态模式”，应是属于“非整合模式”。当时，社会成员对官方政治概念、政治价值取向以及政治操作方式普遍缺乏认同感，而且“由于腐败是社会固有的和普遍的现象，又由于普通民众付出代价过高，因此下层对上层充满了报复心理，并且一遇机会就会付诸行动”。“国家虽然极力用暴力手段压服民众的反抗，或以‘恩威并重’的手段分化民众，涣散他们的斗志，但效果并不显著，社会成员的精神共识、国家观念、整体思想仍是异常淡漠”，与之相反，“他们的政治取向多倾注于次级国家组织”及“亚政治文化”团体的“认同”上。[1] 30年代最主要的“亚政治文化”团体当推包括“左联”在内的左翼文化群体，因此，在30年代左翼各文化群体能获得民众的普遍支持，绝不是偶然的。这种政治取向与其说是一种明确的政治理念，不如说是由对政府的失望而导致的一种政治情绪。

大革命后，在民众中，尤其是在许多的青年中普遍产生了一种不满的情绪，或者说是一种“政治焦虑”，一种政治的郁积。这种焦虑或郁积总要找寻某种释放和排解的渠道，而进步书籍尤其是进步文艺作品就在很大程度上承担起了这种渠道的作用。“语言、声音、文字，在它们作为一般抽象物的时候，并无政治文化意义，但当他们与某种特定的政治心理联系在一起的时候，就会成为政治文化的外延”，人们“以内心评判、内心体验等隐含形

1 孙正甲：《政治文化》，第55—56页。

态存在的政治情感内涵”，来“操作着不同的语言、声音、文字”，“迫使它们沿着特定的‘思维峡谷’行走，以致形成特定的思维外在表现形式”。[1]而30年代，左翼的、进步的书籍和文艺作品在很大程度上就是这种与某种政治心理联系在一起的语言文字，它以其内含的政治情感，赢得了30年代公众，尤其是青年的共鸣，而备受亲睐。人们心中普遍蕴蓄的“政治焦虑”在对左翼和进步文艺作品的共鸣性阅读中得到了“审美性置换”。正因为如此，30年代民众，尤其是青年，对进步文艺的关注，便几乎是空前的。30年代普遍的文学期待是与当时特定政治文化语境下人们的政治心理紧紧联系在一起的。普遍的政治文化心理正是以普遍的文学期待和阅读需求的形式对文学的生成和发展起着制约和导向的作用的。

## 一

30年代的文学阅读，很大程度上是普遍的政治文化心理在起着支配作用。30年代民众的政治取向，尤其是知识青年们的政治取向，通过他们对书籍的阅读状况是可以窥其一斑的。1934年

1 孙正甲：《政治文化》，第84—85页。

一位叫大卫·威拉德·莱昂的外国人曾对中国人的读书习惯做了一个调查，他把1934年北京图书馆借阅得最多的外国作品译本做了统计，最后发现，“在十一种借阅最多的一般书籍中，有六部是关于共产主义理论的，其中包括布哈林、恩格斯、马克思及研究俄国五年计划的著作，其他五种为：CF·安德鲁的《甘地传》、M·比尔的《古代社会斗争》、《国际联盟李顿调查委员会报告书》、《十九人委员会关于中日纠纷调查报告》及《田中奏折》”。[1] 而从文学的阅读来看，当时“许多人都要读新一代俄罗斯作家作品，尽管这种作品大部分被查禁，只能在朋友之间偷偷传阅一些残旧的本子。奥格涅夫的《一本共产党学生的日记》、柯伦太夫人的《赤恋》、革拉特柯夫的《士敏土》以及伊凡诺夫和皮涅克的作品流行得最为广泛。1928至1929年间，在左翼文艺运动正式开始的时候，大约有一百种俄罗斯作品被译成中文。普列汉诺夫和卢那察尔斯基是在中国最有影响的文艺批评家”。[2] 上述虽然仅是对外国译本阅读的调查，但也多少能说明一定的问题。这种阅读偏爱中无疑包含了读者们的政治关怀和政治价值取向。

30年代左翼革命文学之受到最广泛的欢迎，是一个不争的事实。据一位30年代的读者回忆：“正当我耽读俄罗斯和其他外国

1 ［美］尼姆·威尔斯：《活的中国·附录一：现代中国文学运动》，《新文学史料》，1978年第1辑。
2 ［美］尼姆·威尔斯：《活的中国·附录一：现代中国文学运动》。

作家的作品时，也受到了左翼文艺运动的猛烈冲击。”“鲁迅主编的《萌芽》和蒋光慈、钱杏邨主编的《拓荒者》”以及“一大批发表革命文学作品的刊物，如《北斗》《大众文艺》《文学月刊》等等”都是很受欢迎的。而“一些出自革命作家手笔的作品，……在青年学生中简直风靡一时”。“至于《子夜》，听说因为登了出版预告，正式发售那天，读者一大早就在上海开明书店门前排起长队”，“盼望尽早买到它的焦灼心情，使我一连好几天都去跑那家熟悉的书店，终于买到手了，就在深夜里趁同寝室的同学都入睡了，才独自起床，悄悄地靠着走廊的一根柱子，凑近一盏路灯的微光，贪馋地读着，读着，的确是一种如饥似渴的样子”。[1]类似这样的阅读偏好，在30年代的读者中是比较普遍的，还有一位30年代的读者这样回忆：“现在我不得不承认，我那时对于国内新作家，只爱看鲁迅、茅盾、蒋光慈等人的小说。”[2]像鲁迅、茅盾这样的大作家的作品受欢迎的程度自不必说了。例如，鲁迅曾在给友人的信中谈起自己的作品《准风月谈》的销路情况，该书最初“是几个小伙计私印的”，但很快“一千本已将卖完”；[3]“新出的一本，在书店的已售完，来问者尚多”；[4]于是又在“三四天内印好了”“再版本”。[5]鲁迅的《二心集》也是如此，“出版后，

1 王西彦：《船儿摇出大江》。
2 马宁：《左联五烈士别记》，《新文学史料》，1980年第1期。
3 鲁迅：《书信·350126致曹靖华》，《鲁迅全集》（第十三卷），第32页。
4 鲁迅：《书信·350312致费慎祥》，《鲁迅全集》（第十三卷），第77页。
5 鲁迅：《书信·350319致萧军》，第86页。

得到读者欢迎，旋即告罄。同年十一月再版，又销售一空。翌年一月又出第三版，八月又出第四版”。[1]由此可见鲁迅作品热销之一斑。茅盾的《子夜》，其“热”的情况也是一样，瞿秋白曾在《子夜与国货年》一文中把1933年称之为“子夜年”。“《子夜》出版后三个月内，重版四次；初版三千部，此后重版各为五千部；此在当时，实为少见。”[2]鲁迅、茅盾作品的盛行，自然是由于其内容和艺术的双重原因，但在30年代，事实上即使是一些在艺术上并不高明，而只要在思想上激进的革命文学的作品，也能大为流行。例如蒋光慈等人的作品，在艺术上说不上有多少高明之处，但其流行程度不亚于鲁迅、茅盾。据郁达夫1933年所说，“在1928、1929年以后，普罗文学就执了中国文坛的牛耳，光慈的读者崇拜者，也在这两年里突然增加了起来”，“同时他那部《冲出云围的月亮》在出版的当年，就重版到了六次”，“蒋光慈的小说，接连又出了五六种之多，销路的迅速，依旧和1929年末期一样”。[3]郁达夫还早在1928年2月13日的《日记》中，就曾谈起过当时读最初的革命文学作品的感想：“回来把杨邨人的小说集《战线上》读了。虽系幼稚得很的作品，但一种新的革命气氛，却很有力地逼上读者的心来，和钱杏邨的《革命的故事》一样，有时代的价

1　周国伟：《略述鲁迅与书局（店）的关系》，《出版史料》，1987年第7期。
2　茅盾：《我走过的道路》（中），第122页。
3　郁达夫：《光慈的晚年》，《现代》，1933年5月号第3卷第1期。

值的……幼稚病不足为他们的病，至少他们已经摸着了革命文学及内部暴露的路了。”[1]在20年代末、30年代初出现的一大批革命文学作品，其中多数在艺术上显得幼稚，但却因为广大读者欢迎，所以能屡次重印，成为风靡一时的畅销书。

由此可见，左翼革命文学受到读者热烈欢迎，主要是由于其普遍的政治文化心理导致的文学需求所造成的，而艺术并不是最重要的原因。普列汉诺夫曾经在谈起法国大革命时期的文学需求时说过，“当时的理想是要求公民为了公共的利益不断地努力工作，以致真正的审美的需要不可能在他们的精神需要总和中占很大的地位。这个伟大的时代，公民最赞美的是行动的诗，是公民的勋业美。这种情况有时候使法国‘爱国者’的审美判断具有相当独特的性质”，“这就是说，当时的公民”，“对于那些不是以他们所珍视的某种政治思想为基础的艺术作品是漠不关心的，或者差不多是漠不关心的”。[2]这段话也部分地适用于中国30年代的文学需求。30年代左翼革命文学之所以受欢迎，就是由于它们较多地表达了“公众所珍视的政治思想”，在最大程度上顺应了公众的政治取向以及由此形成的社会心理。30年代许多读者从作品中所要求得到的主要不是审美的享受，而更多的是一种政治情绪

1 参见《东海》，1979年3月号。
2 ［俄］普列汉诺夫：《普列汉诺夫美学论文集》（第一卷），曹葆华译，人民文学出版社，1983年版，第494—495页。

的宣泄，而这种要求，他们在左翼革命文学中也确实得到了。一位 30 年代的青年读者这样说起过蒋光慈等革命作家的作品对他的吸引："大革命失败后，我经历这样一个猛烈的转折，真是说不出迷茫的郁闷"，"因为一个偶然的原因，认识了一位同学的哥哥。他在邮局工作，经常把邮局扣押下来的一些上海出版的杂志和书籍悄悄带回家来，主要是创造社的杂志和蒋光慈、郭沫若……的一些作品。我就从他那里借了一些，整天埋头读了起来。这时，我才开始发现了一个文学的新大陆"，"蒋光慈的《少年飘泊者》使我感动得落下泪来"。[1] 还有一位 30 年代的读者谈起过《山雨》《子夜》"受到广大读者的热烈欢迎"的原因，是"在我们眼睛里，这两部作品都是足以显示 30 年代初期革命文艺运动的创作成果的"，它们因"反映当时农村和城市的斗争生活"而"成为我们一些青年读者议论的中心"。[2] 读者的普遍政治心理，在 30 年代的文学阅读中起了一种支配性的作用，这大大便利了左翼革命文学作品的广泛传播，造成了左翼革命文学的盛行。

不能小看读者的阅读需求对文学发展的制约作用。尤其是 30 年代，在特殊的政治文化语境之下，文学在传播政治文化中有着特殊的作用，统治者当局势必以种种文艺政策来对之加以管制，而正是由于这种文艺政策与普遍的阅读需求相去甚远，因而在事

1 荒煤:《伟大的历程和片断的回忆》,《人民文学》，1980 年第 3 期。
2 王西彦:《回忆王统照先生》,《新文学史料》，1979 年第 3 辑。

实上它的效力大大受到了削弱。30 年代，国民党当局曾以大量人力和物力的投入，扶持官方文艺团体和文学运动，其直接的结果是“民族主义文艺运动”的推出。“民族主义文艺运动”曾以雄厚的官方资金投入为后盾，在短短的时间内出了一大批印刷、装帧都不可谓不精良的刊物。然而“民族主义文艺”的命运却并不佳，其重要原因之一是由于广大读者的态度，用鲁迅的话说，“盖官样文章，究不能令人自动购读也”。[1] 尽管“民族主义文艺”在开张时大轰大烈、颇具声势，但因其不是以读者“所珍视的政治思想为基础”的，因而广大读者对其的态度是“漠不关心，或差不多是漠不关心的”。其结果是，才一年多的时间，“民族主义文艺”便偃旗息鼓了。

与此相反，左翼革命文学虽然遭到了国民党当局的严厉查禁，但由于广大读者对左翼革命文学作品的偏爱，国民党的查禁令的效力往往因此而得到消解，所以左翼文学是屡禁而不止，诚如茅盾所说：“国民党反动派对左翼文艺的大举‘围剿’，其结果与他们的愿望正相反，革命文艺更加深入人心了！”[2] 过去，我们在论及 30 年代反文化“围剿”取得成功的原因时，往往忽略了读者需求这一重要因素。何以国民党统治当局对左翼文艺的“围剿”，反而成了“革命文艺更加深入人心”的契机？这当然与当时读者

1　鲁迅：《书信・310123 致李小峰》，《鲁迅全集》（第十二卷），第 34 页。
2　茅盾：《我走过的道路》（中），第 235 页。

的普遍的阅读心理有关。这种心理主要体现在两个方面，一是逆反心理，二是猎奇心理。所谓逆反心理，主要是指人们普遍存在着对国民党统治当局的不满情绪，这就使他们在面对国民党统治当局施行的一切方针、政策和政府行为时采取一种抵触、对立和违逆的态度，当局以为是的，他们往往以为非，而当局以为非的，他们倒往往反而以为是。这体现在文学作品的阅读上，便是国民党当局支持的“民族主义文学”作品，人们偏偏不读，而国民党严令查禁的左翼革命文学的作品，人们反倒偏要找来看一看。施蛰存就曾指出过，“一切文学作品，越是被禁止的，青年人就越要千方百计找来看”。[1]这种逆反心理还体现在读者对被国民党当局通缉、拘捕的作家所持的特别兴趣上。例如丁玲的《母亲》，原计划写成三部曲，仅完成了第一部，便被国民党当局逮捕，第一部只写了“她母亲从大家庭里走出来完成她的学习”，但当良友图书公司“将这部未完成稿编入《良友文学丛书》出版”后，“立即成为《良友文学丛书》中的最畅销书。第一版印四千册，一个月销光，十月和十二月各再版二千册，这在当时书业界简直是个奇迹”。而这奇迹出现的原因正是因为“社会上都知道作者已失踪被捕”。[2]这种读者在文学阅读中普遍存在的逆反心理，无疑给

1　施蛰存:《戴望舒译诗集 · 序》，第 2 页。
2　赵家璧:《重见丁玲话当年——〈母亲〉出版的前前后后》,《编辑忆旧》，生活 · 读书 · 新知三联书店，1984 年版，第 87 页。

高压之下的左翼革命文学助了一臂之力。

而所谓猎奇心理，则主要是指人们对那些不易读到的出版物以特有的好奇心，越是不易读到，便越是想弄来读一读。茅盾曾经指出过，“中国历史上的记载：中国人有喜读禁书，偷读禁书，千方百计购买、传抄禁书的传统。只要这禁书是说出了大家心中的话，文网虽严而且密，亦无奈禁书何”。[1] 30 年代国民党当局对进步书刊的查禁，在某种意义上可以说是促成了许多读者这种好奇心的产生，同时也在无形中为这类书籍做了广告。正是由于普遍的逆反心理和猎奇心理，造成了公众对被禁左翼革命文学的旺盛的阅读需求，国民党当局的任何严厉的查禁在这种阅读需求面前都只能是显得软弱无力，这是连国民党当局也不得不承认的客观事实。国民党中央宣传委员会 1934 年召开了全国文艺宣传会议，在其《文艺宣传会议录》中，他们不得不承认，禁书的结果是“愈禁愈多”，“而本会之禁令，反成为反动文艺书刊最有力量的广告，言之殊为痛心”。[2] 当然，他们不可能也不愿意去真正了解其中的原因，倒是蒋梦麟曾在谈到 30 年代文艺为左翼所左右的状况时说过一些耐人寻味的话：“我国文艺发展到这种趋势，政府方面因不懂得本国社会日趋没落的背景和国际巧妙精密的阴谋，故只用两个简单的办法去应付：一个办法是禁封书局、抓人。

1 茅盾:《我走过的道路》(中)，第 26 页。
2 《文艺宣传会议录》(见藏于南京图书馆旧期刊部)，第 99 页。

结果愈禁，人家愈要看……，另一个办法是自己来创造文艺，但这种作品，由于政府自己对社会上各种问题负有责任，病者讳疾，而且和广大的民众脱了节，对于社会不满的情绪，知之不深，觉之不切。因此，我们的文艺作品都是些不痛不痒的东西。”[1]

由于公众对遭禁的左翼革命书籍有着旺盛的阅读要求，因此，在30年代便出现了盗印、翻版被禁革命文学书籍非常盛行的现象。据华通书局出版的《中国新书月报》第二卷上统计，1932年调查所得的翻版书就有201种之多。其中有为数不少的国民党当局查禁的书籍，其中鲁迅、茅盾、蒋光慈等人的作品为最多。翻版书就其本质而言，是一些书商出于赢利目的而盗印、翻版已经正式出版的畅销书，这对作者和出版人的合法权益构成了侵犯。而且有些是属于“恶意”翻版，即为了牟利，不惜欺骗读者，将许多书刊挂上蒋光慈、鲁迅等进步作家的名字做招牌，或将原书随意删节，或张冠李戴拼凑成书。[2]但也有许多翻版在很多情况下，是可以称之为“善意”翻版的。在30年代特殊的政治文化语境之下，这种翻印左翼作家被查禁的书刊的行为，首先在最大程度上满足了广大读者喜读禁书的阅读需求，客观上消解了国民党当局的查禁令，从而在事实上为传播左翼革命文学起到了积极

1　参见蒋梦麟:《谈中国新文艺运动》，转引自刘心皇:《现代中国文学史话》，正中书局，1971年版。

2　参见唐弢:《翻版书》《再谈翻版书》等篇，《晦庵书话》，第65、78页。

的作用。因此，许多革命作家对这种翻版、盗印的行为不仅不反感，反而在有意无意中持欢迎的态度。鲁迅曾在给友人的信中多次高兴地说起自己著作被翻印的情况：“《准风月谈》一定是翻印的，只要错字少，于流通上倒也好；《南腔北调集》也有翻版。”[1]“《南北集》翻本，静兄已寄我一本，是照相石印的，所以略无错字，纸虽坏，定价却廉，当此买书不易之时，对于读者也是一种功德，而且足见有些文字，是不能用强力遏止的。”[2]茅盾也说起过，《子夜》遭删后，便有进步华侨以“救国出版社”的名义，“特搜求未遭删削的《子夜》原本，从新翻印”，并公开在正文前加了一篇《翻版序言》，宣称，“天才的作品，是人类的光荣成绩，我们为保卫这个成绩而翻印本书，想为尊崇文艺、欲窥此书全豹的读者们所欢迎的罢”。[3]这种翻版，其出发点或许已经不完全是出于商业的考虑了。因此，30年代，不管出于什么考虑，翻版遭禁的左翼革命文学书籍，它从客观上讲，对广大的读者而言，都无疑是一件功德无量的事。因此，与通常版权页上所印的“版权所有，翻印必究”等语相反，有作家干脆在书籍的版权页上印上“有人翻印，功德无量”八个字。[4]翻版书客观上在反对国民党当局对左翼革命文学的“围剿”方面有积极的意义。说到底，翻版书得

1 鲁迅：《书信·350207致曹靖华》，《鲁迅全集》（第十三卷），第46页。
2 鲁迅：《书信·340619致曹靖华》，第460—461页。
3 茅盾：《我走过的道路》（中），第234—235页。
4 唐弢：《晦庵书话》，第86页。

以存在并能盛行，最终仍是读者普遍的政治文化心理的导向，以及由之形成的倾向明显的阅读要求在起着支撑的作用。

30年代左翼革命文学之所以能主宰文坛，固然有所谓“红色的三十年”这一国际背景，但这种读者层中由普遍的政治文化心理的导向而形成的阅读需求却是最根本的原因。诚如鲁迅所曾反复指出的那样：“革命文学之所以旺盛起来，自然是因为由于社会的背景，一般的群众，青年有了这样的要求”；而且由于革命文学“实在具有社会的基础，所以在新份子里，是很有极坚实正确的人存在的”。[1] 虽然革命文学遭到了国民党当局的查禁和迫害，“但一大部分革命的青年，却无论如何，仍在非常热烈地要求，拥护，发展左翼文艺”。[2]

## 二

文学作为一种特殊的商品，它也是由生产、流通和消费三个要素构成的，就生产而言，它的主体是作家的创作；就流通而言，它的主体是出版商的经营操作；就消费而言，它的主体是读者的阅读。正如一切商品的命运都最终取决于消费一样，文学的能否

---

1　鲁迅：《二心集 · 上海文艺一瞥》，《鲁迅全集》（第四卷），第296—297页。
2　鲁迅：《二心集 · 黑暗中国的文艺界的现状》，第288页。

发展，能否盛行也取决于读者的阅读需求。30年代，在普遍的政治文化心理影响之下所形成的读者的阅读需求，确实对文学的发展起了重要的导向作用，这种作用突出体现在对作家的影响和制约上。“广大的读者，他们虽然不能把自己的意志强加给作家，但正是在他们中间，作家的作品通过阅读”而得以“流传出去”。[1]因此，任何一个作家，他都不能真正无视读者的存在。30年代就曾有作家认为，“这年头，专门做一个文学家是太不容易了，尤其是在中国。物质方面，你得受尽出版者的剥削；思想方面，你得受统治者和读书界的双重支配。你时常会感到生活的困苦和精神的不自由。生活的需要使你不得不搜尽枯肠，尽量地写作，同时你得时时顾虑到出版者要什么货色，时时顾到读者的脾胃，有时还得顾虑到什么是不犯官禁的”。[2]不管作家如何评价读者对于作家影响的意义，但在当时，大多数作家分明是感到了来自读者的压力。而这种压力在事实上会对作家的文学选择或多或少地起着制约作用。正如杰弗里·巴勒克拉夫所指出的那样，“没有谁会否认个人有选择某些行为方式的自由。但是，事实也证明，这种选择的自由是有条件的，受到外部具体环境和固有的态度和价值观念的制约”。[3]30年代文学选择之受读者态度和价值观念制约的

1 ［法］罗贝尔·埃斯卡皮：《文学社会学》，安徽文艺出版社，1987年版，第132页。
2 张友松：《我的小说的译作的经验与理解》，《我与文学》，第292页。
3 ［英］杰弗里·巴勒克拉夫，《当代史学主要趋势》，上海译文出版社，1987年版，第83页。

事实，连一贯以为文学乃是少数人的事情的梁实秋也不能不承认，他指出，“民众虽不能估定作品的价值，但却能规定文学作品的市价”。[1]一个作家虽然可以有自己独立的艺术追求，可以在作品中旁若无人地尽情地说自己想说的东西，但如果他要以写作为生，要求得生存，他就不得不兼顾文学作品的生产与流通的关系，不能不关注能决定作品“市价”的社会心理和读者的阅读需求，他必须在艺术和读者之间找寻一条通道，有时即使“牺牲”艺术，也在所不惜。事实上在30年代就曾有人明确表示过，“我们宁可抛弃艺术，不可脱离大众”。[2]

不可低估30年代普遍政治文化心理之下形成的阅读需求对作家和作品的制约。30年代左翼革命文学正是在公众和青年们普遍的偏爱中形成“巨潮”的，而许多作家便在这种巨潮中开始了创作上的转变方向。施蛰存在30年代曾这样谈起自己的“创作生活之历程”：当他自办《新文艺月刊》之时，“普罗文学运动的巨潮震撼了中国文坛，大多数作家，大概都是为了不甘落伍的缘故，都‘转变’了。《新文艺月刊》也转变了。于是我也——我不好说是不是，转变了”。于是“写了《阿秀》《花》这两个短篇”。[3]许杰、许钦文也曾在有关回忆中谈到，他们当时并非“左联”成

1　梁实秋：《文学批评辨》，《古典的与浪漫的》，台北书店，1965年版，第108页。
2　麦克昂（郭沫若）：《普罗文艺的大众化》，《艺术月刊》，1930年3月第1卷第1期。
3　施蛰存：《我的创作生活之历程》，第81页。

员，但在革命文学的巨潮中，事实上是以“左联”为旗帜来确立自己的文学活动的。[1] 作家在创作上的改变方向，一方面是由于作者自身思想的进步，但另一方面与读者的阅读需求的制约分不开。读者兴趣若不在政治，文学作品中大谈政治会遭来读者的反感，而若是读者普遍具有很浓厚的政治兴趣，则作品中全然回避政治反会有违读者的期待视野，从而遭致读者的批评和冷落。例如邵洵美等当时所办《狮吼》《金屋》等唯美性质的杂志，就曾遭到批评和非难，而且其批评和责难并非仅仅来自进步阵营的读者。《苦茶》上就曾载有读者批评邵洵美《花一般的罪恶》的文章，指责其追求“唯美”倾向，“完全走的是一条错路”。[2] 因此，30 年代作家创作态度普遍左倾及作品内容趋向政治（革命）化，与读者阅读需求的导向有着很大关系。田汉也是这方面明显的例子。1928 至 1929 年，田汉的新作《古潭里的声音》《湖上的悲剧》上演后，许多读者观众对这两部剧中流露出感伤情调和脱离现实斗争的描写提出了批评，说“你的作品是多么背着时代的要求啊”，“我们被饥寒所迫的大众等待着你们更壮烈的艺术”。[3] 这对推动田汉戏剧政治化倾向的加强起了重要作用。《古潭里的声音》最初多少带有一种艺术至上的唯美追求，在南京公演期间，

1　许杰：《我与左联》、许钦文：《由于左联的感受》，《新文学史料》，1980 年第 1 期。
2　邵洵美：《关于〈花一般的罪恶〉的批评》，《狮吼》，复合号第 1 期。
3　田汉：《我们的自己批判》，《南国月刊》，1930 年第 2 卷第 1 期。

有观众指出，“我们衣不蔽体、食不充饥的人们何须乎这避开现实去救灵魂的东西”，这一来自读者观众的声音惊醒了作者“低迷在脑筋里的艺术至上主义的残梦”，在后来发表的剧本中，田汉做了修改，使“古潭里的声音”中寄寓了更“繁复”的深意，多少去除了原先的“神秘莫测”。[1] 1929年7月，南国社第二次赴宁公演期间，田汉曾在南京各大学发表过《民众与戏剧》的演讲，恳切表示：“今后来宁当设法无条件地给予公众以精神上的安慰，使他们娱乐，使他们取得暗示——对未来更光明的社会的暗示！”[2]在离宁回沪途中，南国社在无锡演出了田汉创作的象征统治者崩溃与新世界诞生的独幕话剧《一致》，回到上海后又创作并公演了反映工人痛苦生活和反抗斗争的新编三幕话剧《火之跳舞》等，这表明他在进步读者的推进下创作态度有了鲜明的变化。这种变化在丁玲身上也有较充分的体现。丁玲是以《莎菲女士的日记》而闻名文坛的，但此类作品在30年代却难以为继，其原因正如当时一篇评论中所指出的那样：“那时中国文坛上要求着比《莎菲女士的日记》更深刻更有社会意义的创作”。[3]于是她后来写了《韦护》《一九三〇年春上海》《田家冲》《水》等著名革命小说。据丁玲回忆，她当时所办《北斗》杂志，经常收到读者来信，

1 田汉：《田汉戏曲集》（第五集），上海现代书局，1930年版。
2 《南国的戏剧》，阎折梧编，上海萌芽书店，1929年版，第15页。
3 《女作家丁玲》。

来信内容多是给《北斗》提出改进意见，诸如指出编者“对于革命的认识，是一个小资产阶级的认识”，希望编者“用很大的力量研究社会学”；批评杂志所登载的“在内容和形式方面都是很坏的作品”；肯定编者“否定了过去而采取一条新途径这是对的”；建议编者在取材正确的基础上还要多“考虑”“在观点正确不正确”，“能不能给读者一种宣传熏染的力量”等等。[1]这些来自读者的声音在很大程度上对作者的文学选择起了一种潜移默化的导向作用。丁玲在1933年就曾说起，自己之写小说，开始的出发点只是“因为寂寞”，因为“对社会的不满”，所以想以笔来“说出”自己的“牢骚”。对于来自读者包括批评家（特殊的读者）对自己早期小说中“染上一层伤感”的批评，她是由“有点不服”到“反省之后也就承认”，“之后，在写作态度上，读者也看得出我是逐渐在变化”。她并没有明确意识到自己在写“革命小说”，甚至曾对自己的作品被当作“普罗文学”而“觉得冤枉”，但同时她又不得不承认，自己在不知不觉中“陷入恋爱与革命的冲突的光赤式的阱里去了”。[2]关于“光赤式的陷阱”的形成，有学者从社会、时代的角度和作家自身的思想矛盾等方面做了精到的分析，[3]但同时，我们还可以从当时普遍的阅读需求来看这种“革命加恋爱”

1 《写给丁玲的四封信》。
2 丁玲：《我的创作生活》，第24—25页。
3 许志英：《“光赤式的陷阱”——革命加恋爱》，《江海学刊》，1988年第1期。

模式的流行。一位30年代的青年读者曾这样说起过蒋光慈作品吸引他的原因："说实话，对那些革命文学所宣传的所谓无产阶级的革命，我并不懂。但是又朦朦胧胧似乎懂得四个字，那就是'革命'和'爱情'。'革命'是打着悲惨的烙印已将消逝的，又重新被召唤回来的热情的字眼，显得更加神秘和崇敬"；"'爱情'这两个字眼也很神秘，它是在感到寂寞的心底悄悄生长出来的一棵嫩芽"。"这种革命加爱情的作品也就恰好一箭双雕，正中下怀。"[1]正是由于蒋光慈作品中的"革命加爱情"对青年普遍的社会心理"恰好一箭双雕"地"正中下怀"，所以获得了很大的成功。当时"一些出自革命作家手笔的作品，如蒋光慈继《少年漂泊者》以后的《鸭绿江上》、《短裤党》和《冲出云围的月亮》，在青年学生中简直风靡一时"。[2]而"某一类书籍如在读者中间获得成功"，于是"这类作品"就会"不知疲倦地一再"被生产出来，这一方面是由于许多作者受读者需求的刺激，自觉不自觉地起而仿效；另一方面则是由出版商根据在读者中获得成功的"经过考验的模式"去组织作家创作。[3]30年代"革命加恋爱"的公式化与模式化的创作之所以盛行一时，事实上也正是与普遍阅读需求的牵引分不开的。

1 荒煤：《伟大的历程和片断的回忆》。
2 王西彦：《船儿摇出大江》。
3 ［法］罗贝尔·埃斯卡皮：《文学社会学》，第89、112页。

## 三

30 年代普遍的政治文化心理及其由之形成的特殊的阅读需求对文学的导向作用，还突出地表现在对文学杂志刊载内容的制约上。30 年代初，在革命文学普遍受到读者欢迎时，许多新出刊物纷纷打出革命文学的旗帜，例如王统照和友人于 1929 年 9 月在青岛创刊文学刊物《青湖月刊》时，就因受当时无产阶级革命文学影响和推动，为追随时代，除在该刊登载从日文译介的无产阶级作品外，还自己创作了许多描写劳动人民痛苦生活的作品；再如荒煤编《时代日报》副刊时，也"是高举'普罗文学'的旗帜的"，"尽管自己水平不高，选稿还是很严的，而且很左"。[1] 不仅是新出刊物，就是一些老刊物也纷纷开始转向，以谈革命文学、载革命文学作品为时尚。例如《泰东》月刊就曾在其 1928 年 4 月的第 1 卷第 8 期上刊出"九期刷新征文启示"，声称"本期从下期起，决计一变过去芜杂柔弱的现象，重新获得我们的新生命"，同时明确表示要"尽量登载并且征求""代表无产阶级苦痛的作品"、"代表时代反抗精神的作品"和"代表新旧势力的冲突及其支配下现象的作品"；而且要使"个人主义的，温情的，享乐的，厌世的"作品"绝迹于本刊"。果然在第 9 期上便出现了钱杏邨等革命文

1　荒煤：《我与副刊》。

学作家的作品。再如《现代小说》最初登载作品多写小资产阶级青年的生活、爱情和苦闷，但从1929年10月的第3卷第1期开始有所变化，不仅在《编辑随笔》中表示要努力介绍国内外新兴文学，而且杂志中发表了郭沫若、沈端先、钱杏邨、冯乃超等当时革命文学的“当红”作家的作品。鲁迅曾在30年代初一封给友人的信中说到，“近颇流行无产文学，出版物不立此为旗帜，世间便以为落伍”，当时杂志中“销行颇多者，为《拓荒者》《现代小说》《大众文艺》《萌芽》等”。[1]

杂志的销路与读者的阅读需求直接相关联，因此杂志刊载内容能否得到读者的认可，便直接关系到杂志的能否生存。在30年代，不带任何政治倾向的杂志其实是很难存活的。例如《文学时代》创刊之始就声称其办刊方针为“在文艺上的立场和理解，除了对文艺本身忠实这一点之外，我们没更大的苛求”，但这种无倾向性杂志终于因无固定读者群而难以支撑下去，仅出六期便不得不向读者“告辞”；编者储安平在“告别辞”中慨叹道：“这年头，一个纯粹的文学刊物真是没法维持的”。[2]作家办文学杂志，在其创刊之初，都可能有一整套自己的想法和计划，但刊物办出后，就必须面对广大读者，必须伴随着对读者需求的理解，刊物总得不断做调整才能真正生存下去、兴旺发达。茅盾曾经说过，“开

1 鲁迅：《书信·300503致李秉中》，《鲁迅全集》（第十二卷），第15页。
2 姜德明：《储安平编〈文学时代〉》。

始‘人办杂志’的时候，各种计划、建议都很美妙，等到真正办起来了，就变成了‘杂志办人’”。[1]当然，由“人办杂志”变为“杂志办人”，其原因是多方面的，但来自读者方面的制约是其中重要原因之一。茅盾曾谈到他们办《文学》杂志时，就特别重视读者的阅读期待，因此“极受读者界欢迎，销行至为畅广”。而为了对付国民党当局在审查该刊时的大砍大削，《文学》以连出专号的对策权为应付，于是读者便特别关心《文学》的“内容是否与前完全不同”，为此《文学》立即登载“启事”，表明“本刊自始即以促进文学建设为职志”，“自当不辞艰险，奋斗图存，非至万不得已时决不停刊”，“读者有目共睹，无待声辩”，等等，算是及时向读者进行的一种表态。[2]

30 年代是一个杂志蜂起的时代，因此杂志本身就面临一个竞争生存的问题，而能否生存也就是看谁能顺应读者的普遍的阅读需求。正因为如此，使得许多文学杂志主办者争取为读者的考虑往往超越了他们对同人性质的追求。例如施蛰存、杜衡、戴望舒等人筹备创刊《现代》杂志，三人无论在思想倾向还是在艺术旨趣上都有其一致性，该刊原本是有可能办成一个同人性质的刊物的，但在具体编稿中，他们并未向“同人杂志”的方向发展，而是较多地争取一些进步作家的稿件支持，以至于连国民党检查机

1　茅盾：《我走过的道路》（中），第 199—200 页。
2　茅盾：《我走过的道路》（中），第 222—224 页。

关也看出《现代》的背景是“半普罗”的。[1]也正因为如此,《现代》杂志才成为30年代的销量较大、颇有影响的杂志。再如,《大公报》的《文艺》副刊，该刊本来政治色彩很淡，其报馆老板为了让《大公报》扩大销路，于是放手让《文艺》副刊去争取青年读者，包括用一些观点与官方对立的文章“来把报纸打扮得‘民间’色彩一些”，虽如此也曾有当局的“‘警告’，‘传票’给他带来过不便，可是带来更多的却是好处”，即报纸销售量的增加。当时的共产党员左翼作家杨刚也正是因老板的这种心理而得以被请进报社做编辑的。[2]又如《申报·自由谈》，是一个有较长历史、较有影响的副刊，在20年代至30年代初，该刊注重趣味主义，多发鸳鸯蝴蝶派作家的作品。但进入30年代后，其固有的办刊方针与最普遍的阅读需求渐生距离。为了“调和读者兴趣”，于是决定进行改革，拟“时常举行有兴趣的民意测验或悬赏征文，务以不违时代潮流与大众化为原则”。[3]革新后的《自由谈》，以“描写实际生活之文字，或含有深意之随笔杂感等”为主，这很快得到了许多读者的拥护。编辑部“每天接到了许多来信”，对该刊的努力“赞许备至”，这使编者“又惭愧，又感激”，从而更坚定了新的办刊立场:“我们以后当益加奋勉，务使本刊的内容更为充实成

1 《上海市党部宣传工作报告》，第319页。
2 萧乾:《鱼饵·论谈·阵地——记〈大众报·文艺〉，1935—1939》。
3 《本报六十周年纪念宣言》。

为一种站在时代面前的副刊，绝不敢以‘茶余酒后消遣之资’的‘报屁股’自限”。[1]《自由谈》曾连载张资平的长篇小说《时代与爱的歧路》，已连刊一百零一次，但因“接读者来信，表示倦意”，《自由谈》编辑“为尊重读者意见起见”，毅然“停止刊载”，[2]竟成轰动一时的“腰斩张资平”的文案。为了顺应读者的阅读心理，《自由谈》约请了包括鲁迅、茅盾在内的一批左翼作家为其撰稿，以至于国民党官办杂志《社会新闻》连连发表文章，称“鲁迅和沈雁冰，现在成了《自由谈》的两大台柱子了”，刊物“也完全在左翼作家手中”，“书局老板现在竟靠他们吃饭了”。[3]并说改革后的“《自由谈》之论调，为之一变，而执笔为文者，亦由《星社》《礼拜六》之旧式文人，易为左翼普罗作家”，[4]“自从鲁迅与沈雁冰等以申报《自由谈》为地盘，……居然又能吸引群众，取得满意的收获”等等。[5]《自由谈》很快受到了来自当局的压力，不得不在《编辑室启事》中“吁请海内文豪，从兹多谈风月，少发牢骚”，[6]但又怕失去读者，仍继续采用鲁迅等左翼作家的稿件。

上述诸例可以充分说明，报纸也好，杂志也好，决定它们的信誉和销路的，归根到底还是广大的读者。这一点，就连当时的

1 《编辑室启事》，《申报·自由谈》，1932 年 12 月 12 日。
2 《编辑室启事》，《申报·自由谈》，1933 年 4 月 22 日。
3 水手：《左翼文化运动的抬头》。
4 逸：《黎烈文未入文总》。
5 农：《鲁迅与沈雁冰的雄图》。
6 《编辑室启事》，《申报·自由谈》，1933 年 5 月 25 日。

一些官办民族主义文学刊物也看得非常明白，它们为了挽救无人购读其杂志的状况，有时也不得不尽可能采用具中间色彩的作家的作品，甚至发表一些左翼知名作家的作品来招徕读者。例如“中国文艺社”的《文艺月刊》，其负责人是王平陵，该刊接受国民党中央宣传部津贴，鼓吹三民主义文艺。但为了广泛吸引读者，所以尽可能显示出一种中间色彩，并也不时地发表一些“左联”作家如何家槐、洪深、黎锦明、石灵等人以及进步作家如巴金、鲁彦等人的作品。这样做的结果，确实使该刊吸引了不少读者，但其结果是这一杂志的“民族主义文学”性质也被消解了。30 年代读者的普遍阅读需求在很大程度上决定和左右了办刊者的办刊方针和用稿选择。读者的阅读需求正是通过对文学报刊的制约，直接或间接地对 30 年代文学的产生和发展起了一种导向作用。

## 四

同样的情况还体现在 30 年代文学书籍的出版方面。普遍的政治文化心理对于文学的导向作用，还常常通过读者大众的阅读期待和阅读需求对出版者、编辑们的制约来实现。据徐懋庸回忆，“一九二七年‘四一二’反革命政变后，国民党反动派虽然夺取了政权，对共产党进行了残酷的镇压，……但全国广大人民群众，是拥共反蒋的，尤其在青年知识分子中间大部分倾向马克思主义，国民党反动派办了许多宣传‘三民主义’的书刊，却很少人予以理会，而只要带点‘赤色’的书刊，却大受欢迎”。正因为如此，“上海的出版机构”不管其自身政治立场如何，都或多或少受到这种阅读倾向的驱导，纷纷出版进步书刊。[1] 这种出版进步书刊的书店大致可细分为三类：一“是真正同情共产党，而出版进步书刊的，如生活书店、读书生活出版社、新知书店”；二“是商人为了投机牟利，而出版进步书刊的，如光华书店、光明书店之类”；三是“国民党反动派，企图以伪装进步，先把读者争取过去，然后施以反动影响的，这是走曲线的道路，新生命书局即属于此类”。[2] 其实，不管属于哪一种类型，他们不约而同把出版的注意力摆到进步书刊上，这正说明了进步书刊所具有的广泛的读者市场，正是这种市场的制约作用使出版者、编辑者或主动或被动，或情愿或不情愿地不得不做出出版进步书刊的选择，或起码表示出一种出进步书刊的姿态，以争取读者。鲁迅曾指出，当时“许多书店为了在表面上显示自己前进起见，大概都愿意印几本这一类书；这种风气，竟也打动了一向专出碑版书画的神州国光社，肯出一种收罗新俄文艺作品的丛书了”。[3]

1 徐懋庸：《徐懋庸回忆录》，人民文学出版社，1982 年版，第 64—65 页。
2 参见徐懋庸：《徐懋庸回忆录》。
3 鲁迅：《〈铁流〉编校后记》，《鲁迅全集》（第七卷），第 365 页。

出版者和编辑所处的是文学作品创作和文学阅读消费这二者的中介的位置，他们出版行为的主要依据只能是来自于作者和读者。巴金曾经说过：“我过去搞出版，编丛书，就依靠两种人：作者和读者。得罪了作家我拿不到稿子；读者不买我编的书，我就无法编下去。”[1]这就是说，出版者介于作家和读者之间，必须找到一条调适二者的途径，但由于读者大众的消费将最终决定文学这一特殊商品，因此出版者“不会只限于”在作者和读者间“起调解人的消极作用”。事实上，出版者总是“试图以读者大众的名义对作者们施加影响”，而这种“施加影响”的方式主要是“挑选”和“稿约”。“文学作品的被出版”，在很大程度上是出版者“挑选”的结果，即出版者（包括编辑）首先“对可能存在的大众想看的书和将购买的书做出事实性的判断”，然后“在呈交到他面前的大量作品中挑选出最符合这些读者大众的消费需求的作品”来付诸出版。[2]出版者对作者的重视，其前提条件是这些作者是能够写出符合读者消费需求的作品的，而对于这样的作者，出版者是以“稿约”的方式，不断敦促他们源源不断地按照既往获得成功的路数创作出相同类型的作品。以上述两种方式“施加影响”的结果是，某一种类型的作家的作品在全部文学书籍中占了绝对的

1　巴金：《上海文艺出版社三十年》，《随想录》，生活·读书·新知三联书店，1987年版，第488页。
2　［法］罗贝尔·埃斯卡皮：《文学社会学》，第88页。

比重。30年代左翼文学和进步文学的书籍之所以能在当时文学出版物中占主流地位，应该说，是与当时多数出版者们的出版行为分不开的，是他们受制于读者的阅读需求而采取的有偏向的“选择”和“稿约”的方式，最终导致了这样的结果。

曾在30年代担任良友图书公司编辑的赵家璧当年编辑有关丛书的经历是很能说明问题的。他在编《一角丛书》时，“第一批书目十二种，包括陈梦家和穆时英的创作小说两种”，但“放在门市部的书简直无人问津，外地书商反应冷淡”，他通过“细细检查第一批十二种选题和作者队伍，才发觉……这样内容的丛书是没有生命力的。不考虑到时代的和群众的呼声，不闯向社会去找读者中有威信的作家，编辑工作势必面临失败之一途”。那么，什么是在“读者中有威信”的作家呢？他“最先找到的是进步政论家胡愈之”，“不到一星期，他写的《东北事变之国际观》手稿寄来了”，出版后成了“轰动全国的畅销书”。此后，他便约“大批‘左联’‘社联’‘剧联’的作家，陆续给丛书写稿。1932年下半年续出30种，总数销到50万册；1933年又续出30种”。[1] 良友图书公司这样一个政治上本属于中间性质的以盈利为目的的出版机构，因在出版《一角丛书》时，其中左翼作家的作品销路好，深受读者欢迎，大大赚了一笔，于是很快便又策划出版一套《中

1　赵家璧：《我编的第一部成套书》，《编辑忆旧》，第27—28页。

篇创作新集》丛书，作者清一色为“左联”青年作家。这套丛书拟出12种，包括蒋牧良的《旱》、奚如的《忏悔》、白尘的《泥腿子》、欧阳山的《鬼巢》、舒群的《老兵》、艾芜的《在天堂里》(后改名为《春天》出版)、周文的《在白森镇》、罗烽的《归来》、葛琴的《窑场》、草明的《绝地》、荒煤的《灾难》、沙汀的《父亲》，后来正式出版的有前10种。[1]其实不只是良友图书公司，其他许多出版公司、书店也都是因出版进步书刊而得以盈利，得以发展的。例如生活书店，“在一无资金，二无后台的状况下，何以能造成从无到有，自小到大的发展”，其“重要的一面是书店的业务顺应了时代的潮流”，在较大程度上满足了“人民要求获得进步文化和革命文化”的阅读愿望，因而“书店的出版物都为广大读者欢迎的畅销书”，“在读者群众中更树立起生活书店是传播进步文化中心的形象”。“书店在读者群中取得的精神的支持力看来是无形的，但是这却是书店在艰难环境中得到长足发展的主要因素”。[2]在30年代，许多书店、出版社都是因出版左翼作家和进步作家的作品而尝到了甜头后，又转而热心于主动向左翼革命作家组稿的。因此，30年代凡稍有点名气的出版公司和书店，在他们的出版目录上，左翼作家或进步作家的书籍都会占有一定比重。

---

1　赵家璧:《30年代革命新苗——专为左联青年作家编印的〈中篇创作新集〉》,《编辑忆旧》,第245—250页。

2　许觉民:《新型的出版家——徐伯昕同志传略（上）》,《出版史料》,1990年第4期。

仅以30年代几套著名的文学丛书为例，不论丛书主编者的政治态度和文学立场如何，都无一不对左翼革命作家的书籍采取“门户”开放政策：

《新文艺丛书》，徐志摩主编，中华书局出版，所收左翼作家或进步作家的作品有：胡也频的《一幕悲剧的写实》、郭子雄的《口供》、丁玲的《一个女人》、陈楚怀的《金丝笼》、蹇先艾的《还乡记》等；

《新文学丛书》，徐志摩主编，上海大东书局出版，收入的左翼作家和进步作家的作品有：陈白尘的《风雨之夜》、曹雪松的《心的惨泣》、彭家煌的《平淡的事》、陈学昭的《败絮集》等；

《良友文学丛书》，赵家璧主编，良友图书公司出版，丛书所收几乎全是左翼作家的作品和译作；

《湖风创作集》，湖风出版社，仅出三种：林箐（阳翰笙）的《义勇军》、李辉英的《万宝山》、铁池翰（张天翼）的《齿轮》（后改名《时代的跳动》）；

《文艺创作丛书》，湖风出版社出版，收有魏金枝、张天翼、白鸥、白薇、蒋光慈、适夷、胡也频、田汉、华汉、阳翰笙等左翼作家的作品；

《现代文学丛刊》，中华书局出版，收有李劼人、钱歌川、熊佛西、谷剑尘、予且等进步作家的作品；

《现代创作丛刊》,《现代》杂志出版社出版，收有张天翼、丁玲、黑炎、巴金、靳以、魏金枝、黎锦明、鲁彦、彭家煌等左翼或进步作家的作品；

《开明文学新刊》，开明书店出版，收有茅盾、夏丏尊、张天翼、巴金、叶绍钧、蹇先艾、周文、陈白尘、王统照、芦焚、端木蕻良等左翼或进步作家的作品；

《创作文库》，傅东华主编，生活书店出版，收有张天翼、吴组缃、郑振铎、靳以、巴金、王统照、鲁彦、欧阳山、征农、艾芜等左翼或进步作家的作品；

《文学丛刊》，巴金主编，文化生活出版社出版，收有周文、茅盾、艾芜、丽尼、吴组缃、鲁迅、蒋牧良、萧军、张天翼、陈白尘、荒煤、胡风、沙汀、鲁彦、萧红、端木蕻良、曹葆华、罗淑、王统照、舒群、杨刚、艾青等等左翼或进步作家的作品。[1]

30年代文学书籍的总体状况从上述丛书中作家构成情况可窥其一斑。可以说，出版者、编辑们的出版行为，无疑为30年代左翼革命文学的兴盛起了推波助澜的重要作用。

---

1　上述内容是根据《新文学史料》1993年第4期、1994年第1期、1995年第3期上所载有关史料，进行统计、梳理而成的。

尽管出版左翼或进步作家的作品在30年代要冒一定的风险，但在逃避这种风险与获得经济利益之间，许多出版者还是选择了后者。为此，许多书店、出版部门施出了浑身解数，与国民党当局斗智斗勇。例如“1935年生活书店出版《文艺日记》，因日记选刊了有进步内容的格言”，他们“估计到国民党市党部图书审查机构难以通过”，但若将这些内容抽去又会失去大批读者，最后他们采取了“将语录分批送审”的办法，“审查机构分批审读，未加重视，每批都得到通过。到《文艺日记》出版后，他们看后大为吃惊，不顾已经审查而蛮横地要强行查禁，但外地销售的《文艺日记》大部分已寄出，本市的也在门市发售完毕，他们见事已如此也就无可奈何了”。[1] 在白色恐怖之下，许多书店“虽然明知用一些作者的真名出版书籍是要冒查禁的风险的，但只有真名出现，书的销路才更好”。例如生活书店就是如此，他们“采用真名出书、少印勤印的办法，有的书连续再版十次以上。如果被查禁了某次所印的书，损失也不大。而且书一旦被禁，反而地下销售的渠道更旺”，“读者对这些书的需求反更加迫切，在他们心目中，越是查禁的书价值越高，千方百计寻求得到它”。[2] 许多书店和出版社都注意利用这种读者的心理，甘冒一定风险，故意利用国民党当局的‘查禁’令来大做文章。例如现代书局出版的郁达

1　许觉民：《新型的出版家——徐伯昕同志传略（上）》。
2　赵晓恩：《30年代生活书店的推广宣传工作》。

夫的《她是一个弱女子》被查禁后，立即改版易名为《饶了她》，并在扉页上大张旗鼓地声明：“本书原名《她是一个弱女子》，奉内政部第四三三号批令修正改名业经遵令删改呈部注册准予发行在案”，这种“声明”可以看作是一种出版商的噱头，所起的是吸引读者的“广告”作用。生活书店也是如此，他们“在发行方法上抓住读者的心理，在广告上正面文章反面做，把查禁书照样列入整套丛书的书目中，只是书名下面加上‘禁售’二字，聪明的读者可以通过秘密发行渠道弄到手。这样表面上服从‘禁令’，实际上给读者提供信息”。[1] 许多书店、出版社不仅是甘冒风险，而且是主动出击，利用读者的政治文化心理，对一些遭禁作家的书籍进行炒作。例如良友图书公司出版丁玲的《母亲》时，丁玲已经被捕。公司认为“社会上都知道作者已失踪被捕，现在发售作者签名本，肯定会大大轰动”，于是他们决定“给国民党反动派开个玩笑”，用丁玲被捕前预先签上名字的空白纸，作为封衬页，裱在书的封面背后，制成“作者签名本”，然后接连在《时事新报》和《申报》上“刊登大幅广告”。售书之日，“读者蜂拥而入，签名本一抢而光”，连同非签名本一下子销售了许多。[2] 其实在 30 年代不止是出版商们，为迎合读者获取利润而甘冒政治风险，有许多演出公司、电影公司也是如此。例如 30 年代最有名的明星

1 赵晓恩：《30 年代生活书店的推广宣传工作》。
2 赵家璧：《重见丁玲话当年——〈母亲〉出版的前前后后》，第 87 页。

电影公司，就老板们的政治倾向而言，“是中间偏右分子”，但由于读者（观众）对他们那种“老一套的武打片、伦理片失去了兴趣后”，他们便暗中“聘请几个左派人士来当顾问，帮他们出点新的主意”，他们一方面“担保不暴露”这些左翼作家的“政治面貌”，另一方面在希望左翼作家创作剧本时暗示他们：不必担心国民党当局检查通不过：“工部局也好，市党部也好，只要有熟人，必要的时候‘烧点香’，问题还是可以解决的”。此后左翼作家们在剧本中不断“渗入”“意识形态上”的“新意”，公司老板们“不仅不觉得可怕，而且认为拍这样的片子可以得到观众和影评人的赞许”。[1]

出版商（包括演出商）们为了迎合读者（观众）以便获取利润，他们开动了商人经商的精明的大脑，与国民党当局的查禁令巧作周旋，这成了30年代文化发展史上的一种景观。出版商们发明了一系列的对付国民党查禁书刊的办法，我们前述中所涉及到的就有：“改头换面”（即当一种书刊被查禁后，改换书名和作者名继续出版）、“化整为零”（即送审时分期分批，作品隐含的政治倾向不易被发现）、“偷梁换柱”（即送审时将作品中有碍处先行删去，审查后出版时再加上去）、“阳奉阴违”（即书籍被当局要求删改时，出版时在前言或后记中佯称已作删改，实际一字

1　夏衍：《懒寻旧梦录》，第225—230页。

末动)、“少印多版”（即对一些进步书籍每版只印少量，销完再版，即使其中某版遭禁损失也不大)、“翻版、偷印”（即书刊被查禁后，以原版再暗中翻印、偷印，从地下渠道发行)、“烧香”“贿赂”（即利用国民党官员的腐败，找熟人说情，再出点钱贿赂一些书刊检查官，以使一些进步书稿得以审查通过)、“反作广告”（即故意暴露书籍被查禁的“身份”，以做广告，招徕读者）等等，这些虽然主要是出版者们出于商业盈利的考虑不得已而采取的办法，但它在客观上为左翼革命文学书籍的大量出版问世做出了贡献。这对 30 年代文学发展态势的形成意义重大。

从上述内容可以看出，30 年代出版者们的出版行为，归根到底仍是受广大读者普遍的政治文化心理及其所形成的普遍阅读需求的制约的结果，或者可以说，是广大读者普遍的阅读需求使 30 年代的出版界无形之中成了一种消解国民党当局权力政治文化的重要力量。30 年代普遍的政治文化心理对文学的导向作用就是这样在文学的“消费”和“生产”这一流程中完完整整地显现出来的。

［原载《文学评论》2000 年第 1 期，获《文学评论》优秀论文奖（1997—2002）］

# 政治文化与30年代作家的文学选择

## 一

30年代政治文化氛围和文学的特殊语境对作家们起了重要的制约作用。就作家自身的思想状况而言，与20年代相比，其阶级意识、政治意识明显加强。创造社的集体转向和大批作家思想的向左转，是30年代的重要的文学现象。这些作家构成了左翼作家的中坚力量，并由他们营构成了最初的革命文学的氛围。此后，又有大量的青年作家受他们的影响，走上革命文学的道路。黄药眠曾讲过，“感谢创造社的向左转，在这一时期，我读了好些英译的马克思主义的著作。如《反杜林论》等”。“于是我决心把自己的命运紧紧地系在无产阶级的车轮上。”[1]

特定的政治文化氛围成为一种知识分子向左转的土壤。许多作家虽可能难以明确说出到底是受谁的影响，但或多或少地在政治上向左转却是不争的事实。例如，田汉，他作为创造社成员之一，虽没有与后期创造社成员一道成为最早的旗帜鲜明的革命文学作家，但最终的转变却是不可避免的。在当时普遍的向左转的政治形势下，南国社内部成员开始分流，部分左转的作家另成立摩登社，田汉的左转是势所必然。1930 年，他公开发表了轰动当时文坛的《我们的自我批判》，“表明他彻底和过去诀别”。[2]演艺界朱穰丞的左转，更印证了这种普遍的政治趋向。朱穰丞原先只是一个话剧爱好者，曾领导辛酉剧社做“爱美”和“提高话剧艺术水平”的追求。“奇怪的是，1929 年底到 1930 年，他思想上起了很大变化，不仅参加了左翼戏剧家联盟，而且在 1931 年上海白色恐怖最严重的时候”，“提出决定自费经欧洲到苏联进修”。[3]类似情况，不胜枚举，大批作家的向左转，这在 30 年代确实成为一种普遍的文学现象。

在 30 年代，有大批作家虽未在组织上加入“左联”，但其思想政治倾向和艺术追求上往往与“左联”作家趋于一致。例如巴金，

1 黄药眠：《大时代中一个小人物的侧影》，《新文学史料》，1979 年第 2 期。
2 夏衍：《懒寻旧梦录》，第 167—168 页。
3 夏衍：《懒寻旧梦录》，第 173 页。

他就曾说过“我在30年代就常常说我不是艺术家，……我在生活，我在战斗”。[1]王统照在1929年“普罗文学”运动兴起后，写成诗歌《这时代》，表明其向大革命失败后的沉闷忧郁告别，并在诗中暗示了革命斗争的火焰将遍地燃烧。即使像罗淑这样的“许多人说她是一个贤妻良母型的女性”，事实上也只是“把她的热情隐藏在温厚的外表下”，而在根本上是一个“社会革命的斗士”。[2]

普遍的政治意识的觉醒和思想的政治化趋向，使大量中间派作家的“中间立场”难以“中立”，这更能说明30年代政治文化氛围和特殊的语境对作家们所起的重要制约作用。曹聚仁在1927年曾表示不问政治，但在社会政治面前却未能回避对其做出自己的思考。他曾感慨：“社会斗争这一列车向我们正面驶来，……在我们身边驶过，我们的感受如何呢？”他看到周围的人对于革命和政治的态度，有“激进的”，也有“出而行其道”的，还有“看革命的”，“只要不把自己卷进去，就让它从身边滚过去再说”。曹聚仁显然也是想做一个“看革命的”，但他又不能不承认，“对于革命，我们都曾讴歌过，宣传过，不管我们和革命关系的深浅如何，我们的思想多少受过这一革命潮流的洗礼”。树欲静而风不止，他想不问政治，政治却不肯远他而去。他在《申报·自由谈》上发表的《生背痛的人》因被视为有影射之嫌，而受汪精卫电令

1　巴金：《关于〈激流〉》，《新文学史料》，1981年第2期。
2　巴金：《纪念一个友人》，《文丛》，1938年6月第2卷第2号。

查办。[1]而被曹聚仁划为“看革命”类的叶圣陶，事实上并没有像他所说的那样，不让自己“卷进去”，让革命“从身边滚过去”。就叶圣陶而言，他虽曾在“革命文学”论争中受到过“革命文学家”们的批判，但他在主编的《小说月报》上却不避政治风险，不回避“红色犯禁”，发表了许多革命作家的非常激进的革命文学作品。而就文学创作而言，他事实上也从“革命文学”中汲取了营养。朱自清1928年2、3月间发表的《近来的几篇小说》一文在评价到叶圣陶的小说《夜》等作品时，认为“以这时代的生活为题材”的小说，开创了现代文学发展的“一种新趋势”。这种新趋势，其实就是当时许多“革命文学”描写题材的趋势。

向来被视为较少政治色彩的作家老舍，情况也是如此。虽然老舍一再表示过对政治的厌恶，但他却未能避开政治化语境的裹挟，其创作也未能避开革命文学的影响，而这一点，他自己曾明确予以承认：创作《黑白李》能“说明我怎样受了革命文学理论的影响”，“那确足以证明我在思想上有了些变动。诚然，在内容上，我没敢形容白李怎样地加入组织，怎样地指导劳苦大众，和怎样地去领导斗争”，“当时的文学检查使我不愿露骨地形容，免得既未参加革命，而又戴上一顶‘红帽子’”。沿着当时“革命文学”的通常思路，“到了《上任》与《月牙儿》，我的态度已由消极地

1　曹聚仁:《我与我的世界》，人民文学出版社，1983年版，第456、374—375页。

否定黑李，改为积极地描写受压迫的人了。在《月牙儿》的前身《大明湖》里，我居然描写了一位共产党员”。虽然这些作品缺乏“文艺应有的煽动力”，但“能够相当巧妙地，深入浅出地，用人物语言等掩护思想，使作品偷渡过检查的税卡子”。[1]

从以上的陈述中可以看出，不管是自觉或是不自觉，30 年代作家政治意识普遍地加强，作家们思想意识的政治化已成为一种趋向。

## 二

30 年代诸多作家主观上的政治意识的加强以及为数不少的作家们为环境所迫而导致的对“政治”问题的关注，形成了 30 年代文学创作的一系列新的变化。这种变化最为明显地体现在作家的社会使命感的加强。

强烈使命感带来的是创作追求中政治目标的明晰性。30 年代的作家们对自己创作目的和动机的表述相对 20 年代要更加明确。茅盾当时指出：写作品“并不能仅仅以是否描写到时代空气为满足”，而应该写出“时代给人们以怎样的影响”和“人们的集团

1　参见老舍:《〈老舍自选集〉自序》,《老舍自选集》，开明书店，1951 年版。

的活力又怎样将时代推进了新方向”，即“怎样由于人们集团的活动而及早地实现了历史的必然”。[1]叶紫也曾表示：“要求能够老老实实地攀住时代的轮子向前进。在时代的核心中把握到一点伟大的题材。”[2]王统照曾这样谈起过自己当时创作的考虑：“以将崩溃的北方农村生活作背景，这是我那短时期内创作的标的。……希望细心读者对此重大问题，因文艺的感发能予以缜密思考。”[3]丁玲反复谈起过自己30年代创作追求之受时代政治的影响：“我原来并不想当作家，而是迫不得已的”，“所以根本不是什么‘为文艺而文艺’，也不是为当作家而出名，只是要一吐为快，为造反和革命”。[4]她一开始所写的《梦珂》《莎菲女士的日记》仍沿袭五四文学的思路，但很快便在环境的驱使下对自己做了调整，并不知不觉中“陷入”“光赤式的阱里去了”。[5]

不管作家们是否在主观上明晰地意识到这种文学选择、创作追求的变化及其意义，但30年代作家在当时的政治文化氛围中，其创作不可能完全避开这种变化的趋向。30年代整体的政治文化氛围，对所有的作家而言，构成了一种政治文化学上所谓的“政治熔炉”。“政治熔炉的意义在于：个人在政治共同体中必然要这

1　茅盾：《读〈倪焕之〉》。
2　叶紫：《从这庞杂的文坛说到我们这刊物》，《无名文艺旬刊》，1933年2月创刊号。
3　王统照：《银龙集・序》，山东人民出版社，1980年版，第401—402页。
4　丁玲：《我的生平与创作》，第13—14页。
5　丁玲：《我的创作生活》，第24—25页。

样或那样地形成政治自我，构成社会政治文化的载体”。[1]特定的社会要求和社会历史条件，决定了当时读者对特殊题材、特殊社会诉求的文学作品的特殊要求，普罗文学作家适应这种要求，实现了创作的预期，欣赏者的要求和作家创作心理的预期的统一，促成了普罗文学的繁荣。当时，普罗文学创作广为流传，出版普罗文学，阅读普罗文学，成为时尚。在这样的氛围下，任何作家要想不受一点点影响，都是不可能的，不管这种影响对作家来讲是自觉的，还是不自觉的。

在这样一种“政治熔炉”中，多数作家的创作或多或少地成了当时盛行的政治文化的载体。除了大家熟知的最早的普罗文学作家蒋光慈、洪灵菲、华汉、胡也频、戴平万、楼适夷等作家创作出了最早一批反映工农斗争和革命内容的创作外，受其影响，许多作家均在反映革命的题材上做了尝试，例如艾芜的《在太原船上》、沙汀的《法律外的航线》等就间接反映了或歌颂了红色政权；草明的《绝地》歌颂了工人的艰苦顽强的斗争精神，间接写到了工人罢工斗争；许杰的《七十六岁的祥福》直接取材于他所熟悉的1928年浙江宁海县亭旁乡的一次农民暴动。在许多“中间派”的或政治色彩较淡的作家那里，他们的创作中也多少可以看出其受文学氛围的影响而带来的对社会使命感的注重。沈从文

1　孙正甲:《政治文化》，第106页。

的小说《大小阮》、郁达夫的小说《出奔》是如此，甚至冰心写于 1931 年的小说《分》和《冬儿姑娘》也能反映出作者对问题观察的“新思路”：对贫富对立的敏锐是其 20 年代创作中未曾加以关注的，而这种新的思路显然与当时政治文化语境有关。“第三种人”作家杜衡在 1933 年谈自己的创作时曾说过，“我是再也不甘心于只写供青年男女消遣的作品，而不得不把文学底社会意义来郑重地考量。第一步，我要求自己作品里要有真实的人生；更进一步，又要求政治的意义”。“到 1928 年夏季，我下了除有积极的意义的东西之外一概不写的决心。当下我写了一篇《黑寡妇街》，以工人斗争为题材。……这以后又写了一篇以罢工为题材的《机器沉默的时候》。”[1]其他如施蛰存、穆时英等作家，在创作上也都没有能真正避开政治文化氛围这一“熔炉”的影响，自觉不自觉地使文学成为社会政治文化的载体。例如施蛰存 1928 年就曾模拟苏联革命小说的手法写了上海工人武装起义内容的小说《追》，作品中讲述了革命加恋爱的故事，写了阶级斗争的内容。这与当时盛行的普罗文学的创作路数是完全一致的。

30 年代许多中间派作家似乎都有一种“人在‘熔炉’中，身不由己”的感觉。施蛰存就曾讲过，“我一直深知政治归政治，文学归文学”，但“事实上，文学时常不知不觉地在为政治服务，

1　杜衡：《在理智与感情的冲突中的十年》，《创作的经验》，第 133—134 页。

一个作家是无法逃离政治氛围的”。“30 年代到了后期……我们这一批人的文学，被政治的需要、抗战的需要压住了。”[1] 虽然他们的创作，在充当“社会政治文化的载体”时常常感到力不从心，甚至构成了“理智与情感的冲突”，但又总是难以从环境中超脱出来。穆时英虽平时“闭口不谈政治”，但他受当时整个文学氛围的影响，甚至曾仿效左翼作家大规模剖析社会状况的创作思路和方法，试图着手创作题为《中国：一九三一》的长篇小说。其构想便是“雄心勃勃地想描绘一幅 1931 年中国的横断面：军阀混战、农村破产、水灾、匪患；在都市里，经济萧条、灯红酒绿、失业、抢劫……”。“可是，穆时英从事这样的小说创作，毕竟力不从心，只写了很少部分就搁笔了。”[2] 明知自己“力不从心”，却还要去尝试，这很可以看出当时政治文化氛围对作家创作活动的驱动作用。杜衡就曾讲过：“本来我写工人生活的小说，是带勉强性的。所见本属有限，除一些群众运动底场面尚可说有相当的体验外，其余材料都像林琴南翻译西文一样，用耳朵代替眼睛；耳朵不足，继之以想象，想象不到，则以文学底魔术来掩饰”，“这种理智地写法使我底作品极端地机械化”。“有时候也想，什么都管他妈，自写自己的；但同时我很明白，假如放纵自己底感情一写，……定然是些牢骚抑郁之作，于是每一次创作欲底萌动，都

---

1　施蛰存：《沙上的脚迹》，辽宁教育出版社，1995 年版，第 171 页。
2　黑婴：《我见到的穆时英》，《新文学史料》，1989 年第 3 期。

被理智硬生生地克服下去，这样把我闷了三年之久。”[1]这里，在特定环境下，作家创作“身不由己”的感受可谓是溢于言表。

由此可见，30 年代作家们在创作中，不管是主动改变其创作的路径还是被动做出自己的文学选择，都是受当时政治文化氛围制约的必然结果。这种制约导致的作家创作的最显著的变化，就是社会使命感的加强。所谓社会使命感的加强，主要表现在作家在创作中自觉探求国家和民众的命运和出路等，左翼作家是如此，曹禺、老舍、巴金这些民主主义作家是如此，而沈从文等一批中间派作家也是如此。这成了 30 年代文学创作的一种总的趋向。这一新的变化，带来了 30 年代文学创作中的一系列新的特点。

## 三

作家的政治意识与其文学选择之间有着密切的关系，这首先体现在对创作题材的选择上。虽然，按照通常的观点来看，文学创作，其关键不在写什么，而在怎样写，但在 30 年代，写什么的问题的确也能构成一个重要的问题。众多作家在创作题材上的趋同，既具有历史时代的特殊原因，也有作家对时代的回应问题。

1　杜衡：《在理智与感情的冲突中的十年》，第 135—136 页。

这里，我们关注的是，作家的政治意识、政治价值观的或明显或潜隐的趋导，是如何决定了作家们选取文学创作题材的眼光的。

作家思想意识的政治化，和作家创作历史使命感的强化，势必带来文学创作题材的转换。30 年代与 20 年代相比，文学创作题材的转换是一个非常明显的文学趋向。“左联”执委会 1931 年 11 月的决议《中国无产阶级革命文学的新任务》中就作家创作题材问题明确做出规定，要求作家必须抛弃“身边琐事”“恋爱和革命的冲突”等题材，抓取反帝国主义题材、反对军阀地主资本家政权以及军阀混战的题材、工人对资本家的斗争、描写农村经济的动摇和变化等现实生活题材。在“左联”的这种提倡发出之前，文坛上的创作题材事实上已经呈现出向工农革命、农村破产、反帝爱国等有限的重要题材领域集中的趋向。钱杏邨在《一九三一年文坛回顾》一文中认为，当时突出的社会政治问题，是“全国经济的更加破产，失业的恐慌，农村的破灭，金融界危机的深伏”；“洪水的灾难，这一年的水灾，灾区达 16 省的地域，死亡的人数达 20 余万，流离失所的农民更不知多少”；“东三省问题，日本帝国主义对东三省侵略的军事行动”；“统治阶级统治力量的破产，在三次围剿共产军的失败”。而这四个方面也正是当时作家们的最主要的创作题材。仅以 1931 年的创作为例，当时较有影响的，反映中国洪水灾难题材的主要作品就有丁玲的小说《水》、田汉的五幕剧《洪水》等；反映反帝爱国题材的主要作品有田汉的剧作《扫射》《暴风雨中的七个女性》《乱钟》和史铁儿（瞿秋白）的《东洋人出兵》《言词争执歌》以及奚如的《劳勃生路》等；而适夷的独幕剧《活路》更是兼及洪水灾难与日帝入侵这两大题材。关于“三次围剿”，囿于生活局限，该题材的作品产生不多，但仍有耶林的《一场小景》等作品。而至于反映经济破产，农村衰败乃至农民反抗斗争等方面题材的作品则更是占了主要的地位。[1]

中国农村题材的文学源起于五四时期，鲁迅在“五四的前后特拣那死水似的乡村来描写”，并在思想和艺术上都取得了伟大的成就，但“鲁迅而外的作家大都用现代青年生活作为描写的主题”。[2]而到了30年代，农村题材的创作却成为特别兴盛的创作题材。1934年鲁迅、茅盾所选中国作家短篇小说集《草鞋脚》和1936年赵家璧、茅盾等二十名著名作家推荐选辑的《短篇佳作集》，农村题材小说均占三分之一左右。1934年林徽因选编的《大公报文艺丛刊小说选》，更在《题记》中指出：“在这些作品中，在题材的选择上似乎有个很偏的倾向，那就是趋向农村或少受教育分子或劳动者的生活描写”；“描写劳工社会，乡村色彩已成为一种风气，且在文艺界也已有了一点成绩”。[3]不止是小说，诗歌、

1　钱杏邨：《一九三一年中国文坛的回顾》。
2　茅盾：《读〈倪焕之〉》。
3　林徽因：《大公报文艺丛刊小说选·题记》，第1—2页。

戏剧也是如此。就诗歌而言，人们耳熟能详的许多诗篇都是农村题材的，如艾青的第一个诗集《大堰河》、田间的《中国农村的故事》、蒲风的《六月流火》、杨骚的《乡曲》以及臧克家的许多诗歌。就戏剧而言，以农村为题材的可以随手拈出的就有田汉的《洪水》《旱灾》、适夷的《活路》、洪深的“农村三部曲”（《五奎桥》《香稻米》《青龙潭》）、熊佛西的《锄头健儿》《屠户》《过渡》等等。

农村题材创作的兴盛，是30年代文学创作的一个显著的标识，明眼人不难一下子就看出这种题材上的转换。那么，这种题材转换的原因何在呢？这当然不能忽略当时的社会环境的制约因素。30年代的中国社会，殖民地化迅速加剧，首先受到冲击的是作为国民经济主要成份的农村经济。大革命之后，国内阶级矛盾激化、国民党政府的腐败又更进一步加速了农村经济的崩溃：内战连年，战祸遍及广大农村，使农民遭受巨大灾难；国民党政府为资助内战，向农民征收的田赋、田赋附加税及名目繁多的苛捐杂税空前加重；在农村贫富分化日趋加剧、土地迅速集中的过程中，地主阶级对农民的剥削和压迫也更加残酷；加之，自然灾害也频频袭击农村。农村经济的凋敝和农民的破产，导致了农村社会各种关系的变化，农民反抗和革命的情绪一再增长，抢米抗租的斗争以至暴动不断兴起。农村问题已成为中国最突出的社会问题，农村状况和农民的命运引起了全社会的普遍关注和同情。身处这样的时代，作家也难以置身其外，这体现到文学创作上，必然是带来文学题材和内容上的深刻变化。

农村问题在中国并非30年代始有的，而农村题材的文学创作却是到了30年代才兴盛起来，这里更应加以关注的是作家们思想意识的变化。20年代末、30年代初，由于农村问题的突出，农村社会革命的开展，也由于作家们思想意识的趋于政治化，中国作家对于农村社会、农民问题的认识随之有了大的飞跃。作家们文学创作的题材选择也由表现知识青年的社会生活、探索有关人生一般的问题转向表现更为现实的农村社会和人民大众中的大多数的农民。20年代末、30年代初，文艺界展开过一场有关农民文学的讨论。参加这场讨论的作家尽管思想倾向并不一致，但多数都能从农村问题和农民问题的突出和重要来肯定提倡农民文学的意义。而在创作上则很快就出现了一些表现农民觉醒和反抗的作品，如《大海》（洪灵菲）、《挣扎》（楼建南）、《村中》（戴平万）、《义冢》（钱杏邨）等。这曾给30年代初的文坛带来了新的气象。当时就有人注意到了这种“文艺方向的转变”，并指出这种转变的内容是，“已经否定了个人主义文学，而趋向大众或集团的表现”，而“我们中国大众，百分之八十都是家民，所以提倡大众生活的文学，农民文学自然居其中的主要地位”。[1]即便像郁达夫这样一个在五四时期致力于表现青年的时代忧郁与苦闷的作家，

1　施孝铭：《农民文学商榷》。

在这时也把注意力转向了农民，并成为“农民文学”的力倡者。郁达夫1929年9月，曾陆续写了《农民文艺的提倡》《农民文艺的实质》《乡村里的阶级》《谁是我们的同伴者》等文章，就他所理解的农民与中国革命的关系做了阐述，并极力提倡文艺去表现“在军阀土豪劣绅压迫下的农民”。郁达夫这种思想认识及文学创作题材选择上的思想倾向在30年代的作品中是具典型性的。张天翼的一段话，可说是代表了30年代许多作家的认识水平：“做个作家就尤其需要认识农村，作家是要描写多数人的生活的，替大多数人申诉，而中国的绝大多数就是农民大众，离开了农民，那就什么都会成了空的，也可以说不成其为一个中国作家了。”[1]

## 四

当然就创作的题材本身，似乎还难以说明更多问题，更为重要的，或者说，更能体现作家政治思想强化之于文学选择的关系的，是作家处理题材的角度和眼光，以及这种角度和眼光所标示出的作家的政治价值取向。30年代创作题材中固然出现了许多20年代所没有的新的内容，如反映工农革命等等，但许多题材在

1 蒋牧良：《记张天翼》。

20 年代的创作中多少已经是有所涉及的。所以，30 年代文学的“政治化”特征最能充分体现出来的方面是：对于 20 年代文学已涉及过的问题做出了不同于 20 年代的解释，对于 20 年代文学已涉及过的题材做出了不同于 20 年代的处理。

就文学反映现实而言，是任何时期的文学所共有的特点，但 30 年代文学的特殊性是在于，这些现实题材在文学的反映中，其出发点是出于“政治”的考虑，或在其反映中将问题的陈示和分析转化成了“政治性”探讨。例如婚恋、爱情题材的创作，是 20 年代的重要题材，这是与 20 年代作家普遍出于人性的解放、个性解放的考虑分不开的。20 年代文学中两性关系，彼此的结合或分离，其合理性依据是个性主义。或借两性关系抨击封建制度对人性的戕害，或借两性关系张扬人性。30 年代文学中，尤其是在早期的普罗文学创作中，两性关系更多融入的是政治的色彩，这与 20 年代写两性关系有很大的不同。蒋光慈、洪灵菲、胡也频、丁玲等以及其他许多作家的创作中，涉及两性关系，彼此的结合或分离，其合法性依据中个性主义已经退场，代之以“革命”的志向、“革命”的行动和“革命利益”的考虑。再如工、农生活题材的作品，20 年代多止于表现他们生活的苦况，其出发点多是人道主义的同情，而 30 年代，无论其作家创作的出发点还是借以探究的问题，都明显地更带有阶级论的政治色彩。

30 年代作家处理题材眼光的独特性、他们受制于自己的政治价值观而采取的处理题材的角度和方式，与20年代最具有可比性的是农村题材作品的创作。30年代农村题材的创作，在其处理题材的方式上，即在表现农村社会和农民命运时选取了不同于20年代农村题材创作的独特的角度。如果说，20年代作家关注的是人性的解放，因此，作品往往侧重于表现农村的思想关系，表现农民在封建主义压迫、奴役下的精神病态，以控诉和批判封建制度和封建思想文化对农民“人性”的残害。那么到了30年代，作家们则普遍注重从社会革命的角度去分析中国农村社会，甚至以阶级分析的方法，侧重于表现农村的经济关系，即农民所遭受的封建地主阶级的压迫和剥削，以及由此而产生的农民的反抗和革命。

30年代许多作家在农村题材的创作中，不约而同地对“土地”问题给予了特别的关注。他们深刻地理解到“封建制度是更深地表现于现有的土地关系上”，[1] 于是他们几乎是带着某种历史使命感，在作品中努力展示这种关系，去写“关于土壤的故事”，“写出土壤的历史”来。[2] 土地，连接着农民的生命，左右着农民的命运，也决定着农民的精神性格。30年代农村题材作品中，农民们所遭遇的苦难甚至是人格侮辱、精神摧残，不再是孤立存在的现象，而是与农民们的经济政治地位密切联系在一起加以表现的，

1　参见马子华：《他的子民们·跋》。
2　端木蕻良：《我的创作经验》。

而且前者从属或附属于后者。对农民们的灾难和不幸根源的解释，不再停留在对他们自身的愚昧麻木的挖掘上，而是注重外界所强加的压迫和剥削，即不再将农民的精神悲剧主要归结为历史积淀下来的人性缺陷，而是更多地与具体的社会历史条件联系在一起。这样的处理，已明显减弱了二十年浓烈的启蒙主义色彩，而强化了阶级斗争的理念。30年代中国农村社会有一个最为显著的特点，这就是农民破产、农村衰落、土地迅速集中，农村两极分化。抓住了土地问题，就抓住了农村问题的主要症结。对这个问题的剖析，显示了30年代作家对中国农村社会本质的认识所达到的历史深度。从这一角度切入，对中国农村社会状况、经济关系的剖析，令人信服地揭示了农村问题的根源和农民进行反抗、革命的可能性与必然性。20年代从“人性解放”的角度对农民命运表人道主义的同情，从精神状况和思想状况去理解和分析农民，这都有其时代的合理性，但如果将对农民精神和思想状态的探索与对其经济地位、政治态度的考察结合起来，则更能全面把握农民，才能理解和合理解释农村社会的一切变动。

30年代农村题材创作上述处理题材上的这种价值取向的变化，首先引人注目地体现在左翼作家的作品中，如蒋光慈、茅盾、叶紫、沙汀、东平、洪深等作家的创作，它们大多正面从经济、政治等方面描写农村生活，对农村现实进行社会剖析，展示农村阶级斗争的图景。但这种状况，绝非止于左翼作家，许多非左翼作家的创作中也有类似的变化。例如，20 年代以“乡土文学”著称的鲁彦，早年创作过《菊英出嫁》《阿长贼骨头》等揭示农民精神病态的作品。而在 30 年代创作的《乡下》《愤怒的乡村》中，就明显转变为以社会剖析和阶级分析为视角。再如王统照的《山雨》等作品、吴组缃的农村题材作品，就题材处理的角度、方式等等，也都与左翼作家的创作难以区分开来。即使像罗淑这样的作家，她 30 年代从事农村题材的创作时，其初衷是试图承袭 20 年代乡土文学传统，但在实际创作过程中，却往往突破了 20 年代乡土文学的内容和倾向，作品的实际内涵却更接近 30 年代左翼农村题材文学的作品，这很能说明农村题材创作由 20 年代向 30 年代发展演变的普遍性和必然性。[1]

30 年代农村题材的文学创作在人物性格的发掘上，也明显与 20 年代农村题材作品有着不同的发现，而这种不同的发现，也体现出了 30 年代作家的不同的政治眼光。在 30 年代农村题材小说中有大批老农民的形象，他们属于 20 年代闰土的同辈人。在描写这类农民时，30 年代作家较多地继承了鲁迅小说的思想成果，人们不难在他们身上看到阿 Q、闰土的影子。例如茅盾笔下的老通宝和叶紫笔下的云普叔，他们都勤劳善良，试图靠自己的苦斗来挣得丰收，以改变自己的生活处境；同时他们又趋于保守，在

1 樊骏：《论罗淑》，《罗淑罗洪研究资料》，北京十月文艺出版社，1990 年版，第 93 页。

发展着的时代中仍固守着旧的思想和思维方式。王统照笔下的奚二叔、陈庄长（《山雨》）相信命运观念，奉行忍耐哲学，甚至在不知不觉中阻遏了其他农民的觉醒和反抗。但 30 年代作家在处理这类人物形象时，也十分注重发掘这些“老中国的儿女们”身上已经具备的新的时代性格的因素。这类形象已不完全是以“沉默的国民灵魂”为其性格特征，他们身上固然存在着保守、落后、麻木等应该否定的一面，但他们之中的多数最终还是觉醒了。作品注重写他们在时代的逼迫之中的改变，并终于以其自身的行动否定和批判了旧的生活道路。奚二叔的死给人们留下了对于今后生活道路的思考，老通宝在临死前似乎理解了儿子阿多的反抗行动，而云普叔则最终觉悟乃至投身到了群众反抗队伍中去。如果说阿 Q、闰土等是不觉悟农民的典型，作者塑造这类形象的意义在于引起疗救的注意；那么老通宝、云普叔等则是在矛盾中艰难觉醒的农民典型，作者塑这类形象的意义在于揭示农民觉醒道路的艰难曲折性以及最终必然觉醒的历史趋势。

与 20 年代相比，30 年代农村题材小说对农民性格的新发现更多地体现在对以觉醒、反抗、革命为其主要特征的青年一代农民形象的塑造上。30 年代农村题材文学中第一次并且大量出现革命农民形象，这显示了作家们对农村革命进程的基本认识。在 30 年代作家笔下，与老一代农民相比，青年一代农民相对地清醒敏锐，他们不再寄希望于现存的生活秩序，而渴望着、期待着以一种社会变革来改变自己的生活处境。正是在这当中，蕴含了农民革命的可能性和必然性。叶紫《丰收》中的立秋、茅盾《秋收》中的阿多都成了相约去“吃大户”、抢粮食、反抗、斗争的带头人；王统照《山雨》中的奚大有、鲁彦《愤怒的乡村》中的华生、萧红《夜风》中的长青、沙汀《酵》中的大圆、马子华《他的子民们》中的刁佑权等都属于这类性质的人物形象。在 30 年代农村题材文学作品中，劳动妇女的形象和乡村统治者的形象也是值得注意的。20 年代农村题材作品往往通过表现劳动妇女的酸辛和痛苦，来提出农村妇女解放的问题。而 30 年代农村题材作品则往往能表现出妇女的觉醒和反抗，如叶紫的《星》《乡导》、萧红的《生死场》等等作品中均有这方面的内容。20 年代农村题材作品中的乡村统治者、反面人物主要是作为封建传统势力、封建道德的化身，而较少直接以封建政权的化身出现。如鲁迅《祝福》中的鲁四老爷等，这是由当时思想革命的性质所决定的。而 30 年代农村题材作品中的乡村统治者形象，却主要凸现了其阶级的特征，作品将他们作为农民贫困的阶级根源和农民的阶级对立面来加以表现，从而较明确地反映出 30 年代中国乡村社会的阶级矛盾和阶级斗争。

综上所述，30 年代政治文化对当时的作家和创作活动起了重要的制约作用，30 年代作家政治意识普遍增强，这些政治意识左右了作家的文学选择。政治意识、政治价值观或明显或潜隐的趋导，在较大程度上决定了作家从事创作的使命感和源于政治思考的创作预设，而且多少也决定了作家们观照问题的角度、选取文学题材的眼光和处理题材的方式。并由此形成了 30 年代文学创作的许多重要现象和重要特征。

（原载《江海学刊》2003 年第 2 期）

# 从地域性文化特征看“山药蛋派”的历史命运

## 一

文学流派的命运，是与它的主要特征紧密联系在一起的。如果说，一个文学流派得以确立的主要原因是在于有一群具有共同艺术追求的作家，创作出了一批具有共同特点的文学作品，并以群体的力量产生了相当的社会影响的话，那么，“山药蛋派”作为文学流派得以确立的最主要的原因就在于：有这么一批三晋地域文化养育而成的作家，他们无论在生活经历还是在文化精神、文学传统等方面，都与这种地域文化有着难以剥离的联系，同时，他们又都共同自觉地去努力将这种地域文化内容表现在作品中，创作出了一批在表现对象、观照事物的角度、审视问题的眼光和审美情趣乃至表达方式上都打上地域性烙印的作品，而且这批作品在其时以及其后都曾产生过巨大的社会影响。当然，一个文学流派能否得到充分发展，也必然系于流派所呈现的特点上，即作为该流派赖以确立的主要特征到底在多大程度上适应了时代对于文学的要求。“山药蛋派”作为一个文学流派的命运，它的产生、发展、乃至消亡，其主要的根源也理应从其所赖以确立的地域文化特征方面去加以考察，即注重从“山药蛋派”所呈现的地域性文化特征于不同时期在全国的整体性文化趋向中所处位置来看“山药蛋派”作为一个文学流派的历史命运。

孙犁曾这样谈起过赵树理。他认为，赵树理“如果没有遇到抗日战争，没有能与这一伟大历史环境相结合，那么他的前途，他的创作，还是很难预料的”。虽然在学校他就是一个文艺爱好者，但“按照当时一般规律”，他毕业后“可以沉没乡塾，也可以老死户牖。即使他才情卓异，能在文学上有所攀登，可以断言，在创作上的收获，也不会达到我们现在所能看到的高度”。“这一作家的陡然兴起，是应大时代的需要产生的。是应运而生，时事造英雄。”[1]这段话对评价整个“山药蛋派”都是适用的。的确，这个流派的“陡然兴起”，是与抗战时的特殊“历史环境”密切相关的。但问题是，抗战为什么独钟这批山西籍作家？在各个抗日根据地中为什么主要只是催生了这样一个以山西地域文化为其

1 孙犁:《谈赵树理》,《天津日报》, 1979年1月4日。

主要特征的文学流派？“山药蛋派”作家的作品出现后，很快便开始走红，这与山西地区在抗战时期的主要位置有关，也与山西地域文化内容的许多方面较大程度地顺应了抗战时期的文化取向有关。

“山西表里山河，称为完固”的地理形势，使山西成为军事上的战略要地；加之，山西自古多有游牧民族的侵扰、融合，颇多尚武精神的影响，形成了剽悍、刚劲的民风民性。这种地理形势的特点与人文特点，使得山西在中国历史上，尤其是在政治、军事史上占有特别重要的地位。因此，自古就有“天下之形势必取于山西”的说法。正是由于山西这种特殊的地理形势和尚武劲悍的人文条件，因而在抗日战争时期，山西也必然地要在政治、军事上占据十分重要的战略地位。事实上，共产党领导的四个主要抗日根据地中，与山西有关的就占了三个。正因为如此，山西在当时成了人们关注的重心之一，山西的现实情形，那里的斗争形势以及人民的生活状况等等，这一切都可能引起人们一种普遍的兴趣。“山药蛋派”作家，主要是写自己身边发生的山西人民的斗争和生活，恰恰由于山西处在大时代冲击圈的中心地带，因而他们即使是写身边发生的事情也往往具有较大的典型意义。虽然，其时写山西生活的并非止于“山药蛋派”作家，但由于“山药蛋派”作家独特的经历，使他们更能够“同身边的战士，周围的群众，休戚与共，亲密无间”。他们所“要写的人物，就在他们眼前，他要讲的故事，就在本街本巷。他要宣传、鼓动，就必须用战士和群众的语言，用他们熟悉的形式，用他们的感情和思想”。而这些东西“就在”“山药蛋派”作家的“头脑里，就在他笔下”。“如果不是这样，作家是不会如此得心应手，唱出了时代要求的歌。”因此,可以说,是抗战这样一个特殊的时代给予了“山药蛋派”作家所“需要的用武之地”,他们“遇到了最广大的场所，最丰富的营养，最有利的条件”。[1]

不仅如此，更为重要的是，山西地域文化内容的许多方面，恰好是顺应了抗战时期的文化取向。前述山西所具有的毅武倔强的人文特点，这首先就是反侵略战争中所必须提倡的一种民族精神。就是山西民性中的质朴俭啬的特点，在抗战时期的物质贫困和斗争险恶的形势下，也是一种需要张扬的品性。尤其是从文化价值的取向看，三晋文化中的“崇实”精神，重实干、重实利、重实轻名、重农轻文的取向等等，与解放区的文化发展的总趋向也恰恰是相一致的。

在一切为了抗战，一切服从抗战的思路下，整个文化的价值取向也必然地要向作为抗战主体力量的、直接从事物质创造和生产的、直接投身抗战军事斗争第一线的兵民倾斜，正是在这样的情况下，整个抗战时期在文化趋向上明显带有一种重实轻名、重

1　孙犁:《谈赵树理》。

农轻文的倾向。知识分子、作家诗人们在抗战中唯一能显示其价值的，就是放弃原先熟悉的在精神世界遨游的习性，彻底地与抗战的一切实干性、实创性要求相合拍。又由于解放区更明确地是以工农政权为旗帜的，因而也更明确地强调以工农（更确切地说是农民）的价值取向为主导方向，所以在解放区，重实轻名、重农轻文在当时多少成为一种文化时尚。延安文艺整风运动以及当时明确提出的工农兵方向，其实都是这种文化价值取向的最重要的显示。既然这种文化价值取向原本就是三晋文化的重要组成部分，那么，在整体的文化发展趋向中，三晋地域文化实际上也处在中心位置。

## 二

上述情况，对“山药蛋派”作家来说，确实是一次难得的机遇：他们在作品中所反映的是自己熟悉的山西地域性文化内容，但却因为这种地域性文化内容在整体文化趋向中处于中心位置，因而也使他们的作品从而获得了更加广泛的全局性意义。而且，“山药蛋派”作家自身所具有的地域文化特征，也使他们在当时的文化时尚之下成了时代的宠儿。当一大批来自全国各地的知识分子和作家诗人们聚集在陕甘宁边区，正苦苦地探索着文艺的大众化道路（从价值取向到艺术形式）时，深受崇实的三晋地域文化养育的土生土长的“山药蛋派”作家们，却因其原先所抱定的（伴随着自身经历而来的）务实性价值取向和通俗化艺术形式的追求，使自己在最大程度上契合了解放区文艺大众化的要求。于是，他们的创作一下子就具有了方向性的指导意义。

赵树理在创作《小二黑结婚》时，并没有读到《在延安文艺座谈会上的讲话》，这一点他生前曾多次讲过。早在十多年前，赵树理就已“发下洪誓大愿,要为百分之九十的群众写点东西”。[1] 用赵树理自己的话说:“我有意识地使通俗化为革命服务萌芽于1934 年，其后一直坚持下来。”[2] 荒煤早在 1947 年写《向赵树理方向迈进》一文时也明确指出:“十五年前，赵树理同志就有个这样的思想，也曾做过这样的写作：要‘夺取封建文化阵地’。他感到中国当时的‘文坛太高了，群众攀不上去，最好拆下来铺成小摊子’。……赵树理同志早先从事写作的目的就是如此。”荒煤在提出“向赵树理方向迈进”时，一方面认为“赵树理同志的创作是最朴素最具体地实践了毛主席的文艺方针，因此他获得了如此光辉的成就”，但另一方面又承认，“这是他在生活、思想情感与创作准备各方面都已成熟，又经过长时间实事求是的奋斗与努

1 荣安:《人民作家赵树理》,《解放日报》，1949 年 10 月 4 日。
2 赵树理:《赵树理文集》( 第四卷），工人出版社，1980 年版，第 1834 页。

力的结果”。[1]因此，与其说是赵树理等“山药蛋派”作家在追随延安文艺整风后提出的文艺大众化的方向，还不如说是当时理论上提倡的文艺大众化方向在赵树理等作家那里找到了实践性的范本。如果说赵树理的创作受到延安文艺整风运动的影响，那么这种影响主要是在于，赵树理等人的创作恰好顺应了解放区文艺整风后提出的文艺大众化方向，因而他们为此获得了创作上最广阔的天地。没有文艺大众化方向的提出，以赵树理为代表的“山药蛋派”创作自然难成气候，但同时也正因为有了赵树理等人的创作，当时的文艺大众化的口号才得以落到实处。解放区文艺大众化方向，最后几乎就被具象化为“赵树理方向”，这绝不是偶然的。作为一种方向性的范本，赵树理等人的创作在解放区一时成了文艺工作者们“反复热烈讨论”的对象，“赵树理的创作精神及其成果”也被一致看作“边区文艺工作者实践毛泽东文艺思想的具体方向”，成了“衡量边区创作的一个标尺”。[2]陕甘宁边区集中了那么多来自全国各地的知识分子、作家诗人，又最先接触到《在延安文艺座谈会上的讲话》的精神，但却未能最先创作出具有方向性意义的作品，也未能形成一个像“山药蛋派”那样的具有大众化特点的文学流派，其原因也许正在于，文化价值的取向以及与之相伴随的审美取向的转换，并非一件轻而易举的事。“山药

1 荒煤:《向赵树理方向迈进》,《人民日报》，1947 年 8 月 10 日。
2 荒煤:《向赵树理方向迈进》。

蛋派”作家的成功，正得益于他们在三晋文化氛围中早已形成的文化价值取向和审美取向。

可以说，地域文化在整体性文化趋向中的地位、命运，多少也决定了以该地域文化为其主要特征的文学流派的命运，“山药蛋派”文学得以“陡然兴起”的原因也正在于此。在新中国成立初的十多年时间内，由于三晋文化内容的许多方面，如倔强、勤俭、务实、重实干等文化精神，仍是在“一穷二白”基础上建设国家时所需倡导的国民精神的主导方面；那种重实用、重乡土的审美取向，与新中国成立初期人民中普遍存在的民族、乡土情绪（对当时所谓的国际压力的反映）是相合拍的；那种重实轻名、重农轻文的文化价值取向，与新中国建立后连绵不断的知识分子思想改造运动的基调是非常吻合的。如此等等，才使“山药蛋派”这样一个以地域文化为主要特征的流派继续得到了充分发展的历史机遇。

但随着时代的推移和社会的发展，像山西这样自古以来就属利于武功而未必利于文治的地域，在全国工作重心发生转移、工业化开始起步、文化朝着更广阔方向发展的情况下，其地域重要性也必然由中心位置走向边缘地带。如果山西地域文化的许多方面已不再像以前那样对全国具有指导意义和普遍的提倡意义，那么以这种地域文化为其主要特征的“山药蛋派”也必然不会再像以前那样受到来自各方面的大力扶持和提倡，“山药蛋派”曾经领有的“最广大的场所”和“最有利的条件”也将随之失却。这样，以山西地域文化为主要特征的“山药蛋派”作为一个流派的继续发展，也就理所当然地会变得十分困难。借用孙犁在《谈赵树理》一文中的话说：“每个时代都有它自己的歌手。但是，歌手的时代，有时要成为过去。这一条规律，在中国文学史上，特别显著。”[1]“山药蛋派”作为一个文学流派，起始并兴盛于40年代，直到50年代还依然保持着发展的势头，50年代后期到60年代初，又先后出现了刘怀德、韩文洲、李逸民、义夫、田东照、杨茂林、草章等作家，他们多是在“山药蛋派”老作家的发现、扶持和影响下成长起来的，他们的创作在风格特征上与“山药蛋派”老作家们有所趋同，有人将他们称之为“第二代”的“山药蛋派”作家。但他们在各方面对“山药蛋派”的发展并无新的贡献，最多是在作品的量上为该流派增加积累，而且看得出来，他们作品中的地域文化味已显然不像“山药蛋派”老作家们的作品中那么浓烈。其实“山药蛋派”也就到此为止了。尽管有人出于良好的愿望，指称还有“第三代”“山药蛋派”作家，但这些被称之为“第三代”的已大多失却了“山药蛋派”的原味（关于这一点，我们后面还要论及）。还有人提出要通过“改造”来发展“山药蛋派”的主张，但如果“改造”的结果是改变了作为流派的最主要的特征，那么该流派自身实际上就已经在这种“改造”中被消解了。

1　孙犁：《谈赵树理》。

## 三

应该说，以三晋地域文化为其主要特征的“山药蛋派”作为一个流派，它的确立、发展和消亡的命运，都与三晋地域文化自身的命运密切相关。这还不仅仅是指三晋文化在整体文化发展趋向中所处位置的变化这一情况。事实上，随着新中国建立后的各方面的发展和变化，山西地域文化的变异性也是非常大的，不仅自然景观已发生了较大的变化，原有的人情、乡俗，虽从形式看还有若干存留，但由于许多地方性因素正在全国各地文化的交流、渗透、融汇中发生变异，并因而失去地域特性。因而，在文学作品中即使仍是反映山西生活，也已不可能再像四五十年代“山药蛋派”作品那样能以特异的“山西味道和晋阳气息”引人瞩目。对“山药蛋派”那批老作家来说，他们在七八十年代的创作中或许还能多少凭借既往的生活积累去表现一些带有原汁原味的三晋文化内容的话，那么对更年轻的山西作家来说，对此却已难以为继。新时期后，赵树理故乡沁水的青年作者潘保安写出了《老二黑离婚》，描写二诸葛、三仙姑、小二黑（已成老二黑）、小芹和他们的子女，三代人在“文化大革命”中的经历、遭遇。作品发表后，引起了热爱赵树理作品的广大读者的兴趣。但这里的“兴趣”仍是冲着赵树理的《小二黑结婚》来的。《老二黑离婚》是因为“续”了赵树理作品中人物的命运而沐了《小二黑结婚》的余荫。事实上，作品除了从人物名字上能使人们回忆起赵树理的作品外，从其他方面却难以领略到赵树理作品中所特有的丰富的三晋文化的内蕴。

随着文化的发展，读者的审美情趣也发生了很大的变化，即使是向来被称之为“平民”“大众”的那一层次的读者也是如此。赵树理等作家一再声称，自己的作品是为不识字或识字少的农民们而写作的，因而作品为了适应这样的读者对象，在通俗浅显上面狠下了功夫。经新中国建立后数十年的发展，全国人口的文化程度普遍发生了变化，包括占人口多数的农民的文化水准也有了大幅度的提高。文化水准的普遍提高，使大多数群众有了更多的机会接触到各种各样的文学艺术，其欣赏的视野也逐渐开阔，欣赏的品味也有所提高，因而单一的浅显通俗也许已不能满足广大群众的需要。同时，随着工业化的发展，全国人口的城乡构成也发生了变化，农村中传统的生产方式和生活方式也随之变革，这样自然会在较大程度上改变人们的审美趣味和欣赏要求。“山药蛋派”当年为适应农民欣赏特点而形成的一整套艺术方式和艺术风格，也多少难以适应现代农民尤其是青年农民对于艺术多样化的欣赏需求。

随着山西文化的发展、社会条件的改变，事实上也难以产生主要受三晋地域文化熏陶、养育的纯“山西化”的作家了。即使有作家还想从内容到形式、风格上自觉继承“山药蛋派”的创作，但事实上在思维方式、观照问题的角度和处理题材的方式上，都不可能真正回到“山药蛋派”那里去了。新时期在山西出现了一大批有成就的青年作家，如成一、韩石山、张石山、王东满、柯云路、李锐、郑义等等，曾被文坛惊呼为“晋军”的新崛起。有人试图将这批作家归属为“山药蛋派”的“第三代”作家。如果仅仅将这批作家看作是“山药蛋派”这一具体文学流派的生命的延续，那就是极不科学的。对这批作家与“山药蛋派”的关系与区别，康濯在《山西作家群·序》一文中曾做过较为准确的评价，他说：“新时期以来，山西的中青年小说家更是澎湃而出，并在旧有传统的基础上新潮迭起。如果说赵树理、马烽等开创的传统颇有点土气，即太行、汾水的黄土情浓；那么新时期山西的小说创作则既葆有土气，又反映了经拨乱反正而为过去不可想象但却确凿无疑和耳目一新的生活，以及改革、开放和人们思想上的变革、解放，更在艺术上带有崭新的时代精神和现代意识，……在艺术选择和表现手法上更以多方位、多层次的新鲜、洗炼的特色，而令人感到他们既弘扬了山西前辈小说家的土气，尤为重要的是又比前一发展时期有着引入注目的变化和发展……”即使是这批作家自己的自觉意识中，他们也没有在文化观念和艺术上认同于“山药蛋派”。例如“生于赵树理的故乡，长在‘山药蛋派’的老家”的王东满，曾被认为是在青年一代作家中受“山药蛋派”影响较大的一个，但他也曾明确表示：“我的这些作品，虽然有些‘师承’，但也未必尽是‘山药蛋味’。”王东满虽“特别有幸得到”过“山药蛋派”几位老作家的“教诲与鼓励”,但他视这种“教诲与鼓励”为自己创作上奋发自励的动力，而并未因此在艺术上认同“山药蛋味”[1]。韩石山曾被一些评论家看作是“山药蛋派”的传人，而事实上韩石山在艺术主张和情趣上都有大违于“山药蛋派”根本创作宗旨的方面。例如，“山药蛋派”那种“群众看得懂，政治上有用”的实利性创作动机，韩石山就很不以为然，他“对政治不抱热情”，常认为应该“提倡一下为艺术而艺术”；他甚至表示自己写上几年小说就专事于散文、评论的创作，因为他认为“文学就是表现自我，小说不利于表现自我，散文、评论可以直接和读者对话，写起来更得心应手”，这与“山药蛋派”作家舍散文而就小说、戏剧的文体选择恰好是相反的；而且据说，人到中年的韩石山日渐向文人情趣皈依，日渐欣赏起“中国传统的知识分子的典型气质”，“在中国古代作家中，他最欣赏苏东坡的文人气质”等等，[2]这一切都可以明显看出，韩石山在根本上就与“山药蛋派”大异其趣。韩石山说过:“孩子不能老吃母亲的奶，每个人都有自己生活的时代，都有自己叫红的年月，时过境迁，如果固守传统，就要落后，但这种创新和进步，并不是说孩子就已超过

1　王东满:《点燃朝霞的人·后记》，中国文联出版社，1985年版，第206页。
2　《山西作家群评传·韩石山》，崔洪勋主编，作家出版社，1990年版，第219页。

母亲，只不过是各领一代风骚罢了。”[1]话说得很谨慎，但显然韩石山对“山药蛋派”的态度不在认同，而志在超越。再如张石山，他虽然喜欢赵树理的风格，但对赵树理笔法也只是“偶一试之”，与“山药蛋派”不同的是，张石山除写农村题材外还写了不少都市生活的作品；即使是写农村题材的，他也很少去揭示农村现实中的“问题”，而主要是写自己童年时的乡村生活经历，其中不乏诗意的抒情的笔调。在山西这批青年作家中，更有许多原本就不是在山西土生土长的，例如成一、柯云路、李锐、郑义等，在了解和熟悉山西乡村生活之前，他们在文化观念、思维方式和心理结构等方面都已大致成型，因而，他们即使在作品中反映山西生活，但在其眼光上不可能像山西人那样看山西生活，因而也不可能完全认同受三晋文化养育的“山药蛋派”作家们观照问题的角度和处理题材的方式。成一在作品中最突出的是使用心理描写的艺术方式，他不同意“山药蛋派”作家那种认为心理描写不适合于表现农民的见解，他认为，农民的心理也是非常丰富的，放弃了描写农民心理，“实在是丢掉了许多极富表现力的东西”。“特别是这些年，农民几经折腾，多不如意，更缩回到内心世界里去了”。因此他致力于将笔“直接深入到这个世界”。[2]李锐也特别

---

1　《山西文学艺术评论选》(1979—1989)，山西文联编，北岳文艺出版社，1992 年版，第 151 页。

2　成一：《跟着生活走》，《人民文学》，1982 年第 11 期。

注意新的美学追求，运用心态描写、散文化的手法、放射型的结构等等，在艺术表现上可以说是与“山药蛋派”作家毫无共同之处。李锐、郑义以及其他后来被称之为“寻根派”的一些作家，在作品中也着力挖掘过较为原生态的山西乡土民情和风俗习惯，但在思维方式和评判角度上与“山药蛋派”作家对乡风民性的展现完全不同，他们摆脱了那种止于再现、过于务实（贴近事实、现实）的表达方式，更注重从哲学意蕴上去加以把握，因而作品所呈现的主要特征是很难用地域文化来加以概括的。所谓“第三代”的“山药蛋派”作家，他们事实上并未延续作为文学流派的“山药蛋派”的生命，而恰恰是在某种意义上在起着消解“山药蛋派”特征的作用。

总而言之，随着时代的变迁，文化的发展，作为文学流派，“山药蛋派”已成为历史，但“山药蛋派”作为中国现代文学史上的一个重要现象，它毕竟曾经辉煌过，曾经独领过风骚，曾经代表过一个文学时代。尤其是作为中国现代文学史上独树一帜的以地域文化为其标志的文学流派，它为文学史研究提供了一个难得的标本，提供了一个极具研究价值的研究对象。“山药蛋派”作为文学流派虽已走到了自己生命的尽头，但它所具有的文学史意义、文化史意义却会是相当长久的。

（原载《山西师范大学学报》1994 年第 3 期）

# 文学语言与
# 中国现代文学文体研究

# 鲁迅与语言文化

自新文化运动发生一直到30年代，鲁迅对于中国语言文字的变革问题发表了相当多的见解。鲁迅对语言问题的态度，反映了鲁迅文化观的一个侧面，因为从某种意义上说，语言现象正是标志着文化的某些本质特征和进步程度的。

19世纪末和20世纪初，人们对语言问题表现出前所未有的热情。不仅鲁迅，五四新文化运动的其他先驱人物，如胡适、陈独秀、钱玄同、刘半农，也无法离开他们对中国现代语言学研究的贡献去评价他们的新文学实践活动。这不仅仅是语言自身发展历史进程中的突变，同时也是整个文化形态发展到了一个面临巨大转折的历史阶段的正常现象。以往学术界对于发生在中国二三十年代的语言革命（包括文白之争、欧化问题和汉字拉丁化问题等）的评价，大多是从名实相符、形式与内容统一的角度来肯定其意义，很少把它与先驱们对传统文化的全面反省联系起来进行考察，这就很难比较全面地把握这场语言革命更为深远的文化史的意义。

## 一

一个民族的传统文化，往往集中体现在这个民族在长期的历史文化进程中所形成的思维方式、民族心理等方面。语言与思维的关系又是非常密切的。每一种语言都具有自身的概念系统，每一个概念系统又都体现着某种思维方式。也就是说，一种语言常代表着使用这种语言的人们的智力和思维发展水平。在提倡白话文，反对文言文的新文化运动中，从历史文化的深层透视文言文的惰性——对民族思维方式发展和民族智力水平的巨大阻滞作用的，鲁迅是第一人。

鲁迅认为，作为中国传统语言文字的文言文，具有不确定性、不精确的毛病，有许多“含混的地方”。鲁迅举过一个很典型的例子，如白话文中“这一个学生或是那一个学生”这句话的意思，有人认为用文言文只须“此生或彼生”五个字就能表达，而且明了、省力。鲁迅却指出，“此生或彼生”这五个字至少还可以有两种解释：一、这一个秀才或是那一个秀才（生员）；二、这一世或是未来的别一世。鲁迅由此看出了“文言的不中用”，“文言比起白话来，有时的确字数少，然而那意义也比较的含糊。我们看文言，往往不但不能增益我们的智识，并且须仗我们已有的智识，给它注解、补足。待到翻成精密的白话之后，这才算懂得了。如果一径就用白话，即使多写了几个字，但对于读者，‘其省力为何如’？”[1]鲁迅揭示了文言文的不精确，指出了文言文必然带来的思维的模糊。曾有许多之外语言学者论及文言文所标示的中国民族思维方式的特点。不少学者认为，汉语没有冠词，缺少性别及动词时态的变化，名词不分单复数，所以倾向于具体性即感情化，具有模糊性；而欧洲民族的语言可以附加很长的状语、定语，区分时态、单复数等等，因此倾向于精确性和理性化。不同的语言代表着东西方民族不同的思维方式。中国文言文的不精确性，一方面是由本民族长期的文化历史进程中形成的思维方式所决定的，另一方面，它又确实成了思维进步的障碍：在近代被看作是科学发展的重要思维工具的演绎推论，是以概念的精确为前提的。对于这种科学思维方法，文言文显然不是完善的媒介。鲁迅正是从文化的进步，从中国传统的思维方式对于科学发展的不相适应的角度来看待中国语言的弱点的。在《中国人与中国文》一文中，鲁迅向中国读者推荐了瑞典学者高本汉（Bernhard Karlgren）的著作

1　鲁迅：《花边文学 · 此生或彼生》，《鲁迅全集》（第五卷），第500页。

《中国语和中国文》，鲁迅认为“他的确对于中国语文学有很大的贡献”，而且“他对中国人似乎更有研究”，原因就在于他看到了中国文言与中国人的思维习惯之间的关系。高本汉认为中国人离不开文言文，因为文言文代表了上流社会的文明，“中国文字好像一个美丽的贵妇，西洋文字好像一个有用而不美的贱婢”。对此，鲁迅做这样的评价：“美丽可爱而无用的贵妇的‘绝艺’，就在于‘插诨’的含混。这使得西洋第一流的学者，至多也不过抵得上中国的普通人，休想爬进上流社会里来。这样，我们‘精神上胜利了’。”而为了要保持这种“胜利”，当然也就必然要以保存“高妙文雅”的文言文，牺牲文化的进步和思维的精确化发展为代价。[1]

这种认识使得鲁迅对改变中国语言文字现状的见解高出当时一般的语言学专家。鲁迅既注意到了文言的不够达意，提出“我们要说现在的、自己的话，用活着的白话，将自己的思想情感直白地说出来”；[2]又同时注意到要打破旧的思维模式，不能不从打破旧的语言符号系统入手。如果从这个角度去评价鲁迅反对文言文，提倡白话文的有关见解，乃至评价整个五四时期反对文言文、提倡白话文运动的历史功绩，则显然应当给予更高的评价。也就是说，反对文言文，提倡白话文不仅仅意味着语言形式的革命，即不仅仅是对作为旧思想的载体的革命，同时也代表着一种文化

1 鲁迅：《准风月谈 · 中国人与中国文》，《鲁迅全集》（第五卷），第363—364页。
2 鲁迅：《三闲集 · 无声的中国》，第15页。

的觉醒。这是中国文化发展史上的一个伟大的历史转折。

从对民族的思维方式的反省这一角度，我们也能够对此后的欧化问题、翻译的“信”和“顺”的问题等等，有一个新的、较深入的认识。

对于现代汉语的“欧化”问题，历来有不同的评价。30 年代展开的有关大众化问题的讨论中，曾有人从五四以来的白话文存在“欧化”倾向这一认识出发，认为白话文是非大众化的，因而应在被取缔之列。这有意无意地否定了五四白话文运动的历史功绩。在这场讨论中，鲁迅显然也是拥护大众化的，他认为应该“将文字交给一切人”[1]，但在“欧化”问题上，鲁迅却表示了迥异于当时一般左翼作家（包括他的挚友瞿秋白在内）的见解。他认为大众语固然应该力求浅豁，但也需要吸收外国语文的词汇和语法，使之丰富和精密。针对“欧化的白话文烦难，语法结构复杂”的观点，鲁迅指出：“凡文字，倘若容易学，容易写，常常未必精密的。烦难的文字，固然不见得就精密，但要精密，却总不免比较的烦难。”[2]欧化句式有严密、细致的修辞，不再是“多乎哉不多也”式的简单肯定或否定，而是在句式的复杂结构中包含着分析的内蕴和严格的界定性。正是从力求思维的严密性出发，鲁迅在一片反对欧化的声浪中明确提出：“精密的所谓‘欧化’语文，仍应支

1　鲁迅：《且介亭杂文·门外文谈》，《鲁迅全集》（第六卷），第 95 页。
2　鲁迅：《且介亭杂文二集·论新文字》，《鲁迅全集》（第六卷），第 442 页。

持，因为讲话倘要精密，中国原有的语法是不够的，而中国的大众语文，也绝不会永久含糊下去。譬如罢，反对欧化者所说的欧化，就不是中国固有的字，有些新字眼，新语法，是会有非用不可的时候的。”[1]

鲁迅还分析了欧化文法产生于新的中国语言中的历史必然性。他认为，“欧化文法的侵入中国白话中的大原因，并非因为好奇，乃是为了必要”。科学的高度发展是以思维的严密为前提的，当中国人意识到这一问题，有意识地去追求一种严密的思维语言时，“固有的白话不够用，便只得操些外国的句法，比较的难懂，不像茶淘饭似的可以一口吞下去是真的，但补这缺点的是精密”。[2]

鲁迅显然是把使大众能看懂、学会语言文字，与同时培养中国大众严密的思维联系起来考虑的，因此，在鲁迅看来，提倡欧化与提倡大众语并不矛盾，而是相辅相成的。

鲁迅始终是站在思想家的高度来观察语言文化问题的。他既热切地期望民众能迅速掌握语言文字，以便于启蒙教化，但更深切地关注的，却是整个民族文化的兴衰存亡。如果不尽快改变中国民族文化结构，以便顺利完成中国文化面临的裂变，则中国将可能再次从整体世界先进科学文化发展中“脱轨”。鲁迅的观念是“治本”的。不从根本上改变中国人的思维方式，就很难将民

1 鲁迅：《且介亭杂文 · 答曹聚仁先生信》，《鲁迅全集》（第六卷），第 77 页。
2 鲁迅：《花边文学 · 玩笑只当它玩笑》，《鲁迅全集》（第五卷），第 520 页。

众的思想彻底引向先进的科学文化潮流，而所谓思想文化启蒙也将成为一句空话。越是思维简单、浑沌、模糊的人，越趋向于执拗任性，也越难于启蒙教化。因为对于永远生活于感性世界中的人来说，既然缺乏理性素养、逻辑能力和理性兴趣，那么一切理性的教化即便再深刻，再具真理性，也难以被接受、被理解。诚如黑格尔所说过的，一个民族，如果沉溺于感性的泥污中而不能自拔，那是绝对没有希望的。中国文言文作为一种有着感性化、不精确性等缺陷的思维系统符号，同时也显示出对思维发展的巨大阻碍以至对民族进步的妨害。正是在这个意义上，鲁迅才提出“汉字不灭，中国必亡”的主张，因为正是汉字“使全中国大多数的人民，永远和先进的文化隔绝，中国的人民，绝不会聪明起来”。[1] 也正是基于这一高瞻远瞩的考虑，鲁迅才不遗余力地提倡中国文的“欧化”。忽视这一深刻的历史文化背景，简单地否定“欧化”，显然是短视和浅薄的。所以鲁迅殷切希望，那些“嘲笑欧化式白话的人，除嘲笑外，再去试一试绍介外国的精密的论著，又不随意改变、删削，我想他一定还能够给我们更好的箴规”。[2]

在关于翻译的“信”和“顺”的争论中，鲁迅“也是主张容忍‘不顺’的一个”，他主张“宁信而不顺”。他认为，这样的翻译“不但输入新的内容，也输入新的表现法。中国的文和话，法

1 自芬君（陆诒）:《鲁迅先生访问记》,《救亡情报》，1936 年 5 月 30 日第 4 期。
2 鲁迅:《花边文学 · 玩笑只当它玩笑》，第 520 页。

子实在太不精密了，……这语法的不精密，就在证明思路的不精密，换一句话，就是脑筋有一些糊涂。倘若永远用着糊涂话，即使读的时候，滔滔而下，但归根结蒂，所得的还是一个糊涂的影子。要医这病，我以为只好陆续吃一点苦，装进异样的句法去，……后来便可以据为己有”。[1]显然，鲁迅主张直译，主张“宁信不顺”，其关键是在于输入更多的新的概念和新的表现法，以便改变中国人思维的不精密。如果离开这一基本把握，恐怕难以对“信”和“顺”的争论做出正确的评价。

虽然鲁迅在中国语文的欧化问题以及翻译的信、顺问题上的观点，有时不免失之片面，但这种力排众议的主张中所包含的对于中国民族的思维方式的反省却是非常深刻的。五四以后发展起来的现代汉语，实际上是欧化了的白话文，这种语言不仅在一定程度上接近了口语，更重要的是它经过欧化文法、概念的吸收，形成了一个规范的语法系统，从而大大加强了语言思维的逻辑力量和表达的准确、严密，淡化了中国传统语言固有的含混、感性化、不严密等缺点，使之能够在较大程度上适应科学的思维。这不能不说是一个文化上的巨大进步。以此来考察鲁迅从思维方式的角度对中国语文的深沉思考，其历史功绩是显而易见的。

1　鲁迅：《二心集·关于翻译的通信》，《鲁迅全集》（第四卷），第382页。

# 二

各民族文化形态的不同特点，常常表现为不同文化中的不同心理素质。而语言从本质上应该看成是心理现象，“民族语言正是民族心理的积淀”，“脱离了心理的制约就不能有效地进行语言分析”。[1]

鲁迅对中国语言文字的考察，同样显示了他对中国语言与中国民族心理关系的深刻理解。

鲁迅曾从中国语言的贫乏中看到了落后的民族心理素质。例如，鲁迅曾多次分析中国语言中的“国骂”——“他妈的”。鲁迅认为，在这“国骂”的背后隐藏着的是一种“精神胜利”和自欺欺人的心态。对“依赖门第”“倚仗祖宗”的不满，发泄为“他妈的”，其攻击矛头自然是指向“高门大族的坚固的堡垒”，然而这种战略却“真可谓奇谲”——“瞄准他的血统”，于是精神上便做了“高门大族”的“祖宗”。鲁迅深刻地分析了“国骂”中反映的病态心理，同时指出“国骂”的盛行，实际上也说明了中国语言的贫乏。这一个词被普遍运用着，“有时骂骂，有时佩服，有时赞叹，因为他说不出别样的话来”。[2] 这种贫乏的语言本身也多少反映了

1 ［美］William J.Baker、陈平：《从“信息结构”的观点来看语言》，《外国语言学》，1985 年第 2 期。

2 鲁迅：《且介亭杂文 · 答曹聚仁先生信》，第 77 页。

中国人的“笼统”的心理，凡事不求精确表达。语言学家帕默尔曾经说过：“每个民族都有一套自己特有的无法翻译的道德用语”，“例如英语中 fair play（“费厄泼赖”）这个短语表现的就是其他国家没有的一套复杂的行为准则。……da Rann man halt nix machen（“这我看一点办法也没有”）这样的口头禅很容易带来所谓奥地利式的‘心安理得’。”[1]鲁迅则指出了“他妈的”所表现出的中国人的落后的民族心理素质。诚如鲁迅所说的，“他妈的”确实无法译成外文的。

鲁迅由语言透视民族心理，进而指出，“先驱者的任务”是“支持欧化文法，当作一种后备”，以丰富群众语言，“给他们许多话说，可以发表更明白的意思，同时也可以明白更精确的意义”；[2]另一方面，鲁迅又指出，这种贫乏的语言的根除，还有赖于社会的根本变革，落后心态的彻底去除。[3]

鲁迅还从中国语言文字改革的艰难中，深入剖析了我们民族的某种惰性心理。任何一种改革创新都不会比语言的改革与创新更艰难。索绪尔就曾讲到过“集体惰性对一切语言创新的抗拒”，他认为“在一切社会制度中，语言是最不适宜于创制的。它同社会大众的生活结成一体，而后者在本质上是惰性的，看来首先

1 ［英］帕默尔：《语言学概论》，商务印书馆，1983 年版，第 145 页。
2 鲁迅：《且介亭杂文·答曹聚仁先生信》，第 77 页。
3 鲁迅：《坟·论“他妈的”》，《鲁迅全集》（第一卷），第 234 页。

就是一种保守的因素。”[1]说得更明确一些，对于语言创新的抗拒，源于一种传统的惰性心理。对此，鲁迅是有深刻认识的。例如，鲁迅就曾抨击过这样一种现象：“以摆脱传统思想的束缚而来介绍世界文学的文人，却偏喜欢使外国人姓中国姓。”他慨叹道，“翻译外国人的姓名用音译，原是一件极正当，极平常的事”，“但于外国人的氏姓上定要加一个《百家姓》里所有的字”，“附会成中国人名模样”，以至于使人弄不清是中国人还是外国人。这正说明“凡有一件事，总是永远缠夹不清的，大约莫过于在我们中国了”。反映在这种“不懂的音译”中的，正是一种要么“凡有外国人都称之为假洋鬼子”，要么就“将外国人名改为王羲之、唐伯虎、黄三太之类”[2]的顽固守旧的惰性心理。以挣脱传统思想束缚为目的来介绍世界文学的新文学作家们，竟也未能摆脱外国人名的中国化，更见民族惰性心理的根深蒂固。类似的情况还表现在化学名词的“创造”上，“中国的化学家多能兼作新仓颉”，“几个字拼合起来”作为元素符号，害得学生在记住这复杂的拼合字的同时，“仍须另外记住拉丁字”。[3]鲁迅指出：“老实说，我是一看见就头痛的，觉得远不如就用万国通用的拉丁名来得爽快。”[4]“倘若就用原文，省下造字的功夫来，一定于本职的化学上

---

1　［瑞士］索绪尔：《语言学教程》，商务印书馆，1980年版，第110—111页。
2　鲁迅：《热风·不懂的音译》，《鲁迅全集》（第一卷），第398页。
3　鲁迅：《华盖集·咬文嚼字》，《鲁迅全集》（第三卷），第10页。
4　鲁迅：《且介亭杂文·门外文谈》，第88页。

更其大有成绩，因为中国人的聪明，是决不在白种人之下的。”[1] 无论外国人名的中国化，还是化学名词的中国拼合式，实质上都体现了在文化问题上早已有之的“用夏变夷”的思想，这种思想以不变应万变，外来的新思想、新科学一经与这种肤浅的“中国化”的惰性心理结合，就会大大削弱其生气和力量。在特定的文化变革时期，语言的变革是至关重要的。鲁迅带着一种历史的焦虑感来看待语言的革命，因而对于在语言问题上表现出的“集体惰性”无异是深恶痛绝的。正因为如此，他把那些“吸着现代空气，却偏要勒派朽腐的名教、僵死的语言，侮蔑尽现在”的人称为“现在的屠杀者”，指出他们“杀了‘现在’，也便杀了‘将来’”。[2] 也正是出于对某种落后的民族惰性心理的洞察，因此在提倡大众语的声浪中，鲁迅能清醒地看到，“有些猛将趁势出现”，虽“来路是并不一样的，可是都向白话、翻译、欧化语法、新字眼进攻。他们都打着‘大众’的旗，说这些东西，都为大众所不懂，所以要不得”。这里除了“有的原是文言余孽，借此先来打击当面的白话和翻译的，就是祖传的‘远交近攻’的老法术”外，更多的人是作为一种惰性心理体现者的“懒惰分子”，他们对大众语“未尝用功”，目的只是“要大众语未成，白话先倒，让他在这空场上夸海口”。更有甚者，一些读书人“以为较新，较难的字句，

1　鲁迅：《华盖集·咬文嚼字》，第10页。
2　鲁迅：《热风·现在屠杀者》，《鲁迅全集》（第一卷），第350页。

自己能懂，大众却不能懂”，于是故意“迎合大众”，这是无意中向“集体惰性”的妥协。殊不知，大众也需要“摄取新词汇和语法”，他们需要“前进”。以为“迎合”就等于大众化者，对于社会的进步，文化的发展，实际上是“尽了拖住的任务”。[1]

对于这种“集体隋性”，鲁迅的感触和认识是颇为深切的。他说，“由历史所指示，凡有改革，最初，总是觉悟的智识者的任务。但这些智识者，却必须有研究，能思索，有决断，而且有毅力”。[2]这种“毅力”实在是非常重要的，因为“中国人的性情是总喜欢调和、折中的。譬如你说，这屋子太暗，须在这里开一个窗，大家一定不允许的；但如果你主张拆掉屋顶，他们就会来调和，愿意开窗了。没有更激烈的主张，他们总连平和的改革也不肯行。那时白话文之得以通行，就因为有废掉中国字而用罗马字母的议论的缘故”。[3]也许，只有从对于“集体惰性”深恶痛绝、彻底反叛的意义上，才能真正全面、准确地理解鲁迅在语言问题上的一系列远见卓识，包括诸如“废除汉字”之类“偏激”之论的实质意义。

1 鲁迅:《且介亭杂文·门外文谈》，第101页。
2 鲁迅:《且介亭杂文·门外文谈》，第102页。
3 鲁迅:《三闲集·无声的中国》，第13—14页。

# 三

语言是人类文化的一部分，它随着文化的发展而逐步进化。但这种进化的结果之一，是很可能向着“特化”即“专化”的方向迈进，这样，它一方面为高度适应某种文化系统而得以存在，但另一方面它又因过于“专化”而失去了弹性，成为僵死的东西，构成了文化进一步发展的反背力量。诚如鲁迅所说，“专化又有专化的危险”，“看生物，是一到专化，往往要灭亡的。未有人类以前的许多动植物，就因为太专化了，失其可变性，环境一改，无法应付，只好灭亡”。[1]对于这种语言与文化的背离现象，鲁迅做过深入的揭示和分析。

正如鲁迅所说的，“我们的古人”“造出了一种难到可怕的一块一块的文字”，这使得“许多人都不能借此说话了”。[2]“文明人和野蛮人的区别，其一是文明人有文字，能够把他们的思想感情借此传达给大众，传给将来。中国虽有文字，现在却已经和大家不相干……所以大家不能互相了解，正像一盘散沙。”[3]这就是语言文字与文化发展的“背离”。

中国语言文字与文化的“背离”，最突出地体现在它已逐步

---

1　鲁迅:《且介亭杂文 · 门外文谈》，第98页。
2　鲁迅:《集外集 · 俄译〈阿Q正传〉及自传》，《鲁迅全集》(第七卷)，第81页。
3　鲁迅:《三闲集 · 无声的中国》，第11—12页。

失去了对于中国全部文化的代表作用。鲁迅指出:“我们中国的文字,对于大众,除了身份、经济这些限制之外,却还要加上一条高门槛:难。单是这条门槛,倘不费他十来年工夫,就不容易跨过。”[1]因此,“在我们中国,识字的却大概只占全国人口的十分之二,能作文的当然更少”。“也许有人要说,这十分之二的特别国民,是怀抱着中国文化,代表着中国大众的”,那显然不对,因为中国现有的语言文字,“已经不是中国大家的东西了”,[2]这种语言文字因此也不能代表整个中国的文化,因为在大众中显然还存在着另一种文化,它们被冷落于繁难的中国固有的语言文字之外,“是一向受着难文字、难文章的封锁,和现代思潮隔绝”。[3]

不仅如此,这种“背离”现象还表现在对于大众文化的进步的阻碍上。鲁迅指出,语言文字本来是用来“达意”的,但“现在一般的中国人还做不到”,“我们的祖先留传给我们的可怕的遗产”——文字,“人们费了许多年的工夫还是难于运用。因为难,许多人便不理它了,……又因为难,有些人便当作宝贝,像玩把戏似的,之乎者也,只有几个人懂——其实不知道可真懂,而大多数人却不懂得”。[4]这样一来,“因为汉字的艰深,使全国大多数人民,永远和前进的文化隔离,中国的人民”,因此也“绝不

1 鲁迅:《且介亭杂文·门外文谈》,第92页。
2 鲁迅:《且介亭杂文·中国语文的新生》,第114页。
3 鲁迅:《且介亭杂文·门外文谈》,第100页。
4 鲁迅:《三闲集·无声的中国》,第11页。

会聪明起来”。[1]鲁迅对此是深有体会的。他说，“我是自身受汉字苦痛很深的一个人，因此我坚决主张，用新文字来代替这种阻碍大众进步的汉字”。[2]“倘要中国的文化一同向上”，就必须改革现有的语言文字。[3]

语言文字的盛衰，取决于它对文化发展的作用。中国语言文字的繁难和“专化”，使它逐渐失去应有的生气和弹性而日趋僵硬，正在丧失其对于文化发展的积极作用。这应该说是中国语言文字的最大弊端。这种消极作用的丧失体现在两个方面：一方面因为中国文字繁难，掌握的人只是少数，大多数人没有文字能力，因而文字实际上已失去了对大多数人的精神生活和物质生活等感性实践的理性概括作用。另一方面，又因为中国文字的繁难，使之神秘性不断增加，而这种神秘性又与日趋复杂的社会活动及人的心理活动相脱离。“美丽可爱而无用的贵妇”的比喻，实在是既生动又确切的。中国字的难就像一个龙门，很不容易跨过。正如鲁迅所说，“跨过了的，就是士大夫，而这些士大夫，又竭力地要使文字更加难起来，因为这可以使他特别尊严”，[4]久而久之，中国的文字就带上了一种脱离实用性的“尊严性”和“神秘性”。中国人的“敬惜字纸”，以至于靠写了字的符咒“驱邪治病”等都是靠了这种文字

1 芬君（陆诒）：《鲁迅先生访问记》。
2 芬君（陆诒）：《鲁迅先生访问记》。
3 鲁迅：《且介亭杂文·门外文谈》，第100页。
4 鲁迅：《且介亭杂文·门外文谈》，第92页。

的神秘性。[1]在这种“尊严性”与“神秘性”之下，中国的百姓就只能“默默地生长，萎黄、枯死了”[2]。（小说《风波》中，七斤等人对赵七爷的敬畏，就因为他识几个字。而七斤一家的恐惧也来自赵七爷的一句话：“没有辫子，该当何罪，书上都一条一条明明白白写着的。”）当语言文字失去了对于文化发展的积极促进作用时，对于这种语言文字的改革，就成了一种振兴民族文化的首要之举。

鲁迅看到了中国语言文字与人民大众的不相干，他坚决主张“将文字交给大众”[3]。但鲁迅对于旧的语言文字的否定和对新的语言文字的提倡，并没有仅仅停留在对中国语言文字的“非大众化”的一般认识之上——像同时许多提倡语言文字改革的人那样。鲁迅深刻地揭示了中国语言文字与文化的背离，它既不能代表全部的中国文化，它阻碍着接受世界进步文化（如我们在前几部分所分析的），也必将失去中国固有文化的精华；同时它又阻碍着大众文化的进步。也正是在这个意义上，鲁迅冷峻地指出了文言文字衰亡的历史必然性和必要性。

语言与文化的背离现象，越是处于文化面临巨大的历史性变革的转折时代，越是显得突出。“因为我们说着古代的话，说着大家不明白，不听见的话，已经弄得像一盘散沙，痛痒不相关了。

1　鲁迅：《且介亭杂文·门外文谈》，第92页。
2　鲁迅：《集外集·俄译〈阿Q正传〉及自传》，第82页。
3　鲁迅：《且介亭杂文·门外文谈》，第95页。

我们要活过来，首先就须由青年们不再说孔子、孟子和韩愈、柳宗元们的话。时代不同，情形也两样”，所以“我们以后实在只有两条路：一是抱着古文而死掉，一是舍掉古文而生存”。[1]对于语言文字与文化相背离现象的深刻认识，往往成为改革语言文字的巨大动力。鲁迅正是站在历史的高度，怀着一种推动民族文化发展的紧迫的使命感来观察语言文字问题的。因此，他对于语言文字革命的态度也是最坚决、最彻底的。

## 四

发生在二三十年代中国的这场语言（包括文字）革命，反映了普及文化的要求。但这种普及文化的要求是建立在对传统文化的反叛，对外来先进文化的吸收的基础上的。因此，在提倡普及文字教育，“将文字交给大众”的同时，又不能不顾及中国固有的语言文字所蕴含的落后文化的质素，以及对于新的文化的潜在消蚀力量。这就是说，作为新思想、新文化的启蒙者，虽然首先要完成“将文字交给大众”的任务，但这决不意味着将固有的文字传播给大众就算了事，因为这样做不但完不成新思想新文化的

1　鲁迅：《三闲集 · 无声的中国》，第 15 页。

启蒙这一根本任务，反而会再给大众头脑中增加一些陈腐的东西。用鲁迅的话来说，就是“汉字也是中国劳苦大众身上的一个结核，病菌都潜伏在里面，倘不首先除去它，结果只有自己死”。[1]一方面要让大众掌握文字以便成为文化的主人，另一方面又要废除属于落后文化范畴的汉字，鲁迅以为要达到这一目的，中国文字的拉丁化是唯一可行的道路。

鲁迅坚决否定汉字而力倡文字的拉丁化，体现了鲁迅对旧有文化传统的彻底否定。这跟鲁迅提出的“要少——或者竟不——看中国书，多看外国书”[2]的激烈态度是一致的。在一个民族文化处于巨大变革的时代，鲁迅认为，要使这种变革完全彻底，首先必须与旧的文化遗产实行最彻底决裂。这反映在语言问题上，也就是与旧的语言文字彻底决绝。但语言文字的深层潜在的惰性力，要远远超过其他方面。与旧语言文字的告别远较“不读中国书”难得多。鲁迅对此也深有痛感：“别人我不说，若是自己的，则曾经看过许多旧书，是明确的。为了教书，至今也还在看，因此耳濡目染，影响到所做的白话上，常不免流露出它的字句体格来。但自己却正苦于背了这些古老的鬼魂摆脱不开，常感到一种使人气闷的沉重。”[3]越往后，鲁迅越多地考虑这样的问题：只要还使

1 鲁迅：《且介亭杂文·关于新文字》，《鲁迅全集》（第六卷），第160页。
2 鲁迅：《华盖集·青年必读书》，第12页。
3 鲁迅：《坟·后记》，《鲁迅全集》（第一卷），第285页。

用中国字，尽管用白话作文而不用文言文，但仍难以摆脱旧语言文字这个“古老鬼魂”的影响。而只有提倡文字的拉丁化，即换一套语言符号，才能摆脱旧语言文字的影响。

更重要的是，一种语言本身就带有某种文化的机质。获得一种语言就意味着接受某一套概念和价值，意味着接受在这种语言形成过程中所积淀的特有文化意识。文化常常就是借助属于自己的语言文字，以最精细微妙的方式向人们施加力量，这种与特定的思维内容、民族心理相关联的符号系统有着难以抗拒的武断性。只有彻底改造以至抛弃这种符号系统，才有可能与落后的文化传统彻底决裂。语言学家帕默尔说过：“汉字是中国通用的唯一交际工具，唯其如此，它是中国文化的脊梁。……中国人抛弃汉字之日，就是他们放弃自己文化基础之时。”[1]此论极为精到。鲁迅主张废除汉字，采用拉丁化文字，也正有这层意思在内，鲁迅所说的“要中国好，或者倒不如不识字吧，一识字，就有近乎读经的病根了”，[2]就是从这个意义上讲的。鲁迅曾针对一些人“如果都用白话文，人们便不能看古书，中国的文化就灭亡了”的担心，发表了这样的看法：“其实呢，现在的人们大可以不必看古书，即使古书里真有好东西，可以用白话来译出的，用不着那么心惊胆战。”[3]

1 ［英］帕默尔：《语言学概论》，第 99 页。
2 鲁迅：《华盖集 · 十四年的读经》，《鲁迅全集》（第三卷），第 127 页。
3 鲁迅：《三闲集 · 无声的中国》，第 14 页。

可以看出，鲁迅提倡白话文也好，后来提倡拉丁化文字也好，其实都是要中国人与旧文化决裂。而在这一点上，拉丁化文字的提出，远较白话文提倡要彻底得多，它显示了一种以新的符号系统代替旧的符号系统的尝试。正是出于这样的原因，鲁迅对提倡拉丁化文字倾注了极大的热情。鲁迅是这样论列拉丁化文字的优越性的："拉丁化却没有这空谈的弊病，说得出，就写得来，它和民众是有联系的，不是研究室或书斋里的清玩，是街头巷尾的东西；它和旧文字关系轻，但和人民的联系密，倘要大家能够发表自己的意见，收获切要的知识，除它以外，确没有更简易的文字了。""而且由只识拉丁化字的人们写起创作来，才是中国文学的新生，才是现代中国的新文学，因为他们是没有中一点什么《庄子》和《文选》之类的毒的。"[1]过去几乎所有的文学史著作中，往往都只注重对提倡白话文、反对文言文的那场斗争的详细记述，而对有关文字拉丁化问题的论争却记载得很含糊，甚至轻描淡写地一笔带过，其重要原因，就是在于过去的文学史研究中忽视了文字拉丁化问题讨论所包含的深刻的意义。同时又正是在这个问题上，充分显示了鲁迅的文化观——对传统文化的彻底决绝的态度，从文化史的角度来看，汉字拉丁化问题的讨论，其包蕴的深刻内涵，绝不亚于文白之争。

至于中国文字拉丁化这一方案本身是否切实可行，当然尚可

1　鲁迅：《且介亭杂文二集·论新文字》，第 444 页。

讨论，作为人类思维工具的语言的发展，与人的思维发展规律是一致的。它可以通过逐渐变革而发展，但很难一下子进行彻底的变换。因此，中国文字拉丁化也许很难在短时间内全面实行，但很可能标示了中国语言文字现代化的一种发展方向。五四以来很多有识之士纷纷指陈方块字的弊端，直至近几年，还有一些当代作家议起这个话题。他们怀着中国文学难以“被世界全面理解”的焦灼心情，认识到“问题就是我们的方块字”。的确，“有哪一个不识字的洋人，能通过四五个音节的一句话，将‘青青子衿，悠悠我心’体味出一半呢”？[1]从这里我们不难看到，鲁迅所提倡的中国文字拉丁化，以及这种主张中所包含的对于改变中国民族思维方式和传统民族心理、跻身世界进步文化潮流、适应现代文化节奏的迫切愿望，多少得到了后来者的理解和认同。

卞之琳曾说过：“世界上没有绝对完成的事物，一切完成的只是一个阶段，也就是一个新的开端。”这种评价对于鲁迅无疑也是适用的。鲁迅关于语言文字革命的一系列论述中，蕴含着对于中国文化的深沉思考，这是一个伟大的“开端”，其意义远远超出语言文字学本身。

（原载《中国现代文学研究丛刊》1987 年第 2 期）

1 戴晴：《知识分子、作家及文字》，《文汇》，1986 年第 1 期。

# 从语言的角度谈中国新诗的评价问题

## 一

中国白话新诗作为中国现代诗歌的主体，它诞生于五四新文化运动，它是应时代要求而产生的。中国古典诗歌发展到近代，其形式已不能适应社会进步的要求：动荡不安的现实生活、科学和民主的现代意识等等全新的内容，呼唤着诗歌的新的表现形式。而且，包涵于五四“文学革命”中的反对文言文提倡白话文的语言革命也对诗歌的语言提出了新的要求。中国白话新诗的产生无论从哪一方面来说，均具革命性的意义。正是以五四白话新诗为发端，开始了中国诗歌新的历程。在此后的发展过程中，中国新诗是在不断的探索中前进的。当我们回顾中国新诗所走过的历程时，我们不能无视那些杰出诗人的异彩纷呈的优秀诗篇的存在，应该说，新诗已构成中国文化史上光彩的一页。以此来考察中国新诗的发展历史，正确估价五四以来新诗所取得的历史成就，当是没有什么争议的。

但是，在我们的文学史研究中，在对五四以来新诗成就的评估上，却容易陷入“两难”的境地：一方面，我们高度评价新诗对于古典诗词的革命性意义，另一方面，又会因为新诗未能取得像中国古典诗词那样辉煌的艺术成就而感到遗憾；一方面，我们高度评价新诗史上涌现的诸多杰出诗人和诗作，另一方面，又可能会因为整个新诗在形式的探索方面所经历艰难曲折而低估了新诗的历史贡献。在 1939 年、1940 年，延安和重庆曾分别有过关于诗歌形式问题的讨论和论争；1944 年在延安鲁迅艺术学院又曾有过争论。新中国成立以后，也曾分别于 1950 年、1953 年、1956 年以及 1958—1959 年，展开过多次有关诗歌形式问题的探讨和争论。在这一系列的讨论和论争中，就每每陷入这种“两难”的境地，并且常常容易走极端。例如，在 1958—1959 年的那次讨论中，甚至出现了这样的观点：“‘五四’以来的新诗，本来是一次划时代的大革命。可是这个革命，却越革越糊涂。尽管它的流派不少，五花八门，但大多数都是进口货物的仿制品……多少年来，大多数的新诗不仅在形式上，就是它的构思与想象的表现也全部仿照西洋格调，是跟群众远离，没有广大群众基础的。”[1]

1 欧外鸥：《也谈诗风问题》，《诗刊》，1958 年 10 月号。

当然，这种观点即使是在强调诗歌的民族形式，强调“以古典诗词和民歌为基础”发展新诗歌的当时，也遭到了诸多反驳。但是，反驳者多是列举新诗取得的巨大思想成就以及列举少数在思想和艺术上均取得相当成就的诗人和诗作，来肯定五四以来新诗的成就；反驳者的观点同样会给人造成困惑，似乎五四以来的新诗的意义仅在思想成就方面，而形式探讨方面的意义便在有意无意中被忽略了。因而，新诗之于古典诗词，在其形式上的革命性意义便难以得到充分肯定，甚至还会得出相反的结论。

如何对中国新诗在形式问题上（而不仅仅是思想内容上）的革命性意义做出正确的历史评价呢？在列次有关诗歌形式问题的讨论和论争中，这个问题到后来都基本上是回避了的。但在文学史研究中，这却是一个难以回避的问题。五四以来也的的确确出现了一些在思想和艺术方面均取得突出成绩的诗人和诗作，这些均是不可否认的；而新诗在其整体上，艺术形式方面存在着诸多不尽如人意之处（尤其是将其成就与中国现代小说等其他文体形式相比），这也是事实。但文学史研究的任务还不仅仅是满足于指出这些，同样重要的是，还必须对之做出解释，并从而对之做出历史的评价。正视新诗形式上存在的问题与充分估价新诗形式所具的革命性意义，这二者并不矛盾，关键的问题是要找到二者之间某种必然联系。

何其芳曾经这样评价过新诗：“在诗歌的形式方面，五四以来的新诗是‘破’得多，‘立’得少；‘破’得很彻底，‘立’得很不够。也曾有少数作者做了建立格律诗的努力，然而由于理论上和实践上都还有些问题，未能成功。用辩证法的观点来看，这恐怕是一种历史发展的必要的曲折，并不一定是道路迷失得太久。”[1]这段话虽没有什么惊人之处，但却可以看到一种思路：在发展与曲折之间找寻某种必然的联系，这样既正视了新诗形式探索上的不成功之处，同时又不会简单否定这种不成功。可惜的是，何其芳并未对“历史发展的必要的曲折”展开论述，甚至没有对之做出含义上的解释。因此，当何其芳在50年代末的有关诗歌问题的讨论中提出这一看法时，并未能引起太多的注意。

当然，分析新诗形式发展的“必要的曲折”，可以从许多方面入手，这不是一篇论文所能完成的任务。因此，本文仅想选择一个侧面，从诗歌语言的角度来探讨这一问题。做这一角度的选择，是基于这样的考虑：既然新诗产生于以反对文言文提倡白话文为重要内容的文学革命之中，那么，五四初期的这场语言革命对新诗形式的产生和发展也就有着决定性的意义。新诗是这场语言革命的产物，新诗也必然地在很大程度上承担了语言革命的后果。

---

1　何其芳:《再谈诗歌形式问题》,《文学评论》, 1959年第2期。

## 二

发端于五四之初的白话文运动，是顺应社会进步、文化发展的历史要求而兴起的。在这场运动中，白话文的倡导者们所关注的一个重要方面是，以文言文为代表的旧语言文字具有模糊、含混、不精确等方面的弊端，认为这种不精确必然带来中国人思维的模糊。在近代被看作是科学发展的重要精神动力的演绎推论，是以概念的精确为前提的。对于科学的思维，文言文所代表的中国语言文字算不上是一种完善的媒介。出于文化进步的考虑，出于对中国传统语言所标示的思维方式与现代科学发展不相适应的焦虑，先驱者们以极大的热情反对文言文，提倡白话文。而提倡白话文的目的，正在于丰富中国语言的科学思维能力，使中国人“可以发表更明白的意思，同时也可以明白更精确的意义”。[1]毫无疑问，这场语言革命对于推动中国文化由旧向新转换，促进中国文化的整体性发展有着不可磨灭的历史功绩。[2]中国新诗作为这场意义深远的语言革命的具体实践，其历史贡献是不言自明的。语言革命的成果常常是必须依赖作为语言艺术的文学来得到巩固的，因此，新诗的产生，其意义绝不仅仅在于诗歌的发展自身。“新诗从已经僵硬了的旧诗中解放出来冲破了各种清规戒律的束缚，

1　鲁迅:《且介亭杂文 · 答曹聚仁先生信》，第 77 页。

2　朱晓进:《鲁迅与语言文化》,《中国现代研究丛书》，1987 年第 2 期。

打碎了旧的枷锁，复活了诗的生命。这对于中国的诗歌起到了起死回生的作用。”[1]而新诗对代表着旧的语言方式的古典诗词的冲决，这对新的语言方式的确立有着特殊的意义。从这个角度来看待新诗的产生，其历史贡献就不仅仅只属于诗歌这一具体的领域，而且是属于那场反对文言文提出倡白话文的语言革命乃至属于整体文化由旧向新的历史性转换的时代的。

然而，也无须讳言，中国语言也正是在这场革命中步入了“两难”的境地：为了适应科学发展的要求，语言必须追求精确性、界定性，但这又必须以丧失中国传统语言方式中固有的隐喻性、模糊性等带有文学色彩的风格为其代价；而要保存中国语言方式中的被西方称之为“诗”的风格，[2]则又难以使中国语言适应科学思维的要求。五四时期的语言革命在科学与文学之间的二难选择中，无疑是倾向于科学的，这与五四时期所面临的文化发展的历史任务密切相关。当时以“文学”二字为标目的“文学革命”，其目的并不在于文学自身，不在文学的本体特性，而在于借用文学为整个文化革新和新文化的发展服务。在五四时期的许多文化人眼中，科学与文学确实难以两全。李大钊《东西文明之根本异点》一文中就曾把东西文化的区别归结为“一为艺术的，一为科学的”。

1　郭沫若：《郭沫若谈诗歌问题》，《光明日报》，1956 年 12 月 15 日。

2　［日］西村文子、［挪威］加尔通在《结构、文化和语言》（《国外社会科学》1985 年第 8 期）一文中说：“使用欧洲民族的语言可以得出精确的结论，对这一结论可以进行验证、证伪。……中日文具有一种隐喻的带文学色彩的风格，这种风格在西方往往被称之为是‘诗’的风格，对此有许多人做了说明……”

当五四新文化运动的天平倾斜于西方，倾斜于科学时，文学性自然地会受到忽略。语言目的的选择正体现了这一文化发展的趋向。

文学语言有着特殊的要求，如语义的多层次性、情绪性、含蓄性、感受性、暗示性等等。这与科学语言的确相去甚远。“科学——就其字面意义而言，是不惜任何代价的精确，诗歌——则是不惜任何代价的包揽。”[1]鲁迅在《诗歌之敌》一文中也曾指出，“诗歌不能凭仗了哲学和智力来认识”，“于诗美也一点不懂的科学底人们”往往会忽略这一点。[2]这里也暗示出“科学”与“诗美”的冲突。由于五四时期过分强调语言的明确性，促进了科学的发展，推动了文化在整体上的转换，但对文学这一具体领域而言，其损失也是不言自明的。文化的整体性历史转换，似乎不得不以牺牲局部的文艺的本体特性为代价。尤其是那些最具文学性的文学门类——例如诗歌——所受的损失要更大一些。相比较而言，小说、杂文等文学门类要幸运一些：语言的精确性要求，在某种程度上或许可以说是玉成了以陈述为主要语言特征的小说（增加了叙事的清晰度）和以说理为其语言特征的杂文（增加了说理的逻辑性）；而以含蓄、寓义、多义、暗示、抒情为其语言特征的诗歌，则不能不受到不利方面的影响。而且，即使在诗歌领域中，

1 ［英］J·浮尔兹：《亚里斯托斯》，《英国作家论文学》，王春元、钱中文主编，汪培基等译，生活·读书·新知三联书店，1985年版，第560页。
2 鲁迅：《集外集拾遗补编·诗歌之敌》，《鲁迅全集》（第七卷），第236页。

语言的精确化、理性化又使得叙事诗、哲理诗的境况要好于抒情诗。

诗人艾青曾经说过:“诗是借助于语言以表现比较集中的思想感情的艺术。”因此,“无论诗人采取什么体裁写诗,都必须在语言上有两种加工:一种是形象的加工,一种是声音的加工”。[1]所谓“形象的加工”,即是以形象、含蓄的语言创造出诗的意境和诗美。抽象和直语,是“形象的加工”所忌避的。诗歌语言一旦因过于明确而失去其含蓄,因界定性过强而失去暗示性,因抽象化而失去具体可感性,则意境和诗美便会受到极大影响而有所减色。然而,白话作诗的难处也正在这里。艾青曾指出,有些新诗“缺乏感情,语言也不和谐,也没有什么形象”;他认为,这是因为“没有很好地选择和使用语言,也没有考虑到诗之作为艺术所必备的条件”,没有认识到“诗的语言比散文语言更纯粹、更集中,因而概括力更高,表现力更强,更能感动人”。[2]这里指出了诗歌缺乏感情、缺少形象的原因是在其语言使用上的失当,这是很有见地的。但如果不追溯到新诗所使用的白话语言自身的不足,仅责备作诗者,似乎又有欠全面。俞平伯曾说过,“白话诗的难处,正在他的自由上面”,因为“他是赤裸裸的”,使诗成为“专说白话”而缺乏“诗美”,所以他认为“中国现行的白话,不是作诗的适

1 艾青:《诗的形式》,《人民文学》,1954年3月号。
2 艾青:《诗的形式》。

宜的工具”，白话缺少诗的蕴含，“缺乏美术的培养”，“往往容易有干枯浅露的毛病”。[1]这倒可视为中的之语。

在中国现代诗歌发展史上，我们不难发现这样一个奇特的现象：许多新诗人却很热衷于写旧体诗。诚如萧三所说：“许多一向写新诗的诗人，或则现在都有作起旧诗来了，或则在写新诗之余，间或写几首旧诗，而这很少的旧诗每每比他自己所写过的很多新诗好。”[2]即如鲁迅，他不仅所写旧诗数量远远超出新诗，而且就其艺术性而言，也是旧体诗精品偏多。新诗史上首屈一指的郭沫若，出版于1938年的《战声集》中，就收入旧诗若干首，到了《蜩螗集》中，旧体诗词则已近半数，越到后来，郭沫若所作旧体诗词越发多起来，以至于在数量和质量上均压倒他的新诗创作。初期白话诗人康白情、沈尹默等在短期的新诗创作生涯之后，纷纷向旧体诗词回归。白话文学家郁达夫，在诗歌创作方面主要也是以旧体诗词见长。曾致力于新诗格律化，并取得了新诗创作杰出成就的闻一多，在废旧诗六年后，又“复理铅椠”，“唐贤读破三千纸，勒马回缰作旧诗”。[3]九叶诗人郑敏在从事新诗写作和外国文学翻译研究大半辈子之后，转而表示自己“崇尚中国古典诗词中的‘灵’”，“要重新从中挖掘出它真正的精神来”，也就是说，

1 俞平伯：《社会上对于新诗的各种心理观》，《新潮》，1919年10月第3卷第1号。
2 萧三：《论诗歌的民族形式》，《文艺战绩》，1939年11月16日第1卷第5号。
3 闻一多：《书信》，《闻一多全集》（第3卷），开明书店，1948年版，第621页。

“她正回头走向中国古典诗词”。[1]如此等等，不一而足。包括鲁迅在内的一大批诗人、作家们对于旧体诗的依恋，到底说明了什么问题呢？

臧克家的话也许有助于我们理解上述现象，他说：“我个人认为，不精炼或不够精炼，确是新诗写作上的一个大问题。新诗运用口语（所谓‘白话’）来写作，打破旧格律，这是‘五四’文学革命的胜利成果之一。……但运用口语（或接近口语的语言）而不疏于松懈、散漫、噜苏，对于诗人来说却是一个相当严重的考验……可是从‘五四’到目前，也有不少作品没能够顺利地通过这一关。”[2]似乎可以说，由于白话写诗这一关难以通过，才致使许多诗人产生了对旧体诗词的依恋。萧三早在 1939 年就曾对此现象做过类似的解释，他认为，由于白话新诗未能很好地解决诗的形式和内蕴等方面的问题，“因此，许多的天才文人或非职业的诗人文人”，甚至“一向写新诗的诗人”，“遇有真情实感，想寄之于诗时，还是写旧诗，而且写得非常好”。他认为鲁迅就是如此。“你只要去读一读他伤悼柔石、殷夫几个青年作家惨死的诗，你会大大地深深地感动，你会想到柳亚子先生评鲁迅先生的诗所说的‘郁怒情深，兼而有之’这句话极其正确。”[3]诗歌的

---

1　臧克家：《精炼·大体整齐·押韵》，《学诗断想》，四川人民出版社，1979 年版，第 33 页。
2　《回头走向中国古典诗词——记诗人翻译家郑敏教授》，《文艺报》，1990 年 2 月 10 日。
3　萧三：《论诗歌的民族形式》。

破与立，远较其他文学样式更为复杂。鲁迅白话小说的成就一下子就超越了自己的文言小说（《怀旧》），而他写的新诗却很难说有哪一首超越了他自己那些脍炙人口的旧体诗，此中缘由，无疑可以从白话语言中找到。卞之琳曾将新诗与旧体诗做过对比，他指出，“对中国古典诗歌稍有认识的人总以为诗的语言必须极其精炼，少用连接词，意象丰满而紧密，色泽层叠而浓淡入微，重暗示而忌说明，言有尽而意无穷。凡此种种正是传统诗的一种必备的要素。今日的新诗却普遍地缺乏这些特质。反之，白话诗大都枝蔓、懒散，纵然不是满纸标语和滥调，也充斥着钝化、老化的比喻和象征”。[1]这里对白话诗的评价虽说是太严厉了些，但也的确是在比较之中揭示出了白话诗的或一症结。趋向于精确化、理性化的白话，在诗的内蕴上的确逊于古典诗词的语言方式，在一定意义上可以说，白话便于精确地传达思想、分析和论证问题，但许多文言能表达的诗境，白话却是无法表达的，用白话写诗，很难保证新诗能像古典诗词那样蕴藉深厚。也许，正是出于这些方面的思考，一大批现代诗人、作家才在欲寄情于诗歌时，往往选择旧体诗的形式。

1　卞之琳：《今日新诗面临的艺术问题》，《诗探索》，1981 年第 3 期。

# 三

诗歌语言的“加工”，除了“形象的加工”之外，同样重要的是“声音的加工”。所谓“声音的加工”，无非是利用“旋律”“节奏”“音韵”来造成“声音的变化，唤起读者情绪的共鸣，也就是以起伏变化的声音，引起读者心理的起伏变化”。[1]白话给这种“声音的加工”同样带来了困难。

这是一个长期困扰着中国新诗的大问题。早在五四白话诗刚刚兴起时，作为白话新诗的首倡和最先尝试者的胡适，他那篇题为《谈新诗》的文章，虽然中心意旨是在谈新诗体的解放，但谈论的角度却不出“文的形式”。为了给新诗正名，他竭力从“新诗的音节”（节：顿挫、段落；音：声调、平仄、用韵）方面为新诗找立足的理由。[2]几乎是同时，俞平伯在《社会上对于新诗的各种心理观》一文中，为探讨“社会不能容纳新文艺”，新诗“不受欢迎”的“缘故”时，也首先关注到了新诗的形式问题，认为“是因为新诗句法韵脚皆很自由，绝不适宜‘颠头播脑’‘慷慨悲歌’的。所以社会上很觉得它不是一个诗”。[3]这可以看出，在白话新诗初起之时，倡导者和尝试者们尽管力图打破格律，寻求诗体的

1　艾青：《诗的形式》。

2　胡适：《谈新诗》，《中国新文学大系·建设理论集》，胡适编选，上海良友图书公司，1935年版，第303页。

3　俞平伯：《社会上对于新诗的各种心理观》。

彻底解放，但他们事实上却避不开诗歌的节调、音韵等形式问题，而他们在这一问题上却遇到了麻烦。可以说，这种麻烦是与用白话写诗相伴随而来的，而且一直在困扰着诗人和批评家们。20 年代中期，“新月派”诸多诗人曾为解决这一问题而倾注了很大气力，但却未能取得突破性进展。30 年代，鲁迅又曾多次论及新诗的形式问题，他说：“诗须有形式，要易记、易懂、易唱，动听，但格式不要太严。要有韵，但不必依旧诗韵，只要顺口就好”；[1]“我以为内容且不说，新诗先要有节调，押大致相近的韵，给大家容易记，又顺口，唱得出来”；“诗歌虽有眼看的和嘴唱的两种，也究以后一种为好；可惜中国的新诗大概是前一种。没有节调，没有韵，它唱不来；唱不来就记不住，记不住，就不能在人们的脑子里将旧诗挤出，占了它的地位”。[2] 李广田、何其芳等人在 40 年代又提出了与此相同的问题。李广田说，在读有些新诗时，“时常为诗人觉得可惜”，为这些诗歌缺乏“更完美的形式”“更好的章法和句法”“最好的格式与声调”而遗憾。[3] 何其芳也指出，“中国的新诗我觉得还有一个问题尚未解决”。他甚至表示：“以前，我是主张自由诗的，因为那可以最自由地表达我自己所要表达的东西。但是现在我动摇了。因为我感到今日中国的广大群众还不

1　鲁迅：《书信 · 350920 致蔡斐君》，《鲁迅全集》（第十三卷），第 220 页。
2　鲁迅：《书信 · 341101 致窦隐夫》，《鲁迅全集》（第十二卷），第 556 页。
3　李广田：《论新诗的内容和形式》，《诗的艺术》，开明书店，1943 年版，第 3 页。

习惯于这种形式，不大容易接受这种形式。而且自由诗的形式本身也有其弱点，最易流于散文化。”[1]以上诸多诗人、批评家对诗歌的节调、音韵等形式问题所做的理论探讨，以及其后40、50、60年代文艺界所进行的一系列有关诗歌形式问题的讨论，其实都正说明了中国新诗的发展在形式问题上所陷入的困境。

那么，中国新诗形式问题难以解决的症结在哪里呢？我认为，鲁迅的话可谓是点到了要害：“白话要押韵而又自然，是颇不容易的。”[2]既然新诗的形式问题大致上可具体化为节调和音韵问题，而白话押韵又不容易，那么以白话为工具作新诗就给形式的完善带来了某种先天的不利因素。如果换种说法，就是“新诗运动的起来，侧重白话一方面，未曾注意到新诗的艺术和原理一方面”，人们“注意的是‘白话’，不是‘诗’”。因此新诗普遍缺乏“音节”，“读起来不顺口”，虽然“有人能把诗写得很整齐，例如十个字一行，八个字一行，但是读时仍无相当的抑扬顿挫”。[3]卞之琳也认为，用白话写成的诗，“撇开无法‘吟咏’（严格说是‘哼’，还不是‘唱’）这一点不谈，即使用朗诵的标准来衡量，在声音效果上当然远逊于古典诗词和民歌”。[4]他们道出了白话语言给新诗在“声音的加工”上带来的困难。

---

1　何其芳：《谈新诗》，《何其芳选集》（第二卷），四川人民出版社，1979年版，第203—204页。
2　鲁迅：《书信·341101致窦隐夫》，第556页。
3　梁实秋：《新诗的格调及其他》，《诗刊》，1931年1月20日创刊号。
4　卞之琳：《今日新诗面临的艺术问题》。

应该说，上述所提及的诗人和批评家们对于新诗存在的不足之处都是有一定的清醒认识的，甚至有不少人是看到了新诗所面临的困境与写新诗所采用的白话之间关系。但认识到问题的症结所在，并不一定就意味着找到了解决问题的途径。解决新诗存在的问题，需要“时间”和“条件”。所谓时间者，是指郭沫若曾经说过的:“新诗的历史只有三十多年，而旧诗的历史却有三千多年。把三十多年的成绩和三千多年的成绩对比，应该说是最大的不公平。”[1]这不应视作是在为新诗发展中留下的诸多遗憾找寻某种获得宽解和宽慰的理由，因为任何事物的发展均须有它必经的过程。同时，白话新诗的发展也还有另一种意义上的时间过程:新诗最初是作为五四初期的那场语言革命的一种实践出现的，它首要的任务似乎还不在自身艺术品性的完备，而在于助新的语言方式的确立，因此诗歌体式的解放、诗歌语言与白话口语的一致性等是当时最主要的要求。在白话文的提倡者中，多数人都从事过白话诗的尝试，他们的目的是很明确的，即如鲁迅所谓之“敲边鼓”者，而非做一个诗人，他们是为了向文言文挑战，示威，用以证明文言文之所长者白话文未必做不到。总之，白话新诗的产生首先就是扮演了语言革命实践者和语言革命成果的巩固者的角色，正是在这个意义上，我们理应高度评价它的历史贡献。但

1　郭沫若:《郭沫若谈诗歌问题》。

随着时间的推移，在白话语言已经得到普遍的确认，新的语言方式已经真正确立之后，新诗作为文学之一种，其自身的文体完善的要求亦应提到相应的重要位置上来。当然，这也有一个时间的问题，而在这种转换到来之前，理应视为新诗“历史发展的必要的曲折”，而且这种“曲折”也仅仅是从文体完善的角度来说的。

除了“时间”问题上也还有一个“条件”的问题。所谓条件者，是就主观和客观两个方面而言的。关于客观条件问题，我们在下面要专门论及。而主观条件，我们在这里主要是指，新诗完成了在白话文运动中应承担的任务之后，写诗者必须在主观上相应地确立文体意识，重视诗歌语言的创制。必须认识到如茅盾所说的：“诗的语言”必须在一般语言的基础上“加工提炼使其更精萃，更富于形象性，更富于节奏美。……为了适应诗的特殊性，诗的语言可以比散文（小说、戏剧等）作品的文学语言更多些加工，或者说，可以和口语的基本要素有较大的距离”。[1]也就是说，新诗在完成了助白话语言方式确立的任务之后，应该不再将“与口语保持一致”看作对自身的要求，从而使新诗的语言尽快完成对白话口语的升华。的确，用白话写诗“对于诗人来说是一个相当严重的考验”，没有文体意识的自觉，没有对诗歌语言创制的明确认识，是很难“顺利通过这一关”的。在中国新诗史上，有

1　茅盾：《漫谈文学的民族形式》，《人民日报》，1959 年 2 月 24 日。

不少诗人在这方面做过努力，他们的作品在艺术上也取得了相当的成就，而这正是与他们对新诗歌语言创制的自觉意识分不开的。例如臧克家，运用白话写诗却不疏于松懈、散漫、噜苏，很注意诗歌用语上的“炼字”，闻一多就曾以孟郊的“苦吟”来比喻臧克家诗歌语言推敲上的功力，由这种“炼字”，增强了诗歌语言的内蕴和诗歌形式的严整性。再如艾青，他自觉追求诗歌语言“形象的加工”和“声音的加工”，他的诗歌特别注重意象和语境创造，因此，艾青的诗虽仍是自由体的，但却在诗的内蕴和诗的内在节奏方面取得了相当的成功。又如田间对独特的诗歌节奏的追求、李季对醇化了的民歌语言的采用等等。在他们的探索中，有许多成功的经验值得总结。但也无须讳言，多数的诗人是没有能够顺利通过白话语言作诗这一关的。这当然与其主观条件有关，但又不完全是主观方面的原因。这就涉及客观条件的问题。

## 四

客观上的困难就是指客观条件的不成熟。这种客观条件是多方面的，前面所述的时机问题、新诗产生之初所面临的主要历史任务的问题以及诗歌艺术探讨所必要的相对安定的社会生活环境等等都属客观条件之列。而作为客观条件，同样不可忽略的还有：

到底能为诗歌语言的创造提供多少可资借鉴的资源。

中国古典诗词在几千年的发展中，形成了一系列适应于文言语言系统的诗歌形式规范，积累了无数约定俗成而又含蕴丰富的诗的语汇。这使即使诗歌天才不太高的诗人也能据此写出像样的诗来。这是白话诗所难以相比的。用白话写诗，不仅不能像用文言写古典诗词那样，可以有现成的格律加以利用、有现成的典故可以征引，而且甚至对写诗时所用的白话的语言特性也缺少较深透的了解。因为白话语言方式施行的时间太短，人们还来不及对白话语言的声音特性和语境特性做出系统、全面的研究。诚如朱自清所说的“白话的传统太贫乏”。[1]由于白话传统的贫乏，带来了新诗找寻借鉴的困难：“新诗的模型、声调、修辞、造句，都得重新草创，它的困难是比别种作品大得多。”[2]

新诗找寻借鉴的困难还不仅来自于白话传统的贫乏，而且还来自于外国诗翻译的困难。新文学是受外国文学影响而产生、发展起来的。小说、散文、戏剧的翻译相对容易，而诗歌在本质上是不可翻译的。鲁迅曾反复指出，“翻译外国的诗歌也是一件要事，可惜这事很不容易”；“可惜翻译最不易，……即使以俄文改写俄文，尚且绝不可能，更何况用了别一国的文字”。[3]茅盾也曾指出过，

---

1　朱自清：《新诗的进步》，《文学》，1937 年 1 月第 8 卷 1 号。
2　陈西滢：《新文学运动以来的十部著作》，《西滢闲话》，新月书店，1928 年版，第 340—341 页。
3　参见鲁迅：《集外集拾遗 ·〈十二个〉后记》，《鲁迅全集》（第七卷）。

“任何民族的文学作品翻译为其他语文的时候，或多或少总不免要丧失它的民族风格。比较接近的两种语言在互译时或者还能多保存一些，但译诗还是比译散文为难”。[1]这种翻译的不易，就使得新诗与其他新文学体裁相比，可资借鉴的资源更为缺少。的确，这也是不容忽视的方面：中国白话诗的传统太贫乏，小说、戏剧尚有一些白话传统，可是白话诗歌就几乎是白手起家了；而外国诗的难以翻译，又使新诗不能像小说、散文、戏剧那样尽情地汲取异域的养分来发达自身。这也许是新诗形式较之小说、散文、戏剧更难确立的又一原因。

事实上，诗歌的借鉴方面，不仅因翻译的困难而有诸多不便，而且诗歌在实质上也有对外来语种诗歌的不可仿效性。“因为中文和外国文的构造不同”，因而在“音节”“格调”等语言形式上根本不能“模仿”，“用中文写 Sonnet 永远写不像”。这是“新月”社理论家梁实秋在“新月”社后期的认识。他认为，中国的新诗模仿外国诗的结果便是产生了一些“中文写的外国诗”，而中、外文构造的差异，使中国诗在艺术形式上模仿外国诗实际上很难取得成功。他主张，虽不必否认“外国文学的影响……是新文学运动的最大的成因”，但在新诗方面，“在模仿外国诗的艺术的时候，我们还要创造新的合于中文的诗的格调”。[2]不知道梁实秋的

1 茅盾：《漫谈文学的民族形式》。
2 梁实秋：《新诗的格调及其他》。

这些认识是否包含了他对“新月派”“格律诗”主张的反思。不满于自由体白话诗的过于散文化、过于直白浅露，提出建立新诗格律的要求，这当然是无可厚非的。“新月”诗派是最早提倡新诗格律的，此后仍不断有提倡者出现，这可以视为文体意识自觉的表现。但“新月”诗派“所主张的格律诗的形式为什么没有能够为更多的写诗的人所普遍采用”？何其芳认为，这除了内容上的原因外，还有形式本身的原因，即他们的“格律诗的主张照顾中国的语言的特点不够，有些模仿外国的格律诗”。[1]很清楚，由于诗歌文体对于语言使用的特殊要求，使中国新诗在形式上甚至不可能像小说等文体那样走一条先去模仿别人，随后从模仿中蜕化出独创的文学来的向外国文学借鉴的道路。诗歌文体的特殊性，也多少隐伏了对新诗形式发展的不利因素。新诗的成就与中国现代小说等其他文体相比，其不能尽如人意之处相对明显，这种客观条件的不利也是原因之一。由此，我们也似乎可以理解，为什么在历次有关诗歌形式问题的讨论中，向古典诗词和民歌学习的议题总是反复被人提起，这可以视作为解决新诗找寻借鉴的难题所做的一种努力。但这种学习最忌简单化。就拿古典诗词的形式来说，它是在几千年的发展中逐渐形成并相对固定下来的完全适应于文言语言系统的东西，新诗向古典诗词学习并非对其形式的

1　何其芳:《关于现代格律诗》,《关于写诗和读诗》，作家出版社，1956 年版，第 71 页。

袭用，而应是通过研究和发现古典诗词形式与文言语言系统之间的关系的规律，供研究和发现新诗形式与白话语言系统之间的关系作参考，从而促使适应于白话语言系统的新诗形式逐步完善起来。然而，我们过去对这一点却重视不够，以至于在这方面出现简单化乃至极端化的倾向，如片面否定白话诗的发展方向、片面强调“以古典诗词和民歌为基础”发展新诗歌等等观点就是简单化和极端化的表现。

认识到新诗找寻借鉴的困难、认识到对新诗发展不利的诸多客观条件，我们就不会过多地苛责白话新诗，也不会过多地苛责从事白话新诗创作的诗人们。相反，我们要像郭沫若所说的那样，“对五四以来的新诗在精神上要肯定它”，并且坚信“五四以来的新诗还是有它的生命的，自由诗的路子还是一个可以走的路子”。[1]关键是在于我们可以尽量创造一些有利于新诗发展的条件。最起码，我们可以通过深入研究白话的声音特性和语境特性，以便找到适应于白话语言系统的诗歌形式的规律。事实上，这样的工作早在50年代末的有关诗歌形式的讨论中已经有人在做了，当时王力、朱光潜、罗念生、唐弢、林庚、何其芳、卞之琳等人都对此进行过有价值的研究，可惜的是这种研究没能继续下去，系统化起来，更没有能将一些有意义的探索在诗歌创作实践中加以

1　郭沫若：《就当前诗歌中的主要问题答〈诗刊〉社问》，《诗刊》，1959年1月号。

体现。

综上所述，特定历史时期的整体性文化任务，特定的时代条件，为中国的新诗规定了一条必须经历“必要的曲折”的发展道路，新诗形式探索所陷入的困境，包含着某种历史必然性。对于新诗形式的困境，在中国现代作家、诗人们那里并不乏清醒的认识，他们之中有不少人试图改变这种状况，但努力的收效却不大，尽管也有一些诗人在某些方面的探索取得了成功，却并未在整体上改变新诗的处境。还有不少作家和诗人干脆在理性上认同了这种新诗的命运。对于那些探索失败者，我们应认真总结其教训；对于那些在某些方面取得成果的探索，我们应挖掘其成功的经验，研究其原因；而对于在理性上认同新诗困境者也应分析而后评价之。在认同困境者中，固然有一些人缺乏探索精神，缺乏艺术追求的自觉性，但也有相当多的人是出自高度的社会责任感。一方面他们知道艺术首先是艺术，必须追求艺术自身的完善；但另一方面，他们又不能漠视本世纪以来所面临的基本历史任务和整体文化发展的必然要求，因此他们始终不肯走为艺术而艺术的文学道路。在新诗自身的艺术要求与特定时代的文化的整体性进步相冲突时，多数人是顺应时代的整体文化发展的要求做出抉择的，即不惜放弃对新诗艺术形式完善的追求来成全历史的文化使命。可以说，正是这种理性的牺牲精神，玉成了中国的整体文化的进步。诚然，这也给具体的诗歌领域带来某种遗憾，但既然特定的历史条件和文化发展的特殊要求为新诗安排了这样一条艰难曲折的道路，那么，我们就既不必过多地为新诗形式上的缺憾而慨叹，也不必责怪那些在二难选择中为顺应时代要求而忽略诗歌自身艺术特性的诗人们。相反，我们应该肯定这些诗人们的明智的选择，应该高度评价新诗以牺牲自身艺术形式的完善助白话语言方式的确立这一历史的贡献。

随着时间的推移，是新诗走出“历史发展的必要的曲折”的时候了。新诗发展已经有了七十多年的历史，新诗初起时所必须承担的语言革命的任务已经完成，况且现在又是一个相对平和的建设的时代，我们有理由要求新诗加强艺术方面的追求，有理由期待着新诗在形式上的进一步完善。

（原载《文学评论》1992年第3期）

# 语言变革对中国现代文学形式发展的深度影响[1]

文学是语言的艺术，文学的历史在某种意义上可以说是文学语言的变迁史，因此，研究文学语言的变迁与文学发展的关系，具有重要的文学史意义。对于中国现代文学史研究来说，语言的变迁更应该是一个重要的视角，因为文学语言变革是中国文学从古典向现代转型的核心因素，文学语言的差异，也正是现代文学与传统文学相区别的一个艺术形式上的最显著的标识。如果忽略了这一点，中国文学从古典向现代的所谓转型也将难以获得真正合理的解释。从中国现代文学发生的特殊性出发，由这个阶段文学在总体上的明显的发展状况所决定，选择从文学语言的变迁对中国现代文学形式发展的深度影响这一角度来观照中国现代文学

1 该文与李玮合著。

的发展，可以看出更多的从其他角度所难以看出的“文学”问题，可以揭示出其他角度所难以揭示出的文学形式演进的艺术生态环境和自身的特征，可以得出一些从其他角度难以得出的探究现代文学自身艺术规律的结论。

中国现代文学是以五四反对文言文、提倡白话文的语言革命为起点的，这场语言革命与中国现代文学的整体发展，与各类文学体裁和文体形式的演进等等有着密不可分的关系。然而，长期以来，学术界缺少对于语言变革与中国现代文学形式发展关系的高度重视。20 世纪 90 年代，学术界陆续有一批涉及该领域课题的研究成果。[1] 人们开始关注到中国现代文学与五四这场语言革命之间的关系，并尝试对此加以梳理，加以描述，加以探究。但这方面的研究仍需要进一步加以推进，就目前研究状况看，多数成果仅仅是满足于做“关系”的宏观描述，且这种宏观描述也往

---

1　朱晓进对该课题的关注起步于 20 世纪 90 年代前后，先后发表了《鲁迅与语言文化》(《中国现代文学研究丛刊》1987 年第 2 期）、《从语言角度谈中国新诗的评价问题》(《文学评论》1992 年第 3 期）、《新诗的“倒楣运”》(《文学研究》1992 年第 2 辑）、《鲁迅的文体意识及其文体选择》(《文艺研究》1996 年第 6 期）、《诗歌作为语言的艺术——我看中国新诗》(《学习与探索》2001 年第 2 期）等论文，这些论文虽多被转载，并产生过不小的学术影响，但其研究缺少系统性。2006 年，朱晓进主持国家社科基金项目“文学语言的变迁与中国现代文学形式的发展”，得以对该课题进行较为系统的研究，课题组成员先后在重要学术刊物发表该课题研究成果 30 余篇，朱晓进还在《中国当代作家评论》和《南京师大学报》等学术刊物各开辟了多期以“文学语言变迁与中国现代文学形式的发展”“文学语言与中国现代文学”等为题的专门栏目，陆续发表对该课题的最新研究成果和组织了对该课题的学术讨论。近十多年来，学界在这方面也产生了一大批的研究成果，较有代表性的有高玉的《现代汉语与中国现代文学》(北京：中国社会科学出版社，2003 年）、陈爱中的《中国现代新诗语言研究》(北京：中国社会科学出版社，2007 年）、邓伟的《分裂与建构：清末民初文学语言研究（1898—1917）》(北京：中国社会科学出版社，2009 年）等。

往缺少系统性；有些成果仅满足于从文学文本中找寻“语言现象”加以阐释，而这种选择性的“关系”描述和选择性的“语言现象”的抓取和阐释，难以呈现语言变迁与文学形式演进的具体“关系”；有些成果虽对中国现代语言变迁史做了很好的梳理描述和研究，但很少落实到对语言变迁与中国现代文学形式发展的实际影响的探讨上；许多成果并未真正搞清语言变迁与中国现代文学具体的体裁、文体形式的关系方式，只是将“语言现象”与“文学现象”简单地贴合在一起，基本上尚未涉及语言变革对中国现代文学形式发展的深度影响，即未能真正客观具体地去探究白话文运动以及其后不同时期的语言变迁，到底以何种方式、到底在何种程度上或直接或间接地导致了中国的现代文学形式的变化和演进，文学语言在不同历史时期的变迁，如何左右、影响乃至决定了文学形式的基本走向以及文学形式的基本的甚至是主要的状况和特征；没有能够从语言变迁与文学形式演进之间的互动关系中，对五四白话文运动及其后一系列语言变迁催生下出现的新的文学形式和文体现象做出准确的阐释和评价。因此，我们应该更加深入具体地揭示语言变革对中国现代文学形式的深度影响，探究语言变迁与中国现代文学形式演进之间的真实而具体的互动关系，以便呈现出一部作为语言艺术的中国现代文学发展史。

# 一

中国现代文学产生于以反对文言文提倡白话文为重要内容的文学革命之中，中国现代文学产生的特殊的语言背景所导致的五四初期的这场语言革命的特点，对新文学形式的产生和发展具有决定性的意义。新文学的文体形式作为这场语言革命的产物，在很大程度上承担了语言革命的积极的和消极的后果。考察这场语言革命的目标追求与文学文体的审美诉求之间的复杂关系，可以加深对现代文学文体形式发生和演变以及基本特征呈现的规律性认识。

发端于五四之初的白话文运动，是顺应社会进步、文化发展的历史要求而兴起的。在这场运动中，白话文的倡导者们的目标是使中国人“可以发表更明确的意思，同时也可以明白更精确的意义”。[1]这里，语言革命的两个语言指向，一是明白，一是精确。要求“明白”是着眼于以文言文为代表的旧语言文字古奥难懂，认为这阻碍了文化和文学的普及和推广；而要求“精确”是着眼于以文言文为代表的旧语言文字具有模糊、含混、不精确等方面的弊端。五四“语言革命”的倡导者们从中国传统的思维方式对于科学发展的不相适应的角度来看待中国传统语言的弱点，认为中国文言文的不精确性，必然带来中国人思维的模糊，对于科学

1 鲁迅:《且介亭杂文·答曹聚仁先生信》，第 77 页。

的思维来说，文言文所代表的中国语言文字算不上是一种完善的媒介。“白话代文言”的语言变革承载着思想文化由旧向新的历史性转换的需要，同时对于文学来说，“白话代文言”语言变革也是引进时代发展新内容的重要方式，是文学实现审美更新、进行新形式创造的重要途径。这对文学的审美发展是具有助益作用的。

当然，我们也注意到，由于20世纪初的语言变革是以口语化、精确性、界定性为追求目标的，文学语言的实用功能得以强调，其叙述功能、说理功能、艺术再现功能明显强化，但传统文学语言所具有的模糊性、多义性、多层次性、喻意象征性、声韵特性等极富艺术表现的语言功能有所弱化，因此这种语言转换对各种文学体裁和文学文体的积极与消极的影响也是各不相同的。从这方面可以明显地看到文学语言变迁与中国现代文学形式演进之间的密切关系。

就诗文方面而言，白话代文言的语言变革对中国传统诗文文体规范的冲击性是巨大的。梅光迪就曾指出：“文章体裁不同，小说词曲固可用白话，诗文则不可。”[1]在传统文学体系中，诗、文的文体有着严格的文体规范，无论是诗歌方面的“四声八病”“言有尽意无穷”等规约，还是文章对于“辞章”“义法”的强调，都以语言的“去口语化”“喻意象征性”“声韵特性”等为前提。

---

1 胡适：《一首白话诗引起的风波》，《胡适留学日记》，岳麓书社，2000年版，第685页。

因此，对于诗、文来说，“口语化”“精确化”“实用性”的语言变革必然与诗文文体规范要求难相适应。早在晚清时期，就有人尝试用“新名词”“新语句”创作诗文，然而带来的文体失范的问题是显而易见的。梁启超提出“诗界革命”问题的一个重要因由，就是厌恶“鹦鹉名士”，认为“虽有佳章佳句，一读之，似在某集中曾相见者，是最可恨也”。[1]但梁启超也曾指出，夏曾佑等人的诗作由于引进“新语句”，“颇错落可喜，然已不备诗家之资格”。[2]由于中国诗文发展的过于成熟，使相比之下的“新”的文学语言在文体功能上出现了“蓄积贫薄，翻覆只此数意”[3]、难于在审美形式上有所提升、有所创新的问题。“新语言”带来了“两难”的审美形式问题：一方面“新名词”为解决诗文形式过于呆板、文体过于保守等问题提供了一种可能，而另一方面“新名词”的引入也给新的文学文体规范的重建带来了不少的困难。

由于语言变革对于诗、文的审美发展来说具有两面性，所以直到文学革命前期，关于文学领域的语言变革的方式问题仍存有争议。胡适看到了语言变革对于文学审美创新的促进作用，他说：“尝谓今日文学之腐败极矣：其下焉者，能押韵而已矣。稍进，如南社诸人，夸而无实，滥而不精，浮夸淫琐，几无足称者……更进，

1　梁启超：《夏威夷游记》，《饮冰室文集点校》，云南教育出版社，2001年版，第1827页。
2　梁启超：《夏威夷游记》，第1827页。
3　陈衍：《陈衍诗论合集》，福建人民出版社，1999年版，第200页。

如樊樊山，陈伯严，郑苏龕之流，视南社为高矣，然其诗皆规摹古人，以能神似某人某人为至高目的，极其所至，亦不过为文学界添几件赝鼎耳，文学云乎哉”，认为解决途径“须从八事入手”。[1]但他也对“白话”与诗体的适应性心存疑虑，在《文学改良刍议》业已发表后的1917年5月他还明确表示，“私意欲借此实地实验，以观白话之是否可为韵文之利器”，“今唯有韵文一类，尚待吾人实地试验耳”，并且坦诚地承认“试验之效果，今尚不可知”。[2]

但五四初期的这场语言革命的目的似乎并不在文学上。陈独秀就明确表示，语言改革涉及的具体的语言与文学文体的关系问题可以“忽略”，“其何故哉？盖以吾国文化，倘已至文言一致地步，则以国语为文，达意状物，岂非天经地义，尚有何种疑义必待讨论乎”？[3]实际上，五四文学革命的确是沿着陈独秀所设计的路向前行，思想变革的动力抹平了文体审美发展的争议，语言的变革服务于文化的整体性发展变革的需要。这种语言变革之于诗、文的文体发展不无积极的意义：晚清到五四，中国诗体的确到了亟待革新除弊的阶段，通过变革语言可以打破既有诗体规范，实现诗文的全面转型，促成诗文意境的开拓。但另一方面，“未经加工的白话”与诗、文的艺术规范化建设有矛盾，文学革命更多地承接思

1 胡适：《致陈独秀》，《新青年》，1916年10月1日第2卷第2号。
2 胡适：《寄陈独秀》，《胡适学术文集》（新文学运动卷），中华书局，1993年版，第31页。
3 陈独秀：《1917年5月1日》，《陈独秀书信集》，新华出版社，1987年版，第133—134页。

想变革的动力而发生，使得“白话”与文体规范建设的关系问题被暂时悬置。正由于语言变革运动以这样的方式开展，新诗、现代散文的产生从一开始就隐含着文学语言变迁与文学形式之间的矛盾。

五四文学革命的先驱者们在当时是明确意识到这种矛盾的，但并没有为迁就文学的本体要求而放弃对文学语言变革的追求，这源于他们对文学变革和文学发展的更深层次的理解。在诗歌领域，诗体“新旧之争”本是文学语言变革的产物，但“旧诗”之被“否定”，在五四初期的诗歌论争中往往被表述为一种革命性的诗学立场。周作人在《做旧诗》里说“我自己是不会做旧诗的，也反对别的做旧诗；其理由是因为旧诗难做，不能自由地表现思想，又易于堕入窠臼”。[1] 胡适也反对为诗、文设立“规则”，认为“凡文的规则和诗的规则，都是那些做《古文笔法》《文章轨范》《诗学入门》《学诗初步》的人所定的。从没有一个文学家自己定下做诗做文的规则”。[2] 刘半农在《我之文学改良观》也认为散文的改良“第一曰破除迷信”。这里所说的“破除迷信”强调的是要破除对旧文体的迷信，所谓“吾辈心灵所至，尽可以随意发挥，万不宜以至灵活之一物，受此至无谓之死格式之束缚”。[3]

但问题是，不同体裁的文学对文学语言的要求是不同的，跨

1　周作人：《做旧诗》，《周作人文类编 · 本色》，湖南文艺出版社，1998 年版，第 704 页。
2　胡适：《通信》，《新青年》，1918 年第 5 卷第 2 号。
3　刘半农：《我之文学改良观》，《新青年》，1917 年 5 月 1 日第 3 卷第 3 号。

越文体特性的边界，可能会产生一些新的文学样式，但丢弃的却可能是一些文学体裁的独特的审美韵味和审美价值。相比较而言，五四文学语言变革在某种程度上或许可以说是玉成了以陈述为主要语言特征的小说（增加了叙事的清晰度）、以说理为其语言特征的杂文（增加了说理的逻辑性）、以对话为其语言特征的话剧（增加了对话的口语化和动作性）和以口语化为主要特征的儿童文学（增加了语言的浅易化、生动性）等。但新诗的“诗美”建设却遇到极大困难，新诗被认为是“交倒楣运”[1]，乃至于许多新文学家在热忱地提倡新诗后不久便又开始热衷于做旧诗。[2]

造成“新诗”发展问题的原因是多方面的，但语言变革的制约作用是最不可忽视的。与散文有别的是，语言革命的诉求和新诗文体诉求之间的冲突不仅是历史性的，而且是本体性的。诗体语言以情绪性、含蓄性、感受性、暗示性等为本体诉求，它与五四语言变革的科学化和精确性要求相去甚远。科学化和精确性的表达有可能会在较大程度上“扼杀”“诗美”。鲁迅在《诗歌之敌》一文中就曾指出，“诗歌不能凭仗了哲学和智力来认识”，“于诗美也一点不懂的科学底人们”往往会忽略这一点。[3]这里明确提出“科学”与“诗美”的冲突。五四时期对语言明确性的过分强调，是

1 鲁迅：《书信 · 341101 致窦隐夫》，第 556 页。
2 参见本书《从语言角度谈中国新诗的评价问题》一文。
3 鲁迅：《集外集拾遗 · 诗歌之敌》，《鲁迅全集》（第八卷），第 236 页。

为了促进科学思维的发展，但影响于文学这一具体领域，其损失也是必然的。文化的整体性历史转换，似乎不得不以牺牲局部的文学的本体特性为代价。尤其是那些最具文学性的对文学语言有特殊要求的文学门类——例如诗歌——所受的损失要更大一些。

文学语言变革给现代散文的发展带来了与新诗发展完全不同的命运。白话代文言的文学语言诉求常常被作为议论性杂文的文体规约来阐发。《语丝》是当时刊载议论文的重要阵地，主持人之一的周作人对“语丝体”的风格有这样的指认：“只在让我们可以随便说话，我们的意见不同，文章也各自不同，所同者只是要不管三七二十一地乱说。”[1]这里周作人将“说话”作为散文的关键词。“说话”之于散文，不只是表示散文的语言方式，也体现了散文的文体规约。而议论文在五四时期及之后，发展得十分迅速，胡适就曾说：“白话散文很进步了。长篇议论文的进步，那是显而易见的……”[2]这其中，语言变革的助益作用是不能忽视的。

就叙述能力来说，白话较之文言具有更高的清晰度，白话的叙述功能是小说赖以生存发展的基石。有学者对文言和白话两种文字叙述功能差异进行过分析：“文言与白话两种叙述文字所产生之不同效果，可大致以两对相反特性扼要说明：白话文长于指

---

1　周作人：《答伏园论“语丝”的文体》，《语丝》，1925 年 11 月 23 日第 54 期。
2　胡适：《五十年中国之文学》，《胡适文存二集》（卷二），上海亚东图书馆，1924 年版，第 125 页。

物，而文言文则辞藻优美，擅于示意；白话文言无不尽，文言文则精简扼要。……虽然白话文的用法也有过改变，如在清代小说中，可发现白话文逐渐用于示意传神的趋势；但其指物性及言无不尽的用法，仍旧最为流行，可视为白话小说的标准技巧。”[1] 文学革命后小说创作的兴盛与语言变革的深度影响密切相关，俞平伯说：“用文言来写小说，本是用违所长，故人物性格常显托不出，总是‘某生某地人也性倜傥不羁’之类。以口语写小说本为正轨，其发展自当较前者为顺遂……”[2]

同理，话剧主要靠对话建构冲突，展示人物的性格、心理，对语言的交流功能和逻辑性有着严格的要求。这种要求决定着话剧对于文学语言“口语化”“精确化”的变革有着强烈的依赖性。文言是一种诗性语言，具有凝练、含混等特点，宜表现不宜交流，宜叙述不宜对话，适宜于增加文体的抒情性，而不利于动作性。杨振声就曾指出：文言多单音字，易比字对声，给语言本身造就韵味十足的美感，而“这种文字应用于戏剧，那歌剧就最容易发展的”。但文言“对于话剧就有阻碍”，它的交流性差，于对话甚不相宜。一方面“单音字不如复音字之有曲折顿挫”，缺少逻辑性；另一方面“重音太多，容易混淆”，表意欠精确，用文言对话易

---

1　韩南：《早期的中国短篇小说》，《韩南中国小说论集》，北京大学出版社，2008 年版，第 8 页。

2　俞平伯：《谈中国小说》，《小说月报》，1928 年 2 月 10 日第 19 卷第 2 号。

流之简单和缺少生动性。[1]所以以文言为主要文学语言的中国传统戏剧多为歌剧，戏曲里说白的地位本也无足轻重，且歌词和对白都明显在向诗、曲靠拢。现代话剧以对话为主体，“没有逻辑关系和指物述事的语义关系，就全然没有可能出现对话关系”，[2]所以要想发展以对话为主的现代话剧，用逻辑性较强，表义较为清晰的白话取代文言是极其有利的条件。应该说，文学语言的白话代文言，助推了中国现代话剧的生成和发展。

白话代文言的文学语言变革更应该被看作是儿童文学发生的标识。“向来中国成人教导儿童的是一些圣经贤传，没有什么儿童读物”的原因，多少可以归结为“语言和文字不一致的缘故”。[3]“小儿说话”是一切儿童文学的语言要求，它标立着儿童文学的边界。而“小儿说话”的一个根本特征就是“口语化”。在书面化的语言环境中，儿童文学很难发展。周作人就曾指出文言改译对安徒生童话审美趣味的损伤：“误译与否，是别一问题，姑且不论；但勃阑特思所最佩服，最合儿童心理的‘一二一二’，却不见了。把小儿的言语，变成了大家的古文，安得森的特色，就‘不幸’因此完全抹杀。”[4]而文学语言变革可以直接彰显“小儿

1　杨振声：《中国语言与中国戏剧》，《国剧运动》，新月书店，1927 年版，第 110—117 页。
2　［苏］巴赫金：《陀斯妥耶夫斯基诗学的问题》，《巴赫金全集》（第五卷），河北教育出版社，1998 年版，第 243 页。
3　王人路：《儿童读物的研究》，中华书局，1933 年版，第 104 页。
4　周作人：《安得森的〈十之九〉》，《周作人文类编 · 上下身》，湖南文艺出版社，1998 年版，第 804—805 页。

的言语”的修辞特色，促成儿童文学文体的自觉。比如，童话进入白话时代后，古文志异就不仅是在语言层面上不合法，而且会被认为是在文体修辞特性上“不很宜于儿童”，从而被排除在童话文体之外，童话的文体修辞特色由是得以彰显。可以说，中国儿童文学的发生，与以白话代文言的五四文学语言变革密不可分。

文学作为语言的艺术，五四文学初创期的文学体裁和文体形式状况，在很大程度上是由五四语言变革对文学语言方式的深度影响所造成的。当我们回到中国现代文学发生期的文学语言环境中，我们可以更清晰地看到五四新文学各类文学体裁和文体形式审美面貌形成的历史的动因。

## 二

承载着特定思想文化使命的语言变革，与新文学发展诉求之间具有着非常复杂的关系。就文学的艺术形式发展而言，文学语言变革的目标和方向，与不同文学体裁和文体形式之于文学语言要求的相一致或相背离，常常会冲击文学体裁和文体形式的边界，挑战既有的文体规约，对既有文学体裁形式的发展产生或促进或阻碍的影响作用。文学语言变革的诉求会在一定程度上给某些文学体裁的文体审美价值的实现带来麻烦，但也在较大程度上推进了一些文学体裁和文体形式的发展，催生了一些新的文学文体形式的产生。文学语言变革的影响对中国现代文学诞生期的文学形式发展格局和基本特点的形成起了决定性的作用。

“散文化”曾是新诗发展初期的标志性的特点，这一特点是当时以白话代文言的文学语言变革导致的必然结果。俞平伯早在《社会上对于新诗的各种心理观》一文中，为探讨当时“社会不能容纳新文艺”，新诗“不受欢迎”的“缘故”时，首先关注到了新诗的形式问题，认为“是因为新诗句法韵脚皆很自由，绝不适宜‘颠头播脑’‘慷慨悲歌’的。所以社会上很觉得他不是一个诗”。[1]朱自清曾指出“新诗的不能吟诵，就表面看，起初因为诗行不整齐，后来诗行整齐了，又太长”，而“太长”会直接影响韵脚的效果。[2]鲁迅认为，新诗形式确立的难题是在于“白话要押韵而又自然，是颇不容易的”。[3]“白话”与诗歌文体的审美要求不相适应，制约了新诗的形式发展，甚至使得新诗形式美的建设陷入困境。

这或许还是长期内困扰中国新诗发展的大问题。白话新诗倡导者和尝试者们最初力图打破格律，寻求诗体的彻底解放，但在新诗创作实践中，他们却避不开诗歌的音韵、节调等形式问题，恰恰是在新诗形式问题上他们遭遇了白话文学语言带来的麻烦。

1　俞平伯：《社会上对于新诗的各种心理观》。
2　朱自清：《论中国诗的出路》，《朱自清全集》（第四卷），江苏教育出版社，1996 年版，第 292 页。
3　鲁迅：《书信 · 341101 致窦隐夫》，第 556 页。

鲁迅在30年代还曾多次论及这个问题，他说："诗须有形式，要易记，易懂，易唱，动听，但格式不要太严。要有韵，但不必依旧诗韵，只要顺口就好"；[1]"我以为内容且不说，新诗先要有节调，押大致相近的韵，给大家容易记，又顺口，唱得出来"；"诗歌虽有眼看的和嘴唱的两种，也究以后一种为好；可惜中国的新诗大概是前一种。没有节调，没有韵，它唱不来；唱不来，就记不住，记不住，就不能在人们的脑子里将旧诗挤出，占了它的地位"。[2]直到40年代，李广田、何其芳等人还在提及与此相同的问题。李广田说，在读有些新诗时，"时常为诗人觉得可惜"，为这些诗歌缺乏"更完美的形式""更好的章法和句法""最好的格式与声调"而遗憾[3]。何其芳更在1944年7月《谈写诗》一文中认为，"中国的新诗我觉得还有一个形式问题尚未解决。从前，我是主张自由诗的。因为那可以最自由地表达我自己所要表达的东西。但是现在，我动摇了。因为我感到今日中国的广大群众还不习惯于这种形式，不大容易接受这种形式。而且自由诗的形式本身也有其弱点，最易流于散文化"。[4]

新诗的"流于散文化"，不仅表现在新诗在句法、韵脚的弱化等方面，而且还体现在新诗审美蕴含的缺失上。俞平伯在新诗

---

1　鲁迅：《书信・350920致蔡斐君》，第220页。
2　鲁迅：《书信・341101致窦隐夫》，第556页。
3　李广田：《论新诗的内容和形式》，第3页。
4　何其芳：《谈新诗》，第203—204页。

刚兴起时就讲过:“白话诗的难处，正在他的自由上面”，因为“他是赤裸裸的”，使诗成为“专说白话”而缺乏“诗美”，所以他认为“中国现行的白话，不是作诗的适宜的工具”，白话缺少诗的蕴含，“缺乏美术的培养”，“往往容易有干枯浅露的毛病”。[1]艾青也指出过，许多新诗“缺乏感情，语言也不和谐，也没有什么形象”，这是因为“没有很好地选择和使用语言，也没有考虑到诗之作为艺术所必备的条件”，没有认识到“诗的语言比散文语言更纯粹、更集中，因而概括力更高，表现力更强，更能感动人”。[2]卞之琳曾在将新诗与旧体诗做对比时说:“对中国古典诗歌稍有认识的人总以为诗的语言必须极其精炼，少用连接词，意象丰满而紧密，色泽层叠而浓淡入微，重暗示而忌说明，言有尽而意无穷。凡此种种正是传统诗的一种必备的要素。今日的新诗却普遍地缺乏这些特质。反之，白话诗大都枝蔓、懒散，纵然不是满纸标语和滥调，也充斥着钝化、老化的比喻和象征。”[3]这种对白话诗的稍显苛刻的评价，倒是多少揭示出了白话作诗的软肋。白话便于精确地传达思想、分析和论证问题，但用于写诗，在诗歌意蕴的呈现上却逊于古典诗词的语言方式，在许多场合，文言能表达的诗境，白话往往是无法表达的。用白话写诗，很难保证新诗能像

1 俞平伯:《社会上对于新诗的各种心理观》。
2 艾青:《诗的形式》。
3 卞之琳:《今日新诗面临的艺术问题》。

古典诗词那样蕴藉深厚。从这里也看出，新诗歌发展中出现的许多问题的根源是在其白话文学语言使用上的先天不足，这种不足严重影响了诗歌文体独特审美学价值的实现。

白话文学语言造成了新诗形式发展自身的“音节的标准”和“表现力的标准”二者的难以实现。“散文化”当然也有其独特的美感，但这种美感却未必属于诗歌。周无早在 1920 年的《诗的将来》一文里就说过：“诗呢，他自从摆脱了音律形式以来，他的发展，是向散文里面侵略。”[1]所谓“向散文里面侵略”，实际上就是说，白话文学语言之于新诗形式创造所形成的有别于传统诗歌的修辞特征，实现的其实是散文形式的美，而无法成就诗歌文体之所以为诗歌文体的独特审美价值。

杂文文体的一枝独秀，在中国现代散文形式的初期发展中，是一个非常突出的标志性的文体现象，这一现象的出现，显然与白话代文言的文学语言变革有着密切的关系。杂感文这种文体形式，与五四时期的那场语言革命的目标，有着诸多一致性。杂文在外在形式上比较自由，没有划一的格式要求，尤其是不像诗歌那样对于所使用的文学语言的声韵特性有特别严苛的要求。而且，杂感文之再现客观事物、描述客观现象和具体事实，目的常主要是为发议论，即使是表达主观情感时，其主要方式也常常是寓情

1　周无：《诗的将来》，《少年中国》，1920 年 2 月 15 日第 1 卷第 8 期。

感于客观形象的描述之中，或直接以议论表达出情感判断，主观情感的抒发更多的情况下是将情感化为一种理性的思考，以“理趣”的形态呈现出来。可以说，杂感文是以“说理”造就了一种新的美学风格。因此，杂感文的语言要求之于五四白话语言发展的方向，不像诗歌的语言要求之于白话那样具有较明显的冲突。相反，语言的明确性精确化恰恰在某种程度上玉成了以议论、说理为其语言特征的杂感文。

“本质上是一种议论文的杂文，却是可以离开形象而存在的”，“一篇议论文的一个最起码的要求，就是条理清楚，层次分明；要有严密的逻辑性”。[1]鲁迅曾讲自己的杂文“凡有所说所写，只是就平日见闻的事理里面，取一点心以为然的道理”，[2]这是突出杂感文的“理趣”特征。鲁迅还说自己杂文的特点“是在论时事不留面子，砭锢弊常取类型”。所谓“论时事不留面子”，从文体特征的角度看，实际上就是直语、直说，即用具有相当界定性、清晰度的语言直剖明示出问题的实质。而所谓“常取类型”者，并非像小说那样通过典型化过程来塑造形象，而是像科学的图示那样，选取较具类型化特征的“标本”，即鲁迅所说的，“写类型者，于坏处，恰如病理学上的图，假如是疮疽，则这图便是一切某疮的标本，或

1　钱谷融:《鲁迅杂文的艺术特色》,《六十年来鲁迅研究文选》( 下 )，第 352、361 页。
2　鲁迅:《坟 · 我们现在怎样做父亲》，第 130 页。

和某甲的疮有些相像，或和某乙的疽有点相同”。[1]这体现在语言上，便是要求概括性、明示性等“图示”特征，而非具象化、感性化的个性特征。由于杂感文是以其“议论”为主要特征，注重的是“理趣”，是思维的理性化、陈述的直接性和行文的逻辑性等等。这些文体特征，要求用于杂文的文学语言也必须相应地具有直语性、精确化、明示性、界定性。在五四之前，人们就看到了“新名词”和“新语法”具有的精确性、缜密性特征，对增强议论体散文的表现力的作用。梁启超就这样评价“新文体”:“时杂以俚语、韵语及外国语法，纵笔所至不检束。学者竞效之，号新文体，老辈则痛恨，诋为野狐。然其条理明晰，笔锋常带感情，对于读者，别有一种魔力焉。”[2]所谓“条理明晰，笔锋常带感情”就是以“说理”造就了新的美学风格。朱自清在谈到杂文文体的审美魅力时说过:“这里吸引我的，一方面固然也是幽默，一方面却是……那传统的称为‘理趣’，现在我们可以说是‘理智的结晶’的。”[3]杂文文体在文学革命后得到长足发展。杂文这种文体形式在五四后能蔚为壮观，无疑是得力于五四后以白话代文言的文学语言方式的助推作用。

在五四以后新文学的发展中，小说的繁荣是一个重要的现象，无论小说作品的刊载量、发行量，还是小说的创作和阅读人群的

1 鲁迅:《伪自由书·前记》，第4页。
2 梁启超:《清代学术概论》，东方出版社，1996年版，第77页。
3 朱自清:《鲁迅先生的杂感》，《六十年来鲁迅研究文选》(上)，第636页。

数量都是空前的。这是因为五四以后，语言变革之由“文言”向“白话”转换，白话的普及和推广，客观上推动了小说从边缘走向中心。白话语言方式与小说的文体要求差不多完全可以达到一致。胡适在提倡白话文时就曾指出：“盖白话之可为小说之利器，已经施耐庵，曹雪芹诸人实地证明，不容更辩。”[1]小说原本就是文学体裁中最具平民性、通俗性的文体，其使用“白话”的历史也很悠久。中国现代白话小说的发生，固然与五四思想启蒙对平民性、通俗化文学载体的需求有关，但从语言变革和文学形式的关系来看，关键还在于“白话”的语言方式与“小说”的文学体裁之间的内在默契，使白话可为小说之利器。五四文学革命后白话文学语言方式的确立，顺理成章地助益新小说文体形式的完善，推进了小说在五四后的繁荣发展。

从文学形式的独特性要求来看，小说也有着自身的文体要求。小说作为一种叙事文学，是以叙述为主要语言特征的，因此，对所使用的文学语言有着精确、明晰、生动、传神等方面的要求。在这些方面，言文合一、更贴近现代人日常生活的白话，相比文言而言，显然更有优势。在当时《小说月报》举行的有关“语体文”的讨论中，有人比较“白话”和“文言”在小说叙述上的差异时说：“在同一标准之表现力时，我相信白话比文言好。”[2]较早从事现代

1 胡适：《寄陈独秀》，第31页。
2 《通信·语体文欧化讨论》，《小说月报》，1921年9月10日第12卷第9号。

白话小说创作实践的罗家伦也曾指出:“白话文是最能有想象、感情、体性，以表现和批评人生的，最能传布最好的思想而无阻碍的。何以是故？因为我们人生日日所用的都是白话，我们日日所流露的、所发生的种种感情，都是先从日用的白话里表现出来的。所以用白话来做文学，格外亲切，格外可以表现得出，批评得真。文言做的文学，无论写什么人，或为大总统，或为叫花子，都是一样的腔调，一个模型；而白话做的文学，则一字一字之间，都可以写得入微。写大总统说话的口吻，绝不会变叫花子；叫花子不同大总统一样，口里文绉绉的……”[1] 由于对日常情状、话语、腔调等精确入微的陈述，使得小说可以“无论写什么人，什么事，什么境，都可运用自由，不生阻碍，并且可以为各人各事保存他们的个性”。[2] 五四文学语言变革使得文学语言的叙述功能大大增强，白话文学语言方式增加了叙事描述的清晰度，成就了小说描述逼真、叙事形象生动的审美品格。可以说，没有五四以后白话语言方式的确立和普及，小说这种文学样式不可能得到如此长足的发展，并完成小说从文学版图的边缘位置向中心地带的转移。

与小说文体相类似，同为叙事文学的中国现代话剧，其文体形式的发展，与中国 20 世纪初文学语言的变革、现代白话语言

1 罗家伦:《驳胡先驌君的中国文学改良论》,《中国新文学大系・文学论争集》，郑振铎编选，上海文艺出版社，1980 年版，第 109—110 页。
2 罗家伦:《驳胡先驌君的中国文学改良论》，第 109—110 页。

的采用等也有着非常密切的关系。五四时期整体的白话文学语言的提倡和实践，真正从语言环境、语言资源等方面使戏剧语言变革成为可能，语言变革的要求改变了中国传统戏剧的基本语言表达形态，催生了以“话”剧为主要形态的中国现代戏剧，促使五四戏剧家确立了新的戏剧语言范式——写实戏剧语言范式。语言变革对中国现代话剧文体形式发展的深度影响还体现在：白话语言“想象、感情、体性”的特点，尤其是在表情达意上的直接性和铺陈性，使话剧中人物的直抒胸臆成为可能，这带来了五四写意抒情性话剧语言方式的出现。再如，白话语言可以达到的“对日常情状、话语、腔调”以及人物神态和物事情趣等的“精确入微的陈述”，使话剧对戏剧语言趣味性的追求成为可能，这催生了诸如趣味语言、讽刺语言以及幽默语言等喜剧性话剧语言方式的出现。写意性话剧语言、戏剧性话剧语言与写实性话剧语言方式一道，丰富了中国现代话剧语言的宝库，促进了现代话剧文体形式的多样化发展。语言变革在促使传统戏曲语言向现代戏剧语言转变的过程中起了至关重要的作用。可以说，没有文学语言的变革和白话语言方式被普遍接受的语言环境，就难有中国现代话剧的诞生、发展和成熟。

“儿童文学”这一文学样式的产生，是中国现代文学发生中的一个重要内容。此前，中国并没有严格意义上的儿童文学。五四时期对儿童世界“独特性”的“发现”，从“现代化”“人性的启蒙”“美育”等诸多方面对儿童发展的考量，使人们对儿童文学和儿童读物开始重视起来，并开始关注和借鉴外国的一些儿童文学的文体形式。但“儿童文学”这种文学体裁能否在中国立足，取决于是否具备与之相适应的文学语言条件。以童话为例，虽然在文学革命前也有人译介安徒生，但安徒生童话作为儿童文学的重要文体形式“到了‘五四’之后……周先生译登在《新青年》上的安徒生的《卖火柴的女儿》才为大家所十分注意”。[1]之所以五四之后“才为大家所十分注意”，一是因为国内五四后生长起来的对儿童文学样式的内在需要，另一方面则是因为五四后有了与儿童文学文体形式相匹配的白话语言方式。周作人在五四前其实就已经意识到以安徒生童话为代表的童话文体的意义和价值，他“初读外国文学时，大抵先遇见格林（Grimm）兄弟同安得森（Hans Christian Andersen）的童话”，但“究竟不晓得他好处在哪里”。直到 1909 年“见了诺威波耶生（Boyesen）、丹麦勃阑特思（Brandes）、英国戈斯（Gosse）诸家评传，方才明白”。[2]勃兰兑斯（Brandes）等人除了指出安徒生童话思想内容上的特点外，还着重论述其审美修辞上的独特性，而后者是安徒生童话被认可为文学经典的重要原因。也就是说周作人五四前既已了解童话的

1　郑振铎：《安徒生的作品及关于安徒生的参考书籍》，《郑振铎全集》（第十三卷），花山出版社，1998 年版，第 28 页。
2　周作人：《安得森的〈十之九〉》，《周作人文类编 · 上下身》，第 803 页。

思想特质，也知道它独特的文学文体形式的价值。但他之所以直到文学革命后才对这一价值加以明确地说明，则与文学语言环境能否彰显安徒生童话文体特色有关。安徒生将自己的童话称为“对小儿说话一样的”，有人将它具体化为“种种谈话的笔法，如干脆活泼的开场，一下子抓住了听者的注意，又如常用背躬独白或插句……还有那些语助词——言语里的点头和撑肘”。[1]这些所谓“谈话的笔法”实际上是指口语化的修辞，而这在文学革命前是难以受到关注和重视的。显然，五四文学语言的变革，白话文学语言的普遍使用，为以儿童为读者对象的儿童文学的文体形式的借鉴和创制提供了必备的条件。

总之，语言变革对中国现代文学诞生期的文学形式发展格局和基本特点的形成，起到的至关重要的作用。在多数情况下，语言变革对五四新文学中许多重要的、标志性的文学文体现象的产生，所起到的更是决定性的作用。因此，从语言变革的角度探讨中国现代文学形式发展的历史，就绝不是可有可无的工作，舍此，中国现代文学形式基本格局的形成、中国现代文学在文学形式方面有别于传统文学的主要和重要的特征、中国现代文学形式发展中的种种文学文体现象等等，将很难获得合理的、历史性的解释。

---

1　周作人:《安徒生的四篇童话》,《周作人文类编·上下身》，第 810—811 页。

## 三

作为语言的艺术，文学的发展变化，尤其是文学形式的演进，与文学语言的变迁是紧密相连的。“真正的诗歌史是语言的变化史，诗歌正是从这种不断变化的语言中产生的。而语言的变化是社会和文化的各种倾向产生的压力造成的。”[1]不仅是诗歌，所有的文学样式其实都是如此，中国现代文学形式就是在五四语言变革中产生的，是在语言变革的深度影响下发展的。又由于文学语言的变化“是社会和文化的各种倾向产生的压力造成的”，因此，各种文学样式在五四文学革命之后的发展中所呈现出的种种新的状态和状况，各种文学文体形式所发生的种种变化和演进，其实往往都是承受各种社会文化压力而不断变迁的文学语言对文学的或积极或消极的影响所得的结果。

当然，五四语言变革对于中国现代文学形式的深度影响并非是单向度地呈现的。文学形式发展并非是仅仅对已确立的文学语言方式的机械顺应，当已确立的文学语言方式或促进或制约着中国现代文学形式发展时，文学形式的建构也在影响和推进着文学语言的发展和变化。这就是说，语言变革与文学变革的关系问题，并不是一个单向的一方决定另一方的问题，而是一个两者互动的

1 ［英］F.W. 贝特森:《英诗与英语》，转引自［美］雷·韦勒克、奥·沃伦:《文学理论》，第186页。

问题。从西方文学史来看，从拉丁文到民族语言写作是经历了数百年的自然演进过程的，它是一个较为自然地由实践到理论的过程；中国古典文学其实也是如此。而五四新文学则首先是从语言的实用性功利目的出发的，然后在特定理念驱使下付诸实践，这种语言变革与文学发展的关系方式，使中国现代文学不像西方文学和中国古典文学那样，是由成熟的语言特性（声音特性和语义特性）自然而然地升华出有意味的美的文学形式以及逐步生成不断趋向成熟的丰富的文学文体，反而是要靠对既有的成熟的文学形式的打破和改造，来适应和彰显在当时尚不明晰的白话语言的特性，甚至是要靠探索中的文学来塑造白话的语言特性，来助白话语言方式走向成熟。因此，在某种意义上我们可以说，中国现代文学形式的发展史也是一部文学语言的变化史。

语言革命的成果常常是必须依赖作为语言艺术的文学来得到巩固的，五四文学革命初起时，新文学在很大程度上承担着助白话语言方式确立的任务。新诗最初就是作为五四初期的那场语言革命的一种实践出现的，它首要的任务似乎还不在自身艺术品性的完备，而在于助新的语言方式的确立，因此诗歌体式的解放、诗歌语言与白话口语的一致性等是当时最主要的要求。在白话文的提倡者中，多数人都从事过白话诗的尝试，他们的目的是很明确的，即如鲁迅所谓之“敲边鼓”者，而非做一个诗人，他们是为了向文言文挑战、示威。包括周作人等后来在散文领域对“美文”

的提倡等等，其目的也无非是要用以证明文言文之所长的诗文领域，白话文未必做不到。总之，白话文学的产生首先就是扮演了语言革命实践者和语言革命成果的巩固者的角色。[1]因此，新文学发生期与语言变革的关系，主要呈现为文学自身的形式审美要求必须让位于新语言创制的目标和方向。白话语言对各类文学体裁形式所产生的或促进或阻碍的影响作用，基本上是在新文学形式建构对新语言建构需求相适应的态势下形成的。但当白话代文言的语言革命取得成功，白话已经被普遍接受，白话语言方式已经基本确立之后，也就是说新文学初起时所必须承担的语言革命的任务已经完成后，中国现代文学形式如何完善自身，各类文学文体如何在发展中不断顺应艺术本体的诉求，以成就各类文学体裁独特的文体审美价值，就成了中国现代文学发展的一个必须面对的问题。其实，出于这方面的考虑，梅光迪早在1916年与胡适讨论语言变革问题时就认为："吾辈言文学革命须谨慎以出之，尤须先精究吾国文字始敢言改革。须加用新字，须先用美术以锻炼之，非仅以俗语白话代之即可了事者也。"[2]梅光迪并非反对用白话作文学语言，只是站在文学的角度和立场提出，在用白话做文学之前，应该"先用美术以锻炼之"，以适应于文学文体的审

1 参见本书《从语言角度谈中国新诗的评价问题》一文。
2 梅光迪:《梅光迪致胡适书信》(1916年7月17日),《梅光迪文录》，辽宁教育出版社，2001年版，第165页。

美要求。梅光迪的提醒在当时并未引起重视，这是因为，五四反对文言文提倡白话文的语言革命的主攻方向和主要目标，淹没了文学对于语言的诉求。但随着文学形式发展和完善的诉求不断受到关注和重视，必然会伴随着文学对所使用的语言的不断改造和提升，即不断地“用美术以锻炼之”，使作为语言艺术的文学所使用的是艺术的语言。“白话的加工”，在中国现代文学各类文学体裁和文体形式进一步发展的过程中，成为一个非常显著而普遍的现象，也是中国现代文学者们一直面临的艰难的任务。从“白话的加工”的过程和其“艰难”程度，我们仍可清楚地看出，中国现代文学形式的发展如何在不断承担着五四语言革命的后果。

散文不能满足于杂文文体的一枝独秀，散文丰富的文体审美价值必须得到彰显，如何通过对文学语言的加工，来实现丰富的散文文体的审美独特性，五四后不久，新文学者就开始了这方面的思考和实践。周作人在《美文》中首先表达了廓清散文的边界的愿望：“现代散文应该是诗、小说、戏剧之外某种具有纯文学意义的东西。”“外国文学里有一种所谓论文，其中大约可以分作两类。一批评的，是学术性的。二记述的，是艺术性的，又称作美文。”[1]周作人强调散文的纯文学性，是有感于五四初期的杂感文在文词和美感上的不尽如人意，因而将以议论为主的杂文等排除在艺术

1 周作人：《美文》，《周作人散文》（第二集），中国广播电视出版社，1992年版，第151页。

性散文文体之外，期望以抒情言志为主的小品文能成为现代散文的主要创作样式。郑振铎在1923年给文学分类时就将所谓“教训文”“讽刺文”等归在文学以外。[1]叶圣陶后来也讲过，“越接近小品文的越是文学”。[2]记述、抒情散文的成功在新文学取代旧文学方面意义重大，它“在表示旧文学之自以为特长者，白话文学也并非做不到”。[3]这里，值得注意的是，传统艺术性散文的形式美，在很大程度上是借助传统文学语言方式而得以实现的，白话文学如果也要创造出在艺术性上可以与传统散文相媲美的“美文”，就必须对白话“先用美术以锻炼之”，必须在白话语言方式上有所改造和创制。

周作人认为美文“必须有涩味与简单味，这才耐读”。[4]显然，白话语言方式的过于直白显露，给艺术性散文即“美文”的创作带来了极大的不便。为此，在散文领域，新文学者们进行了“用美术以锻炼”白话的种种努力。这种努力包括向传统文学语言方式和外来文学语言方式的借鉴和借用。朱自清说，“所谓美的散文，又叫作小品文。虽然这种小品文以抒情为主，是外来的影响，但是跟传统的骈散文的一部分却有接近处”，[5]所以文词可以加上古文等分子。郁达夫也特别指出“省略虚词”，类似古文的做法，

---

1 郑振铎:《文学的分类》,《郑振铎文集》(第四卷)，第355—362页。
2 叶圣陶:《关于小品文》,《太白》，1935年第1卷。
3 鲁迅:《小品文的危机》,《现代》，1933年10月1日第3卷第6期。
4 周作人:《〈燕知草〉跋》,《周作人散文》(第二集)，第285页。
5 朱自清:《什么是文学》,《朱自清全集》(第三卷)，第161页。

正是达成小品文修辞美感的必要途径，他说“年轻的时候，学作古文，一位老塾师教我们说，‘少用虚字，勿用虚词，文章便不古而自古了’，我觉得写小品文字，欲写得清新动人，也可以应用这一句话”。[1]不难发现，在白话成为“国语”被普遍接受以后，新文学者们在散文小品的创作中，却不再排斥文言词汇，甚至还有意识地倡导文言词汇和文言方式在一定程度上的运用。同时，散文小品在语言使用上也注意吸收“欧化”语的长处。鲁迅在谈到对外国文学的翻译时极力主张，翻译要“不但输入新的内容，也输入新的表现法”。翻译文要“装进异样的句法去，……后来便可以据为己有”。[2]鲁迅这一主张的目的是在于通过文学翻译输入更多的新的概念和新的表现法，以便丰富中国白话语言方式。朱自清曾在《论白话》一文中说，“周作人先生的‘直译’，实在创造了一种新白话，也可以说新文体。……周先生的新白话可大大地流行，所谓‘欧化’的白话文便是。这是在中文里参进西文的语法；在相当的限度内，确能一新语言的面目。……这种新白话本来只是白话‘文’，不能上口说。……周先生自己的散文不用说用这种新白话了；可是他不但欧化，还有点儿日化，像那长长的软软的形容句子……”[3]此外，散文小品在语言使用上还注意

---

1　郁达夫:《清新的小品文字》,《中国现代散文理论》，兰亭书店，1986年版，第74页。

2　鲁迅:《二心集·关于翻译的通信》，第382页。

3　朱自清:《论白话——读〈南北极〉与〈小彼得〉的感想》,《朱自清全集》,（第一卷），第267—268页。

吸收地方语言方式的长处，如朱自清认为“徐志摩先生的诗和散文虽然繁密，‘浓得化不开’，他却有意做白话。他竭力在摹效北平的口吻，有时是成功的……摹效他家乡硖石的口吻，也是成功的。他的好处在那股活劲儿。有意用一个地方的活语言来做诗做文，他算是我们第一个人”。[1]朱自清、郁达夫、周作人、徐志摩等是五四后的中国散文大家。也正是这一大批散文大家们“用美术以锻炼”白话的种种努力，成就“美文”，即通过对白话语言的修辞加工明确了散文形式的边界，使得“美文”的文体特征更为明晰，散文小品的文体地位因此大大提高。可以说，白话语言的“加工”，推进了文学语言的成熟，成就了“文学的散文”，使现代散文小品在五四文学革命后迎来了黄金时代。五四时期之所以“散文小品的成功，几乎在小说戏曲和诗歌之上”[2]，文学语言变迁的助力不可小看。

中国现代散文形式在其后的发展持续地彰显着背后的文学语言变化史。五四初期文学语言的“口语化”曾带来散文文体的“泛化”，使五四初期散文形式“汜滥横决，决无制裁”。[3]是靠文学语言的“去口语化”的“加工”，才使散文体边界得以明晰，散文形式的审美价值才得以实现。但到了 30 年代，大众语运动对

1　朱自清：《论白话——读〈南北极〉与〈小彼得〉的感想》，第 268—269 页。
2　鲁迅：《南腔北调集 · 小品文的危机》，第 576 页。
3　胡先骕：《评胡适〈五十年来中国之文学〉》，《学衡》，1923 年 6 月第 18 期。

于文学语言再口语化的推动使得散文文体再一次发生“泛化”的现象。但这一次的“泛化”是在20年代散文语言“用美术以锻炼之”的基础上发生的，因而在客观上提供了散文文体发展的多种可能性。30年代“大众语运动”的提倡，导致了散文小品的新的文体的出现。如“说话”“谈天”“印象记”“实录”“直叙”等曾一度成为30年代“小品文”文体发展的重要特点。钱杏邨当时这样评价胡愈之的《莫斯科印象记》：“这部书文字简明有力，内容也充实有趣，是开了中国的小品散文的新路的著作。”[1]鲁迅在为《苏联见闻录》作序时指出“这自说‘为了吃饭问题，不得不去做工’的工人作者的见闻”，“作者仿佛对朋友谈天似的，不用美的字眼，不用巧妙的做法，平铺直叙，说了下去……”[2]“谈天似的”“文字简明有力”“不用美的字眼”“平铺直叙”等等“新”的散文修辞被重视，也正是文学语言的“大众化”“口语化”提倡的结果。这导致了“通讯”“游记”等“小品文”在30年代成为风行一时的新品种。这还包括“报告文学”这一新的散文样式在三四十年代的盛行。与此同时，苏联的“小品文”理论被引进，用以“取代”周作人从英美引进的小品文概念（essay）：“这所谓‘小品文’，相当于英文的sketch，和中国现在盛行的‘小品文’的涵意稍有广狭之别……所谓sketch这一门，主要的却是‘游

1　钱杏邨：《一九三一中国文坛的回顾》，《北斗》，1932年1月20日第2卷第1期。
2　鲁迅：《〈苏联见闻录〉序》，《文学月报》，1932年6月10日创刊号。

记’‘印象记’等等……”[1]而这种 sketch 实际上与小说、通讯等文体特点有所接近。相较于 20 年代周作人提倡的“essay”，30 年代茅盾等提倡的“sketch”显然对散文的界定更为宽泛，可以说语言的“口语化”再一次带来散文的“泛化”。文学语言的变化，再次为散文文体形式新的发展提供了助力。

中国现代小说形式的发展也同样与文学语言的变化密切相关。在五四后小说的文体发展中，也存在白话语言的“加工”问题。鲁迅曾说到过他做小说的情况：“我做完之后，总要看两遍，自己觉得拗口的，就增删几个字，一定要读得顺口；没有相宜的白话，宁可引古语，总希望有人会懂，只有自己懂得或连自己也不懂的生造出来的字句，是不大用的。这一节，许多批评家之中，只有一个人看出来了，但他称我为 stylist（文体家）。”[2]这里可以看出，鲁迅作为中国现代小说的开创者，他的小说文体意识是很自觉的，而且他是将小说文体的完善与“白话的加工”这二者紧紧联系在一起来认识的。虽然白话语言在整体上是有利于小说文体价值的实现的，例如，白话明确性、精确化特点，增加了小说作为叙事文学的叙述清晰度，有利于以陈述为主要语言特征的小说文体。但白话之于小说文体完善而言，仍需要有一个变直言直语的白话

1　匡哉：《小品文“文字”问题和戏曲——苏联文坛近讯》，《文学》，1934 年 8 月 1 日第 2 卷第 2 号。
2　鲁迅：《南腔北调集 · 我怎么做起小说来》，第 513 页。

为“艺术的白话”的“加工”过程。鲁迅在批评一些传统白话小说作品艺术上的不足时，批评了那种“辞气浮露，笔无藏锋，甚至过甚其辞”[1]的白话语言方式；所谓的“辞气浮露，笔无藏锋”和“过甚其辞”，都是指出了这些小说过于直说，过多议论，而少形象和含蓄的弊病。同样，鲁迅在评价一些现代白话小说时也指出了白话语言的啰嗦、累赘、不精炼的缺陷，例如，鲁迅对萧军《八月的乡村》“主张删去的”“地方”[2]的指陈，就体现出鲁迅对“白话的加工”与小说文体要求的关系有着明晰而精到的理解。

五四文学初创期的小说与其他文学体裁和文体形式一样，承担着五四以白话代文言的语言革命的任务，即通过用白话写小说，助白话语言方式确立。随着文学的进一步发展，小说语言的审美要求开始受到重视。针对白话语言方式的过于直白和单一，在五四后的小说发展中，文学者们开始意识到小说语言使用和借鉴也必须是多向度的。鲁迅就将自己小说创作中对白话进行“加工”的过程描述为：“采说书而去其油滑，听闲谈而去其散漫，博取民众的口语而存其比较的大家能懂的字句，成为四不像的白话。”[3]五四以后的中国现代小说，正是在通过对白话的“四不像”的加工，即通过对包括文言、民间口语、方言、传统说书语、“欧化语”

1 鲁迅：《中国小说史略》，第282页。
2 鲁迅：《书信·350412致萧军》，《鲁迅全集》（第十三卷），第110页。
3 鲁迅：《二心集·关于翻译的通信》，第384页。

等在内的各种语言资源的开放性选择，通过探索不同语言方式的运用，直接推动了中国现代小说写实性、抒情性、象征性等不同美学风格的形成，促成了诗化小说、散文化小说、喻意象征体小说以及速写体、自叙传、书简体和日记体等等中国现代小说的丰富多彩的文体形式的产生。

小说形式演变与文学语言变化之间的关系，还可以用来观照和解释中国现代小说发展中的许多文体现象。与其他文体不太一样，有时小说文体的审美危机往往反而会出现在对“口语化”的丢失上。30年代初，小说发展中出现过“公式化”“概念化”“标语口号”等文体现象，小说中多用政治化的抽象语言而少用文学性的形象语言；多用概念化的概述语言而少用具象化、个性化的描写语言等，成为一时的风气。这显然与当时的具体情况有关，这包括：宣泄政治情绪、理念式表达政治观念的倾向，以及它所产生的压力所造成的特殊文学语言方式。钱杏邨曾指出，穿插“标语口号”的小说在文体上导致的审美问题。他指出“《短裤党》缺乏小说风味那是实在……只拾到一些崭新的名词来点缀文章”。[1]鲁迅为《小小十年》作序时也指出“我所感到累赘的只是说理之处过于多……然而从中作梗的还有许多新名词”[2]。在文

1　钱杏邨：《新旧与调和——读王任叔〈评短裤党〉以后》，安徽教育出版社，2003年版，第13页。
2　鲁迅：《叶永蓁作〈小小十年〉小引》，《春潮》，1929年8月15日第1卷第8期。

体形式层面,“新名词”和理念性的“概述”,带来了小说文体“描述性”和“逼真性”等特点的减弱，造成了“小说风味”的“缺乏”。也就是说，这使得小说文体的独特审美价值未能实现。这种状况的改变，依然有赖于文学语言的变革，“文学大众化”运动造成的“大众语”的提倡，为此提供了契机。三四十年代小说语言的“口语化”的再次提出，这直接导致了小说叙事的直接、“不拐弯”的特点。以“述事”及“述事”的清晰为旨归,以清晰、直接的叙述代替隐晦、繁复的叙述，在叙述节奏上由舒缓而加快等,这多少带来了小说文体的新面貌。而且,小说语言的“口语化”,在40年代还导致了对相关的传统小说文体形式的再发现和再利用,小说文学语言的由“文”入“话”直接推动了传统章回小说的现代化。可以看出，从不同时期各种政治、社会和文化倾向所导致的文学语言的新变化中，我们可以找到文学形式发展的重要根源,同时，许多重要的文学文体现象也可以获得更加合理的解释。

由于白话语言方式与诗歌的文体特性和诗歌的审美建设之间存在着一定的矛盾，因此，在新诗发展中“白话的加工”就成了新诗审美建设的重要组成部分。甚至可以说，新诗形式的发展史在很大程度上就体现为对白话“用美术以锻炼之”的文学语言的变化史。

20年代中期，新诗形式的审美化问题开始受到较多的重视,当时探讨问题的关注重心主要在如何对白话进行“加工”上。闻一多在提倡新诗格律化时就指出:“我并不反对用土白作诗，我并且相信土白是我们新诗的领域里，一块非常肥沃的土壤，理由等将来再仔细的讨论。我们现在要注意的只是土白可以‘作’诗;这‘作’字便说明了土白需要经过一番锻炼选择的工作然后才能成诗。”[1]诗人梁宗岱也指出，“我们底白话太贫乏了，太简陋了，和文学意境底繁复与缜密适成反比例”，认为如果“白话”用来作诗“非经过一番探检、洗练、补充和改善不可”。[2]这里，新诗人们都在“白话入诗”的大前提下提出了对入诗的白话语言进行“加工”的必要性。“白话”本身虽与诗歌形式审美有不相适宜处，但如果又不得不用白话作诗，那么就必须在“作”字上下功夫，必须通过对“白话”的“锻炼”“选择”“探检”“洗练”“补充”“改善”等工作来强化诗歌语言的审美修辞特性。

文学是语言的艺术，诗歌更甚，用朱自清的话来说，“其实，诗不过是一种语言，精粹的语言”。[3]许多现代诗人都认识到新诗创作的过程就是语言加工的过程。艾青说过:“无论诗人采取什么体裁写诗，都必须在语言上有两种加工：一种是形象的加工，一种是声音的加工。”[4]事实上，中国新诗的确是围绕着对白话语言

---

1 闻一多:《诗的格律》,《晨报·诗镌》，1926年5月13日第7号。
2 梁宗岱:《文坛往那里去——“用什么话”问题》,《梁宗岱文集》(评论卷)，中央编译出版社，2003年版，第52—54页。
3 朱自清:《诗的语言》,《朱自清全集》(第八卷)，第337—339页。
4 艾青:《诗的形式问题——反对诗的形式主义倾向》,《诗论》，人民文学出版社，1980年版，第116页。

进行“形象的加工”和“声音的加工”两条路向发展的。从20年代周作人、穆木天等对“纯诗”的强调，到三四十年代象征诗的发展，均是在对白话语言的“形象的加工”上下功夫的。林庚就曾说30年代的诗“既基于感觉到文字表现来源的空虚，于是乃利用了所有语言上的可能性，使得一些新鲜的动词、形容词、副词得以重新出现，而一切的语法也得到无穷的变化；通过这些，因而追求到了从前所不易亲切抓到的一些感觉与情调。”[1]而对白话语言的“声音的加工”则更早就受到重视。20年代初陆志韦就提出“诗的美必须超乎寻常语言之上，必经一番锻炼的工夫。节奏是最便利，最易表情的锻炼”。[2]在稍后出现的“新格律派”那里，对于白话“声音的加工”得到普遍响应和实践。而到四十年代“声音的加工”的呼声仍反复出现，艾青明确提出写诗要对语言进行“声音的加工”，表示“同意鲁迅的主张，押‘大致相同的韵’”，以实现“诗的音乐性”等等。[3]应该说，新诗人在创作中“语言加工”意识的普遍加强，是中国新诗在30年代开始走向成熟的一个重要原因。

正是由于白话语言特性与诗歌的审美要求的“适成反比例”，中国新诗的发展进程在很大程度上取决于“加工白话”的成熟程

1　林庚：《诗与自由诗》，《新诗格律与语言的诗化》，经济日报出版社，2000年版，第9页。
2　陆志韦：《我的诗的躯壳》，《渡河》，上海亚东图书馆，1923年版，第12—13页。
3　艾青：《诗的形式问题——反对诗的形式主义倾向》，第116—117页。

度。臧克家曾说道:“我个人认为，不精炼或不够精炼，确是新诗写作上的一个大问题。新诗运用口语（所谓‘白话’）来写作，打破旧格律，这是‘五四’文学革命的胜利成果之一。……但运用口语（或接近口语的语言）而不疏于松懈、散漫、噜苏，对于诗人来说却是一个相当严重的考验……可是从‘五四’到目前，也有不少作品没能够顺利地通过这一关。”[1]刘西渭也曾在30年代专门论及中国现代文学中白话语言的调整改造问题。他针对白话文学“用语猥杂生硬，缺乏洗练，所以像诗与戏剧等需要精妙语言的文学，目下佳作甚少”的观点，强调说“问题不全在言语而更在创造，不全在猥杂而更在调整”。当文学使用白话已成定势，谴责白话便无意义，文学要做的是对白话的调整和创造，“宁可从‘猥杂生硬’而丰富的字汇，剔爬各自视为富有未来和生命的工具”，“‘猥杂生硬’，唯其富有可能，未经洗练，才有洗练的可能”，而“如今这少数的中国青年，正在运用各自的力量，调整他们‘猥杂生硬’的言语”。[2]三四十年代诗歌的“歌谣化”倾向就是“剔爬”“调整”诗歌言语的一个尝试。当文学语言的“口语化”使诗歌的音韵问题凸显时，“民间歌谣”的修辞方式受到了重视，新诗通过向“歌谣”学习白话音韵修辞的经验，尽力弥补了“白话入诗”带来诗体“音意分离”的后果。经过“加工”后的文学语言与一般的白话口语

1 臧克家:《精炼·大体整齐·押韵》,《学诗断想》，北京出版社，1962年版，第2页。
2 刘西渭:《〈鱼目集〉》,《咀华集·咀华二集》，复旦大学出版社，2005年，第64—67页。

有了很大分别，对新诗语言“声音的加工”强调“均齐”或“节奏”，这无疑要打破白话正常的语序表达习惯；“形象的加工”更是直接以破坏日常语法为前提，这实际上已经是在白话语言基础上通过改造创制出了一种适合于诗歌审美要求的新的语言方式。

中国现代文学形式的发展，需要有不断的“语言的加工”，而“语言的加工”所成就的中国现代文学形式的建构，也在以特有的方式影响着白话语言方式的发展。朱自清就曾这样评价30年代前后文学与语言关系的变化：“现在的白话诗文跟口语的距离比一般文字跟口语的距离确是远些；因为我们的国语正在创造中。文字不全合于口语，可以使文字有独立的地位，自己的尊严。现在的白话诗文已经有了这种地位，这种尊严。”[1] 中国白话诗文获得这种地位和尊严的过程，再清楚不过地体现出，中国新诗的发展史就是“语言的变迁史”。

## 四

从上述分析中我们可以清楚地看出，文学语言的变迁的确在很大程度上影响和决定了中国现代文学的形式发展。因此，从某

1 朱自清：《诗的形式》，《朱自清全集》（第二卷），第400页。

种意义上甚至可以说，离开了文学语言变迁这个重要的影响因素，作为语言艺术的文学的历史就难以得到完整、全面甚至是准确的呈现。忽略了文学产生的特殊语言背景，忽略了语言变革为文学形式发展提供的动力因素，忽略了文学语言在不同历史时期的变迁给文学的形式发展带来的影响，甚至难以对各种现代文学的文体现象和艺术征候做出合理的解释和评价。

我们应该从文学语言的变迁与中国现代文学发展的关系这一角度去呈现出一部作为语言艺术的中国现代文学发展史。重点是在探讨中国现代文学形式发展的重要内在根源，即注重文学语言的变迁对中国现代文学进程（尤其是文学形式演进）影响的方式和程度的分析，揭示其在中国现代不同时期文学特征的形成中所起的作用。其基本研究思路应该是：真实地再现语言变革深度影响中国现代文学发展的实际状况，以翔实准确的史料去研究文学语言的变化，通过呈现普遍的文学创作的语言环境，来探究中国现代许多文学现象（包括作家的文体选择行为，作品的形式特征，重要的文学形式问题的论争，文学派别以及作家个人的风格追求，文学范型、文体现象的形成等等）的历史根源，以达到对中国现代文学的更准确把握和更全面而中肯的评价。要以作为语言艺术的中国现代文学形式发展史来填补现有文学史研究在这方面的缺失。

充分注意到中国现代文学产生于以反对文言文提倡白话文为重要内容的文学革命之中这样一个基本的历史事实，把握了中国现代文学产生的特殊的语言背景这个重要的前提条件，我们实际上也就抓住了中国现代文学与传统文学相区别的一个艺术形式上的最显著的标识。把握五四初期的这场语言革命对新文学形式的产生和发展所具有的决定性的意义，分析这场语言革命的目标追求和效果指向与文学语言的本体要求之间的复杂关系，弄清新文学作为这场语言革命的产物在多大程度上承担了语言革命的积极的和消极的后果，我们实际上也就找到了对中国现代文学文体形式进行评价的基点。

在对新诗文体的评价中，“白话入诗”应是一个潜在的话语基点，它制约并决定着新诗“诗话语”生长、衍生的方式，成为其体系建设的逻辑一致性和矛盾性的源头，直接决定着新诗话语建设的生长限度和发展“困境”。因此，始于五四的文学语言的变革，始终伴随着新诗形式规约的探索过程。“白话的加工”试图在“声音”和“形象”两方面都有所兼顾，但白话的特性决定新诗音律形式建设的困难，使得格律化试验面临发展困境，它同时决定着音韵和意义不能两全的局面，促使新诗的纯诗化建设不得不舍弃音乐性的追求，而隐喻化主张的盛行正是一种淡化或回避音韵问题的审美选择。新诗建设过程中“新诗歌谣化”这一代表性的文学现象，也与语言变革不可分割，五四后关于“新诗歌谣化”的争议，实际上是“白话入诗”所带来的关于诗标准的争议。在这一过程中，“歌谣”一词顺应着关于新诗修辞建设的期待，被赋予了白话音韵修辞的内涵，并通过参与“诗标准”的辩驳，它承载着“白话入诗”带来诗体“音意分离”的后果，指代从诗体中“淘汰”下来的“可歌韵文”的概念，最终由一种“非文体”的民间文学代名词转变为一种修辞体式的文体。

对于中国现代小说形式发展的评价，同样离不开五四初期的语言革命对于中国现代小说由传统向现代转换的决定性意义这个“基点”。五四初期白话文运动、30 年代特定政治意识形态以及新传媒影响下的新语言形式、三四十年代“口语化”运动几次重要的语言变迁，对于中国现代小说是有影响的。通过对这一影响的研究可以发现，每一次的语言变迁都带来中国现代小说形式的发展和变化。初期现代小说对各种语言资源的综合，直接推动中国现代小说写实性、抒情性、象征性等原则的确立和孕育了中国现代小说的诗化、散文化等美学风格，也使得现代小说的复调叙述成为可能；政治文化语境下语言方式的变动，推动了小说形式的进一步发展，“小说语言的政治化”带来的“标语口号”“概述”“讽刺”“直语”等特点，也在一定程度上带来小说文体的“审美危机”，而作为对政治语言的反拨，又使小说发展了限制性语态、隐喻和幽默修辞风格等文体表现形式；30 年代新媒体影响下的语言变迁，催生新的小说语言方式，带来了现代都市新小说的形式，如跳跃的小说节奏、画报体小说、电影化小说等形式的发展；四十年代小说语言的“口语化”，带来了小说形式的戏剧化追求，推动了章回体等传统小说形式的再利用和再发展。

文学语言系统的更新，也是我们评价现代散文形式变革的一个“基点”。五四时期现代汉语地位的确立和中国现代散文文体建构之间更有着密切的关联。现代汉语地位的确立在现代“杂文”“美文”体式的产生中所具有的决定性作用是最为明显的。玉成了现代散文文体形式的繁荣和发展，使五四时期现代散文的成就远在小说、诗歌、戏曲之上，并决定着散文在以后时代发展变化的种种面貌。文学语言的变迁推动着散文概念和形式的发展变化，如 30 年代“大众语运动”对于语言“口语化”的推动，带来了散文文体观的重置，促使“小品文”的内涵引起争议并发生变化；游记、通讯、科学小品、历史小品等散文亚文体兴起，并由此引发新的文学文体，如报告文学等。

从语言变迁与中国现代文学形式演进的角度，不仅可以准确评价中国现代文学形式发展中的得与失，也会使我们能够更加客观准确地来评价同样作为语言艺术的中国古典文学，重新来看待和审视文言之于文学形式的意义！新文化运动提倡者从当时的文化发展大目标出发，反对文言文，提倡白话文，完成了白话语言方式的确立，这种历史的功绩自然不能抹杀。但当年有许多学者对五四语言革命中彻底丢弃文言文的观念和实践持保留态度，他们的言论、思考和忧虑，其合理的成分随着时间的推移也在被人们重新加以认识。在前面的论述中我们其实可以看到，时过境迁之后，尤其是在冷静面对白话语言给文学带来的一些困境时，在追寻白话语言的“艺术化”加工的过程中，当年新文化运动提倡者事后的反思性意见，与五四白话文运动中以“学衡”为代表的反对派意见，在许多语言与文学关系问题的认识上有惊人的一致。而且很多现代文学史上的代表性作家在创作实践中，在各类文学文本的写作中吸收了大量文言的因素和成分，甚至创作了大量文言诗词，且造诣极高。这不仅证明了文言作为文学语言的生命力并未因白话文的兴起而消失，而且也表明：文言事实上也参与到了语言变迁与中国现代文学形式演进的过程中。

白话文运动时过境迁后，“许多一向写新诗的诗人，或则现在都作起旧诗来了，或则在写新诗之余，间或写几首旧诗，而这很少的旧诗每每比他自己所写过的很多新诗好”。[1]鲁迅就是如此，他所写旧诗不仅在数量上远远超出新诗，而且艺术性也更强，“你只要去读一读他伤悼柔石、殷夫几个青年作家惨死的诗，你会大大地深深地感动，你会想到柳亚子先生评鲁迅先生的诗所说的‘郁怒情深，兼而有之’这句话极其正确”[2]。郭沫若作为白话新诗的代表性诗人，在其 30 年代出版的《战声集》中，就已收入旧诗若干首，到了《蜩螗集》中，旧体诗词所占篇幅则已过半数。其他初期白话诗人如康白情、沈尹默等，在不长的新诗创作生涯之

1　萧三:《论诗歌的民族形式》。
2　萧三:《论诗歌的民族形式》。

后，也纷纷在创作中向旧体诗词回归。白话文学家郁达夫，在诗歌创作方面更是以旧体诗词见长。闻一多曾试图通过倡导新诗格律化以解决白话作诗面临的难题，并且在白话诗形式审美的追求上取得了一定的成绩，但他在废旧诗六年后，终于还是“复理铅椠”，“唐贤读破三千纸，勒马回缰作旧诗”[1]。连后来专事新诗写作和外国文学翻译及研究的九叶诗人郑敏，在晚年也转而“崇尚中国古典诗词”，“要重新从中挖掘出”它的价值，并明确表示自己“正回头走向中国古典诗词”。[2]应该说，由于白话新诗未能很好地解决诗的形式美和意蕴美等方面的问题，“因此，许多的天才文人或非职业的诗人文人”，甚至“一向写新诗的诗人”，“遇有真情实感，想寄之于诗时，还是写旧诗，而且写得非常好”。[3]

“中国古典诗词在几千年的发展中，形成了一系列适应于文言语言系统的诗歌形式规范，积累了无数约定俗成而又含蕴丰富的诗的语汇。这使即使诗歌天才不太高的诗人也能据此写出像样的诗来。这是白话诗所难以相比的。用白话写诗，不仅不能像用文言写古典诗词那样，可以有现成的格律加以利用、有现成的典故可以征引，而且甚至对写诗时所用的白话的语言特性（包括声韵特性和语义、喻意、寓意特性）也缺少较深透的了解和研究。”[4]

---

1　闻一多：《闻一多全集·书信》（第三卷），第621页。
2　《回头走向中国古典诗词——记诗人翻译家郑敏教授》。
3　萧三：《论诗歌的民族形式》。
4　参见本书《从语言角度谈中国新诗的评价问题》一文。

朱自清曾指出，就新诗而言，“白话的传统太贫乏”。[1]陈西滢也曾认为，由于白话传统的贫乏，带来了新诗找寻借鉴的困难：“新诗的模型、声调、修辞、造句，都得重新草创，它的困难是比别种作品大得多。”[2]向古典诗词学习，曾被作为解决新诗找寻借鉴的途径而被反复提起，但新诗向古典诗词学习并非对其形式的袭用，而应是通过研究和发现古典诗词形式与文言语言系统之间的关系的规律，供研究和发现新诗形式与白话语言系统之间的关系作参考，从而促使适应于白话语言系统的新诗形式逐步完善起来。

从语言变迁这个“基点”入手对上述情况和有关问题进行研究，可以澄清文学语言变革对新文学发生发展整体上的决定性影响作用，为更加客观准确评价诸如新诗、现代小说和现代散文等文学体裁以及各种文体形式的演进状况和功过得失，为找寻各类文学体裁和文体形式发展的道路，提供重要理论依据。

从中国现代文学发生的特殊性出发，选择从文学语言的变革与中国现代文学的关系这一角度来观照中国现代文学形式的发展，实际上也就能抓住中国现代文学形式演进的最主要的也是最重要的方面。注重了解中国现代文学语言变迁的基本状况，注重较为具体地研究在中国现代不同历史阶段一些重要的文学语言现象，通过探究这些文学语言现象背后所隐含的历史的和现实的原

1　朱自清：《新诗的进步》。
2　陈西滢：《新文学运动以来的十部著作》，第340—341页。

因，包括它们与五四初期的语言革命之间的历史联系，我们才能够真正去发现文学语言的变化对文学创作在总体上所起的实际的影响作用。通过探究文学语言变化的影响到底是以何种方式，到底在多大程度上决定了不同的文学体裁和文学样式的形式发展和导致了一些重要的文学文体特征的形成，就能够找寻到中国现代文学形式基本的和重要的特点及其发展变化的存在之由、变迁之故。如果更进一步具体地通过诸如“语言变迁与新诗形式发生发展的关系”、“语言变迁与中国现代小说形式发展的关系”、“语言的变迁与中国现代散文形式发展的关系”、“语言的变迁与话剧形式发展的关系”以及“文学语言的变迁与儿童文学文体演化的关系”等方面的研究，就能够系统、具体、详尽地探讨中国现代文学形式发展的重要语言根源，能够更好把握文学语言的变迁对中国现代文学形式变化影响的方式和程度，从而揭示文学语言变迁在中国现代不同时期文学特征的形成中所起的作用。

从文学语言的变迁的角度，才能对中国现代文学之于中国古典文学的审美转型有更清醒的认知。发生于 20 世纪初的文学语言变革直接决定着中国诗学道路的转折，伴随而来的是新的诗学知识表述体系，新的形式规约的产生，这也促使文学审美趣味的扭转，并持续影响新文学的理论和形式建设。五四初期推进“白话入诗”带来诗学立场先锋化等诗学理论转型，所导致的是形式转换以及审美趣味的“扭转”。在这一过程中，语言变革所带来的语言修辞特性与诗体建设的矛盾，具体体现着思想诉求和文体发展的矛盾，展现了从思想变革到诗体革新转化的复杂过程。因此，可以从语言的审美属性视角，通过辨析文言与白话审美的异同，真正去发现白话文学与文言文学之间的审美差异，从而去找寻、阐释和把握中国现代文学与传统文学相区别的独特的审美特性。我们还可以通过探讨不同历史时期文学语言变迁与普遍的社会审美偏好以及与当时主导的审美倾向之间的联系，从文学语言的角度对不同历史时期一些特殊的文体形式的盛行等现象，做出更具体的分析和更合理的解释。

将文学语言变迁与中国现代文学文体形式的发展关系作为切入点，还可以通过揭示文学语言变迁对不同历史阶段一些有代表性的文学观和文学创作的实际影响，有更深入的理解。在此基础上，分析其文学语言观及其发展状况，探究文学语言环境最终如何制约和导致了他们独特的文学文体风格的形成。由于文学语言的变化“是社会和文化的各种倾向产生的压力造成的”，[1]这包括政治语言、时事语言或者其他学科如自然科学语言、传媒语言（甚至包括当今逐步成为某种趋势的网络语言）等等对文学语言的渗透和影响。因此，研究作家文学创作对丰富的文学语言资源的借鉴和利用，无疑也会加深我们对语言变迁与中国现代文学形式发

1 ［英］F.W. 贝特森：《英诗与英语》，第 186 页。

展关系的认识，并从中获得更多更深刻的启迪。同时，因为作家与文学语言变迁的互动关系以及面对语言变革所做的文体形式的选择等等，背后往往还隐含着作家思想意识的变革，我们通过对作家思想意识变化与文体意识演变相关性的研究，可以揭示出作家的文体选择和文体特征形成的更深层次的动因。这无疑会使我们对中国现代文学作家的文学观念和文学作品艺术成就的研究，变得更加具体、更加丰富、更加深入。[1]

总之，我们可以也应该写出一部作为语言艺术的中国现代文学发展史，通过研究语言变迁对中国现代文学形式演进的深度影响，去发现文学语言与中国现代文学形式发展关系的规律，从“语言的艺术”这一角度去总结中国现代文学发展的历史经验和教训，并为我们当今文学形式的发展找寻历史的启示意义。

（原载《中国社会科学》2015 年第 1 期;《新华文摘》2015 年第 8 期转载；该文 2016 年获得江苏省第十四届哲学社会科学优秀成果奖二等奖）

［该文是为《作为语言艺术的中国现代文学发展史》（朱晓进等著，人民出版社 2015 年 9 月出版）一书所写的“绪论”］

1　该方面的研究，可参见本书《鲁迅的文体意识及其文体选择》一文。

# 鲁迅的文体意识及其文体选择

诗歌、小说、散文、杂感文等文体形式，在鲁迅的创作中都曾先后被采用过，但何以鲁迅对杂感文特别钟爱——不仅创作数量一开始就遥居各类创作之首，而且最终几乎舍弃了其他文学样式，使杂感文的写作成为他创作活动的唯一内容？以往的大量解释，主要都是着眼于鲁迅文学观中的“功能意识”，即认为，鲁迅是在找寻社会批判、文化革新的武器时选择文学事业的，同样，鲁迅也是在比较武器的优劣后选择了杂感文这一文体形式。这里的价值准则，首先不是以文学自身的本体特性为出发点的，如此解释，给人们造成的印象似乎是，鲁迅的文体选择完全是出于非文学性的考虑。的确，鲁迅的文体选择中，包含了找寻武器的目的和要求，但既然是在文学范围内的选择，对于文学各文体形式的特点的理解和把握，就是一个不容忽略的必备条件。其实，在文体选择方面，恰恰充分体现了鲁迅的自觉的“文体意识”，显示了他对文学自身特性的深切了悟，同时也昭示了作为伟大启蒙思想家的鲁迅与作为伟大文学家的鲁迅二者相契合的独特方式。本文试图就以往鲁迅研究中被人们所忽略的鲁迅的“文体意识”及其在文体选择中所起的支配作用做专门的探讨。

## 一

鲁迅之于新诗，在一开始就抱定了一种不彻底介入的态度，声称自己并不喜欢作新诗，“只因为那时诗坛寂寞，所以打打边鼓，凑些热闹”。[1] 这里所谓的“凑些热闹”，主要是就当时正在兴起的“反对文言文，提倡白话文”运动而言的，鲁迅希望能以诗歌助新的白话语言方式的确立，但苦于当时诗坛的寂寞，所以亲自实践。鲁迅初期创作的白话诗无论从内容还是从语言形式上看，均已达到了当时的最高水平，胡适、朱自清等对此均有非常高的评价。但鲁迅很快就“退出”了新诗创作队伍，并一再表示，“自己实在不会”作新诗，“我对于新诗是外行”；[2]“我自己是不会作

1　鲁迅:《集外集·序言》,《鲁迅全集》(第七卷)，第 4 页。
2　鲁迅:《书信·350920 致蔡斐君》，第 220 页。

诗的”；[1]“我其实是不喜欢作新诗的”。[2]这种表白，显然并非完全出于谦虚，此中所蕴含的实质性意义在于，鲁迅对诗歌这一文体形式的自身要求有着明确的认识，对新诗在白话文运动之后所可能遭逢的命运有深切的了悟。诗歌在文学品类中是形式感最强的一种，在艺术形式上有着远甚于其他文学品类的苛刻的要求。鲁迅曾反复论及新诗的形式问题，他说，“诗须有形式，要易记、易懂、易唱、动听，但格式不要太严。要有韵，但不必依旧诗韵，只要顺口就好”。[3]“我以为内容且不说，新诗先要有节调，押大致相近的韵，给大家容易记，又顺口，唱得出来。”[4]在鲁迅看来，新诗的形式问题，最基本的方面就在于它的节调和音韵。对于这二者的有意无意的忽略，将会导致新诗的失败，即如鲁迅所说的，“没有节调，没有韵，它唱不来，唱不来就记不住，记不住，就不能在人们的脑子里将旧诗挤出，占了它的地位。……新诗直到现在，还在交倒楣运”。[5]鲁迅讲这段话时已是30年代中期，此中包含着他从新诗的文体要求对五四以来新诗发展历程和命运的深刻思考。诗歌的诸如节调、音韵等形式问题，说到底是一个语言问题，鲁迅深切地认识到，“白话文要押韵而又自然，是颇不容易的”，[6]

1 鲁迅：《两地书·三二》，《鲁迅全集》（第十一卷），第97页。
2 鲁迅：《集外集·序言》，第4页。
3 鲁迅：《书信·350920致蔡斐君》，第220页。
4 鲁迅：《书信·341101致窦隐夫》，第556页。
5 鲁迅：《书信·341101致窦隐夫》，第556页。
6 鲁迅：《书信·341101致窦隐夫》，第556页。

因此，以白话为载体的新诗在形式上就具有了先天的不足之处。鲁迅把新诗的“倒楣运”与作新诗所用的白话联系起来，这是发人深思的。

“真正的诗歌史是语言的变化史，诗歌正是从这种不断变化的语言中产生的。而语言的变化是社会和文化的各种倾向产生的压力造成的。”[1]发端于五四之初的白话文运动，是顺应社会进步、文化发展的历史要求而兴起的。在这场运动中，以鲁迅为代表的先驱者们所特别关注的一个重要方面是，以文言为代表的旧语言文字在其模糊、含混、不精确等方面的弊端，认为这种不精确必然带来中国人思维的模糊。在近代被看作是科学发展的重要精神动力的演绎推论，是以概念的精确为前提的。对于科学的思维，文言文所代表的中国语言文字不是一种完善的媒介。[2]出于文化进步的考虑，鲁迅等先驱者们以极大的热情反对文言文，提倡白话文，其目的正在于丰富中国语言的科学思维能力，使中国人“可以发表更明白的意思，同时也可以明白更精确的意义”。[3]毫无疑问，这场语言革命对于推动中国文化由旧向新转换，促进中国文化的整体性发展有着不可磨灭的历史功绩。中国白话新诗作为这场意义深远的语言革命的具体实践，其历史贡献也是不言自明的。

1 ［英］F.W. 贝特森:《英诗与英语》，第 186 页。
2 朱晓进:《鲁迅与语言文化》。
3 鲁迅:《且介亭杂文 · 答曹聚仁先生信》，第 77 页。

语言革命的成果常常是必须依赖作为语言艺术的文学来得到巩固的。新诗对代表着旧的语言方式的旧体诗的冲决，对于新的白话语言方式的确立有着特殊作用。因此，中国新诗的产生，其意义首先不在诗歌自身，诚如当时就曾有人指出的那样，“新诗运动的起来，侧重白话一方面，未曾注意到新诗的艺术和原理一方面”，人们“注重的是‘白话’，不是‘诗’”，新诗普遍缺乏“音节”，“读起来不顺口”，虽然“有人能把诗写得很整齐，例如十个字一行，八个字一行，但读时仍无相当的抑扬顿挫”。[1] 不仅如此，中国语言在五四初期的这场革命后，多少陷入了一种“两难”的境地：为了适应科学发展的要求，语言必须追求精确性、界定性，这就必须以丧失中国传统语言方式所具有的隐喻性、模糊性等带有文学色彩的风格为代价；而要保存中国语言方式中的被西方人称之为“诗”的风格，[2] 则又难以使中国语言适应科学思维的要求。五四时期的语言革命在科学与文学的选择中，无疑是倾向于科学的。因此，新诗歌作为这场语言革命的产物，也必然地要承担语言革命的“非文学”的后果。

文学语言有着特殊的要求，如语义的多层次性、情绪性、含蓄性、感受性、暗示性等等。这与科学性语言相去甚远：“科学——

1　梁实秋：《新诗的格调及其他》。

2　［日］西村文子、［挪威］加尔通《结构、文化和语言》（《外国社会科学》1985 年 8 月）一文中说：“中日文上有一种隐喻的带文学色彩的风格，这种风格在西方往往被称之为是‘诗的’风格，对此有许多人做了说明。”

就其字面意义而言，是不惜任何代价的精确，诗歌——则是不惜任何代价的包揽。”[1]鲁迅在《诗歌之敌》一文中也曾指出“科学”与“诗美”的冲突。由于五四时期过分强调语言的界定性、明确性，促进了科学的发展，推动了文化在整体上的转换，但对文学这一具体领域而言，其损失也是不言自明的。文化的整体性历史进步，似乎是在以牺牲局部的文艺的本体特性为其代价。尤其是那些形式感较强、最具文学性的文学门类（如诗歌），所受的损失要更大一些。相比较而言，小说、杂文等文学门类要幸运一些：语言的精确性要求，在某种程度上或许可以说是玉成了以叙述为主要语言特征的小说（增加了叙事的清晰度）和以说理为其语言特征的杂文（增强了说理的逻辑性），而以含蓄、寓义、多义、暗示、抒情为语言特征的诗歌，则不能不“交倒楣运”。

正是基于以上的认识，鲁迅终于放弃了新诗的写作。与旧体诗相比，在形式上由于“白话要押韵而又自然，是颇不容易的”，这先就给写好白话新诗带来了一重困难；而趋向于精确化、理性化的白话在诗的内蕴上又稍逊一筹，许多文言能表达的诗境，白话是无法表达的，用白话写诗很难保证能像古典诗词那样蕴藉深厚。因此，鲁迅在欲寄情于诗歌时，往往选择旧体诗形式。只要稍稍注意一下鲁迅的诗歌创作，就会发现，鲁迅写新诗数量很少，

1 ［英］J. 浮尔兹：《亚里斯托斯》，第560页。

且主要集中于五四初期那一段时间，而此前此后在诗歌创作方面均以写旧体诗为主，不仅写旧体诗的数量远远超出白话新诗，而且脍炙人口的艺术佳作也以旧体诗为多。由此可知，鲁迅最终放弃新诗创作，并非仅仅是要集中精力于杂文来进行社会批判和文明批判，而是鲁迅在深入探讨了新诗文体问题之后所做的明智的选择，此中包含了他对新诗文体的难以把握而持的一种审慎的态度。

不仅如此，鲁迅还分明意识到，诗歌这一文学种类，其文体要求的实现事实上还要受制于特殊的时代条件。鲁迅曾就许广平的一首关于五卅惨案的诗做过这样的评论："那一首诗，意气也未尝不盛，但此种猛烈的攻击，只宜用散文，如'杂感'之类，而造语还须曲折，否，即容易引起反感。诗歌较有永久性，所以不甚合于做这样题目。"[1]但也诚如鲁迅所反复强调的那样，这个时代所需要于文学的，并不是什么精、雅的艺术品，而是"锋利而切实"的"匕首和投枪"。文学之于那样一个特定的时代，应是"感应的神经""攻守的手足"。新诗就这样处在一个"两难"的境地之中。一方面，诗歌"较有永久性"，不宜用于"猛烈的攻击"，意气太盛、感情太烈、锋芒太露，"能将'诗美'杀掉"；[2]然而另一方面，在一个斗争激烈、血与火拼搏的时代，又常常不允许人

---

1　鲁迅：《两地书 · 三二》，第 97 页。
2　鲁迅：《两地书 · 三二》，第 97 页。

们在感情上冷静下来，除非有意识地与现实保持了相当距离，否则一写诗就难免要“意气太盛”，难免要“猛烈攻击”，难免要“直说”。文体的盛衰，显然有着深刻的社会原因，即鲁迅所谓的文学“‘种类之别’，也仍然与社会条件相关联”。[1]鲁迅终而放弃新诗的创作，并提出新诗正“交倒楣运”的命题，大概也正包含了他对新诗在特定社会条件下所处的“两难”困境的思考吧。

## 二

鲁迅在新诗领域所遇到的受制于特定历史时期的时代条件而形成的“功能意识”与“文体意识”难以两全的境况，在小说领域中也或多或少以不同的形式存在着。鲁迅曾说到过他做小说的情况：“我做完之后，总要看两遍，自己觉得拗口的，就增删几个字，一定要读得顺口；没有相宜的白话，宁可引古语，总希望有人会懂，只有自己懂得或连自己也不懂的生造出来的字句，是不大用的。这一节，许多批评家之中，只有一个人看出来了，但他称我为 stylist（文体家）。”[2]这段话可以证明，鲁迅之于小说，其文体意识是很自觉的。这里有两点值得注意：第一，鲁迅很注重对白

1　鲁迅：《且介亭杂文·论“旧形式的采用”》，第 24 页。
2　鲁迅：《南腔北调集·我怎么做起小说来》，第 513 页。

话语言的提炼和加工；第二，鲁迅很强调“读得顺口”“总希望有人会懂”。这两点都标示了鲁迅的现代白话小说与五四那场语言革命的关系。鲁迅注重语言的提炼加工，实际上正包含了鲁迅借小说助白话方式确立，以使白话在表现力上能与旧的文言语言方式抗衡的目的。鲁迅所谓“采说书而去其油滑，听闲谈而去其散漫，博取民众的口语而存其比较的大家能懂的字句，成为四不像的白话”，[1]正可以看出他对白话语言的创制和完善所做的探索。

从文学形式的独特性要求来看，小说也有自身的文体要求，对此，鲁迅也有着精到的理解。例如，鲁迅在批评《官场现形记》等作品艺术上的不足时，主要是指出了它的“辞气浮露，笔无藏锋，甚至过甚其辞，以合时人之嗜好”的缺点；[2]在批评《二十年目睹之怪现状》艺术上的不足时，也主要是指出了它的“描写的张皇，时或伤于溢恶，言违真实，则感人之力顿微”的特点。[3]这里所谓的“辞气浮露，笔无藏锋”和“伤于溢恶”，都是指出了这些小说过于直说，过多议论，而少形象和含蓄的弊病。鲁迅曾高度赞扬《儒林外史》在“指摘时弊”方面的成就，而鲁迅尤为称道的是，这部作品虽是指摘时弊，但却避免了直说、议论等小说文体之大忌：“无一贬词，而情伪毕露，诚微辞之妙选，亦狙击之辣

1　鲁迅:《二心集·关于翻译的通信》，第384页。
2　鲁迅:《中国小说史略》，第282页。
3　鲁迅:《中国小说史略》，第286页。

手矣。”[1]在评价宋代传奇小说时，鲁迅更是从文体要求的角度认定，“而我说传奇小说，到唐之时就绝了”。这倒不是宋代没有人做传奇，而是因为宋代的传奇与小说的文体要求相去甚远：“宋时理学极盛一时，因之把小说也多理学化了，以为小说非含有教训，便不足道。但文艺之所以为文艺，并不贵在教训，若把小说变成修身教科书，还说什么文艺。宋人虽然还做传奇，传奇是绝了，也就是这意思。”[2]鲁迅对小说这一文体形式自身艺术要求的深刻理解当然并不仅仅表现在评价传统小说作品时，而且也同样表现在对现代白话小说的评价上。例如，鲁迅曾这样谈起过叶永臻《小小十年》：“技术，是未曾矫揉造作的。……我所感到累赘的只是说理之处过于多，校读时删节了一点……”[3]鲁迅对萧军《八月的乡村》也曾提过这样的修改意见：“《八月》上我主张删去的，是说明而非描写的地方，作者的说明，以少为是。”[4]从鲁迅的上述有关论述中，的确可以说明，鲁迅对小说的文体要求有着明晰而精到的理解。

与诗歌不同的是，白话之于小说并无多大矛盾，白话语言方式与小说的文体要求完全可以达到一致，这是因为，小说原本就是文学品类中最具平民性、通俗性的文体，其使用“白话”的

1 鲁迅：《中国小说史略》，第223页。
2 鲁迅：《中国小说历史的变迁》，第319页。
3 鲁迅：《三闲集·叶永臻作〈小小十年〉小引》，《鲁迅全集》（第四卷），第147页。
4 鲁迅：《书信·350412致萧军》，第110页。

历史也很悠久。按理说，鲁迅写小说，绝不会遇到他写新诗时所遭遇的受制于白话语言方式而难以完美实现其文体要求的尴尬情况。但鲁迅却感觉到，受制于时代条件，小说的文体要求同样是难以完满实现的：一方面，鲁迅明知小说自身的文体要求是重形象塑造而忌议论过多，重含蓄而忌直说；但另一方面，在实际的创作中，鲁迅自己似乎也很难摆脱议论与直说。

在鲁迅的小说创作中，议论性笔调是比较明显的，尤其是他最初的小说创作。例如，《狂人日记》中，几乎通篇都是狂人对历史和现实中“吃人”现象的直语式的抨击；《阿 Q 正传》第一章“序”中用讥讽的语言对国粹派做风趣、诙谐的嘲笑；《端午节》中方玄绰对“索薪”“亲领”的大段牢骚性议论；《兔和猫》中对造物主的“将生命造得太滥，毁得太滥”的责备性议论；尤其是《头发的故事》，全篇都是借 N 先生之口直接发议论。对于小说中的议论性特点，鲁迅自己从不讳言，甚至明确表示：“就是我的小说，也是论文；我不过采用了短篇小说的体裁罢了。”[1] 可见，鲁迅是自觉地引议论入小说，其出发点也很明显：“不过大约心里原也藏着一点不平，因此动起笔来，每不免露些愤言激语。”[2]

鲁迅明知小说的文体要求是什么，也清楚愤激的议论之于小说这种文体形式的不相宜，但在小说创作中为什么又摆不脱非文

1 冯雪峰：《过来的年代·鲁迅先生计划而未完成的著作》，《雪峰文集》（第四卷），第 18 页。
2 鲁迅：《三闲集·通信》，《鲁迅全集》（第四卷），第 96 页。

体化的倾向呢？这显然与时代条件以及鲁迅受制于时代而理性选择的“功能意识”密切相关。鲁迅写作小说的时代是一个“不是死，就是生”的“大时代”，作家不能“使自己逃出文艺，或者从文艺推出人生”；[1]而读者也无暇欣赏那些太艺术化的精品，人们对政治思想蕴含的要求压倒了对艺术内涵的追寻。鲁迅这样表示过：“我所写的小说极为幼稚，只是对像隆冬一样没有歌唱，没有花朵的本国情景感到悲哀，才写些东西来打破寂寞而已”，“在这样的环境中，恐将更陷于讽刺与诅咒亦未可知”。[2]面对当时的环境、当时的读者需求、普遍的社会心理，文学第一位的任务不在于自身的艺术要求、文体要求的实现，而在于直剖明示地反映时代的内容、民众的呼声。正因为如此，鲁迅最初的小说创作争得了最广大的读者。鲁迅在回顾《呐喊》中的作品时，也曾从议论过多等非小说文体化倾向的角度指出其不足，认为“倘再发些四平八稳‘救救孩子’似的议论”，连他自己“也觉得空空洞洞了”。[3]但鲁迅又十分明白，虽然《呐喊》中语言愤激、议论颇多，但是“因为其中的讽刺在表面上似乎大抵针对旧社会的缘故”，“所以略略流行于新人物间”，[4]以至于“想也没想到”“小说销到上万”。[5]到了《彷徨》中的作品，鲁迅“只因为成了游勇，布不成阵子，

1　鲁迅：《而已集·〈尘影〉题辞》，《鲁迅全集》（第三卷），第547页。
2　鲁迅：《书信·201214致青木正儿》，《鲁迅全集》（第十三卷），第454页。
3　鲁迅：《而已集·答有恒先生（1927.9.4）》，《鲁迅全集》（第三卷），第456页。
4　鲁迅：《集外集·咬嚼之余》，《鲁迅全集》（第七卷），第60页。
5　鲁迅：《三闲集·通信》，第97页。

所以技术比先前好一些”，“而战斗的意气却冷得不少”。[1]《彷徨》中虽仍保留了一些议论性笔调，但已去其锋芒、转归含蓄。“技巧稍为圆熟，刻画也稍加深切”，“但一面也减少了热情，不为读者们所注意了”。[2]面对《呐喊》与《彷徨》在读者反响上的不同遭遇，鲁迅其实是难以回避选择的“二难”局面的：继续像《呐喊》那样以议论和愤激的言辞去保持震聋发聩的力量，固然能继续引起广大读者层的关注，但这“照艺术上说，是不应该的”，连作者本人也要不免觉得“空空洞洞”；而如《彷徨》那样注重艺术内涵，注意运用曲笔来含蓄地表达，却又易被读者所忽略。这种选择的“二难”状况，在其实质上所反映的仍是鲁迅文学观中“功能意识”与“文体意识”之间的矛盾性。要求得两全，最好的办法也许只能是放弃小说这一文体形式，再另作他觅。

鲁迅早在《狂人日记》发表后不久就曾说过：“《狂人日记》很幼稚，而且太逼促，照艺术上说，是不应该的。……我自己知道实在不是作家，现在的乱嚷，是想闹出几个新的创作家来，……破破中国的寂寞。”[3]这与他说自己写新诗并非想做诗人，而只是“敲敲边鼓”，以待真正的诗人出现，有异曲同工之妙。这里也透露出一种信息：鲁迅写小说的开始，就隐含了他放弃小说的可

1 鲁迅：《南腔北调集·〈自选集〉自序》，《鲁迅全集》（第四卷），第456页。
2 鲁迅：《〈中国新文学大系〉小说二集序》，第239页。
3 鲁迅：《对于〈新潮〉一部分的意见》，《鲁迅全集》（第七卷），第226页。

能性。

## 三

能否有一种文体形式能够使鲁迅的“功能意识”与“文体意识”二者都得以充分实现呢？可以说，鲁迅最终选定杂感文这一文体形式，正包含了他在这方面的考虑。

能否既保证语言朝着界定性精确化方向健康地发展，而同时又兼顾到文体自身对于语言的特殊要求？从杂感文对于语言的特殊要求来看，杂感文这种文体形式，与五四时期的那场语言革命的目标，有着诸多一致性。或者最起码可以说，杂感文的语言要求之于五四白话语言发展的要求，不像诗歌的语言要求之于白话那样具有较明显的冲突。相反，语言的明确性精确化恰恰在某种程度上玉成了以议论、说理为其语言特征的杂感文。

从文学的角度看，杂感文虽然也有着一般文学作品所具有的客观形象的再现和主观情感的表达，但它与诗歌小说相比却有所不同。杂感文在再现客观形象时，常具有单一化、概括化的特点，而且对具体事实和客观现象的描述，目的也主要是为发议论。诚如有些学者所指出的那样，“本质上是一种议论文的杂文，却是可以离开形象而存在的”。“一篇议论文的一个最起码的要求，就是条理清楚，层次分明；要有严密的逻辑性。”[1] 也就是说，创造有文学价值的艺术形象并不是杂感文的主要任务。具体形象之介入杂感文，主要是为了说理、议论的需要，这与小说创造典型形象和诗歌创造抒情主人公的形象是不同的。至于主观情感的表达方式，杂感文也有不同于其他文学样式的特点。固然杂感文中也常有寓情感于客观形象的描述之中的时候，但作为其主要方式，更多的场合下却是以议论表达出情感判断，这就有别于小说的主要以形象塑造来寄托感情的方式；固然杂感文中的主观情感的抒发有时也带有直接性，但更多的情况下情感是化为一种理性的思考，以“理趣”的形态呈现出来，这就有别于诗歌的抒情方式。正如朱自清对鲁迅杂感文所做的评价:“这里吸引我的，一方面固然也是幽默，一方面却是……那传统的称为‘理趣’，现在我们可以说是‘理智的结晶’的。”[2]

对于杂感文的理性化、直语性、逻辑性等等特点，鲁迅自己也曾有过诸多的论述。他曾说过，自己的杂感文“凡有所说所写，只是就平日见闻的事理里面，取一点心以为然的道理”，[3] 这是突出杂感文的“理趣”特征。鲁迅常说自己写杂感文“是在论时事不留面子，砭锢弊常取类型”。[4] 所谓“论时事不留面子”，从文

1 钱谷融:《鲁迅杂文的艺术特色》，第 352、361 页。
2 朱自清:《鲁迅先生的杂感》，第 636 页。
3 鲁迅:《坟·我们现在怎样做父亲》，第 130 页。
4 鲁迅:《伪自由书·前记》，第 4 页。

体特征的角度看，实际上就是直语、直说，即用具有相当界定性、清晰度的语言直剖明示出问题的实质。而所谓“常取类型”者，与其说是像小说那样通过典型化过程来塑造形象，不如说是更像科学的图示，只是这种图示所选的“标本”较具类型化特征而已，即鲁迅所说的，“写类型者，于坏处，恰如病理学上的图，假如是疮疽，则这图便是一切某疮的标本，或和某甲的疮有些相像，或和某乙的疽有点相同”。[1]这体现在语言上，便是要求概括性、明示性等“图示”特征，而非具像化、感性化的个性特征。总之，由于杂感文是以其“议论”为主要特征，注重的是“理趣”，是思维的理性化、陈述的直接性和行文的逻辑性等等。这些文体特征，要求用于杂感文的语言也必须相应地具有直语性、精确化、明示性、界定性。尤其是与小说、诗歌相比，这种文体特性是非常明显的。

鲁迅对杂感文这一文体形式的选择，正包含了上述对杂感文文体特性的理解和把握。杂感文形式成了他努力追寻“功能意识”与“文体意识”双重价值实现的一条途径。这是找寻语言革命之后，作为语言艺术的文学的出路的有益而且卓有成效的尝试。杂感文这一文体形式既有助于巩固五四初期语言革命的成果，又在最大程度上避免了因强调语言的明确性而给文学可能带来的不利

1 鲁迅：《伪自由书·前记》，第4页。

影响。或许正是以此为重要原因之一，杂感文在五四以后便特别发达起来。鲁迅之所谓五四时期“散文小品的成功，几乎在小说戏曲和诗歌之上”，[1]也正是揭示的这样一个重要的文学史现象。

综上所述，鲁迅对杂感文体的选择，应看作是他追求时代性与文学性相统一、“功能意识”与“文体意识”双重价值实现的必然结果。忽略了鲁迅的明确的“文体意识”，仅从“功能意识”着眼，便很难解释清楚，鲁迅何以逐步放弃了新诗和小说的创作，何以倾注如此巨大的精力和热情来鼓吹杂感文，何以能在创作实践中将这一文体形式发展到如此炉火纯青的地步？正是在这个意义上，我们不仅理应承认，是鲁迅独创了杂感文这一文体形式，即如瞿秋白所谓的“杂感这种文体，将要因为鲁迅而变成文艺性的论文（阜利通）的代名词”；[2]而且，我们也理应更清楚地了解鲁迅创造的杂感文形式在中国现代语言变迁史、中国现代文学史上的意义，并从而更充分地认识它的文学史价值。

（原载《文艺研究》1996 年第 6 期）

1 鲁迅：《南腔北调集 · 小品文的危机》，第 576 页。
2 瞿秋白：《鲁迅杂感选集 · 序言》，《六十年来鲁迅研究文选》（上），第 104 页。

# 政治文化语境与 30 年代特殊文学文体的盛行

20 世纪 30 年代特殊的政治文化语境曾导致了那个年代独特的文学风尚的形成，这不仅体现在 30 年代文学在整体上所形成的独特的审美取向和独特的创作倾向上，而且还具体地体现在许多特殊的文学叙事方式、文学表达形式以及文学体裁、文学文体的盛行方面。

## 一

在 30 年代文学创作中，对固有的文学体裁和文体形式的突破以及对固有的文体常规的冒犯成为一个非常突出的创作现象。急于表达自己的政治理念，迫不急待的政治情绪的抒发，对社会政治事件的仓促叙述，以及这一切背后所隐藏着的作家的过量的政治焦虑，就迫使作家们打破文学体裁和文体的常规，而不断创造出前所未有的杂糅性的文体。这有可能导致对一些已相对成熟的文学体裁和文体亦已形成的审美规范的破坏，甚至会在某种程度上导致艺术美感的丧失，但由于这些新创的文学体裁和文体形式能在较大程度上释放政治焦虑，因而往往能获得同样有此需求的当时特定背景下的读者的欢迎。艺术上的失范，往往是由文化压力造成的。当基本的政治价值体系发生变异或失范，必然会促使人们在其他方面寻求化解的力量。当这种文化压力在艺术符号中寻求审美置换时，就必然是对固有审美习惯的破坏和更新。特殊的时代常常会产生特殊的文体，30 年代盛行的诸如杂文、报告文学、速写等文学体裁和文体形式，其实都是为适应特殊的社会需要的杂糅性文体。

就杂文这一文体言之，其作为 30 年代非常盛行的文体是毋庸多论的。杂文文体虽然在 20 年代就因为鲁迅的创作而成为比较引人瞩目、影响很大的文体形式，但与 30 年代相比，情况还是有很大的不同。茅盾曾指出：“自然，鲁迅从 20 年代起就能纯熟地运用这种文体进行战斗，然而 1933—1934 年他在《自由谈》上写的杂文，却是数量最多最集中，影响最广的。而且，在鲁迅的带动下，当时写杂文蔚然成风，许多从来不写杂文的作家，也在《自由谈》上或者其他报刊上写起了杂文，一些左翼青年作者更竞相学习或模仿鲁迅杂文的笔调”。[1]与20年代相比，30年代杂文创作数量的激增是一个显著的特点。就以鲁迅为例，诚如他在1935年底的《且介亭杂文二集·后记》中所说：“我从在《新青年》上写《随感录》起，到写这个集子里的最末一篇止，共历十八年，单是杂感，约有八十万字。后九年中的所写，比前九年多两倍；而这后九年中，近三年所写的字数，等于前六年。”[2]

30年代杂文的盛行还不仅体现在数量上，更体现在一种文体的自觉上。20年代很少有人就杂文这一文体做理论上的探讨，而30年代，这类探讨杂文文体特点、性质及文体盛行成因的文章却非常多，许多著名作家、批评家都撰文发表对杂文的看法。瞿秋白在著名的《〈鲁迅杂感选集〉序言》中指出：“这种文体发生的原因”是在于“急遽的剧烈的社会斗争，使作家不能从容地把他的思想和感情熔铸到创作里去，表现在具体的形象和典型里；同时，残酷的、强暴的压力，又不容许作家言论采用通常的形式。作家的幽默才能就帮助他用艺术的形式表现他的政治立场，他的深刻的对于社会的观察，他的强烈的对于民众斗争的同情。”[3]茅盾也曾指出：“每一时代产生了它的特性的文学”，“杂文和速写都是变动得很快的社会中文化斗争的武器。时刻在变化的现实要求

1 茅盾：《我走过的道路》（中），第189页。
2 鲁迅：《且介亭杂文二集·后记》，《鲁迅全集》（第六卷），第451页。
3 瞿秋白：《鲁迅杂感选集·序言》，第104页。

着斗争意识强烈的作家们采取最快的手法和最直接的方式来加以反映和批判”。[1] 胡风在分析杂文“为什么在新文学里面形成了一个重要的存在”时，也指出是“剧激的社会变动所掀起的瞬息万变的波纹，使作家除了在较大的规模上创造综合的典型外，还不能不时时用特殊的形式来表现他对于社会现象的解剖和态度，运用他的敏锐的锋芒和一切的麻木混浊相抗。这不是社会科学的大论而是一种文艺性的论文（feuilleton），但它的特征是能够更生动地更迅速地反映并批判社会上变动不息的日常事故”。[2] 鲁迅自己大量的关于杂文文体的论述也产生于 30 年代。他在 30 年代更加明确他认识到杂文的特殊功能可以“任意而谈，无所顾忌”，用于“催促新的产生，对于有害于新的旧物，则竭力加以排击”。[3] 他认为，因为杂文“和现在切贴，而且生动，泼剌，有益，而且也能移人情”，所以杂文必然“日见其斑斓”。[4]

30 年代的杂文与 20 年代相比，无论在主要表现内容还是在写作形式上都有变化。仍以鲁迅为例，鲁迅 20 年代杂文主要内容是在文化批判，其写作形式多为思想性随笔；但 30 年代杂文的主要内容则更多地将文化批判与政治批判密切结合起来，而在写作形式上，政治对文体的渗透也更加明显。总之，30 年代急切

1 茅盾：《关于报告文学》，《中流》，1937 年 2 月 20 日第 1 卷第 11 期。
2 胡风：《论速写》，《胡风评论集》（上），第 67—68 页。
3 鲁迅：《三闲集 · 我和〈语丝〉的始终》，《鲁迅全集》（第四卷），第 167 页。
4 鲁迅：《且介亭杂文二集 · 徐懋庸作〈打杂集〉序》，第 292—293 页。

地需要一种特殊的文体来释放过量的政治焦虑和宣泄郁积的政治激情。当传统的小说、诗歌、散文等各类文体无法完全满足这种表达需要时，政论与其他文体杂糅形成的杂文文体的形式便受到了最大程度的重视，也因此而非常兴盛起来。

“文学体裁的演变与社会的演变休戚相关”，“作家选用的文学体裁及形式也由他所隶属的那个集团决定。文学体裁不能凭空创造：人们对一种文学体裁加以改造，使之适应社会集团的新要求”。[1] 30 年代“左联”在一系列主要文件中，就曾多次对作家创作所采用的体裁进行过明确的规定：“作品的体裁也以简单明瞭，容易为工农大众所接受为原则。现在我们必须研究并且批判地采用中国本有的大众文学，西欧的报告文学、宣传艺术、壁小说、大众朗读诗等等体裁。”[2] 即使是“以智识分子和青年学生为主要读者对象的非大众化的文艺作品，也应当在文字体裁及描写等方面实行大众化”。[3] 如此等等在相关决议性文件中提出的有关文学体裁和文学形式采用的要求，对 30 年代左翼文学在体裁的选择上起到了一定的规范作用，这也在一定程度上促成了 30 年代某些文学体裁和文体形式的盛行。

“报告文学”在 30 年代的兴盛，是一个非常显著的例子。报

1 ［法］罗贝尔·埃斯卡皮：《文学社会学》，第 129 页。

2 《中国无产阶级革命文学的新任务——一九三一年十一月中国左翼作家联盟执行委员会的决议》。

3 《关于左联目前具体工作的决议》，《秘书处消息》，1932 年 3 月 15 日第 1 期。

告文学应该说也是一种杂糅性的文体，它杂糅了通讯、纪事散文等多种文体的特征。报告文学这种体式虽然并非30年代所独有，它伴随着近代报刊业的发达而产生，属于一种具有一定时代性、时效性、真实性和文学性的通讯报道。但将之作为文学体裁加以自觉运用和大力提倡是在30年代。1930年8月4日"左联"执委会通过的《无产阶级文学运动新的情势及我们的任务》，号召开展"工农兵通信运动"，"创造我们的报告文学（Reportage）"。[1]此后在《文艺新闻》《文学》《中流》《读书生活》《文艺》等刊物相继发表了有关报告文学的理论文章，探讨报告文学的功能和文体特征以及相关的写作问题。报告文学这种体裁之所以在30年代受到特别的重视，是因为提倡者们看到了它是"一个战斗的文艺形式"。[2]"每一时代产生了它的特性的文学。'报告'是我们这匆忙而多变的时代所产生的特性的文学式样。读者大众急不可耐地要求知道生活在昨天所起的变化，作家迫切地要将社会上最新发生的现象（而这差不多天天有的）解剖给读者大众看，刊物要有敏锐的时代感，——这都是'报告'所产生而且风靡的根因。"[3]在30年代风行的报告文学创作中，也确实产生了许多有影响的作品，如柔石的《一个伟大的印象》、夏衍的《包身工》、宋之的

1 《文化斗争》，1930年8月15日第1卷第1期。
2 茅盾：《关于"报告文学"》，《中流》，1937年2月20日第1卷第11期。
3 胡风：《论战争时期的一个战斗的文艺形式》，《胡风评论集》（中），第16页。

的《一九三六年春在太原》、丁玲的《多事之秋》、陈荒煤的《记十二月二十四日南京路》、阿英选编的《上海事变与报告文学》、茅盾主编的《中国的一日》等等。报告文学创作之盛，在30年代一度大有压倒小说之势。当时就有人指出："观于近来小说的渐趋黯淡"，"报告文学的起而代兴"，这是因为报告文学有"适宜于现代社会之点"，"以社会的情势，来定文学的性态，其原因与现象，似非偶然"。[1]

## 二

30年代文学创作中，叙事方式上有一种向实录和新闻皈依的倾向，报告文学的兴盛自然是其重要的表现形式之一。除了报告文学作为"新流行品"在30年代中期以后的"文坛"上大为盛行外，在此之前，小说创作中便已经大量出现了所谓"速写"的体式。这种"速写"，"从它的性质和任务看来，大多数实在就是'报告'"。"甚至可说"30年代中期"大多数的短篇小说也和'报告'一点点接近"。[2]"速写"这种体式的盛行，在当时曾是一个热门的话题。1934年底，茅盾曾明确指出，这一年文坛最重要的现

1　陈醉云：《我的写作态度》，《我与文学》，第225页。
2　茅盾：《关于"报告文学"》。

象之一是“新文体的飞快地发展”，而这种新文体主要“就是一年来特盛的所谓‘速写’”。并且指明“所谓‘速写’这一体”是“应了时代的要求很快地成长起来”的。[1]胡风也曾在1935年撰《论速写》一文，指出：“近两年来……‘速写’之类的文章一天天地多了起来，现在已成了广大的流行，连以这种作品为中心的刊物也出现了”。他认为，“‘杂文’和‘速写’是有同样的社会基础和同样的社会意义的。不同的是，‘杂文’是由理论的侧面来反映那些活生生的社会现象，甚至能够使人得到形象的认识，而‘速写’是由形象的侧面来传达或暗示对于社会现象的批判”。[2]“速写”文体在30年代的兴盛，其根本原因仍在当时特定的政治文化语境及其文学对其的适应。“速写”是“应了时代的要求产生并发展了，这是一种能把现实生活的各个侧面很快地反映出来的文体，犹如主力军进入阵地，来不及架大炮，就用白刃和手榴弹来交战！”[3]在这种状况下，许多作家“顺应了潮流”，写起“速写”来。茅盾说自己当年就是“把写‘速写’作为我创作的主要方面。1934年我只写了三个短篇小说，却写了十七篇速写……。我写的速写，有八篇是农村题材，如《大旱》《桑树》《阿四的故事》等”。[4]“速写”与杂文、报告文学一样，也是一种杂糅文体，因此，

1 茅盾：《一年来的回顾》，《文学》，1934年12月第3卷第6期。
2 胡风：《论速写》，第67—68页。
3 参见茅盾：《我走过的道路》（中）。
4 参见茅盾：《我走过的道路》（中）。

当时就有人称“速写”是“杂文的姊妹”。“剧激变化的社会生活使作家除了创作以外还不能不随时用素描或速写来批判地记录各个角落里发生的社会现象，把具体的实在样相（认识）传达给读者。这不是经过综合或想象作用的文艺作品，而是一种文艺性的纪事（sketch），但它的特征是能够把变动的日常事故更迅速地更直接地反映，批判。说它是轻妙的‘世态画’是很确切的。”[1]

30年代“速写”体式的盛行，对短篇小说的发展有着重要的影响作用。许多作家都创作了“速写”性质的小说，甚至有不少作家在小说作品的标题上就标明“速写”“纪事”之类的字样。著名的就有吴组缃的《一千八百担——七月十五日宗氏大宗祠速写》、沙汀的《某镇纪事》、艾芜的《端阳节——某乡风俗记》、叶圣陶的《某城纪事》和《某镇纪事》等。即使不标明“速写”“纪事”，但许多作家创作短篇小说时明显在采用“速写”的体式。张天翼的《一个题材》，写一个作家向描写对象调查和询问秘不告人的真相的过程，被人称之为“采访体”小说；他的《成恒业》以新闻报道、友朋信札、小说人物日记相互拼接而成，被称之为“卷宗体”小说。这些作品其实都带有当时所谓“速写”或“纪事”体小说的特点。吴组缃的《一千八百提》“记录”了“宋氏大宗祠”里一场争夺义庄财产的角逐，是典型的“速写”。而他的《樊家铺》

1　胡风：《论速写》，第68页。

《黄昏》等小说其实也都是采用的“速写”体式。沙汀除《某镇纪事》外，《代理县长》《在祠堂里》等著名小说，也都是采用的“速写”体式。而叶圣陶除《某城纪事》《某镇纪事》等作品外，许多作品都采用了“速写”的笔法，如《赤着的脚》，就是以速写笔法，生动逼真地描摹了 1925 年 5 月 1 日广东全省第一次农民大会激动人心的壮观场面。

对于杂糅文体，在评判其艺术价值时应注意从形成杂糅的各种文体的规范去加以综合考量。若以单一文体标准去考察，就有可能因其不符合某单一文体标准而予以否定。“速写”是顺应形势需要而产生的，它为顺应激剧变化的社会环境而存在，其可能带来的幼稚、粗糙或仓促、生硬的现象是会存在的，尤其是以“小说”的文体要求来看“速写”，势必会指陈其缺少艺术想象、缺少深入的典型化过程、表现技巧不够丰富等等。但从这种杂糅文体产生的时代需求和其所产生的社会效果来看，才能对其价值作出较为完整的评价。不仅如此，“速写”体式的产生，其实就是从艺术方面来看，对中国短篇小说艺术的发展也是有着积极的意义的。30 年代初期，许多作家写小说擅长的是以“压缩了的中篇”的写法。包括茅盾的《林家铺子》《春蚕》《秋收》《残冬》等作品，也多是叙述有头有尾的叙事，追求的是事件的完整过程，对“截取横断面”这一短篇小说艺术的重要要素有所忽略。“速写”体式的盛行，使作家们增强了“截取生活横断面”的意识。茅盾在创作了一批“速写”之后，他创作的短篇小说《水藻行》《报施》《委屈》等短篇小说，就比较注重“截取横断面”的写作方式，而且因注重“纪事”性、客观性，也多少限制了此前作品的主观情绪化的表达，使之成为艺术上更为成熟的小说作品。沙汀稍早写出作品包括《丁跛公》在内，都是过分注重故事和过程的完整性，但后来的作品，包括他最优秀的短篇《在其香居茶馆里》等短篇小说都是采用的“截取横断面”的方式，此种变化，是不能排除受“速写”体式影响这一因素的。

“速写”体式的出现，从艺术发展的角度看，与 30 年代中期文学创作中普遍出现的“客观化”追求是有关系的。茅盾在写于 1933 年的《力的表现》一文中，曾对“力的文学”做出过这样的解释：“文艺作品以感动人为使命。然而感动人的力量并不在文字表面上的‘剑拔弩张’”，“真正有力的文艺作品应该……题材只是平易的故事，然而蕴含充实的内容；是从不知不觉中去感动了人，去教训了人”。[1]这里，茅盾并不反对文学作品去“教训人”，但对文学上的“剑拔弩张”则已开始有所警觉。那么避免“剑拔弩张”的途径是什么呢？这就是客观化地表述——“不知不觉”；实实在在的生活——“充实的内容”。茅盾写于 30 年代中后期的小说作品如《水藻行》等，确实是在一种“客观化”的追求中消

1 茅盾：《力的表现》。

解了文字上的剑拔弩张。“客观化”追求导致的冷静旁观式的叙事方法和直录式文体，可以在一定程度上有效地制约观念化倾向。可以说“速写”“记事”等体式被运用到小说创作中，正是与这种“客观化”的追求有关联的。“速写”的重要特点之一就在于它的“客观化”，用前述胡风的话来说，这种体式的特点是，“批判地记录各个角落里发生的社会现象，把具体实在的样相（认识）传达给读者。这不是经过综合或想象作用的文艺作品，而是一种文艺性的纪事”。[1]很明确，“速写”的体式特点是“记录”“传达”“记事”，而不是“综合”“想象”，这样就把作者对表现对象可能施行的主观化和观念化的干预限制到了较低程度。

这种“客观化”追求之于30年代文学文体，不仅与“速写”体式的产生有着密切的关系，而且还对30年代小说其他有关特点的形成起到了一定的影响作用。例如，30年代小说中“对话体”的盛行。这与20年代“独白体”的流行恰好形成对比，20年代风行一时的日记体、书信体在30年代已不再流行。这与30年代的“客观化”追求是有关系的，要追求“客观化”的表述，避免作家来做作品人物的代言人，那么直接由作品人物自己来说话，就必然会受到重视。与20年代小说相比，30年代小说显然更重视作品中运用人物对话。不仅是一般运用，而且常常是让人物对

1　胡风：《论速写》，第68页。

话占据作品的相当大的篇幅。吴组缃的《一千八百担》、叶圣陶的《小妹妹》等通篇几乎全是由人物对话构成的。这种“对话体”的出现，可以视为是戏剧形式对小说文体的渗透。30 年代小说中的确存在一种戏剧化的倾向，所谓戏剧化即指重视对话，因为戏剧表现主要靠人物对话来完成。政治化的年代，戏剧演出活动往往比较兴盛，因为戏剧是“一种极端政治性（因其突出的社会性）的艺术形式”。[1] 30 年代特殊的政治文化语境下，受普遍政治文化心理驱动而十分活跃的演剧活动，带来小说文体的戏剧化倾向就是顺理成章的事了。30 年代小说作家中有一大批人尝试过对话体小说的写作，如吴组缃、张天翼、叶紫、沙汀等等。沈从文也有像《若墨医生》这样的有意采用全是对话的写法进行创作的小说作品。

“客观化”对 30 年代小说的文体确曾产生过重要影响，难怪许多作家在当时或其后曾被批评为“客观主义”。其实，30 年代小说作家追求的“客观化”，是文体意义上的，即主要是表述方式上的，而不是作家对现实生活的态度。相反，这些作家对现实生活的态度恰恰是带有强烈的主观化色彩的，即有着类似于社会科学家的热情和表达自己对社会人生见解的欲望。而这种对文体表述上的“客观化”的自觉追求，则在一定程度上制约或避免了

1 ［英］马丁·艾思林：《戏剧剖析》，中国戏剧出版社，1981 年版，第 22 页。

观念化和概念化的创作倾向。由此可见，30 年代各类杂糅文体的出现、传统文体的内部变异，文体的相互渗透，是由特殊的政治文化语境与文学自身发展需求合力作用下的结果。

## 三

30 年代整体上对“力的文学”的审美追求，为宣泄政治激情和抒发理想主义情愫而形成的对粗疏之美的崇尚，曾导致了 30 年代文学叙事中“简化”生活的整体特点的形成。刘西渭曾以欣赏的口吻评价叶紫的小说，“始终仿佛一棵烧焦了的幼树，不见丰盈的姿态，然而挺立在大野、露出棱棱的骨干，给人茁壮的感觉，那不幸而遭电击的春暮的幼树。它有所象征。这是什么也不见，只见苦难，和苦难之余的向上的意志，我们不妨借用悲壮两个字来形容。……这是力，赤裸裸的力，一种坚韧的生命之力。”[1] 所谓“挺立在大野，露出棱棱的骨干，那给人茁壮的感觉”云云，其实就是在推崇一种删减了生活的枝叶，凸现其“骨干”，从而产生出粗疏的“力之美”效果的叙事艺术。在 30 年代多数文学叙事尤其是左翼小说作品中，都不同程度地存在着“简化”生活

1　刘西渭:《叶紫的小说》，第 55 页。

的倾向：作家为了使自己所要表达的思想观念具有明示性、直捷性，因而在作品中对所写生活进行“简化”，通过删减，使作者想强调的方面得到凸现和强化。具体地说，“简化”生活有下述表现：

简化了人与人的关系的复杂性。在左翼作家的许多小说作品中，社会基本上只是由两个尖锐对立的阶级、两个水火不容的敌对阵营构成的。人与人之间的关系，所凸现的也主要是阶级关系（有产者与无产者）、政治关系（觉悟与不觉悟）、思想关系（进步与保守）等方面，而其他复杂的关系或多或少都被省略了。例如，在当时就有人这样明确评价过一些青年左翼乡土小说作家的作品：“他的内容，无论详略，永远是斗争的，有产与无产相为对峙，假如无产这方面失败了，也给无产留下象征的希望。在真实的叙写中，我们常常感到勉强与夸张。决定他观察角度的，不是一个艺术家的心情，而是态度和理论。”[1]不仅是左翼作家的小说，在非左翼作家小说中，“简化”人与人关系复杂性的情况也较突出。例如沈从文的小说作品，就大幅度地删除了恰恰是左翼小说所强化的阶级对立和人际冲突，这也是一种“简化”。在这里，人们看不到人与人之间的不和谐，而只有那种礼让、温顺、善良、淳朴等美好的一面。《边城》是一个典型的例子，作者将一切人类

1 刘西渭：《叶紫的小说》，第60页。

之中的丑的一面都掩饰起来了，人与人之间的交往中于是绝无邪恶、贪欲、嫉妒；礼尚往来、和睦相处成了人际关系的全部内容，和善、诚挚、自足、豪侠、重义成为了所有人自觉遵守的行为准则。这里显示出的是一种不分职业、不分阶级、不分等级的无差别的人类之爱。

简化了人物性格的复杂性。被固定在一种被简化了的人际关系中，被局限在单一的生存活动中，这样的人物形象自然难以呈现出丰富复杂的性格。左翼作家小说中所塑造的人物形象，其性格展示面多数侧重于政治、经济活动中的表现，其他方面则常常有所减删。例如左翼小说努力塑造的“新人”——觉醒的青年一代农民形象，多数显得性格单一，缺少丰满的血肉，即如当时有人在评价茅盾等左翼小说中人物时所指出的那样，“积极的人物，有力然而简单”。[1]人物性格的单一化在沈从文等非左翼作家笔下也不例外。例如沈从文小说中的人物，多数是经过纯化处理的，因此无论是少女还是成人，无论是兵士还是船夫，甚至是土匪、妓女等等人物身上，都无一例外地被略去了性格中“丑”和“恶”的一面，一个个犹如天使般地淳正、美善。

简化了价值评判的尺度。看问题角度的单一，进行价值评判时的执于一端，将问题的复杂性人为地简单化。这里，起重要作

1　刘西渭：《叶紫的小说》，第 57 页。

用的是作家所持的价值评判的尺度。30年代小说中，对人和事的评判，显示出所持尺度的偏颇，有一种非此即彼的简化倾向。无论是左翼还是非左翼作家，都特别坚执地以自己的态度和理论为出发点去看待事物，常常省略了问题的复杂性，以自己认可的价值尺度为唯一的尺度。因此，在30年代小说中对人和事的评价都显得特别的简单而干脆。例如叶紫，“只有一类人为叶紫活着，他活着也就是为了他们，那被压迫者，那哀哀无告的农夫，那苦苦在人间挣扎的工作者”。[1] 因此在叶紫等左翼小说作者的笔下，有产、无产常常成为确定褒贬人和事的尺度。这种尺度的单一性和狭窄性的特点在“京派”小说作家那里同样存在，只不过角度不同而已。沈从文曾说过：“我是个乡下人，走到任何一处照例都带了一把尺，一把秤，和普通社会总是不合。”[2] 这把尺，就是对于乡间的一切都充满了“难以言说的温爱”，而对都市文明却带着反感乃至憎恶，因而乡村美好，都市丑恶就成了沈从文小说价值评判的必然结论。芦焚也是如此，“他把情感给了景色，却把憎恨给了人物”，因而他笔下“一切只是一种不谐和的拼凑：自然美好，人事丑陋”。[3]

上述种种“简化”生活的表现，与30年代小说作家们的追

1 刘西渭：《叶紫的小说》，第60页。
2 参见沈从文：《水云》，《沈从文文集》（第十卷）。
3 刘西渭：《读〈里门拾记〉》，第22页。

求是有关的。在某种意义上可以说，30 年代小说作家都带有一点社会学家气质，或者具有对社会学问题的浓厚兴趣。他们写小说，本是探索社会的政治的文化的问题。这在左翼作家那儿非常明显，有人将他们中的一些作家称为“社会剖析派”进行专门研究，这不是没有理由的。由于“社会剖析”面对的是重要的社会现实问题，因而对社会生活的“总体性”再现成了一种追求。这样，势必要简化掉许多细部的、枝节的、无关提出或解释他们所关注的社会问题的那部分生活。这在“京派”小说作家那儿也有某种类似处，他们也许不是为直接提出或解释眼前的重大社会政治问题而去“解剖”现实社会，但他们却也同样是在关心或关注着中国社会的走向，他们所探讨的问题与他们对中国社会走向的观察、思考、忧虑等等密切相关。当时曾有人这样精到地评价过沈从文与叶紫这两位湖南作家的异同：“他们全爱故乡的男女，沈从文先生爱的是本位的人，叶紫却是某类人。”[1] 如果说，左翼作家所关心的是政治、经济变动中的都市或农村无产者的命运，那么“京派”作家在某种程度上却可以说关心的是社会转型期人的道德命运。可见，30 年代小说作家，虽出发点和看问题的角度不同，但他们都无非是借小说探讨社会问题。又由于都是探讨社会的大问题，因而势必要追求某种“概括性”，而“概括”就意

1　刘西渭：《叶紫的小说》，第 52 页。

味着简化生活中的丰富细节和过程，凸现其与“问题”相关的主干，从而更为明晰地表达出作者本人的见解。因此，从积极的意义来说，这种“简化”生活的方式，有利于更明确、更概括地表达作者对于生活的“态度和理论”。但从消极的方面看，这种“简化”生活的叙事方式，隐含了一种机械的思维方式在内，简单的二元对峙的结构，忽略了生活的丰富性和复杂性，使生活的内蕴变得肤浅。这与“集团化”的“态度和理论”是相关的。30 年代思想理论界的“非此即彼”“二元对立”的思维方式占了主导地位。郭沫若在《留声机的回音》中宣称:“我们现在处的是阶级单纯化，尖锐化了的时候，不是此就是彼，左右的中间没有中道存在。”[1] 成仿吾在《从文学革命到革命文学》中也直接喊出:“谁也不许站在中间。你到这边来，或者到那边去！”[2] 这种机械的非此即彼的思维方式，就导致 30 年代小说叙事中的简单化。茅盾就曾在 30 年代指出过这种叙事“也太机械了些”,“作品结构大都是用了‘反革命者与革命者的对比’构成。‘对比’自然是要得的，但太单纯的对比却容易陷入单调而不能引起深刻的感动”。[3] 但是这种“简化”生活的文学叙事，受制于 30 年代整体性的审美追求与思维方式，始终是 30 年代文学创作中的一个突出的文学现象。

---

1 郭沫若:《留声机的回音》。
2 成仿吾:《从文学革命到革命文学》。
3 茅盾:《关于“创作”》。

与“简化”生活伴生的是“直语”的倾向。从“简化”生活这一特征中，我们可以明显看出，30 年代许多小说作家，其实是主观性较强的。这种主观性除上述论及的出于“态度和理论”简化生活外,还表现为在作品中常出现的舍暗示而求“直语”的现象。即如茅盾，当时就有人指出，在他作品中“剑拔弩张的指示随篇可见”，多“热烈的词句”，甚至“就欠跳下讲坛参加‘决战’的行列”。这种现象具有普遍性，“茅盾先生不过偶尔酩酊。然而这种措辞，不知不觉，成为若干青年作家的表现方式。一种明显的案语，一种指导的引线，我们往往在一篇或者一章的煞尾遇到”。[1] 这种直语的特点较多出现在左翼小说作品中，但在非左翼小说中也多少存在着。例如沈从文，他就非常喜欢在作品中插入自己的议论。在《连长》这篇小说中，作者在写到作品主人公与年青寡妇离别时难分难解的场面时，竟一口气发了一通长达一百四十多字的有关恋情的哲理性议论。“简化”与“直语”，是 30 年代文学叙事中的一个重要的艺术现象。在其现象背后，其实隐藏着作家对于表达自己思想的明示性、直捷性的追求。而这样的叙事方式得以盛行，显然与那个特定时代的政治文化语境及其普遍的对于文学表达的要求密切相关。

1　刘西渭:《叶紫的小说》，第 53 页。

# 四

在30年代，同样值得注意的文体现象还有抒情对文体的渗透。政治郁积的宣泄，政治激情的抒发，理想主义的表达，借用文学作为载体时，毫无疑问都会增加文学作品的抒情性。抒情之于文学，原本就是一个文学的表达方式，在任何时代的文学中都并不缺乏抒情的元素。但在30年代文学创作中，抒情对文体的渗透以及独特的渗透方式，却是比较突出的文学现象。政治抒情诗在30年代的兴盛就是一个引人注目的例子。虽然在20年代中后期已经出现了早期共产党人瞿秋白和蒋光赤的一些歌颂十月革命，表达革命情绪的政治抒情诗作品，但这些作品无论是在数量上还是在艺术质量上以及在对读者的影响上，都难以与30年代相比。郭沫若后来收入《恢复》集子中的诗歌、殷夫的诗歌以及中国诗歌会的诗人群体创作的大量政治抒情诗作品，都曾在30年代诗坛上占据过显要的位置，产生过重要的影响。抒情之于诗歌体式，二者之间的亲和力，促成了政治抒情诗在30年代的发达，这是比较好理解的。更能说明问题的是，抒情对于小说这类以叙事为主的文体的渗透，造成了所谓中国现代“抒情小说”在30年代小说中得到了长足的发展。在公认的中国现代“抒情小说”作家的名单中，30年代占了一多半，如艾芜、萧红、沈从文、废名、芦焚等等。除了这些著名的“抒情小说”作家外，在其他30

年代小说作家的作品中，也常能见出“抒情”对其小说创作文体的影响。如吴组缃的《箓竹山房》《金小姐和雪姑娘》、叶紫的《偷莲》、茅盾的《水藻行》等，都带有抒情的意味。在不同的作家那里，形成小说作品中诗意抒情特点的原因是各不相同的，但30年代小说中抒情对小说文体的渗透成为一个突出现象，这与激情宣泄的30年代整体的审美追求是有着密不可分的关系的。

30年代是一个激情宣泄的时代，也是一个政治批判的时代，因此，同样对30年代小说文体产生过重要影响的还有“讽刺”。中国现代“讽刺”小说在30年代进入了一个繁盛期，小说创作中具有讽刺品格的作品占了很大比重。而且就讽刺的特点而言，也较20年代有了较大的变化。如果说，20年代的讽刺主要针对的是上流社会的“伪”和下层社会的“愚”，其批判的性质是一种伦理的、文化的批判，尤其是从思想启蒙角度出发对下层社会愚弱国民性的批判，充满了“哀其不幸，怒其不争”的情感态度，表现出的是“含泪的微笑”的审美特征。30年代的讽刺则在总体上更体现出时代的和历史的特征，虽有“京派”作家的讽刺对20年代讽刺特征多有继承和延续，但多数左翼作家的讽刺角度，其以阶级观点为基准的政治批判的性质更为突出，其讽刺对象更多的集中在统治者、压迫者。在讽刺的情感态度上，一般说来，作家们对讽刺对象所抱的是纯粹批判的态度，所怀的是明确、强烈、彻底的否定性情感。由于其特定的讽刺对象、讽刺角度和讽刺态度，决定了这些作品的讽刺更多地带有尖厉、阴郁的色彩而较少幽默。讽刺艺术在 30 年代的发达，与政治文化氛围的关系非常密切。当政治上的不满情绪难以直抒时，往往会化为曲笔（也是为了躲避和对付当时统治者当局的书报检查制度的重要手段），讽刺于是便成为了一种写作策略。讽刺艺术的兴盛总是与政治文化形势相关的。中国现代讽刺文学特别兴盛的两个时期，一是 30 年代，一是抗战后期和解放战争时期。这两个时期都是国内政治斗争、政治观念尖锐对峙的时期。这样的时期，不仅作家以讽刺为武器，事实上在普遍的政治文化心理的驱使下，广大的读者也往往需要以阅读"讽刺"文学作品作为宣泄政治情绪的一种渠道。

无论是"抒情"还是"讽刺"，对 30 年代小说文体的渗透都是极具文学史意义的。且不说中国现代抒情小说的发展和中国现代讽刺小说的发展，30 年代都是一个不可忽略的重要历史阶段；仅就小说艺术的角度看，30 年代小说对"抒情"和"讽刺"因素的汲取也是具有重要的文学史意义的。"抒情""讽刺"对 30 年代小说文体的渗透，使 30 年代小说在较大程度上为矫正 30 年代文坛上的公式主义、观念主义做出了重要的贡献。通过抒情手段可以将观念性的东西诗化，化观念为情感，变直接议论为直抒胸臆的抒情，可以使非艺术化因素成功地转化为艺术因素。因为"讽刺"强调"真实"（诚如鲁迅所谓的讽刺的生命是真实），要成功地运用"讽刺"，就必须舍弃那些缺少生活依据的胡编乱造，而且讽刺语汇的运用，常常能将作者的观念性的议论化为谐趣，通过讽刺的曲语，可以化解剑拔弩张的“直语”对艺术的冒犯。

总之，30 年代特殊的政治文化语境导致了 30 年代独特的文学风尚的形成，这种文学风尚不仅是体现在作家的审美选择、文学创作的整体性美学倾向方面，同时也必然会具体地体现在文学的文体形式甚至表达方式上。文学的文体形式和文学表达的方式是属于艺术性的问题，有艺术自身的发展规律，但这些艺术性的方面，哪些得以张扬，哪些受到抑制，哪些得以发展，哪些会被忽略，却往往受制于整体文学风尚以及这种风尚赖以形成的政治文化语境。30 年代文学文体方面的特异现象，充分说明了这一点。

（原载《江海学刊》2007 年第 1 期）

# 略论“山药蛋派”小说创作的“戏剧化”倾向

从山西地区的文化传统来看，确实存在着一种一脉相承的文学精神，这便是对文学的平民化、通俗化、现实性的艺术追求。其突出表现形式是，重视民间文艺传统，注重从民间文艺中汲取有益的养分，选择与民众有直接联系的传播方式，借鉴通俗化的艺术手段、技巧和语言等等。[1]在“山药蛋派”作家身上，我们可以明显看到这种地域性文学精神的延续。我们特别注意到，山西地区特有的“戏剧”传统，以及“山药蛋派”作家及其创作与民间戏剧的关系，这是一个非常引人注目的现象，因此，这也必然是了解“山药蛋派”作家作品与地域性文学传统之间关系的一个最重要的窗口。

---

1 朱晓进:《“山药蛋派”与地域性文学传统》,《山西师范大学学报》, 1995 年第 4 期。

“山药蛋派”作家作品受山西地方戏剧的影响，这不仅体现在作家们直接的戏剧或电影的创作上，而是渗透到各个方面的。“山药蛋派”是以小说著称的文学流派，但他们的小说中其实是带有明显的“戏剧化”倾向的，从文学文体的角度，也可以看出地方戏剧对他们的潜移默化的影响。

我们所谓的“山药蛋派”小说的戏剧化倾向，是从“山药蛋派”小说的文体特点来谈的，但它涉及“山药蛋派”小说的较为广泛的方面，如叙事方式、人物类型、结构方式、审美取向、语言方式等等。

## 一

人们通常很容易地就能指出，“山药蛋派”的小说作品总是以完整的故事和生动的情节见长，他们不注重场面的描写、外形的刻画和内心的雕镂。一般认为，这主要是接受了中国传统的评书艺术的影响，这当然是毫无疑问的。但同时，这与“山药蛋派”的“戏剧化”眼光也是有关系的。例如注重“故事”，赵树理就曾讲过，“我写的东西，一向被列在小说里，但在我写的时候却有个想叫农村读者当作故事说的意图”，是有意识向“‘说故事’”这种“文娱活动形式”方面努力。[1]这里强调故事的能“说”，可见作者预设的服务对象不是靠“读”来接受，而是靠“听”来接受的。这种预设的接受方式，使作品自然而然地要向表演艺术的戏剧靠拢。赵树理也曾说过，戏剧上的一个重要的要求是“故事的结构务求集中，在短时间内达到最多的效果”。[2]如果小说主要不是为了让人细细地去读解，而是要让人一听便全然明白，自然也要像戏剧一样，力求故事结构的集中。为了这种“听”，“山药蛋派”的小说其实是多少借鉴了传统戏剧“对付”观众的经验的。赵树理曾研究过戏剧的剧场效果问题，他认为在观众很少的小剧场中演出的小剧种，常常是声调柔和但音量较小，颜面表情多、粗放动作少；而在乡村露天剧场演出，台下观众多，人声嗓杂，精力不易集中，且多数观众缺少细细品味的兴趣，因而要求台上所演的戏必须是动作粗放、声调强烈。赵树理指出，“传统剧种对付这种场面似乎有点经验，我们的话剧下乡演出或者在农村成立话剧团，须先对这种场面拟出对策”。[3]面对农村观众时的特殊的戏剧要求是动作粗放、不求精细、故事性强等等，这种“经验”事实上也被“山药蛋派”运用到小说创作中来了，即注重小说作品的故事性、较少细致刻划、人物行为的描述一般较粗放。茅盾就曾指出马烽、

1　赵树理：《赵树理文集》（第二卷），第881页。
2　赵树理：《赵树理文集》（第四卷），第1780页。
3　赵树理：《赵树理文集》（第四卷），第1756—1757页。

西戎的《吕梁英雄传》中，“人物描写粗疏”，“未能恰如其分地刻划了人物的音声笑貌”。[1]也曾有人认为赵树理“对于故事情节只进行白描”“作品中所描述的都是些事件的梗概”。[2]这些批评，其实都是从严格意义的“小说”这一文体出发所提出的，但在“山药蛋派”作家们那里，显然并未将小说当作纯文学意义上的创作来对待，乡村中戏剧的传播与接受的方式，显然在他们的小说创作中起着潜在影响作用。

“山药蛋派”小说不注意场面的描述和景物的描写这一特点，其实与作家们的“戏剧化”眼光也是有关的。早就有学者指出，赵树理作品中较少写景，是因为他“从传统戏曲中受到教益。他看到旧戏舞台上并无布景，一张桌子可以当作城楼，又可以当作山。所以他不为写景而写景，他描绘地方风光是为了给故事一个特定的范围，或者为了情节发展的需要”。[3]这正是指出了赵树理小说中少有景物描写是受传统戏曲影响这一事实。当然，不仅止于受旧戏曲舞台布景的启发，这里还有一个学习戏剧的叙述方式的问题。戏剧的叙述方式不同于小说，戏剧没有直接的“叙述人”，一切都必须是让人物用自己的行动、对话表现出来。“山药蛋派”小说不去对人物心理和场面景物等做单独冗长的叙述与描写，而是

1　茅盾:《关于〈吕梁英雄传〉》,《中华论坛》，1946年9月第2卷第1期。
2　［美］杰克·贝尔登:《赵树理》,《赵树理研究资料汇编》，山东师范学院中文系编，山东师范大学，1960年版，第40页。
3　黄修己:《赵树理评传》，江苏人民出版社，1981年版，第311页。

注重让人物的个性与心理在自身的行动中表现出来，这实际上是在有意无意间降低乃至取消作为小说叙述人必须承担的直接描述的作用，这正体现出一种向戏剧叙述方式靠拢的倾向。在戏剧剧本中作过多的描述往往是多余的，因为描述性的东西作为“舞台提示”是可以的，但它与直接的舞台展示有很大距离。写戏剧的人，不可能不时时考虑戏剧的演出和舞台效果，必须关注到所有的内容如何最终变为观众眼中的景象。因此，对写剧本的人来说，必须时时有“观”者在，必须写能够“观”得到的东西。“山药蛋派”作家写小说时，心目中事实上也是时时设置“观”者的，他们只写那些能被观者“观”到的东西，而不写那些非直观性的心理活动和那些细腻的风景、情致。赵树理就曾说过，他“写风景往往要从故事中人物的眼中看出，描写一个人物的细部往往要从另一些人物的眼中看出”。[1]对于“山药蛋派”小说的这一描写特点，早在40年代，荒煤、茅盾等人都曾指出来过。荒煤认为，赵树理的小说，“不论人物、风景都不做单独冗长的叙述与描写，都是夹杂在行动中来叙述描写。人物的心理与个性也是在自己的行动中来表现，或者通过旁人的观察来表现人物的形象、心理行动”。[2]茅盾也指出，马烽、西戎的小说“力求简易通俗”，而忽略了“刻画细腻”，“对

1 赵树理：《赵树理文集》（第四卷），第1487页。
2 荒煤：《向赵树理方向迈进》。

每一场面的氛围描写亦嫌不够”。[1]这里有褒有贬，但都确实是抓住了“山药蛋派”小说描写上的特点。他们还注意到了这种特点与“民间形式”的关系，不过他们所谓的“民间形式”仅止于评书，而事实上还应包括民间戏剧。如果我们注意到“山药蛋派”小说对戏剧叙述方式的自觉吸收，那么，我们也许不会仅仅站在“小说”的立场上来对“山药蛋派”作品中的描写特点加以批评，所做的评价也许还会更为中肯一些。

由于“山药蛋派”小说的叙述方式上的“戏剧化”追求，就使得这些小说具有很强的可表演性、可“观”性。也正因为如此，他们的小说极容易改编为戏剧或电影。事实上，“山药蛋派”小说很轻易地就被改编成戏剧和电影，其改编率是中国现、当代任何一个小说流派都难以比拟的。仅从《赵树理研究资料》一书中所收《根据赵树理作品改编的其他文艺品种目录》来看，赵树理小说被改编为各类戏剧和电影的就达35篇次，这些统计还不包括那些未正式发表的难以计数的地方小剧种的改编（例如《小二黑结婚》发表后，当时就被编成落子腔、中路梆子、武乡秧歌、襄垣秧歌等各种曲调的戏曲，因为这些改编有的未留下剧本，有的未正式发表、出版，所以难以统计）。

1　茅盾：《关于〈吕梁英雄传〉》。

## 二

给人物取用外号，这在“山药蛋派”小说作品中是一个很引人注意的现象。赵树理在这方面最为突出，仅《三里湾》这部作品，就有“糊涂涂”“常有理”“惹不起”“铁算盘”“能不够”“翻得高”“一阵风”“小反倒”等等。其他作品中诸如“三仙姑”“二诸葛”“小飞蛾”“小腿疼”“吃不饱”等等都是广为人知的人物形象。在“山药蛋派”其他作家的小说中，这种用外号的情况也是常见的，如“三年早知道”（《三年早知道》）、“伍参谋”（《伍二四十五纪要》）、“长烟袋”（《长烟袋》）、“后山王”（《后山王》）、“活财神”（《村东十亩地》）、“笑面虎”（《红契》）、“老婆嘴”（《老婆嘴退租》）、“风箱嘴”（《谁害的》）等等。赵树理在《老定额》这篇小说的开场白中有这样一段话：“和我接近的同志们常劝我在写人物的时候少给人物起外号。我自己也觉得外号太多了不好，准备接受同志们的意见，只是这一次还想写一个有外号的人物，好在只用一个，对其他人物一律遵照同志们的忠告。”作家明知多用了外号“不好”，但在一边“接受”意见的同时，仍忍不住再一次用一下外号，这又是为什么呢？赵树理曾对给人物取用外号做过这样的解释和说明：

外号啊！有人说太多了。不过我想外号这个东西很好，它便于人们记忆，……外号常常是人物性格的标志。……我不过是把这些人物每人配一顶合适的帽子罢了。

可以看出，作者给人物取用外号，其实是为了简炼地概括出一个人的特点，提示给读者，便于读者记忆，也融入作者的褒贬评价。这与中国传统戏曲的“脸谱”所起的是同样的作用。戏曲中的“脸谱”和给人物派定角色行当，这本身就是对人物身份地位的一种“规定”，作用也是在于便于让观众一眼看出人物特点的主导方面，以利记忆，同时也在派定角色行当时，揉和了作者对人物的定性评价，实际上也就是“给每人配一顶合适的帽子”。“山药蛋派”小说中的取外号，与戏曲中的“脸谱”和派定角色行当，在思维上有一致性。取用外号也好，运用脸谱也好，都无非是将人物类型化了。这带来的长处是“人物性格的标志”很明显，有利于读者和观众的理解和把握；但缺点是将人物性格过于单纯化、固定化。“山药蛋派”小说中的人物，都带有类型化的特点，人物性格也基本上是比较单一，这是许多研究者都明确指出过的。

在“山药蛋派”小说中，那些最生动，最有色彩的人物，常常是最“戏剧化”了的人物。例如，我们在《李有才板话》中的李有才、《饲养员赵大叔》中的赵大叔，《有准备的发言》中的田云山、《伍二四十五纪要》中的伍二四十五、《宋老大进城》中的宋老大等人物身上，可以看到民间文艺中常出现的谐趣式人物的影子，他们是一种乡间的智慧、正义感、谐趣和幽默的集合体。这类人物常常是被戏剧化了的，一招一式，一言一行，一举手一投足，都带有很强的表演性质。这些人物在作品中常常最能给作品增添声色、趣味、笑料，但其性格特征也缺少多面性和丰富性，从形象塑造的角度看，这些都属于类型化的扁平人物。这些人物，不管作者是否给他们取用外号，事实上作者已在不自觉中给他们配了一顶“帽子”，给了他们一张“脸谱”。因此，说到底，取用外号，绝不仅是一种技巧的运用问题，而是体现了“山药蛋派”作家的“脸谱”化思维或曰类型化思维。

在“山药蛋派”小说中，我们常能发现有一种正反对应的对比性结构。例如，《汾水长流》中，与刘元禄和杨二香的不幸婚姻生活相对比的是郭春梅和杜红莲的美满爱情生活；与赵玉昌那拉人下水的小酒店相对应的是促人进步的农业社的庙院；与周有富家的个体劳动中一家四口各怀心事、情绪低落、劲头松散相对比的是农业社的集体劳动中社员热情高涨、欢歌笑语、劳动竞赛。《几度元宵》中，主要是以雅琴与沈翠叶不同的婚姻态度和后果的对比来架构作品的故事情节的。《韩梅梅》中，为突出韩梅梅，特地设置了张伟这个人物作为一种对比。《四访孙玉厚》中为证实孙玉厚的求实精神，安置了柳庄农业社与孙家寨农业社农田庄稼的对比。《卖烟叶》中贾鸿年与王兰的对比是作品结构的主干。《登记》中小飞蛾与艾艾，母女俩的命运构成鲜明对比，这种对比无论从故事结构还是从主题表达来看都是举足轻重的。《赖大嫂》中立柱妈与赖大嫂在性格、人品、明理等各方面都构成对比。《宋老大进城》中宋老大代表的农业社与单干户王发祥在卖粮的遭遇上的对比，很有说服力地表达了作者的褒贬态度。如此等等，不胜列举。对比性结构是戏剧中最常用的一种结构方式。戏剧在某种意义上可以说是一种结构艺术，它要求在结构中形成一种张力，而对比，正是形成这种张力的有效手段之一。此外，戏剧作为表演性艺术，它在表达对于事物、人物是非曲直的褒贬评价时，作者无法跳到戏台上发表意见；借用剧中人做作者的传声筒又可能会破坏人物形象的完整性；于是，也不得不借助于对比的手段，通过比照不同人物的不同命运、通过对比不同行为的不同后果，让这种价值评判自然出现，让观众在“观”的过程中，立即理解和接受这种评判。在“山药蛋派”小说中大量出现这种对比性结构，显然与作家们对传统戏剧结构方式的汲取是有关系的。

除了对比性结构外，我们还注意到，在“山药蛋派”小说中还常常出现类似于戏剧中的结构性串线人物或结构性道具。赵树理曾经说过，《邪不压正》中的“小宝和软英这两个人，不论客观上起什么作用，在主观上我是没有把他们两个当作主人翁的”，两个人的恋爱故事“是套进去的”，作品中“把它当作一条绳子来用——把我要说明的事情都挂在它身上，可又不把它当作主要部分，我在写《李有才板话》的时候，曾以这样的态度来用李有才，这次又用了一下软英和小宝。这种办法，我没有多见别人用过，我也不敢自以为是一种什么手法，只是为了方便起见”。[1]这种方法确实如赵树理所说，在一般的小说中并不多见，但这在戏剧中却是一种常用的结构手段。在中国传统戏剧中，常有一类人物，他们虽是剧中人，但却不承担剧情的主要部分，甚至也不对戏剧主要内容和主题思想的表达构成多大影响力，而主要只是起着结构上的作用，即为剧情的发展起串线（绳子）的作用。赵树理是自觉或不自觉地借鉴了这种戏剧的结构方式。有时，在戏剧中起串线（绳子）作用的不仅可以是人物，也可以是某种道具。这种道具，我们在“山药蛋派”小说中也能见到，例如《登记》和《传家宝》。《传家宝》中李成娘的箱子，《登记》中的罗汉钱，都起了结构作品的作用，许多“要说明的事情都挂在它身上，可又不把它当作主要部分”。《登记》发表后曾被改编为多种戏曲，一个值得注意的现象是，几乎所有的改编都不用原来的《登记》为题名，而都改用《罗汉钱》为题名。这正说明，戏剧家们的眼光是看准了罗汉钱对于结构戏剧的作用，抓住了它，实际上就抓住了串起整部“戏”的“绳子”。这也该说是“为了方便起见”。这类结构方式在“山药蛋派”小说中其实并不少见，例如马烽《野庄见闻录》中的邹老二、西戎《两涧之间》中的吕茂森和李小兰，在作品中都属于结构性串线人物；西戎《灯芯绒》中的灯芯绒、《一头骡

1　赵树理：《赵树理文集》（第四卷），第 1439 页。

子的故事》中的骡子，在作品中都起着结构性串线道具的作用。

我们还可以看到，“山药蛋派”作品中很少爱情描写，即使有，也是“没有爱情”的爱情描写。这一特点形成的原因当然是多方面的，但显然也与他们受地方戏曲影响有关，最起码，这在赵树理那儿可以找到确证。赵树理酷爱的上党传统剧目中，多为武戏，“古代农民英雄、忠臣良将抵御外侮或者同内奸、投降派做斗争，这可以说是这种剧种的‘脊梁’。其中最负盛名的是表现杨家将、岳家军的几个连台本戏。……《闯幽关》和《三关排宴》可以算作这类剧目的代表”。[1] 而赵树理本人就曾参与整理改编过《三关排宴》。上党戏重武戏，不善于表情，例如“北路梆子的《金水桥》和上党梆子的《彩仙桥》是一个题材。《金水桥》的‘三哭殿’写得缠绵悱恻，入情入理，令人赞叹不已。上党梆子不善于这样表现，就避开了这一场，加了一场‘拿府’（须生重点戏）和一场‘金殿’，让程咬金用斧来劈不听劝谏的唐太宗”。[2] 总之，上党梆子的特点是重武不重文，重趣不重情。赵树理这样强调过，“根据古代戏曲、小说改写剧本，也要适合剧种特点才行。上党戏不适合于表现爱情戏，所以《西厢记》质量虽然很高，全国各剧种都有移植的，上党传统戏就没有”。[3] 在赵树理的小说中，我们也看

1　参见贾守田、马天云：《活跃在太行山区的上党梆子》，《山西剧种概论》，山西人民出版社，1984 版。

2　参见贾守田、马天云：《活跃在太行山区的上党梆子》。

3　赵树理：《赵树理文集》（第四卷），第 1695 页。

到了这种重趣不重情的特点。很显然，赵树理小说不重爱情描写，与他受上党戏的熏陶是多少有着某种内在联系的。

## 三

赵树理在一篇谈曲艺的文章中说，他总觉得自己所写的作品赶不上传统的曲艺，“拿戏曲来说，古人把古人的生活歌舞化了，而今人还没有把今人的生活歌舞化，或者说化得不足”。[1]这段话，其实也代表了他的某种艺术追求。事实上，我们在赵树理以及其他“山药蛋派”作家的小说中可以明显找到受戏剧影响而将生活“歌舞化”或曰戏剧化的痕迹。例如，赵树理的《小二黑结婚》是依据的一个真实的事件，但原事件的主人公岳冬至是因争取自由恋爱而被人杀害的，作者改变了岳冬至案件的悲剧结局，代之以喜剧的结尾。这显然是将生活“歌舞化”、戏剧化了。这种结局的处理，似乎与“山药蛋派”作家那种拘实性艺术思维不相吻合，但却与他们接受的中国传统戏曲的某种思维定势相一致：中国传统戏曲的“团圆”式思维在“山药蛋派”小说中得到了较大程度的回应。赵树理明确表示：“有人说中国人不懂悲剧，我说中国人

1 赵树理：《赵树理文集》（第四卷），第1608页。

也许是不懂悲剧，可是外国人也不懂团圆。假如团圆是中国的规律的话，为什么外国人不来懂懂团圆？我们应该懂得悲剧，我们也应该懂得团圆。”[1]

赵树理《小二黑结婚》的结局处理，其实正体现了“大团圆”这种传统戏曲的思维定势的影响。对此，早在40年代就有人指出来了:“原故事的结局，赵树理觉得太悲惨了，他认为既然写反封建的东西，就应该给正面人物找下出路，照那个原来的结局，正面人物是被封建习惯吃了的，写出来不能指导青年和封建习惯做斗争的方向。可是当时是革命的初期，群众性的胜利，例子还不多，光明的萌芽，还仅仅是自上而下的支持着的，除了到上级去解决，赵树理没有想到其他的办法。所以才由区长、村长支持着弄个大团圆。”[2]所谓“给正面人物找下出路”，无非就是将事件经“歌舞化”（或戏剧化）处理，将“悲惨”的结局改为“团圆”的结局。

这里，值得注意的是，现实中“例子不多”“光明的萌芽”还缺少群众基础，于是作家所能找到的解决问题的办法，便只能是“到上级去解决。”这几乎成了赵树理以及“山药蛋派”小说中解决问题的一种套子。赵树理在谈他的《十里店》时曾说过这样的话:《十里店》的领导力量本来是可以写出来的，但是因为在

---

1　赵树理:《赵树理文集》(第四卷)，第1615页。

2　董均伦:《赵树理怎样处理〈小二黑结婚〉的材料》,《文艺报》，1949年7月第10期。

形式上不愿落套，就写不出——第一不愿落“支书不在”之套（在就不能太强，强了就没有和平演变）。支书去受训或养病，村里出了问题，等到他回来把问题解决了也是一法。第二是不愿落从上级解决问题的套，……不采取常用办法，而采取了怪办法，是这个戏的致命伤。[1]这虽是谈《十里店》这部戏的创作，但对理解作者的小说创作也是有意义的。赵树理认为这个戏的“致命伤”是因为未“采取常用的办法”“不愿落套”。这就是说，他在以前的创作中，确实是存在着这么一种“套”的。所谓“支书不在”或“从上级解决问题”，其实在思路上是一样的，都是因为现实中没有群众自身解决问题的基础，只能靠来自上面的压力来解决，而这个“上面”更具体地就落实在“支书”和“上级”身上。这是一种为解决问题而解决问题的退路；现实中没有提供解决作家所提出问题的成功的“例子”，而作家受“团圆”式思维定势的支配，又执意要将问题“解决”了，最后自然就只能由“支书”、由“上级”出面，“支书”和“上级”成了作者解决一切问题的承担者。这种“套子”，在赵树理的小说《李有才板话》《邪不压正》《登记》《三里湾》中就很明显。《李有才板话》中，阎家山的问题，是靠县里派下来的工会主席老杨同志最终给以解决的。《邪不压正》中，下河村土改中的问题最后是来了工作组才得以解决；

1　赵树理：《赵树理文集》（第四卷），第1832页。

软英与小宝的婚事，几经波折，最后还是区长出面做出答复，于是问题才得以解决。《登记》中，民事主任看不惯自由恋爱，拒绝给艾艾等两对自由恋爱的青年开结婚介绍信，于是他们的婚事久久难以解决，最后是婚姻法的公布和区委书记的支持，艾艾等人的“登记”结婚的问题才得到解决。在《三里湾》中，支部书记王金生对范登高“思想问题”缺少斗争精神（是所谓“支书不强”的“套”），最后还是县委刘副书记来到三里湾组织了一次“小整党会议”才使范登高的思想多少有了转变。这类解决问题的套路，在其他“山药蛋派”作家的小说中也并不少见。例如《盖马棚》（西戎）：社长不在家，社里发生了矛盾，几乎到了不可收拾的地步，最后是社长回来了，问题于是得以解决；《行医事件》（西戎）：牛先生乡间行医，遭到不明事理的黄工作员的刁难，乡长也无力解决，最后是由乡长去找县委书记解决问题；《一篇特写》（马烽）：记者周英讲真话的稿件发表后，遭团县委刁难，最后是省里出面调查做了处理，才使问题得以解决——弄虚作假的团区委书记被撤职；《七月古庙会》（胡正）：工作组的魏志杰为抓生产，对群众一年一度的古庙会横加阻拦，魏与群众的矛盾僵持不下，最后是“从上级解决问题”——乡支书到县委请示，由县委书记的一纸信函解决了矛盾；《几度元宵》（胡正）：发生在翠叶与薛明身上的一系列难以解决的问题，最终都是靠巧遇地委苗主任而得到一次次解决的。

如果说,“从上级解决问题”,其思路是依靠一种“势”(威势)的话,那么在“山药蛋派”小说中还有一种解决问题的套路,其指导思想则是依靠“术”(计谋)。这两种套路的关系是:解决问题时,大问题靠“上级”,小问题靠“计谋”。例如《三里湾》中,解决范登高的“思想毛病”这样的带有“方向性”的问题,是靠县委,而解决“刀把地”风波,却是靠计谋。三里湾扩社和开渠的一大障碍是“刀把地”掌握在抵制入社的马多寿手中,马多寿搞假分家,企图以此地已分给在外地当了干部的老二为由,拒绝与社里换地,干部们将计就计,利用这种假分家,来个弄假成真,让当了干部的马家老二献出了这块地,矛盾于是迎刃而解。《锻炼锻炼》中,杨小四采取了布置圈套的办法让“小腿疼”“吃不饱”自投罗网;然后又用“上法院”吓唬住他们,使她们就范,终于“解决”了农业社落后分子拖农业社生产后腿的问题。《杨老太爷》中,杨老太爷要扣留在外当干部的儿子铁蛋,村干部来个调虎离山计,把杨老太爷骗出家门,让铁蛋乘机溜走,从而解决了这一矛盾。《孟祥英翻身》中,孟祥英的婆婆不让孟祥英当妇救会主任,工作员利用孟祥英婆婆“认为当村干部是件危险的事,早晚要被四十军枪毙”这一糊涂认识,对孟祥英婆婆说:“她干不了你就干”,孟的婆婆怕让自己干,便只好同意让孟祥英干,问题于是得以解决。

无论是靠“势”还是靠“术”来解决问题,都只是事件的暂时结束,而并非问题的根本解决。这一点,“山药蛋派”作家们并非不清楚，但他们只能做如此处理！他们过于追求对所提问题的解决，而在他们看来，新政权刚刚建立，农民群众还普遍缺少觉悟，许多问题事实上也只能是自上而下地来解决；另外，在农村基层干部文化理论水平普遍低下的状况下，这些干部在处理许多具体问题时常常不是依据政策，而是靠某种民间智慧或计谋。因此，“山药蛋派”小说中采用的“势”和“术”的解决问题的方式，应该说是有当时的现实依据的。这里，我们所特别关注的是，这种“势”和“术”的套路，都显然带有中国传统戏曲影响的痕迹。在中国传统的“清官戏”“公案戏”中，这种“势”和“术”的解决问题的套路是最常见的。即以山西历史上的戏剧家关汉卿为例，他也常在剧作中采用这两种方式，例如他的《窦娥冤》就是一种“从上面解决”问题的套路：为窦娥申冤的是已做了大官的窦娥之父，是否是窦娥之父并不重要，重要的是为官的身份；他的《救风尘》是典型的靠计谋解决问题的套路：赵盼儿使计救出宋引章。这种套路的背后隐藏了一种中国传统戏剧的思维定势：有些问题在历史发展的特定阶段上并无根本解决之可能，而为了求得某种“团圆”的结局，以满足普遍的求“团圆”的欣赏心理，于是只能借助外力，这种外力常常就是以“上面”或“计谋”的面目出现的。“山药蛋派”小说中多用靠“势”和“术”解决问题的套路，显然是与中国传统戏曲的思维定势有着内在的联系的。

## 四

这种“戏剧化”倾向在小说中的表现远不止上面所论列的那些。即如在“山药蛋派”小说语言的使用上，也明显有一种戏剧化的倾向。赵树理曾说过:“我是喜欢用语言来表现人物性格的。我不善于描写，是借助于语言，通过性格化的语言来表达他们对待事物的不同态度。”[1]从不同文学文体的语言方式看，戏剧因为是表演艺术，因此更重视人物语言；而对小说来说，人物语言并不是唯一的手段，它可以通过描述来表现人物。相对戏剧而言，描述是小说的重要手段。“山药蛋派”舍小说可以描述这一长处，而特别重视人物语言，这也多少能体现出一种“戏剧化”的倾向。不仅如此，即使是非人物语言中，“山药蛋派”小说也是尽量少用描述性很强的形容词，尤其是色彩形容词，而较注重动词的取用，使整个小说语言具有了很强的动作性。例如《传家宝》中写金桂搬箱子的动作:“金桂笑嘻嘻地答应了一声‘可以’，就动手把箱子一拖拖出床沿，用胸口把一头压低了，然后双手抱住箱腰抱下地去，站起一脚又蹬得那箱子溜到床底。”仅仅一个搬箱子的动作，就用了“拖”“压”“抱”“蹬”四个动作性很强的词汇！戏剧是最注重语言的动作性的,“山药蛋派”小说语言的较强动作性，

1　赵树理:《生活·主题·人物·语言》,《赵树理论创作》，上海文艺出版社，1985 年版，第 223 页。

显然与作家追求戏剧化效果是有关的。戏剧在语言方面对“山药蛋派”作家的影响是潜移默化的，他们从小接触戏剧、酷爱地方戏，后来又多少从事过戏剧创作，因而在语言使用上难免留下戏文词的印痕。例如赵树理《三里湾》中的“社里的‘政治组’和井南边的互助组共同休息在井台附近”，“糊涂涂来在你家门”等等，“休息在”和“来在”都是将动词前置、介词结构后移的句式，这是典型的戏文词常用的句式。戏文词有时甚至会出现在他们的非文学的文章中，例如赵树理在《回忆历史，认识自己》一文中，讲到反复修改《十里店》，耗费了许多时间时，用了这样一句话：“《十里店》一剧真害死我也。”这句话极具“戏”味，在一篇非常严肃的总结自己创作生涯的文章中使用这种“戏”味很浓的语调，多少有些不合适，这也许是作者受戏文词影响太深，一不留心而滑落出来的吧。赵树理使用语言词汇方面的戏曲化特征有时还体现在平时的说话和言谈之中。例如，上党梆子传统戏多为忠奸斗争，赵树理协助改编的上党梆子传统戏《三关排宴》就是一出忠奸戏。“忠奸斗争”给赵树理的影响甚至在语言词汇的使用上也有体现。在他写于1941年的《保全忠孝》一文中，就是借用传统的“忠孝”概念，而赋予新的内容。据赵树理的亲友回忆，赵树理平时讲话，也常用“忠孝”这一语汇，他曾对他妹妹说过：“我在外面尽忠，你在家里尽孝！”[1]在文革初期，赵树理曾满怀忧

1　李士德：《赵树理忆念录》，长春出版社，1990年版，第158页。

虑地对女儿说:“现在最红的是江青、林彪，一女一男，一文一武，毛主席相信的就是一文一武。毛主席将来可能文的靠江青，部队靠林彪，其他都不相信了，就相信这一文一武。唉，朝里出了奸臣，就要谋害忠良，真是出了奸臣了。”[1] 同样的说话方式也常体现在晋东南山区的农民身上, 例如在沁水、阳城、晋城、平顺一带，当农民们“听到赵树理被斗的事，满腔忿怒凝成一句话:‘保国忠良没有好下场啊!’”[2] 从忠奸斗争的角度来谈论、品评当代国家大事，这从思维方式到语言方式，都明显带有一种旧传统戏戏文词的味道。而在这方面，赵树理与同样受地方传统戏曲熏陶的农民是毫无二致的。

总之，山西地区有着特殊的演戏传统，因而传统戏曲本身对于最广大的山西群众来说，就是属于最大众化、最具通俗性的文学样式。“山药蛋派”小说中所表现出的戏剧化倾向，从根本上来说，正是体现了一种文学的平民化、通俗化的追求。由此，我们可以从一个侧面看到，山西地域文学精神在“山药蛋派”那里所得到的传承。

（原载《南京师范大学学报》1995 年第 1 期）

---

1　王中青:《赵树理作品论集》，北岳文艺出版社，1987 年版，第 149 页。
2　王中青:《赵树理作品论集》，第 153 页。